CW01151573

Trots En Vooroordelen

door Jane Austen

Copyright © 2024 door Autri Books

Alle rechten voorbehouden. Niets uit deze uitgave mag worden verveelvoudigd door fotokopieën, opnamen of andere elektronische of mechanische methoden zonder voorafgaande schriftelijke toestemming van de uitgever, behalve in het geval van korte citaten in kritische recensies en bepaalde andere niet-commerciële toepassingen die zijn toegestaan door de auteurswet.

Deze uitgave maakt deel uit van de "Autri Books Classic Literature Collection" en bevat vertalingen, redactionele inhoud en ontwerpelementen die origineel zijn voor deze uitgave en beschermd zijn onder het auteursrecht. De onderliggende tekst behoort tot het publieke domein en valt niet onder het auteursrecht, maar alle toevoegingen en wijzigingen vallen onder het auteursrecht van Autri Books.

Autri Books publicaties kunnen worden aangeschaft voor educatief, commercieel of promotioneel gebruik.

Neem voor meer informatie contact op met:

autribooks.com | support@autribooks.com

ISBN: 979-8-3306-1078-5
Eerste editie uitgegeven door Autri Books in 2024.

Hoofdstuk I

Het is een algemeen erkende waarheid, dat een ongehuwde man die in het bezit is van een goed fortuin, een vrouw moet missen.

Hoe weinig bekend de gevoelens of opvattingen van zo'n man ook mogen zijn wanneer hij voor het eerst een buurt binnentreedt, deze waarheid is zo goed verankerd in de geest van de omringende families, dat hij wordt beschouwd als het rechtmatige eigendom van een of andere van hun dochters.

"Geachte heer Bennet," zei zijn dame op een dag tegen hem, "heeft u gehoord dat Netherfield Park eindelijk is verhuurd?"

De heer Bennet antwoordde dat hij dat niet had gedaan.

"Maar dat is het wel," antwoordde zij; "want mevrouw Long is net hier geweest, en ze heeft me er alles over verteld."

Meneer Bennet gaf geen antwoord.

"Wil je niet weten wie het heeft meegenomen?" riep zijn vrouw ongeduldig.

"*Je* wilt het me vertellen, en ik heb er geen bezwaar tegen om het te horen."

Dit was uitnodiging genoeg.

"Wel, mijn liefste, je moet weten, mevrouw Long zegt dat Netherfield is meegenomen door een jongeman met een groot fortuin uit het noorden van Engeland; dat hij op maandag in een chaise en vier naar beneden kwam om de plaats te zien, en er zo blij mee was dat hij het onmiddellijk met meneer Morris eens was; dat hij vóór Michaël bezit moet nemen, en dat sommigen van zijn dienaren tegen het einde van de volgende week in het huis moeten zijn."

"Hoe heet hij?"

"Bingley."

"Is hij getrouwd of vrijgezel?"

"Oh, vrijgezel, mijn liefste, om zeker te zijn! Een alleenstaande man met een groot fortuin; vier- of vijfduizend per jaar. Wat een fijne zaak voor onze meiden!"

"Hoezo? Hoe kan het hen beïnvloeden?"

"Mijn beste meneer Bennet," antwoordde zijn vrouw, "hoe kunt u zo vermoeiend zijn? Je moet weten dat ik eraan denk dat hij met een van hen trouwt."

"Is dat zijn plan om zich hier te vestigen?"

"Ontwerp? Onzin, hoe kun je zo praten! Maar het is zeer waarschijnlijk dat hij verliefd wordt op een van hen, en daarom moet je hem bezoeken zodra hij komt."

"Ik zie daar geen aanleiding voor. Jij en de meisjes kunnen gaan - of je kunt ze alleen sturen, wat misschien nog beter zal zijn; want aangezien je net zo knap bent als ieder van hen, zou meneer Bingley je misschien de beste van het gezelschap kunnen vinden."

"Mijn liefste, je vleit me. Ik *heb zeker* mijn portie schoonheid gehad, maar ik pretendeer nu niets buitengewoons te zijn. Als een vrouw vijf volwassen dochters heeft, moet ze het denken aan haar eigen schoonheid opgeven."

"In zulke gevallen heeft een vrouw vaak niet veel moois om aan te denken."

"Maar, mijn liefste, je moet inderdaad naar meneer Bingley gaan kijken als hij in de buurt komt."

"Het is meer dan ik me inzet, dat verzeker ik je."

"Maar denk eens aan je dochters. Bedenk eens wat een etablissement het zou zijn voor een van hen. Sir William en Lady Lucas zijn vastbesloten om te gaan, alleen al om die reden; Want in het algemeen, weet je, bezoeken ze geen nieuwkomers. Waarlijk, je moet gaan, want het zal voor ons onmogelijk zijn om hem te bezoeken, als je dat niet doet."

"Je bent zeker te scrupuleus. Ik durf te zeggen dat meneer Bingley erg blij zal zijn u te zien; en ik zal je een paar regels sturen om hem te verzekeren dat ik er van harte mee instem dat hij trouwt met wie hij maar wil van de meisjes - hoewel ik een goed woordje moet doen voor mijn kleine Lizzy."

"Ik wens dat je zoiets niet zult doen. Lizzy is niet een beetje beter dan de anderen: en ik weet zeker dat ze niet half zo knap is als Jane, en ook niet half zo goedgehumeurd als Lydia. Maar je geeft *haar* altijd de voorkeur."

"Ze hebben niet veel om hen aan te bevelen," antwoordde hij: "ze zijn allemaal dwaas en onwetend, net als andere meisjes; maar Lizzy heeft iets meer snelheid dan haar zussen."

"Meneer Bennet, hoe kunt u uw eigen kinderen op zo'n manier misbruiken? Je schept er behagen in mij te ergeren. Je hebt geen medelijden met mijn arme zenuwen."

"Je vergist je in me, mijn liefste. Ik heb veel respect voor je zenuwen. Het zijn mijn oude vrienden. Ik heb je ze in ieder geval de afgelopen twintig jaar met aandacht horen noemen."

"Ach, je weet niet wat ik lijd."

"Maar ik hoop dat je er overheen komt en nog veel jonge mannen van vierduizend per jaar in de buurt ziet komen."

"Het zal ons niet baten, als er twintig van zulke mensen komen, want u zult hen niet bezoeken."

"Reken er maar op, mijn liefste, dat als het er twintig zijn, ik ze allemaal zal bezoeken."

Meneer Bennet was zo'n vreemde mengeling van snelle delen, sarcastische humor, terughoudendheid en grilligheid, dat de ervaring van drieëntwintig jaar onvoldoende was geweest om zijn vrouw zijn karakter te laten begrijpen. *Haar* geest was minder moeilijk te ontwikkelen. Ze was een vrouw met een gemiddeld begrip, weinig informatie en een onzeker humeur. Als ze ontevreden was, dacht ze dat ze nerveus was. De zaak van haar leven was om haar dochters te laten trouwen: de troost was bezoek en nieuws.

Hoofdstuk II

Meneer Bennet was een van de eersten die op meneer Bingley wachtten. Hij was altijd van plan geweest hem te bezoeken, hoewel hij zijn vrouw tot het laatst toe altijd verzekerde dat hij niet zou gaan; en tot de avond nadat het bezoek was gebracht, had ze er geen weet van. Het werd vervolgens op de volgende manier bekendgemaakt. Toen hij zijn tweede dochter bezig zag met het knippen van een hoed, sprak hij haar plotseling aan met:

"Ik hoop dat meneer Bingley het leuk zal vinden, Lizzy."

'We kunnen niet weten *wat* meneer Bingley leuk vindt,' zei haar moeder verontwaardigd, 'want we komen niet op bezoek.'

"Maar je vergeet, mama," zei Elizabeth, "dat we hem op de vergaderingen zullen ontmoeten, en dat mevrouw Long heeft beloofd hem voor te stellen."

'Ik geloof niet dat mevrouw Long zoiets zal doen. Ze heeft zelf twee nichtjes. Ze is een egoïstische, hypocriete vrouw en ik heb geen mening over haar."

"Ik niet meer," zei meneer Bennet; "en ik ben blij te ontdekken dat je niet afhankelijk bent van haar die je dient."

Mevrouw Bennet verwaardigde zich geen antwoord te geven; Maar ze kon zich niet inhouden en begon een van haar dochters uit te schelden.

"Blijf niet zo hoesten, Kitty, in hemelsnaam! Heb een beetje medelijden met mijn zenuwen. Je scheurt ze aan stukken."

"Kitty heeft geen discretie in haar hoesten," zei haar vader; "Ze maakt ze ziek."

"Ik hoest niet voor mijn eigen vermaak," antwoordde Kitty kribbig. "Wanneer is je volgende bal, Lizzy?"

"Morgen veertien dagen."

"Ja, zo is het," riep haar moeder, "en mevrouw Long komt pas de vorige dag terug; Het zal dus onmogelijk voor haar zijn om hem voor te stellen, want ze zal hem zelf niet kennen."

"Dan, mijn liefste, heb je misschien het voordeel van je vriend en stel je meneer Bingley aan *haar* voor."

'Onmogelijk, meneer Bennet, onmogelijk, als ik hem zelf niet ken; Hoe kun je zo plagend zijn?"

"Ik respecteer uw omzichtigheid. Een kennismaking van twee weken is zeker heel weinig. Men kan niet weten wat een mens werkelijk is aan het einde van twee weken. Maar als *wij* het niet wagen, zal iemand anders het doen; en per slot van rekening moeten mevrouw Long en haar nichtjes hun kans wagen; en daarom, omdat zij het een vriendelijke daad zal vinden, zal ik, als u het ambt weigert, het op mij nemen."

De meisjes staarden naar hun vader. Mevrouw Bennet zei alleen: "Onzin, onzin!"

"Wat kan de betekenis zijn van die nadrukkelijke uitroep?" riep hij. "Beschouw je de inleidingsvormen, en de nadruk die erop wordt gelegd, als onzin? Op dat punt ben ik het niet helemaal met je eens. Wat zegt u, Maria? Want ik weet dat je een jongedame bent van diepe overpeinzing, en je leest grote boeken en maakt uittreksels."

Maria wilde iets heel verstandigs zeggen, maar wist niet hoe.

'Terwijl Mary haar ideeën aanpast,' vervolgde hij, 'laten we terugkeren naar meneer Bingley.'

"Ik ben ziek van meneer Bingley", riep zijn vrouw.

"Het spijt me dat te horen; Maar waarom heb je me dat niet eerder verteld? Als ik dat vanmorgen had geweten, had ik hem zeker niet opgeroepen. Het is erg ongelukkig; maar aangezien ik het bezoek daadwerkelijk heb gebracht, kunnen we nu niet aan de kennismaking ontsnappen."

De verbazing van de dames was precies wat hij wenste - die van mevrouw Bennet overtrof misschien de rest; Maar toen het eerste tumult van vreugde voorbij was, begon ze te verklaren dat het was wat ze al die tijd had verwacht.

"Wat was het goed in u, mijn beste meneer Bennet! Maar ik wist dat ik je eindelijk moest overtuigen. Ik was er zeker van dat je te veel van je meisjes hield om zo'n kennismaking te verwaarlozen. Nou, wat ben ik blij! En het is ook zo'n goede grap dat je vanmorgen had moeten gaan en er tot nu toe nooit een woord over hebt gezegd."

"Nu, Kitty, je mag zoveel hoesten als je wilt," zei meneer Bennet; En terwijl hij sprak, verliet hij de kamer, vermoeid door de verrukkingen van zijn vrouw.

"Wat hebben jullie een geweldige vader, meisjes," zei ze, toen de deur gesloten was. 'Ik weet niet hoe je hem ooit zijn vriendelijkheid zult goedmaken; Of ik ook niet, wat dat betreft. In onze tijd van het leven is het niet zo aangenaam, kan ik je vertellen, om elke dag nieuwe kennissen te maken; Maar voor uw bestwil zouden we alles doen. Lydia, mijn liefste, hoewel je de jongste bent, durf ik te zeggen dat meneer Bingley met je zal dansen op het volgende bal."

"O," zei Lydia stoutmoedig, "ik ben niet bang; want al *ben* ik de jongste, ik ben de langste."

De rest van de avond werd besteed aan het gissen hoe snel hij het bezoek van meneer Bennet zou beantwoorden, en het bepalen wanneer ze hem uit eten zouden vragen.

Hoofdstuk III

Niet alles wat mevrouw Bennet, met de hulp van haar vijf dochters, over dit onderwerp kon vragen, was echter voldoende om van haar man een bevredigende beschrijving van meneer Bingley te krijgen. Ze vielen hem op verschillende manieren aan, met openhartige vragen, ingenieuze veronderstellingen en verre vermoedens; maar hij ontsnapte aan de bekwaamheid van hen allen; en ten slotte waren ze verplicht de tweedehandse inlichtingen van hun buurvrouw, Lady Lucas, te aanvaarden. Haar verslag was zeer gunstig. Sir William was verrukt over hem geweest. Hij was vrij jong, wonderbaarlijk knap, buitengewoon aangenaam, en als klap op de vuurpijl was hij van plan om met een groot gezelschap op de volgende vergadering te zijn. Niets is heerlijker! Dol zijn op dansen was een zekere stap in de richting van verliefdheid; en zeer levendige verwachtingen van het hart van meneer Bingley werden gekoesterd.

"Als ik maar kan zien dat een van mijn dochters gelukkig in Netherfield is gevestigd," zei mevrouw Bennet tegen haar man, "en alle anderen even goed getrouwd, dan heb ik niets te wensen."

Na een paar dagen beantwoordde meneer Bingley het bezoek van meneer Bennet en zat ongeveer tien minuten met hem in zijn bibliotheek. Hij had de hoop gekoesterd dat hij toegelaten zou worden tot de jonge dames, van wier schoonheid hij veel had gehoord; Maar hij zag alleen de vader. De dames hadden iets meer geluk, want ze hadden het voordeel dat ze uit een bovenraam konden zien dat hij een blauwe jas droeg en op een zwart paard reed.

Kort daarna werd een uitnodiging voor een diner verzonden; en mevrouw Bennet had al de cursussen gepland die haar huishouding tot eer moesten strekken, toen er een antwoord kwam dat alles uitstelde. Meneer Bingley was verplicht de volgende dag in de stad te zijn, en kon daarom de eer van hun uitnodiging niet aannemen, enz. Mevrouw Bennet was nogal onthutst. Ze kon zich niet voorstellen wat voor zaken hij zo snel na zijn aankomst in Hertfordshire in de stad zou kunnen hebben; en ze begon te vrezen dat hij altijd van de ene plaats naar de andere zou vliegen, en zich nooit in Netherfield zou vestigen zoals hij behoorde te zijn. Lady Lucas kalmeerde haar angsten een beetje door het idee te opperen dat hij alleen naar Londen zou gaan om een groot feest voor het bal te krijgen; en spoedig volgde het bericht dat de heer Bingley twaalf dames en zeven heren naar de vergadering zou meenemen. De meisjes treurden om zo'n aantal dames; maar werden de dag voor het bal getroost door te horen dat hij, in plaats van twaalf, slechts zes uit Londen had meegebracht, zijn vijf zussen en een neef. En toen het gezelschap de vergaderzaal binnenkwam, bestond het in totaal uit slechts vijf personen: de heer Bingley, zijn twee zusters, de echtgenoot van de oudste en nog een jongeman.

Meneer Bingley zag er goed uit en was een gentleman: hij had een aangenaam gelaat en gemakkelijke, ongekunstelde manieren. Zijn zussen waren fijne vrouwen, met een air van besliste mode. Zijn zwager, de heer Hurst, zag er alleen maar uit als een heer; maar zijn vriend Mr. Darcy trok al snel de aandacht van de kamer door zijn fijne, lange gestalte, knappe gelaatstrekken, nobele houding en het bericht, dat binnen vijf minuten na zijn binnenkomst algemeen in omloop was, dat hij er tienduizend per jaar had. De heren noemden hem een mooi figuur van een man, de dames verklaarden dat hij veel knapper was dan meneer Bingley, en hij werd ongeveer de helft van de avond met grote bewondering bekeken, totdat zijn manieren een afkeer gaven die het tij van zijn populariteit keerde; want men ontdekte dat hij trots was, boven zijn gezelschap stond en boven behagen verheven was; en niet al zijn grote bezittingen in Derbyshire konden hem behoeden voor een zeer verbiedend, onaangenaam gelaat, en onwaardig te zijn om met zijn vriend vergeleken te worden.

De heer Bingley had zich al snel vertrouwd gemaakt met alle belangrijke mensen in de kamer: hij was levendig en onvoorwaardelijk, danste elke dans, was boos dat het bal zo vroeg eindigde en sprak erover om er zelf een te geven in Netherfield. Zulke beminnelijke eigenschappen moeten voor zich spreken. Wat een contrast tussen hem en zijn vriend! Mr. Darcy danste slechts één keer met mevrouw Hurst en één keer met juffrouw Bingley, weigerde voorgesteld te worden aan een andere dame en bracht de rest van de avond door met rondlopen door de kamer, af en toe pratend met een van zijn eigen gezelschap. Zijn karakter was beslist. Hij was de meest trotse, onaangename man ter wereld, en iedereen hoopte dat hij daar nooit meer zou komen. Een van de gewelddadigste tegen hem was mevrouw Bennet, wier afkeer van zijn algemene gedrag werd verscherpt tot bijzondere wrok doordat hij een van haar dochters had gekleineerd.

Elizabeth Bennet was door de schaarste aan heren genoodzaakt geweest om voor twee dansen te gaan zitten; en gedurende een deel van die tijd had meneer Darcy dichtbij genoeg gestaan om een gesprek tussen hem en meneer Bingley af te luisteren, die een paar minuten van de dans kwam om zijn vriend onder druk te zetten om mee te doen.

"Kom, Darcy," zei hij, "ik moet je laten dansen. Ik haat het om je op deze stomme manier alleen te zien staan. Je had veel beter kunnen dansen."

"Dat zal ik zeker niet doen. Je weet hoe ik het verafschuw, tenzij ik mijn partner bijzonder goed ken. Op zo'n vergadering als deze zou het ondraaglijk zijn. Je zussen zijn verloofd en er is geen andere vrouw in de kamer met wie het geen straf voor me zou zijn om op te staan."

"Ik zou niet zo kieskeurig zijn als jij," riep Bingley, "voor een koninkrijk! Op mijn eer, ik heb nog nooit in mijn leven zoveel aangename meisjes ontmoet als vanavond; En er zijn er meerdere, zie je, ongewoon mooi."

"*Je* danst met het enige knappe meisje in de kamer," zei meneer Darcy, terwijl hij naar de oudste juffrouw Bennet keek.

"Oh, ze is het mooiste wezen dat ik ooit heb gezien! Maar er zit een van haar zussen vlak achter je, die erg mooi is, en ik durf te zeggen heel aangenaam. Laat me mijn partner vragen om je voor te stellen."

"Wat bedoel je?" en zich omdraaiend, keek hij een ogenblik naar Elizabeth, totdat hij, haar blik vangend, de zijne terugtrok en koel zei: "Ze is verdraaglijk, maar niet knap genoeg om me te verleiden; en ik ben op dit moment niet in de stemming om gevolg te geven aan jonge dames die door andere mannen worden gekleineerd. Je kunt beter terugkeren naar je partner en genieten van haar glimlach, want je verspilt je tijd met mij."

Meneer Bingley volgde zijn advies op. Meneer Darcy liep weg; en Elisabet bleef zonder erg hartelijke gevoelens voor hem te koesteren. Ze vertelde het verhaal echter met veel enthousiasme onder haar vrienden; want ze had een levendig, speels karakter, dat zich verlustigde in alles wat belachelijk was.

De avond verliep al met al aangenaam voor de hele familie. Mevrouw Bennet had gezien dat haar oudste dochter zeer bewonderd werd door de Netherfield-partij. Meneer Bingley had twee keer met haar gedanst en ze was onderscheiden door zijn zussen. Jane was hier net zo blij mee als haar moeder, zij het op een rustigere manier. Elizabeth voelde Jane's plezier. Mary had zichzelf aan juffrouw Bingley horen noemen als het meest talentvolle meisje in de buurt; en Catherine en Lydia hadden het geluk gehad nooit zonder partners te zijn, en dat was alles wat ze tot nu toe hadden geleerd om voor te zorgen op een bal. Ze keerden daarom vol goede moed terug naar Longbourn, het dorp waar ze woonden en waarvan ze de voornaamste inwoners waren. Ze vonden meneer Bennet nog steeds op. Met een boek was hij ongeacht de tijd; En bij deze gelegenheid was hij zeer nieuwsgierig naar het verloop van een avond die zulke schitterende verwachtingen had gewekt. Hij had eerder gehoopt dat alle opvattingen van zijn vrouw over de vreemdeling teleurgesteld zouden worden; Maar hij kwam er al snel achter dat hij een heel ander verhaal te horen had.

"O, mijn beste meneer Bennet," toen ze de kamer binnenkwam, "we hebben een zeer heerlijke avond gehad, een zeer voortreffelijk bal. Ik wou dat je er was geweest. Jane werd zo bewonderd, niets kon er hetzelfde zijn. Iedereen zei hoe goed ze eruit zag; en meneer Bingley vond haar heel mooi en danste twee keer met haar. Denk daar maar eens aan, mijn liefste: hij heeft eigenlijk twee keer met haar gedanst; en zij was het enige wezen in de kamer dat hij een tweede keer vroeg. Allereerst vroeg hij het aan juffrouw Lucas. Ik was zo geërgerd om hem bij haar te zien opstaan; Maar hij bewonderde haar in het geheel niet; Inderdaad, niemand kan dat, weet je; en hij leek nogal onder de indruk van Jane toen ze de dans afging. Dus vroeg hij wie ze was, en werd voorgesteld, en vroeg haar naar de volgende twee. Daarna danste hij de twee derde met juffrouw King, en de twee vierde met Maria Lucas, en de twee vijfde weer met Jane, en de twee zesde met Lizzy, en de *Boulanger*...'

"Als hij medelijden met me had gehad," riep haar man ongeduldig, "zou hij niet half zo veel hebben gedanst! In godsnaam, zeg niet meer over zijn partners. O, dat hij zijn enkel had verstuikt in de eerste dans!"

"O, mijn liefste," vervolgde mevrouw Bennet, "ik ben heel blij met hem. Hij is zo buitensporig knap! En zijn zussen zijn charmante vrouwen. Ik heb nog nooit in mijn leven iets eleganters gezien dan hun jurken. Ik durf te zeggen dat de kant op de jurk van mevrouw Hurst...'

Hier werd ze weer onderbroken. De heer Bennet protesteerde tegen elke beschrijving van opsmuk. Ze was daarom genoodzaakt een andere tak van het onderwerp te zoeken, en vertelde, met veel bitterheid van geest en enige overdrijving, de schokkende onbeschoftheid van Mr. Darcy.

"Maar ik kan je verzekeren," voegde ze eraan toe, "dat Lizzy niet veel verliest door niet aan *zijn fantasie te voldoen* ; want hij is een zeer onaangename, afschuwelijke man, helemaal niet de moeite waard om te behagen. Zo hoog en zo verwaand, dat hij niet te verdragen was! Hij liep hier, en hij liep daar, zich zo geweldig voorstellend! Niet knap genoeg om mee te dansen! Ik wou dat je erbij was geweest, mijn liefste, om hem een van je set-downs te geven. Ik heb een hekel aan de man."

Hoofdstuk IV

Toen Jane en Elizabeth alleen waren, zei de eerste, die eerder voorzichtig was geweest in haar lof voor meneer Bingley, tegen haar zus hoezeer ze hem bewonderde.

"Hij is precies wat een jongeman moet zijn," zei ze, "verstandig, goedgehumeurd, levendig; en ik heb nog nooit zulke gelukkige manieren gezien! Zoveel gemak, met zo'n perfect goede fokkerij!"

"Hij is ook knap," antwoordde Elizabeth, "wat een jonge man ook zou moeten zijn als hij kan. Zijn karakter is daarmee compleet."

"Ik was erg gevleid toen hij me vroeg om een tweede keer te dansen. Zo'n compliment had ik niet verwacht."

"Hebt u dat niet gedaan? *Ik* deed het voor je. Maar dat is een groot verschil tussen ons. Complimenten verrassen je altijd , en *ik* nooit. Wat is er natuurlijker dan dat hij het je nog een keer vraagt? Hij kon het niet helpen dat hij zag dat je ongeveer vijf keer zo mooi was als elke andere vrouw in de kamer. Nee, dank aan zijn dapperheid daarvoor. Nu, hij is zeker zeer aangenaam, en ik geef je verlof om hem aardig te vinden. Je hebt menig dommer persoon aardig gevonden."

"Lieve Lizzy!"

"O, je bent veel te veel te geschikt, weet je, om mensen in het algemeen aardig te vinden. Je ziet nooit een fout in iemand. De hele wereld is goed en aangenaam in uw ogen. Ik heb je nog nooit in mijn leven kwaad over een mens horen spreken."

"Ik zou niet overhaast willen zijn in het censureren van iemand; maar ik zeg altijd wat ik denk."

"Ik weet dat je dat doet: en het is *dat* wat het wonder maakt. Met *je* gezond verstand, om zo eerlijk blind te zijn voor de dwaasheden en onzin van anderen! Aanstellerij van openhartigheid is algemeen genoeg; men komt het overal tegen. Maar om openhartig te zijn zonder uiterlijk vertoon of opzet, om het goede van ieders karakter te nemen en het nog beter te maken, en niets te zeggen over het slechte, behoort u alleen toe. En dus vind je de zussen van deze man ook leuk, nietwaar? Hun manieren zijn niet gelijk aan de zijne."

"Zeker niet, in het begin; Maar het zijn zeer aangename vrouwen als je met ze praat. Juffrouw Bingley moet bij haar broer gaan wonen en zijn huis houden; en ik vergis me zeer, als we in haar niet een zeer bekoorlijke buurvrouw zullen vinden."

Elizabeth luisterde zwijgend, maar was niet overtuigd: hun gedrag op de vergadering was er niet op berekend om in het algemeen te behagen; en met meer vlugheid van waarneming en minder buigzaamheid van humeur dan haar zuster, en met een oordeel, ook niet aangedaan door enige aandacht voor zichzelf, was ze zeer weinig geneigd om ze goed te keuren. Het waren in feite heel fijne dames; het ontbrak niet aan een goed humeur als ze dat wilden, noch aan het vermogen om aangenaam te zijn waar ze dat wilden; maar trots en verwaand. Ze waren nogal knap; was opgeleid in een van de eerste particuliere seminaries in de stad; had een fortuin van twintigduizend pond; hadden de gewoonte om meer uit te geven dan ze zouden moeten, en om te gaan met mensen van stand; en hadden daarom in elk opzicht het recht om goed over zichzelf en gemeen over anderen te denken. Ze behoorden tot een respectabele familie in het noorden van Engeland; een omstandigheid die dieper in hun geheugen gegrift staat dan dat het fortuin van hun broer en dat van henzelf door handel was verworven.

De heer Bingley erfde onroerend goed voor een bedrag van bijna honderdduizend pond van zijn vader, die van plan was een landgoed te kopen, maar niet leefde om het te doen. De heer Bingley bedoelde het evenzo, en koos soms zijn graafschap; maar omdat hij nu voorzien was van een goed huis en de vrijheid van een landhuis, was het voor velen van hen, die het beste wisten hoe gemakkelijk zijn humeur was, twijfelachtig of hij niet de rest van zijn dagen in Netherfield zou doorbrengen en de volgende generatie zou kunnen laten kopen.

Zijn zusters waren erg bezorgd dat hij een eigen landgoed had; maar hoewel hij nu alleen als pachter was gevestigd, was juffrouw Bingley geenszins onwillig om aan zijn tafel te zitten; ook was mevrouw Hurst, die met een man van meer mode dan fortuin was getrouwd, niet minder geneigd om zijn huis als haar thuis te beschouwen als het haar uitkwam. De heer Bingley was nog geen twee jaar oud toen hij door een toevallige aanbeveling in de verleiding kwam om naar Netherfield House te kijken. Hij keek er wel een half uur naar, en erin; was tevreden met de situatie en de belangrijkste kamers, tevreden met wat de eigenaar in zijn lof zei, en nam het onmiddellijk.

Tussen hem en Darcy was er een zeer vaste vriendschap, ondanks een grote tegenstand van karakter. Bingley was geliefd bij Darcy door het gemak, de openheid en de ductiliteit van zijn humeur, hoewel geen enkele instelling een groter contrast kon bieden met de zijne, en hoewel hij met de zijne nooit ontevreden leek. Op basis van Darcy's achting had Bingley het vastste vertrouwen en van zijn oordeel de hoogste mening. In begrip was Darcy de meerdere. Bingley schoot geenszins tekort; maar Darcy was slim. Hij was tegelijkertijd hooghartig, gereserveerd en kieskeurig; En zijn manieren, hoewel goed opgevoed, waren niet uitnodigend. In dat opzicht was zijn vriend sterk in het voordeel. Bingley was er zeker van dat hij geliefd zou zijn, waar hij ook verscheen; Darcy gaf voortdurend aanstoot.

De manier waarop zij over de vergadering van Meryton spraken, was voldoende karakteristiek. Bingley had nog nooit in zijn leven aangenamere mensen of mooiere meisjes ontmoet; Iedereen was zeer vriendelijk en attent voor hem geweest; er was geen formaliteit geweest, geen stijfheid; Hij had zich weldra vertrouwd gevoeld met de hele kamer; en wat juffrouw Bennet betreft, hij kon zich geen mooiere engel voorstellen. Darcy daarentegen had een verzameling mensen gezien in wie weinig schoonheid en geen mode was, voor geen van hen had hij de minste interesse gevoeld, en van niemand kreeg hij aandacht of plezier. Juffrouw Bennet erkende hij knap te zijn; Maar ze glimlachte te veel.

Mevrouw Hurst en haar zuster lieten het zo zijn; Maar toch bewonderden ze haar en vonden ze haar aardig, en ze noemden haar een lief meisje, en iemand van wie ze er geen bezwaar tegen hadden om meer van te weten. Miss Bennet werd daarom gevestigd als een lief meisje; en hun broer voelde zich door zulk een lof gemachtigd om aan haar te denken zoals hij verkoos.

Hoofdstuk V

Op korte loopafstand van Longbourn woonde een familie met wie de Bennets bijzonder intiem waren. Sir William Lucas was vroeger in de handel geweest in Meryton, waar hij een redelijk fortuin had verdiend, en was opgeklommen tot de eer van ridderschap door een toespraak tot de koning tijdens zijn burgemeesterschap. Het onderscheid was misschien te sterk gevoeld. Het had hem een afkeer gegeven van zijn bedrijf en van zijn woonplaats in een klein marktstadje; en nadat hij ze beiden had verlaten, was hij met zijn gezin verhuisd naar een huis ongeveer een mijl van Meryton, dat uit die tijd Lucas Lodge werd genoemd; waar hij met genoegen aan zijn eigen belangrijkheid kon denken en, niet gehinderd door zaken, zich uitsluitend kon bezighouden met beleefd zijn tegenover de hele wereld. Want, hoewel opgetogen over zijn rang, maakte het hem niet hooghartig; Integendeel, hij was een en al aandacht voor iedereen. Van nature onaanstootgevend, vriendelijk en gedienstig, had zijn presentatie in St. James's hem hoffelijk gemaakt.

Lady Lucas was een heel goede vrouw, niet te slim om een waardevolle buurvrouw van mevrouw Bennet te zijn. Ze kregen meerdere kinderen. De oudste van hen, een verstandige, intelligente jonge vrouw van ongeveer zevenentwintig, was Elizabeths intieme vriendin.

Dat de juffrouw Lucases en de juffrouw Bennets elkaar zouden ontmoeten om over een bal te praten, was absoluut noodzakelijk; en de volgende morgen de vergadering bracht de eerste naar Longbourn om te horen en te communiceren.

'*Je bent* de avond goed begonnen, Charlotte,' zei mevrouw Bennet met beleefde zelfbeheersing tegen juffrouw Lucas. "*U* was de eerste keuze van meneer Bingley."

"Jazeker; Maar hij leek zijn tweede beter te vinden."

'O, je bedoelt Jane, denk ik, want hij heeft twee keer met haar gedanst. Zeker, dat leek alsof hij haar bewonderde – ja, ik geloof eerder dat hij *dat deed* - heb ik er iets over gehoord, maar ik weet nauwelijks wat, iets over meneer Robinson.'

'Misschien bedoelt u wat ik tussen hem en meneer Robinson heb gehoord: heb ik het u niet verteld? De heer Robinson vroeg hem hoe hij onze Meryton-bijeenkomsten vond, en of hij niet dacht dat er heel veel mooie vrouwen in de kamer waren, en *welke* hij de mooiste vond? en zijn onmiddellijke antwoord op de laatste vraag: 'O, de oudste juffrouw Bennet, zonder twijfel: er kunnen geen twee meningen over zijn op dat punt.'"

"Op mijn woord! Nou, dat was inderdaad heel beslist - dat lijkt wel zo - maar het kan allemaal op niets uitlopen, weet je."

'*Mijn* afhoren waren doelgerichter dan *die van jou*, Eliza,' zei Charlotte. "Mr. Darcy is niet zo de moeite waard om naar te luisteren als zijn vriend, toch? Arme Eliza! om maar net te verdragen."

"Ik smeek je het niet in Lizzy's hoofd te halen om je te ergeren aan zijn slechte behandeling, want hij is zo'n onaangename man dat het een heel ongeluk zou zijn om door hem aardig gevonden te worden. Mevrouw Long vertelde me gisteravond dat hij een half uur dicht bij haar zat zonder ook maar één keer zijn lippen te openen."

"Weet u het helemaal zeker, mevrouw? Is er geen klein foutje?" zei Jane. "Ik heb zeker gezien dat meneer Darcy met haar sprak."

"Ja, omdat ze hem eindelijk vroeg wat hij van Netherfield vond, en hij kon het niet laten haar te antwoorden; Maar ze zei dat hij erg boos leek omdat hij werd aangesproken."

'Juffrouw Bingley heeft me verteld,' zei Jane, 'dat hij nooit veel spreekt, tenzij onder zijn intieme kennissen. Met *hen* is hij opmerkelijk aangenaam."

"Ik geloof er geen woord van, mijn liefste. Als hij zo aangenaam was geweest, zou hij met mevrouw Long hebben gepraat. Maar ik kan wel raden hoe het was; iedereen zegt dat hij overspoeld is door trots, en ik durf te zeggen dat hij op de een of andere manier had gehoord dat mevrouw Long geen koets heeft en in een houwer chaise naar het bal moest komen."

'Ik vind het niet erg dat hij niet met mevrouw Long praat,' zei juffrouw Lucas, 'maar ik wou dat hij met Eliza had gedanst.'

"Een andere keer, Lizzy," zei haar moeder, "zou ik niet met hem dansen, als ik jou was."

"Ik geloof, mevrouw, dat ik u gerust kan beloven nooit met hem te dansen."

"Zijn trots," zei juffrouw Lucas, "beledigt *me niet* zozeer als trots vaak doet, want er is een excuus voor. Het is niet verwonderlijk dat zo'n fijne jongeman, met familie, fortuin, alles wat hem gunstig gezind is, een hoge dunk van zichzelf heeft. Als ik het zo mag uitdrukken, heeft hij het *recht* om trots te zijn."

"Dat is zeer waar," antwoordde Elizabeth, "en ik zou zijn trots gemakkelijk kunnen vergeven*, als hij* de mijne *niet had gekrenkt.*"

'Hoogmoed', merkte Maria op, die zich verheugde op de stevigheid van haar overpeinzingen, 'is een veel voorkomende tekortkoming, geloof ik. Door alles wat ik ooit heb gelezen, ben ik ervan overtuigd dat het inderdaad heel gewoon is; dat de menselijke natuur er bijzonder vatbaar voor is, en dat er maar heel weinig van ons zijn die geen gevoel van zelfgenoegzaamheid koesteren op grond van een of andere kwaliteit, echt of denkbeeldig. IJdelheid en trots zijn verschillende dingen, hoewel de woorden vaak als synoniemen worden gebruikt. Een mens kan trots zijn zonder ijdel te zijn. Trots heeft meer te maken met onze mening over onszelf; ijdelheid voor wat we willen dat anderen van ons denken."

"Als ik zo rijk was als Mr. Darcy," riep een jonge Lucas, die met zijn zussen kwam, "zou het me niet schelen hoe trots ik was. Ik zou een roedel foxhounds houden en elke dag een fles wijn drinken."

"Dan zou je veel meer drinken dan je zou moeten," zei mevrouw Bennet; "En als ik je bezig zou zien, zou ik je fles meteen wegnemen."

De jongen protesteerde dat ze dat niet moest doen; Ze bleef verklaren dat ze dat zou doen; En de ruzie eindigde pas met het bezoek.

Hoofdstuk VI

De dames van Longbourn wachtten al snel op die van Netherfield. Het bezoek werd in gepaste vorm beantwoord. De aangename manieren van juffrouw Bennet groeiden op de welwillendheid van mevrouw Hurst en juffrouw Bingley; En hoewel de moeder onuitstaanbaar werd bevonden en de jongere zusters niet de moeite waard waren om mee te praten, werd de wens geuit om hen beter te leren kennen aan de twee oudsten. Door Jane werd deze aandacht met het grootste genoegen ontvangen; maar Elizabeth zag nog steeds hooghartigheid in hun behandeling van iedereen, zelfs haar zuster nauwelijks uitgezonderd, en kon hen niet aardig vinden; hoewel hun vriendelijkheid jegens Jane, zoals het was, een waarde had, die naar alle waarschijnlijkheid voortkwam uit de invloed van de bewondering van hun broer. Het was algemeen duidelijk, wanneer zij elkaar ontmoetten, dat hij *haar bewonderde; en voor* haar was het even duidelijk dat Jane toegaf aan de voorkeur die zij van het begin af aan voor hem begon te koesteren, en in zekere zin erg verliefd was; maar zij overwoog met genoegen dat het niet waarschijnlijk was dat het door de wereld in het algemeen zou worden ontdekt. want Jane verenigde zich met grote gevoelskracht, een kalmte van humeur en een uniforme opgewektheid van manieren, die haar zouden behoeden voor de verdenkingen van de onbeschaamden. Ze vertelde dit aan haar vriendin, juffrouw Lucas.

"Het kan misschien aangenaam zijn," antwoordde Charlotte, "om in zo'n geval aan het publiek te kunnen opdringen; Maar het is soms een nadeel om zo erg op je hoede te zijn. Als een vrouw haar genegenheid met dezelfde vaardigheid verbergt voor het object ervan, kan ze de kans verliezen om hem te fixeren; En dan zal het slechts een schrale troost zijn om de wereld in het duister gelijk te geloven. Er is zoveel dankbaarheid of ijdelheid in bijna elke gehechtheid, dat het niet veilig is om er een aan zichzelf over te laten. We kunnen allemaal *vrij beginnen* - een lichte voorkeur is natuurlijk genoeg, maar er zijn maar heel weinig van ons die hart genoeg hebben om echt verliefd te zijn zonder aanmoediging. In negen van de tien gevallen kan een vrouw maar beter *meer* genegenheid tonen dan ze voelt. Bingley vindt je zus ongetwijfeld leuk; Maar hij zal misschien nooit meer doen dan haar aardig vinden, als ze hem niet verder helpt."

"Maar ze helpt hem wel verder, voor zover haar natuur het toelaat. Als *ik* haar achting voor hem kan bespeuren, moet hij wel een onnozelaar zijn om dat niet ook te ontdekken."

'Onthoud, Eliza, dat hij Jane's karakter niet kent zoals jij.'

"Maar als een vrouw een man veracht en niet probeert het te verbergen, moet hij het uitzoeken."

"Misschien moet hij wel, als hij genoeg van haar ziet. Maar hoewel Bingley en Jane elkaar redelijk vaak ontmoeten, is het nooit voor vele uren samen; En omdat ze elkaar altijd in grote gemengde groepen zien, is het onmogelijk dat elk moment wordt gebruikt om met elkaar te converseren. Jane moet daarom het meeste halen uit elk half uur waarin ze zijn aandacht kan trekken. Als ze zeker van hem is, zal er tijd zijn om verliefd te worden, zoveel ze wil."

"Uw plan is goed," antwoordde Elizabeth, "waarbij niets anders in het geding is dan de wens om goed getrouwd te zijn; en als ik vastbesloten was om een rijke echtgenoot te krijgen, of welke echtgenoot dan ook, durf ik te zeggen dat ik het zou aannemen. Maar dit zijn niet Jane's gevoelens; Ze handelt niet met opzet. Ze kan nog niet eens zeker zijn van de mate van haar eigen achting, noch van de redelijkheid ervan. Ze kent hem pas twee weken. Ze danste vier dansen met hem in Meryton; Ze zag hem op een ochtend in zijn eigen huis en heeft sindsdien vier keer in gezelschap van hem gedineerd. Dit is niet genoeg om haar zijn karakter te laten begrijpen."

"Niet zoals jij het voorstelt. Had ze alleen maar *met hem gedineerd*, dan had ze misschien alleen maar ontdekt of hij een goede eetlust had, maar je moet niet vergeten dat er ook vier avonden samen zijn doorgebracht - en vier avonden kunnen veel doen."

"Ja: deze vier avonden hebben hen in staat gesteld vast te stellen dat ze beiden Vingt-un beter vinden dan Handel, maar met betrekking tot enig ander leidend kenmerk kan ik me niet voorstellen dat er veel is ontvouwd."

"Nou," zei Charlotte, "ik wens Jane succes met heel mijn hart; en als ze morgen met hem getrouwd was, zou ik denken dat ze evenveel kans op geluk had als wanneer ze twaalf maanden lang zijn karakter zou bestuderen. Geluk in het huwelijk is volledig een kwestie van toeval. Als de schikkingen van de partijen elkaar nog zo goed bekend zijn, of van tevoren zo op elkaar lijken, bevordert dit hun geluk niet in het minst. Ze blijven altijd zo groeien als later om hun deel van de ergernis te hebben; en het is beter om zo min mogelijk te weten van de gebreken van de persoon met wie je je leven moet doorbrengen."

"Je maakt me aan het lachen, Charlotte; Maar het is geen geluid. Je weet dat het niet goed is en dat je zelf nooit zo zou handelen."

Terwijl Elizabeth bezig was met het observeren van de aandacht van meneer Bingley voor haar zus, vermoedde ze geenszins dat ze zelf een voorwerp van enige belangstelling werd in de ogen van zijn vriend. Mr. Darcy had haar eerst nauwelijks toegestaan mooi te zijn: hij had haar zonder bewondering op het bal bekeken; En toen ze elkaar de volgende keer ontmoetten, keek hij haar alleen maar aan om kritiek te leveren. Maar nauwelijks had hij zichzelf en zijn vrienden duidelijk gemaakt dat ze nauwelijks een goede gelaatstrekken in haar gezicht had, of hij begon te merken dat ze ongewoon intelligent werd door de mooie uitdrukking van haar donkere ogen. Aan deze ontdekking volgden enkele andere, even vernederend. Hoewel hij met een kritisch oog meer dan één gebrek aan perfecte symmetrie in haar vorm had ontdekt, was hij gedwongen te erkennen dat haar figuur licht en aangenaam was; En ondanks zijn bewering dat haar manieren niet die van de mondaine wereld waren, werd hij gegrepen door hun gemakkelijke speelsheid. Daarvan was ze zich totaal niet bewust: voor haar was hij alleen maar de man die zich nergens aangenaam maakte en die haar niet knap genoeg had gevonden om mee te dansen.

Hij begon meer van haar te willen weten; en, als een stap om zelf met haar te converseren, luisterde hij naar haar gesprek met anderen. Dat hij dat deed, trok haar aandacht. Het was bij Sir William Lucas, waar een groot gezelschap bijeen was.

"Wat bedoelt meneer Darcy," zei ze tegen Charlotte, "door naar mijn gesprek met kolonel Forster te luisteren?"

"Dat is een vraag die alleen meneer Darcy kan beantwoorden."

"Maar als hij het nog meer doet, zal ik hem zeker laten weten dat ik zie wat hij van plan is. Hij heeft een zeer satirisch oog, en als ik niet begin zelf brutaal te zijn, zal ik snel bang voor hem worden."

Toen hij hen kort daarna naderde, hoewel zonder enige intentie te hebben om te spreken, daagde juffrouw Lucas haar vriend uit om zo'n onderwerp tegen hem te noemen, wat Elizabeth onmiddellijk uitlokte om het te doen, ze wendde zich tot hem en zei:

"Dacht u niet, meneer Darcy, dat ik me zojuist buitengewoon goed uitdrukte, toen ik kolonel Forster plaagde om ons een bal te geven in Meryton?"

"Met veel energie; Maar het is een onderwerp waar een dame altijd energiek van wordt."

"Je bent streng voor ons."

"Binnenkort is het *haar* beurt om geplaagd te worden", zei juffrouw Lucas. "Ik ga het instrument openen, Eliza, en je weet wat er volgt."

"Je bent een heel vreemd wezen bij wijze van een vriend! - altijd wil je dat ik voor iedereen speel en zing! Als mijn ijdelheid een muzikale wending had genomen, zou jij van onschatbare waarde zijn geweest; maar zoals het nu is, zou ik echt liever niet gaan zitten voor degenen die de gewoonte moeten hebben om de allerbeste artiesten te horen." Over het volharden van juffrouw Lucas voegde ze er echter aan toe: 'Heel goed; Als het zo moet zijn, dan moet het." En ernstig kijkend naar meneer Darcy: "Er is een heel mooi oud gezegde, dat iedereen hier natuurlijk kent - 'Houd je adem in om je pap af te koelen' - en ik zal de mijne houden om mijn lied te laten aanzwellen."

Haar optreden was aangenaam, maar zeker niet kapitaal. Na een of twee liederen, en voordat ze kon antwoorden op de smeekbeden van velen om weer te zingen, werd ze gretig opgevolgd aan het instrument door haar zuster Mary, die, omdat ze de enige eenvoudige in de familie was, hard werkte voor kennis en prestaties, altijd ongeduldig was om zich te vertonen.

Maria had genialiteit noch smaak; En hoewel de ijdelheid haar sollicitatie had gegeven, had het haar ook een betweterige houding en een verwaande manier van doen gegeven, die een hogere graad van uitmuntendheid zouden hebben geschaad dan ze had bereikt. Elizabeth, gemakkelijk en ongekunsteld, was met veel meer plezier beluisterd, hoewel ze niet half zo goed speelde; en Mary, aan het einde van een lang concerto, was blij om lof en dankbaarheid te kopen door Schotse en Ierse airs, op verzoek van haar jongere zusters, die met enkele van de Lucases, en twee of drie officieren, gretig deelnamen aan het dansen aan het ene einde van de kamer.

Mr. Darcy stond naast hen in stille verontwaardiging over zo'n manier van avondvullen, met uitsluiting van alle gesprekken, en was te zeer in beslag genomen door zijn eigen gedachten om te merken dat Sir William Lucas zijn buurman was, totdat Sir William aldus begon:

"Wat een charmant amusement voor jonge mensen is dit, meneer Darcy! Er gaat tenslotte niets boven dansen. Ik beschouw het als een van de eerste verfijningen van gepolijste samenlevingen."

"Zeker, meneer; En het heeft ook het voordeel dat het in zwang is in de minder gepolijste samenlevingen van de wereld: elke wilde kan dansen."

Sir William glimlachte alleen maar. "Je vriend presteert heerlijk," vervolgde hij, na een pauze, toen hij zag dat Bingley zich bij de groep voegde; "en ik twijfel er niet aan dat u zelf een adept in de wetenschap bent, meneer Darcy."

"U hebt me zien dansen in Meryton, geloof ik, meneer."

"Ja, inderdaad, en ik was niet onbelangrijk blij met de aanblik. Dans je vaak in St. James's?"

"Nooit, meneer."

"Denk je niet dat het een gepast compliment zou zijn voor de plek?"

"Het is een compliment dat ik nooit ergens geef als ik het kan vermijden."

"Je hebt een huis in de stad, concludeer ik?"

Mr. Darcy boog.

"Ik heb er eens aan gedacht om zelf in de stad te gaan wonen, want ik ben dol op de hogere samenleving; maar ik was er niet helemaal zeker van dat de lucht van Londen het met Lady Lucas eens zou zijn."

Hij zweeg in de hoop op een antwoord, maar zijn metgezel was niet van plan er een te geven; en Elizabeth, die op dat ogenblik naar hen toe kwam, werd getroffen door het idee om iets heel dappers te doen, en riep haar toe:

"Mijn lieve juffrouw Eliza, waarom danst u niet? Meneer Darcy, u moet mij toestaan deze jongedame aan u voor te stellen als een zeer begeerlijke partner. Ik ben er zeker van dat je niet kunt weigeren te dansen als er zoveel schoonheid voor je ligt." En toen hij haar hand nam, zou hij die aan meneer Darcy hebben gegeven, die, hoewel buitengewoon verrast, niet onwillig was om het te ontvangen, toen ze zich onmiddellijk terugtrok en met enige ongenoegen tegen Sir William zei:

"Inderdaad, meneer, ik heb niet het minste voornemen om te dansen. Ik smeek je niet te denken dat ik deze kant op ben gegaan om te smeken om een partner."

Mr. Darcy vroeg met groot fatsoen om de eer van haar hand te mogen hebben, maar tevergeefs. Elizabeth was vastbesloten; ook bracht Sir William haar voornemen in het geheel niet aan het wankelen door zijn poging tot overreding.

"U blinkt zo uit in de dans, juffrouw Eliza, dat het wreed is om mij het geluk te ontzeggen u te zien; en hoewel deze heer een hekel heeft aan het amusement in het algemeen, kan hij er geen bezwaar tegen hebben, daar ben ik zeker van, om ons een half uur te verplichten."

"Mr. Darcy is een en al beleefdheid," zei Elizabeth glimlachend.

"Dat is hij inderdaad: maar gezien de aansporing, mijn beste juffrouw Eliza, kunnen we ons niet verbazen over zijn inschikkelijkheid; Want wie zou er bezwaar hebben tegen zo'n partner?"

Elizabeth keek boogvormig en wendde zich af. Haar tegenstand had haar bij de heer niet geschaad, en hij dacht met enige zelfgenoegzaamheid aan haar, toen ze zo werd aangesproken door juffrouw Bingley:

"Ik kan het onderwerp van je mijmering raden."

"Ik zou me voorstellen van niet."

'Je overweegt hoe ondraaglijk het zou zijn om vele avonden op deze manier door te brengen, in zo'n gezelschap; en inderdaad, ik ben het helemaal met u eens. Ik was nog nooit zo geïrriteerd! De smakeloosheid, en toch het lawaai - het niets, en toch de eigendunk van al deze mensen! Wat zou ik er voor over hebben om uw beperkingen op hen te horen!"

"Uw vermoeden is volkomen verkeerd, dat verzeker ik u. Mijn geest was aangenamer bezig. Ik heb gemediteerd over het zeer grote genot dat een paar mooie ogen in het gezicht van een mooie vrouw kunnen schenken."

Juffrouw Bingley vestigde onmiddellijk haar ogen op zijn gezicht en verlangde dat hij haar zou vertellen welke dame de eer had zulke overpeinzingen te inspireren. Mr. Darcy antwoordde met grote onverschrokkenheid:

"Mejuffrouw Elizabeth Bennet."

"Mejuffrouw Elizabeth Bennet!" herhaalde juffrouw Bingley. "Ik ben een en al verbazing. Hoe lang is ze al zo'n favoriet? en wanneer zal ik je vreugde wensen?"

"Dat is precies de vraag die ik verwachtte dat je zou stellen. De verbeelding van een dame is erg snel; Het springt in een oogwenk van bewondering naar liefde, van liefde naar huwelijk. Ik wist dat je me vreugde zou wensen."

"Neen, als u het zo serieus neemt, zal ik de zaak als absoluut afgehandeld beschouwen. Je zult inderdaad een charmante schoonmoeder hebben, en natuurlijk zal ze altijd bij je in Pemberley zijn."

Hij luisterde met volmaakte onverschilligheid naar haar, terwijl zij zich op deze manier vermaakte; En terwijl zijn kalmte haar ervan overtuigde dat alles veilig was, stroomde haar verstand mee.

Hoofdstuk VII

Het vermogen van de heer Bennet bestond bijna geheel uit een nalatenschap van tweeduizend per jaar, dat, helaas voor zijn dochters, bij gebreke van mannelijke erfgenamen, op een verre verwant berustte; En het fortuin van hun moeder, hoewel ruim voor haar levenssituatie, kon het tekort van zijn vermogen slechts slecht aanvullen. Haar vader was advocaat geweest in Meryton en had haar vierduizend pond nagelaten.

Ze had een zus, getrouwd met een heer Philips, die klerk van hun vader was geweest en hem in de zaak was opgevolgd, en een broer die zich in Londen vestigde in een respectabele tak van handel.

Het dorp Longbourn was slechts een mijl van Meryton; een zeer geschikte afstand voor de jonge dames, die meestal drie of vier keer per week in de verleiding kwamen om hun plicht te betalen aan hun tante en aan een hoedenwinkel aan de overkant van de weg. De twee jongsten van het gezin, Catharina en Lydia, waren bijzonder vaak in deze attenties: hun geest was meer leeg dan die van hun zusters, en als er niets beters te bieden was, was een wandeling naar Meryton nodig om hun ochtenduren te vermaken en een gesprek voor de avond te leveren; En hoe weinig nieuws het land in het algemeen ook mocht zijn, ze slaagden er altijd in om wat van hun tante te leren. Op dit moment waren zij inderdaad goed voorzien van nieuws en geluk door de recente aankomst van een militieregiment in de buurt; het zou de hele winter blijven, en Meryton was het hoofdkwartier.

Hun bezoeken aan mevrouw Philips leverden nu de meest interessante inlichtingen op. Elke dag voegde iets toe aan hun kennis van de namen en connecties van de officieren. Hun verblijf was niet lang een geheim, en eindelijk begonnen ze de officieren zelf te leren kennen. De heer Philips bezocht ze allemaal, en dit opende voor zijn nichtjes een bron van geluk die voorheen onbekend was. Ze konden over niets anders praten dan over officieren; en het grote fortuin van de heer Bingley, waarvan de vermelding hun moeder bezielde, was in hun ogen waardeloos in tegenstelling tot de regimenten van een vaandrig.

Nadat hij op een ochtend naar hun uitspattingen over dit onderwerp had geluisterd, merkte de heer Bennet koeltjes op:

"Van alles wat ik door jouw manier van praten kan verzamelen, moeten jullie twee van de domste meisjes van het land zijn. Ik vermoedde het al langer, maar ik ben nu overtuigd."

Catharina was ontzet en gaf geen antwoord; maar Lydia bleef met volmaakte onverschilligheid haar bewondering uitspreken voor kapitein Carter en haar hoop hem in de loop van de dag te zien, toen hij de volgende morgen naar Londen ging.

"Het verbaast me, mijn liefste," zei mevrouw Bennet, "dat je zo bereid bent om je eigen kinderen dwaas te vinden. Als ik geringschattend over iemands kinderen zou willen denken, zou het echter niet van mijzelf moeten zijn."

"Als mijn kinderen dom zijn, moet ik hopen dat ik er altijd verstandig mee omga."

"Jazeker; Maar ze zijn nu eenmaal allemaal heel slim."

"Dit is het enige punt, ik vlei mezelf, waarover we het niet eens zijn. Ik had gehoopt dat onze gevoelens in alle opzichten overeenkwamen, maar ik moet zo ver van mening verschillen met u dat ik onze twee jongste dochters buitengewoon dwaas vind."

"Mijn beste meneer Bennet, u moet niet verwachten dat zulke meisjes het gevoel van hun vader en moeder hebben. Als ze op onze leeftijd komen, durf ik te zeggen dat ze niet meer aan officieren zullen denken dan wij. Ik herinner me de tijd dat ik zelf heel goed van een rode jas hield - en dat doe ik inderdaad nog steeds in mijn hart; en als een knappe jonge kolonel, met vijf- of zesduizend per jaar, een van mijn meisjes zou willen hebben, zal ik geen nee tegen hem zeggen; en ik vond dat kolonel Forster er gisteravond erg betamelijk uitzag bij Sir William in zijn regimenten."

"Mamma," riep Lydia, "mijn tante zegt dat kolonel Forster en kapitein Carter niet zo vaak naar juffrouw Watson gaan als toen ze voor het eerst kwamen; ze ziet ze nu heel vaak staan in de bibliotheek van Clarke."

Mevrouw Bennet werd verhinderd te antwoorden door de binnenkomst van de lakei met een briefje voor juffrouw Bennet; het kwam uit Netherfield, en de bediende wachtte op een antwoord. De ogen van mevrouw Bennet fonkelden van plezier en ze riep gretig, terwijl haar dochter las:

"Nou, Jane, van wie komt het? Waar gaat het over? Wat zegt hij? Nou, Jane, haast je en vertel het ons; Haast je, mijn liefste."

'Het is van juffrouw Bingley,' zei Jane en las het toen hardop voor.

"Mijn beste vriend,

"Als je niet zo meelevend bent om vandaag met Louisa en mij te dineren, lopen we het gevaar elkaar de rest van ons leven te haten; Want een hele dag *tête-à-tête* tussen twee vrouwen kan nooit eindigen zonder ruzie. Kom zo snel mogelijk op de ontvangst hiervan. Mijn broer en de heren gaan dineren met de officieren. Met vriendelijke groet,

"CAROLINE BINGLEY."

"Met de officieren!" riep Lydia: "het verbaast me dat mijn tante ons dat niet heeft verteld."

'Uit eten gaan,' zei mevrouw Bennet; "Dat is heel ongelukkig."

"Mag ik de koets hebben?" zei Jane.

"Nee, mijn liefste, je kunt beter te paard gaan, want het lijkt erop dat het gaat regenen; En dan moet je de hele nacht blijven."

"Dat zou een goed plan zijn," zei Elizabeth, "als je er zeker van was dat ze niet zouden aanbieden haar naar huis te sturen."

"O, maar de heren zullen de chaise van meneer Bingley hebben om naar Meryton te gaan; en de Hursts hebben geen paarden voor de hunne."

"Ik had veel liever in de koets gezeten."

"Maar, mijn liefste, je vader kan de paarden niet missen, daar ben ik zeker van. Ze worden gezocht op de boerderij, meneer Bennet, nietwaar?"

"Ze zijn veel vaker gewild op de boerderij dan ik ze kan krijgen."

"Maar als je ze vandaag hebt," zei Elizabeth, "zal het doel van mijn moeder beantwoord worden."

Eindelijk dwong ze haar vader een erkenning af dat de paarden verloofd waren; Jane was daarom verplicht om te paard te gaan, en haar moeder begeleidde haar tot aan de deur met veel vrolijke voorspellingen van een slechte dag. Haar hoop werd verhoord; Jane was nog niet lang weg of het regende hard. Haar zussen voelden zich niet op haar gemak, maar haar moeder was opgetogen. De regen hield de hele avond zonder onderbreking aan; Jane kon zeker niet terugkomen.

"Dit was inderdaad een gelukkig idee van mij!" zei mevrouw Bennet meer dan eens, alsof de eer om het te laten regenen helemaal haar toekwam. Tot de volgende morgen was ze zich echter niet bewust van al het geluk van haar uitvinding. Het ontbijt was nauwelijks voorbij of een bediende uit Netherfield bracht het volgende briefje voor Elizabeth:

"Mijn liefste Lizzie,

"Ik merk dat ik me vanmorgen erg onwel voel, wat, denk ik, te wijten is aan het feit dat ik gisteren nat ben geworden. Mijn vriendelijke vrienden zullen er niet van horen dat ik naar huis terugga voordat ik beter ben. Ze staan er ook op dat ik meneer Jones zie – wees daarom niet verontrust als je hoort dat hij bij mij is geweest – en behalve een zere keel en hoofdpijn is er niet veel met mij aan de hand.

"De jouwe, enz."

'Nou, mijn liefste,' zei meneer Bennet, toen Elizabeth het briefje had voorgelezen, 'als je dochter een gevaarlijke aanval van ziekte zou krijgen - als ze zou sterven - zou het een troost zijn om te weten dat het allemaal was om meneer Bingley te achtervolgen, en onder jouw bevel.'

"O, ik ben helemaal niet bang dat ze sterft. Mensen sterven niet aan kleine onbeduidende verkoudheden. Er zal goed voor haar worden gezorgd. Zolang ze daar blijft, is het allemaal goed en wel. Ik zou naar haar toe gaan als ik de koets kon krijgen."

Elizabeth, die zich werkelijk angstig voelde, besloot naar haar toe te gaan, hoewel het rijtuig niet te krijgen was: en omdat zij geen paardrijdster was, was lopen haar enige alternatief. Ze verklaarde haar voornemen.

"Hoe kun je zo dwaas zijn," riep haar moeder, "om aan zoiets te denken, in al dit vuil! Je zult niet geschikt zijn om gezien te worden als je daar aankomt."

"Ik zal heel geschikt zijn om Jane te zien - en dat is alles wat ik wil."

"Is dit een hint voor mij, Lizzy," zei haar vader, "om de paarden te laten halen?"

"Nee, inderdaad. Ik wil de wandeling niet uit de weg gaan. De afstand is niets, wanneer men een motief heeft; slechts drie mijl. Tegen het avondeten ben ik terug."

"Ik bewonder de werkzaamheid van uw welwillendheid," merkte Maria op, "maar elke gevoelsimpuls moet door de rede worden geleid; En naar mijn mening moet de inspanning altijd in verhouding staan tot wat nodig is."

"We zullen met jullie tot Meryton gaan," zeiden Catherine en Lydia. Elizabeth accepteerde hun gezelschap en de drie jonge dames gingen samen op weg.

"Als we ons haasten," zei Lydia, terwijl ze verder liepen, "kunnen we misschien iets van kapitein Carter zien, voordat hij gaat."

In Meryton gingen ze uit elkaar: de twee jongsten gingen naar het logement van een van de officiersvrouwen, en Elizabeth zette haar wandeling alleen voort, doorkruiste veld na veld in een snel tempo, sprong over bomen en sprong over plassen, met ongeduldige activiteit, en merkte dat ze eindelijk in het zicht van het huis was, met vermoeide enkels, vuile kousen, en een gezicht dat gloeit van de warmte van inspanning.

Ze werd binnengeleid in de ontbijtzaal, waar iedereen behalve Jane bijeen was, en waar haar verschijning voor veel verrassing zorgde. Dat ze zo vroeg op de dag bij zulk vuil weer en in haar eentje drie mijl had moeten lopen, was bijna ongelooflijk voor mevrouw Hurst en juffrouw Bingley; en Elizabeth was ervan overtuigd dat ze haar daarvoor verachtten. Ze werd echter zeer beleefd door hen ontvangen; En in de manieren van hun broer was er iets beters dan beleefdheid - er was een goed humeur en vriendelijkheid. Mr. Darcy zei heel weinig, en Mr. Hurst helemaal niets. De eerste was verdeeld tussen bewondering voor de schittering die oefening aan haar gelaatskleur had gegeven en twijfel over de reden waarom ze zo ver alleen was gekomen. De laatste dacht alleen maar aan zijn ontbijt.

Haar vragen naar haar zus werden niet erg gunstig beantwoord. Juffrouw Bennet had slecht geslapen en hoewel ze wakker was, was ze erg koortsig en niet goed genoeg om haar kamer te verlaten. Elizabeth was blij dat ze meteen bij haar werd gebracht; en Jane, die zich alleen had laten weerhouden door de angst om alarm te slaan of ongemak te veroorzaken, om in haar briefje te zeggen hoezeer ze naar zo'n bezoek verlangde, was opgetogen over haar binnenkomst. Ze was echter niet opgewassen tegen veel gesprekken; en toen juffrouw Bingley hen samen achterliet, kon ze weinig anders proberen dan uitingen van dankbaarheid te geven voor de buitengewone vriendelijkheid waarmee ze werd behandeld. Elizabeth ging zwijgend naar haar toe.

Toen het ontbijt voorbij was, voegden de zusters zich bij hen; en Elizabeth begon ze zelf aardig te vinden, toen ze zag hoeveel genegenheid en zorg ze voor Jane toonden. De apotheker kwam; en na zijn patiënte te hebben onderzocht, zei, zoals men kon veronderstellen, dat zij een hevige verkoudheid had gevat, en dat zij moesten proberen die te overwinnen; Hij raadde haar aan terug te gaan naar bed en beloofde haar wat tocht. Het advies werd onmiddellijk opgevolgd, want de koortsachtige symptomen namen toe en haar hoofd deed acuut pijn. Elizabeth verliet haar kamer geen ogenblik, en de andere dames waren ook niet vaak afwezig; Omdat de heren weg waren, hadden ze in feite niets anders te zoeken.

Toen de klok drie uur sloeg, voelde Elisabeth dat ze moest gaan, en dat zei ze heel onwillig. Juffrouw Bingley bood haar het rijtuig aan, en ze wilde alleen maar een beetje aandringen om het aan te nemen, toen Jane getuigde van zo'n bezorgdheid over het afscheid van haar, dat juffrouw Bingley gedwongen was het aanbod van de chaise om te zetten in een uitnodiging om voorlopig in Netherfield te blijven. Elizabeth stemde zeer dankbaar toe, en er werd een bediende naar Longbourn gezonden, om de familie op de hoogte te stellen van haar verblijf en een voorraad kleren mee terug te nemen.

Hoofdstuk VIII

Om vijf uur trokken de twee dames zich terug om zich aan te kleden, en om half zes werd Elizabeth voor het diner ontboden. Op de burgerlijke vragen die toen binnenstroomden, en waaronder ze het genoegen had de veel grotere zorg van de heer Bingley te onderscheiden, kon ze geen erg gunstig antwoord geven. Jane was zeker niet beter. Toen de zusters dit hoorden, herhaalden ze drie of vier keer hoezeer ze verdriet hadden, hoe schokkend het was om verkouden te zijn en hoe erg ze het vonden om zelf ziek te zijn; en toen dacht ze er niet meer aan: en hun onverschilligheid tegenover Jane, als ze niet onmiddellijk voor hen stonden, bracht Elizabeth terug in het genot van al haar oorspronkelijke afkeer.

Hun broer was inderdaad de enige van het gezelschap die ze met enige zelfgenoegzaamheid kon beschouwen. Zijn bezorgdheid voor Jane was duidelijk, en zijn aandacht voor zichzelf was zeer aangenaam; En ze voorkwamen dat ze zich zozeer een indringer voelde, omdat ze geloofde dat ze door de anderen werd beschouwd. Ze had heel weinig aandacht van iemand anders dan van hem. Juffrouw Bingley was in beslag genomen door Mr. Darcy, haar zus nauwelijks minder; en wat meneer Hurst betreft, bij wie Elizabeth zat, hij was een lui man, die alleen leefde om te eten, te drinken en te kaarten, die, toen hij merkte dat ze een eenvoudig gerecht verkoos boven een ragout, niets tegen haar te zeggen had.

Toen het diner voorbij was, keerde ze direct terug naar Jane, en juffrouw Bingley begon haar te misbruiken zodra ze de kamer uit was. Haar manieren werden als zeer slecht bestempeld, een mengeling van trots en onbeschaamdheid: ze had geen gesprek, geen stijl, geen smaak, geen schoonheid. Mevrouw Hurst dacht er net zo over en voegde eraan toe:

"Ze heeft, kortom, niets om haar aan te bevelen, maar ze is een uitstekende wandelaar. Ik zal haar verschijning vanmorgen nooit vergeten. Ze zag er echt bijna wild uit."

"Dat deed ze inderdaad, Louisa. Ik kon mijn gezicht nauwelijks inhouden. Erg onzin om überhaupt te komen! Waarom moet *ze* door het land zwerven, omdat haar zus verkouden was? Haar haar zo slordig, zo pluizig!"

"Ja, en haar petticoat; Ik hoop dat je haar petticoat hebt gezien, zes centimeter diep in de modder, daar ben ik absoluut zeker van, en de jurk die was neergelaten om hem te verbergen, deed zijn werk niet."

'Je foto kan heel precies zijn, Louisa,' zei Bingley; "Maar dit was mij allemaal ontgaan. Ik vond dat juffrouw Elizabeth Bennet er opmerkelijk goed uitzag toen ze vanmorgen de kamer binnenkwam. Haar vuile petticoat ontsnapte helemaal aan mijn aandacht."

"*U* hebt het waargenomen, meneer Darcy, dat weet ik zeker," zei juffrouw Bingley; "En ik ben geneigd te denken dat je *je zus niet zo* 'n tentoonstelling zou willen zien maken."

"Zeker niet."

"Om drie mijl te lopen, of vier mijl, of vijf mijl, of wat het ook is, boven haar enkels in vuil, en alleen, helemaal alleen! Wat zou ze ermee bedoelen? Het lijkt me een afschuwelijk soort verwaande onafhankelijkheid, een zeer landelijke onverschilligheid voor decorum."

"Het toont een genegenheid voor haar zus die erg aangenaam is", zei Bingley.

"Ik ben bang, Mr. Darcy," merkte juffrouw Bingley half fluisterend op, "dat dit avontuur uw bewondering voor haar mooie ogen nogal heeft aangetast."

"Helemaal niet," antwoordde hij: "ze waren opgeklaard door de oefening." Na deze toespraak volgde een korte pauze en mevrouw Hurst begon opnieuw:

"Ik heb een buitensporige achting voor Jane Bennet, - ze is echt een heel lief meisje - en ik wens met heel mijn hart dat ze goed gesetteld was. Maar met zo'n vader en moeder, en zulke lage connecties, ben ik bang dat er geen kans op is."

"Ik geloof dat ik je heb horen zeggen dat hun oom advocaat is in Meryton?"

"Jazeker; en ze hebben er nog een, die ergens in de buurt van Cheapside woont."

"Dat is kapitaal," voegde haar zuster eraan toe; En ze lachten allebei hartelijk.

"Als ze ooms genoeg hadden om *heel* Cheapside te vullen," riep Bingley, "zou het hen geen jota minder aangenaam maken."

"Maar het moet hun kans om met mannen van enige betekenis in de wereld te trouwen zeer aanzienlijk verminderen", antwoordde Darcy.

Op deze toespraak gaf Bingley geen antwoord; Maar zijn zusters stemden er hartelijk mee in en gaven zich enige tijd over aan hun vrolijkheid ten koste van de vulgaire relaties van hun dierbare vriend.

Maar met een hernieuwde tederheid gingen ze bij het verlaten van de eetzaal naar haar kamer en bleven bij haar zitten tot ze aan de koffie werd geroepen. Ze was er nog erg slecht aan toe, en Elisabet wilde haar helemaal niet verlaten, tot laat in de avond, toen ze de troost had haar te zien slapen, en toen het haar eerder goed dan aangenaam leek dat ze zelf de trap af ging. Toen ze de salon binnenkwam, vond ze het hele gezelschap op het toilet en werd meteen uitgenodigd om zich bij hen te voegen; Maar omdat ze vermoedde dat ze hoog speelden, wees ze het af, en haar zus als excuus makend, zei ze dat ze zich zou vermaken, voor de korte tijd dat ze beneden kon blijven, met een boek. Meneer Hurst keek haar met verbazing aan.

"Lees je liever voor dan voor kaarten?" zei hij; "Dat is nogal eigenaardig."

'Juffrouw Eliza Bennet,' zei juffrouw Bingley, 'heeft een hekel aan kaarten. Ze is een geweldige lezer en heeft nergens anders plezier in."

"Ik verdien noch zulk een lof, noch zulk een afkeuring," riep Elizabeth; "Ik ben *geen* grote lezer en ik heb plezier in veel dingen."

"Ik ben er zeker van dat je plezier hebt in het verzorgen van je zus," zei Bingley; "en ik hoop dat het snel zal worden verhoogd door haar heel goed te zien."

Elizabeth bedankte hem uit haar hart en liep toen naar een tafel waar een paar boeken lagen. Hij bood onmiddellijk aan om haar anderen te halen; alles wat zijn bibliotheek bood.

"En ik wou dat mijn verzameling groter was voor uw welzijn en mijn eigen eer; maar ik ben een luie kerel; en hoewel ik er niet veel heb, heb ik er meer dan ik ooit heb onderzocht."

Elizabeth verzekerde hem dat ze zich perfect kon aanpassen aan de mensen in de kamer.

"Het verbaast me," zei juffrouw Bingley, "dat mijn vader zo'n kleine verzameling boeken heeft nagelaten. Wat een heerlijke bibliotheek heeft u in Pemberley, meneer Darcy!"

"Het zou goed moeten zijn," antwoordde hij, "het is het werk geweest van vele generaties."

"En dan heb je er zelf zoveel aan toegevoegd – je koopt altijd boeken."

"Ik kan de verwaarlozing van een familiebibliotheek in dagen als deze niet begrijpen."

"Verwaarlozing! Ik ben er zeker van dat je niets verwaarloost dat kan bijdragen aan de schoonheid van die nobele plek. Charles, als je *je* huis bouwt, wens ik dat het half zo mooi is als Pemberley."

"Ik wou dat het mocht."

"Maar ik zou je echt aanraden om je aankoop in die buurt te doen en Pemberley als een soort model te nemen. Er is geen mooier graafschap in Engeland dan Derbyshire."

"Met heel mijn hart: ik zal Pemberley zelf kopen, als Darcy het zal verkopen."

"Ik heb het over mogelijkheden, Charles."

"Op mijn woord, Caroline, zou ik denken dat het beter mogelijk is om Pemberley te krijgen door aankoop dan door imitatie."

Elizabeth was zo gegrepen door wat er gebeurde, dat ze heel weinig aandacht voor haar boek had; en weldra legde zij het geheel terzijde, naderde de kaarttafel en stelde zich op tusschen Mr. Bingley en zijn oudste zuster om het spel te gadeslaan.

"Is juffrouw Darcy sinds de lente veel gegroeid?" zei juffrouw Bingley: "zal ze net zo groot zijn als ik?"

"Ik denk dat ze dat wel zal doen. Ze is nu ongeveer even lang als juffrouw Elizabeth Bennet, of liever gezegd, groter."

"Wat verlang ik ernaar haar weer te zien! Ik heb nog nooit iemand ontmoet die me zo verrukte. Zo'n gelaat, zo'n manieren, en zo buitengewoon bekwaam voor haar leeftijd! Haar spel op de pianoforte is voortreffelijk."

"Het is verbazingwekkend voor mij," zei Bingley, "hoe jonge dames geduld kunnen hebben om zo bekwaam te zijn als ze allemaal zijn."

"Alle jonge dames hebben het volbracht! Mijn beste Charles, wat bedoel je?"

"Ja, allemaal, denk ik. Ze schilderen allemaal tafels, bedekken schermen en nettentassen. Ik ken bijna niemand die dit alles niet kan; en ik ben er zeker van dat ik nog nooit voor het eerst over een jongedame heb horen spreken, zonder te horen dat ze zeer bekwaam was."

"Je lijst van de gemeenschappelijke omvang van prestaties," zei Darcy, "heeft te veel waarheid. Het woord wordt toegepast op menige vrouw die het niet anders verdient dan door een beurs te strekken of een scherm te bedekken; maar ik ben het verre van met u eens in uw beoordeling van dames in het algemeen. Ik kan er niet op bogen dat ik er meer dan een half dozijn in het hele bereik van mijn kennissenkring ken die werkelijk tot stand zijn gebracht."

"Ik ook niet, dat weet ik zeker," zei juffrouw Bingley.

"Dan," merkte Elizabeth op, "moet je veel begrijpen van je idee van een volleerde vrouw."

"Jazeker; Ik begrijp er wel heel veel in."

"O zeker," riep zijn trouwe assistent, "niemand kan werkelijk als bekwaam worden beschouwd, die niet veel hoger is dan wat men gewoonlijk tegenkomt. Een vrouw moet een grondige kennis hebben van muziek, zang, tekenen, dansen en de moderne talen om het woord te verdienen; En naast dit alles moet ze een bepaald iets bezitten in haar uitstraling en manier van lopen, de toon van haar stem, haar toespraak en uitdrukkingen, anders zal het woord maar half verdiend zijn."

"Dit alles moet ze bezitten," voegde Darcy eraan toe; "En aan dit alles moet ze nog iets wezenlijkers toevoegen aan de verbetering van haar geest door uitgebreid te lezen."

"Het verbaast me niet langer dat je *slechts* zes talentvolle vrouwen kent. Ik vraag me er nu eerder over af of je *er een* kent."

"Ben je zo streng voor je eigen geslacht dat je twijfelt aan de mogelijkheid van dit alles?"

"*Ik* heb nog nooit zo'n vrouw gezien. *Ik* heb nog nooit zo'n capaciteit, smaak, toepassing, elegantie, zoals u beschrijft, verenigd gezien."

Mevrouw Hurst en juffrouw Bingley schreeuwden het beiden uit tegen de onrechtvaardigheid van haar impliciete twijfel, en protesteerden beiden dat ze veel vrouwen kenden die aan deze beschrijving voldeden, toen meneer Hurst hen tot de orde riep, met bittere klachten over hun onoplettendheid voor wat er gaande was. Toen daarmee alle gesprekken ten einde waren, verliet Elizabeth kort daarna de kamer.

'Eliza Bennet,' zei juffrouw Bingley, toen de deur voor haar werd gesloten, 'is een van die jonge dames die zichzelf bij het andere geslacht proberen aan te bevelen door hun eigen geslacht te onderwaarderen; en bij veel mannen, durf ik te zeggen, lukt het; Maar naar mijn mening is het een schamel apparaat, een zeer gemene kunst."

"Ongetwijfeld," antwoordde Darcy, tot wie deze opmerking voornamelijk was gericht, "is er gemeenheid in *alle* kunsten die dames soms verwaardigen te gebruiken om te boeien. Alles wat verwantschap vertoont met sluwheid is verachtelijk."

Mejuffrouw Bingley was niet zo volkomen tevreden met dit antwoord dat ze het onderwerp wilde voortzetten.

Elizabeth voegde zich weer bij hen om te zeggen dat haar zus er slechter aan toe was en dat ze haar niet kon verlaten. Bingley drong erop aan dat meneer Jones onmiddellijk zou worden gestuurd; terwijl zijn zusters, ervan overtuigd dat geen enkel advies van het land van enige dienst kon zijn, een expres naar de stad aanbevalen voor een van de meest vooraanstaande artsen. Dit wilde ze niet weten; maar ze was niet zo onwillig om aan het voorstel van hun broer te voldoen; en er werd besloten dat meneer Jones vroeg in de ochtend zou worden gestuurd, als juffrouw Bennet niet beslist beter was. Bingley voelde zich nogal ongemakkelijk; Zijn zussen verklaarden dat ze zich ellendig voelden. Ze troostten hun ellende echter door duetten na het avondeten; terwijl hij geen betere verlichting voor zijn gevoelens kon vinden dan door zijn huishoudster aanwijzingen te geven dat alle mogelijke aandacht aan de zieke dame en haar zuster kon worden geschonken.

Hoofdstuk IX

Elizabeth bracht de nacht door in de kamer van haar zuster en had 's morgens het genoegen een aanvaardbaar antwoord te kunnen geven op de vragen die zij al heel vroeg van een dienstmeisje van meneer Bingley ontving, en enige tijd later van de twee elegante dames die op zijn zusters wachtten. Ondanks deze wijziging vroeg ze echter om een briefje naar Longbourn te sturen, met de wens dat haar moeder Jane zou bezoeken en haar eigen oordeel over haar situatie zou vormen. Het briefje werd onmiddellijk verzonden en de inhoud ervan werd even snel opgevolgd. Mevrouw Bennet, vergezeld door haar twee jongste meisjes, bereikte Netherfield kort na het familieontbijt.

Als ze Jane in enig duidelijk gevaar had gevonden, zou mevrouw Bennet zich erg ellendig hebben gevoeld; maar omdat ze er bij haar van overtuigd was dat haar ziekte niet alarmerend was, wenste ze niet dat ze onmiddellijk zou herstellen, omdat haar herstel waarschijnlijk uit Netherfield zou verwijderen. Ze wilde daarom niet luisteren naar het voorstel van haar dochter om naar huis gedragen te worden; Ook de apotheker, die omstreeks dezelfde tijd arriveerde, vond het helemaal niet raadzaam. Na een poosje bij Jane te hebben gezeten, op de verschijning en uitnodiging van juffrouw Bingley, vergezelden de moeder en drie dochters haar allemaal naar de ontbijtzaal. Bingley ontmoette hen in de hoop dat mevrouw Bennet juffrouw Bennet niet slechter had gevonden dan ze had verwacht.

"Inderdaad, meneer," was haar antwoord. "Ze is veel te ziek om verplaatst te worden. Meneer Jones zegt dat we er niet aan moeten denken om haar te verplaatsen. We moeten nog wat langer inbreuk maken op uw vriendelijkheid."

"Verwijderd!" riep Bingley. "Er moet niet aan gedacht worden. Ik ben er zeker van dat mijn zus niet van haar verwijdering zal horen."

"U kunt er zeker van zijn, mevrouw," zei juffrouw Bingley met koele beleefdheid, "dat juffrouw Bennet alle mogelijke aandacht zal krijgen zolang ze bij ons blijft."

Mevrouw Bennet was overvloedig in haar dankbetuigingen.

"Ik ben er zeker van," voegde ze eraan toe, "als het niet voor zulke goede vrienden was, zou ik niet weten wat er van haar zou worden, want ze is inderdaad erg ziek en lijdt veel, hoewel met het grootste geduld van de wereld, wat altijd zo is met haar, want ze heeft zonder uitzondering het liefste humeur dat ik ooit heb ontmoet. Ik zeg vaak tegen mijn andere meisjes dat ze niets voor *haar zijn*. U hebt hier een mooie kamer, meneer Bingley, en een charmant uitzicht over dat grindpad. Ik ken geen plaats in het land die gelijk is aan Netherfield. Ik hoop dat je er niet aan denkt om er overhaast mee op te houden, al heb je maar een korte huurovereenkomst."

"Wat ik ook doe, ik doe het haastig," antwoordde hij; "en daarom, als ik zou besluiten Netherfield te verlaten, zou ik waarschijnlijk binnen vijf minuten weg zijn. Op dit moment beschouw ik mezelf hier echter als vrij gefixeerd."

"Dat is precies wat ik van je had moeten verwachten", zei Elizabeth.

"Je begint me te begrijpen, hè?" riep hij, zich naar haar omkerend.

"O ja, ik begrijp je perfect."

"Ik wou dat ik dit als een compliment mocht beschouwen; maar om zo gemakkelijk te worden doorzien, vrees ik, is zielig."

"Dat is nu eenmaal. Hieruit volgt niet noodzakelijkerwijs dat een diep, ingewikkeld karakter min of meer te schatten is dan een karakter als het jouwe."

"Lizzy," riep haar moeder, "onthoud waar je bent en loop niet op de wilde manier door zoals je thuis moet doen."

"Ik wist vroeger niet," vervolgde Bingley onmiddellijk, "dat je een karakterbestudeerder was. Het moet een amusante studie zijn."

"Jazeker; Maar ingewikkelde karakters zijn het *meest* amusant. Dat voordeel hebben ze in ieder geval."

"Het land," zei Darcy, "kan over het algemeen maar weinig proefpersonen leveren voor zo'n studie. In een landelijke wijk beweeg je je in een zeer beperkte en onveranderlijke samenleving."

"Maar mensen zelf veranderen zoveel, dat er voor altijd iets nieuws in hen te zien is."

"Ja, inderdaad," riep mevrouw Bennet, beledigd door de manier waarop hij een plattelandsbuurt noemde. "Ik verzeker je dat er op het platteland net zoveel van *dat* soort dingen gebeurt als in de stad."

Iedereen was verrast; en Darcy, na haar even aan te hebben gekeken, wendde zich zwijgend af. Mevrouw Bennet, die meende dat ze een volledige overwinning op hem had behaald, zette haar triomf voort:

"Ik zie niet in dat Londen een groot voordeel heeft ten opzichte van het land, wat mij betreft, behalve de winkels en openbare plaatsen. Het land is een stuk aangenamer, nietwaar, meneer Bingley?"

"Als ik in het land ben," antwoordde hij, "wil ik het nooit verlaten; en als ik in de stad ben, is het vrijwel hetzelfde. Ze hebben elk hun voordelen, en ik kan in beide even gelukkig zijn."

"Ja, dat komt omdat je de juiste instelling hebt. Maar die meneer," terwijl hij naar Darcy keek, "leek te denken dat het land helemaal niets was."

"Inderdaad, mama, je vergist je," zei Elizabeth, blozend naar haar moeder. 'Je hebt meneer Darcy helemaal verkeerd begrepen. Hij bedoelde alleen dat er op het platteland niet zo'n verscheidenheid aan mensen te vinden was als in de stad, wat je moet erkennen als waar."

"Zeker, mijn liefste, niemand heeft gezegd dat die er waren; maar wat betreft het niet ontmoeten van veel mensen in deze buurt, geloof ik dat er maar weinig buurten zijn die groter zijn. Ik weet dat we met vierentwintig gezinnen dineren."

Niets dan bezorgdheid om Elizabeth kon Bingley in staat stellen zijn gelaat te behouden. Zijn zus was minder delicaat en richtte haar blik met een zeer expressieve glimlach op Mr. Darcy. Elizabeth, om iets te zeggen dat de gedachten van haar moeder zou kunnen veranderen, vroeg haar nu of Charlotte Lucas sinds haar vertrek in Longbourn was geweest.

"Ja, ze heeft gisteren met haar vader gebeld. Wat een aangename man is Sir William, meneer Bingley, nietwaar? Tot zover de man van de mode! Zo deftig en zo gemakkelijk! Hij heeft altijd iets te zeggen tegen iedereen. *Dat* is mijn opvatting van goede fokkerij, en die mensen die zich heel belangrijk vinden en nooit hun mond opendoen, vergissen zich helemaal in de zaak."

"Heeft Charlotte met je gedineerd?"

"Nee, ze zou naar huis gaan. Ik stel me voor dat ze werd gezocht over de gehakttaarten. Wat mij betreft, mijnheer Bingley, *ik* houd altijd bedienden die hun eigen werk kunnen doen; *Mijn* dochters worden anders opgevoed. Maar iedereen moet voor zichzelf oordelen, en de Lucases zijn een heel goed soort meisjes, dat verzeker ik je. Het is jammer dat ze niet knap zijn! Niet dat *ik* Charlotte zo *eenvoudig* vind , maar ze is dan ook onze bijzondere vriendin."

"Ze lijkt een zeer aangename jonge vrouw," zei Bingley.

"Oh jee, ja; Maar je moet toegeven dat ze heel duidelijk is. Lady Lucas zelf heeft het vaak gezegd en benijdde me Jane's schoonheid. Ik hou er niet van om op te scheppen over mijn eigen kind; maar om zeker te zijn, Jane - je ziet niet vaak iemand die er beter uitziet. Het is wat iedereen zegt. Ik vertrouw niet op mijn eigen partijdigheid. Toen ze nog maar vijftien was, was er een heer bij mijn broer Gardiner in de stad die zo verliefd op haar was, dat mijn schoonzus er zeker van was dat hij haar een aanbod zou doen voordat we weggingen. Maar dat deed hij niet. Misschien vond hij haar te jong. Hij schreef echter enkele verzen over haar, en ze waren erg mooi."

"En zo eindigde zijn genegenheid," zei Elizabeth ongeduldig. "Er zijn er velen, denk ik, op dezelfde manier overwonnen. Ik vraag me af wie voor het eerst de doeltreffendheid van poëzie heeft ontdekt bij het verdrijven van de liefde!"

"Ik ben gewend om poëzie te beschouwen als het *voedsel* van de liefde", zei Darcy.

"Van een fijne, stevige, gezonde liefde kan het zijn. Alles voedt wat al sterk is. Maar als het slechts een lichte, dunne neiging is, ben ik ervan overtuigd dat één goed sonnet het volledig zal verhongeren."

Darcy glimlachte alleen maar; en de algemene pauze die daarop volgde, deed Elizabeth beven omdat ze bang was dat haar moeder zich weer zou blootgeven. Ze verlangde ernaar om te spreken, maar kon niets bedenken om te zeggen; en na een korte stilte begon mevrouw Bennet haar dank aan meneer Bingley te herhalen voor zijn vriendelijkheid jegens Jane, met een verontschuldiging voor het feit dat ze hem ook met Lizzy had lastiggevallen. De heer Bingley was onaangedaan beleefd in zijn antwoord en dwong zijn jongere zuster ook beleefd te zijn en te zeggen wat de gelegenheid vereiste. Ze vervulde haar rol inderdaad zonder veel hoffelijkheid, maar mevrouw Bennet was tevreden en bestelde kort daarna haar rijtuig. Op dit teken stelde de jongste van haar dochters zich voor. De twee meisjes hadden het hele bezoek tegen elkaar gefluisterd; en het gevolg daarvan was, dat de jongste den heer Bingley zou belasten, omdat hij bij zijn eerste komst in het land beloofd had een bal te geven in Netherfield.

Lydia was een stevig, welgegroeid meisje van vijftien jaar, met een fijne huidskleur en een goedgehumeurd gelaat; een favoriet bij haar moeder, wier genegenheid haar al op jonge leeftijd in het openbaar had gebracht. Ze had een hoog dierlijk humeur en een soort natuurlijke zelfingenomenheid, die de attenties van de officieren, aan wie haar ooms goede diners en haar eigen gemakkelijke manieren haar aanbevalen, tot zekerheid hadden vergroot. Ze was daarom zeer geschikt om Mr. Bingley toe te spreken over het onderwerp van het bal, en herinnerde hem abrupt aan zijn belofte; Hij voegde eraan toe dat het de meest schandelijke zaak van de wereld zou zijn als hij het niet zou houden. Zijn antwoord op deze plotselinge aanval was verrukkelijk in het oor van haar moeder.

"Ik ben volkomen bereid, dat verzeker ik u, om mijn verloving na te komen; En als je zus hersteld is, moet je, als je wilt, de dag van het bal noemen. Maar je zou toch niet willen dansen terwijl ze ziek is?"

Lydia verklaarde tevreden te zijn. 'O ja, het zou veel beter zijn om te wachten tot Jane beter was; en tegen die tijd zou kapitein Carter hoogstwaarschijnlijk weer in Meryton zijn. En als je *je bal hebt gegeven* ," voegde ze eraan toe, "zal ik erop aandringen dat ze er ook een geven. Ik zal kolonel Forster zeggen dat het een schande zou zijn als hij dat niet doet."

Mrs. Bennet en haar dochters vertrokken toen, en Elizabeth keerde onmiddellijk terug naar Jane, haar eigen gedrag en dat van haar relaties overlatend aan de opmerkingen van de twee dames en Mr. Darcy; van wie de laatste echter niet kon worden overgehaald om zich bij hun afkeuring van *haar aan te sluiten*, ondanks alle kwinkslagen van juffrouw Bingley over *mooie ogen.*

Hoofdstuk X

De dag verliep ongeveer zoals de dag ervoor had gedaan. Mevrouw Hurst en juffrouw Bingley hadden een paar uur van de ochtend met de invalide doorgebracht, die voortging, hoewel langzaam, herstellen; en 's avonds voegde Elizabeth zich bij hun gezelschap in de salon. De toilettafel kwam echter niet tevoorschijn. Mr. Darcy was aan het schrijven en juffrouw Bingley, die naast hem zat, keek naar de voortgang van zijn brief en trok herhaaldelijk zijn aandacht af door berichten aan zijn zus te sturen. Meneer Hurst en meneer Bingley waren aan het piquet en mevrouw Hurst observeerde hun spel.

Elizabeth nam wat handwerk ter hand en amuseerde zich voldoende bij het bijwonen van wat er tussen Darcy en zijn metgezel gebeurde. De voortdurende lof van de dame, hetzij op zijn handschrift, hetzij op de gelijkmatigheid van zijn regels, of op de lengte van zijn brief, met de volmaakte onverschilligheid waarmee haar lof werd ontvangen, vormden een merkwaardige dialoog en waren precies in overeenstemming met haar mening over beide.

"Wat zal Miss Darcy blij zijn om zo'n brief te ontvangen!"

Hij gaf geen antwoord.

"Je schrijft ongewoon snel."

"Je vergist je. Ik schrijf nogal langzaam."

"Hoeveel brieven moet je in de loop van een jaar kunnen schrijven! Brieven van zaken, ook! Hoe verfoeilijk zou ik ze vinden!"

"Het is dus een geluk dat ze mij ten deel vallen in plaats van het uwe."

"Zeg alsjeblieft tegen je zus dat ik ernaar verlang haar te zien."

"Dat heb ik haar al eens gezegd, op uw wens."

"Ik ben bang dat je je pen niet leuk vindt. Laat me het voor je repareren. Ik repareer pennen opmerkelijk goed."

"Dank je, maar ik repareer altijd mijn eigen."

"Hoe kun je het voor elkaar krijgen om zo gelijkmatig te schrijven?"
Hij zweeg.

"Zeg tegen je zus dat ik blij ben te horen dat ze beter is geworden op de harp, en laat haar alsjeblieft weten dat ik helemaal in vervoering ben met haar mooie kleine ontwerp voor een tafel, en ik denk dat het oneindig veel beter is dan dat van juffrouw Grantley."

"Wilt u mij verlof geven om uw verrukkingen uit te stellen tot ik weer schrijf? Op dit moment heb ik geen ruimte om ze recht te doen."

"O, het is van geen belang. Ik zal haar in januari zien. Maar schrijft u altijd zulke charmante lange brieven aan haar, meneer Darcy?"

"Ze zijn over het algemeen lang; Maar of het altijd charmant is, dat is niet aan mij om te bepalen."

"Het is bij mij een regel, dat iemand die met gemak een lange brief kan schrijven, ook niet slecht kan schrijven."

"Dat is geen compliment voor Darcy, Caroline," riep haar broer, "want hij schrijft *niet* gemakkelijk. Hij studeert te veel voor woorden van vier lettergrepen. Jij niet, Darcy?"

"Mijn stijl van schrijven is heel anders dan die van jou."

"O," riep juffrouw Bingley, "Charles schrijft op de meest achteloze manier die je je kunt voorstellen. Hij laat de helft van zijn woorden weg en veegt de rest uit."

"Mijn ideeën stromen zo snel dat ik geen tijd heb om ze te uiten; waardoor mijn brieven soms helemaal geen ideeën overbrengen aan mijn correspondenten."

"Uw nederigheid, meneer Bingley," zei Elizabeth, "moet de terechtwijzing ontwapenen."

"Niets is bedrieglijker," zei Darcy, "dan de schijn van nederigheid. Het is vaak slechts onzorgvuldigheid van mening, en soms een indirecte grootspraak."

"En welke van de twee noem je *mijn* kleine recente stukje bescheidenheid?"

"De indirecte grootspraak; Want je bent echt trots op je gebreken in het schrijven, omdat je ze beschouwt als voortkomend uit een snelheid van denken en onzorgvuldigheid in de uitvoering, die je, zo niet te schatten, dan toch hoogst interessant vindt. Het vermogen om iets met snelheid te doen wordt altijd zeer gewaardeerd door de bezitter, en vaak zonder enige aandacht voor de onvolmaaktheid van de uitvoering. Toen u vanmorgen tegen mevrouw Bennet zei dat als u ooit besloot Netherfield te verlaten, u binnen vijf minuten weg zou zijn, bedoelde u dat als een soort lofrede, een compliment voor uzelf; En toch, wat is er zo prijzenswaardig in een overhaaste overhaasting die zeer noodzakelijke zaken ongedaan moet laten, en die voor uzelf of iemand anders geen werkelijk voordeel kan opleveren?"

"Neen," riep Bingley, "dit is te veel om 's avonds al die dwaze dingen te herinneren die 's morgens zijn gezegd. En toch, op mijn eer, geloofde ik dat wat ik over mezelf zei waar was, en ik geloof het op dit moment. Ik nam dus tenminste niet het karakter van nodeloze overhaasting aan, alleen maar om voor de dames te pronken."

"Ik durf te zeggen dat je het geloofde; maar ik ben er geenszins van overtuigd dat je met zo'n snelheid weg zou zijn. Uw gedrag zou net zo afhankelijk zijn van het toeval als dat van elke man die ik ken; en als, terwijl je op je paard klom, een vriend zou zeggen: 'Bingley, je kunt beter tot volgende week blijven', dan zou je het waarschijnlijk doen - je zou waarschijnlijk niet gaan - en, met een ander woord, misschien een maand blijven."

"Gij hebt alleen hiermede bewezen," riep Elizabeth, "dat de heer Bingley geen recht deed aan zijn eigen gezindheid. Je hebt hem nu veel meer laten zien dan hijzelf."

"Ik ben buitengewoon verheugd," zeide Bingley, "dat gij hetgeen mijn vriend zegt, hebt omgezet in een compliment voor de zachtheid van mijn humeur. Maar ik ben bang dat u er een draai aan geeft, wat die heer geenszins van plan was; want hij zou zeker beter van me denken als ik onder zo'n omstandigheid een botte ontkenning zou geven en zo snel als ik kon zou wegrijden."

"Zou meneer Darcy dan de onbezonnenheid van uw oorspronkelijke voornemen beschouwen als verzoend door uw koppigheid om eraan vast te houden?"

"Op mijn woord, ik kan de zaak niet precies uitleggen - Darcy moet voor zichzelf spreken."

"Je verwacht van mij dat ik verantwoording afleg voor meningen die je de mijne noemt, maar die ik nooit heb erkend. Als u echter de zaak laat staan volgens uw verklaring, moet u bedenken, juffrouw Bennet, dat de vriend die verondersteld wordt zijn terugkeer naar het huis te verlangen, en het uitstel van zijn plan, het alleen maar heeft gewenst, het heeft gevraagd zonder ook maar één argument voor de juistheid ervan aan te voeren.

"Om gemakkelijk toe te geven aan de *overreding* van een vriend is geen verdienste voor jou."

"Toegeven zonder overtuiging is geen compliment voor het begrip van beiden."

"Het lijkt mij dat u niets toestaat voor de invloed van vriendschap en genegenheid. Achting voor de aanvrager zou er vaak toe leiden dat men gemakkelijk toegeeft aan een verzoek, zonder te wachten op argumenten om iemand ertoe te beredeneren. Ik heb het niet in het bijzonder over zo'n geval als u hebt verondersteld over de heer Bingley. We kunnen misschien net zo goed wachten tot de omstandigheid zich voordoet, voordat we de discretie van zijn gedrag daarop bespreken. Maar in algemene en gewone gevallen, tussen vriend en vriend, waarin een van hen door de ander wordt verzocht een besluit van geen enkel moment te veranderen, zou je dan slecht moeten denken over die persoon omdat hij aan het verlangen voldoet, zonder te wachten om erin te worden geargumenteerd?

"Zou het niet raadzaam zijn om, voordat we over dit onderwerp gaan, wat nauwkeuriger te bepalen hoe belangrijk dit verzoek moet zijn, evenals de mate van intimiteit die tussen de partijen bestaat?"

"In ieder geval," riep Bingley; 'Laten we alle bijzonderheden horen, en niet vergeten hun relatieve lengte en grootte, want dat zal meer gewicht in de schaal leggen in het betoog, juffrouw Bennet, dan u misschien weet. Ik verzeker je dat als Darcy niet zo'n grote lange kerel was, in vergelijking met mij, ik hem niet half zoveel eerbied zou betonen. Ik verklaar dat ik geen vreselijker object ken dan Darcy bij bepaalde gelegenheden en op bepaalde plaatsen; vooral in zijn eigen huis, en op een zondagavond, als hij niets te doen heeft."

Meneer Darcy glimlachte; maar Elizabeth meende te bemerken, dat hij nogal beledigd was, en hield daarom haar lach in. Juffrouw Bingley was zeer verontwaardigd over de vernedering die hij had ontvangen, in een ontmaskering met haar broer omdat hij zulke onzin sprak.

'Ik zie je ontwerp, Bingley,' zei zijn vriend. "Je houdt niet van een ruzie en wilt dit het zwijgen opleggen."

"Misschien wel. Argumenten lijken te veel op geschillen. Als u en juffrouw Bennet de uwe willen uitstellen tot ik de kamer uit ben, zal ik u zeer dankbaar zijn; En dan mag je van me zeggen wat je wilt."

"Wat je vraagt," zei Elizabeth, "is geen offer van mijn kant; en meneer Darcy kan zijn brief maar beter afmaken."

Mr. Darcy volgde haar advies op en maakte zijn brief af.

Toen die zaak voorbij was, wendde hij zich tot juffrouw Bingley en Elizabeth voor de verwennerij van wat muziek. Juffrouw Bingley begaf zich met enthousiasme naar de pianoforte, en na een beleefd verzoek aan Elizabeth om de weg te wijzen, wat de ander even beleefd en ernstiger afwees, ging ze zitten.

Mevrouw Hurst zong met haar zus; en terwijl ze zo bezig waren, kon Elizabeth niet nalaten op te merken, terwijl ze een paar muziekboeken omdraaide die op het instrument lagen, hoe vaak de ogen van meneer Darcy op haar gericht waren. Ze wist nauwelijks te veronderstellen dat ze een voorwerp van bewondering kon zijn voor zo'n groot man, en toch was het nog vreemder dat hij naar haar keek omdat hij een hekel aan haar had. Ze kon zich echter ten slotte alleen maar voorstellen dat ze zijn aandacht trok, omdat er iets aan haar was dat volgens zijn opvattingen over goed verkeerder en verwerpelijker was dan in enig ander aanwezig persoon. De veronderstelling deed haar geen pijn. Ze vond hem te weinig leuk om zich om zijn goedkeuring te bekommeren.

Na het spelen van enkele Italiaanse liedjes, varieerde juffrouw Bingley de charme met een levendige Schotse lucht; en kort daarna zei meneer Darcy, die Elizabeth naderde, tegen haar:

"Voelt u niet een grote neiging, juffrouw Bennet, om zo'n gelegenheid aan te grijpen om een haspel te dansen?"

Ze glimlachte, maar gaf geen antwoord. Hij herhaalde de vraag, met enige verbazing over haar stilzwijgen.

"O," zei ze, "ik heb je eerder gehoord; maar ik kon niet meteen bepalen wat ik als antwoord moest zeggen. Ik weet dat je wilde dat ik 'ja' zou zeggen, zodat je het genoegen zou hebben mijn smaak te verachten; maar ik schep er altijd behagen in om dat soort plannen omver te werpen en iemand te bedriegen van zijn met voorbedachten rade beraamde minachting. Ik heb daarom besloten u te zeggen dat ik helemaal geen haspel wil dansen; en veracht mij nu, als gij durft."

"Inderdaad, ik durf niet."

Elizabeth, die eerder verwachtte hem te beledigen, was verbaasd over zijn dapperheid; maar er was een mengeling van zoetheid en archness in haar manier van doen, waardoor het voor haar moeilijk was om iemand te beledigen, en Darcy was nog nooit zo betoverd geweest door een vrouw als hij door haar. Hij geloofde echt dat, ware het niet voor de minderwaardigheid van haar connecties, hij in enig gevaar zou moeten verkeren.

Juffrouw Bingley zag, of vermoedde, genoeg om jaloers te zijn; en haar grote bezorgdheid voor het herstel van haar dierbare vriendin Jane kreeg enige hulp van haar verlangen om van Elizabeth af te komen.

Ze probeerde Darcy vaak te provoceren om een hekel aan haar gast te hebben, door te praten over hun vermeende huwelijk en zijn geluk in zo'n alliantie te plannen.

"Ik hoop," zei ze, toen ze de volgende dag samen in het struikgewas liepen, "dat je je schoonmoeder een paar wenken zult geven, wanneer deze wenselijke gebeurtenis plaatsvindt, over het voordeel van het houden van haar mond; En als je het kunt omsingelen, om de jongere meisjes te genezen van het rennen achter de officieren. En, als ik zo'n delicaat onderwerp mag noemen, probeer dan dat kleine iets, grenzend aan verwaandheid en onbeschaamdheid, dat uw dame bezit, te beteugelen."

"Heb je nog iets anders voor te stellen voor mijn huiselijk geluk?"

"Jazeker. Laat de portretten van uw oom en tante Philips toch in de galerij van Pemberley plaatsen. Zet ze naast je oudoom de rechter. Ze zitten in hetzelfde beroep, weet je, alleen in verschillende lijnen. Wat het schilderij van uw Elisabeth betreft, u moet niet proberen het te laten maken, want welke schilder zou recht kunnen doen aan die mooie ogen?"

"Het zou inderdaad niet gemakkelijk zijn om hun uitdrukking te vangen; maar hun kleur en vorm, en de wimpers, zo opmerkelijk fijn, zouden kunnen worden gekopieerd."

Op dat moment werden ze na een andere wandeling opgewacht door mevrouw Hurst en Elizabeth zelf.

'Ik wist niet dat u van plan was te lopen,' zei juffrouw Bingley enigszins in de war, omdat ze bang waren dat ze waren afgeluisterd.

"Je hebt ons vreselijk ziek gemaakt," antwoordde mevrouw Hurst, "door weg te lopen zonder ons te vertellen dat je naar buiten kwam."

Toen nam ze de losgeraakte arm van Mr. Darcy en liet Elizabeth alleen lopen. Het pad liet er net drie toe. Mr. Darcy voelde hun onbeschoftheid en zei onmiddellijk:

"Deze wandeling is niet breed genoeg voor ons gezelschap. We kunnen beter de laan inslaan."

Maar Elizabeth, die niet de minste neiging had om bij hen te blijven, antwoordde lachend:

"Nee, nee; Blijf waar je bent. Je bent charmant gegroepeerd en lijkt een ongewoon voordeel. Het pittoreske zou worden verwend door een vierde toe te laten. Tot ziens."

Daarna rende ze vrolijk weg, terwijl ze zich verheugde, in de hoop over een dag of twee weer thuis te zijn. Jane was al zo hersteld dat ze van plan was die avond haar kamer een paar uur te verlaten.

Hoofdstuk XI

Toen de dames na het eten weggingen, liep Elisabet naar haar zuster toe, en toen ze zag dat ze goed beschermd was tegen de kou, ging ze met haar mee naar de salon, waar ze door haar twee vrienden met veel plezier werd verwelkomd; en Elisabet had hen nog nooit zo aangenaam gezien als in het uur dat voorbijging voordat de heren verschenen. Hun vermogen om te praten was aanzienlijk. Ze konden een amusement nauwkeurig beschrijven, een anekdote met humor vertellen en lachen om hun kennismaking met de geest.

Maar toen de heren binnenkwamen, was Jane niet meer het eerste object; Juffrouw Bingley's ogen waren onmiddellijk op Darcy gericht, en ze had hem iets te zeggen voordat hij veel stappen vooruit had gedaan. Hij richtte zich rechtstreeks tot juffrouw Bennet met een beleefde felicitatie; De heer Hurst maakte ook een lichte buiging voor haar en zei dat hij "zeer verheugd" was, maar er bleef diffuus en warm over voor Bingley's begroeting. Hij was vol vreugde en aandacht. Het eerste half uur werd besteed aan het opstapelen van het vuur, opdat ze niet zou lijden onder de verandering van kamer; En ze ging op zijn verzoek naar de andere kant van de open haard, zodat ze verder van de deur kon zijn. Hij ging toen naast haar zitten en praatte nauwelijks met iemand anders. Elizabeth, aan het werk in de tegenoverliggende hoek, zag het allemaal met veel plezier.

Toen de thee op was, herinnerde meneer Hurst zijn schoonzus aan de kaarttafel, maar tevergeefs. Ze had privé-informatie verkregen dat meneer Darcy geen kaarten wilde, en meneer Hurst merkte al snel dat zelfs zijn open petitie werd afgewezen. Ze verzekerde hem dat niemand van plan was te spelen, en het stilzwijgen van het hele gezelschap over het onderwerp leek haar te rechtvaardigen. Meneer Hurst had dus niets anders te doen dan zich op een van de banken uit te strekken en te gaan slapen. Darcy pakte een boek. Juffrouw Bingley deed hetzelfde; en mevrouw Hurst, die voornamelijk bezig was met het spelen met haar armbanden en ringen, mengde zich nu en dan in het gesprek van haar broer met juffrouw Bennet.

Juffrouw Bingley's aandacht was evenzeer bezig met het observeren van de vorderingen van meneer Darcy door *zijn* boek, als met het lezen van haar eigen boek; en ze was voortdurend bezig met het stellen van een vraag of het bekijken van zijn pagina. Ze kon hem echter niet tot een gesprek winnen; Hij beantwoordde alleen haar vraag en las verder. Eindelijk, helemaal uitgeput door de poging om zich te vermaken met haar eigen boek, dat ze alleen had gekozen omdat het het tweede deel van zijn boek was, geeuwde ze hevig en zei: "Wat is het aangenaam om een avond op deze manier door te brengen! Ik verklaar tenslotte dat er geen plezier is zoals lezen! Hoeveel eerder wordt men van iets moe dan van een boek! Als ik een eigen huis heb, zal ik me ellendig voelen als ik geen uitstekende bibliotheek heb."

Niemand gaf een antwoord. Toen gaapte ze weer, gooide haar boek opzij en keek de kamer rond op zoek naar wat vermaak; Toen ze haar broer hoorde praten over een bal tegen juffrouw Bennet, draaide ze zich plotseling naar hem om en zei:

"Trouwens Charles, ben je echt serieus in het mediteren van een dans in Netherfield? Ik zou u willen aanraden, voordat u daarover beslist, de wensen van de huidige partij te raadplegen; Ik vergis me zeer als er niet mensen onder ons zijn voor wie een bal eerder een straf dan een plezier zou zijn."

"Als je Darcy bedoelt," riep haar broer, "kan hij naar bed gaan, als hij dat wil, voordat het begint; maar wat het bal betreft, dat is een vrij geregelde zaak, en zodra Nicholls genoeg witte soep heeft gemaakt, zal ik mijn kaarten rondsturen."

"Ik zou veel meer van bals houden," antwoordde ze, "als ze op een andere manier werden gedragen; Maar er is iets onuitstaanbaar vervelends in het gebruikelijke proces van zo'n bijeenkomst. Het zou zeker veel rationeler zijn als een gesprek in plaats van dansen aan de orde van de dag zou zijn."

"Veel rationeler, mijn lieve Caroline, durf ik te zeggen; Maar het zou niet in de buurt komen, zo veel als een bal."

Juffrouw Bingley gaf geen antwoord, stond kort daarna op en liep door de kamer. Haar figuur was elegant en ze liep goed; maar Darcy, op wie het allemaal gericht was, was nog steeds onbuigzaam leergierig. In de wanhoop van haar gevoelens besloot ze nog één poging te doen; en, zich tot Elizabeth wendend, zeide:

'Juffrouw Eliza Bennet, laat me u overhalen mijn voorbeeld te volgen en een rondje door de kamer te maken. Ik verzeker je dat het heel verfrissend is na zo lang in één houding te hebben gezeten."

Elizabeth was verrast, maar stemde er meteen mee in. Juffrouw Bingley slaagde niet minder in het echte doel van haar beleefdheid: meneer Darcy keek op. Hij was net zo wakker van de nieuwigheid van de aandacht in die wijk als Elizabeth zelf maar kon zijn, en sloot onbewust zijn boek. Hij werd rechtstreeks uitgenodigd om zich bij hun gezelschap aan te sluiten, maar hij sloeg het af, omdat hij merkte op dat hij zich slechts twee motieven kon voorstellen waarom zij ervoor kozen om samen de kamer op en neer te lopen, met welk beide motieven zijn toetreding tot hen zou interfereren. Wat zou hij bedoelen? Ze wilde dolgraag weten wat hij bedoelde – en vroeg Elizabeth of ze hem überhaupt kon begrijpen.

"Helemaal niet," was haar antwoord; "Maar reken er maar op, hij wil streng voor ons zijn, en onze zekerste manier om hem teleur te stellen zal zijn er niets over te vragen."

Juffrouw Bingley was echter niet in staat om Mr. Darcy in iets teleur te stellen, en volhardde daarom in het eisen van een verklaring van zijn twee motieven.

"Ik heb er niet het minste bezwaar tegen om ze uit te leggen," zei hij, zodra ze hem het woord gaf. "Of je kiest deze methode om de avond door te brengen omdat je elkaars vertrouwen hebt en geheime zaken te bespreken hebt, of omdat je je ervan bewust bent dat je figuren het meest tot voordeel lijken te komen bij het lopen: als het eerste het geval is, zou ik je volledig in de weg staan; en als het tweede het geval is, kan ik je veel beter bewonderen als ik bij het vuur zit."

"O, schokkend!" riep juffrouw Bingley. "Ik heb nog nooit zoiets afschuwelijks gehoord. Hoe zullen we hem straffen voor zo'n toespraak?"

"Niets zo gemakkelijk, als je maar de neiging hebt," zei Elizabeth. "We kunnen elkaar allemaal plagen en straffen. Plaag hem, lach hem uit. Intiem als je bent, moet je weten hoe het gedaan moet worden."

"Maar op mijn eer doe ik dat *niet*. Ik verzeker je dat mijn intimiteit me dat nog niet heeft geleerd. Plaag kalmte van humeur en tegenwoordigheid van geest! Nee, nee; Ik heb het gevoel dat hij ons daar zal uitdagen. En wat het lachen betreft, we zullen ons niet blootgeven, als u wilt, door te proberen te lachen zonder een onderwerp. Mr. Darcy kan zichzelf omhelzen."

"Mr. Darcy is niet om te lachen!" riep Elizabeth. "Dat is een ongewoon voordeel, en ik hoop dat het ongewoon zal blijven, want het zou een groot verlies voor *mij zijn* om veel van zulke kennissen te hebben. Ik hou zielsveel van een lach."

"Juffrouw Bingley," zei hij, "heeft me meer krediet gegeven dan mogelijk is. De wijste en beste onder de mensen, ja, de wijste en beste van hun daden, kunnen belachelijk worden gemaakt door iemand wiens eerste doel in het leven een grap is."

"Zeker," antwoordde Elizabeth, "er zijn zulke mensen, maar ik hoop dat ik niet een van *hen ben*. Ik hoop dat ik nooit de spot drijf met wat wijs of goed is. Dwaasheden en onzin, grillen en inconsistenties, *leiden me af*, ik bezit ze, en ik lach erom wanneer ik maar kan. Maar dit is, denk ik, precies wat je zonder bent."

"Misschien is dat voor niemand mogelijk. Maar het is de studie van mijn leven geweest om die zwakheden te vermijden die een sterk begrip vaak blootstellen aan spot."

"Zoals ijdelheid en trots."

"Ja, ijdelheid is inderdaad een zwakte. Maar trots - waar er een werkelijke superioriteit van geest is - zal trots altijd onder goede regulering staan."

Elizabeth draaide zich om om een glimlach te verbergen.

"Uw verhoor van Mr. Darcy is voorbij, neem ik aan," zei juffrouw Bingley; "En bid, wat is het resultaat?"

"Ik ben er volkomen van overtuigd dat meneer Darcy geen defect heeft. Hij bezit het zelf zonder vermomming."

"Nee," zei Darcy, "ik heb niet zo'n pretentie gemaakt. Ik heb fouten genoeg, maar ik hoop dat ze niet te begrijpen zijn. Voor mijn humeur durf ik niet in te staan. Het is, geloof ik, te weinig toegeeflijk; zeker te weinig voor het gemak van de wereld. Ik kan de dwaasheden en ondeugden van anderen niet zo snel vergeten als ik zou moeten, noch hun overtredingen tegen mijzelf. Mijn gevoelens worden niet opgeblazen bij elke poging om ze te verplaatsen. Mijn humeur zou misschien haatdragend worden genoemd. Mijn goede mening, eenmaal verloren, is voor altijd verloren."

"*Dat* is inderdaad een tekortkoming!" riep Elizabeth. "Onverbiddelijke wrok *is* een schaduw in een personage. Maar je hebt je fout goed gekozen. Ik kan er echt niet *om lachen*. Je bent veilig voor mij."

"Er is, geloof ik, in elke gezindheid een neiging tot een bepaald kwaad, een natuurlijk gebrek, dat zelfs de beste opvoeding niet kan overwinnen."

"En *je* gebrek is een neiging om iedereen te haten."

"En de uwe," antwoordde hij met een glimlach, "is om ze opzettelijk verkeerd te begrijpen."

"Laat ons toch een beetje muziek maken," riep juffrouw Bingley, moe van een gesprek waarin zij geen deel had. "Louisa, je zult het niet erg vinden dat ik meneer Hurst wakker maak."

Haar zuster maakte niet het minste bezwaar, en de pianoforte werd geopend; en Darcy, na een paar ogenblikken herinnering, had er geen spijt van. Hij begon het gevaar te voelen dat hij Elizabeth te veel aandacht zou geven.

Hoofdstuk XII

Als gevolg van een overeenkomst tussen de zussen schreef Elizabeth de volgende ochtend aan haar moeder om te smeken dat het rijtuig in de loop van de dag voor hen zou worden gestuurd. Maar mevrouw Bennet, die erop gerekend had dat haar dochters tot de volgende dinsdag in Netherfield zouden blijven, wat precies het einde van Jane's week zou zijn, kon zich er niet toe brengen hen eerder met genoegen te ontvangen. Haar antwoord was daarom niet gunstig, althans niet voor Elizabeths wensen, want ze was ongeduldig om naar huis te gaan. Mevrouw Bennet stuurde hun bericht dat ze het rijtuig onmogelijk voor dinsdag konden hebben; en in haar naschrift werd toegevoegd, dat als de heer Bingley en zijn zuster hen aanspoorden om langer te blijven, zij hen heel goed kon missen. Elizabeth was echter vastbesloten om niet langer te blijven - en ze verwachtte ook niet dat het gevraagd zou worden; en integendeel, bang om als onnodig lang te worden beschouwd, drong ze er bij Jane op aan om onmiddellijk het rijtuig van meneer Bingley te lenen, en ten slotte werd besloten dat hun oorspronkelijke plan om Netherfield die ochtend te verlaten, zou worden vermeld en het verzoek zou worden gedaan.

De mededeling maakte veel beroepen van zorg enthousiast; en er werd genoeg gezegd over de wens dat ze minstens tot de volgende dag zouden blijven om aan Jane te werken; en tot de volgende dag werd hun heengaan uitgesteld. Juffrouw Bingley had er toen spijt van dat ze het uitstel had voorgesteld; want haar jaloezie en afkeer van de ene zuster overtroffen ruimschoots haar genegenheid voor de andere.

De heer des huizes hoorde met groot verdriet dat ze zo spoedig zouden gaan, en probeerde juffrouw Bennet er herhaaldelijk van te overtuigen dat het niet veilig voor haar zou zijn - dat ze niet voldoende hersteld was; maar Jane was standvastig waar ze voelde dat ze gelijk had.

Voor Mr. Darcy was het welkome informatie: Elizabeth was lang genoeg in Netherfield geweest. Ze trok hem meer aan dan hem lief was; en juffrouw Bingley was onbeleefd tegen *haar* en plageriger dan gewoonlijk tegen zichzelf. Hij besloot wijselijk om er in het bijzonder voor te zorgen dat er nu geen teken van bewondering aan hem zou ontsnappen - niets dat haar kon verheffen in de hoop zijn geluk te beïnvloeden; hij was zich ervan bewust dat, als zo'n idee was geopperd, zijn gedrag van de laatste dag van wezenlijk belang zou moeten zijn om het te bevestigen of te verpletteren. Standvastig aan zijn voornemen sprak hij de hele zaterdag nauwelijks tien woorden tot haar: en hoewel ze op een gegeven moment een half uur alleen gelaten werden, hield hij zich zeer gewetensvol aan zijn boek en wilde haar niet eens aankijken.

Op zondag, na de ochtenddienst, vond de scheiding, die voor bijna iedereen zo aangenaam was, plaats. Juffrouw Bingley's beleefdheid jegens Elizabeth nam ten slotte zeer snel toe, evenals haar genegenheid voor Jane; en toen ze uit elkaar gingen, nadat ze de laatste had verzekerd van het genoegen dat het haar altijd zou geven haar te zien, hetzij in Longbourn of Netherfield, en haar zeer teder omhelsde, schudde ze zelfs de eerste de hand. Elizabeth nam in de levendigste stemming afscheid van het hele gezelschap.

Ze werden thuis niet erg hartelijk verwelkomd door hun moeder. Mevrouw Bennet verwonderde zich over hun komst en vond dat ze heel verkeerd waren om zoveel problemen te veroorzaken, en ze was er zeker van dat Jane weer kou zou hebben gevat. Maar hun vader, hoewel zeer laconiek in zijn uitingen van genoegen, was echt blij hen te zien; Hij had gevoeld hoe belangrijk ze in de gezinskring waren. Het avondgesprek, toen ze allemaal bijeen waren, had veel van zijn levendigheid en bijna al zijn betekenis verloren door de afwezigheid van Jane en Elizabeth.

Ze vonden Maria, zoals gewoonlijk, diep in de studie van grondige bas en de menselijke natuur; en had een aantal nieuwe uittreksels om te bewonderen en een aantal nieuwe observaties van versleten moraliteit om naar te luisteren. Catharina en Lydia hadden informatie voor hen van een andere soort. Er was veel gedaan en er was veel gezegd in het regiment sinds de vorige woensdag; Verscheidene officieren hadden de laatste tijd bij hun oom gedineerd; een soldaat was gegeseld; en er was zelfs gesuggereerd dat kolonel Forster zou gaan trouwen.

Hoofdstuk XIII

Ik hoop, mijn liefste," zei meneer Bennet tegen zijn vrouw, toen ze de volgende ochtend aan het ontbijt zaten, "dat je vandaag een goed diner hebt besteld, want ik heb reden om een aanvulling op ons familiefeest te verwachten."

"Wie bedoel je, mijn liefste? Ik weet zeker dat er niemand komt, tenzij Charlotte Lucas toevallig zou bellen; en ik hoop dat *mijn* diners goed genoeg voor haar zijn. Ik geloof niet dat ze zoiets thuis vaak ziet."

"De persoon over wie ik spreek is een heer en een vreemdeling."

De ogen van mevrouw Bennet fonkelden. "Een heer en een vreemdeling! Het is meneer Bingley, daar ben ik zeker van. Wel, Jane - je hebt hier nooit een woord van laten vallen - jij sluw ding! Nou, ik ben er zeker van dat ik buitengewoon blij zal zijn om meneer Bingley te zien. Maar, goede God! Wat een pech! Er is vandaag geen beetje vis te krijgen. Lydia, mijn liefste, belt aan. Ik moet nu met Hill spreken."

"Het is *niet* meneer Bingley," zei haar man; "Het is een persoon die ik in mijn hele leven nooit heb gezien."

Dit wekte een algemene verbazing; En hij had het genoegen om gretig ondervraagd te worden door zijn vrouw en vijf dochters tegelijk.

Nadat hij zich enige tijd met hun nieuwsgierigheid had vermaakt, legde hij het volgende uit: "Ongeveer een maand geleden heb ik deze brief ontvangen, en ongeveer veertien dagen geleden heb ik hem beantwoord; want ik dacht dat het een geval van een of andere delicatesse was, en dat het vroege aandacht vereiste. Het is van mijn neef, meneer Collins, die, als ik dood ben, jullie allemaal uit dit huis kan zetten zodra hij wil."

"O, mijn liefste," riep zijn vrouw, "ik kan het niet verdragen om dat te horen. Bid, spreek niet over die verfoeilijke man. Ik denk wel dat het het moeilijkste ter wereld is, dat uw nalatenschap wordt weggeleid van uw eigen kinderen; en ik ben er zeker van dat als ik jou was geweest, ik al lang geleden zou hebben geprobeerd er iets aan te doen."

Jane en Elizabeth probeerden haar uit te leggen wat de aard van een zaak was. Ze hadden het al vaak eerder geprobeerd: maar het was een onderwerp waarover mevrouw Bennet buiten het bereik van de rede was; En ze bleef bitter tekeer gaan tegen de wreedheid van het vereffenen van een landgoed buiten een gezin van vijf dochters, ten gunste van een man om wie niemand iets gaf.

"Het is zeker een zeer onrechtvaardige zaak," zei meneer Bennet; "en niets kan meneer Collins vrijpleiten van de schuld van het erven van Longbourn. Maar als je naar zijn brief luistert, word je misschien een beetje verzacht door de manier waarop hij zich uitdrukt."

"Neen, dat zal ik zeker niet doen: en ik geloof dat het zeer onbeschaamd van hem was om u te schrijven, en zeer huichelachtig. Ik haat zulke valse vrienden. Waarom zou hij niet met u kunnen blijven twisten, zoals zijn vader vóór hem deed?"

"Wel, inderdaad, hij schijnt enige kinderlijke scrupules op dat punt te hebben gehad, zoals je zult horen."

"Hunsford, in de buurt van Westerham, Kent, *15 oktober.*
"Geachte heer,

"Het meningsverschil dat er bestaat tussen jou en mijn overleden geëerde vader heeft me altijd veel onbehagen bezorgd; en omdat ik het ongeluk heb gehad hem te verliezen, heb ik vaak gewenst de breuk te helen: maar een tijdlang werd ik tegengehouden door mijn eigen twijfels, bang dat het oneerbiedig zou lijken voor zijn nagedachtenis als ik op goede voet stond met iemand met wie het hem altijd had behaagd om in onmin te zijn. — 'Daar, mevrouw Bennet.' — "Mijn besluit is nu echter over het onderwerp genomen; want nadat ik met Pasen de wijding heb ontvangen, ben ik zo gelukkig geweest om te worden onderscheiden door de bescherming van de Edelachtbare Dame Catherine de Bourgh, weduwe van Sir Lewis de Bourgh, wiens milddadigheid en weldadigheid mij hebben verkozen boven de waardevolle pastorie van deze parochie, waar het mijn oprechte poging zal zijn om mezelf te vernederen met dankbaar respect voor haar Ladyship, en wees altijd bereid om die riten en ceremonies uit te voeren die zijn ingesteld door de Kerk van Engeland. Als geestelijke voel ik het bovendien als mijn plicht om de zegen van de vrede te bevorderen en te vestigen in alle gezinnen die binnen mijn bereik liggen; en op deze gronden vlei ik mijzelf dat mijn huidige toenaderingen van goede wil zeer prijzenswaardig zijn, en dat de omstandigheid dat ik de volgende ben in de aangelegenheid van het landgoed Longbourn, van uw kant vriendelijk over het hoofd zal worden gezien en u er niet toe zal brengen de aangeboden olijftak af te wijzen. Ik kan niet anders dan bezorgd zijn om het middel te zijn om uw beminnelijke dochters te kwetsen, en verzoek u daarvoor mijn verontschuldigingen aan te bieden, en u te verzekeren van mijn bereidheid om hen alle mogelijke goedmaken; maar van dit hiernamaals. Als u er geen bezwaar tegen hebt om mij in uw huis te ontvangen, stel ik mij voor om u en uw gezin op maandag 18 november om vier uur op u en uw gezin op te wachten, en ik zal waarschijnlijk uw gastvrijheid schenden tot de volgende zaterdagavond, wat ik zonder enig ongemak kan doen, aangezien Lady Catherine er verre van bezwaar tegen heeft dat ik af en toe op een zondag afwezig ben. op voorwaarde dat er een andere geestelijke wordt aangesteld om de taak van de dag te vervullen. Ik blijf, geachte heer, met respectvolle complimenten aan uw dame en dochters, uw weldoener en vriend,

"WILLEM COLLINS."

'Om vier uur kunnen we dus deze vredelievende heer verwachten,' zei meneer Bennet, terwijl hij de brief opvouwde. "Hij schijnt een zeer gewetensvolle en beleefde jongeman te zijn, op mijn woord; en, ik twijfel er niet aan, zal een waardevolle kennis blijken te zijn, vooral als Lady Catherine zo toegeeflijk zou zijn om hem weer bij ons te laten komen."

"Er is echter enige zin in wat hij over de meisjes zegt; en als hij bereid is het goed te maken, zal ik niet de persoon zijn om hem te ontmoedigen."

"Hoewel het moeilijk is," zei Jane, "om te raden op welke manier hij ons de verzoening kan geven die hij denkt dat ons toekomt, is de wens zeker zijn verdienste."

Elisabeth werd vooral getroffen door zijn buitengewone eerbied voor Lady Catherine, en zijn vriendelijke voornemen om zijn parochianen te dopen, te trouwen en te begraven wanneer dat nodig was.

"Hij moet een rariteit zijn, denk ik," zei ze. "Ik kan hem niet onderscheiden. Er zit iets heel pompeuss in zijn stijl. En wat kan hij bedoelen met zich verontschuldigen voor het feit dat hij de volgende in de aanloop is? We kunnen niet veronderstellen dat hij het zou helpen, als hij dat kon. Kan hij een verstandig man zijn, meneer?"

"Nee, mijn liefste; Ik denk het niet. Ik heb goede hoop hem te vinden, precies het tegenovergestelde. Er is een mengeling van slaafsheid en eigendunk in zijn brief die veel goeds belooft. Ik ben ongeduldig om hem te zien."

"Wat de samenstelling betreft," zei Mary, "lijkt zijn brief niet gebrekkig. Het idee van de olijftak is misschien niet helemaal nieuw, maar ik denk dat het goed tot uiting komt."

Voor Catharina en Lydia waren noch de brief, noch de schrijver ervan in enige mate interessant. Het was bijna onmogelijk dat hun neef in een scharlakenrode jas zou komen, en het was nu al een paar weken geleden dat ze plezier hadden gehad van het gezelschap van een man in een andere kleur. Wat hun moeder betreft, de brief van meneer Collins had veel van haar kwade wil weggenomen, en ze bereidde zich voor om hem te zien met een mate van kalmte die haar man en dochters verbaasde.

De heer Collins was punctueel voor zijn tijd en werd met grote beleefdheid ontvangen door de hele familie. Meneer Bennet zei inderdaad weinig; maar de dames waren bereid genoeg om te praten, en meneer Collins scheen geen aanmoediging nodig te hebben, noch geneigd om zelf te zwijgen. Hij was een lange, zwaar uitziende jongeman van vijfentwintig. Zijn houding was ernstig en statig, en zijn manieren waren zeer formeel. Hij had nog niet lang gezeten of hij complimenteerde mevrouw Bennet met het feit dat ze zo'n mooi gezin van dochters had, zei dat hij veel van hun schoonheid had gehoord, maar dat in dit geval de roem niet de waarheid was; en voegde er aan toe, dat hij er niet aan twijfelde, dat zij hen allen te zijner tijd goed in het huwelijk zou zien. Deze dapperheid was niet erg naar de smaak van sommige van zijn toehoorders; maar mevrouw Bennet, die ruzie maakte zonder complimenten, antwoordde zeer bereidwillig:

"U bent erg aardig, meneer, dat weet ik zeker; en ik wens met heel mijn hart dat het zo mag blijken te zijn; want anders zullen ze al berooid genoeg zijn. De dingen worden zo vreemd geregeld."

"U zinspeelt misschien op de gevolgen van dit landgoed."

"Ach meneer, dat doe ik inderdaad. Het is een smartelijke zaak voor mijn arme meisjes, moet je bekennen. Niet dat ik iets op u aan te merken heb, want ik weet dat zulke dingen allemaal toeval zijn in deze wereld. Je kunt niet weten hoe het met landgoederen zal gaan als ze eenmaal betrokken zijn."

"Ik ben zeer gevoelig, mevrouw, voor de ontberingen voor mijn mooie neven en nichten, en zou veel over dit onderwerp kunnen zeggen, maar ik ben voorzichtig om vooruit te komen en te overhaasten. Maar ik kan de jonge dames verzekeren dat ik voorbereid ben om ze te bewonderen. Op dit moment zal ik niet meer zeggen, maar misschien, als we elkaar beter kennen...'

Hij werd onderbroken door een oproep voor het diner; En de meisjes glimlachten naar elkaar. Zij waren niet de enige voorwerpen van bewondering voor de heer Collins. De zaal, de eetkamer en al zijn meubels werden onderzocht en geprezen; en zijn lof voor alles zou mevrouw Bennet's hart hebben geraakt, ware het niet dat hij het allemaal als zijn eigen toekomstige eigendom beschouwde. Ook het diner werd op zijn beurt zeer bewonderd; en hij smeekte om te weten aan wie van zijn mooie neven en nichten de uitmuntendheid van zijn kookkunst te danken was. Maar hier werd hij op het rechte pad gezet door mevrouw Bennet, die hem met enige scherpte verzekerde dat ze heel goed in staat waren om een goede kok te houden, en dat haar dochters niets te doen hadden in de keuken. Hij smeekte om vergiffenis omdat hij haar mishaagd had. Op een zachte toon verklaarde ze dat ze helemaal niet beledigd was; Maar hij bleef zich ongeveer een kwartier verontschuldigen.

Hoofdstuk XIV

Tijdens het diner sprak meneer Bennet nauwelijks, maar toen de bedienden zich terugtrokken, vond hij het tijd om een gesprek met zijn gast te hebben, en daarom begon hij een onderwerp waarin hij verwachtte dat hij zou schitteren, door op te merken dat hij veel geluk scheen te hebben met zijn beschermvrouwe. Lady Catherine de Bourgh's aandacht voor zijn wensen en aandacht voor zijn comfort leken zeer opmerkelijk. Meneer Bennet had niet beter kunnen kiezen. De heer Collins was welsprekend in haar lof. Het onderwerp verhief hem tot meer dan gewone plechtigheid van manieren; en met een zeer belangrijk aspect protesteerde hij dat hij nog nooit in zijn leven zulk gedrag bij een persoon van stand had gezien - zo'n minzaamheid en neerbuigendheid, als hij zelf had ervaren van Lady Catherine. Het had haar genadig behaagd de beide toespraken goed te keuren, die hij reeds voor haar had mogen houden. Ze had hem ook twee keer gevraagd om bij Rosings te dineren, en had hem pas de zaterdag ervoor laten komen om 's avonds haar quadrille-pool aan te maken. Vrouwe Catharina werd door veel mensen als trots beschouwd, dat wist hij, maar *hij* had nooit iets anders dan minzaamheid in haar gezien. Ze had altijd met hem gesproken zoals ze met elke andere heer zou spreken; Zij had er niet het minste bezwaar tegen dat hij zich aansloot bij het gezelschap van de buurt, noch dat hij af en toe zijn parochie voor een week of twee verliet om zijn relaties te bezoeken. Ze had zich zelfs verwaardigd hem te adviseren zo snel mogelijk te trouwen, mits hij er discreet voor koos; En ze had hem eens een bezoek gebracht in zijn nederige pastorie, waar ze alle veranderingen die hij had aangebracht perfect had goedgekeurd, en zelfs had beloofd er zelf een paar voor te stellen, een paar planken in de kasten boven.

"Dat is allemaal heel netjes en beleefd, daar ben ik zeker van," zei mevrouw Bennet, "en ik durf te zeggen dat ze een zeer aangename vrouw is. Het is jammer dat grote dames over het algemeen niet meer op haar lijken. Woont ze bij u in de buurt, meneer?"

"De tuin waarin mijn nederige woning staat, is slechts gescheiden door een laan van Rosings Park, de residentie van Hare Majesteit."

'Ik geloof dat u zei dat ze weduwe was, meneer? Heeft ze familie?"

"Ze heeft één enige dochter, de erfgename van Rosings, en van zeer uitgebreide bezittingen."

"Ach," riep mevrouw Bennet hoofdschuddend, "dan is ze beter af dan veel meisjes. En wat voor jongedame is zij? Is ze knap?"

"Ze is inderdaad een zeer charmante jongedame. Lady Catherine zegt zelf dat juffrouw de Bourgh op het punt van ware schoonheid veel beter is dan de knapste van haar geslacht; Want er is dat in haar gelaatstrekken dat de jonge vrouw van voorname geboorte kenmerkt. Ze heeft helaas een ziekelijk gestel, dat haar heeft verhinderd die vooruitgang te boeken in veel prestaties die ze anders niet zou hebben gemist, zoals ik heb vernomen door de dame die toezicht hield op haar opvoeding en die nog steeds bij hen woont. Maar ze is volkomen beminnelijk en verwaardigt zich vaak om met haar kleine phaeton en pony's langs mijn nederige woning te rijden."

"Is ze voorgesteld? Ik herinner me haar naam niet onder de dames aan het hof."

"Haar onverschillige gezondheidstoestand verhindert haar helaas om in de stad te zijn; en op die manier, zoals ik Lady Catherine zelf op een dag vertelde, heeft het Britse hof zijn helderste ornament verloren. Hare Majesteit scheen blij te zijn met het idee; en u kunt zich voorstellen dat ik bij elke gelegenheid graag die kleine delicate complimenten geef die altijd acceptabel zijn voor dames. Ik heb meer dan eens aan Lady Catherine opgemerkt, dat haar charmante dochter geboren scheen te zijn om hertogin te zijn; en dat de hoogste rang, in plaats van haar consequenties te geven, door haar zou worden versierd. Dit zijn het soort kleine dingen die Hare Majesteit behagen, en het is een soort aandacht die ik bijzonder verplicht acht te besteden."

"U oordeelt heel juist," zei meneer Bennet; "En het is blij voor je dat je het talent bezit om te vleien met delicatesse. Mag ik vragen of deze aangename attenties voortkomen uit de impuls van het moment, of het resultaat zijn van eerder onderzoek?"

"Ze komen voornamelijk voort uit wat er op dat moment voorbijgaat; en hoewel ik me soms vermaak met het voorstellen en rangschikken van zulke kleine elegante complimenten die geschikt zijn voor gewone gelegenheden, wil ik ze altijd zo onbestudeerd mogelijk laten klinken."

De verwachtingen van de heer Bennet werden volledig beantwoord. Zijn neef was zo absurd als hij had gehoopt; en hij luisterde met het grootste genoegen naar hem, terwijl hij tegelijkertijd de meest vastberaden kalmte van gelaat behield, en, behalve in een occasionele blik op Elizabeth, geen deelgenoot in zijn plezier nodig had.

Tegen theetijd was de dosis echter genoeg geweest, en meneer Bennet was blij zijn gast weer in de salon mee te nemen, en toen de thee op was, nodigde hij hem graag uit om de dames voor te lezen. De heer Collins stemde onmiddellijk toe en er werd een boek geproduceerd; Maar toen hij het zag (want alles zei dat het uit een circulerende bibliotheek kwam) ging hij terug, en smeekte om vergiffenis en protesteerde dat hij nooit romans las. Kitty staarde hem aan en Lydia riep uit. Er werden andere boeken geproduceerd en na enig wikken en wegen koos hij voor "Fordyce's Sermons". Lydia gaapte toen hij het boek opensloeg; En voordat hij, met zeer eentonige plechtigheid, drie bladzijden had gelezen, viel ze hem in de rede met:

"Weet je, mama, dat mijn oom Philips praat over het wegsturen van Richard? en als hij dat doet, zal kolonel Forster hem inhuren. Dat heeft mijn tante me zaterdag zelf verteld. Ik zal morgen naar Meryton lopen om er meer over te horen en om te vragen wanneer meneer Denny terugkomt uit de stad."

Lydia werd door haar twee oudste zusters bevolen haar mond te houden; maar meneer Collins, zeer beledigd, legde zijn boek terzijde en zei:

"Ik heb vaak gezien hoe kleine jonge dames geïnteresseerd zijn in boeken van een serieus stempel, hoewel ze alleen voor hun welzijn zijn geschreven. Het verbaast me, ik moet bekennen; want er kan zeker niets zo voordelig voor hen zijn als onderricht. Maar ik zal mijn jonge neef niet langer opdringen."

Toen wendde hij zich tot meneer Bennet en bood zichzelf aan als zijn tegenstander bij backgammon. Meneer Bennet nam de uitdaging aan en merkte op dat hij heel verstandig handelde door de meisjes aan hun eigen onbeduidende amusement over te laten. Mevrouw Bennet en haar dochters verontschuldigden zich zeer beleefd voor Lydia's onderbreking en beloofden dat het niet meer zou gebeuren, als hij zijn boek zou hervatten; maar de heer Collins, nadat hij hen had verzekerd dat hij zijn jonge neef geen kwaad gezind was en haar gedrag nooit als een belediging zou beledigen, ging aan een andere tafel zitten met meneer Bennet en bereidde zich voor op backgammon.

Hoofdstuk XV

De heer Collins was geen verstandig man, en het gebrek van de natuur was maar weinig geholpen door opvoeding of maatschappij; het grootste deel van zijn leven bracht hij door onder leiding van een ongeletterde en gierige vader; En hoewel hij tot een van de universiteiten behoorde, had hij slechts de noodzakelijke termen bewaard zonder er enige nuttige kennis mee te maken. De onderworpenheid waarin zijn vader hem had opgevoed, had hem oorspronkelijk een grote nederigheid van manier van doen gegeven; Maar het werd nu voor een groot deel tegengegaan door de eigenwaan van een zwak hoofd, die in afzondering leefde, en de daaruit voortvloeiende gevoelens van vroege en onverwachte voorspoed. Een gelukkig toeval had hem aanbevolen bij Lady Catherine de Bourgh, toen het leven van Hunsford vacant was; En de eerbied die hij voelde voor haar hoge rang, en zijn verering voor haar als zijn beschermvrouwe, vermengd met een zeer goede dunk van zichzelf, van zijn gezag als geestelijke en zijn recht als rector, maakten hem geheel en al een mengeling van trots en onderdanigheid, eigendunk en nederigheid.

Nu hij een goed huis en een zeer toereikend inkomen had, was hij van plan te trouwen; en bij het zoeken naar een verzoening met de familie Longbourn had hij een vrouw op het oog, want hij was van plan een van de dochters te kiezen, als hij ze even knap en beminnelijk vond als ze door een gemeenschappelijk rapport werden voorgesteld. Dit was zijn plan om het goed te maken — van verzoening — voor het erven van de nalatenschap van hun vader; en hij vond het een uitstekende, vol geschiktheid en geschiktheid, en buitengewoon genereus en belangeloos van zijn kant.

Zijn plan veranderde niet toen hij ze zag. Het mooie gezicht van juffrouw Bennet bevestigde zijn opvattingen en vestigde al zijn strengste opvattingen over wat aan anciënniteit verschuldigd was; En voor de eerste avond *was zij* zijn vaste keuze. De volgende ochtend bracht echter een wijziging aan; want in een kwartier *tête-à-tête* met mevrouw Bennet voor het ontbijt, een gesprek dat begon met zijn pastorie, en natuurlijk leidde tot de belijdenis van zijn hoop, dat er een minnares voor zou worden gevonden in Longbourn, bracht van haar, te midden van zeer inschikkelijke glimlachen en algemene aanmoediging, een waarschuwing tegen dezelfde Jane die hij op het oog had. 'Wat haar *jongere* dochters betreft, ze kon het niet op zich nemen om te zeggen - ze kon niet positief antwoorden - maar ze wist niets van enige vooringenomenheid; - haar *oudste* dochter moet ze alleen noemen - ze voelde het als haar plicht om te laten doorschemeren, ze zou waarschijnlijk zeer binnenkort verloofd zijn.'

Meneer Collins hoefde alleen maar van Jane in Elizabeth te veranderen - en het was snel klaar - gedaan terwijl mevrouw Bennet het vuur opstak. Elizabeth, even naast Jane in geboorte en schoonheid, volgde haar natuurlijk op.

Mevrouw Bennet koesterde de wenk en vertrouwde erop dat ze spoedig twee dochters zou laten trouwen; En de man over wie ze de vorige dag niet kon praten, stond nu hoog in haar goede gratie.

Lydia's voornemen om naar Meryton te lopen werd niet vergeten: elke zuster behalve Mary stemde ermee in om met haar mee te gaan; en de heer Collins zou hen bijwonen, op verzoek van de heer Bennet, die er zeer op gebrand was hem kwijt te raken, en zijn bibliotheek voor zichzelf te hebben; want daarheen was meneer Collins hem na het ontbijt gevolgd, en daar zou hij verder gaan, in naam bezig met een van de grootste folio's in de collectie, maar in werkelijkheid met meneer Bennet pratend, zonder enige ophoudendheid, over zijn huis en tuin in Hunsford. Zulke daden brachten de heer Bennet buitengewoon in verwarring. In zijn bibliotheek was hij altijd zeker geweest van vrije tijd en rust; en hoewel hij, zoals hij Elizabeth vertelde, bereid was om in elke andere kamer van het huis dwaasheid en verwaandheid tegen te komen, was hij gewend daar vrij van hen te zijn: zijn beleefdheid was daarom zeer snel in het uitnodigen van meneer Collins om zijn dochters te vergezellen op hun wandeling; en de heer Collins, die in feite veel beter geschikt was voor een wandelaar dan voor een lezer, was buitengewoon verheugd zijn grote boek te sluiten en te gaan.

Met hoogdravende nietszeggendheid van zijn kant en burgerlijke instemming met die van zijn neven en nichten, verstreek hun tijd totdat ze Meryton binnengingen. De aandacht van de jongeren was dan niet meer voor hem te winnen. Hun ogen dwaalden onmiddellijk door de straat op zoek naar de agenten, en niets minder dan een zeer nette muts, inderdaad, of een echt nieuwe mousseline in een etalage, kon hen herinneren.

Maar de aandacht van elke dame werd al snel getrokken door een jonge man, die ze nog nooit eerder hadden gezien, met een zeer deftig uiterlijk, die met een officier aan de andere kant van de weg liep. De officier was dezelfde meneer Denny naar wiens terugkeer uit Londen Lydia kwam informeren, en hij boog toen ze passeerden. Iedereen was getroffen door de uitstraling van de vreemdeling, iedereen vroeg zich af wie hij kon zijn; en Kitty en Lydia, vastbesloten om er zo mogelijk achter te komen, gingen voor de straat naar de overkant van de straat, onder het voorwendsel dat ze iets wilden hebben in een winkel aan de overkant, en gelukkig waren ze net op de stoep aangekomen, toen de twee heren zich omdraaiden en dezelfde plek hadden bereikt. Meneer Denny richtte zich rechtstreeks tot hen en smeekte toestemming om zijn vriend, de heer Wickham, voor te stellen, die de vorige dag met hem uit de stad was teruggekeerd en, zoals hij gelukkig kon zeggen, een aanstelling in hun korps had aanvaard. Dit was precies zoals het zou moeten zijn; want de jongeman wilde alleen regimenten om hem volkomen charmant te maken. Zijn uiterlijk was zeer in zijn voordeel: hij had de beste delen van schoonheid, een mooi gelaat, een goed figuur en een zeer aangenaam adres. De inleiding van zijn kant werd gevolgd door een blijde bereidheid tot een gesprek – een bereidheid die tegelijkertijd volkomen correct en bescheiden was; en het hele gezelschap stond nog steeds heel aangenaam met elkaar te praten, toen het geluid van paarden hun aandacht trok, en men Darcy en Bingley door de straat zag rijden. Toen ze de dames van de groep hadden onderscheiden, kwamen de twee heren direct naar hen toe en begonnen de gebruikelijke beleefdheden. Bingley was de belangrijkste woordvoerder en juffrouw Bennet het belangrijkste object. Hij was toen, zei hij, met opzet op weg naar Longbourn om naar haar te informeren. Mr. Darcy bevestigde het met een buiging en begon te besluiten zijn ogen niet op Elizabeth te richten, toen ze plotseling werden gearresteerd door de aanblik van de vreemdeling; en Elizabeth, die toevallig het gelaat van beiden zag, terwijl zij elkaar aankeken, was een en al verbazing over de uitwerking van de ontmoeting. Beiden veranderden van kleur, de een zag er wit uit, de ander rood. Meneer Wickham raakte na enkele ogenblikken zijn hoed aan - een groet die meneer Darcy zich zojuist verwaardigde terug te geven. Wat zou de betekenis ervan kunnen zijn? Het was onmogelijk voor te stellen; Het was onmogelijk om niet lang te weten.

Een oogenblik later nam meneer Bingley, maar zonder te hebben gemerkt wat er gebeurde, afscheid en reed verder met zijn vriend.

Meneer Denny en meneer Wickham liepen met de jonge dames naar de deur van het huis van meneer Philips en maakten toen een buiging, ondanks de dringende smeekbeden van juffrouw Lydia om binnen te komen, en zelfs ondanks het feit dat mevrouw Philips het raam van de salon opengooide en luidkeels de uitnodiging steunde.

Mevrouw Philips was altijd blij haar nichtjes te zien; en de twee oudsten waren, gezien hun recente afwezigheid, bijzonder welkom; en zij gaf gretig uiting aan haar verbazing over hun plotselinge thuiskomst, waarvan zij, omdat hun eigen rijtuig hen niet had opgehaald, niets zou hebben geweten, als zij niet toevallig de winkeljongen van meneer Jones op straat had gezien, die haar had gezegd dat ze geen dammen meer naar Netherfield moesten sturen, omdat de juffrouw Bennets waren weggekomen. toen haar beleefdheid tegenover meneer Collins werd opgeëist door Jane's introductie van hem. Ze ontving hem met haar allerbeste beleefdheid, die hij met nog veel meer beantwoordde, zich verontschuldigend voor zijn inmenging, zonder enige eerdere kennis van haar, die hij niet kon helpen zichzelf te vleien, maar misschien gerechtvaardigd zou kunnen zijn door zijn relatie met de jonge dames die hem onder haar aandacht brachten. Mevrouw Philips was nogal onder de indruk van zo'n overdaad aan goede fokkerij; maar haar overpeinzing van de ene vreemdeling werd al snel beëindigd door uitroepen en vragen naar de andere, van wie ze echter alleen maar aan haar nichtjes kon vertellen wat ze al wisten, dat meneer Denny hem uit Londen had meegebracht, en dat hij een luitenantscommissie in de graafschap zou krijgen. Ze had hem het laatste uur gadegeslagen, zei ze, terwijl hij de straat op en neer liep, en als meneer Wickham was verschenen, zouden Kitty en Lydia zeker de bezigheid hebben voortgezet; Maar ongelukkig genoeg kwam er nu niemand meer langs de ramen, behalve een paar officieren, die, in vergelijking met de vreemdeling, 'domme, onaangename kerels' waren geworden. Sommigen van hen zouden de volgende dag bij de Philipsen dineren, en hun tante beloofde dat haar man bij meneer Wickham zou komen en hem ook zou uitnodigen, als de familie uit Longbourn 's avonds zou komen. Hiermee werd ingestemd; en mevrouw Philips protesteerde dat ze een lekker comfortabel luidruchtig spelletje loten zouden hebben, en daarna een beetje warm avondeten. Het vooruitzicht van zulke geneugten was zeer opbeurend, en ze gingen in wederzijds goed humeur uit elkaar. De heer Collins herhaalde zijn verontschuldigingen bij het verlaten van de kamer en werd met onvermoeibare beleefdheid verzekerd dat ze volkomen overbodig waren.

Terwijl ze naar huis liepen, vertelde Elizabeth aan Jane wat ze tussen de twee heren had zien gebeuren; maar hoewel Jane een van beide of beide zou hebben verdedigd, als ze ongelijk hadden gebleken, kon ze dergelijk gedrag niet meer verklaren dan haar zus.

De heer Collins bevredigde mevrouw Bennet bij zijn terugkeer zeer door de manieren en beleefdheid van mevrouw Philips te bewonderen. Hij protesteerde dat hij, behalve Lady Catherine en haar dochter, nog nooit een elegantere vrouw had gezien; Want zij had hem niet alleen met de grootste beleefdheid ontvangen, maar had hem zelfs nadrukkelijk in haar uitnodiging voor de volgende avond opgenomen, hoewel zij hem tevoren volkomen onbekend was. Iets, zo veronderstelde hij, zou kunnen worden toegeschreven aan zijn band met hen, maar toch had hij in zijn hele leven nog nooit zoveel aandacht gekregen.

Hoofdstuk XVI

Omdat er geen bezwaar werd gemaakt tegen de verloving van de jonge mensen met hun tante, en alle scrupules van de heer Collins om de heer en mevrouw Bennet tijdens zijn bezoek ook maar één avond achter te laten, zeer standvastig werden weerstaan, bracht de koets hem en zijn vijf neven op een geschikt uur naar Meryton; en de meisjes hadden het genoegen te horen, toen ze de salon binnenkwamen, dat meneer Wickham de uitnodiging van hun oom had aangenomen en toen in huis was.

Toen deze informatie werd gegeven en ze allemaal hadden plaatsgenomen, was de heer Collins vrij om om zich heen te kijken en te bewonderen, en hij was zo getroffen door de grootte en het meubilair van het appartement, dat hij verklaarde dat hij zich bijna in de kleine zomerontbijtzaal in Rosings had kunnen wanen; een vergelijking die aanvankelijk niet veel voldoening gaf; maar toen mevrouw Philips van hem begreep wie Rosings was en wie de eigenaar ervan was, toen ze had geluisterd naar de beschrijving van slechts één van Lady Catherine's salons, en ontdekte dat het schoorsteenstuk alleen al achthonderd pond had gekost, voelde ze al de kracht van het compliment en zou ze nauwelijks een vergelijking met de kamer van de huishoudster hebben kwalijk genomen.

Terwijl hij haar de hele pracht van Lady Catherine en haar landhuis beschreef, met af en toe uitweidingen ter lof van zijn eigen nederige woning, en de verbeteringen die het ontving, was hij gelukkig in dienst totdat de heren zich bij hen voegden; en hij vond in mevrouw Philips een zeer aandachtig luisteraar, wiens mening over zijn gevolg toenam met wat ze hoorde. en die zich voornam om alles zo snel mogelijk bij haar buren te verkopen. Voor de meisjes, die niet naar hun neef konden luisteren en die niets anders te doen hadden dan een instrument te begeren en hun eigen onverschillige imitaties van porselein op de schoorsteenmantel te onderzoeken, leek de tijd van wachten erg lang. Maar het was eindelijk voorbij. De heren kwamen inderdaad dichterbij: en toen meneer Wickham de kamer binnenkwam, voelde Elizabeth dat ze hem niet eerder had gezien, noch sindsdien aan hem had gedacht, met de geringste mate van onredelijke bewondering. De officieren van de ——shire waren over het algemeen een zeer verdienstelijke, gentleman-achtige groep en de besten van hen behoorden tot de huidige partij; maar meneer Wickham was even ver boven hen allen in persoon, gelaat, lucht en loop, als *ze* superieur waren aan de benauwde oom Philips, met een breed gezicht, die portwijn ademde, die hen de kamer in volgde.

Mr. Wickham was de gelukkige man op wie bijna elk vrouwelijk oog was gericht, en Elizabeth was de gelukkige vrouw bij wie hij uiteindelijk ging zitten; En de aangename manier waarop hij onmiddellijk in gesprek raakte, al was het alleen maar omdat het een natte nacht was, en omdat het waarschijnlijk een regenseizoen was, gaf haar het gevoel dat het gewoonste, saaiste, meest versleten onderwerp interessant kon worden gemaakt door de vaardigheid van de spreker.

Met zulke rivalen voor de aandacht van de beurs als de heer Wickham en de officieren, scheen de heer Collins in het niets te verzinken; Voor de jonge dames was hij zeker niets; maar hij had nog steeds met tussenpozen een vriendelijk luisterend oor in mevrouw Philips, en werd door haar waakzaamheid overvloedig voorzien van koffie en muffin.

Toen de kaarttafels waren neergezet, had hij de gelegenheid om haar op zijn beurt te helpen door te gaan zitten fluiten.

"Ik weet op dit moment weinig van het spel," zei hij, "maar ik zal blij zijn mezelf te verbeteren; want in mijn levenssituatie...' Mevrouw Philips was erg dankbaar voor zijn inschikkelijkheid, maar kon niet wachten op zijn reden.

Meneer Wickham speelde geen whist, en met gretig genoegen werd hij ontvangen aan de andere tafel tussen Elizabeth en Lydia. In het begin scheen het gevaar dat Lydia hem geheel in beslag zou nemen, want zij was een zeer vastberaden prater; Maar omdat ze ook dol was op loten, raakte ze al snel te veel geïnteresseerd in het spel, te gretig in het plaatsen van weddenschappen en het uitroepen van prijzen, om aandacht te hebben voor iemand in het bijzonder. Rekening houdend met de gemeenschappelijke eisen van het spel, was meneer Wickham daarom vrij om met Elizabeth te praten, en ze was zeer bereid om hem te horen, hoewel ze niet kon hopen dat wat ze voornamelijk wilde horen, de geschiedenis van zijn kennismaking met meneer Darcy zou worden verteld. Ze durfde die meneer niet eens te noemen. Haar nieuwsgierigheid werd echter onverwacht bevredigd. De heer Wickham begon het onderwerp zelf. Hij vroeg hoe ver Netherfield van Meryton verwijderd was; en, na haar antwoord te hebben ontvangen, vroeg ze op een aarzelende manier hoe lang meneer Darcy daar al verbleef.

"Ongeveer een maand," zei Elizabeth; en toen, niet bereid om het onderwerp te laten vallen, voegde hij eraan toe: "hij is een man van zeer groot bezit in Derbyshire, begrijp ik."

"Ja," antwoordde Wickham; "Zijn landgoed daar is van adel. Een duidelijke tienduizend per jaar. Je had geen persoon kunnen ontmoeten die beter in staat was om je bepaalde informatie over dat onderwerp te geven dan ikzelf - want ik ben vanaf mijn kindertijd op een bepaalde manier verbonden geweest met zijn familie."

Elizabeth kon niet anders dan verbaasd kijken.

'U zult misschien verrast zijn, juffrouw Bennet, over zo'n bewering, nadat u, zoals u waarschijnlijk zou kunnen zien, de zeer koude manier van onze ontmoeting van gisteren. Ben je goed bekend met Mr. Darcy?"

"Hoe graag ik dat ook zou willen zijn," riep Elizabeth hartelijk. "Ik heb vier dagen met hem in hetzelfde huis doorgebracht en ik vind hem erg onaangenaam."

"Ik heb niet het recht om *mijn* mening te geven ," zei Wickham, "of hij al dan niet aangenaam is. Ik ben niet gekwalificeerd om er een te vormen. Ik ken hem te lang en te goed om een eerlijke rechter te zijn. Het is voor *mij* onmogelijk om onpartijdig te zijn. Maar ik geloof dat uw mening over hem in het algemeen zou verbazen - en misschien zou u die nergens anders zo sterk uiten. Hier ben je in je eigen familie."

"Op mijn woord zeg ik hier niet meer dan ik zou kunnen zeggen in enig huis in de buurt, behalve in Netherfield. Hij is helemaal niet geliefd in

Hertfordshire. Iedereen walgt van zijn trots. Je zult niet merken dat iemand gunstiger over hem spreekt."

"Ik kan niet doen alsof het mij spijt," zeide Wickham, na een korten onderbreking, "dat hij of iemand niet boven hun woestijnen wordt geschat; maar bij *hem* geloof ik dat het niet vaak gebeurt. De wereld is verblind door zijn fortuin en gevolgen, of bang voor zijn hoge en indrukwekkende manieren, en ziet hem alleen zoals hij verkiest gezien te worden."

"Ik zou hem, zelfs bij *mijn* kleine kennismaking, als een slecht gehumeurd man beschouwen."

Wickham schudde alleen zijn hoofd.

"Ik vraag me af," zei hij bij de volgende gelegenheid om te spreken, "of hij waarschijnlijk nog lang in dit land zal zijn."

"Ik weet het helemaal niet; maar ik *hoorde* niets van zijn heengaan toen ik in Netherfield was. Ik hoop dat uw plannen ten gunste van de —shire niet zullen worden beïnvloed door zijn aanwezigheid in de buurt."

'Oh nee, het is niet aan *mij* om me te laten wegjagen door Mr. Darcy. Als *hij* wil voorkomen dat hij *me ziet* , moet hij gaan. We staan niet op vriendschappelijke voet en het doet me altijd pijn om hem te ontmoeten, maar ik heb geen andere reden om hem te vermijden dan wat ik aan de hele wereld zou kunnen verkondigen - een gevoel van zeer groot kwaadgebruik en zeer pijnlijke spijt over het feit dat hij is wat hij is. Zijn vader, Miss Bennet, wijlen Mr. Darcy, was een van de beste mannen die ooit ademde, en de trouwste vriend die ik ooit heb gehad; en ik kan nooit in gezelschap zijn van deze Mr. Darcy zonder tot in de ziel bedroefd te zijn door duizend tedere herinneringen. Zijn gedrag tegenover mij is schandalig; maar ik geloof echt dat ik hem alles en nog wat zou kunnen vergeven, in plaats van dat hij de hoop teleurstelt en de herinnering aan zijn vader te schande maakt."

Elizabeth merkte dat de belangstelling voor het onderwerp toenam en luisterde met heel haar hart; maar de fijngevoeligheid ervan verhinderde verder onderzoek.

De heer Wickham begon over meer algemene onderwerpen te spreken, Meryton, de buurt, de vereniging, scheen zeer tevreden te zijn met alles wat hij tot nu toe had gezien, en sprak vooral over dit laatste met zachte maar zeer verstaanbare galanterie.

"Het was het vooruitzicht van een constante samenleving en een goede samenleving," voegde hij eraan toe, "die mijn belangrijkste drijfveer was om de ——graafschap binnen te gaan. Ik weet dat het een zeer respectabel, aangenaam korps is; en mijn vriend Denny verleidde me verder door zijn verslag van hun huidige verblijf, en de zeer grote attenties en uitstekende kennis die Meryton hen had bezorgd. De maatschappij, die ik bezit, is noodzakelijk voor mij. Ik ben een teleurgesteld man geweest en mijn geest zal de eenzaamheid niet verdragen. Ik *moet* werk hebben en een samenleving. Een militair leven is niet waar ik voor bedoeld was, maar door omstandigheden komt het nu wel in aanmerking. De kerk *had* mijn beroep moeten zijn - ik ben opgevoed voor de kerk; en ik zou op dit moment in het bezit zijn geweest van een zeer waardevol leven, als het de heer had behaagd waar we het zojuist over hadden."

"Inderdaad!"

"Ja - wijlen Mr. Darcy liet me de volgende presentatie na van het beste leven in zijn gave. Hij was mijn peetvader en buitengewoon gehecht aan mij. Ik kan geen recht doen aan zijn vriendelijkheid. Hij was van plan ruimschoots voor mij te zorgen, en dacht dat hij het gedaan had; maar toen de levenden vielen, werd het elders gegeven."

"Goede hemel!" riep Elizabeth; "Maar hoe kan *dat*? Hoe kon zijn wil worden veronachtzaamd? Waarom heb je geen juridische stappen ondernomen?"

"Er was net zo'n informaliteit in de voorwaarden van het legaat dat ik geen hoop kreeg van de wet. Een man van eer had niet aan de bedoeling kunnen twijfelen, maar de heer Darcy koos ervoor om eraan te twijfelen - of om het te behandelen als een slechts voorwaardelijke aanbeveling, en te beweren dat ik alle aanspraak erop had verbeurd door extravagantie, onvoorzichtigheid, kortom, iets of niets. Zeker is het dat de woning twee jaar geleden leeg is komen te staan, precies toen ik de leeftijd had om het te houden, en dat het aan een ander man werd gegeven; en niet minder zeker is het, dat ik mezelf er niet van kan beschuldigen dat ik werkelijk iets heb gedaan om het te verdienen het te verliezen. Ik heb een warm, onbewaakt karakter en ik heb misschien soms mijn mening *over* hem en *tegen* hem te vrijuit uitgesproken. Ik kan me niets ergers herinneren. Maar het is een feit dat we heel verschillende soorten mannen zijn, en dat hij me haat."

"Dit is best schokkend! Hij verdient het om publiekelijk te schande te worden gemaakt."

'Te eniger tijd *zal hij* er zijn, maar het zal niet door *mij zijn*. Zolang ik zijn vader niet kan vergeten, kan ik hem nooit tarten of ontmaskeren."

Elizabeth eerde hem om zulke gevoelens en vond hem knapper dan ooit toen hij ze uitte.

"Maar wat," zei ze na een pauze, "kan zijn motief zijn geweest? Wat kan hem ertoe hebben aangezet zich zo wreed te gedragen?"

'Een grondige, vastberaden afkeer van mij – een afkeer die ik tot op zekere hoogte alleen maar aan jaloezie kan toeschrijven. Als wijlen Mr. Darcy me minder leuk had gevonden, had zijn zoon me misschien beter verdragen; maar de ongewone gehechtheid van zijn vader aan mij irriteerde hem, geloof ik, al heel vroeg in zijn leven. Hij had niet de moed om het soort concurrentie te verdragen waarin we ons bevonden - het soort voorkeur dat me vaak werd gegeven."

"Ik had Mr. Darcy niet zo slecht gedacht - hoewel ik hem nooit leuk heb gevonden, ik had niet zo slecht over hem gedacht - ik had gedacht dat hij zijn medeschepselen in het algemeen verachtte, maar verdacht hem er niet van af te dalen naar zo'n kwaadaardige wraak, zo'n onrecht, zo'n onmenselijkheid als deze!"

Na een paar minuten nadenken vervolgde ze echter: 'Ik herinner me dat hij op een dag in Netherfield opschepte over de onverbiddelijkheid van zijn wrok, over zijn meedogenloze humeur. Zijn gezindheid moet vreselijk zijn."

"Ik zal mij in dit onderwerp niet vertrouwen," antwoordde Wickham; "*Ik* kan moeilijk rechtvaardig tegen hem zijn."

Elisabeth was weer diep in gedachten verzonken en riep na een poosje uit: "Om de petekind, de vriend, de gunsteling van zijn vader zo te behandelen!" Ze had eraan kunnen toevoegen: "Een jonge man ook, zoals *jij,* wiens gelaat alleen al kan instaan voor je beminnelijkheid." Maar ze stelde zich tevreden met: 'En ook iemand, die waarschijnlijk van kinds af aan zijn eigen metgezel was geweest, verbond zich, zoals je geloof ik zei, op de nauwste manier met elkaar.'

"We zijn geboren in dezelfde parochie, in hetzelfde park; Het grootste deel van onze jeugd brachten we samen door: bewoners van hetzelfde huis, die dezelfde vermakelijkheden deelden, voorwerpen van dezelfde ouderlijke zorg. *Mijn* vader begon zijn leven in het beroep dat uw oom, de heer Philips, zoveel eer schijnt te bewijzen; maar hij gaf alles op om van nut te zijn voor wijlen de heer Darcy, en wijdde al zijn tijd aan de zorg voor het landgoed Pemberley. Hij werd zeer gewaardeerd door Mr. Darcy, een zeer intieme, vertrouwelijke vriend. Mr. Darcy erkende vaak dat hij de grootste verplichtingen had aan het actieve toezicht van mijn vader; en toen, onmiddellijk voor de dood van mijn vader, meneer Darcy hem een vrijwillige belofte deed om voor mij te zorgen, ben ik ervan overtuigd dat hij het net zo goed als een schuld van dankbaarheid aan *hem als* van genegenheid voor mij voelde."

"Wat vreemd!" riep Elizabeth. "Hoe afschuwelijk! Ik vraag me af of de trots van deze Mr. Darcy hem niet alleen voor jou heeft gemaakt. Als er geen betere reden was, dat hij niet te trots zou zijn geweest om oneerlijk te zijn, - want oneerlijkheid moet ik het noemen."

"Het *is* wonderbaarlijk," antwoordde Wickham; "Want bijna al zijn daden zijn terug te voeren op trots; En trots is vaak zijn beste vriend geweest. Het heeft hem nauwer met de deugd verbonden dan enig ander gevoel. Maar we zijn geen van allen consequent; En in zijn gedrag tegenover mij waren er zelfs sterkere impulsen dan trots."

"Kan zo'n afschuwelijke trots als de zijne hem ooit goed hebben gedaan?"

"Jazeker; het heeft hem er vaak toe gebracht vrijgevig en genereus te zijn; om zijn geld vrijelijk te geven, om gastvrijheid te tonen, om zijn pachters bij te staan en de armen te helpen. Familietrots en *kinderlijke* trots, want hij is erg trots op wat zijn vader was, hebben dit gedaan. Het is een krachtig motief om zijn familie niet te schande te maken, om te ontaarden van de populaire kwaliteiten, of om de invloed van het

Pemberley House te verliezen. Hij heeft ook *broederlijke* trots, wat hem, met *enige* broederlijke genegenheid, tot een zeer vriendelijke en zorgvuldige voogd van zijn zuster maakt; en je zult hem over het algemeen horen uitroepen als de meest attente en beste broer."

"Wat voor soort meisje is juffrouw Darcy?"

Hij schudde zijn hoofd. "Ik wou dat ik haar beminnelijk kon noemen. Het doet me pijn om kwaad te spreken over een Darcy; Maar ze lijkt te veel op haar broer, heel, heel trots. Als kind was ze aanhankelijk en aangenaam, en erg dol op mij; en ik heb uren en uren aan haar vermaak besteed. Maar ze is nu niets voor mij. Ze is een knap meisje, een jaar of vijftien of zestien, en, naar ik begrijp, zeer bekwaam. Sinds de dood van haar vader woont ze in Londen, waar een dame bij haar woont en toezicht houdt op haar opvoeding."

Na vele pauzes en vele beproevingen van andere onderwerpen, kon Elizabeth het niet laten om nog eens terug te keren naar het eerste en te zeggen:

"Ik ben verbaasd over zijn intimiteit met meneer Bingley. Hoe kan meneer Bingley, die zelf een goed humeur lijkt en naar ik echt beminnelijk is, echt beminnelijk zijn, bevriend zijn met zo'n man? Hoe kunnen ze bij elkaar passen? Kent u meneer Bingley?"

"Helemaal niet."

"Hij is een zachtaardige, beminnelijke, charmante man. Hij kan niet weten wat Mr. Darcy is."

"Waarschijnlijk niet; maar Mr. Darcy kan behagen waar hij wil. Hij wil geen capaciteiten. Hij kan een gesprekspartner zijn als hij het de moeite waard vindt. Onder degenen die dus ook maar enigszins zijn gelijken zijn, is hij een heel ander mens dan hij is voor de minder welvarenden. Zijn trots laat hem nooit in de steek; maar bij de rijken is hij vrijzinnig, rechtvaardig, oprecht, rationeel, eerbaar en misschien aangenaam, - iets toelatend voor fortuin en figuur."

Kort daarna viel het whistfeest uiteen, de spelers verzamelden zich rond de andere tafel, en de heer Collins nam zijn positie in tussen zijn nicht Elizabeth en mevrouw Philips. De gebruikelijke vragen over zijn succes werden door de laatste gesteld. Het was niet erg geweldig geweest; hij had elk punt verloren; maar toen mevrouw Philips haar bezorgdheid daarover begon te uiten, verzekerde hij haar met veel ernstige ernst, dat het niet van het minste belang was; dat hij het geld als een kleinigheid beschouwde en haar smeekte zich niet ongemakkelijk te maken.

"Ik weet heel goed, mevrouw," zei hij, "dat als mensen aan een kaarttafel gaan zitten, ze hun kans op deze dingen moeten wagen, en gelukkig ben ik niet in zulke omstandigheden dat ik vijf shilling enig voorwerp kan verdienen. Er zijn ongetwijfeld velen die niet hetzelfde zouden kunnen zeggen; maar dankzij Lady Catherine de Bourgh ben ik ver verwijderd van de noodzaak om me met kleine zaken bezig te houden."

De aandacht van meneer Wickham werd getrokken; en na den heer Collins eenige oogenblikken te hebben gadegeslagen, vroeg hij met zachte stem aan Elizabeth, of hare bloedverwanten de familie van De Bourgh zeer goed kenden.

"Vrouwe Catharina de Bourgh," antwoordde ze, "heeft hem de laatste tijd in zijn levensonderhoud voorzien. Ik weet nauwelijks hoe meneer Collins voor het eerst onder haar aandacht werd gebracht, maar hij kent haar zeker nog niet zo lang."

'Je weet natuurlijk dat Lady Catherine de Bourgh en Lady Anne Darcy zussen waren; bijgevolg dat ze tante is van de huidige meneer Darcy."

"Nee, dat heb ik inderdaad niet gedaan. Ik wist helemaal niets van Lady Catherine's connecties. Ik had tot eergisteren nog nooit van haar bestaan gehoord."

"Haar dochter, juffrouw de Bourgh, zal een zeer groot fortuin hebben, en men gelooft dat zij en haar neef de twee landgoederen zullen verenigen."

Deze informatie deed Elizabeth glimlachen, terwijl ze aan de arme juffrouw Bingley dacht. Al haar attenties moeten ijdel zijn, ijdel en nutteloos haar genegenheid voor zijn zuster en haar lof voor zichzelf, als hij al voor een ander bestemd was.

"Mr. Collins," zeide zij, "spreekt zeer over Lady Catherine en haar dochter; maar uit sommige bijzonderheden die hij over haar Ladyship heeft verteld, vermoed ik dat zijn dankbaarheid hem misleidt; en dat zij, ondanks dat zij zijn beschermvrouwe is, een arrogante, verwaande vrouw is."

"Ik geloof dat zij beide in hoge mate is," antwoordde Wickham; "Ik heb haar al vele jaren niet meer gezien; maar ik herinner me heel goed dat ik haar nooit mocht, en dat haar manieren dictatoriaal en onbeschaamd waren. Ze heeft de reputatie opmerkelijk verstandig en slim te zijn; maar ik geloof eerder dat ze een deel van haar bekwaamheden ontleent aan haar rang en fortuin, een deel aan haar autoritaire manier van doen, en de rest aan de trots van haar neef, die ervoor kiest dat iedereen die met hem verbonden is, begrip heeft van de eerste klasse."

Elizabeth gaf toe dat hij er een heel rationeel verslag van had gegeven, en ze bleven met wederzijdse tevredenheid met elkaar praten totdat het avondeten een einde maakte aan het kaarten en de rest van de dames hun deel van de aandacht van meneer Wickham gaf. Er kon geen gesprek zijn in het lawaai van het avondeten van mevrouw Philips, maar zijn manieren bevalen hem aan iedereen aan. Wat hij ook zei, het werd goed gezegd; En wat hij ook deed, gracieus gedaan. Elizabeth ging weg met haar hoofd vol van hem. Ze kon aan niets anders denken dan aan meneer Wickham, en aan wat hij haar de hele weg naar huis had verteld; maar er was zelfs geen tijd voor haar om zijn naam te noemen terwijl ze gingen, want noch Lydia, noch meneer Collins zwegen een keer. Lydia praatte onophoudelijk over loten, over de vis die ze had verloren en de vis die ze had gewonnen; en de heer Collins, bij het beschrijven van de beleefdheid van de heer en mevrouw Philips, protesterend dat hij niet in het minst rekening hield met zijn verliezen bij het fluiten, alle gerechten bij het avondeten opsomde, en herhaaldelijk vrezend dat hij zijn neven en nichten zou verdringen, had meer te zeggen dan hij goed kon doen voordat het rijtuig bij Longbourn House stopte.

Hoofdstuk XVII

Elizabeth vertelde Jane de volgende dag wat er tussen meneer Wickham en haarzelf was gebeurd. Jane luisterde met verbazing en bezorgdheid: ze wist niet hoe ze moest geloven dat meneer Darcy zo onwaardig kon zijn voor meneer Bingley's achting; en toch lag het niet in haar aard om de waarachtigheid van een jongeman met zo'n beminnelijk uiterlijk als Wickham in twijfel te trekken. De mogelijkheid dat hij werkelijk zulk een onvriendelijkheid had doorstaan, was genoeg om al haar tedere gevoelens te interesseren; En er bleef dus niets anders over dan goed over hen beiden te denken, het gedrag van elk van hen te verdedigen en alles wat niet anders kon worden verklaard, in aanmerking te nemen voor toeval of vergissing.

"Ze zijn allebei," zei ze, "bedrogen, durf ik te zeggen, op de een of andere manier, waarvan we ons geen idee kunnen vormen. Geïnteresseerden hebben elkaar misschien verkeerd voorgesteld. Het is, kortom, onmogelijk voor ons om de oorzaken of omstandigheden te vermoeden die hen van hen hebben vervreemd, zonder daadwerkelijke schuld aan beide kanten.

"Helemaal waar, inderdaad; en nu, mijn lieve Jane, wat heb je te zeggen namens de geïnteresseerde mensen die waarschijnlijk bij de zaak betrokken zijn geweest? Wis *ze* ook, anders zullen we verplicht zijn kwaad over iemand te denken."

"Lach zoveel als je wilt, maar je zult me niet uitlachen om mijn mening. Mijn liefste Lizzy, bedenk eens in welk een schandelijk licht het Mr. Darcy plaatst, om de favoriet van zijn vader op zo'n manier te behandelen, iemand voor wie zijn vader had beloofd te zorgen. Dat is onmogelijk. Geen man van gewone menselijkheid, geen man die enige waarde had voor zijn karakter, zou daartoe in staat kunnen zijn. Kunnen zijn intiemste vrienden in hem zo buitensporig bedrogen worden? Oh nee."

'Ik kan veel gemakkelijker geloven dat meneer Bingley wordt opgedrongen dan dat meneer Wickham zo'n geschiedenis van zichzelf verzint als hij me gisteravond gaf; Namen, feiten, alles genoemd zonder ceremonie. Als het niet zo is, laat Mr. Darcy het dan tegenspreken. Bovendien zat er waarheid in zijn uiterlijk."

'Het is inderdaad moeilijk, het is verontrustend. Je weet niet wat je ervan moet denken."

"Neemt u mij niet kwalijk, men weet precies wat men moet denken."

Maar Jane kon slechts over één punt met zekerheid denken: dat meneer Bingley, als hij *was* opgedrongen, veel te lijden zou hebben als de affaire openbaar werd.

De twee jonge dames werden uit het struikgewas ontboden, waar dit gesprek plaatsvond, door de komst van enkele van de personen over wie ze hadden gesproken; De heer Bingley en zijn zussen kwamen om hun persoonlijke uitnodiging te geven voor het langverwachte bal in Netherfield, dat werd vastgesteld voor de volgende dinsdag. De twee dames waren verheugd hun dierbare vriendin weer te zien, noemden het een eeuwigheid geleden dat ze elkaar hadden ontmoet en vroegen herhaaldelijk wat ze met zichzelf had gedaan sinds hun scheiding. Aan de rest van de familie schonken ze weinig aandacht; Mrs. Bennet zoveel mogelijk vermijden, niet veel zeggen tegen Elizabeth, en helemaal niets tegen de anderen. Ze waren spoedig weer weg, stonden op van hun zitplaatsen met een activiteit die hun broer verraste, en haastten zich weg alsof ze wilden ontsnappen aan de beleefdheden van mevrouw Bennet.

Het vooruitzicht van het Netherfield-bal was buitengewoon aangenaam voor elke vrouw van het gezin. Mevrouw Bennet koos ervoor om het te beschouwen als een compliment voor haar oudste dochter, en was vooral gevleid door de uitnodiging van meneer Bingley zelf te ontvangen, in plaats van een ceremoniële kaart. Jane stelde zich een gelukkige avond voor in het gezelschap van haar twee vrienden en de attenties van hun broer; en Elizabeth dacht er met genoegen aan om veel met meneer Wickham te dansen en een bevestiging van alles te zien in het uiterlijk en gedrag van meneer Darcy. Het geluk dat Catharina en Lydia verwachtten, hing minder af van een enkele gebeurtenis of een bepaalde persoon; want hoewel ze elk, net als Elizabeth, van plan waren de halve avond met meneer Wickham te dansen, was hij zeker niet de enige partner die hen kon bevredigen, en een bal was in ieder geval een bal. En zelfs Maria kon haar familie verzekeren dat ze er geen afkeer van had.

"Zolang ik mijn ochtenden voor mezelf kan hebben," zei ze, "is het genoeg. Ik denk dat het geen opoffering is om af en toe deel te nemen aan avondafspraken. De samenleving heeft aanspraken op ons allemaal; en ik belijd dat ik een van degenen ben die tussenpozen van ontspanning en amusement voor iedereen wenselijk achten."

Elizabeth's humeur was bij die gelegenheid zo hoog, dat ze, hoewel ze niet vaak onnodig met meneer Collins sprak, het niet kon laten hem te vragen of hij van plan was de uitnodiging van meneer Bingley aan te nemen, en zo ja, of hij het gepast zou vinden om deel te nemen aan het amusement van de avond; en zij was eenigzins verrast, toen zij bemerkte, dat hij op dat punt geen enkele scrupule koesterde, en verre van bang was voor een berisping, hetzij van den aartsbisschop, noch van Lady Catharina de Bourgh, door zich te wagen aan dansen.

"Ik ben geenszins van mening," zei hij, "dat zo'n bal, gegeven door een jongeman met karakter, aan respectabele mensen, enige kwade neiging kan hebben; en ik ben er zo ver van verwijderd om zelf te dansen, dat ik hoop in de loop van de avond met de handen van al mijn mooie neven en nichten te worden geëerd; en ik maak van deze gelegenheid gebruik om de uwe, juffrouw Elizabeth, te vragen voor vooral de eerste twee dansen; een voorkeur waarvan ik vertrouw dat mijn nicht Jane die zal toeschrijven aan de juiste zaak, en niet aan enig gebrek aan respect voor haar."

Elizabeth voelde zich helemaal in beslag genomen. Ze had volledig voorgesteld om door Wickham te worden geëngageerd voor diezelfde dansen; en om in plaats daarvan meneer Collins te hebben! - haar levendigheid was nog nooit zo slecht getimed geweest. Er was echter geen hulp voor. Het geluk van meneer Wickham en dat van haarzelf werd noodgedwongen wat langer uitgesteld, en het voorstel van meneer Collins werd zo goed mogelijk aanvaard. Ze was niet meer ingenomen met zijn dapperheid, omdat het idee iets meer suggereerde. Het viel haar nu voor het eerst op, dat *zij* uit haar zusters werd gekozen als waardig om de maîtresse van de pastorie van Hunsford te zijn, en om te helpen bij het vormen van een quadrille-tafel in Rosings, bij gebrek aan meer geschikte bezoekers. Het denkbeeld kwam spoedig tot overtuiging, toen zij zijn toenemende beleefdheid jegens zich bemerkte en zijn veelvuldige poging hoorde om haar humor en levendigheid te complimenteren; En hoewel ze zich meer verbaasde dan bevredigde door deze uitwerking van haar charmes, duurde het niet lang of haar moeder liet haar begrijpen dat de waarschijnlijkheid van hun huwelijk haar buitengewoon aangenaam was. Elizabeth koos er echter niet voor om de hint aan te nemen, omdat ze zich er terdege van bewust was dat een ernstig geschil het gevolg moest zijn van elk antwoord. Meneer Collins zou het aanbod misschien nooit doen, en zolang hij dat niet deed, was het nutteloos om over hem te twisten.

Als er geen Netherfield-bal was geweest om op voor te bereiden en over te praten, zou de jongere juffrouw Bennets op dit moment in een erbarmelijke toestand zijn geweest; want van de dag van de uitnodiging tot de dag van het bal was er zo'n opeenvolging van regen dat ze niet één keer naar Meryton konden lopen. Er kon geen tante, geen officieren, geen nieuws worden gezocht; de zeer schoenrozen voor Netherfield werden bij volmacht gekregen. Zelfs Elizabeth zou een beproeving van haar geduld hebben gevonden in het weer, dat de verbetering van haar kennismaking met Mr. Wickham volledig opschortte; en niets minder dan een dans op dinsdag had zo'n vrijdag, zaterdag, zondag en maandag draaglijk kunnen maken voor Kitty en Lydia.

Hoofdstuk XVIII

Totdat Elizabeth de salon in Netherfield binnentrad en tevergeefs naar Mr. Wickham zocht tussen de groep rode jassen die daar bijeen waren, was er nooit een twijfel bij haar opgekomen of hij aanwezig was. De zekerheid hem te ontmoeten was niet belemmerd door een van die herinneringen die haar niet onredelijk hadden kunnen verontrusten. Ze had zich met meer dan gewone zorg gekleed en zich met de hoogste stemming voorbereid op de overwinning van alles wat nog niet onderworpen was van zijn hart, erop vertrouwend dat het niet meer was dan in de loop van de avond zou kunnen worden gewonnen. Maar in een oogwenk rees het vreselijke vermoeden dat hij met opzet was weggelaten, voor het genoegen van Mr. Darcy, in de uitnodiging van de Bingleys aan de officieren; en hoewel dit niet precies het geval was, werd het absolute feit van zijn afwezigheid uitgesproken door zijn vriend Mr. Denny, tot wie Lydia zich gretig wendde, en die hun vertelde dat Wickham de vorige dag voor zaken naar de stad had moeten gaan en nog niet was teruggekeerd; en voegde er met een veelbetekenende glimlach aan toe:

"Ik kan me niet voorstellen dat zijn bedrijf hem zojuist zou hebben weggeroepen, als hij hier niet een zekere heer had willen vermijden."

Dit deel van zijn intelligentie, hoewel niet gehoord door Lydia, werd opgemerkt door Elizabeth; en omdat het haar verzekerde dat Darcy niet minder verantwoordelijk was voor Wickhams afwezigheid dan wanneer haar eerste vermoeden juist was geweest, werd elk gevoel van misnoegen tegen de eerste zo verscherpt door onmiddellijke teleurstelling, dat ze nauwelijks met aanvaardbare beleefdheid kon antwoorden op de beleefde vragen die hij onmiddellijk daarna kwam stellen. Aandacht, verdraagzaamheid, geduld met Darcy, was een blessure voor Wickham. Ze was vastbesloten om geen enkel gesprek met hem te voeren, en wendde zich af met een mate van slecht humeur, die ze zelfs niet helemaal kon overwinnen door met Mr. Bingley te spreken, wiens blinde partijdigheid haar provoceerde.

Maar Elizabeth werd niet gevormd om slecht gehumeurd te zijn; en hoewel elk vooruitzicht van haar voor de avond werd vernietigd, kon het niet lang op haar gemoed blijven rusten; en nadat ze al haar verdriet had verteld aan Charlotte Lucas, die ze een week niet had gezien, was ze al snel in staat om vrijwillig over te gaan naar de eigenaardigheden van haar neef, en hem onder haar bijzondere aandacht te wijzen. De eerste twee dansen brachten echter een terugkeer van verdriet teweeg: het waren dansen van versterving. Meneer Collins, onhandig en plechtig, verontschuldigend in plaats van aanwezig te zijn, en vaak verkeerd handelend zonder zich daarvan bewust te zijn, gaf haar alle schaamte en ellende die een onaangename partner voor een paar dansen kan geven. Het moment van haar bevrijding van hem was extase.

Ze danste vervolgens met een officier en had de verfrissing om over Wickham te praten en te horen dat hij alom geliefd was. Toen die dansen voorbij waren, keerde ze terug naar Charlotte Lucas en was met haar in gesprek, toen ze plotseling werd aangesproken door Mr. Darcy, die haar zo verraste in zijn verzoek om haar hand, dat ze, zonder te weten wat ze deed, hem accepteerde. Hij liep meteen weer weg en ze bleef achter om te piekeren over haar eigen gebrek aan tegenwoordigheid van geest: Charlotte probeerde haar te troosten.

"Ik durf te zeggen dat je hem heel aangenaam zult vinden."

"De hemel verhoede! *Dat* zou het grootste ongeluk van allemaal zijn! Om een man te vinden die aangenaam is en die men vastbesloten is te haten! Wens mij zulk een kwaad niet toe."

Toen het dansen echter weer begon en Darcy naderbij kwam om haar hand op te eisen, kon Charlotte het niet laten haar fluisterend te waarschuwen geen onnozelaar te zijn, en haar fantasie voor Wickham toe te staan haar onaangenaam te laten lijken in de ogen van een man die vaak zijn gevolg had. Elizabeth gaf geen antwoord en nam haar plaats in de set in, verbaasd over de waardigheid die ze had gekregen door tegenover Mr. Darcy te mogen staan, en in de blikken van haar buren hun gelijke verbazing te lezen bij het aanschouwen ervan. Ze bleven enige tijd staan zonder een woord te zeggen; en ze begon zich voor te stellen dat hun stilte de twee dansen zou duren, en aanvankelijk besloot ze die niet te verbreken;

Totdat ze zich plotseling verbeeldde dat het de grootste straf voor haar partner zou zijn om hem te verplichten te praten, maakte ze een kleine opmerking over de dans. Hij antwoordde en zweeg weer. Na een pauze van enkele minuten richtte ze zich voor de tweede keer tot hem, met:

'Het is *nu uw* beurt om iets te zeggen, meneer Darcy. *Ik* had het over de dans, en *je* zou een opmerking moeten maken over de grootte van de kamer, of het aantal paren."

Hij glimlachte en verzekerde haar dat alles wat ze wilde dat hij zei, gezegd moest worden.

"Heel goed; Dat antwoord is voorlopig voldoende. Misschien merk ik af en toe op dat privé-bals veel aangenamer zijn dan openbare; Maar *nu* mogen we zwijgen."

"Praat je dan volgens de regel terwijl je danst?"

"Soms. Je moet een beetje spreken, weet je. Het zou vreemd zijn om samen een half uur helemaal stil te zijn; En toch, voor het welzijn van *sommigen*, moet het gesprek zo worden geregeld dat ze de moeite nemen om zo min mogelijk te zeggen."

"Gaat u in dit geval te rade bij uw eigen gevoelens, of denkt u dat u de mijne bevredigt?"

"Allebei," antwoordde Elizabeth streng; "want ik heb altijd een grote overeenkomst gezien in de wending van onze geest. We hebben allemaal een asociale, zwijgzame instelling, niet bereid om te spreken, tenzij we verwachten iets te zeggen dat de hele kamer zal verbazen en aan het nageslacht zal worden doorgegeven met het *éclat* van een spreekwoord."

"Dit is geen opvallende gelijkenis met je eigen karakter, daar ben ik zeker van," zei hij. "Hoe dicht het bij de *mijne kan zijn*, kan ik niet pretenderen te zeggen. *Je* vindt het ongetwijfeld een getrouw portret."

"Ik moet niet over mijn eigen prestaties beslissen."

Hij gaf geen antwoord; en ze zwegen weer tot ze de dans hadden afgedaald, toen hij haar vroeg of zij en haar zussen niet vaak naar Meryton liepen. Ze antwoordde bevestigend; en, niet in staat om de verleiding te weerstaan, voegde hij eraan toe: "Toen je ons daar onlangs ontmoette, hadden we net een nieuwe kennismaking gevormd."

Het effect was onmiddellijk. Een diepere schakering van *opwinding* bedekte zijn gelaatstrekken, maar hij zei geen woord; en Elizabeth, hoewel ze zichzelf de schuld gaf van haar eigen zwakheid, kon niet doorgaan. Eindelijk sprak Darcy en zei op een gedempte manier:

'Meneer Wickham is gezegend met zulke gelukkige manieren dat hij vrienden kan maken ; Of hij misschien net zo goed in staat is om ze *te behouden*, is minder zeker."

"Hij is zo ongelukkig geweest dat hij uw vriendschap heeft verloren," antwoordde Elizabeth met nadruk, "en op een manier waar hij waarschijnlijk zijn hele leven onder zal lijden."

Darcy gaf geen antwoord en leek van onderwerp te willen veranderen. Op dat moment verscheen Sir William Lucas dicht bij hen, met de bedoeling om door de set naar de andere kant van de kamer te gaan; maar toen hij Mr. Darcy zag, stopte hij, met een buiging van superieure hoffelijkheid, om hem te complimenteren met zijn dansen en zijn partner.

"Ik ben zeer bevredigd, mijn beste heer; Zo'n superieure dans wordt niet vaak gezien. Het is duidelijk dat je tot de eerste kringen behoort. Sta me echter toe te zeggen dat uw mooie partner u niet te schande maakt: en dat ik moet hopen dat dit genoegen vaak wordt herhaald, vooral wanneer er een bepaalde wenselijke gebeurtenis zal plaatsvinden, mijn lieve juffrouw Eliza (werpt een blik op haar zus en Bingley). Wat een felicitaties stromen dan binnen! Ik doe een beroep op Mr. Darcy, maar laat me u niet onderbreken, meneer. Je zult het me niet kwalijk nemen dat ik je heb weerhouden van het betoverende gesprek van die jonge dame, wier heldere ogen me ook verwijten."

Het laatste deel van deze toespraak werd nauwelijks gehoord door Darcy; maar Sir William's toespeling op zijn vriend scheen hem krachtig te treffen, en zijn ogen waren met een zeer ernstige uitdrukking gericht op Bingley en Jane, die samen dansten. Maar toen hij zich spoedig herstelde, wendde hij zich tot zijn partner en zei:

"De onderbreking van Sir William heeft me doen vergeten waar we het over hadden."

"Ik denk niet dat we überhaupt spraken. Sir William had geen twee mensen in de kamer kunnen onderbreken die minder voor zichzelf te zeggen hadden. We hebben al twee of drie vakken geprobeerd zonder succes, en waar we het nu over moeten hebben, kan ik me niet voorstellen."

"Wat vind je van boeken?" zei hij glimlachend.

"Boeken - oh nee! - ik weet zeker dat we nooit hetzelfde lezen, of niet met dezelfde gevoelens."

"Het spijt me dat je dat denkt; Maar als dat het geval is, kan er in ieder geval geen gebrek aan onderwerp zijn. We kunnen onze verschillende meningen met elkaar vergelijken."

"Nee, ik kan niet over boeken praten in een balzaal; Mijn hoofd zit altijd vol met iets anders."

"Het *heden* houdt je altijd bezig in zulke taferelen, nietwaar?" zei hij met een blik van twijfel.

'Ja, altijd,' antwoordde ze, zonder te weten wat ze zei; want haar gedachten waren ver van het onderwerp afgedwaald, toen ze kort daarna plotseling uitriep: 'Ik herinner me dat ik u eens hoorde zeggen, meneer Darcy, dat u bijna nooit vergeeft; - dat uw wrok, eenmaal gecreëerd, niet te stilleren was. Ik veronderstel dat u erg voorzichtig bent met betrekking tot het *scheppen ervan*?"

"Dat ben ik," zei hij met vaste stem.

"En laat je nooit verblinden door vooroordelen?"

"Ik hoop het niet."

"Het is vooral de plicht van degenen die nooit van mening veranderen, om er zeker van te zijn dat ze in het begin goed oordelen."

"Mag ik vragen waar deze vragen op betrekking hebben?"

"Alleen om je karakter te illustreren ," zei ze, terwijl ze probeerde haar ernst van zich af te schudden. "Ik probeer er uit te komen."

"En wat is je succes?"

Ze schudde haar hoofd. "Ik kan helemaal niet met elkaar opschieten. Ik hoor zulke verschillende verhalen over je dat het me buitengewoon verbaast."

"Ik kan gemakkelijk gelooven," antwoordde hij ernstig, "dat de berichten over mij zeer verschillend kunnen zijn; en ik zou wensen, juffrouw Bennet, dat u mijn karakter op dit moment niet zou schetsen, want er is reden om te vrezen dat de uitvoering geen van beiden tot eer zou strekken."

"Maar als ik nu niet je gelijkenis aanneem, krijg ik misschien nooit meer een kans."

"Ik zou geenszins enig plezier van u opschorten," antwoordde hij koeltjes. Ze zei niets meer, en ze gingen de andere dans af en gingen zwijgend uit elkaar; aan beide kanten ontevreden, hoewel niet in gelijke mate; want in Darcy's borst was er een redelijk krachtig gevoel jegens haar, dat haar al snel vergiffenis verschafte en al zijn woede op een ander richtte.

Ze waren nog niet lang uit elkaar, toen juffrouw Bingley naar haar toe kwam en haar met een uitdrukking van burgerlijke minachting aanklampte:

'Dus, juffrouw Eliza, ik hoor dat u heel blij bent met George Wickham? Je zus heeft met me over hem gepraat en me duizend vragen gesteld; en ik merk dat de jongeman vergat u te vertellen, naast zijn andere mededelingen, dat hij de zoon was van de oude Wickham, de rentmeester van wijlen Mr. Darcy. Laat mij u echter als vriend aanbevelen om niet onvoorwaardelijk vertrouwen te stellen in al zijn beweringen; want wat betreft het slecht gebruiken van Mr. Darcy, het is volkomen onjuist: want integendeel, hij is altijd opmerkelijk aardig voor hem geweest, hoewel George Wickham Mr. Darcy op een zeer schandelijke manier heeft behandeld. Ik ken de bijzonderheden niet, maar ik weet heel goed dat Mr. Darcy niet in het minst de schuld heeft; dat hij het niet kan verdragen om George Wickham te horen noemen; en dat, hoewel mijn broer dacht dat hij niet kon vermijden hem op te nemen in zijn uitnodiging aan de officieren, hij buitengewoon blij was te ontdekken dat hij zichzelf uit de weg had geruimd. Dat hij überhaupt het land binnenkomt, is inderdaad een zeer onbeschaamde zaak, en ik vraag me af hoe hij het heeft kunnen aandurven om dat te doen. Ik heb medelijden met u, juffrouw Eliza, voor deze ontdekking van de schuld van uw favoriet; Maar echt, gezien zijn afkomst kon je niet veel beter verwachten."

"Zijn schuld en zijn afkomst schijnen, volgens uw verhaal, dezelfde te zijn," zei Elizabeth boos; "want ik heb je hem van niets ergers horen beschuldigen dan de zoon te zijn van de rentmeester van meneer Darcy, en *daarover*, ik kan je verzekeren, heeft hij me zelf geïnformeerd."

"Neemt u mij niet kwalijk," antwoordde juffrouw Bingley, terwijl ze zich met een grijns afwendde. "Excuseer mijn bemoeienis; Het was vriendelijk bedoeld."

"Onbeschaamd meisje!" zei Elizabeth bij zichzelf. "Je vergist je erg als je verwacht me te beïnvloeden door zo'n armzalige aanval als deze. Ik zie er niets anders in dan je eigen opzettelijke onwetendheid en de boosaardigheid van Mr. Darcy." Ze zocht toen haar oudste zus, die zich had verbonden om navraag te doen over hetzelfde onderwerp van Bingley. Jane ontmoette haar met een glimlach van zo'n zoete zelfgenoegzaamheid, een gloed van zo'n gelukkige uitdrukking, die voldoende aangaf hoe goed ze tevreden was met de gebeurtenissen van de avond. Elizabeth las onmiddellijk haar gevoelens; en op dat moment maakten de zorg voor Wickham, wrok tegen zijn vijanden en al het andere plaats voor de hoop dat Jane op de eerlijkste manier voor geluk zou zijn.

"Ik wil weten," zei ze met een gelaat dat niet minder glimlachte dan dat van haar zus, "wat je over meneer Wickham te weten bent gekomen. Maar misschien ben je te aangenaam bezig geweest om aan een derde persoon te denken, in welk geval je zeker kunt zijn van mijn vergeving."

"Nee," antwoordde Jane, "ik ben hem niet vergeten; maar ik heb je niets bevredigends te vertellen. De heer Bingley kent niet zijn hele geschiedenis en is volkomen onwetend van de omstandigheden die de heer Darcy voornamelijk hebben beledigd; maar hij zal instaan voor het goede gedrag, de eerlijkheid en de eer van zijn vriend, en is er volkomen van overtuigd dat de heer Wickham veel minder aandacht van de heer Darcy heeft verdiend dan hij heeft ontvangen; en het spijt me te moeten zeggen dat meneer Wickham volgens zijn verslag, evenals dat van zijn zus, geenszins een respectabele jongeman is. Ik ben bang dat hij erg onvoorzichtig is geweest en het heeft verdiend om de achting van meneer Darcy te verliezen.

'Meneer Bingley kent meneer Wickham zelf niet.'

"Nee; hij zag hem nooit tot de andere ochtend in Meryton."

"Dit verslag is dan wat hij heeft ontvangen van Mr. Darcy. Ik ben volkomen tevreden. Maar wat zegt hij van de levenden?"

"Hij herinnert zich de omstandigheden niet precies, hoewel hij ze meer dan eens van meneer Darcy heeft gehoord, maar hij gelooft dat het alleen *voorwaardelijk* aan hem is overgelaten ."

"Ik twijfel niet aan de oprechtheid van meneer Bingley," zei Elizabeth hartelijk, "maar u moet me verontschuldigen dat ik niet alleen door verzekeringen overtuigd ben. De verdediging van zijn vriend door de heer Bingley was zeer bekwaam, durf ik te zeggen; maar omdat hij niet bekend is met verschillende delen van het verhaal, en de rest zelf van die vriend heeft vernomen, zal ik nog steeds aan beide heren denken zoals ik eerder deed."

Daarna veranderde ze de rede in een gesprek dat voor elk van hen bevredigender was, en waarover geen verschil van gevoel kon zijn. Elizabeth luisterde met genoegen naar de gelukkige, hoewel bescheiden verwachtingen die Jane koesterde van Bingley's achting, en zei alles wat in haar vermogen lag om haar vertrouwen in dat geld te vergroten. Toen meneer Bingley zelf zich bij hen voegde, trok Elizabeth zich terug bij juffrouw Lucas; Nauwelijks had zij geantwoord op haar vraag naar de vriendelijkheid van haar laatste partner, of Collins kwam naar hen toe en vertelde haar met grote vreugde dat hij zojuist zo gelukkig was geweest een zeer belangrijke ontdekking te doen.

"Ik heb door een bijzonder toeval ontdekt," zei hij, "dat er nu in de kamer een naaste bloedverwant van mijn beschermvrouwe is. Toevallig hoorde ik de heer zelf tegen de jonge dame die de honneurs van dit huis waarneemt, de namen noemen van zijn nicht juffrouw De Bourgh, en van haar moeder, Lady Catherine. Hoe wonderbaarlijk gebeuren dit soort dingen! Wie had gedacht dat ik - misschien - een neef van Lady Catherine de Bourgh in deze vergadering zou ontmoeten! Ik ben zeer dankbaar dat de ontdekking op tijd is gedaan om mij mijn respect te betuigen aan hem, wat ik nu ga doen, en vertrouw erop dat hij me zal verontschuldigen dat ik het niet eerder heb gedaan. Mijn totale onwetendheid over het verband moet mijn verontschuldiging bepleiten."

"Je gaat jezelf niet voorstellen aan meneer Darcy?"

"Inderdaad. Ik zal hem om vergiffenis smeken dat ik het niet eerder heb gedaan. Ik geloof dat hij de neef van Lady Catherine is. Het zal in mijn macht liggen om hem te verzekeren dat het gisteren heel goed ging met Hare Majesteit."

Elizabeth deed haar best om hem van zo'n plan af te brengen; hem verzekeren dat Mr. Darcy het feit dat hij hem zonder introductie zou aanspreken als een onbeschaamde vrijheid, in plaats van een compliment aan zijn tante; dat het niet in het minst nodig was dat er van beide kanten enige kennisgeving zou zijn, en dat als dat zo was, het aan de heer Darcy, de meerdere dientengevolge, moest zijn om de kennismaking te beginnen. De heer Collins luisterde naar haar met de vastberadenheid van het volgen van zijn eigen neiging, en toen ze ophield met spreken, antwoordde hij als volgt:

"Geachte juffrouw Elizabeth, ik heb de hoogste dunk ter wereld van uw uitstekende oordeel in alle zaken die binnen uw begrip vallen, maar sta me toe te zeggen dat er een groot verschil moet zijn tussen de gevestigde vormen van ceremonie onder de leken en die welke de geestelijkheid reguleren; want sta mij toe op te merken dat ik het ambt van geestelijk ambt in waardigheid gelijk acht aan de hoogste rang in het koninkrijk, op voorwaarde dat tegelijkertijd een gepaste nederigheid van gedrag wordt gehandhaafd. U moet mij dus toestaan om bij deze gelegenheid de ingevingen van mijn geweten te volgen, die mij ertoe brengen te doen wat ik als een plicht beschouw. Vergeef me dat ik nalaat te profiteren van uw advies, dat over elk ander onderwerp mijn voortdurende gids zal zijn, hoewel ik in het geval dat voor ons ligt mezelf meer geschikt acht door opvoeding en gewone studie om te beslissen wat goed is dan een jonge dame zoals jij;" en met een lage buiging liet hij haar achter om Mr. Darcy aan te vallen, wiens ontvangst van zijn avances ze gretig gadesloeg, en wiens verbazing over het feit dat hij zo werd aangesproken heel duidelijk was. Haar neef leidde zijn toespraak in met een plechtige buiging, en hoewel ze er geen woord van kon horen, had ze het gevoel dat ze alles hoorde, en zag in de beweging van zijn lippen de woorden 'verontschuldiging', 'Hunsford' en 'Lady Catherine de Bourgh'. Het ergerde haar om te zien dat hij zich aan zo'n man blootstelde. Mr. Darcy keek hem met ongebreidelde verwondering aan; en toen de heer Collins hem eindelijk het woord liet voeren, antwoordde hij met een air van verre beleefdheid. De heer Collins liet zich echter niet ontmoedigen om weer te spreken, en de minachting van de heer Darcy leek overvloedig toe te nemen met de lengte van zijn tweede toespraak; en aan het einde ervan maakte hij slechts een lichte buiging voor hem en bewoog zich een andere kant op: meneer Collins keerde toen terug naar Elizabeth.

"Ik verzeker u," zei hij, "geen reden om ontevreden te zijn over mijn ontvangst. Mr. Darcy leek erg blij met de aandacht. Hij antwoordde mij met de grootste beleefdheid, en gaf mij zelfs het compliment te zeggen, dat hij zoo overtuigd was van Lady Catherine's onderscheidingsvermogen, dat hij er zeker van kon zijn, dat zij nooit een onwaardige gunst zou kunnen verlenen. Het was echt een heel knappe gedachte. Over het geheel genomen ben ik erg blij met hem."

Omdat Elizabeth geen eigen interesse meer had om na te streven, richtte ze haar aandacht bijna volledig op haar zus en meneer Bingley; en de reeks aangename overpeinzingen die haar observaties teweegbrachten, maakte haar misschien bijna net zo gelukkig als Jane. Ze zag haar in gedachten in datzelfde huis wonen, in al het geluk dat een huwelijk van ware genegenheid kon schenken; en ze voelde zich in staat om onder zulke omstandigheden zelfs maar te proberen de twee zussen van Bingley aardig te vinden. De gedachten van haar moeder, die ze duidelijk zag, waren in dezelfde richting gebogen, en ze besloot niet bij haar in de buurt te komen, opdat ze niet te veel zou horen. Toen ze aan tafel zaten, vond ze het dan ook een zeer ongelukkige perversiteit die hen in elkaar plaatste; en diep was ze geïrriteerd toen ze ontdekte dat haar moeder vrijuit en openlijk met die ene persoon (Lady Lucas) sprak, en over niets anders dan over haar verwachting dat Jane spoedig met meneer Bingley zou trouwen. Het was een boeiend onderwerp en mevrouw Bennet leek niet in staat om vermoeid te raken terwijl ze de voordelen van de wedstrijd opsomde. Dat hij zo'n bekoorlijke jongeman was, en zo rijk, en slechts drie mijl van hen vandaan woonde, waren de eerste punten van zelfbevrediging; en toen was het zo'n troost om te bedenken hoe dol de twee zussen op Jane waren, en om er zeker van te zijn dat ze de verbinding net zo graag moesten verlangen als zij kon. Het was bovendien zo'n veelbelovend iets voor haar jongere dochters, omdat Jane's huwelijk hen zo sterk in de weg moest werpen van andere rijke mannen; En ten slotte was het in haar levenstijd zo aangenaam om haar ongehuwde dochters aan de zorg van hun zuster te kunnen toevertrouwen, dat ze niet meer in gezelschap hoefde te gaan dan haar lief was. Het was noodzakelijk om van deze omstandigheid een kwestie van plezier te maken, want bij zulke gelegenheden is het de etiquette; maar niemand was minder geneigd dan mevrouw Bennet om troost te vinden in het thuisblijven in elke periode van haar leven. Ze besloot met veel goede wensen dat Lady Lucas spoedig even gelukkig zou zijn, hoewel ze duidelijk en triomfantelijk geloofde dat er geen kans op was.

Tevergeefs trachtte Elizabeth de snelheid van haar moeders woorden te beteugelen, of haar over te halen haar gelukzaligheid op een minder hoorbaar gefluister te beschrijven; want tot haar onuitsprekelijke ergernis kon ze bemerken dat het hoofd ervan werd afgeluisterd door Mr. Darcy, die tegenover hen zat. Haar moeder schold haar alleen maar uit omdat ze onzin uitkraamde.

"Wat is Mr. Darcy voor mij, bid, dat ik bang voor hem zou zijn? Ik ben er zeker van dat we hem niet zo'n bijzondere beleefdheid verschuldigd zijn dat we verplicht zijn niets te zeggen *dat hij* misschien niet graag hoort."

"In hemelsnaam, mevrouw, spreek lager. Welk voordeel kan het voor u hebben om Mr. Darcy te beledigen? Je zult jezelf nooit bij zijn vriend aanbevelen door dit te doen."

Niets van wat ze kon zeggen had echter enige invloed. Haar moeder sprak op dezelfde verstaanbare toon over haar opvattingen. Elizabeth bloosde en bloosde weer van schaamte en ergernis. Ze kon het niet laten om vaak met haar blik naar meneer Darcy te kijken, hoewel elke blik haar overtuigde van wat ze vreesde; Want hoewel hij niet altijd naar haar moeder keek, was ze ervan overtuigd dat zijn aandacht altijd door haar werd gefixeerd. De uitdrukking op zijn gezicht veranderde geleidelijk van verontwaardigde minachting in een beheerste en standvastige ernst.

Eindelijk had mevrouw Bennet echter niets meer te zeggen; en Lady Lucas, die lang had gegeeuwd bij de herhaling van lekkernijen die ze waarschijnlijk niet kon delen, werd overgelaten aan het comfort van koude ham en kip. Elizabeth begon nu weer tot leven te komen. Maar niet lang duurde de periode van rust; want toen het avondeten voorbij was, werd er over zingen gesproken, en zij had de vernedering Maria te zien, na heel weinig smeekbeden, zich gereed te zien maken om het gezelschap te helpen. Met vele veelbetekenende blikken en stille smeekbeden trachtte zij zulk een bewijs van inschikkelijkheid te voorkomen, maar tevergeefs; Maria wilde hen niet begrijpen; Zo'n gelegenheid om te exposeren was heerlijk voor haar, en ze begon haar lied. Elizabeths ogen waren op haar gericht, met de meest pijnlijke gewaarwordingen; en ze sloeg haar voortgang door de verschillende strofen met een ongeduld dat aan het einde ervan zeer slecht werd beloond; want Maria, toen zij onder de dankbetuigingen van de tafel de zweem van hoop ontving dat zij overgehaald zou worden om hen weer te begunstigen, begon na een pauze van een halve minuut een andere. Maria's krachten waren geenszins geschikt voor zo'n vertoning; Haar stem was zwak en haar manier van doen geaffecteerd. Elizabeth was in doodsangst. Ze keek naar Jane om te zien hoe ze het droeg; maar Jane was heel kalm aan het praten met Bingley. Ze keek naar zijn twee zussen en zag dat ze tekenen van spot naar elkaar maakten, en naar Darcy, die echter ondoordringbaar ernstig bleef. Ze keek naar haar vader om hem te smeken zich ermee te bemoeien, opdat Maria niet de hele nacht zou zingen. Hij begreep de wenk en toen Maria haar tweede lied had beëindigd, zei hij hardop:

"Dat zal het heel goed doen, kind. Je hebt ons lang genoeg verblijd. Laat de andere jonge dames de tijd hebben om te exposeren."

Hoewel Maria deed alsof ze het niet hoorde, was ze enigszins onthutst; en Elizabeth, medelijden met haar en medelijden met de woorden van haar vader, was bang dat haar bezorgdheid geen goed had gedaan. Anderen van de partij werden nu aangevallen.

"Als ik," zei de heer Collins, "zo gelukkig was om te kunnen zingen, zou ik er zeker van zijn dat ik er veel plezier in zou hebben om het gezelschap met een air te helpen; want ik beschouw muziek als een zeer onschuldige afleiding, en volkomen verenigbaar met het beroep van geestelijke. Ik wil echter niet beweren dat het gerechtvaardigd is dat we te veel van onze tijd aan muziek besteden, want er zijn zeker andere dingen waar we aandacht aan moeten besteden. De rector van een parochie heeft veel te doen. In de eerste plaats moet hij een zodanige overeenkomst voor tienden sluiten dat deze gunstig is voor hemzelf en niet beledigend voor zijn beschermheer. Hij moet zijn eigen preken schrijven; En de tijd die overblijft zal niet te veel zijn voor zijn parochieplichten, en de zorg en verbetering van zijn woning, die hij niet kan verontschuldigen om het zo comfortabel mogelijk te maken. En ik denk niet dat het van weinig belang is dat hij attente en verzoenende manieren heeft tegenover iedereen, vooral tegenover degenen aan wie hij zijn voorzorg te danken heeft. Ik kan hem niet van die plicht ontslaan; ook zou ik niet goed kunnen denken aan de man die een gelegenheid zou overslaan om zijn respect te betuigen aan iemand die met de familie verbonden was." En met een buiging voor Mr. Darcy sloot hij zijn toespraak af, die zo luid was uitgesproken dat hij door de helft van de kamer werd gehoord. Velen staarden – velen glimlachten; maar niemand zag er meer geamuseerd uit dan meneer Bennet zelf, terwijl zijn vrouw meneer Collins ernstig prees omdat hij zo verstandig had gesproken, en half fluisterend tegen Lady Lucas opmerkte dat hij een opmerkelijk slimme, goede jongeman was.

Voor Elizabeth scheen het toe, dat, indien haar familie een overeenkomst had gesloten om zich gedurende den avond zooveel mogelijk bloot te geven, het voor hen onmogelijk zou zijn geweest om hun rol met meer geestdrift of met meer succes te spelen; en zij achtte het gelukkig voor Bingley en haar zuster, dat een deel van de tentoonstelling aan zijn aandacht was ontsnapt, en dat zijn gevoelens niet van dien aard waren dat hij zeer bedroefd was door de dwaasheid, waarvan hij getuige geweest moet hebben. Dat zijn twee zussen en Mr. Darcy echter zo'n gelegenheid zouden hebben om haar relaties belachelijk te maken, was al erg genoeg; en ze kon niet bepalen of de stille minachting van de heer, of de onbeschaamde glimlach van de dames, ondraaglijker waren.

De rest van de avond bracht haar weinig vermaak. Ze werd geplaagd door meneer Collins, die zeer volhardend aan haar zijde bleef; En hoewel hij haar niet kon overhalen om weer met hem te dansen, stelde ze het buiten haar macht om met anderen te dansen. Tevergeefs smeekte ze hem om bij iemand anders op te staan en bood aan hem voor te stellen aan elke jongedame in de kamer. Hij verzekerde haar dat hij er volkomen onverschillig voor stond tegenover dansen; dat het zijn voornaamste doel was, door fijnzinnige attenties, zich bij haar aan te bevelen; en dat hij er daarom een punt van moet maken om de hele avond dicht bij haar te blijven. Over zo'n project viel niet te twisten. Haar grootste opluchting had ze te danken aan haar vriendin juffrouw Lucas, die zich vaak bij hen voegde, en die goedmoedig het gesprek van meneer Collins bij zich hield.

Ze was in ieder geval vrij van de belediging van de verdere kennisgeving van meneer Darcy: hoewel hij vaak op zeer korte afstand van haar stond, vrij losgekoppeld, kwam hij nooit dichtbij genoeg om te spreken. Ze voelde dat het het waarschijnlijke gevolg was van haar toespelingen op meneer Wickham, en verheugde zich erover.

De Longbourn-groep was de laatste van het hele gezelschap die vertrok; en door een manoeuvre van mevrouw Bennet moesten ze een kwartier nadat alle anderen weg waren op hun rijtuig wachten, wat hen de tijd gaf om te zien hoe hartelijk ze door sommigen van de familie werden weggewenst. Mevrouw Hurst en haar zuster deden nauwelijks hun mond open, behalve om te klagen over vermoeidheid, en waren blijkbaar ongeduldig om het huis voor zichzelf te hebben. Ze sloegen elke poging van mevrouw Bennet om een gesprek te voeren af en wierpen daardoor een loomheid over het hele gezelschap, dat weinig werd verlicht door de lange toespraken van de heer Collins, die de heer Bingley en zijn zusters complimenteerde met de elegantie van hun amusement en de gastvrijheid en beleefdheid die hun gedrag tegenover hun gasten hadden gekenmerkt. Darcy zei helemaal niets. Meneer Bennet genoot in even stilte van het tafereel. Meneer Bingley en Jane stonden een beetje los van de rest bij elkaar en praatten alleen met elkaar. Elizabeth bewaarde een even standvastig stilzwijgen als mevrouw Hurst of juffrouw Bingley; en zelfs Lydia was te vermoeid om meer te uiten dan af en toe een uitroep van "Heer, wat ben ik moe!" vergezeld van een hevige geeuw.

Toen ze eindelijk opstonden om afscheid te nemen, was mevrouw Bennet zeer beleefd in haar hoop dat ze de hele familie spoedig in Longbourn zou zien; en richtte zich in het bijzonder tot de heer Bingley, om hem te verzekeren hoe gelukkig hij hen zou maken, door op elk moment een familiediner met hen te eten, zonder de ceremonie van een formele uitnodiging. Bingley was een en al dankbaar genoegen; en hij verloofde zich bereidwillig om de eerste gelegenheid aan te grijpen om haar op te wachten na zijn terugkeer uit Londen, waarheen hij de volgende dag voor een korte tijd moest gaan.

Mevrouw Bennet was volkomen tevreden en verliet het huis in de verrukkelijke overtuiging dat zij, met de nodige voorbereidingen voor nederzettingen, nieuwe rijtuigen en trouwkleding, haar dochter ongetwijfeld in de loop van drie of vier maanden in Netherfield zou zien wonen. Aan het hebben van nog een dochter die met Mr. Collins trouwde, dacht ze met dezelfde zekerheid en met aanzienlijk, hoewel niet evenveel plezier. Elisabeth was haar van al haar kinderen het minst dierbaar; en hoewel de man en de lucifer goed genoeg voor *haar waren*, werd de waarde van elk overschaduwd door Mr. Bingley en Netherfield.

Hoofdstuk XIX

De volgende dag opende een nieuwe scène in Longbourn. De heer Collins legde zijn verklaring af in vorm. Nadat hij had besloten dit zonder tijdverlies te doen, omdat zijn verlof slechts tot de volgende zaterdag duurde, en omdat hij geen gevoelens van schroom had om het zelfs op dit moment voor zichzelf verontrustend te maken, begon hij het op een zeer ordelijke manier, met alle vieringen die hij als een vast onderdeel van de zaak beschouwde. Toen hij mevrouw Bennet, Elizabeth en een van de jongere meisjes kort na het ontbijt samen aantrof, richtte hij zich tot de moeder met de volgende woorden:

"Mag ik hopen, mevrouw, dat u belangstelling zult hebben voor uw mooie dochter Elizabeth, wanneer ik in de loop van vanmorgen de eer van een privé-audiëntie met haar vraag?"

Voordat Elizabeth tijd had voor iets anders dan een blos van verbazing, antwoordde mevrouw Bennet onmiddellijk:

"Oh jee! Ja, zeker. Ik weet zeker dat Lizzy heel blij zal zijn – ik weet zeker dat ze er geen bezwaar tegen kan hebben. Kom, Kitty, ik wil dat je boven bent." En terwijl ze haar werk bij elkaar zocht, haastte ze zich weg, toen Elizabeth riep:

"Lieve mevrouw, ga niet. Ik smeek je om niet te gaan. Meneer Collins moet me verontschuldigen. Hij kan mij niets te zeggen hebben dat niemand hoeft te horen. Ik ga zelf weg."

"Nee, nee, onzin, Lizzy. Ik wens dat je blijft waar je bent." En toen Elizabeth echt, met geërgerde en beschaamde blikken, op het punt stond te ontsnappen, voegde ze eraan toe: 'Lizzy, ik *sta erop dat* je blijft en meneer Collins hoort.'

Elizabeth zou zich niet tegen zo'n bevel verzetten; En een oogenblik overpeinzingen, haar ook beroerd, dat het het verstandigst zou zijn om het zoo spoedig en zoo rustig mogelijk af te handelen, ging zij weer zitten en trachtte door onophoudelijk werk de gevoelens te verbergen, die verdeeld waren tusschen nood en verstrooiing. Mevrouw Bennet en Kitty liepen weg, en zodra ze weg waren, begon meneer Collins:

"Geloof me, mijn beste juffrouw Elizabeth, dat uw bescheidenheid, verre van u enige slechte dienst te bewijzen, eerder bijdraagt aan uw andere volmaaktheden. Je zou in mijn ogen minder beminnelijk zijn geweest als er *niet* die kleine onwil was geweest, maar sta me toe je te verzekeren dat ik de toestemming van je gerespecteerde moeder heb voor deze toespraak. U kunt nauwelijks twijfelen aan de strekking van mijn verhandeling, hoe uw natuurlijke fijngevoeligheid u ook mag doen alsof; Mijn aandacht is te opvallend geweest om me te vergissen. Bijna zodra ik het huis binnenkwam, koos ik jou uit als de metgezel van mijn toekomstige leven. Maar voordat ik op de loof loop door mijn gevoelens over dit onderwerp, is het misschien raadzaam dat ik mijn redenen uiteenzet om te trouwen - en bovendien om naar Hertfordshire te komen met het plan een vrouw te kiezen, wat ik zeker heb gedaan."

Het idee dat meneer Collins, met al zijn plechtige kalmte, door zijn gevoelens zou worden meegesleept, maakte Elizabeth zo bijna aan het lachen dat ze de korte pauze die hij toestond niet kon gebruiken om hem verder tegen te houden, en hij vervolgde:

"Mijn redenen om te trouwen zijn in de eerste plaats dat ik denk dat het een goede zaak is voor elke geestelijke in gemakkelijke omstandigheden (zoals ik) om het voorbeeld van het huwelijk in zijn parochie te geven; ten tweede, dat ik ervan overtuigd ben dat het zeer veel zal bijdragen aan mijn geluk; en ten derde, wat ik misschien eerder had moeten vermelden, dat het het bijzondere advies en de aanbeveling is van de zeer nobele dame die ik de eer heb beschermvrouwe te noemen. Twee keer heeft ze zich verwaardigd om mij (ook ongevraagd!) haar mening over dit onderwerp te geven; en het was pas op de zaterdagavond voordat ik Hunsford verliet - tussen onze zwembaden in quadrille, terwijl mevrouw Jenkinson het voetenbankje van juffrouw De Bourgh aan het schikken was - dat ze zei: 'Meneer Collins, u moet trouwen. Een geestelijke zoals u moet trouwen. Kies de juiste keuze, kies een heer voor *mij* en voor uw *eigen wil*; laat haar een actieve, nuttige persoon zijn, niet hoog opgevoed, maar in staat om een klein inkomen een goede weg te banen. Dit is mijn advies. Zoek zo snel mogelijk zo'n vrouw, breng haar naar Hunsford, dan zal ik haar bezoeken.' Sta mij trouwens toe op te merken, mijn schoone nicht, dat ik de aandacht en de vriendelijkheid van Lady Catherine de Bourgh niet reken als een van de minste voordelen die ik kan bieden. Je zult haar manieren vinden die verder gaan dan alles wat ik kan beschrijven; en uw scherpzinnigheid en levendigheid, denk ik, moeten voor haar aanvaardbaar zijn, vooral wanneer ze wordt getemperd door de stilte en het respect die haar rang onvermijdelijk zal opwekken. Tot zover mijn algemene voornemen ten gunste van het huwelijk; het blijft de vraag waarom mijn mening gericht was op Longbourn in plaats van op mijn eigen buurt, waar ik u verzeker dat er veel beminnelijke jonge vrouwen zijn. Maar het is een feit dat ik, aangezien ik, omdat ik dit landgoed zal erven na de dood van uw geëerde vader (die echter nog vele jaren kan leven), mezelf niet kon bevredigen zonder te besluiten een vrouw uit zijn dochters te kiezen, opdat het verlies voor hen zo klein mogelijk zou zijn wanneer de droevige gebeurtenis plaatsvindt - die, echter, zoals ik al zei, kan het niet voor meerdere jaren zijn. Dit is mijn motief geweest, mijn schone neef, en ik vlei mij, het zal mij niet in uw achting doen zinken. En nu rest mij niets anders dan u in de meest geanimeerde taal te verzekeren van het geweld van mijn genegenheid. Voor het lot ben ik volkomen onverschillig, en ik zal niet van dien aard van uw vader eisen, aangezien ik heel goed weet dat er niet aan kon worden voldaan; En die duizend pond in de 4 procent, die pas na het overlijden van je moeder van jou zal zijn, is alles waar je ooit recht op kunt hebben. Daarover zal ik dan ook zwijgen: en u kunt er zeker van zijn dat er nooit een onedelmoedig verwijt over mijn lippen zal komen als wij getrouwd zijn."

Het was absoluut noodzakelijk om hem nu te onderbreken.

"U bent te haastig, meneer", riep ze. "Je vergeet dat ik geen antwoord heb gegeven. Laat ik het doen zonder verder tijdverlies. Accepteer mijn dank voor het compliment dat je me geeft. Ik ben me zeer bewust van de eer van uw voorstellen, maar het is voor mij onmogelijk anders te doen dan ze af te wijzen."

"Ik zal nu niet vernemen," antwoordde de heer Collins met een plechtig handgebaar, "dat het bij jonge dames gebruikelijk is om de adressen van de man die ze heimelijk willen aannemen, af te wijzen, wanneer hij voor het eerst om hun gunst vraagt; En dat de weigering soms een tweede of zelfs een derde keer wordt herhaald. Ik ben daarom geenszins ontmoedigd door wat u zojuist hebt gezegd, en hoop u spoedig naar het altaar te leiden."

"Op mijn woord, mijnheer," riep Elizabeth, "uw hoop is nogal buitengewoon na mijn verklaring. Ik verzeker je dat ik niet een van die jonge dames ben (als die er zijn) die zo gedurfd zijn om hun geluk op het spel te zetten voor de kans om een tweede keer gevraagd te worden. Ik ben volkomen serieus in mijn weigering. Je kon *me niet* gelukkig maken, en ik ben ervan overtuigd dat ik de laatste vrouw ter wereld ben die je zo zou maken . Ja, als uw vriendin Lady Catherine mij zou kennen, ben ik ervan overtuigd dat zij mij in alle opzichten slecht gekwalificeerd zou vinden voor de situatie."

'Was het zeker dat Lady Catherine dat zou denken,' zei Mr. Collins heel ernstig, 'maar ik kan me niet voorstellen dat Hare Majesteit u ook maar enigszins zou afkeuren. En u kunt er zeker van zijn dat ik, wanneer ik de eer heb haar weer te zien, in de hoogste bewoordingen zal spreken over uw bescheidenheid, zuinigheid en andere beminnelijke bekwaamheden."

'Inderdaad, meneer Collins, alle lof voor mij zal overbodig zijn. U moet mij verlof geven om zelf te oordelen en mij het compliment geven dat ik geloof wat ik zeg. Ik wens je heel gelukkig en heel rijk, en door je hand te weigeren, doe ik alles wat in mijn macht ligt om te voorkomen dat je anders bent. Door mij het aanbod te doen, moet u de fijngevoeligheid van uw gevoelens met betrekking tot mijn familie hebben bevredigd, en mag u het landgoed Longbourn in bezit nemen wanneer het valt, zonder enig zelfverwijt. Deze kwestie kan derhalve als definitief afgehandeld worden beschouwd." En terwijl ze zo sprak, zou ze de kamer hebben verlaten, als meneer Collins haar niet zo had toegesproken:

"Wanneer ik mij de eer aandoe om vervolgens met u over dit onderwerp te spreken, zal ik hopen een gunstiger antwoord te krijgen dan u mij nu hebt gegeven; hoewel ik u op dit moment verre van wreedheid beschuldig, omdat ik weet dat het de gevestigde gewoonte van uw geslacht is om een man op de eerste aanvraag af te wijzen, en misschien hebt u zelfs nu al zoveel gezegd om mijn pak aan te moedigen als in overeenstemming zou zijn met de ware delicatesse van het vrouwelijke karakter.

"Werkelijk, meneer Collins," riep Elizabeth met enige warmte, "u brengt me buitengewoon voor een raadsel. Als wat ik tot nu toe heb gezegd aan u kan verschijnen in de vorm van een aanmoediging, weet ik niet hoe ik mijn weigering op zo'n manier kan uitdrukken dat ik u ervan kan overtuigen dat het één is.

"Je moet me verlof geven om me te vleien, mijn beste neef, dat je weigering van mijn toespraken natuurlijk alleen maar woorden zijn. Mijn redenen om dit te geloven zijn in het kort deze: - Het lijkt mij niet dat mijn hand uw aanvaarding onwaardig is, of dat de instelling die ik kan aanbieden iets anders dan zeer wenselijk zou zijn. Mijn situatie in het leven, mijn connecties met de familie van De Bourgh, en mijn relatie met de uwe, zijn omstandigheden zeer in mijn voordeel; En u dient er verder rekening mee te houden dat het, ondanks uw veelvuldige aantrekkingskracht, geenszins zeker is dat u ooit nog een huwelijksaanbod zult worden gedaan. Uw deel is helaas zo klein, dat het naar alle waarschijnlijkheid de gevolgen van uw lieflijkheid en beminnelijke hoedanigheden ongedaan zal maken. Omdat ik dus moet concluderen dat je me niet serieus afwijst, zal ik ervoor kiezen om het toe te schrijven aan je wens om mijn liefde te vergroten door spanning, volgens de gebruikelijke praktijk van elegante vrouwen."

"Ik verzeker u, mijnheer, dat ik geen enkele pretentie heb voor dat soort elegantie dat bestaat in het kwellen van een respectabel man. Ik zou liever het compliment krijgen dat ik oprecht geloofd word. Ik dank u keer op keer voor de eer die u mij met uw voorstellen hebt bewezen, maar het is absoluut onmogelijk ze te aanvaarden. Mijn gevoelens verbieden het in alle opzichten. Kan ik duidelijker spreken? Beschouw me nu niet als een elegante vrouw die van plan is je te pesten, maar als een rationeel wezen dat de waarheid spreekt vanuit haar hart."

"Gij zijt onveranderlijk bekoorlijk!" riep hij met een air van ongemakkelijke dapperheid; "en ik ben ervan overtuigd dat mijn voorstellen, wanneer ze worden goedgekeurd door het uitdrukkelijke gezag van uw beide uitstekende ouders, niet zullen falen om aanvaardbaar te zijn."

Op zulk een volharding in moedwillig zelfbedrog wilde Elisabeth geen antwoord geven, en trok zich onmiddellijk en in stilte terug; vastbesloten, dat, indien hij haar herhaalde weigeringen als een vleiende aanmoediging beschouwde, zich tot haar vader te wenden, wiens ontkenning op zulk een beslissende wijze kon worden geuit, en wiens gedrag ten minste niet kon worden verward met de aanstellerij en koketterie van een elegante vrouw.

Hoofdstuk XX

Mr. Collins werd niet lang overgelaten aan de stille overpeinzing van zijn succesvolle liefde; want mevrouw Bennet, die in de vestibule had rondgetreuzeld om het einde van de conferentie af te wachten, zag Elizabeth nauwelijks de deur openen en haar met snelle stappen naar de trap passeren, of ze kwam de ontbijtzaal binnen en feliciteerde zowel hem als zichzelf in hartelijke bewoordingen met het gelukkige vooruitzicht van hun nauwere verbinding. De heer Collins ontving en beantwoordde deze felicitaties met evenveel genoegen, en ging toen verder met het vertellen van de bijzonderheden van hun interview, waarvan hij vertrouwde dat hij alle reden had om tevreden te zijn, over het resultaat waarvan hij hoopte dat hij alle reden had om tevreden te zijn, aangezien de weigering die zijn nicht hem standvastig had gegeven, natuurlijk zou voortvloeien uit haar verlegen bescheidenheid en de echte delicatesse van haar karakter.

Deze informatie deed mevrouw Bennet echter schrikken: ze zou blij zijn geweest als ze er net zo tevreden over was geweest dat haar dochter hem had willen aanmoedigen door tegen zijn voorstellen te protesteren, maar ze durfde het niet te geloven en kon het niet laten om het te zeggen.

'Maar reken er maar op, meneer Collins,' voegde ze eraan toe, 'dat Lizzy tot rede zal worden gebracht. Ik zal er zelf rechtstreeks met haar over spreken. Ze is een heel eigenzinnig, dwaas meisje en kent haar eigen interesse niet; maar ik zal het haar laten weten."

"Neemt u mij niet kwalijk dat ik u onderbreek, mevrouw," riep meneer Collins; "Maar als ze echt eigenzinnig en dwaas is, weet ik niet of ze helemaal een zeer begeerlijke vrouw zou zijn voor een man in mijn situatie, die van nature geluk zoekt in de huwelijksstaat. Als ze dus werkelijk volhardt in het afwijzen van mijn aanklacht, zou het misschien beter zijn haar niet te dwingen mij aan te nemen, want als ze vatbaar was voor zulke gebreken van humeur, zou ze niet veel kunnen bijdragen aan mijn gelukzaligheid."

"Meneer, u begrijpt me helemaal verkeerd," zei mevrouw Bennet gealarmeerd. "Lizzy is alleen eigenzinnig in dit soort zaken. In al het andere is ze net zo'n goedmoedig meisje als ze ooit heeft geleefd. Ik zal rechtstreeks naar meneer Bennet gaan, en we zullen het zeer binnenkort met haar regelen, daar ben ik zeker van."

Ze wilde hem geen tijd geven om te antwoorden, maar haastte zich onmiddellijk naar haar man en riep, toen ze de bibliotheek binnenkwam:

"O, meneer Bennet, u wordt onmiddellijk gezocht; We zijn allemaal in rep en roer. Je moet komen en Lizzy laten trouwen met meneer Collins, want ze zweert dat ze hem niet zal hebben; en als je geen haast maakt, zal hij van gedachten veranderen en haar niet hebben."

Meneer Bennet sloeg zijn ogen op van zijn boek toen ze binnenkwam, en vestigde ze op haar gezicht met een kalme onbezorgdheid, die niet in het minst werd veranderd door haar mededeling.

"Ik heb niet het genoegen u te begrijpen," zei hij, toen zij haar toespraak had beëindigd. "Waar heb je het over?"

"Van meneer Collins en Lizzy. Lizzy verklaart dat ze meneer Collins niet zal hebben, en meneer Collins begint te zeggen dat hij Lizzy niet zal hebben."

"En wat moet ik bij die gelegenheid doen? Het lijkt een hopeloze zaak."

"Spreek er zelf maar met Lizzy over. Zeg haar dat je erop staat dat ze met hem trouwt."

"Laat haar naar beneden geroepen worden. Zij zal mijn mening horen."

Mevrouw Bennet belde aan en juffrouw Elizabeth werd naar de bibliotheek ontboden.

"Kom hier, kind," riep haar vader toen ze verscheen. "Ik heb u laten komen voor een belangrijke zaak. Ik heb begrepen dat meneer Collins u een huwelijksaanzoek heeft gedaan. Is het waar?"

Elizabeth antwoordde dat dat zo was.

"Goed, en dit huwelijksaanzoek heb je geweigerd?"

"Dat heb ik, meneer."

"Heel goed. We komen nu ter zake. Je moeder staat erop dat je het accepteert. Is het niet zo, mevrouw Bennet?"

"Ja, anders zie ik haar nooit meer terug."

"Er ligt een ongelukkig alternatief voor je, Elizabeth. Vanaf deze dag moet je een vreemde zijn voor een van je ouders. Je moeder zal je nooit meer zien als je *niet* met meneer Collins trouwt, en ik zal je nooit meer zien als je *dat doet.*"

Elizabeth kon niet anders dan glimlachen bij zo'n conclusie van zo'n begin; maar mevrouw Bennet, die zich ervan had overtuigd dat haar man de zaak beschouwde zoals zij wilde, was buitengewoon teleurgesteld.

'Wat bedoelt u, meneer Bennet, met op deze manier te praten? Je hebt me beloofd dat ik *erop zou aandringen* dat ze met hem trouwde."

"Mijn liefste," antwoordde haar man, "ik heb twee kleine gunsten te vragen. Ten eerste, dat u mij bij deze gelegenheid het vrije gebruik van mijn verstand zult laten gebruiken; En ten tweede van mijn kamer. Ik zal blij zijn als ik de bibliotheek zo snel mogelijk voor mezelf heb."

Maar ondanks haar teleurstelling in haar man gaf mevrouw Bennet het punt nog niet op. Ze praatte keer op keer met Elizabeth; haalde haar om beurten over en bedreigde haar. Ze probeerde Jane in haar belang te krijgen, maar Jane weigerde zich er met alle mogelijke mildheid mee te bemoeien; en Elizabeth, soms met echte ernst, en soms met speelse vrolijkheid, antwoordde op haar aanvallen. Hoewel haar manier van doen varieerde, veranderde haar vastberadenheid nooit.

Meneer Collins mediteerde ondertussen in eenzaamheid over wat er voorbij was. Hij dacht te goed van zichzelf om te begrijpen op grond waarvan zijn neef hem kon weigeren; En hoewel zijn trots gekrenkt was, leed hij op geen enkele andere manier. Zijn achting voor haar was nogal denkbeeldig; en de mogelijkheid dat zij de smaad van haar moeder verdiende, verhinderde dat hij enige spijt voelde.

Terwijl de familie in deze verwarring verkeerde, kwam Charlotte Lucas om de dag met hen door te brengen. Ze werd in de vestibule opgewacht door Lydia, die naar haar toe vloog en half fluisterend riep: "Ik ben blij dat je komt, want er is hier zo'n plezier! Wat denk je dat er vanmorgen is gebeurd? Meneer Collins heeft Lizzy een aanbod gedaan, en ze wil hem niet hebben."

Charlotte had nauwelijks tijd om te antwoorden of Kitty voegde zich bij hen, die hetzelfde nieuws kwam vertellen; en nauwelijks waren ze de ontbijtzaal binnengekomen, waar mevrouw Bennet alleen was, of ze begon ook over het onderwerp, riep juffrouw Lucas om haar medelijden en smeekte haar om haar vriendin Lizzy over te halen zich aan de wensen van haar familie te schikken. "Bid eens, mijn lieve juffrouw Lucas," voegde ze er op melancholieke toon aan toe; "Want niemand staat aan mijn kant, niemand neemt deel aan mij; Ik word wreed gebruikt, niemand heeft medelijden met mijn arme zenuwen."

Charlotte's antwoord werd gespaard door de komst van Jane en Elizabeth.

"Ja, daar komt ze dan," vervolgde mevrouw Bennet, "ze ziet er zo onbezorgd uit als maar zijn kan, en geeft niet meer om ons dan wanneer we in York waren, als ze maar haar zin kan krijgen. Maar ik zeg u wat, juffrouw Lizzy, als u het in uw hoofd haalt om elk huwelijksaanzoek op deze manier te blijven weigeren, zult u nooit een echtgenoot krijgen - en ik weet zeker dat ik niet weet wie u moet onderhouden als uw vader dood is. *Ik* zal je niet kunnen houden – en daarom waarschuw ik je. Ik ben vanaf deze dag met je klaar. Ik heb je in de bibliotheek gezegd dat ik nooit meer met je zou praten, en je zult me vinden zo goed als mijn woord. Ik heb er geen plezier in om met onoplettende kinderen te praten. Niet dat ik er veel plezier in heb om met iemand te praten. Mensen die net als ik last hebben van zenuwklachten, kunnen niet veel zin hebben om te praten. Niemand kan zeggen wat ik lijd! Maar het is altijd zo. Degenen die niet klagen, hebben nooit medelijden."

Haar dochters luisterden zwijgend naar deze uitspatting, in het besef dat elke poging om met haar te redeneren of haar te kalmeren de irritatie alleen maar zou vergroten. Ze praatte daarom door, zonder onderbroken te worden door een van hen, totdat ze gezelschap kregen van meneer Collins, die binnenkwam met een air die statiger was dan gewoonlijk, en toen ze zag wie, zei ze tegen de meisjes:

"Nu, ik dring er wel op aan dat u, u allen, uw mond houdt en meneer Collins en mij samen een klein gesprek laat voeren."

Elizabeth liep stilletjes de kamer uit, Jane en Kitty volgden, maar Lydia hield voet bij stuk, vastbesloten om alles te horen wat ze kon; en Charlotte, eerst tegengehouden door de beleefdheid van meneer Collins, wiens vragen naar zichzelf en haar hele familie zeer minutieus waren, en vervolgens door een beetje nieuwsgierigheid, stelde zich tevreden met naar het raam te lopen en te doen alsof ze het niet hoorde. Met een treurige stem begon mevrouw Bennet zo het geplande gesprek:

"Oh, meneer Collins!"

"Lieve mevrouw," antwoordde hij, "laten we over dit punt altijd zwijgen. Het zij verre van mij," vervolgde hij met een stem die zijn ongenoegen verkende, "om het gedrag van uw dochter te betreuren. Berusting in onvermijdelijk kwaad is de plicht van ons allen: de bijzondere plicht van een jonge man die zo fortuinlijk is geweest als ik, in vroege voorjaren; en ik vertrouw erop dat ik me erbij neerleg. Misschien niet minder omdat ik twijfelde aan mijn positieve geluk, had mijn mooie nicht mij met haar hand vereerd; want ik heb dikwijls opgemerkt, dat berusting nooit zoo volmaakt is als wanneer de geweigerde zegen naar onze inschatting iets van haar waarde begint te verliezen. Ik hoop dat u mij niet zult beschouwen als iemand die blijk geeft van enig gebrek aan respect voor uw familie, mijn beste mevrouw, door zo mijn aanspraken op de gunst van uw dochter in te trekken, zonder uzelf en de heer Bennet het compliment te hebben gegeven u te verzoeken uw gezag ten gunste van mij in te zetten. Ik vrees dat mijn gedrag verwerpelijk kan zijn omdat ik mijn ontslag van de lippen van uw dochter heb aanvaard in plaats van die van uzelf; Maar we zijn allemaal vatbaar voor fouten. Ik heb het zeker goed bedoeld met de hele affaire. Mijn doel is geweest om een beminnelijke metgezel voor mij te vinden, met de nodige aandacht voor het welzijn van uw hele gezin; en als mijn *manier van doen* ook maar enigszins laakbaar is geweest, verzoek ik hier mijn verontschuldigingen aan te bieden."

Hoofdstuk XXI

De bespreking van het aanbod van Mr. Collins was nu bijna ten einde, en Elizabeth hoefde alleen maar te lijden onder de ongemakkelijke gevoelens die er noodzakelijkerwijs mee gepaard gingen, en af en toe onder een of andere vervelende toespeling op haar moeder. Wat de heer zelf betreft, *zijn* gevoelens kwamen voornamelijk tot uiting, niet door verlegenheid of neerslachtigheid, of door te proberen haar te vermijden, maar door stijfheid van manier van doen en wrokkig stilzwijgen. Hij sprak bijna nooit met haar; en de ijverige attenties, die hij zelf zoo gevoelig had gevoeld, werden voor den rest van den dag overgebracht op juffrouw Lucas, wier beleefdheid om naar hem te luisteren een gepasten opluchting was voor hen allen, en vooral voor haar vriendin.

De volgende dag bracht geen vermindering van het slechte humeur of de slechte gezondheid van mevrouw Bennet. De heer Collins was ook in dezelfde staat van boze trots. Elizabeth had gehoopt dat zijn wrok zijn bezoek zou bekorten, maar zijn plan leek er niet in het minst door te worden beïnvloed. Hij had altijd op zaterdag moeten gaan, en tot zaterdag was hij nog steeds van plan om te blijven.

Na het ontbijt liepen de meisjes naar Meryton, om te vragen of meneer Wickham was teruggekeerd en om te klagen over zijn afwezigheid op het Netherfield-bal. Hij vergezelde hen toen ze de stad binnenkwamen en vergezelde hen naar hun tante, waar zijn spijt en ergernis en de bezorgdheid van iedereen goed werden besproken. Aan Elizabeth erkende hij echter vrijwillig dat de noodzaak van zijn afwezigheid *zichzelf was* opgelegd.

"Ik ontdekte," zei hij, "toen de tijd naderde, dat ik meneer Darcy beter niet kon ontmoeten; - dat het meer zou kunnen zijn dan ik zou kunnen verdragen om in dezelfde kamer te zijn, hetzelfde feest met hem gedurende zoveel uren samen, en dat er scènes zouden kunnen ontstaan die onaangenaam zijn voor meer dan ikzelf."

Ze keurde zijn verdraagzaamheid zeer goed; en ze hadden tijd om er volledig over te discussiëren, en om alle lof die ze elkaar beleefd gaven, terwijl Wickham en een andere officier met hen terugliepen naar Longbourn, en tijdens de wandeling zorgde hij vooral voor haar. Dat hij hen vergezelde, was een dubbel voordeel: ze voelde al het compliment dat het zichzelf bood; en het was zeer aanvaardbaar als een gelegenheid om hem aan haar vader en moeder voor te stellen.

Kort na hun terugkeer werd er een brief bezorgd bij juffrouw Bennet; het kwam uit Netherfield en werd meteen geopend. De enveloppe bevatte een vel elegant, klein, heet geperst papier, goed bedekt met de mooie, vloeiende hand van een dame; en Elisabeth zag het gelaat van haar zuster veranderen toen ze het las, en zag haar aandachtig stilstaan bij enkele bijzondere passages. Jane herinnerde zich al snel; en terwijl ze de brief weglegde, probeerde ze met haar gewone opgewektheid deel te nemen aan het algemene gesprek: maar Elizabeth voelde een bezorgdheid over het onderwerp, die zelfs haar aandacht van Wickham afleidde; en nauwelijks hadden hij en zijn metgezel afscheid genomen, of een blik van Jane nodigde haar uit om haar naar boven te volgen. Toen ze hun eigen kamer hadden bereikt, haalde Jane haar brief tevoorschijn en zei: 'Dit is van Caroline Bingley: wat erin staat heeft me erg verrast. Het hele gezelschap heeft Netherfield inmiddels verlaten en is op weg naar de stad; en zonder enige intentie om nog een keer terug te komen. Je zult horen wat ze zegt."

Toen las ze de eerste zin voor, die de informatie bevatte dat ze zojuist hadden besloten hun broer rechtstreeks naar de stad te volgen, en dat ze van plan waren die dag te dineren in Grosvenor Street, waar meneer Hurst een huis had. Het volgende was met de volgende woorden: 'Ik pretendeer geen spijt te hebben van iets dat ik in Hertfordshire zal achterlaten, behalve van uw gezelschap, mijn dierbaarste vriend; maar we hopen in de toekomst veel terug te genieten van die heerlijke omgang die we hebben gekend, en in de tussentijd de pijn van de scheiding te verzachten door een zeer frequente en zeer onvoorwaardelijke correspondentie. Daarvoor ben ik van jullie afhankelijk.'" Naar deze hoogdravende uitdrukkingen luisterde Elizabeth met al de ongevoeligheid van wantrouwen; en hoewel de plotselinge verwijdering haar verraste, zag ze er niets in om echt te klagen:

het was niet te veronderstellen dat hun afwezigheid in Netherfield de heer Bingley zou beletten daar te zijn; en wat het verlies van hun gezelschap betreft, was ze ervan overtuigd dat Jane spoedig moest ophouden het als het genot van het zijne te beschouwen.

"Het is ongelukkig," zei ze na een korte pauze, "dat je je vrienden niet kunt zien voordat ze het land verlaten. Maar mogen we niet hopen dat de periode van toekomstig geluk, waarnaar juffrouw Bingley uitkijkt, eerder zal aanbreken dan ze zich bewust is, en dat de heerlijke omgang die jullie als vrienden hebben gekend, met nog grotere voldoening als zusters zal worden hernieuwd? De heer Bingley zal niet door hen in Londen worden vastgehouden."

Caroline zegt beslist dat niemand van het gezelschap deze winter naar Hertfordshire zal terugkeren. Ik zal het je voorlezen.

"Toen mijn broer ons gisteren verliet, stelde hij zich voor dat de zaak die hem naar Londen bracht, in drie of vier dagen zou kunnen worden afgerond; maar omdat we er zeker van zijn dat het niet zo kan zijn, en tegelijkertijd ervan overtuigd dat Charles, wanneer hij in de stad aankomt, geen haast zal hebben om de stad weer te verlaten, hebben we besloten hem daarheen te volgen, zodat hij niet verplicht zal zijn lege uren in een troosteloos hotel door te brengen. Velen van mijn kennissen zijn er al voor de winter: ik wou dat ik kon horen dat jij, mijn liefste vriend, van plan was er een in de menigte te maken, maar daar wanhoop ik aan. Ik hoop van harte dat uw Kerstmis in Hertfordshire overvloedig zal zijn in de vrolijkheid die dat seizoen gewoonlijk met zich meebrengt, en dat uw beaux zo talrijk zullen zijn dat u het verlies van de drie die wij u zullen ontnemen, niet zult voelen."

"Het is duidelijk hierdoor," voegde Jane eraan toe, "dat hij deze winter niet meer terugkomt."

"Het is alleen maar duidelijk dat juffrouw Bingley niet bedoelt dat hij *dat zou moeten doen.*"

"Waarom zul je dat denken? Het moet zijn eigen schuld zijn; Hij is zijn eigen meester. Maar je weet niet *alles*. Ik *zal* u de passage voorlezen die mij bijzonder kwetst. Ik zal geen reserves van *u hebben.* 'Mr. Darcy is ongeduldig om zijn zus te zien; En om de waarheid te bekennen, *we* zijn nauwelijks minder verlangend om haar weer te ontmoeten. Ik denk echt niet dat Georgiana Darcy haar gelijke heeft voor schoonheid, elegantie en prestaties; en de genegenheid die zij bij Louisa en mij opwekt, wordt verhoogd tot iets dat nog interessanter is, door de hoop die we durven koesteren dat ze hierna onze zuster zal zijn. Ik weet niet of ik u ooit eerder mijn gevoelens over dit onderwerp heb verteld, maar ik zal het land niet verlaten zonder ze in vertrouwen te nemen, en ik vertrouw erop dat u ze niet als onredelijk zult beschouwen. Mijn broer bewondert haar nu al enorm; hij zal nu dikwijls de gelegenheid hebben haar op de meest intieme voet te zien; haar verwanten verlangen allemaal evenveel naar de verbinding als de zijne; en de partijdigheid van een zuster misleidt me niet, denk ik, als ik Charles het meest in staat noem om het hart van een vrouw te raken. Met al deze omstandigheden om een gehechtheid te bevorderen, en niets om het te voorkomen, heb ik het verkeerd, mijn liefste Jane, als ik toegeef aan de hoop op een gebeurtenis die het geluk van zovelen zal verzekeren? Wat vind je van *deze* zin, mijn lieve Lizzy?" zei Jane, terwijl ze hem afmaakte. "Is het niet duidelijk genoeg? Wordt er niet uitdrukkelijk in verklaard dat Caroline niet verwacht of wenst dat ik haar zus ben? dat ze volkomen overtuigd is van de onverschilligheid van haar broer; en dat als ze de aard van mijn gevoelens voor hem vermoedt, ze (allervriendelijkst!) van plan is mij op mijn hoede te stellen. Kan er een andere mening over dit onderwerp zijn?"

"Ja, dat kan; voor de mijne is totaal anders. Wil je het horen?"

"Zeer graag."

"Je zult het in een paar woorden hebben. Miss Bingley ziet dat haar broer verliefd op je is en wil dat hij met Miss Darcy trouwt. Ze volgt hem naar de stad in de hoop hem daar te houden, en probeert je ervan te overtuigen dat hij niet om je geeft."

Jane schudde haar hoofd.

'Inderdaad, Jane, je zou me moeten geloven. Niemand die jullie ooit samen heeft gezien, kan aan zijn genegenheid twijfelen; Ik ben er zeker van dat juffrouw Bingley dat niet kan: ze is niet zo'n onnozele vrouw. Als ze half zoveel liefde in Mr. Darcy voor zichzelf had kunnen zien, zou ze haar trouwkleding hebben besteld. Maar het geval is dit: we zijn niet rijk of groots genoeg voor hen; en ze is er des te meer op gebrand om juffrouw Darcy voor haar broer te krijgen, vanuit het idee dat als er *één* gemengd huwelijk is geweest, ze misschien minder moeite heeft om een tweede te bereiken; waarin zeker enige vindingrijkheid zit, en ik durf te zeggen dat het zou lukken als juffrouw de Bourgh uit de weg was. Maar, mijn liefste Jane, je kunt je niet serieus voorstellen dat, omdat juffrouw Bingley je vertelt dat haar broer juffrouw Darcy zeer bewondert, hij ook maar in de geringste mate minder gevoelig is voor *je* verdienste dan toen hij dinsdag afscheid van je nam; of dat het in haar macht zal liggen om hem ervan te overtuigen dat, in plaats van verliefd op je te zijn, Hij is erg verliefd op haar vriendin."

"Als we hetzelfde over juffrouw Bingley dachten," antwoordde Jane, "zou uw voorstelling van dit alles me heel gemakkelijk kunnen maken. Maar ik weet dat het fundament onrechtvaardig is. Caroline is niet in staat om moedwillig iemand te bedriegen; en het enige wat ik in dit geval kan hopen is, dat ze zelf bedrogen is."

"Dat klopt. Je had geen gelukkiger idee kunnen beginnen, omdat je geen troost zult vinden in de mijne: geloof dat ze misleid is, met alle middelen. Je hebt nu je plicht gedaan bij haar en je moet niet langer tobben."

"Maar, mijn lieve zuster, kan ik gelukkig zijn, zelfs als ik het beste veronderstel, als ik een man accepteer wiens zussen en vrienden allemaal willen dat hij ergens anders trouwt?"

"Je moet zelf beslissen," zei Elizabeth; "En als je na rijp beraad tot de conclusie komt dat de ellende van het ongehoorzaam zijn twee zussen meer dan gelijk staat aan het geluk om zijn vrouw te zijn, raad ik je in ieder geval aan hem te weigeren."

"Hoe kun je zo praten?" zei Jane met een flauw glimlachje; "Gij moet weten, dat ik, hoewel ik buitengewoon bedroefd zou zijn over hun afkeuring, niet kon aarzelen."

"Ik had niet gedacht dat je dat zou doen; en als dat het geval is, kan ik uw situatie niet met veel mededogen beschouwen."

"Maar als hij deze winter niet meer terugkeert, zal mijn keuze nooit nodig zijn. In zes maanden tijd kunnen er duizend dingen gebeuren."

Het idee dat hij niet meer zou terugkeren, Elizabeth werd met de grootste minachting behandeld. Het scheen haar slechts de suggestie van Caroline's belangstellende wenschen; En ze kon geen moment veronderstellen dat die wensen, hoe openlijk of kunstig ze ook werden uitgesproken, een jonge man konden beïnvloeden die zo volkomen onafhankelijk was van iedereen.

Ze vertelde haar zuster zo krachtig mogelijk wat ze over het onderwerp voelde, en had al snel het genoegen om de gelukkige uitwerking ervan te zien. Jane's humeur was niet moedeloos; en zij werd langzamerhand tot de hoop gebracht, hoewel de schroom van genegenheid het soms won van de hoop, dat Bingley naar Netherfield zou terugkeren en elke wens van haar hart zou beantwoorden.

Ze waren het erover eens dat mevrouw Bennet alleen zou horen van het vertrek van de familie, zonder gealarmeerd te zijn over het gedrag van de heer; Maar zelfs deze gedeeltelijke mededeling baarde haar veel zorgen, en ze beweende het als buitengewoon ongelukkig dat de dames juist weggingen op het moment dat ze allemaal zo intiem met elkaar werden. Nadat ze er echter lang over had geklaagd, had ze de troost te denken dat meneer Bingley spoedig weer beneden zou zijn en spoedig in Longbourn zou dineren; En de conclusie van alles was de geruststellende verklaring, dat, hoewel hij alleen voor een familiediner was uitgenodigd, zij ervoor zou zorgen dat ze twee volle gangen zou krijgen.

Hoofdstuk XXII

De Bennets waren verloofd om te dineren met de Lucases; en nogmaals, tijdens het hoofd van de dag, was juffrouw Lucas zo vriendelijk om naar meneer Collins te luisteren. Elizabeth maakte van de gelegenheid gebruik om haar te bedanken. "Het houdt hem in een goed humeur," zei ze, "en ik ben je meer dank verschuldigd dan ik kan uitdrukken."

Charlotte verzekerde haar vriendin van haar voldoening om nuttig te zijn, en dat het haar ruimschoots beloonde voor het kleine offer van haar tijd. Dit was heel beminnelijk; maar Charlotte's vriendelijkheid strekte zich verder uit dan Elizabeth zich kon voorstellen: het doel was niets minder dan haar te behoeden voor het teruggeven van de adressen van meneer Collins, door ze naar zich toe te trekken. Dat was het plan van juffrouw Lucas; en de schijn was zo gunstig, dat zij, toen zij 's nachts uit elkaar gingen, zich bijna zeker van succes zou hebben gevoeld, als hij Hertfordshire niet zo spoedig had verlaten. Maar hier deed ze onrecht aan het vuur en de onafhankelijkheid van zijn karakter; want het bracht hem ertoe de volgende morgen met bewonderenswaardige sluwheid uit Longbourn House te ontsnappen en zich naar Lucas Lodge te haasten om zich aan haar voeten te werpen. Hij was erop gebrand de aandacht van zijn neven te vermijden, omdat hij ervan overtuigd was dat, als zij hem zagen vertrekken, zij niet anders konden dan zijn plan te vermoeden, en hij wilde niet dat de poging bekend werd voordat het succes ervan eveneens bekend kon worden; want hoewel hij zich bijna veilig voelde, en met reden, want Charlotte was redelijk bemoedigend geweest, was hij betrekkelijk beducht sinds het avontuur van woensdag. Zijn ontvangst was echter van de meest vleiende soort. Juffrouw Lucas zag hem vanuit een bovenraam terwijl hij naar het huis liep, en ging meteen op weg om hem per ongeluk in de laan te ontmoeten. Maar ze had niet durven hopen dat daar zoveel liefde en welsprekendheid op haar wachtte.

In zoo kort als de lange redevoeringen van den heer Collins toelieten, was alles tusschen beiden tot tevredenheid van beiden geregeld; en toen ze het huis binnenkwamen, smeekte hij haar ernstig om de dag te noemen die hem de gelukkigste van alle mannen zou maken; En hoewel men voor het ogenblik van zulk een verzoek moest afzien, voelde de jonkvrouw geen neiging om met zijn geluk te spotten. De domheid waarmee hij door de natuur werd begunstigd, moest zijn verkering behoeden voor elke bekoring die een vrouw zou kunnen doen verlangen naar het voortbestaan ervan; en juffrouw Lucas, die hem alleen aannam uit de zuivere en belangeloze wens van een instelling, kon het niet schelen hoe snel die instelling werd verworven.

Sir William en Lady Lucas werden spoedig om hun toestemming gevraagd; en het werd met een zeer vreugdevolle geestdrift verleend. De tegenwoordige omstandigheden van Mr. Collins maakten het een zeer geschikte partij voor hun dochter, aan wie zij weinig fortuin konden geven; en zijn vooruitzichten op toekomstige rijkdom waren buitengewoon eerlijk. Lady Lucas begon direct te berekenen, met meer belangstelling dan de zaak ooit eerder had opgewekt, hoeveel jaar meneer Bennet waarschijnlijk nog zou leven; en Sir William gaf als zijn besliste mening dat wanneer de heer Collins in het bezit zou zijn van het landgoed Longbourn, het zeer raadzaam zou zijn dat zowel hij als zijn vrouw hun opwachting zouden maken in St. James's. Kortom, de hele familie was bij deze gelegenheid in de wolken. De jongere meisjes koesterden de hoop dat ze een jaar of twee eerder uit de kast zouden komen dan ze anders zouden hebben gedaan; en de jongens waren verlost van hun vrees dat Charlotte een oude meid zou sterven. Charlotte zelf was redelijk kalm. Ze had haar punt begrepen en had tijd om erover na te denken. Haar beschouwingen waren over het algemeen bevredigend. Zeker, meneer Collins was noch verstandig noch aangenaam: zijn gezelschap was vervelend en zijn gehechtheid aan haar moest denkbeeldig zijn. Maar toch zou hij haar echtgenoot zijn. Zonder een hoge dunk te hebben van mannen of van het huwelijk, was het huwelijk altijd haar doel geweest: het was de enige eervolle voorziening voor goed opgeleide jonge vrouwen met weinig fortuin, en, hoe onzeker ze ook waren om geluk te geven, moest hun aangenaamste behoedmiddel zijn voor gebrek. Dit conserveermiddel had ze nu verkregen; En op zevenentwintigjarige leeftijd, zonder ooit knap te zijn geweest, voelde ze al het geluk ervan. De minst aangename omstandigheid in de zaak was de verrassing die het moest veroorzaken voor Elizabeth Bennet, wier vriendschap ze meer waardeerde dan die van enig ander persoon. Elizabeth zou het zich afvragen, en haar waarschijnlijk de schuld geven; En hoewel haar voornemen niet aan het wankelen zou worden gebracht, moesten haar gevoelens gekwetst worden door zo'n afkeuring. Ze besloot haar de informatie zelf te geven; en daarom droeg hij de heer Collins, toen hij naar Longbourn terugkeerde om te dineren, op om geen enkele aanwijzing te geven over wat er voor iemand van de familie was gebeurd. Een belofte van geheimhouding werd natuurlijk zeer plichtsgetrouw gedaan, maar die kon niet zonder moeite worden nagekomen; want de nieuwsgierigheid die door zijn lange afwezigheid was opgewekt, barstte bij zijn terugkeer uit in zulke directe vragen, die enige vindingrijkheid vereisten om te ontwijken, en hij oefende tegelijkertijd grote zelfverloochening uit, want hij verlangde ernaar zijn voorspoedige liefde te publiceren.

Omdat hij de volgende dag te vroeg aan zijn reis zou beginnen om iemand van de familie te zien, werd de ceremonie van het afscheid genomen toen de dames zich voor de nacht verplaatsten; en mevrouw Bennet zei met grote beleefdheid en hartelijkheid hoe blij ze moesten zijn hem weer in Longbourn te zien, wanneer zijn andere verplichtingen hem toelieten hen te bezoeken.

"Lieve mevrouw," antwoordde hij, "deze uitnodiging is bijzonder verheugend, want dat is wat ik hoopte te ontvangen; en u kunt er zeker van zijn dat ik er zo snel mogelijk gebruik van zal maken."

Ze waren allemaal verbaasd; en de heer Bennet, die zich geenszins zo'n snelle terugkeer kon wensen, zei onmiddellijk:

"Maar is er hier geen gevaar voor de afkeuring van Lady Catherine, mijn goede heer? Je kunt beter je relaties verwaarlozen dan het risico lopen je beschermvrouwe te beledigen."

"Waarde heer," antwoordde de heer Collins, "ik ben u bijzonder dankbaar voor deze vriendelijke voorzichtigheid, en u kunt er zeker van zijn dat ik niet zo'n belangrijke stap doe zonder de instemming van Hare Majesteit."

"Je kunt niet te veel op je hoede zijn. Riskeer alles in plaats van haar ongenoegen; en als u het waarschijnlijk vindt dat het zal worden verhoogd door uw terugkeer naar ons, wat ik buitengewoon waarschijnlijk zou achten, blijf dan rustig thuis en wees ervan overtuigd dat *we* geen aanstoot zullen nemen."

"Geloof me, mijn beste heer, mijn dankbaarheid wordt warm opgewekt door zo'n liefdevolle aandacht; en reken er maar op dat u spoedig van mij een dankbrief van mij zult ontvangen voor deze, evenals voor elk ander teken van uw achting tijdens mijn verblijf in Hertfordshire. Wat mijn mooie neven en nichten betreft, hoewel mijn afwezigheid misschien niet lang genoeg is om het noodzakelijk te maken, zal ik nu de vrijheid nemen om hen gezondheid en geluk te wensen, met uitzondering van mijn nicht Elizabeth."

Met gepaste beleefdheid trokken de dames zich toen terug; Ze waren allemaal even verrast toen ze ontdekten dat hij overwoog om snel terug te keren. Mevrouw Bennet wilde daaruit opmaken dat hij erover dacht om zijn adressen aan een van haar jongere meisjes te betalen, en Mary had misschien kunnen worden overgehaald om hem aan te nemen. Ze schatte zijn capaciteiten veel hoger in dan die van de anderen: er was een vastheid in zijn overpeinzingen die haar vaak trof; En hoewel ze helemaal niet zo knap was als zijzelf, dacht ze dat hij, als hij door zo'n voorbeeld als het hare werd aangemoedigd om te lezen en zich te verbeteren, een zeer aangename metgezel zou kunnen worden. Maar de volgende morgen was elke hoop van deze aard vervlogen. Juffrouw Lucas belde kort na het ontbijt en vertelde in een privégesprek met Elizabeth over de gebeurtenis van de dag ervoor.

De mogelijkheid dat meneer Collins zich verliefd zou verbeelden op haar vriend was de laatste twee dagen eens bij Elizabeth opgekomen: maar dat Charlotte hem kon aanmoedigen, leek bijna even ver van de mogelijkheid als dat ze hem zelf zou kunnen aanmoedigen; en haar verbazing was dan ook zo groot dat ze eerst de grenzen van het fatsoen overwon, en ze kon niet nalaten uit te roepen:

"Verloofd met meneer Collins! mijn lieve Charlotte, onmogelijk!"

Het vaste gelaat, dat juffrouw Lucas had bevolen bij het vertellen van haar verhaal, maakte hier plaats voor een kortstondige verwarring, toen zij zulk een rechtstreeks verwijt ontving; Hoewel, omdat het niet meer was dan ze verwachtte, herwon ze al snel haar kalmte en antwoordde kalm:

"Waarom zou je verrast zijn, mijn lieve Eliza? Vindt u het ongelooflijk dat meneer Collins in staat zou zijn om de goede mening van een vrouw te verkrijgen, omdat hij niet zo gelukkig was om met u te slagen?"

Maar Elizabeth had zich nu herinnerd; En terwijl ze er veel moeite voor deed, kon ze haar met aanvaardbare vastberadenheid verzekeren dat het vooruitzicht van hun relatie haar zeer dankbaar was en dat ze haar al het denkbare geluk toewenste.

"Ik zie wat je voelt," antwoordde Charlotte; "Je moet verrast zijn, heel erg verrast, zo kort geleden dat meneer Collins met je wilde trouwen. Maar als je de tijd hebt gehad om erover na te denken, hoop ik dat je tevreden zult zijn met wat ik heb gedaan. Ik ben niet romantisch, weet je. Dat ben ik nooit geweest. Ik vraag alleen een comfortabel huis; en gezien het karakter, de connecties en de situatie in het leven van de heer Collins, ben ik ervan overtuigd dat mijn kans op geluk met hem net zo eerlijk is als de meeste mensen kunnen opscheppen bij het betreden van de huwelijksstaat."

Elizabeth antwoordde rustig 'ongetwijfeld', en na een ongemakkelijke pauze keerden ze terug naar de rest van de familie. Charlotte bleef niet veel langer; en Elizabeth werd toen achtergelaten om na te denken over wat ze had gehoord. Het duurde lang voordat ze zich überhaupt verzoende met het idee van zo'n ongeschikte match. Het vreemde dat de heer Collins binnen drie dagen twee huwelijksaanzoeken deed, was niets vergeleken met het feit dat hij nu werd aangenomen. Ze had altijd het gevoel gehad dat Charlotte's mening over het huwelijk niet precies dezelfde was als die van haarzelf; Maar ze had het niet voor mogelijk kunnen houden dat ze, toen ze in actie moest komen, elk beter gevoel zou hebben opgeofferd aan werelds voordeel. Charlotte, de vrouw van meneer Collins, was een zeer vernederend plaatje! En aan de pijn van een vriendin die zichzelf te schande maakte en in haar achting verzonk, werd de schrijnende overtuiging toegevoegd dat het onmogelijk was voor die vriendin om redelijk gelukkig te zijn in het lot dat ze had gekozen.

Hoofdstuk XXIII

Elizabeth zat met haar moeder en zusters na te denken over wat ze had gehoord en twijfelde of ze het mocht vermelden, toen Sir William Lucas zelf verscheen, gestuurd door zijn dochter om haar verloving met de familie aan te kondigen. Met veel complimenten aan hen en veel zelfgenoegzaamheid bij het vooruitzicht van een verbinding tussen de huizen, ontvouwde hij de zaak - voor een publiek dat niet alleen verbaasd was, maar ook ongelovig; want mevrouw Bennet protesteerde met meer volharding dan beleefdheid dat hij zich geheel moest vergissen; en Lydia, altijd onbewaakt en vaak onbeleefd, riep luidruchtig uit:

"Goede God! Sir William, hoe kunt u zo'n verhaal vertellen? Weet je niet dat meneer Collins met Lizzy wil trouwen?"

Niets minder dan de inschikkelijkheid van een hoveling zou zulk een behandeling zonder woede hebben kunnen verdragen: maar Sir William's goede opvoeding sleepte hem door dit alles heen; en hoewel hij verlof smeekte om positief te zijn over de waarheid van zijn informatie, luisterde hij met de meest verdraagzame hoffelijkheid naar al hun onbeschaamdheid.

Elizabeth, die het haar plicht achtte hem uit zo'n onaangename situatie te verlossen, stelde zich nu voor om zijn verhaal te bevestigen, door te vermelden dat Charlotte er zelf van op de hoogte was; en trachtte een einde te maken aan de uitroepen van haar moeder en zusters, door de ernst van haar felicitaties aan Sir William, waarbij Jane zich graag bij haar voegde, en door allerlei opmerkingen te maken over het geluk dat van de wedstrijd kon worden verwacht, het uitstekende karakter van de heer Collins en de gunstige afstand van Hunsford tot Londen.

Mrs. Bennet was in feite te veel overmeesterd om veel te zeggen zolang Sir William bleef; Maar nauwelijks had hij hen verlaten, of haar gevoelens vonden een snelle uitlaat. In de eerste plaats volhardde ze in het ongelovig geloven van de hele zaak; ten tweede was ze er heel zeker van dat meneer Collins was opgenomen; ten derde vertrouwde ze erop dat ze nooit samen gelukkig zouden zijn; en ten vierde, dat de wedstrijd zou kunnen worden afgebroken. Uit het geheel werden echter duidelijk twee gevolgtrekkingen afgeleid: ten eerste, dat Elisabeth de werkelijke oorzaak van al het onheil was; en de andere, dat zij zelf door hen allen barbaars was gebruikt; En bij deze twee punten hield ze zich de rest van de dag voornamelijk bezig. Niets kon haar troosten en niets kon haar sussen. Die dag heeft haar wrok ook niet uitgeput. Er ging een week voorbij voordat ze Elizabeth kon zien zonder haar uit te schelden: er ging een maand voorbij voordat ze met Sir William of Lady Lucas kon praten zonder onbeleefd te zijn; En er waren vele maanden voorbij voordat ze hun dochter ook maar enigszins kon vergeven.

De emoties van de heer Bennet waren bij die gelegenheid veel rustiger, en zoals hij die meemaakte, verklaarde hij dat ze van een zeer aangename soort waren; want het deed hem genoegen, zei hij, te ontdekken dat Charlotte Lucas, die hij gewoon was redelijk verstandig te vinden, even dwaas was als zijn vrouw, en dwazer dan zijn dochter!

Jane bekende dat ze een beetje verrast was door de wedstrijd: maar ze zei minder over haar verbazing dan over haar oprechte verlangen naar hun geluk; ook kon Elizabeth haar er niet van overtuigen het als onwaarschijnlijk te beschouwen. Kitty en Lydia waren verre van jaloers op juffrouw Lucas, want meneer Collins was maar een geestelijke; en het beïnvloedde hen op geen andere manier dan als een nieuwsbericht dat in Meryton werd verspreid.

Lady Lucas kon niet ongevoelig zijn voor triomf toen ze mevrouw Bennet de troost kon teruggeven van het hebben van een goed getrouwde dochter; en ze belde wat vaker dan gewoonlijk naar Longbourn om te zeggen hoe gelukkig ze was, hoewel mevrouw Bennets zure blikken en onaardige opmerkingen misschien genoeg waren om het geluk te verdrijven.

Tussen Elizabeth en Charlotte was er een terughoudendheid die hen wederzijds stil hield over het onderwerp; en Elizabeth was ervan overtuigd dat er nooit meer een echt vertrouwen tussen hen zou kunnen bestaan. Haar teleurstelling in Charlotte deed haar vooral aandacht schenken aan haar zuster, over wier rechtschapenheid en fijngevoeligheid ze zeker wist dat haar mening nooit aan het wankelen kon worden gebracht, en voor wier geluk ze met de dag angstiger werd, omdat Bingley nu een week weg was en er niets van zijn terugkeer werd vernomen.

 Jane had Caroline een vroeg antwoord op haar brief gestuurd en telde de dagen af tot ze redelijkerwijs kon hopen iets weer te horen. De beloofde dankbrief van de heer Collins arriveerde op dinsdag, gericht aan hun vader, en geschreven met al de plechtigheid van dankbaarheid die een verblijf van twaalf maanden in het gezin had kunnen veroorzaken. Nadat hij zijn geweten op dat punt had gezuiverd, deelde hij hen vervolgens met vele verrukkelijke uitdrukkingen mee dat hij blij was dat hij de genegenheid van hun beminnelijke buurvrouw, juffrouw Lucas, had verkregen, en legde toen uit dat het alleen met het oog op het genieten van haar gezelschap was dat hij zo bereid was geweest om te eindigen met hun vriendelijke wens om hem weer te zien in Longbourn. waarheen hij hoopte maandag veertien dagen terug te kunnen keren; want Lady Catherine, voegde hij eraan toe, keurde zijn huwelijk zo hartelijk goed, dat ze wenste dat het zo snel mogelijk zou plaatsvinden, wat hij vertrouwde dat het een onbeantwoordbare ruzie zou zijn met zijn beminnelijke Charlotte om een vroege dag te noemen om hem de gelukkigste man te maken.

 De terugkeer van meneer Collins naar Hertfordshire was niet langer een kwestie van genoegen voor mevrouw Bennet. Integendeel, ze was net zo geneigd om erover te klagen als haar man. Het was heel vreemd dat hij naar Longbourn kwam in plaats van naar Lucas Lodge; Het was ook erg onhandig en buitengewoon lastig. Ze haatte het om bezoek in huis te hebben, terwijl haar gezondheid zo onverschillig was, en minnaars waren van alle mensen het meest onaangenaam. Dat was het zachte gemompel van mevrouw Bennet, en dat maakte alleen plaats voor het grotere verdriet van de voortdurende afwezigheid van meneer Bingley.

 Noch Jane, noch Elizabeth voelden zich op hun gemak bij dit onderwerp. Dag na dag ging voorbij zonder dat er iets anders over hem werd vernomen dan het bericht dat weldra in Meryton de overhand had, dat hij de hele winter niet meer naar Netherfield was gekomen; een bericht dat mevrouw Bennet zeer woedend maakte, en dat ze nooit naliet tegen te spreken als een zeer schandalige leugen.

Zelfs Elizabeth begon te vrezen - niet dat Bingley onverschillig was - maar dat zijn zussen erin zouden slagen hem weg te houden. Onwillig als ze was om een idee toe te geven dat zo destructief was voor Jane's geluk en zo oneervol voor de stabiliteit van haar minnaar, kon ze niet voorkomen dat het vaak terugkeerde. De vereende krachten van zijn twee gevoelloze zusters en van zijn overweldigende vriend, bijgestaan door de aantrekkingskracht van Miss Darcy en het amusement van Londen, zouden misschien te veel zijn, vreesde ze, voor de kracht van zijn gehechtheid.

Wat Jane betreft, *haar* angst onder deze spanning was natuurlijk pijnlijker dan die van Elizabeth: maar wat ze ook voelde, ze wilde het verbergen; en tussen haarzelf en Elizabeth werd er dus nooit op gezinspeeld. Maar omdat zo'n fijngevoeligheid haar moeder niet in bedwang hield, ging er zelden een uur voorbij waarin ze niet over Bingley sprak, haar ongeduld voor zijn komst uitte, of zelfs van Jane verlangde dat ze zou bekennen dat als hij niet terugkwam, ze zichzelf erg slecht gebruikt zou vinden. Het had al Jane's standvastige zachtaardigheid nodig om deze aanvallen met aanvaardbare kalmte te verdragen.

De heer Collins keerde op de maandag twee weken zeer stipt terug, maar zijn ontvangst in Longbourn was niet zo vriendelijk als bij zijn eerste kennismaking. Hij was echter te gelukkig om veel aandacht nodig te hebben; En, gelukkig voor de anderen, verloste het vrijen hen van een groot deel van zijn gezelschap. Het hoofd van elke dag bracht hij door in Lucas Lodge, en soms keerde hij net op tijd terug naar Longbourn om zich te verontschuldigen voor zijn afwezigheid voordat de familie naar bed ging.

Mevrouw Bennet was er werkelijk zeer beklagenswaardig aan toe. Alleen al het noemen van iets dat met de wedstrijd te maken had, bracht haar in een kwelling van slecht humeur, en waar ze ook ging, ze was er zeker van dat ze erover hoorde praten. De aanblik van juffrouw Lucas was verfoeilijk voor haar. Als haar opvolger in dat huis beschouwde ze haar met jaloerse afschuw. Telkens als Charlotte hen kwam opzoeken, concludeerde ze dat ze uitkeek naar het uur van bezetenheid; en telkens als ze met zachte stem tegen meneer Collins sprak, was ze ervan overtuigd dat ze het over het landgoed Longbourn hadden, en besloot ze zichzelf en haar dochters het huis uit te zetten zodra meneer Bennet dood was. Ze klaagde bitter over dit alles bij haar man.

"Inderdaad, meneer Bennet," zei ze, "het is heel moeilijk te denken dat Charlotte Lucas ooit meesteres van dit huis zou zijn, dat *ik* gedwongen zou zijn om plaats voor haar te maken en te leven om haar mijn plaats daarin te zien innemen!"

"Mijn liefste, geef niet toe aan zulke sombere gedachten. Laten we hopen op betere dingen. Laten we ons vleien zodat *ik* de overlevende mag zijn."

Dit was niet erg geruststellend voor mevrouw Bennet; En daarom, in plaats van een antwoord te geven, ging ze verder zoals voorheen.

"Ik moet er niet aan denken dat ze al dit landgoed zouden moeten hebben. Als het niet voor de gevolgen was, zou ik het niet erg vinden."

"Wat zou je niet erg vinden?"

"Ik zou helemaal niets erg vinden."

"Laten we dankbaar zijn dat je bewaard bent gebleven voor een staat van zo'n gevoelloosheid."

'Ik kan nooit dankbaar zijn, meneer Bennet, voor iets over de gevolgen. Hoe iemand het geweten zou kunnen hebben om een nalatenschap van zijn eigen dochters weg te nemen, kan ik niet begrijpen; en dat allemaal in het belang van meneer Collins! Waarom zou *hij* het meer hebben dan wie dan ook?"

"Ik laat het aan uzelf over om te beslissen", zei meneer Bennet.

Hoofdstuk XXIV

De brief van juffrouw Bingley arriveerde en maakte een einde aan de twijfel. De allereerste zin gaf de verzekering dat ze zich allemaal in Londen zouden vestigen voor de winter, en eindigde met de spijt van haar broer dat hij geen tijd had gehad om zijn vrienden in Hertfordshire zijn respect te betuigen voordat hij het land verliet.

De hoop was voorbij, helemaal voorbij; en toen Jane de rest van de brief kon lezen, vond ze weinig, behalve de beleden genegenheid van de schrijver, dat haar enige troost kon bieden. De lof van Miss Darcy nam het grootste deel ervan in beslag. Er werd weer stilgestaan bij haar vele attracties; en Caroline pochte met vreugde over hun toenemende intimiteit, en waagde het om de vervulling te voorspellen van de wensen die in haar vorige brief waren ontvouwd. Ze schreef ook met veel genoegen over het feit dat haar broer een bewoner was van het huis van Mr. Darcy, en noemde met verrukking enkele plannen van laatstgenoemde met betrekking tot nieuwe meubels.

Elizabeth, aan wie Jane al snel het hoofd van dit alles meedeelde, hoorde het met stille verontwaardiging aan. Haar hart was verdeeld tussen zorg voor haar zus en wrok tegen alle anderen. Aan Caroline's bewering dat haar broer partijdig was voor Miss Darcy, schonk ze geen eer. Dat hij werkelijk van Jane hield, betwijfelde ze niet meer dan ze ooit had gedaan; En hoezeer zij ook altijd geneigd was geweest hem aardig te vinden, zij kon niet zonder woede, nauwelijks zonder minachting, denken aan die opvliegendheid, dat gebrek aan de juiste vastberadenheid, die hem nu tot slaaf van zijn plannende vrienden maakte en hem ertoe bracht zijn eigen geluk op te offeren aan de grillen van hun neigingen. Als zijn eigen geluk echter het enige offer was geweest, had hij er misschien mee mogen spelen op de manier die hij het beste vond; Maar die van haar zus was erbij betrokken, omdat ze dacht dat hij zelf wel verstandig moest zijn. Kortom, het was een onderwerp waarover lang zou worden nagedacht, en dat zou geen resultaat moeten opleveren. Ze kon aan niets anders denken; en toch, of Bingley's achting werkelijk was weggestorven, of werd onderdrukt door de inmenging van zijn vrienden; of hij op de hoogte was geweest van Jane's gehechtheid, of dat het aan zijn waarneming was ontsnapt; Hoe het ook zij, hoewel haar mening over hem wezenlijk door het verschil moet worden beïnvloed, bleef de situatie van haar zus dezelfde, haar vrede evenzeer gekwetst.

Er gingen een dag of twee voorbij voordat Jane de moed had om over haar gevoelens te praten met Elizabeth; maar eindelijk, toen mevrouw Bennet hen samen verliet, kon ze, na een langere irritatie dan gewoonlijk over Netherfield en zijn meester, niet nalaten te zeggen:

"O, dat mijn lieve moeder meer controle over zichzelf had! Ze kan geen idee hebben van de pijn die ze me doet door haar voortdurende overpeinzingen over hem. Maar ik zal niet treuren. Het kan niet lang duren. Hij zal vergeten worden en wij zullen allemaal zijn zoals we eerder waren."

Elizabeth keek haar zus ongelovig bezorgd aan, maar zei niets.

"Je twijfelt aan me," riep Jane, een beetje kleurend; "Inderdaad, je hebt geen reden. Hij mag dan in mijn geheugen blijven hangen als de meest beminnelijke man die ik kende, maar daar bleef het bij. Ik heb niets te hopen of te vrezen, en niets om hem te verwijten. Godzijdank heb ik *die* pijn niet. Een beetje tijd dus - ik zal zeker proberen het beter te krijgen - "

Met een krachtigere stem voegde ze er al snel aan toe: "Ik heb onmiddellijk deze troost, dat het niet meer dan een vergissing van mijn kant is geweest, en dat het niemand kwaad heeft gedaan behalve mijzelf."

"Mijn lieve Jane," riep Elizabeth uit, "je bent te goed. Je zoetheid en onbaatzuchtigheid zijn echt engelachtig; Ik weet niet wat ik tegen je moet zeggen. Ik heb het gevoel dat ik je nooit recht heb gedaan, of van je heb gehouden zoals je verdient."

Juffrouw Bennet wees gretig alle buitengewone verdiensten af en wierp de lof terug op de warme genegenheid van haar zuster.

"Neen," zei Elizabeth, "dit is niet eerlijk. *Je* wilt de hele wereld respectabel vinden, en je wordt gekwetst als ik kwaad over iemand spreek. *Ik* wil je alleen maar perfect vinden , en je zet jezelf ertegen. Wees niet bang dat ik in enige overdaad verval, dat ik inbreuk maak op uw voorrecht van universele welwillendheid. Dat hoeft ook niet. Er zijn maar weinig mensen van wie ik echt hou, en nog minder van wie ik goed denk. Hoe meer ik van de wereld zie, hoe ontevredener ik erover ben; En elke dag bevestigt mijn overtuiging van de inconsistentie van alle menselijke karakters, en van de geringe afhankelijkheid die kan worden gesteld van de schijn van verdienste of zin. Ik heb de laatste tijd twee voorbeelden ontmoet: een die ik niet zal noemen, de andere is het huwelijk van Charlotte. Het is onverklaarbaar! In elk opzicht is het onverklaarbaar!"

"Mijn lieve Lizzy, geef niet toe aan zulke gevoelens als deze. Ze zullen je geluk verpesten. Je houdt niet genoeg rekening met verschillen in situatie en temperament. Denk aan de respectabiliteit van meneer Collins en Charlotte's voorzichtige, standvastige karakter. Vergeet niet dat ze deel uitmaakt van een groot gezin; dat het wat het lot betreft een zeer geschikte wedstrijd is; en wees bereid te geloven, ter wille van iedereen, dat zij zoiets als achting en achting voor onze niet mag voelen."

"Om u tegemoet te komen, zou ik bijna alles proberen te geloven, maar niemand anders zou baat kunnen hebben bij zo'n geloof als dit; want al was ik ervan overtuigd dat Charlotte enige achting voor hem had, dan zou ik alleen maar slechter aan haar verstand denken dan ik nu aan haar hart denk. Mijn beste Jane, meneer Collins is een verwaande, pompeuze, bekrompen, dwaze man: je weet dat hij dat is, net zo goed als ik; en je moet voelen, net zo goed als ik, dat de vrouw die met hem trouwt geen juiste manier van denken kan hebben. Gij zult haar niet verdedigen, al is het Charlotte Lucas. Gij moogt niet, ter wille van één individu, de betekenis van beginsel en integriteit veranderen, noch trachten uzelf of mij ervan te overtuigen dat zelfzucht voorzichtigheid is, en ongevoeligheid voor gevaar, zekerheid voor geluk."

"Ik moet denken dat uw taal te sterk is om over beide te spreken," antwoordde Jane; "en ik hoop dat je ervan overtuigd zult zijn, door ze samen gelukkig te zien. Maar genoeg hierover. U zinspeelde op iets anders. U noemde *twee* voorbeelden. Ik kan je niet verkeerd begrijpen, maar ik smeek je, lieve Lizzy, om me niet te kwetsen door te denken *dat die persoon* de schuldige is, en te zeggen dat je mening over hem verzonken is. We moeten niet zo bereid zijn om ons te verbeelden dat we opzettelijk gekwetst zijn. We moeten niet van een levendige jongeman verwachten dat hij altijd zo behoedzaam en oplettend is. Het is heel vaak niets anders dan onze eigen ijdelheid die ons bedriegt. Vrouwen hebben meer zin in bewondering dan het is."

"En mannen zorgen ervoor dat ze dat ook doen."

"Als het opzettelijk is gedaan, kunnen ze niet worden gerechtvaardigd; maar ik heb er geen idee van dat er zoveel design in de wereld is als sommige mensen zich voorstellen."

"Ik ben verre van het toeschrijven van een deel van het gedrag van de heer Bingley aan ontwerp," zei Elizabeth; "Maar zonder plannen te smeden om kwaad te doen, of om anderen ongelukkig te maken, kan er vergissing en ellende zijn. Onnadenkendheid, gebrek aan aandacht voor de gevoelens van andere mensen en gebrek aan vastberadenheid, zullen de zaak doen."

"En schrijf je het toe aan een van beide?"

"Jazeker; tot het laatst. Maar als ik doorga, zal ik u mishagen door te zeggen wat ik denk van personen die u waardeert. Houd me tegen, nu het nog kan."

"U blijft dus veronderstellen dat zijn zusters hem beïnvloeden?"

"Ja, in samenwerking met zijn vriend."

"Ik kan het niet geloven. Waarom zouden ze hem proberen te beïnvloeden? Ze kunnen hem alleen maar geluk wensen; En als hij aan mij gehecht is, kan geen enkele andere vrouw het veiligstellen."

"Je eerste positie is onjuist. Zij kunnen vele dingen wensen behalve zijn geluk: zij kunnen zijn toename van rijkdom en gevolgen wensen; Ze willen misschien dat hij trouwt met een meisje dat al het belang van geld, goede connecties en trots heeft."

"Zonder twijfel willen ze dat hij Miss Darcy kiest," antwoordde Jane; "Maar dit kan uit betere gevoelens komen dan je veronderstelt. Ze kennen haar al veel langer dan ze mij kennen; Geen wonder dat ze meer van haar houden. Maar wat hun eigen wensen ook mogen zijn, het is zeer onwaarschijnlijk dat ze zich tegen die van hun broer hebben verzet. Welke zuster zou denken dat ze vrij was om het te doen, tenzij er iets heel verwerpelijks was? Als ze geloofden dat hij aan mij gehecht was, zouden ze niet proberen ons te scheiden; Als hij dat was, zouden ze niet kunnen slagen. Door zo'n genegenheid te veronderstellen, maak je iedereen die onnatuurlijk en verkeerd handelt, en mij het meest ongelukkig. Verontrust me niet door het idee. Ik schaam me er niet voor dat ik me vergist heb - of het is tenminste klein, het is niets in vergelijking met wat ik zou voelen als ik slecht over hem of zijn zusters denk. Laat me het in het beste licht zien, in het licht waarin het kan worden begrepen."

Elizabeth kon zich niet tegen zo'n wens verzetten; en vanaf die tijd werd de naam van meneer Bingley bijna nooit meer tussen hen genoemd.

Mevrouw Bennet bleef zich nog steeds verbazen en klagen over het feit dat hij niet meer terugkeerde; en hoewel er zelden een dag voorbijging waarop Elizabeth het niet duidelijk verklaarde, leek er weinig kans dat ze het ooit met minder verbijstering zou beschouwen. Haar dochter trachtte haar ervan te overtuigen waarvan zij zelf niet geloofde, dat zijn aandacht voor Jane slechts het gevolg was geweest van een gewone en voorbijgaande sympathie, die ophield toen hij haar niet meer zag; Maar hoewel de waarschijnlijkheid van de verklaring destijds werd erkend, had ze elke dag hetzelfde verhaal te herhalen. De beste troost van mevrouw Bennet was, dat meneer Bingley in de zomer weer beneden moest zijn.

De heer Bennet behandelde de zaak anders. "Zo, Lizzy," zei hij op een dag, "je zus is verliefd, vind ik. Ik feliciteer haar. Naast getrouwd zijn, vindt een meisje het leuk om af en toe een beetje verliefd te zijn. Het is iets om over na te denken, en geeft haar een soort onderscheid tussen haar metgezellen. Wanneer is het jouw beurt? Je zult het nauwelijks verdragen om lang overtroffen te worden door Jane. Nu is het jouw tijd. Hier zijn officieren genoeg in Meryton om alle jonge dames in het land teleur te stellen. Laat Wickham je man zijn. Hij is een aangename kerel en zou je verdienstelijk afschrikken."

"Dank u, meneer, maar een minder aangename man zou me tevreden stellen. We moeten niet allemaal Jane's geluk verwachten."

"Dat is waar," zei meneer Bennet; "Maar het is een troost om te denken dat je, wat je ook mag overkomen, een liefhebbende moeder hebt die er altijd het beste van zal maken."

Het gezelschap van de heer Wickham was een belangrijke dienst bij het verdrijven van de somberheid die de late perverse gebeurtenissen over velen van de familie Longbourn hadden geworpen. Ze zagen hem dikwijls, en aan zijn andere aanbevelingen werd nu die van de algemene terughoudendheid toegevoegd. Alles wat Elizabeth al had gehoord, zijn beweringen over Mr. Darcy en alles wat hij van hem had geleden, werd nu openlijk erkend en publiekelijk onderzocht; en iedereen was blij te bedenken hoeveel ze altijd een hekel hadden gehad aan Mr. Darcy voordat ze iets van de zaak hadden geweten.

Mejuffrouw Bennet was het enige schepsel dat kon veronderstellen dat er verzachtende omstandigheden zouden kunnen zijn in het geval dat de samenleving van Hertfordshire onbekend was: haar milde en standvastige openhartigheid pleitte altijd voor toelagen en drong aan op de mogelijkheid van fouten; maar door alle anderen werd Mr. Darcy veroordeeld als de slechtste van alle mannen.

Hoofdstuk XXV

Na een week doorgebracht te hebben in liefdesbelijdenissen en plannen van gelukzaligheid, werd meneer Collins bij de komst van zaterdag uit zijn beminnelijke Charlotte geroepen. De pijn van de scheiding kon echter van zijn kant worden verzacht door voorbereidingen te treffen voor de ontvangst van zijn bruid, want hij had reden om te hopen, dat kort na zijn volgende terugkeer in Hertfordshire, de dag zou worden vastgesteld die hem de gelukkigste man zou maken. Hij nam afscheid van zijn relaties in Longbourn met evenveel plechtigheid als te voren; Hij wenste zijn mooie neven en nichten weer gezondheid en geluk en beloofde hun vader nog een bedankbrief.

De volgende maandag had mevrouw Bennet het genoegen haar broer en zijn vrouw te ontvangen, die zoals gewoonlijk de kerst in Longbourn kwamen doorbrengen. De heer Gardiner was een verstandige, gentleman-achtige man, die veel beter was dan zijn zuster, zowel van nature als van opvoeding. De dames van Netherfield zouden moeite hebben gehad te geloven dat een man die van handel leefde, en met het oog op zijn eigen pakhuizen, zo welopgevoed en aangenaam kon zijn. Mevrouw Gardiner, die enkele jaren jonger was dan mevrouw Bennet en mevrouw Philips, was een beminnelijke, intelligente, elegante vrouw en een grote favoriet bij haar nichtjes uit Longbourn. Vooral tussen de twee oudsten en haarzelf bestond er een heel bijzondere achting. Ze hadden vaak bij haar in de stad gelogeerd.

Het eerste deel van het bedrijf van mevrouw Gardiner, bij haar aankomst, was het uitdelen van haar geschenken en het beschrijven van de nieuwste mode. Toen dit was gebeurd, had ze een minder actieve rol te spelen. Het werd haar beurt om te luisteren. Mevrouw Bennet had veel grieven te vertellen en veel te klagen. Ze waren allemaal erg slecht gebruikt sinds ze haar zus voor het laatst had gezien. Twee van haar meisjes hadden op het punt gestaan om te trouwen, en er stond tenslotte niets in.

'Ik neem het Jane niet kwalijk,' vervolgde ze, 'want Jane zou meneer Bingley hebben gekregen als ze kon. Maar, Lizzy! O, zuster! het is heel moeilijk voor te stellen dat ze tegen die tijd de vrouw van meneer Collins zou zijn geweest, als het niet vanwege haar eigen perversiteit was geweest. Hij deed haar een aanbod in deze kamer, en ze weigerde hem. Het gevolg daarvan is, dat Lady Lucas een dochter zal hebben die eerder getrouwd is dan ik, en dat landgoed Longbourn is er evenzeer bij betrokken als altijd. De Lucases zijn inderdaad zeer kunstzinnige mensen, zuster. Ze zijn allemaal voor wat ze kunnen krijgen. Het spijt me dat ik het van hen moet zeggen, maar het is zo. Het maakt me erg nerveus en armzalig om zo gedwarsboomd te worden in mijn eigen familie, en buren te hebben die aan zichzelf denken als eerste aan iemand anders. Maar dat u juist op dit tijdstip komt, is het grootste comfort, en ik ben erg blij te horen wat u ons vertelt over lange mouwen."

Mevrouw Gardiner, aan wie het voornaamste nieuws al eerder was verteld, gaf haar zuster in de loop van de correspondentie van Jane en Elizabeth met haar een licht antwoord, en uit medelijden met haar nichtjes veranderde ze het gesprek.

Toen ze daarna alleen was met Elizabeth, sprak ze meer over het onderwerp. "Het lijkt waarschijnlijk een begeerlijke match voor Jane te zijn geweest," zei ze. "Het spijt me dat het is afgegaan. Maar deze dingen gebeuren zo vaak! Een jonge man, zoals u meneer Bingley beschrijft, wordt zo gemakkelijk een paar weken verliefd op een mooi meisje, en als het toeval hen scheidt, vergeet hij haar zo gemakkelijk, dat dit soort onstandvastigheden heel vaak voorkomen.

"Een uitstekende troost op zijn manier," zei Elizabeth; "Maar het is niet genoeg voor *ons*. We lijden niet per ongeluk. Het gebeurt niet vaak dat de inmenging van vrienden een jonge man met een onafhankelijk fortuin ertoe zal brengen niet meer te denken aan een meisje op wie hij nog maar een paar dagen geleden hevig verliefd was.

"Maar die uitdrukking van 'gewelddadig verliefd' is zo afgezaagd, zo twijfelachtig, zo onbepaald, dat het me heel weinig idee geeft. Het wordt even vaak toegepast op gevoelens die pas voortkomen uit een half uur kennismaking, als op een werkelijke, sterke gehechtheid. Zeg eens, hoe *gewelddadig was* de liefde van meneer Bingley?"

"Ik heb nog nooit een veelbelovender neiging gezien; Hij werd steeds onoplettender voor andere mensen en ging helemaal op in haar op. Elke keer dat ze elkaar ontmoetten, was het meer beslist en opmerkelijk. Op zijn eigen bal beledigde hij twee of drie jonge dames door hen niet ten dans te vragen; en ik heb hem zelf twee keer gesproken zonder een antwoord te krijgen. Zouden er fijnere symptomen kunnen zijn? Is algemene onbeleefdheid niet het wezen van liefde?"

"Jazeker! van dat soort liefde dat ik veronderstel dat hij gevoeld heeft. Arme Jane! Het spijt me voor haar, want met haar instelling komt ze er misschien niet meteen overheen. Het had je beter kunnen overkomen, Lizzy, dan had je je er eerder om gelachen. Maar denk je dat ze zou worden overgehaald om met ons terug te gaan? Verandering van omgeving kan van pas komen - en misschien kan een beetje verlichting van thuis net zo nuttig zijn als wat dan ook."

Elizabeth was buitengewoon ingenomen met dit voorstel en voelde zich overtuigd van de bereidwillige instemming van haar zuster.

"Ik hoop," voegde mevrouw Gardiner eraan toe, "dat geen enkele overweging met betrekking tot deze jongeman haar zal beïnvloeden. We wonen in zo'n ander deel van de stad, al onze connecties zijn zo verschillend, en, zoals je wel weet, gaan we zo weinig uit, dat het heel onwaarschijnlijk is dat ze elkaar überhaupt zouden ontmoeten, tenzij hij haar echt komt opzoeken."

"En *dat* is volstrekt onmogelijk; want hij is nu onder de hoede van zijn vriend, en Mr. Darcy zou niet meer toestaan dat hij Jane in zo'n deel van Londen opzoekt! Mijn lieve tante, hoe heb je dat kunnen bedenken? Mr. Darcy heeft misschien *gehoord* van zo'n plaats als Gracechurch Street, maar hij zou nauwelijks denken dat een maand wassing genoeg zou zijn om hem van zijn onzuiverheden te reinigen, als hij er eenmaal zou binnengaan; en reken er maar op, meneer Bingley roert zich nooit zonder hem.

"Des te beter. Ik hoop dat ze elkaar helemaal niet zullen ontmoeten. Maar correspondeert Jane niet met zijn zus? *Ze* zal het niet kunnen laten om te bellen."

"Ze zal de kennismaking helemaal laten vallen."

Maar ondanks de zekerheid waarmee Elizabeth dit punt trachtte te plaatsen, en ook het nog interessantere punt dat Bingley Jane niet mocht zien, voelde ze een bezorgdheid over het onderwerp, die haar er bij onderzoek van overtuigde dat ze het niet geheel hopeloos vond. Het was mogelijk, en soms achtte zij het waarschijnlijk, dat zijn genegenheid nieuw leven zou worden ingeblazen en de invloed van zijn vrienden met succes zou worden bestreden door de meer natuurlijke invloed van Jane's aantrekkingskracht.

Juffrouw Bennet nam de uitnodiging van haar tante met plezier aan; en de Bingleys waren niet anders in haar gedachten op hetzelfde moment dan ze hoopte, omdat Caroline niet in hetzelfde huis woonde met haar broer, zou ze af en toe een ochtend met haar kunnen doorbrengen, zonder enig gevaar hem te zien.

De Gardiners verbleven een week in Longbourn; en wat met de Philipsen, de Lucases en de officieren, er was geen dag zonder zijn inzet. Mevrouw Bennet had zo zorgvuldig gezorgd voor het vermaak van haar broer en zus, dat ze niet één keer aan een familiediner zaten. Als de verloving voor thuis was, maakten sommige officieren er altijd deel van uit, waarvan de officieren de heer Wickham er zeker een was; en bij deze gelegenheden observeerde mevrouw Gardiner, achterdochtig geworden door Elizabeths warme lof voor hem, hen beiden nauwgezet. Zonder te veronderstellen dat ze, op grond van wat ze zag, heel serieus verliefd waren, was hun voorkeur voor elkaar duidelijk genoeg om haar een beetje ongemakkelijk te maken; en zij besloot met Elizabeth over dit onderwerp te spreken, voordat zij Hertfordshire verliet, en haar de onvoorzichtigheid van het aanmoedigen van zulk een gehechtheid voor te houden.

Voor mevrouw Gardiner had Wickham één middel om plezier te verschaffen, dat niets te maken had met zijn algemene krachten. Ongeveer tien of twaalf jaar geleden, vóór haar huwelijk, had ze veel tijd doorgebracht in dat deel van Derbyshire waartoe hij behoorde. Ze hadden dus veel gemeenschappelijke kennissen; en hoewel Wickham daar weinig was geweest sinds de dood van Darcy's vader, vijf jaar eerder, was het nog steeds in zijn macht om haar frissere inlichtingen over haar vroegere vrienden te geven dan ze op de weg had gestaan.

    Mrs. Gardiner had Pemberley gezien en kende wijlen Mr. Darcy heel goed van karakter. Dit was dus een onuitputtelijk onderwerp van verhandeling. Door haar herinnering aan Pemberley te vergelijken met de minutieuze beschrijving die Wickham kon geven, en door haar hulde van lof te brengen aan het karakter van de overleden bezitter, verrukte ze zowel hem als zichzelf. Toen ze op de hoogte werd gebracht van de huidige behandeling van de heer Darcy van hem, probeerde ze zich iets te herinneren van de befaamde instelling van die heer, toen hij nog een jongen was, die het ermee eens zou kunnen zijn; en was er eindelijk van overtuigd dat ze zich herinnerde dat ze Mr. Fitzwilliam Darcy vroeger had horen spreken als een zeer trotse, onaardige jongen.

Hoofdstuk XXVI

De waarschuwing van mevrouw Gardiner aan Elizabeth werd stipt en vriendelijk gegeven bij de eerste gunstige gelegenheid om alleen met haar te spreken: na haar eerlijk te hebben verteld wat ze dacht, ging ze als volgt verder:

"Je bent een te verstandig meisje, Lizzy, om verliefd te worden alleen maar omdat je ervoor gewaarschuwd bent; en daarom ben ik niet bang om openlijk te spreken. Serieus, ik zou willen dat je op je hoede bent. Betrek u niet, en probeer hem ook niet te betrekken, in een genegenheid die het gebrek aan fortuin zo onvoorzichtig zou maken. Ik heb niets tegen hem in te brengen: hij is een zeer interessante jongeman, en als hij het fortuin had dat hij zou moeten hebben, zou ik denken dat je het niet beter zou kunnen doen. Maar zoals het nu is, moet je je fantasie niet met je op de loop laten gaan. Je hebt verstand en we verwachten allemaal dat je het gebruikt. Ik ben er zeker van dat uw vader zou afhangen van *uw* vastberadenheid en goed gedrag. Je moet je vader niet teleurstellen."

"Mijn lieve tante, dit is inderdaad ernstig."

"Ja, en ik hoop dat ik jou ook serieus zal nemen."

"Welnu, dan hoeft u niet gealarmeerd te zijn. Ik zal voor mezelf zorgen, en ook voor meneer Wickham. Hij zal niet verliefd op mij zijn, als ik het kan voorkomen."

"Elizabeth, je bent nu niet serieus."

"Neem me niet kwalijk. Ik zal het opnieuw proberen. Op dit moment ben ik niet verliefd op meneer Wickham; nee, dat ben ik zeker niet. Maar hij is, zonder enige vergelijking, de aangenaamste man die ik ooit heb gezien – en als hij echt aan me gehecht raakt – geloof ik dat het beter is dat hij dat niet doet. Ik zie er de onvoorzichtigheid van in. Oh, *die* afschuwelijke Mr. Darcy! De mening van mijn vader over mij strekt mij tot de grootste eer; en ik zou me ellendig voelen als ik het zou verspelen. Mijn vader heeft echter een voorliefde voor meneer Wickham. Kortom, mijn lieve tante, het zou mij zeer spijten het middel te zijn om iemand van u ongelukkig te maken; maar aangezien we elke dag zien dat waar genegenheid is, jonge mensen zelden worden weerhouden, door onmiddellijk gebrek aan fortuin, om verbintenissen met elkaar aan te gaan, hoe kan ik dan beloven wijzer te zijn dan zoveel van mijn medeschepselen, als ik in de verleiding kom, of hoe kan ik zelfs weten dat het verstandiger zou zijn om weerstand te bieden? Het enige wat ik je daarom kan beloven, is dat je geen haast zult hebben. Ik zal geen haast hebben om te geloven dat ik zijn eerste object ben. Als ik in gezelschap van hem ben, zal ik niet wensen. Kortom, ik ga mijn best doen."

"Misschien is het goed als je hem zo vaak ontmoedigt om hier te komen. Je moet je moeder er in ieder geval niet *aan herinneren* dat ze hem heeft uitgenodigd."

"Net als gisteren," zei Elizabeth met een bewuste glimlach; "Dat is waar, het zal verstandig van mij zijn om daarvan af te zien. Maar denk niet dat hij hier altijd zo vaak is. Het is voor u te danken dat hij deze week zo vaak is uitgenodigd. Je kent de ideeën van mijn moeder over de noodzaak van constant gezelschap voor haar vrienden. Maar werkelijk, en op mijn eer, zal ik proberen te doen wat ik denk dat het verstandigst is; en nu hoop ik dat je tevreden bent."

Haar tante verzekerde haar dat ze dat was; en Elizabeth, nadat ze haar had bedankt voor de vriendelijkheid van haar wenken, gingen ze uit elkaar, - een prachtig voorbeeld van advies dat op zo'n punt wordt gegeven zonder dat het hen kwalijk wordt genomen.

De heer Collins keerde spoedig naar Hertfordshire terug, nadat het door de Gardiners en Jane was verlaten, maar toen hij bij de Lucases ging wonen, was zijn komst geen groot ongemak voor mevrouw Bennet. Zijn huwelijk naderde nu met rasse schreden; en ten slotte was ze zo gelaten dat ze het onvermijdelijk achtte, en zelfs herhaaldelijk op een onaardige toon zei, dat ze '*wenste dat* ze gelukkig mochten zijn'. Donderdag zou de trouwdag zijn, en op woensdag bracht juffrouw Lucas haar afscheidsbezoek; en toen zij opstond om afscheid te nemen, begeleidde Elizabeth, beschaamd over de onbarmhartige en onwillige goede wensen van haar moeder, en oprecht bedroefd, haar de kamer uit. Toen ze samen de trap afliepen, zei Charlotte:

"Ik zal heel vaak van je horen, Eliza."

"*Dat* zult gij zeker doen."

"En ik heb nog een gunst te vragen. Kom je me opzoeken?"

"We zullen elkaar vaak ontmoeten, hoop ik, in Hertfordshire."

"Het is niet waarschijnlijk dat ik Kent voor een tijdje zal verlaten. Beloof mij daarom naar Hunsford te komen."

Elizabeth kon niet weigeren, hoewel ze weinig plezier in het bezoek voorzag.

"Mijn vader en Maria zullen in maart bij mij komen," voegde Charlotte eraan toe, "en ik hoop dat je ermee instemt om bij het feest te zijn. Inderdaad, Eliza, je zult net zo welkom bij mij zijn als elk van hen."

De bruiloft vond plaats: de bruid en bruidegom vertrokken vanaf de kerkdeur naar Kent, en iedereen had net zoveel te zeggen of te horen over het onderwerp als gewoonlijk. Elizabeth hoorde al snel iets van haar vriendin, en hun correspondentie was even regelmatig en frequent als ze ooit was geweest: dat ze even onvoorwaardelijk zou zijn, was onmogelijk. Elizabeth kon haar nooit aanspreken zonder het gevoel te hebben dat al het comfort van intimiteit voorbij was; En hoewel vastbesloten om als correspondent niet te verslappen, was het eerder ter wille van wat was geweest dan van wat was. Charlotte's eerste brieven werden met veel enthousiasme ontvangen: er kon niet anders dan nieuwsgierigheid zijn om te weten hoe ze over haar nieuwe huis zou spreken, hoe ze Lady Catherine zou vinden en hoe gelukkig ze zou durven verklaren dat ze was; maar toen de brieven werden voorgelezen, had Elizabeth het gevoel dat Charlotte zich op elk punt precies zo uitdrukte als ze had kunnen voorzien. Ze schreef opgewekt, leek omringd door comfort en noemde niets dat ze niet kon prijzen. Het huis, de meubels, de buurt en de wegen waren allemaal naar haar smaak, en Lady Catherine's gedrag was zeer vriendelijk en gedienstig. Het was het beeld dat de heer Collins van Hunsford en Rosings rationeel verzachtte; en Elisabet begreep, dat zij haar eigen bezoek daar moest afwachten, om de rest te weten.

Jane had al een paar regels aan haar zus geschreven om hun veilige aankomst in Londen aan te kondigen; en toen ze weer schreef, hoopte Elizabeth dat het in haar macht zou liggen om iets over de Bingleys te zeggen.

Haar ongeduld voor deze tweede brief werd net zo goed beloond als ongeduld in het algemeen. Jane was een week in de stad geweest, zonder Caroline te zien of te horen. Ze verklaarde het echter door te veronderstellen dat haar laatste brief aan haar vriend uit Longbourn door een of ander ongeluk verloren was gegaan.

"Mijn tante," vervolgde ze, "gaat morgen naar dat deel van de stad, en ik zal van de gelegenheid gebruik maken om Grosvenor Street in te gaan."

Ze schreef opnieuw toen het bezoek werd gebracht, en ze had juffrouw Bingley gezien. "Ik dacht niet dat Caroline in de stemming was," waren haar woorden, "maar ze was erg blij me te zien en verweet me dat ik haar niet op de hoogte had gesteld van mijn komst naar Londen. Ik had dus gelijk; Mijn laatste brief had haar nooit bereikt. Ik informeerde natuurlijk naar hun broer. Het ging goed met hem, maar hij was zo veel bezig met Mr. Darcy dat ze hem bijna nooit zagen. Ik ontdekte dat Miss Darcy werd verwacht om te dineren: ik wou dat ik haar kon zien. Mijn bezoek duurde niet lang, want Caroline en mevrouw Hurst gingen uit. Ik durf te zeggen dat ik ze hier spoedig zal zien."

Elizabeth schudde haar hoofd over deze brief. Het overtuigde haar ervan dat alleen het toeval aan meneer Bingley kon ontdekken dat haar zus in de stad was.

Vier weken gingen voorbij en Jane zag niets van hem. Ze probeerde zichzelf ervan te overtuigen dat ze er geen spijt van had; maar ze kon niet langer blind zijn voor de onoplettendheid van juffrouw Bingley. Na veertien dagen elke ochtend thuis te hebben gewacht en elke avond een nieuw excuus voor haar te hebben verzonnen, verscheen de bezoeker eindelijk; maar de kortstondigheid van haar verblijf, en meer nog, de verandering van haar manier van doen, zou Jane in staat stellen zichzelf niet langer te bedriegen. De brief die ze bij deze gelegenheid aan haar zus schreef, zal bewijzen wat ze voelde:

"Ik ben er zeker van dat mijn liefste Lizzy niet in staat zal zijn om naar beter weten te zeggen, ten koste van mij, te triomferen, wanneer ik beken dat ik volledig ben misleid in de achting van juffrouw Bingley voor mij. Maar, mijn lieve zuster, hoewel de gebeurtenis je gelijk heeft bewezen, denk niet dat ik halsstarrig ben als ik nog steeds beweer dat, gezien haar gedrag, mijn vertrouwen even natuurlijk was als jouw achterdocht. Ik begrijp helemaal niet waarom ze intiem met me wil zijn; maar als dezelfde omstandigheden zich opnieuw zouden voordoen, ben ik er zeker van dat ik opnieuw zou worden misleid. Caroline heeft mijn bezoek pas gisteren beantwoord; en geen briefje, geen regel, heb ik in de tussentijd ontvangen. Toen ze kwam, was het heel duidelijk dat ze er geen plezier in had; ze verontschuldigde zich licht, formeel voor het feit dat ze niet eerder had gebeld, zei geen woord dat ze me weer wilde zien en was in elk opzicht zo'n veranderd schepsel, dat ik, toen ze wegging, vastbesloten was de kennismaking niet langer voort te zetten. Ik heb medelijden, hoewel ik het niet kan laten haar de schuld te geven. Ze had het helemaal bij het verkeerde eind toen ze me uitkoos zoals ze deed; Ik kan gerust zeggen dat elke stap naar intimiteit aan haar kant begon. Maar ik heb medelijden met haar, omdat ze het gevoel moet hebben dat ze verkeerd heeft gehandeld, en omdat ik er heel zeker van ben dat angst voor haar broer de oorzaak is. Ik hoef me niet verder uit te leggen; En hoewel *we* weten dat deze angst volkomen onnodig is, zal het, als ze het voelt, gemakkelijk haar gedrag tegenover mij verklaren; en hoe terecht hij ook dierbaar is voor zijn zuster, welke bezorgdheid ze ook voor hem voelt, het is natuurlijk en beminnelijk. Ik kan me echter alleen maar verbazen dat ze nu zulke angsten heeft, want als hij zich ook maar iets om me had bekommerd, hadden we elkaar allang, lang geleden moeten ontmoeten. Hij weet dat ik in de stad ben, dat weet ik zeker, uit iets wat ze zelf heeft gezegd; en toch zou het, door haar manier van praten, lijken alsof ze zichzelf ervan wilde overtuigen dat hij echt een voorliefde heeft voor Miss Darcy. Ik kan het niet begrijpen. Als ik niet bang was om hard te oordelen, zou ik bijna in de verleiding komen om te zeggen dat er in dit alles een sterke schijn van dubbelhartigheid is. Ik zal proberen elke pijnlijke gedachte uit te bannen en alleen te denken aan wat me gelukkig zal maken, jouw genegenheid en de onveranderlijke vriendelijkheid van mijn lieve oom en tante. Laat snel van je horen. Juffrouw Bingley zei iets over dat hij nooit meer naar Netherfield zou terugkeren, dat hij het huis had opgegeven, maar niet met enige zekerheid. We kunnen het beter niet noemen. Ik ben erg blij dat je zulke prettige verhalen hebt van onze vrienden in Hunsford. Bid dat u ze gaat zien, met Sir William en Maria. Ik weet zeker dat u zich daar zeer op uw gemak zult voelen.

"De jouwe, enz."

Deze brief deed Elizabeth wat pijn; maar haar humeur keerde terug, omdat ze overwoog dat Jane niet langer zou worden bedrogen, althans niet door de zus. Alle verwachtingen van de broer waren nu helemaal voorbij. Ze zou zelfs geen hernieuwing van zijn aandacht wensen. Zijn karakter zonk weg bij elke recensie ervan; en als straf voor hem, evenals een mogelijk voordeel voor Jane, hoopte ze serieus dat hij heel snel met de zus van meneer Darcy zou trouwen, omdat ze, volgens Wickham's verhaal, hem overvloedig spijt zou geven van wat hij had weggegooid.

Mevrouw Gardiner herinnerde Elizabeth omstreeks deze tijd aan haar belofte met betrekking tot die heer, en eiste inlichtingen; en Elizabeth had er zo'n te zenden, die haar tante meer dan zichzelf tevreden konden stellen. Zijn schijnbare partijdigheid was verdwenen, zijn aandacht was voorbij, hij was de bewonderaar van iemand anders. Elizabeth was waakzaam genoeg om alles te zien, maar ze kon het zien en erover schrijven zonder materiële pijn. Haar hart was slechts licht geraakt, en haar ijdelheid was tevreden met de overtuiging dat *zij* zijn enige keuze zou zijn geweest, als het lot het had toegelaten. De plotselinge aanschaf van tienduizend pond was de merkwaardigste bekoring van de jonge dame, met wie hij zich nu aangenaam bevond; maar Elizabeth, in dit geval misschien minder scherpzinnig dan in Charlotte's, maakte geen ruzie met hem over zijn wens van onafhankelijkheid. Integendeel, niets is natuurlijker; En hoewel ze kon veronderstellen dat het hem een paar moeite kostte om haar los te laten, was ze bereid om het een verstandige en wenselijke maatregel voor beiden te laten zijn, en ze kon hem heel oprecht gelukkig wensen.

Dit alles werd aan mevrouw Gardiner erkend, en na de omstandigheden te hebben verteld, vervolgde ze: 'Ik ben er nu van overtuigd, mijn lieve tante, dat ik nooit erg verliefd ben geweest; want als ik die zuivere en verheffende hartstocht werkelijk had ervaren, zou ik op dit moment zijn naam alleen al verafschuwen en hem allerlei kwaad toewensen. Maar mijn gevoelens zijn niet alleen hartelijk tegenover *hem*, ze zijn zelfs onpartijdig tegenover juffrouw King. Ik kan er helemaal niet achter komen dat ik haar haat, of dat ik in het minst niet bereid ben haar een heel goed soort meisje te vinden. Er kan geen liefde zijn in dit alles. Mijn waakzaamheid is doeltreffend geweest; en hoewel ik zeker een interessanter object zou zijn voor al mijn kennissen, kan ik, als ik afgeleid verliefd op hem was, niet zeggen dat ik mijn betrekkelijke onbeduidendheid betreur. Belang kan soms te duur worden gekocht. Kitty en Lydia nemen zijn afvalligheid veel meer ter harte dan ik. Ze zijn jong in de manieren van de wereld, en nog niet open voor de vernederende overtuiging dat knappe jonge mannen net zo goed iets moeten hebben om van te leven als de vlakte.

Hoofdstuk XXVII

Met geen grotere gebeurtenissen dan deze in de familie Longbourn, en verder gediversifieerd door weinig meer dan de wandelingen naar Meryton, soms vuil en soms koud, gingen januari en februari voorbij. March zou Elizabeth naar Hunsford brengen. Ze had er eerst niet erg aan gedacht om daarheen te gaan; maar Charlotte, merkte ze al snel, was afhankelijk van het plan, en ze leerde het langzamerhand zelf met meer plezier en meer zekerheid te overwegen. De afwezigheid had haar verlangen om Charlotte weer te zien vergroot en haar afkeer van meneer Collins verzwakt. Er was nieuwigheid in het schema; En omdat met zo'n moeder en zulke ongezellige zussen het thuis niet vlekkeloos kon zijn, was een kleine verandering op zichzelf niet onwelkom. De reis zou haar bovendien een blik op Jane geven; En, kortom, naarmate de tijd naderde, zou ze het erg jammer hebben gevonden als ze vertraging had opgelopen. Alles verliep echter vlot en werd uiteindelijk geregeld volgens Charlotte's eerste schets. Ze zou Sir William en zijn tweede dochter vergezellen. De verbetering van het doorbrengen van een nacht in Londen werd na verloop van tijd toegevoegd en het plan werd zo perfect als het plan maar kon zijn.

De enige pijn was het verlaten van haar vader, die haar zeker zou missen, en die, toen het erop aankwam, haar zo weinig leuk vond om te gaan, dat hij haar zei hem te schrijven en bijna beloofde haar brief te beantwoorden.

Het afscheid tussen haar en Mr. Wickham was volkomen vriendschappelijk; aan zijn kant nog meer. Zijn tegenwoordige streven kon hem niet doen vergeten dat Elisabeth de eerste was geweest die hem had opgewonden en zijn aandacht had verdiend, de eerste die luisterde en medelijden had, de eerste die bewonderd werd; en in de wijze waarop hij haar vaarwel zei, haar alle genot toewenste, haar herinnerde aan wat zij in Lady Catherine de Bourgh kon verwachten, en erop vertrouwde dat hun mening over haar - hun mening over iedereen - altijd zou samenvallen, was er een bezorgdheid, een belangstelling, waarvan zij voelde dat ze haar altijd met de meest oprechte achting aan hem moest hechten; En ze nam afscheid van hem in de overtuiging dat hij, of hij nu getrouwd of ongehuwd was, altijd haar model moest zijn van de beminnelijke en aangename mensen.

Haar medereizigers de volgende dag waren niet van dien aard dat ze hem minder aangenaam vond. Sir William Lucas en zijn dochter Maria, een goedgehumeurd meisje, maar even leeghoofdig als hijzelf, hadden niets te zeggen dat de moeite waard was om te horen, en er werd met ongeveer evenveel genoegen naar geluisterd als naar het geratel van de chaise. Elizabeth hield van absurditeiten, maar ze kende die van Sir William al te lang. Hij kon haar niets nieuws vertellen over de wonderen van zijn presentatie en ridderschap; En zijn beleefdheden waren versleten, net als zijn informatie.

Het was een reis van slechts vierentwintig mijl, en ze begonnen er zo vroeg aan dat ze tegen het middaguur in Gracechurch Street waren. Toen ze naar de deur van meneer Gardiner reden, stond Jane voor het raam van een salon naar hun aankomst te kijken: toen ze de gang binnenkwamen, was ze daar om hen te verwelkomen, en Elizabeth, die haar ernstig in het gezicht keek, was blij te zien dat het gezond en mooi was als altijd. Op de trap stond een troep kleine jongens en meisjes, wier verlangen naar het uiterlijk van hun nicht hen niet toestond in de salon te wachten, en wier verlegenheid, omdat ze haar al twaalf maanden niet hadden gezien, hen verhinderde lager te komen. Alles was vreugde en vriendelijkheid. De dag verliep zeer aangenaam; 's Ochtends in drukte en winkelen, en 's avonds in een van de theaters.

Elizabeth bedacht toen om bij haar tante te gaan zitten. Hun eerste onderwerp was haar zus; en ze was meer bedroefd dan verbaasd toen ze in antwoord op haar minutieuze vragen hoorde dat, hoewel Jane altijd moeite had om haar geest te ondersteunen, er perioden van neerslachtigheid waren. Het was echter redelijk om te hopen dat ze niet lang zouden doorgaan. Mevrouw Gardiner deelde haar ook de bijzonderheden mee van het bezoek van juffrouw Bingley aan Gracechurch Street, en herhaalde gesprekken die op verschillende tijdstippen tussen Jane en haarzelf plaatsvonden, wat bewees dat de eerste vanuit haar hart de kennismaking had opgegeven.

Mevrouw Gardiner riep toen haar nicht op tegen de desertie van Wickham en complimenteerde haar met het feit dat ze het zo goed had verdragen.

"Maar, mijn lieve Elizabeth," voegde ze eraan toe, "wat voor soort meisje is juffrouw King? Het zou me spijten als ik zou denken dat onze vriend een huurling is."

"Alstublieft, mijn lieve tante, wat is het verschil in huwelijkszaken tussen de huurling en het verstandige motief? Waar eindigt discretie en begint hebzucht? Afgelopen kerst was je bang dat hij met me zou trouwen, omdat het onvoorzichtig zou zijn; En nu, omdat hij probeert een meisje te krijgen met slechts tienduizend pond, wil je erachter komen dat hij een huurling is."

"Als je me maar vertelt wat voor soort meisje juffrouw King is, zal ik weten wat ik ervan moet denken."

"Ze is een heel goed soort meisje, geloof ik. Ik ken geen kwaad van haar."

"Maar hij schonk haar niet de minste aandacht totdat de dood van haar grootvader haar tot meesteres van dit fortuin maakte?"

'Nee, waarom zou hij? Als het hem niet was toegestaan mijn genegenheid te winnen, omdat ik geen geld had, welke reden zou er dan kunnen zijn om de liefde te bedrijven met een meisje waar hij niet om gaf en dat even arm was?"

"Maar het lijkt ongevoelig om zijn aandacht zo snel na deze gebeurtenis op haar te richten."

"Een man in noodlijdende omstandigheden heeft geen tijd voor al die elegante decorums die andere mensen misschien waarnemen. Als *zij* er geen bezwaar tegen heeft, waarom zouden wij dat dan wel doen?"

"*Dat ze* geen bezwaar maakt, rechtvaardigt *hem niet*. Het laat alleen zien dat ze zelf ergens tekort schiet – gevoel of gevoel."

"Nou," riep Elizabeth, "doe het zoals je wilt. *Hij* zal een huurling zijn, en *zij* zal dwaas zijn."

"Nee, Lizzy, daar kies ik *niet* voor. Het zou me spijten, weet je, om slecht te denken over een jonge man die zo lang in Derbyshire heeft gewoond."

"O, als dat alles is, heb ik een zeer slechte mening over jonge mannen die in Derbyshire wonen; en hun intieme vrienden die in Hertfordshire wonen, zijn niet veel beter. Ik ben ze allemaal beu. Godzijdank! Ik ga morgen naar een plek waar ik een man zal vinden die niet één aangename eigenschap heeft, die noch manieren noch verstand heeft om hem aan te bevelen. Domme mannen zijn tenslotte de enigen die het waard zijn om te kennen."

"Pas op, Lizzy; Die toespraak riekt sterk naar teleurstelling."

Voordat ze aan het einde van het stuk van elkaar gescheiden waren, had ze het onverwachte geluk van een uitnodiging om haar oom en tante te vergezellen op een rondreis van plezier die ze in de zomer wilden maken.

"We zijn er nog niet helemaal uit hoe ver het ons zal brengen," zei mevrouw Gardiner; "maar misschien, naar de meren."

Geen plan had aangenamer kunnen zijn voor Elizabeth, en haar aanvaarding van de uitnodiging was zeer bereid en dankbaar. "Mijn lieve, lieve tante," riep ze verrukt, "wat een genot! Wat een gelukzaligheid! Je geeft me nieuw leven en kracht. Adieu tegen teleurstelling en milt. Wat zijn mannen voor rotsen en bergen? O, wat zullen we uren vervoer doorbrengen! En als we terugkeren, zal het niet zijn zoals andere reizigers, zonder in staat te zijn om ook maar één nauwkeurig idee van iets te geven. We *zullen* weten waar we heen zijn gegaan – we *zullen* ons herinneren wat we hebben gezien. Meren, bergen en rivieren zullen in onze verbeelding niet door elkaar worden gegooid; En als we proberen een bepaalde scène te beschrijven, zullen we ook niet beginnen te ruziën over de relatieve situatie ervan. Laat *onze* eerste uitspattingen minder ondraaglijk zijn dan die van de reizigers in het algemeen."

Hoofdstuk XXVIII

Elk voorwerp van de reis van de volgende dag was nieuw en interessant voor Elizabeth, en haar geest was in een staat van genot, want ze had haar zuster er zo goed uit zien zien dat ze alle vrees voor haar gezondheid uitbande, en het vooruitzicht van haar reis naar het noorden was een voortdurende bron van vreugde.

Toen ze de hoofdweg verlieten voor de laan naar Hunsford, was elk oog op zoek naar de pastorie, en elke bocht verwachtte deze in zicht te brengen. De verbleking van het Rosingspark was aan de ene kant hun grens. Elizabeth glimlachte bij de herinnering aan alles wat ze van de inwoners had gehoord.

Eindelijk was de pastorie te zien. De tuin die afloopt naar de weg, het huis dat erin staat, de groene verbleking en de laurierhaag, alles verklaarde dat ze eraan kwamen. Meneer Collins en Charlotte verschenen aan de deur, en het rijtuig stopte bij de kleine poort, die via een korte grindweg naar het huis leidde, te midden van het geknik en de glimlach van het hele gezelschap. In een oogwenk waren ze allemaal uit de chaise en verheugden zich bij het zien van elkaar. Mevrouw Collins verwelkomde haar vriendin met het levendigste genoegen, en Elizabeth was meer en meer tevreden met haar komst, toen ze merkte dat ze zo liefdevol werd ontvangen. Ze zag meteen dat de manieren van haar neef niet waren veranderd door zijn huwelijk: zijn formele beleefdheid was precies wat het was geweest; en hij hield haar enige minuten vast bij de poort om zijn vragen te horen en te bevredigen na al haar familie. Ze werden toen, met geen ander uitstel dan dat hij hem wees op de netheid van de ingang, het huis binnengebracht; En zodra ze in de kamer waren, verwelkomde hij hen voor de tweede keer, met opzichtige formaliteit, in zijn nederige woning, en herhaalde stipt al het aanbod van zijn vrouw om zich te verfrissen.

Elisabet was bereid hem in zijn heerlijkheid te zien; en zij kon niet nalaten zich in te beelden, dat hij, bij het tonen van de goede verhoudingen van de kamer, het uiterlijk en het meubilair, zich in het bijzonder tot haar richtte, alsof hij haar wilde laten voelen wat zij had verloren door hem af te wijzen. Maar hoewel alles netjes en comfortabel leek, was ze niet in staat hem te bevredigen met een zucht van berouw; En ze keek liever met verwondering naar haar vriendin, dat ze met zo'n metgezel zo'n opgewekt gezicht kon hebben. Als meneer Collins iets zei waarvoor zijn vrouw zich redelijkerwijs zou kunnen schamen, wat zeker niet zelden gebeurde, richtte ze onwillekeurig haar oog op Charlotte. Een of twee keer kon ze een vage blos ontwaren; maar over het algemeen hoorde Charlotte het wijselijk niet. Nadat ze lang genoeg hadden gezeten om elk meubelstuk in de kamer te bewonderen, van het dressoir tot het spatbord, om verslag uit te brengen van hun reis en van alles wat er in Londen was gebeurd, nodigde de heer Collins hen uit om een wandeling te maken in de tuin, die groot en goed aangelegd was, en aan de teelt waarvan hij zich hield. In zijn tuin te werken was een van zijn meest respectabele genoegens; en Elizabeth bewonderde de beheersing van het gelaat, waarmede Charlotte over de gezondheid van de oefening sprak, en bewonderde, dat zij het zooveel mogelijk aanmoedigde. Hier, terwijl hij de weg wees door elke wandeling en elk zebrapad, en hen nauwelijks een pauze gunde om de lof te uiten waar hij om vroeg, werd elk uitzicht aangegeven met een minutieuze blik die schoonheid volledig achter zich liet. Hij kon de velden in alle richtingen tellen en kon zien hoeveel bomen er in de verste groep stonden. Maar van al het uitzicht dat zijn tuin, of waarop het land of het koninkrijk zich kon beroemen, was er geen te vergelijken met het vooruitzicht van Rosings, geboden door een opening in de bomen die het park bijna tegenover de voorkant van zijn huis begrensden. Het was een knap modern gebouw, goed gelegen op een verhoging van de grond.

 Vanuit zijn tuin zou meneer Collins hen rond zijn twee weiden hebben geleid; maar de dames, die geen schoenen hadden om de overblijfselen van een witte vorst tegen te komen, keerden terug; en terwijl Sir William hem vergezelde, nam Charlotte haar zuster en vriendin mee naar het huis, waarschijnlijk zeer verheugd dat ze de gelegenheid had om het zonder de hulp van haar man te laten zien. Het was vrij klein, maar goed gebouwd en handig; en alles was ingericht en gerangschikt met een netheid en consistentie, waarvan Elizabeth Charlotte alle eer gaf. Wanneer meneer Collins kon worden vergeten, was er werkelijk een grote sfeer van troost overal, en door Charlotte's duidelijke plezier erin, veronderstelde Elizabeth dat hij vaak vergeten moest worden.

Ze had al vernomen dat vrouwe Catharina nog in het land was. Er werd opnieuw over gesproken terwijl ze aan tafel zaten, toen de heer Collins erbij kwam en opmerkte:

"Ja, juffrouw Elizabeth, u zult de eer hebben Lady Catherine de Bourgh de volgende zondag in de kerk te zien, en ik hoef niet te zeggen dat u blij met haar zult zijn. Ze is een en al minzaamheid en neerbuigendheid, en ik twijfel er niet aan, maar u zult vereerd zijn met een deel van haar kennisgeving wanneer de dienst voorbij is. Ik aarzel niet om te zeggen dat zij u en mijn zuster Maria zal opnemen in elke uitnodiging waarmee zij ons tijdens uw verblijf hier vereert. Haar gedrag naar mijn lieve Charlotte is charmant. We dineren twee keer per week bij Rosings en mogen nooit naar huis lopen. Het rijtuig van Hare Majesteit wordt regelmatig voor ons besteld. Ik *zou* zeggen, een van de rijtuigen van Hare Majesteit, want ze heeft er meerdere."

"Lady Catherine is inderdaad een zeer respectabele, verstandige vrouw," voegde Charlotte eraan toe, "en een zeer attente buurvrouw."

"Helemaal waar, mijn liefste, dat is precies wat ik zeg. Ze is het soort vrouw dat je niet met al te veel eerbied kunt beschouwen."

De avond werd voornamelijk besteed aan het bespreken van nieuws uit Hertfordshire en het opnieuw vertellen van wat er al geschreven was; en toen het eindigde, moest Elizabeth, in de eenzaamheid van haar kamer, mediteren over Charlotte's mate van tevredenheid, haar toespraak begrijpen in het leiden en kalm zijn in het verdragen van haar man, en erkennen dat het allemaal heel goed was gedaan. Ze moest ook anticiperen op het verloop van haar bezoek, de rustige sfeer van hun gebruikelijke bezigheden, de ergerlijke onderbrekingen van meneer Collins en de vrolijkheid van hun omgang met Rosings. Een levendige fantasie maakte al snel een einde aan alles.

Ongeveer halverwege de volgende dag, toen ze zich in haar kamer klaarmaakte voor een wandeling, leek een plotseling geluid beneden het hele huis in verwarring te brengen; En na een ogenblik geluisterd te hebben, hoorde ze iemand met hevige haast naar boven rennen en luid naar haar roepen. Ze opende de deur en ontmoette Maria op de overloop, die ademloos van opwinding uitriep:

"O, mijn lieve Eliza! Bid, haast u en kom in de eetkamer, want er is zo'n gezicht te zien! Ik zal je niet vertellen wat het is. Haast je en kom nu naar beneden."

Elizabeth stelde tevergeefs vragen; Maria wilde haar niets meer vertellen; en ze renden naar beneden naar de eetkamer die aan de laan lag, op zoek naar dit wonder; Het waren twee dames, die in een lage phaeton bij het tuinhek stopten.

"En is dit alles?" riep Elizabeth. "Ik verwachtte op zijn minst dat de varkens in de tuin zouden komen, en hier is niets anders dan vrouwe Catharina en haar dochter!"

"La! mijn liefste," zei Maria, nogal geschokt door de vergissing, "het is niet Lady Catherine. De oude dame is mevrouw Jenkinson, die bij hen inwoont. De andere is juffrouw De Bourgh. Kijk alleen maar naar haar. Ze is nogal een klein wezentje. Wie had gedacht dat ze zo dun en klein kon zijn!"

"Ze is vreselijk onbeleefd om Charlotte buiten te houden in al deze wind. Waarom komt ze niet binnen?"

"Oh, Charlotte zegt dat ze dat bijna nooit doet. Het is de grootste gunst als juffrouw De Bourgh binnenkomt."

"Ik hou van haar uiterlijk," zei Elizabeth, getroffen door andere ideeën. "Ze ziet er ziekelijk en schel uit. Ja, ze zal het heel goed voor hem doen. Ze zal van hem een heel fatsoenlijke vrouw maken."

Meneer Collins en Charlotte stonden beiden bij de poort in gesprek met de dames; en Sir William stond, tot Elizabeths grote afleiding, in de deuropening, in ernstige overpeinzing van de grootheid die voor hem lag, en boog voortdurend wanneer juffrouw De Bourgh die kant op keek.

Eindelijk was er niets meer te zeggen; De dames reden verder en de anderen keerden terug naar het huis. Meneer Collins had de twee meisjes nog niet gezien of hij begon hen te feliciteren met hun geluk, wat Charlotte uitlegde door hen te laten weten dat het hele gezelschap de volgende dag was gevraagd om bij Rosings te dineren.

Hoofdstuk XXIX

De triomf van de heer Collins, als gevolg van deze uitnodiging, was compleet. De macht om de grootsheid van zijn beschermvrouwe aan zijn verbaasde bezoekers te tonen, en hen haar beleefdheid tegenover hem en zijn vrouw te laten zien, was precies wat hij had gewenst; en dat men daartoe zoo spoedig de gelegenheid kreeg, was zulk een voorbeeld van Lady Catherine's neerbuigendheid, dat hij niet genoeg bewondering wist te hebben.

"Ik moet bekennen," zeide hij, "dat ik in het geheel niet verbaasd zou zijn geweest, dat Hare Majesteit ons op zondag vroeg om thee te drinken en den avond in Rosings door te brengen. Ik verwachtte eerder, vanuit mijn kennis van haar minzaamheid, dat het zou gebeuren. Maar wie had zo'n aandacht als deze kunnen voorzien? Wie had kunnen vermoeden dat wij zo onmiddellijk na uw aankomst een uitnodiging zouden krijgen om daar te dineren (een uitnodiging bovendien, inclusief het hele gezelschap)?

"Ik ben des te minder verbaasd over wat er gebeurd is," antwoordde Sir William, "door de kennis van wat de manieren van de groten werkelijk zijn, die mijn levenssituatie mij in staat heeft gesteld te verwerven. Aan het hof zijn dergelijke voorbeelden van elegant fokken niet ongewoon."

De hele dag of de volgende ochtend werd er nauwelijks over iets anders gesproken dan over hun bezoek aan Rosings. De heer Collins instrueerde hen zorgvuldig over wat ze konden verwachten, opdat de aanblik van zulke kamers, zoveel bedienden en zo'n heerlijk diner hen niet geheel zou overweldigen.

Toen de dames uit elkaar gingen om naar het toilet te gaan, zei hij tegen Elizabeth:

"Maak je niet ongemakkelijk, mijn beste neef, over je kleding. Lady Catherine eist verre van die elegantie van kleding in ons die haarzelf en dochter wordt. Ik zou je willen aanraden om alleen maar aan te trekken wat van je kleren superieur is aan de rest - er is geen reden voor iets meer.

Lady Catherine zal niet slechter van je denken omdat je eenvoudig gekleed bent. Ze houdt ervan om het onderscheid van rang behouden te houden."

Terwijl ze zich aankleedden, kwam hij twee of drie keer naar hun verschillende deuren, om hen aan te raden snel te zijn, omdat Lady Catherine er zeer bezwaar tegen had om op haar diner te blijven wachten. Zulke formidabele verhalen over Hare Majesteit en haar levenswijze maakten Maria Lucas zeer bang, die weinig aan gezelschap gewend was geweest; en ze zag met evenveel bezorgdheid uit naar haar introductie bij Rosings als haar vader had gedaan met zijn presentatie in St. James's.

Omdat het mooi weer was, hadden ze een aangename wandeling van ongeveer een halve mijl door het park. Elk park heeft zijn schoonheid en zijn vooruitzichten; en Elizabeth zag veel om blij mee te zijn, hoewel ze niet zo in vervoering kon zijn als meneer Collins verwachtte dat het tafereel zou inspireren, en ze was maar weinig getroffen door zijn opsomming van de ramen voor het huis, en zijn verhaal over wat het glazuur in totaal oorspronkelijk had gekost aan Sir Lewis de Bourgh.

Toen ze de trappen naar de zaal beklommen, nam Maria's alarm elk moment toe, en zelfs Sir William zag er niet helemaal kalm uit. Elizabeths moed liet haar niet in de steek. Ze had niets van Lady Catherine gehoord dat haar afschuwelijk sprak vanwege buitengewone talenten of wonderbaarlijke deugden, en alleen al de statigheid van geld en rang meende ze zonder schroom te kunnen aanschouwen.

Vanuit de inkomhal, waarvan de heer Collins met een verrukkelijke blik de fijne proporties en de afgewerkte ornamenten aanwees, volgden ze de bedienden door een voorkamer naar de kamer waar Lady Catherine, haar dochter en mevrouw Jenkinson zaten. Hare Majesteit stond met grote neerbuigendheid op om hen te ontvangen; en omdat mevrouw Collins met haar man had afgesproken dat het ambt van introductie de hare zou zijn, werd het op een behoorlijke manier uitgevoerd, zonder enige van die verontschuldigingen en dankbetuigingen die hij nodig zou hebben geacht.

Ondanks dat hij in St. James's was geweest, was Sir William zo onder de indruk van de grootsheid die hem omringde, dat hij maar net genoeg moed had om een zeer diepe buiging te maken en zijn plaats in te nemen zonder een woord te zeggen; En zijn dochter, bijna buiten zinnen geschrokken, zat op het puntje van haar stoel, niet wetend welke kant ze op moest kijken. Elizabeth merkte dat ze helemaal opgewassen was tegen het tafereel en kon de drie dames voor haar kalm observeren. Lady Catherine was een lange, grote vrouw, met sterk getekende gelaatstrekken, die ooit knap hadden kunnen zijn. Haar houding was niet verzoenend, noch was haar manier van ontvangen van dien aard dat haar bezoekers hun lagere rang zouden vergeten. Ze werd niet geducht door zwijgen: maar wat ze ook zei, het werd op zo'n gezaghebbende toon uitgesproken dat het haar eigendunk kenmerkte, en bracht Mr. Wickham onmiddellijk in Elizabeth's gedachten; en, uit de waarneming van de dag in het algemeen, geloofde ze dat Lady Catherine precies was wat hij had voorgesteld.

Toen ze, na de moeder te hebben onderzocht, in wier gelaat en houding ze al snel enige gelijkenis met Mr. Darcy ontdekte, haar ogen op de dochter richtte, had ze bijna kunnen deelnemen aan Maria's verbazing dat ze zo dun en zo klein was. Er was noch in gestalte, noch in gelaat enige gelijkenis tussen de dames. Juffrouw de Bourgh was bleek en ziekelijk: haar gelaatstrekken, hoewel niet eenvoudig, waren onbeduidend; en ze sprak heel weinig, behalve met zachte stem, tegen mevrouw Jenkinson, aan wier uiterlijk niets opmerkelijks was, en die volledig bezig was met luisteren naar wat ze zei en een scherm in de juiste richting voor haar ogen plaatste.

Na een paar minuten te hebben gezeten, werden ze allemaal naar een van de ramen gestuurd om het uitzicht te bewonderen, terwijl meneer Collins hen vergezelde om hen op de schoonheden te wijzen, en Lady Catherine hen vriendelijk meedeelde dat het veel beter was om in de zomer te bekijken.

Het diner was buitengewoon mooi, en er waren alle bedienden en alle artikelen van het bord die meneer Collins had beloofd; en, zoals hij ook had voorspeld, nam hij plaats aan de onderkant van de tafel, op verzoek van Hare Majesteit, en keek alsof hij voelde dat het leven niets groters kon verschaffen. Hij sneed en at en prees met verrukte geestdrift; en elk gerecht werd eerst door hem geprezen, en daarna door Sir William, die nu voldoende hersteld was om alles wat zijn schoonzoon zei te herhalen, op een manier waarvan Elizabeth zich afvroeg of Lady Catherine het kon verdragen. Maar Lady Catherine scheen tevreden te zijn met hun buitensporige bewondering en glimlachte zeer minzaam, vooral wanneer een gerecht op tafel een nieuwigheid voor hen bleek te zijn. Het feest leverde niet veel gesprekken op. Elizabeth was bereid om te spreken wanneer er een opening was, maar ze zat tussen Charlotte en juffrouw de Bourgh, van wie de eerste bezig was te luisteren naar Lady Catherine, en de laatste zei de hele etenstijd geen woord tegen haar. Mevrouw Jenkinson was voornamelijk bezig met het kijken naar hoe de kleine juffrouw de Bourgh at, haar aansporen om een ander gerecht te proberen en bang te zijn dat ze ongesteld was. Maria dacht dat er geen sprake van was, en de heren deden niets anders dan eten en bewonderen.

Toen de dames in de salon terugkeerden, zat er weinig anders op dan Lady Catherine te horen praten, wat ze zonder enige onderbreking deed tot de koffie binnenkwam, en haar mening over elk onderwerp op zo'n beslissende manier gaf dat ze niet gewend was om haar oordeel te laten betwisten. Ze informeerde vertrouwd en nauwkeurig naar Charlotte's huiselijke zorgen en gaf haar veel raad over het beheer van al die zaken; Hij vertelde haar hoe alles geregeld moest worden in zo'n klein gezin als het hare, en onderwees haar over de zorg voor haar koeien en haar pluimvee. Elizabeth ontdekte dat er niets onder de aandacht van deze grote dame was dat haar een gelegenheid kon geven om anderen te dicteren. In de pauzes van haar gesprek met mevrouw Collins stelde ze verschillende vragen aan Maria en Elizabeth, maar vooral aan de laatste, van wie ze het minst wist dat ze iets had, en die, zo merkte ze tegen mevrouw Collins op, een heel deftig, mooi meisje was. Ze vroeg haar op verschillende momenten hoeveel zussen ze had, of ze ouder of jonger waren dan zijzelf, of een van hen waarschijnlijk zou trouwen, of ze knap waren, waar ze waren opgeleid, welk rijtuig haar vader had en wat de meisjesnaam van haar moeder was geweest? Elizabeth voelde al de onbeschaamdheid van haar vragen, maar beantwoordde ze heel kalm. Lady Catherine merkte toen op:

'De nalatenschap van uw vader is verbonden aan meneer Collins, geloof ik? Ter wille van u," zich tot Charlotte wendend, "ben ik er blij om; maar voor het overige zie ik geen aanleiding om landgoederen uit de vrouwelijke lijn te betrekken. Het werd niet nodig geacht in de familie van Sir Lewis de Bourgh. Speelt en zingt u, juffrouw Bennet?"

"Een beetje."

"O dan, op een of andere tijd zullen we blij zijn je te horen. Ons instrument is een kapitaal instrument, waarschijnlijk superieur aan — u zult het op een dag proberen. Spelen en zingen je zussen?"

"Een van hen wel."

"Waarom hebben jullie het niet allemaal geleerd? Jullie hadden het allemaal moeten leren. De juffrouw Webbs spelen allemaal, en hun vader heeft niet zo'n goed inkomen als het jouwe. Teken je?"

"Nee, helemaal niet."

"Wat, niemand van jullie?"

"Niet één."

"Dat is heel raar. Maar ik veronderstel dat je geen kans had. Je moeder had je elk voorjaar mee moeten nemen naar de stad voor het welzijn van de meesters."

"Mijn moeder zou er geen bezwaar tegen hebben, maar mijn vader haat Londen."

"Heeft uw gouvernante u verlaten?"

"We hebben nooit een gouvernante gehad."

"Geen gouvernante! Hoe was dat mogelijk? Vijf dochters thuis opgevoed zonder gouvernante! Ik heb nog nooit van zoiets gehoord. Je moeder moet een behoorlijke slaaf van je opvoeding zijn geweest."

Elizabeth kon het niet laten om te glimlachen, want ze verzekerde haar dat dit niet het geval was geweest.

"Wie heeft het je dan geleerd? Wie heeft er voor je gezorgd? Zonder gouvernante moet je verwaarloosd zijn."

"Vergeleken met sommige gezinnen geloof ik dat we dat waren; Maar degenen onder ons die wilden leren, wilden nooit de middelen. We werden altijd aangemoedigd om te lezen en hadden alle meesters die nodig waren. Degenen die ervoor kozen om nietsdoend te zijn, zouden dat zeker kunnen doen."

"Ja, ongetwijfeld, maar dat is wat een gouvernante zal voorkomen; en als ik je moeder had gekend, zou ik haar met klem hebben geadviseerd er een in te schakelen. Ik zeg altijd dat er in het onderwijs niets gedaan kan worden zonder vast en regelmatig onderricht, en niemand anders dan een gouvernante kan het geven. Het is wonderbaarlijk hoeveel gezinnen ik op die manier heb kunnen bevoorraden. Ik ben altijd blij om een jong persoon goed geplaatst te krijgen. Vier nichtjes van Mrs. Jenkinson zijn door mijn toedoen zeer verrukkelijk gesitueerd; en het was pas onlangs dat ik een andere jonge persoon aanbeval, die me slechts toevallig werd genoemd, en de familie is heel blij met haar. Mevrouw Collins, heb ik u verteld dat Lady Metcalfe u gisteren belde om mij te bedanken? Ze vindt juffrouw Pope een schat. "Vrouwe Catharina," zei ze, "u hebt mij een schat gegeven." Is een van uw jongere zussen weg, juffrouw Bennet?"

"Ja, mevrouw, allemaal."

"Allemaal! Wat, alle vijf tegelijk? Heel vreemd! En jij alleen de tweede. De jongsten zijn eerder weg dan de oudsten zijn getrouwd! Je jongere zussen moeten wel heel jong zijn?"

"Ja, mijn jongste is geen zestien. Misschien *is ze* vol jong om veel in gezelschap te zijn. Maar werkelijk, mevrouw, denk ik dat het heel moeilijk zou zijn voor jongere zusters dat ze niet hun deel van de samenleving en het amusement zouden hebben, omdat de oudste misschien niet de middelen of de neiging heeft om vroeg te trouwen. De laatstgeborene heeft evenveel recht op de genoegens van de jeugd als de eerste. En om op *zo'n motief teruggehouden te worden* ! Ik denk dat het niet erg waarschijnlijk zou zijn om zusterlijke genegenheid of delicatesse van geest te bevorderen."

"Op mijn woord," zei Hare Majesteit, "u geeft zeer beslist uw mening voor zo'n jong persoon. Bid, wat is je leeftijd?"

"Met drie jongere zusters volwassen," antwoordde Elizabeth glimlachend, "kan uwe Majesteit moeilijk van mij verwachten dat ik het bezit."

Lady Catherine scheen nogal verbaasd te zijn dat ze geen direct antwoord kreeg; en Elizabeth vermoedde dat zij het eerste schepsel was dat ooit met zoveel waardige onbeschaamdheid had durven spotten.

"Je kunt niet ouder zijn dan twintig, daar ben ik zeker van, dus je hoeft je leeftijd niet te verbergen."

"Ik ben geen een-entwintig."

Toen de heren zich bij hen hadden gevoegd en de thee op was, werden de kaarttafels neergezet. Lady Catherine, Sir William en Mr. en Mrs. Collins gingen zitten voor quadrille; en omdat juffrouw De Bourgh ervoor koos om in cassino te spelen, hadden de twee meisjes de eer om mevrouw Jenkinson te helpen bij het samenstellen van haar feest. Hun tafel was buitengewoon dom. Er werd nauwelijks een lettergreep uitgesproken die geen betrekking had op het spel, behalve wanneer mevrouw Jenkinson haar vrees uitte dat juffrouw De Bourgh het te warm of te koud zou hebben, of te veel of te weinig licht zou hebben. Aan de andere tafel passeerde er nog veel meer. Lady Catherine sprak in het algemeen: ze noemde de fouten van de drie anderen, of vertelde een anekdote over zichzelf. De heer Collins was bezig met het instemmen met alles wat haar Ladyship zei, haar te bedanken voor elke vis die hij won en zich te verontschuldigen als hij dacht dat hij er te veel had gewonnen. Sir William zei niet veel. Hij bewaarde zijn geheugen met anekdotes en adellijke namen.

Toen Lady Catherine en haar dochter zo lang hadden gespeeld als ze wilden, werden de tafels opgebroken, werd het rijtuig aan mevrouw Collins aangeboden, dankbaar aangenomen en onmiddellijk besteld. Het gezelschap verzamelde zich vervolgens rond het vuur om Lady Catherine te horen bepalen wat voor weer ze de volgende dag zouden hebben. Uit deze instructies werden zij opgeroepen door de aankomst van de koets; en met vele dankbare woorden van de zijde van de heer Collins, en evenveel buigingen van Sir William's kant, vertrokken zij. Zoodra zij de deur uit waren, werd Elizabeth door haar neef geroepen om haar mening te geven over alles wat zij bij Rosings had gezien, en dat zij ter wille van Charlotte gunstiger achtte dan het in werkelijkheid was. Maar haar lofprijzing, hoewel het haar enige moeite kostte, kon de heer Collins geenszins tevreden stellen, en hij was al snel verplicht de lof van haar Ladyship in eigen handen te nemen.

Hoofdstuk XXX

Sir William verbleef slechts een week in Hunsford, maar zijn bezoek was lang genoeg om hem ervan te overtuigen dat zijn dochter zich zeer comfortabel had gevestigd en dat zij zo'n echtgenoot en zo'n buurman had als men niet vaak ontmoette. Terwijl Sir William bij hen was, besteedde de heer Collins zijn ochtenden aan het verdrijven van hem in zijn optreden en hem het land te laten zien: maar toen hij wegging, keerde de hele familie terug naar hun gewone bezigheden, en Elizabeth was dankbaar te ontdekken dat ze door de verandering niet meer van haar neef zagen; Want het hoofd van de tijd tussen ontbijt en avondeten bracht hij nu door, hetzij aan het werk in de tuin, hetzij met lezen en schrijven, en uit het raam kijkend in zijn eigen boekenkamer, die aan de weg lag. De ruimte waarin de dames zaten was achterstevoren. Elizabeth had zich er eerst nogal over verwonderd dat Charlotte niet de voorkeur zou geven aan de eetzaal voor gemeenschappelijk gebruik; het was een kamer van grotere grootte en had een aangenamer uiterlijk: maar ze zag al snel dat haar vriendin een uitstekende reden had voor wat ze deed, want meneer Collins zou ongetwijfeld veel minder in zijn eigen appartement zijn geweest als ze in een even levendig appartement hadden gezeten; en ze gaf Charlotte de eer voor de regeling.

Vanuit de salon konden ze niets in de laan onderscheiden, en ze waren dank verschuldigd aan de heer Collins voor de kennis van de rijtuigen die voorbijgingen, en hoe vaak vooral juffrouw De Bourgh in haar phaeton voorbijreed, waarvan hij nooit naliet hen op de hoogte te stellen, hoewel het bijna elke dag gebeurde. Ze stopte niet zelden bij de pastorie en had een gesprek van een paar minuten met Charlotte, maar werd bijna nooit overgehaald om eruit te komen.

Er gingen maar weinig dagen voorbij waarin de heer Collins niet naar Rosings liep, en niet veel dagen waarin zijn vrouw het niet nodig vond om ook te gaan; en zolang Elizabeth zich niet herinnerde dat er misschien nog andere gezinswoningen zouden kunnen worden opgeruimd, kon ze het offer van zoveel uren niet begrijpen. Af en toe werden ze vereerd met een telefoontje van Hare Majesteit, en niets ontsnapte aan haar observatie die tijdens deze bezoeken in de kamer voorbijging. Ze onderzocht hun werk, keek naar hun werk en adviseerde hen om het anders te doen; een fout vond in de opstelling van het meubilair, of de dienstmeid in nalatigheid betrapte; en als ze een verfrissing aannam, leek ze het alleen te doen om erachter te komen dat de stukken vlees van mevrouw Collins te groot waren voor haar gezin.

Elizabeth bemerkte al spoedig dat, hoewel deze grote dame niet in de commissie van de vrede voor het graafschap zat, zij een zeer actieve magistraat was in haar eigen parochie, waarvan de kleinste zorgen haar door de heer Collins werden voorgelegd; En telkens als een van de boeren geneigd was ruziezieachtig, ontevreden of te arm te zijn, ging ze naar het dorp om hun geschillen bij te leggen, hun klachten het zwijgen op te leggen en hen uit te schelden tot harmonie en overvloed.

Het vermaak van het dineren bij Rosings werd ongeveer twee keer per week herhaald; en, rekening houdend met het verlies van Sir William, en er slechts één kaarttafel 's avonds was, was elk van deze vermakelijkheden de tegenhanger van de eerste. Hun andere engagementen waren weinig, omdat de woonstijl van de buurt in het algemeen buiten het bereik van de Collinses lag. Dit was echter geen kwaad voor Elizabeth, en over het geheel genomen bracht zij haar tijd comfortabel genoeg door: er waren halve uren van aangename gesprekken met Charlotte, en het weer was zo mooi voor de tijd van het jaar, dat ze vaak veel plezier buitenshuis had. Haar favoriete wandeling, en waar ze vaak heen ging terwijl de anderen Lady Catherine bezochten, was langs het open bos dat aan die kant van het park lag, waar een mooi beschut pad was, dat niemand anders leek te waarderen dan zijzelf, en waar ze zich buiten het bereik van Lady Catherine's nieuwsgierigheid voelde.

Op deze rustige manier gingen de eerste twee weken van haar bezoek al snel voorbij. Pasen was in aantocht, en de week daarvoor zou het gezin in Rosings worden uitgebreid, wat in zo'n kleine kring belangrijk moest zijn. Elizabeth had kort na haar aankomst gehoord dat Mr. Darcy daar in de loop van een paar weken werd verwacht; en hoewel er niet veel van haar kennissen waren die ze niet beviel, zou zijn komst iemand verschaffen die betrekkelijk nieuw was om naar te kijken op hun Rosings-feesten, en ze zou zich kunnen amuseren om te zien hoe hopeloos de plannen van juffrouw Bingley met hem waren, door zijn gedrag tegenover zijn neef, voor wie hij blijkbaar bestemd was door Lady Catherine, die met de grootste voldoening over zijn komst sprak, met de grootste bewondering over hem sprak, en bijna boos scheen te zijn toen hij merkte dat juffrouw Lucas en haarzelf hem al vaak hadden gezien.

Zijn komst was al snel bekend bij de pastorie; want de heer Collins wandelde den geheelen morgen in het zicht van de loges, die uitkwamen op Hunsford Lane, om

de vroegste zekerheid ervan; en nadat hij zijn buiging had gemaakt toen het rijtuig het park indraaide, haastte hij zich met grote intelligentie naar huis. De volgende ochtend haastte hij zich naar Rosings om zijn respect te betuigen. Er waren twee neven van Lady Catherine die ze nodig hadden, want Mr. Darcy had een kolonel Fitzwilliam meegebracht, de jongste zoon van zijn oom, Lord ——; en, tot grote verbazing van het hele gezelschap, toen de heer Collins terugkeerde, vergezelden de heren hem. Charlotte had hen vanuit de kamer van haar man gezien, toen ze de weg overstak, en meteen tegen de ander aan rende, de meisjes vertelde wat een eer ze konden verwachten, en voegde eraan toe:

"Ik mag je bedanken, Eliza, voor dit staaltje beleefdheid. Mr. Darcy zou nooit zo snel zijn gekomen om op me te wachten."

Elizabeth had nauwelijks tijd om het compliment weg te nemen, of hun nadering werd door de deurbel aangekondigd, en kort daarna kwamen de drie heren de kamer binnen. Kolonel Fitzwilliam, die voorop ging, was ongeveer dertig jaar oud, niet knap, maar in persoon en adres zeer waarlijk de heer. Mr. Darcy zag eruit zoals hij gewend was eruit te zien in Hertfordshire, gaf zijn complimenten, met zijn gebruikelijke terughoudendheid, aan mevrouw Collins; En wat zijn gevoelens voor haar vriend ook mochten zijn, hij ontmoette haar met elke schijn van kalmte. Elizabeth groette hem alleen maar, zonder een woord te zeggen.

Kolonel Fitzwilliam knoopte direct een gesprek aan, met de bereidwilligheid en het gemak van een welopgevoed man, en praatte zeer aangenaam; maar zijn neef zat, na een kleine opmerking over het huis en de tuin aan mevrouw Collins te hebben gericht, enige tijd zonder met iemand te spreken. Eindelijk was zijn beleefdheid echter zo ver gewekt dat hij bij Elizabeth informeerde naar de gezondheid van haar familie. Ze antwoordde hem op de gebruikelijke manier; en na een korte pauze voegde hij eraan toe:

"Mijn oudste zus is al drie maanden in de stad. Heb je haar daar nooit gezien?"

Ze was volkomen bewust dat hij dat nooit had gedaan: maar ze wilde zien of hij enig besef zou verraden van wat er tussen de Bingleys en Jane was gebeurd; en ze dacht dat hij er een beetje verward uitzag toen hij antwoordde dat hij nog nooit zo gelukkig was geweest juffrouw Bennet te ontmoeten. Het onderwerp werd niet verder uitgewerkt en de heren gingen spoedig daarna weg.

Hoofdstuk XXXI

De manieren van kolonel Fitzwilliam werden zeer bewonderd in de pastorie, en de dames waren allen van mening dat hij aanzienlijk moest bijdragen aan het plezier van hun verplichtingen in Rosings. Het duurde echter een paar dagen voordat ze daar een uitnodiging kregen, want zolang er bezoek in huis was, konden ze niet nodig zijn; en het was pas op Paasdag, bijna een week na de aankomst van de heren, dat ze vereerd waren met zo'n attentie, en toen werd hun alleen maar gevraagd om bij het verlaten van de kerk te komen om er 's avonds te komen. De afgelopen week hadden ze heel weinig gezien van Lady Catherine of haar dochter. Kolonel Fitzwilliam had in die tijd meer dan eens bij de pastorie aangebeld, maar meneer Darcy hadden ze alleen in de kerk gezien.

De uitnodiging werd natuurlijk aangenomen, en op een geschikt uur voegden ze zich bij het gezelschap in de salon van Lady Catherine. Hare Majesteit ontving hen beleefd, maar het was duidelijk dat hun gezelschap geenszins zo aanvaardbaar was als wanneer zij niemand anders kon krijgen; en ze was in feite bijna in beslag genomen door haar neefjes en sprak met hen, vooral met Darcy, veel meer dan met enige andere persoon in de kamer.

Kolonel Fitzwilliam scheen werkelijk blij hen te zien: alles was een welkome opluchting voor hem bij Rosings, en de knappe vriendin van mevrouw Collins had bovendien zijn aandacht zeer getrokken. Hij ging nu naast haar zitten en sprak zo aangenaam over Kent en Hertfordshire, over reizen en thuisblijven, over nieuwe boeken en muziek, dat Elizabeth nog nooit zo goed in die kamer was vermaakt; en ze converseerden met zoveel geest en stroom dat ze de aandacht trokken van Lady Catherine zelf, evenals van Mr. Darcy. *Zijne* oogen waren spoedig en herhaaldelijk met een blik van nieuwsgierigheid op hen gericht; en dat Hare Majesteit na eenigen tijd dit gevoel deelde, werd openlijker erkend, want zij schrok er niet voor terug om te roepen:

'Wat zeg je, Fitzwilliam? Waar heb je het over? Wat zegt u tegen juffrouw Bennet? Laat me horen wat het is."

"We hadden het over muziek, mevrouw," zei hij, toen hij een antwoord niet meer kon vermijden.

"Van muziek! Bid dan, spreek hardop. Het is van alle onderwerpen mijn vreugde. Ik moet mijn aandeel hebben in het gesprek, als je het over muziek hebt. Er zijn maar weinig mensen in Engeland, denk ik, die meer echt plezier in muziek hebben dan ik, of een betere natuurlijke smaak. Als ik ooit had geleerd, zou ik een grote bekwaamheid zijn geweest. En Anne ook, als haar gezondheid het had toegelaten. Ik ben ervan overtuigd dat ze heerlijk zou hebben gepresteerd. Hoe gaat het met Georgiana, Darcy?"

Mr. Darcy sprak met liefdevolle lof over de bekwaamheid van zijn zus.

"Ik ben erg blij om zo'n goed verhaal van haar te horen," zei Lady Catherine; "En zeg haar alstublieft van mij, dat zij niet kan verwachten uit te blinken, als zij niet veel oefent."

"Ik verzeker u, mevrouw," antwoordde hij, "dat zij zulk advies niet nodig heeft. Ze oefent heel constant."

"Des te beter. Het kan niet te veel worden gedaan; en als ik haar de volgende keer schrijf, zal ik haar opdragen het in geen geval te verwaarlozen. Ik zeg vaak tegen jonge dames dat er geen uitmuntendheid in muziek kan worden verworven zonder voortdurend te oefenen. Ik heb juffrouw Bennet verschillende keren gezegd dat ze nooit echt goed zal spelen, tenzij ze meer oefent; en hoewel mevrouw Collins geen instrument heeft, is ze van harte welkom, zoals ik haar vaak heb gezegd, om elke dag naar Rosings te komen en op de pianoforte te spelen in de kamer van mevrouw Jenkinson. Ze zou niemand in de weg staan, weet je, in dat deel van het huis."

Mr. Darcy leek zich een beetje te schamen voor de slechte opvoeding van zijn tante en gaf geen antwoord.

Toen de koffie op was, herinnerde kolonel Fitzwilliam Elizabeth eraan dat ze had beloofd voor hem te spelen; En ze ging direct bij het instrument zitten. Hij trok een stoel naar haar toe. Lady Catherine luisterde naar een half lied en praatte toen, zoals vroeger, met haar andere neef; totdat deze van haar wegliep, en zich met zijn gewone beraadslaging naar de pianoforte bewoog, en zich zo opstelde dat hij het gelaat van de schone uitvoerder volledig kon zien. Elizabeth zag wat hij aan het doen was, en bij de eerste geschikte pauze wendde ze zich met een boogvormige glimlach tot hem en zei:

'Je wilt me bang maken, meneer Darcy, door in al deze staat te komen om me te horen. Maar ik zal niet gealarmeerd zijn, hoewel je zus *zo* goed speelt. Er is een koppigheid over mij die het nooit kan verdragen om bang te zijn voor de wil van anderen. Mijn moed stijgt altijd bij elke poging om me te intimideren."

"Ik zal niet zeggen dat u zich vergist," antwoordde hij, "omdat u niet echt kon geloven dat ik enig plan koesterde om u te alarmeren; en ik heb het genoegen lang genoeg met u bekend te zijn geweest om te weten dat u er veel plezier in schept af en toe meningen te verkondigen die in feite niet de uwe zijn."

Elizabeth lachte hartelijk om deze foto van zichzelf en zei tegen kolonel Fitzwilliam: "Je neef zal je een heel mooi beeld van mij geven en je leren geen woord te geloven van wat ik zeg. Ik heb vooral het ongeluk om iemand te ontmoeten die zo goed in staat is om mijn ware karakter bloot te leggen, in een deel van de wereld waar ik had gehoopt mezelf met een zekere mate van krediet te laten doorgaan. Inderdaad, meneer Darcy, het is erg onedelmoedig van u om alles te noemen wat u in Hertfordshire in mijn nadeel wist - en, sta me toe het te zeggen, ook erg onpolitiek - want het provoceert me om wraak te nemen, en er kunnen zulke dingen naar buiten komen die uw relaties zullen schokken om te horen.

"Ik ben niet bang voor je," zei hij glimlachend.

"Laat me alsjeblieft horen waarvan je hem moet beschuldigen," riep kolonel Fitzwilliam. "Ik zou graag willen weten hoe hij zich gedraagt onder vreemden."

'Je zult het dan horen, maar bereid je voor op iets heel vreselijks. De eerste keer dat ik hem ooit in Hertfordshire zag, moet je weten, was op een bal - en op dit bal, wat denk je dat hij deed? Hij danste slechts vier dansen! Het spijt me dat ik je pijn doe, maar zo was het. Hij danste slechts vier dansen, hoewel heren schaars waren; En, voor zover ik weet, zat er meer dan één jongedame die een partner nodig had. Meneer Darcy, u kunt het feit niet ontkennen.

"Ik had op dat moment niet de eer om een dame in de vergadering te kennen buiten mijn eigen partij."

"Dat klopt; En niemand kan ooit in een balzaal worden geïntroduceerd. Wel, kolonel Fitzwilliam, wat moet ik nu spelen? Mijn vingers wachten op uw bevelen."

"Misschien," zei Darcy, "had ik beter moeten oordelen als ik een introductie had gezocht, maar ik ben slecht gekwalificeerd om mezelf aan vreemden aan te bevelen."

"Zullen we je neef vragen wat de reden hiervan is?" zei Elizabeth, zich nog steeds tot kolonel Fitzwilliam richtend. "Zullen we hem vragen waarom een man met verstand en opleiding, die in de wereld heeft geleefd, slecht gekwalificeerd is om zichzelf aan vreemden aan te bevelen?"

"Ik kan uw vraag beantwoorden," zei Fitzwilliam, "zonder mij tot hem te wenden. Het is omdat hij zichzelf de moeite niet zal geven."

"Ik heb zeker niet het talent dat sommige mensen bezitten," zei Darcy, "om gemakkelijk te converseren met degenen die ik nog nooit eerder heb gezien. Ik kan hun gesprekstoon niet opvangen, of geïnteresseerd lijken in hun zorgen, zoals ik vaak zie gebeuren."

"Mijn vingers," zei Elizabeth, "bewegen niet op de meesterlijke manier over dit instrument zoals ik zoveel vrouwen zie doen. Ze hebben niet dezelfde kracht of snelheid en brengen niet dezelfde uitdrukking voort. Maar dan heb ik altijd gedacht dat het mijn eigen schuld was, omdat ik niet de moeite wilde nemen om te oefenen. Het is niet dat ik niet geloof dat *mijn* vingers net zo goed in staat zijn als die van elke andere vrouw om superieur uit te voeren."

Darcy glimlachte en zei: 'Je hebt helemaal gelijk. Je hebt je tijd veel beter benut. Niemand heeft het voorrecht gehad om te horen dat je alles kunt denken wat ontbreekt. We treden geen van beiden op voor vreemden."

Hier werden ze onderbroken door Lady Catherine, die riep om te weten waar ze het over hadden. Elizabeth begon meteen weer te spelen. Lady Catherine kwam dichterbij en zei, na een paar minuten te hebben geluisterd, tegen Darcy:

"Juffrouw Bennet zou helemaal niet verkeerd spelen als ze meer oefende, en het voordeel kon hebben van een Londense meester. Ze heeft een heel goed idee van vingeren, hoewel haar smaak niet gelijk is aan die van Anne. Anne zou een verrukkelijke artiest zijn geweest, als haar gezondheid haar in staat had gesteld om te leren."

Elizabeth keek naar Darcy, om te zien hoe hartelijk hij instemde met de lof van zijn neef: maar noch op dat moment, noch op enig ander moment kon ze enig teken van liefde ontdekken; en uit heel zijn gedrag tegenover juffrouw De Bourgh ontleende ze deze troost voor juffrouw Bingley, dat hij net zo goed met haar zou hebben kunnen trouwen. Was zij zijn familie geweest.

Lady Catherine vervolgde haar opmerkingen over Elizabeth's optreden en mengde er veel instructies over uitvoering en smaak mee. Elisabet ontving hen met alle verdraagzaamheid van beleefdheid; en op verzoek van de heren bleef hij bij het instrument totdat het rijtuig van Hare Majesteit gereed was om hen allen naar huis te brengen.

Hoofdstuk XXXII

Elizabeth zat de volgende morgen alleen en schreef aan Jane, terwijl mevrouw Collins en Maria voor zaken naar het dorp gingen, toen ze werd opgeschrikt door een bel aan de deur, het zekere teken van een bezoeker. Omdat ze geen koets had gehoord, dacht ze dat het niet onwaarschijnlijk was dat het Lady Catherine was; en onder die vrees was ze haar half voltooide brief aan het opbergen, zodat ze aan alle onbeschaamde vragen kon ontsnappen, toen de deur openging en tot haar grote verbazing Mr. Darcy, en Mr. Darcy alleen, de kamer binnenkwam.

Hij scheen ook verbaasd toen hij haar alleen aantrof, en verontschuldigde zich voor zijn inmenging, door haar te laten weten dat hij had begrepen dat alle dames binnen waren.

Ze gingen toen zitten, en toen haar vragen naar Rosings werden gesteld, leek het alsof ze in totale stilte dreigde weg te zinken. Het was dus absoluut noodzakelijk om iets te bedenken; en in deze noodsituatie, zich herinnerend *wanneer* ze hem voor het laatst in Hertfordshire had gezien, en nieuwsgierig was naar wat hij zou zeggen over hun overhaaste vertrek, merkte ze op:

"Hoe plotseling hebben jullie Netherfield afgelopen november verlaten, meneer Darcy! Het moet een zeer aangename verrassing zijn geweest voor meneer Bingley om u allen zo spoedig achter hem aan te zien; want, als ik het me goed herinner, is hij pas de dag ervoor gegaan. Ik hoop dat het goed ging met hem en zijn zussen toen je Londen verliet?"

"Perfect, ik dank u."

Ze merkte dat ze geen ander antwoord zou krijgen; en voegde er na een korte pauze aan toe:

"Ik denk dat ik begrepen heb dat meneer Bingley niet veel idee heeft om ooit nog naar Netherfield terug te keren?"

"Dat heb ik hem nooit horen zeggen; Maar het is waarschijnlijk dat hij daar in de toekomst heel weinig van zijn tijd zal doorbrengen. Hij heeft veel vrienden en hij bevindt zich in een tijd van zijn leven waarin vrienden en engagementen voortdurend toenemen."

"Als hij van plan is maar klein te zijn in Netherfield, zou het beter zijn voor de buurt dat hij de plaats helemaal opgeeft, want dan zouden we daar misschien een vaste familie kunnen krijgen. Maar misschien nam meneer Bingley het huis niet zozeer voor het gemak van de buurt als wel voor zijn eigen huis, en we moeten verwachten dat hij het volgens hetzelfde principe zal houden of verlaten."

"Het zou me niet verbazen," zei Darcy, "als hij het zo snel zou opgeven als er een in aanmerking komende aankoop wordt aangeboden."

Elizabeth gaf geen antwoord. Ze was bang om nog langer over zijn vriend te praten; en omdat hij niets anders te zeggen had, was hij nu vastbesloten de moeite van het vinden van een onderwerp aan hem over te laten.

Hij begreep de hint en begon al snel met: "Dit lijkt een zeer comfortabel huis. Lady Catherine, geloof ik, heeft er veel aan gedaan toen meneer Collins voor het eerst naar Hunsford kwam."

"Ik geloof dat ze dat deed - en ik ben er zeker van dat ze haar vriendelijkheid niet aan een dankbaarder object had kunnen schenken."

"Meneer Collins lijkt erg gelukkig te zijn met zijn keuze van een vrouw."

"Ja, inderdaad; Zijn vrienden zullen zich misschien verheugen in het feit dat hij een van de weinige verstandige vrouwen heeft ontmoet die hem zouden hebben geaccepteerd, of hem gelukkig zouden hebben gemaakt als ze dat wel hadden gedaan. Mijn vriendin heeft een uitstekend verstand - hoewel ik er niet zeker van ben dat ik haar trouwen met meneer Collins beschouw als het verstandigste wat ze ooit heeft gedaan. Ze lijkt echter volmaakt gelukkig; En, in een prudentieel licht, is het zeker een zeer goede match voor haar."

"Het moet voor haar heel aangenaam zijn om zich op zo'n gemakkelijke afstand van haar eigen familie en vrienden te vestigen."

"Een gemakkelijke afstand, noem je dat? Het is bijna vijftig mijl."

"En wat is vijftig mijl goede weg? Iets meer dan een halve dag reizen. Ja, ik noem het een heel gemakkelijke afstand."

"Ik had de afstand nooit als een van de *voordelen* van de wedstrijd moeten beschouwen", riep Elizabeth. "Ik had nooit moeten zeggen dat mevrouw Collins zich *in de buurt van* haar familie had gevestigd."

"Het is een bewijs van je eigen gehechtheid aan Hertfordshire. Alles wat verder gaat dan de buurt van Longbourn, veronderstel ik, zou ver weg lijken."

Terwijl hij sprak, was er een soort glimlach, die Elizabeth meende te begrijpen; hij moest veronderstellen dat ze aan Jane en Netherfield dacht, en ze bloosde toen ze antwoordde:

"Ik wil niet zeggen dat een vrouw zich niet te dicht bij haar familie mag vestigen. Het verre en het nabije moeten relatief zijn en afhankelijk zijn van veel verschillende omstandigheden. Waar het geluk de kosten van reizen onbelangrijk maakt, wordt afstand geen kwaad. Maar dat is hier niet het geval. De heer en mevrouw Collins hebben een comfortabel inkomen, maar niet een inkomen dat frequente reizen mogelijk maakt - en ik ben ervan overtuigd dat mijn vriendin zich niet in *de buurt van* haar familie zou noemen op minder dan de *helft* van de huidige afstand."

Mr. Darcy trok zijn stoel een beetje naar haar toe en zei: '*Je* kunt geen recht hebben op zo'n zeer sterke lokale gehechtheid. *Je* kunt niet altijd in Longbourn zijn geweest."

Elizabeth keek verbaasd. De heer ervoer een verandering van gevoel; Hij schoof zijn stoel naar achteren, nam een krant van de tafel, wierp er een blik op en zei met een koudere stem:

"Ben je tevreden met Kent?"

Er volgde een korte dialoog over het onderwerp van het land, aan beide kanten kalm en bondig - en al snel beëindigd door de binnenkomst van Charlotte en haar zus, net teruggekeerd van hun wandeling. De *tête-à-tête* verraste hen. Mr. Darcy vertelde over de vergissing die hem ertoe had gebracht juffrouw Bennet binnen te dringen, en na een paar minuten langer te hebben gezeten, ging hij weg zonder veel tegen iemand te zeggen.

"Wat kan dit te betekenen hebben?" vroeg Charlotte, zodra hij weg was. "Mijn lieve Eliza, hij moet verliefd op je zijn, anders zou hij ons nooit op deze vertrouwde manier hebben opgeroepen."

Maar toen Elizabeth vertelde over zijn zwijgen, leek het niet erg waarschijnlijk, zelfs niet voor Charlotte's wensen, dat dit het geval zou zijn; En na verschillende gissingen konden ze ten slotte alleen maar veronderstellen dat zijn bezoek voortkwam uit de moeilijkheid om iets te doen te vinden, wat des te waarschijnlijker was gezien de tijd van het jaar. Alle veldsporten waren voorbij. Binnen was Lady Catherine, boeken en een biljarttafel, maar heren kunnen niet altijd binnen zijn; en in de nabijheid van de pastorie, of de aangenaamheid van de wandeling ernaartoe, of van de mensen die erin woonden, vonden de twee neven een verleiding uit deze periode om er bijna elke dag heen te wandelen. Ze belden op verschillende momenten van de ochtend, soms apart, soms samen, en af en toe vergezeld door hun tante. Het was voor hen allen duidelijk dat kolonel Fitzwilliam kwam omdat hij plezier had in hun gezelschap, een overtuiging die hem natuurlijk nog meer beval; en Elizabeth werd herinnerd door haar eigen voldoening om bij hem te zijn, evenals door zijn duidelijke bewondering, aan haar vroegere favoriet, George Wickham; en hoewel ze, toen ze ze vergeleken, zag dat er minder innemende zachtheid was in de manieren van kolonel Fitzwilliam, geloofde ze dat hij misschien de best geïnformeerde geest had.

Maar waarom Mr. Darcy zo vaak naar de pastorie kwam, was moeilijker te begrijpen. Het kon niet voor de samenleving zijn, want hij zat daar vaak tien minuten samen zonder zijn lippen open te doen; En als hij sprak, leek het eerder het gevolg van noodzaak dan van keuze - een offer aan het fatsoen, niet een genoegen voor zichzelf. Hij leek zelden echt geanimeerd. Mevrouw Collins wist niet wat ze van hem moest denken. Dat kolonel Fitzwilliam af en toe lachte om zijn domheid, bewees dat hij over het algemeen anders was, wat haar eigen kennis van hem haar niet had kunnen vertellen; en omdat ze graag had willen geloven dat deze verandering de uitwerking van de liefde was, en het voorwerp van die liefde haar vriendin Eliza, zette ze zich ernstig aan het werk om het te weten te komen: ze keek naar hem als ze in Rosings waren, en als hij naar Hunsford kwam; maar zonder veel succes. Hij keek zeker veel naar haar vriendin, maar de uitdrukking van die blik was discutabel. Het was een ernstige, standvastige blik, maar ze betwijfelde vaak of er wel veel bewondering in zat, en soms leek het niets anders dan afwezigheid van geest.

Ze had Elizabeth een of twee keer de mogelijkheid geopperd dat hij een voorliefde voor haar zou hebben, maar Elizabeth lachte altijd om het idee; en mevrouw Collins vond het niet juist om op het onderwerp aan te dringen, omdat ze gevaar liep verwachtingen te wekken die alleen maar op teleurstelling zouden kunnen uitlopen; want naar haar mening bestond er geen twijfel over dat alle afkeer van haar vriend zou verdwijnen, als ze kon veronderstellen dat hij in haar macht was.

In haar vriendelijke plannen voor Elizabeth, plande ze soms haar huwelijk met kolonel Fitzwilliam. Hij was, zonder vergelijking, de aangenaamste man: hij bewonderde haar zeker, en zijn positie in het leven kwam het meest in aanmerking; maar om deze voordelen te compenseren, had Mr. Darcy een aanzienlijke klandizie in de kerk, en zijn neef kon er helemaal geen hebben.

Hoofdstuk XXXIII

Meer dan eens ontmoette Elizabeth, tijdens haar zwerftocht door het park, onverwachts Mr. Darcy. Ze voelde al de perversiteit van het ongeluk dat hem zou brengen waar niemand anders was gebracht; En om te voorkomen dat het ooit weer zou gebeuren, zorgde ze ervoor dat ze hem eerst meedeelde dat het een favoriete plek van haar was. Hoe het een tweede keer kon gebeuren, was daarom heel vreemd! Toch deed het dat, en zelfs de derde. Het leek op opzettelijke kwaadaardigheid, of een vrijwillige boetedoening; Want bij deze gelegenheden was het niet slechts een paar formele vragen en een ongemakkelijke pauze en dan weer weg, maar hij vond het eigenlijk nodig om terug te keren en met haar mee te lopen. Hij zei nooit veel, en ze nam ook niet de moeite om te praten of veel te luisteren; maar het viel haar in de loop van hun derde ontmoeting op dat hij een paar vreemde, losstaande vragen stelde - over haar plezier om in Hunsford te zijn, haar liefde voor eenzame wandelingen en haar mening over het geluk van meneer en mevrouw Collins; en dat hij, toen hij over Rosings sprak, en dat zij het huis niet volkomen begreep, scheen te verwachten dat wanneer zij weer in Kent kwam, zij *daar ook zou verblijven* . Zijn woorden leken het te impliceren. Zou hij kolonel Fitzwilliam in zijn gedachten hebben? Ze veronderstelde dat, als hij iets bedoelde, hij een toespeling moest maken op wat er in die wijk zou kunnen gebeuren. Het verontrustte haar een beetje, en ze was heel blij toen ze zich bij de poort in de palen tegenover de pastorie bevond.

Op een dag was ze bezig met het doorlezen van Jane's laatste brief en stond ze stil bij enkele passages die bewezen dat Jane niet in geesten had geschreven, toen ze, in plaats van opnieuw verrast te worden door Mr. Darcy, zag, toen ze opkeek, dat kolonel Fitzwilliam haar ontmoette. Ze stopte de brief onmiddellijk weg en dwong een glimlach af en zei:

"Ik wist niet eerder dat je ooit op deze manier hebt gelopen."

"Ik heb een rondje door het park gemaakt," antwoordde hij, "zoals ik gewoonlijk elk jaar doe, en ik was van plan het af te sluiten met een bezoek aan de pastorie. Ga je nog veel verder?"

"Nee, ik had me zo moeten omdraaien."

En dus draaide ze zich om, en ze liepen samen naar de pastorie.

"Ga je zaterdag zeker weg uit Kent?" zei ze.

'Ja, als Darcy het niet nog een keer uitstelt. Maar ik sta tot zijn beschikking. Hij regelt de zaak zoals hij wil."

"En als hij niet in staat is zichzelf te plezieren in de regeling, heeft hij op zijn minst veel plezier in de kracht van de keuze. Ik ken niemand die meer lijkt te genieten van de kracht om te doen wat hij leuk vindt dan Mr. Darcy."

"Hij houdt er heel goed van om zijn eigen weg te gaan," antwoordde kolonel Fitzwilliam. "Maar dat doen we allemaal. Het is alleen dat hij betere middelen heeft om het te krijgen dan vele anderen, omdat hij rijk is en vele anderen arm. Ik spreek met gevoel. Een jongere zoon, weet je, moet gewend zijn aan zelfverloochening en afhankelijkheid."

"Naar mijn mening kan de jongste zoon van een graaf van beide heel weinig weten. Nu, serieus, wat heb je ooit geweten van zelfverloochening en afhankelijkheid? Wanneer ben je door gebrek aan geld verhinderd om te gaan en staan waar je maar wilt, of om iets te kopen waar je zin in had?"

'Dit zijn vragen van thuis — en misschien kan ik niet zeggen dat ik veel van dat soort ontberingen heb meegemaakt. Maar in zaken van groter gewicht kan ik lijden aan gebrek aan geld. Jongere zonen kunnen niet trouwen waar ze willen."

"Tenzij ze van fortuinlijke vrouwen houden, wat ik denk dat ze heel vaak doen."

"Onze gewoonten van uitgaven maken ons te afhankelijk, en er zijn niet veel in mijn rang van leven die het zich kunnen veroorloven om te trouwen zonder enige aandacht voor geld."

"Is dit," dacht Elizabeth, "voor mij bestemd?" en ze kleurde bij het idee; maar toen ze zich herstelde, zei ze op levendige toon: "En zeg eens, wat is de gebruikelijke prijs van de jongste zoon van een graaf? Tenzij de oudere broer erg ziekelijk is, neem ik aan dat je niet meer dan vijftigduizend pond zou vragen."

Hij antwoordde haar in dezelfde stijl en het onderwerp viel weg. Om een stilte te onderbreken die hem zou kunnen doen denken dat ze getroffen was door wat er gebeurd was, zei ze kort daarna:

'Ik stel me voor dat je neef je voornamelijk meenam om iemand tot zijn beschikking te hebben. Het verbaast me dat hij niet trouwt, om zo'n blijvend gemak te verzekeren. Maar misschien doet zijn zus het voorlopig ook goed; En omdat ze alleen onder zijn hoede is, mag hij met haar doen wat hij wil."

"Neen," zeide kolonel Fitzwilliam, "dat is een voordeel, dat hij met mij moet delen. Ik ben met hem verenigd in de voogdij van Miss Darcy."

"Bent u dat inderdaad? En bid, wat voor soort bewaker maakt u? Geeft uw lading u veel problemen? Jonge dames van haar leeftijd zijn soms een beetje moeilijk te managen; en als ze de ware Darcy-geest heeft, wil ze misschien graag haar eigen weg gaan."

Terwijl ze sprak, zag ze dat hij haar ernstig aankeek; en de manier waarop hij haar onmiddellijk vroeg waarom ze dacht dat Miss Darcy hen waarschijnlijk enig onbehagen zou bezorgen, overtuigde haar ervan dat ze op de een of andere manier aardig in de buurt van de waarheid was gekomen. Ze antwoordde direct:

"Je hoeft niet bang te zijn. Ik heb nooit iets kwaads van haar gehoord; en ik durf te zeggen dat ze een van de meest handelbare wezens ter wereld is. Ze is een zeer grote favoriet bij enkele dames van mijn kennissen, Mrs. Hurst en Miss Bingley. Ik geloof dat ik je heb horen zeggen dat je ze kent."

"Ik ken ze een beetje. Hun broer is een aangename, gentleman-achtige man - hij is een goede vriend van Darcy."

"O ja," zei Elizabeth droogjes, "Mr. Darcy is buitengewoon aardig voor Mr. Bingley en zorgt wonderbaarlijk veel voor hem."

"Zorg voor hem! Ja, ik geloof echt dat Darcy voor hem zorgt op die punten waar hij het meest zorg wil. Uit iets dat hij me vertelde tijdens onze reis hierheen, heb ik reden om te denken dat Bingley hem veel verschuldigd is. Maar ik zou hem om vergiffenis moeten smeken, want ik heb niet het recht om te veronderstellen dat Bingley de bedoelde persoon was. Het was allemaal giswerk."

"Wat bedoel je?"

"Het is een omstandigheid die Darcy natuurlijk niet algemeen bekend zou willen maken, want als het bij de familie van de dame zou aankomen, zou het een onaangename zaak zijn."

"U kunt er zeker van zijn dat ik het niet noem."

"En vergeet niet dat ik niet veel reden heb om aan te nemen dat het Bingley is. Wat hij me vertelde was alleen dit: dat hij zichzelf feliciteerde met het feit dat hij onlangs een vriend had gered van de ongemakken van een zeer onvoorzichtig huwelijk, maar zonder namen of andere bijzonderheden te noemen; en ik vermoedde alleen dat het Bingley was, omdat ik geloofde dat hij het soort jongeman was dat zo'n schram kreeg, en omdat ik wist dat ze de hele afgelopen zomer samen waren geweest."

"Heeft meneer Darcy u zijn redenen voor deze inmenging gegeven?"

"Ik begreep dat er enkele zeer sterke bezwaren tegen de dame waren."

"En welke kunsten gebruikte hij om ze te scheiden?"

"Hij sprak niet met mij over zijn eigen kunsten," zei Fitzwilliam glimlachend. "Hij heeft me alleen verteld wat ik je nu heb verteld."

Elizabeth antwoordde niet en liep verder, haar hart zwol op van verontwaardiging. Nadat hij haar een beetje had bekeken, vroeg Fitzwilliam haar waarom ze zo attent was.

"Ik denk aan wat je me hebt verteld," zei ze. "Het gedrag van je neef past niet bij mijn gevoelens. Waarom zou hij de rechter zijn?"

"Gij zijt eerder geneigd zijn bemoeienis officieus te noemen?"

"Ik zie niet in welk recht meneer Darcy had om te beslissen over de gepastheid van de neiging van zijn vriend; of waarom hij, alleen naar eigen oordeel, moest bepalen en sturen op welke manier die vriend gelukkig moest zijn. Maar," vervolgde ze, zich herinnerend, "omdat we geen van de bijzonderheden kennen, is het niet eerlijk om hem te veroordelen. Het is niet te veronderstellen dat er veel genegenheid in de zaak was."

"Dat is geen onnatuurlijk vermoeden," zei Fitzwilliam; "Maar het vermindert de eer van de triomf van mijn neef heel jammerlijk."

Dit werd schertsend gezegd, maar het leek haar zo precies een beeld van Mr. Darcy, dat ze zichzelf geen antwoord wilde geven; en daarom, het gesprek abrupt veranderend, sprak ze over onverschillige zaken totdat ze de pastorie bereikten. Daar, opgesloten in haar eigen kamer, kon ze, zodra hun bezoeker hen verliet, zonder onderbreking denken aan alles wat ze had gehoord. Het was niet te veronderstellen dat er andere mensen konden worden bedoeld dan degenen met wie ze verbonden was. Er zouden in de wereld geen *twee mannen kunnen bestaan* op wie Mr. Darcy zo'n grenzeloze invloed zou kunnen hebben. Dat hij betrokken was geweest bij de maatregelen die waren genomen om meneer Bingley en Jane te scheiden, had ze nooit betwijfeld; maar ze had altijd het voornaamste ontwerp en de opstelling ervan aan juffrouw Bingley toegeschreven. Als zijn eigen ijdelheid hem echter niet misleidde, *was hij* de oorzaak - zijn trots en grillen waren de oorzaak - van alles wat Jane had geleden en nog steeds leed. Hij had voor een tijdje elke hoop op geluk verpest voor het meest aanhankelijke, edelmoedige hart ter wereld; En niemand kon zeggen hoe blijvend het kwaad was dat hij had kunnen aanrichten.

"Er waren enkele zeer sterke bezwaren tegen de dame," waren de woorden van kolonel Fitzwilliam; en deze sterke bezwaren waren waarschijnlijk, dat zij een oom had die landsadvocaat was, en een andere die zaken deed in Londen.

'Voor Jane zelf,' riep ze uit, 'zou er geen mogelijkheid van bezwaar kunnen zijn, alle lieflijkheid en goedheid zoals ze is! Haar begrip uitstekend, haar geest verbeterd en haar manieren boeiend. Evenmin kon er iets worden aangevoerd tegen mijn vader, die, hoewel met enkele eigenaardigheden, capaciteiten heeft die Mr. Darcy zelf niet hoeft te minachten, en respectabiliteit die hij waarschijnlijk nooit zal bereiken. Toen ze aan haar moeder dacht, bezweek haar zelfvertrouwen inderdaad een beetje; maar ze zou niet toestaan dat eventuele bezwaren *daar* materieel gewicht hadden bij Mr. Darcy, wiens trots, ze was ervan overtuigd, een diepere wond zou krijgen door het gebrek aan belang in de connecties van zijn vriend dan door hun gebrek aan verstand; en ze was eindelijk helemaal vastbesloten, dat hij gedeeltelijk door deze ergste soort trots was geregeerd, en deels door de wens om Mr. Bingley voor zijn zus te behouden.

De opwinding en tranen die het onderwerp veroorzaakte, veroorzaakten hoofdpijn; en het werd tegen de avond zoveel erger dat, gevoegd bij haar onwil om meneer Darcy te zien, het haar besloot niet naar haar neven en nichten te gaan naar Rosings, waar ze verloofd waren om thee te drinken. Mevrouw Collins, die zag dat ze zich echt niet goed voelde, drong er niet bij haar op aan om te gaan, en verhinderde zoveel mogelijk dat haar man haar onder druk zette; maar de heer Collins kon zijn vrees niet verbergen dat Lady Catherine nogal ontevreden was over het feit dat ze thuis bleef.

Hoofdstuk XXXIV

Toen ze weg waren, koos Elizabeth, alsof ze van plan was zich zoveel mogelijk te ergeren aan meneer Darcy, voor haar werk het onderzoek van alle brieven die Jane haar had geschreven sinds ze in Kent was. Ze bevatten geen echte klacht, noch was er enige herleving van gebeurtenissen uit het verleden, of enige communicatie van huidig lijden. Maar in alles, en in bijna elke regel van elk, ontbrak het aan die opgewektheid die haar stijl had gekenmerkt, en die, voortkomend uit de sereniteit van een geest die zich op zijn gemak voelde en iedereen vriendelijk gezind was, bijna nooit was vertroebeld. Elizabeth merkte elke zin op die het idee van onbehagen uitdrukte, met een aandacht die ze nauwelijks bij de eerste lezing had gekregen. Mr. Darcy's beschamende opschepperij over de ellende die hij had kunnen veroorzaken, gaf haar een scherper gevoel van het lijden van haar zus. Het was een troost te denken, dat zijn bezoek aan Rosings overmorgen zou eindigen, en nog groter, dat zij over minder dan veertien dagen zelf weer bij Jane zou zijn, en in staat zou zijn om bij te dragen tot het herstel van haar geest, met alles wat genegenheid kon doen.

Ze kon er niet aan denken dat Darcy Kent zou verlaten zonder zich te herinneren dat zijn neef met hem mee zou gaan; maar kolonel Fitzwilliam had duidelijk gemaakt dat hij helemaal niets van plan was, en, hoe aangenaam hij ook was, ze was niet van plan ongelukkig met hem te zijn.

Terwijl ze dit punt beslechtte, werd ze plotseling gewekt door het geluid van de deurbel; en haar geest werd een beetje opgeschrikt door de gedachte dat het kolonel Fitzwilliam zelf was, die al eens eerder 's avonds laat had gebeld en nu misschien in het bijzonder naar haar zou komen informeren. Maar dit idee werd al snel verbannen en haar geest werd heel anders beïnvloed, toen ze tot haar stomme verbazing Mr. Darcy de kamer zag binnenlopen. Haastig begon hij onmiddellijk een onderzoek naar haar gezondheid, waarbij hij zijn bezoek toeschreef aan de wens om te horen dat ze beter was. Ze antwoordde hem met koude beleefdheid. Hij ging een paar ogenblikken zitten en stond toen op en liep door de kamer. Elizabeth was verrast, maar zei geen woord. Na een stilte van enkele minuten kwam hij op een geagiteerde manier naar haar toe en begon aldus:

"Tevergeefs heb ik geworsteld. Het zal niet doen. Mijn gevoelens zullen niet onderdrukt worden. Je moet me toestaan je te vertellen hoe vurig ik je bewonder en liefheb."

Elizabeths verbazing was onuitsprekelijk. Ze staarde, kleurde, twijfelde en zweeg. Dit beschouwde hij als voldoende aanmoediging, en de bekentenis van alles wat hij voor haar voelde en al lang had gevoeld, volgde onmiddellijk. Hij sprak goed; Maar er waren ook gevoelens naast die van het hart, om in detail te worden beschreven, en hij was niet welsprekender op het gebied van tederheid dan van trots. Zijn gevoel van haar minderwaardigheid, van het feit dat het een vernedering was, van de obstakels van het gezin die het oordeel altijd tegen de neiging had verzet, werd besproken met een warmte die te wijten scheen aan het gevolg dat hij kwetste, maar het was zeer onwaarschijnlijk dat het zijn pak zou aanbevelen.

Ondanks haar diepgewortelde afkeer kon ze niet ongevoelig zijn voor het compliment van de genegenheid van zo'n man, en hoewel haar bedoelingen geen moment veranderden, had ze eerst spijt van de pijn die hij zou ondergaan; totdat ze door zijn latere taal tot wrok werd gewekt, verloor ze alle mededogen in woede. Ze probeerde zich echter te beheersen om hem met geduld te antwoorden, terwijl hij dat had moeten doen. Hij eindigde met haar de kracht van die gehechtheid voor te stellen, die hij ondanks al zijn inspanningen onmogelijk had kunnen overwinnen; en met het uitspreken van zijn hoop dat het nu beloond zou worden door haar aanvaarding van zijn hand. Terwijl hij dit zei, kon ze gemakkelijk zien dat hij niet twijfelde aan een gunstig antwoord. Hij *sprak* van vrees en angst, maar zijn gelaat drukte echte zekerheid uit. Zo'n omstandigheid kon alleen maar erger worden; En toen hij ophield, steeg de kleur op haar wangen en ze zei:

"In gevallen als deze is het, geloof ik, de gevestigde manier om een gevoel van verplichting uit te drukken voor de gevoelens die worden beleden, hoe ongelijk ze ook mogen worden beantwoord. Het is natuurlijk dat ik verplicht ben, en als ik *dankbaarheid zou kunnen voelen*, zou ik u nu bedanken. Maar dat kan ik niet - ik heb nooit naar uw goede mening verlangd, en u hebt die zeker zeer onwillig gegeven. Het spijt me dat ik iemand pijn heb gedaan. Het is echter zeer onbewust gedaan en ik hoop dat het van korte duur zal zijn. De gevoelens waarvan u mij zegt dat ze de erkenning van uw achting lang hebben verhinderd, kunnen na deze uitleg weinig moeite hebben om ze te overwinnen."

Mr. Darcy, die tegen de schoorsteenmantel leunde met zijn ogen op haar gezicht gericht, leek haar woorden met niet minder wrok dan verbazing op te vangen. Zijn gelaatskleur werd bleek van woede en de verstoring van zijn geest was zichtbaar in elk gelaat. Hij worstelde om de schijn van kalmte te wekken en wilde zijn lippen niet openen voordat hij geloofde dat hij die had bereikt. De pauze was voor Elizabeth's gevoelens vreselijk. Eindelijk, met een stem van geforceerde kalmte, zei hij:

"En dit is al het antwoord dat ik de eer heb te verwachten! Misschien wil ik weten waarom ik, met zo weinig *moeite* tot beleefdheid, zo wordt afgewezen. Maar het is van weinig belang."

"Ik kan net zo goed vragen," antwoordde ze, "waarom je me met zo'n duidelijk plan om me te beledigen en te beledigen, hebt besloten me te vertellen dat je me leuk vond tegen je wil, tegen je verstand en zelfs tegen je karakter? Was dit niet een excuus voor onbeleefdheid, als ik onbeleefd was? Maar ik heb andere provocaties. Je weet dat ik dat heb. Als mijn eigen gevoelens niet tegen u hadden beslist, als ze onverschillig waren geweest, of zelfs als ze zelfs gunstig waren geweest, denkt u dan dat enige overweging mij zou verleiden de man te aanvaarden die het middel is geweest om het geluk van een zeer geliefde zuster misschien voor altijd te ruïneren?"

Terwijl ze deze woorden uitsprak, veranderde Mr. Darcy van kleur; Maar de emotie was van korte duur, en hij luisterde zonder te proberen haar in de rede te vallen, terwijl zij voortging:

"Ik heb alle reden van de wereld om slecht over je te denken. Geen enkel motief kan een excuus zijn voor de onrechtvaardige en onedelmoedige rol die je daar hebt gespeeld. Je durft niet, je kunt niet ontkennen dat je het belangrijkste, zo niet het enige middel bent geweest om ze van elkaar te scheiden, om de een bloot te stellen aan de afkeuring van de wereld vanwege willekeur en instabiliteit, de ander aan haar spot vanwege teleurgestelde verwachtingen, en hen beiden te betrekken bij ellende van de scherpste soort.

Ze zweeg even en zag met niet de minste verontwaardiging dat hij luisterde met een air die bewees dat hij geheel onbewogen was door enig gevoel van wroeging. Hij keek haar zelfs aan met een glimlach van geaffecteerd ongeloof.

"Kun je ontkennen dat je het hebt gedaan?" herhaalde ze.

Met veronderstelde kalmte antwoordde hij toen: "Ik wil niet ontkennen dat ik alles heb gedaan wat in mijn vermogen lag om mijn vriend van je zus te scheiden, of dat ik me verheug over mijn succes. Tegenover *hem* ben ik vriendelijker geweest dan tegenover mezelf."

Elizabeth verachtte de schijn van het opmerken van deze beschaafde overpeinzing, maar de betekenis ervan ontging haar niet, en het was ook niet waarschijnlijk dat het haar zou verzoenen.

"Maar het is niet alleen deze zaak," vervolgde ze, "waarop mijn afkeer is gebaseerd. Lang voordat het had plaatsgevonden, stond mijn mening over jou al vast. Uw karakter werd ontvouwd in de overweging die ik vele maanden geleden van de heer Wickham ontving. Wat kunt u over dit onderwerp zeggen? In welke denkbeeldige daad van vriendschap kun je je hier verdedigen? Of op grond van welke verkeerde voorstelling van zaken kunt u hier anderen opleggen?"

'Je hebt gretige belangstelling voor de zorgen van die heer,' zei Darcy, op een minder rustige toon en met een verhoogde kleur.

"Wie weet wat zijn tegenslagen zijn geweest, kan het helpen dat hij interesse in hem voelt?"

"Zijn tegenslagen!" herhaalde Darcy minachtend, "ja, zijn tegenslagen zijn inderdaad groot geweest."

"En van uw toebrenging," riep Elizabeth energiek; 'Je hebt hem teruggebracht tot zijn huidige staat van armoede - betrekkelijke armoede. Je hebt de voordelen onthouden waarvan je moet weten dat ze voor hem zijn ontworpen. Je hebt de beste jaren van zijn leven beroofd van die onafhankelijkheid die hem niet minder toekwam dan zijn woestijn. Je hebt dit allemaal gedaan! En toch kun je de vermelding van zijn tegenslagen met minachting en spot behandelen."

"En dit," riep Darcy, terwijl hij met snelle stappen door de kamer liep, "is jouw mening over mij! Dit is de schatting waarin je me houdt! Ik dank u voor uw volledige toelichting. Mijn fouten zijn, volgens deze berekening, inderdaad zwaar! Maar misschien," voegde hij er bij, terwijl hij zijn wandeling onderbrak en zich naar haar omkeerde, "zouden deze overtredingen over het hoofd gezien hebben kunnen worden, als uw trots niet gekrenkt was door mijn eerlijke bekentenis van de scrupules die mij lange tijd hadden verhinderd een serieus plan te vormen. Deze bittere beschuldigingen hadden onderdrukt kunnen worden, als ik met meer beleid mijn strijd had verborgen en u had gevleid in de overtuiging dat ik gedreven werd door ongekwalificeerde, onvermengde neigingen; door de rede, door reflectie, door alles. Maar elke vorm van vermomming is mijn afschuw. Ik schaam me ook niet voor de gevoelens die ik vertelde. Ze waren natuurlijk en rechtvaardig. Zou je van mij kunnen verwachten dat ik me verheug over de minderwaardigheid van je connecties, dat ik mezelf feliciteer met de hoop op relaties wier levenstoestand zo beslist beneden de mijne is?"

Elizabeth voelde zich elk moment bozer worden; Toch probeerde ze tot het uiterste te spreken met kalmte toen ze zei:

"U vergist zich, meneer Darcy, als u veronderstelt dat de wijze van uw verklaring mij op een andere manier heeft beïnvloed dan omdat het mij de bezorgdheid bespaarde die ik zou hebben gevoeld om u te weigeren, als u zich op een meer beschaafde manier had gedragen."

Ze zag hem hiermee beginnen; Maar hij zei niets, en zij vervolgde:

"Je had me het aanbod van je hand niet kunnen doen op een manier die me zou hebben kunnen verleiden om het aan te nemen."

Opnieuw was zijn verbazing duidelijk; en hij keek haar aan met een uitdrukking van gemengd ongeloof en vernedering. Ze ging verder:

'Vanaf het allereerste begin, vanaf het eerste moment, ik zou bijna kunnen zeggen, van mijn kennismaking met u, waren uw manieren die indruk op mij maakten met het volste geloof van uw arrogantie, uw verwaandheid en uw zelfzuchtige minachting voor de gevoelens van anderen, van dien aard dat ze die basis van afkeuring vormden, waarop latere gebeurtenissen zo'n onwrikbare afkeer hebben gebouwd; en ik kende je nog geen maand of ik voelde dat je de laatste man ter wereld was met wie ik ooit zou kunnen trouwen."

"U hebt genoeg gezegd, mevrouw. Ik begrijp uw gevoelens volkomen, en hoef me nu alleen nog maar te schamen voor wat de mijne zijn geweest. Vergeef me dat ik zoveel van je tijd in beslag heb genomen en accepteer mijn beste wensen voor je gezondheid en geluk."

En met deze woorden verliet hij haastig de kamer, en Elizabeth hoorde hem het volgende moment de voordeur openen en het huis verlaten. Het tumult van haar geest was nu pijnlijk groot. Ze wist niet hoe ze zichzelf moest ondersteunen en ging uit werkelijke zwakte zitten en huilde een half uur lang. Haar verbazing, terwijl ze nadacht over wat er was gebeurd, werd groter door elke terugblik erop. Dat ze een huwelijksaanbod zou krijgen van Mr. Darcy! Dat hij al zoveel maanden verliefd op haar was! Het was bijna ongelooflijk dat hij zo verliefd was dat hij met haar wilde trouwen, ondanks alle bezwaren die hem hadden doen voorkomen dat zijn vriend met haar zuster trouwde, en die in zijn eigen geval minstens even krachtig moesten blijken! Het was verheugend om onbewust zo'n sterke genegenheid te hebben opgewekt. Maar zijn trots, zijn afschuwelijke trots, zijn schaamteloze bekentenis van wat hij Jane had aangedaan, zijn onvergeeflijke zekerheid om het te erkennen, hoewel hij het niet kon rechtvaardigen, en de gevoelloze manier waarop hij meneer Wickham had genoemd, zijn wreedheid jegens wie hij niet had geprobeerd te ontkennen, overwon al snel het medelijden dat de overweging van zijn gehechtheid voor een ogenblik had opgewekt.

Ze bleef in zeer opwindende overpeinzingen totdat het geluid van Lady Catherine's rijtuig haar deed voelen hoe ongelijk ze was om Charlotte's observatie te ontmoeten, en haar haastig naar haar kamer bracht.

Hoofdstuk XXXV

Elizabeth werd de volgende morgen wakker met dezelfde gedachten en overpeinzingen die uiteindelijk haar ogen hadden gesloten. Ze kon nog niet bekomen van de verbazing van wat er was gebeurd: het was onmogelijk om aan iets anders te denken; En, volkomen ongeschikt voor werk, besloot ze kort na het ontbijt zich over te geven aan lucht en lichaamsbeweging. Ze ging direct op weg naar haar favoriete wandeling, toen de herinnering aan Mr. Darcy's komst daar haar tegenhield, en in plaats van het park in te gaan, draaide ze de laan op die haar verder van de tolweg leidde. De verbleking van het park was nog steeds de grens aan één kant, en ze passeerde al snel een van de poorten in de grond.

Nadat ze twee of drie keer over dat deel van de laan had gelopen, kwam ze door de aangenaamheid van de ochtend in de verleiding om bij de poorten te stoppen en het park in te kijken. De vijf weken die ze nu in Kent had doorgebracht, hadden een groot verschil gemaakt op het platteland, en elke dag droeg elke dag bij aan het groen van de vroege bomen. Ze stond op het punt haar wandeling voort te zetten, toen ze een glimp opving van een heer in het soort bos dat het park omzoomde: hij bewoog zich die kant op; en bang dat het Mr. Darcy was, trok ze zich direct terug. Maar de persoon die naar voren kwam, was nu dichtbij genoeg om haar te zien, en stapte gretig naar voren en sprak haar naam uit. Ze had zich afgewend; maar toen ze zichzelf hoorde roepen, hoewel met een stem die bewees dat het Mr. Darcy was, bewoog ze zich weer naar de poort. Tegen die tijd had hij het ook bereikt; en terwijl ze een brief uitstak, die ze instinctief aannam, zei ze met een blik van hooghartige kalmte: "Ik heb een tijdje in het bos gewandeld, in de hoop je te ontmoeten. Wil je me de eer bewijzen die brief te lezen?" en toen draaide hij zich met een lichte buiging weer om naar de plantage en was al snel uit het gezicht.

Zonder een genoegen te verwachten, maar met de grootste nieuwsgierigheid, opende Elizabeth de brief en zag tot haar nog toenemende verbazing een envelop met twee vellen briefpapier, helemaal doorgeschreven, in een zeer nauwe hand. De envelop zelf was eveneens vol. Ze vervolgde haar weg langs de laan en begon er toen aan. Het was gedateerd vanaf Rosings, om acht uur 's morgens, en was als volgt:

"Wees niet verontrust, mevrouw, bij het ontvangen van deze brief, door de vrees dat deze een herhaling van die gevoelens bevat, of hernieuwing van die aanbiedingen, die gisteravond zo walgelijk voor u waren. Ik schrijf zonder de bedoeling u te kwellen of mijzelf te vernederen door stil te staan bij wensen die, voor het geluk van beiden, niet te snel vergeten kunnen worden; En de moeite die het opstellen en doorlezen van deze brief zou moeten vergen, zou bespaard zijn gebleven, als mijn karakter niet had geëist dat hij geschreven en gelezen zou worden. U moet u dus de vrijheid vergeven waarmee ik uw aandacht vraag; Ik weet dat uw gevoelens het onwillig zullen schenken, maar ik eis het van uw gerechtigheid.

"Twee overtredingen van zeer verschillende aard, en geenszins van gelijke omvang, hebt u mij gisteravond ten laste gelegd. De eerste was dat ik, ongeacht de gevoelens van een van beiden, de heer Bingley van uw zuster had losgemaakt, en de andere, dat ik, in weerwil van verschillende aanspraken, in weerwil van eer en menselijkheid, de onmiddellijke welvaart had geruïneerd en de vooruitzichten van de heer Wickham had vernietigd. Moedwillig en moedwillig de metgezel van mijn jeugd, de erkende gunsteling van mijn vader, een jongeman die nauwelijks enige andere afhankelijkheid had dan van onze bescherming, en die was opgevoed om de inspanning ervan te verwachten, zou een verdorvenheid zijn, waarvoor de scheiding van twee jonge mensen wier genegenheid de groei van slechts enkele weken kon zijn, kon geen vergelijking verdragen. Maar gezien de ernst van de blaam die gisteravond zo royaal werd uitgedeeld, met betrekking tot elke omstandigheid, hoop ik in de toekomst veilig te zijn, wanneer het volgende verslag van mijn daden en hun motieven is voorgelezen. Als ik in de uitleg ervan die ik verschuldigd ben, de genoodzaakt ben gevoelens te vertellen die voor de uwe beledigend kunnen zijn, kan ik alleen maar zeggen dat het me spijt. De noodzaak moet worden gehoorzaamd, en verdere verontschuldigingen zouden absurd zijn. Ik was nog niet zo lang in Hertfordshire of ik zag, net als anderen, dat Bingley je oudere zus verkoos boven elke andere jonge vrouw op het platteland. Maar het was pas op de avond van de dans in Netherfield dat ik enig vermoeden had dat hij een ernstige gehechtheid voelde. Ik had hem al vaker verliefd gezien. Op dat bal, terwijl ik de eer had met u te dansen, werd ik voor het eerst op de hoogte gebracht, door de toevallige mededeling van Sir William Lucas, dat Bingley's aandacht voor uw zuster aanleiding had gegeven tot een algemene verwachting van hun huwelijk. Hij sprak erover als over een zekere gebeurtenis, waarvan alleen de tijd onbeslist kon zijn. Vanaf dat moment observeerde ik het gedrag van mijn vriend aandachtig; en ik kon toen bemerken dat zijn voorliefde voor juffrouw Bennet verder ging dan wat ik ooit in hem had gezien. Je zus heb ik ook gekeken. Haar blik en manieren waren open, opgewekt en innemend als altijd, maar zonder enig symptoom van bijzondere achting; en ik bleef ervan overtuigd, na het onderzoek van de avond, dat hoewel ze zijn attenties met genoegen ontving, ze ze niet uitnodigde door enige deelname van sentiment. Als *u* zich hier niet vergist hebt, moet *ik* mij hebben vergist. Uw superieure kennis van uw zuster moet dit laatste waarschijnlijk maken. Als dat zo is, als ik door zo'n dwaling ben misleid om haar pijn te doen, dan is uw wrok niet onredelijk geweest. Maar ik zal niet aarzelen te beweren dat de sereniteit van het gelaat en de houding van uw zuster van dien aard was dat ze de scherpste waarnemer de overtuiging had kunnen geven dat, hoe beminnelijk haar humeur ook was, haar hart waarschijnlijk niet gemakkelijk zou worden geraakt. Dat ik haar onverschillig wilde geloven, is zeker; maar ik durf te zeggen dat mijn onderzoekingen en beslissingen gewoonlijk niet worden beïnvloed door mijn hoop of angsten. Ik geloofde niet dat ze onverschillig was omdat ik het wilde; Ik geloofde het op basis van onpartijdige overtuiging, zo waar als ik het in redelijkheid wenste. Mijn bezwaren tegen het huwelijk waren niet alleen die, waarvan ik gisteravond erkende dat ze de grootste kracht van hartstocht hadden gevergd om in mijn eigen geval opzij te zetten; Het gebrek aan verbinding kon voor mijn vriend niet zo'n groot kwaad zijn als voor mij. Maar er waren andere oorzaken van weerzin; Oorzaken die ik, hoewel ze nog steeds bestonden en in beide gevallen in gelijke mate bestonden, zelf had proberen te vergeten, omdat ze niet onmiddellijk voor mij stonden. Deze oorzaken moeten worden vermeld, zij het in het kort. De situatie van het gezin van uw moeder, hoewel verwerpelijk, was niets in vergelijking met dat totale gebrek aan fatsoen dat zo vaak werd verraden, zo bijna unaniem verraden door haarzelf, door uw drie jongere zusters, en soms zelfs door uw vader: - neem me niet kwalijk - het doet me pijn om u te beledigen. Maar te midden van uw bezorgdheid over de gebreken van uw naaste verwanten, en uw ongenoegen over deze voorstelling van hen, laat het u troost geven te bedenken dat het feit dat u zich zo hebt gedragen dat u en uw oudste zuster geen deel aan dezelfde afkeuring krijgen, niet minder algemeen wordt geprezen dan dat het eervol is voor het verstand en de gezindheid van beiden. Ik wil alleen verder zeggen dat uit wat er die avond gebeurde, mijn mening over alle partijen werd bevestigd en elke aansporing werd versterkt, die mij er eerder toe had kunnen brengen mijn vriend te bewaren voor wat ik als een zeer ongelukkige verbinding beschouwde. Hij vertrok de volgende dag van Netherfield naar Londen, zoals u zich ongetwijfeld herinnert, met het plan spoedig terug te keren. De rol die ik speelde moet nu worden uitgelegd. Het onbehagen van zijn zusters was even opgewonden geweest als het mijne: ons samenvallen van gevoelens werd al snel ontdekt; en omdat we voelden dat er geen tijd verloren zou gaan om hun broer los te koppelen, besloten we ons al snel rechtstreeks bij hem in Londen te voegen. We gingen dus - en daar nam ik graag de taak op me om mijn vriend te wijzen op de zekere kwalen van zo'n keuze. Ik beschreef ze en dwong ze serieus af. Maar hoe dit protest zijn besluit ook had kunnen doen wankelen of vertragen, ik denk niet dat het uiteindelijk het huwelijk zou hebben verhinderd, als het niet was ondersteund door de verzekering, die ik niet aarzelde te geven, van de onverschilligheid van uw zuster. Hij had eerder geloofd dat zij zijn genegenheid met oprechte, zo niet met gelijke achting zou beantwoorden. Maar Bingley heeft een grote natuurlijke bescheidenheid, met een sterkere afhankelijkheid van mijn oordeel dan van het zijne. Het was dus niet moeilijk om hem ervan te overtuigen dat hij zichzelf had bedrogen. Hem ervan te overtuigen niet naar Hertfordshire terug te keren, toen die overtuiging was uitgesproken, was nauwelijks het werk van een ogenblik. Ik kan het mezelf niet kwalijk nemen dat ik zoveel heb gedaan. Er is maar één deel van mijn gedrag, in de hele zaak, waarover ik niet met voldoening terugdenk; het is dat ik me verwaardigde om de maatregelen van de kunst te nemen, zover dat ik voor hem verborgen hield dat uw zuster in de stad was. Ik wist het zelf, zoals het bekend was bij juffrouw Bingley; Maar haar broer is er zelfs nog onwetend van. Dat zij elkaar zonder nadelige gevolgen zouden hebben ontmoet, is misschien waarschijnlijk; maar zijn achting scheen mij niet voldoende gedoofd om haar zonder enig gevaar te zien. Misschien was deze verhulling, deze vermomming, beneden mij. Het is echter gedaan, en het is het beste gedaan. Over dit onderwerp heb ik niets meer te zeggen, geen andere verontschuldigingen aan te bieden. Als ik de gevoelens van je zus heb gekwetst, is dat onbewust gedaan; en hoewel de motieven die mij beheersten voor u heel natuurlijk ontoereikend kunnen lijken, heb ik nog niet geleerd ze te veroordelen. - Wat die andere, zwaardere beschuldiging betreft, dat ik de heer Wickham heb gekwetst, kan ik die alleen weerleggen door u zijn hele band met mijn familie voor te leggen. Van wat hij mij in *het bijzonder* heeft beschuldigd, weet ik niet; maar van de waarheid van wat ik zal vertellen, kan ik meer dan één getuige oproepen die ongetwijfeld waarheidsgetrouw is. De heer Wickham is de zoon van een zeer achtenswaardig man, die vele jaren het beheer had over alle landgoederen van Pemberley, en wiens goede gedrag bij het vervullen van zijn vertrouwen mijn vader er natuurlijk toe bracht hem van dienst te zijn; en over George Wickham, die zijn petekind was, werd zijn vriendelijkheid dan ook rijkelijk geschonken. Mijn vader steunde hem op school en daarna in Cambridge; Het belangrijkste hulp, want zijn eigen vader, altijd arm door de extravagantie van zijn vrouw, zou hem niet in staat hebben geweest hem een herenopleiding te geven. Mijn vader was niet alleen gesteld op het gezelschap van deze jongeman, wiens manieren altijd innemend waren, hij had ook de hoogste dunk van hem, en in de hoop dat de kerk zijn beroep zou zijn, was hij van plan daarin voor hem te zorgen. Wat mijzelf betreft, het is vele, vele jaren geleden dat ik voor het eerst op een heel andere manier over hem begon te denken. De boosaardige neigingen, het gebrek aan principes, die hij zorgvuldig bewaakte voor de kennis van zijn beste vriend, konden niet ontsnappen aan de observatie van een jonge man van bijna dezelfde leeftijd als hijzelf, en die kansen had om hem in onbewaakte momenten te zien, die Mr. Darcy niet kon hebben. Hier zal ik je weer pijn doen - in welke mate kun je alleen maar zeggen. Maar wat ook de gevoelens mogen zijn die de heer Wickham heeft opgewekt, een achterdocht van hun aard zal mij er niet van weerhouden zijn ware aard te ontvouwen. Het voegt zelfs nog een motief toe. Mijn uitstekende vader is ongeveer vijf jaar geleden overleden; en zijn gehechtheid aan de heer Wickham was tot het laatst zo standvastig, dat hij het mij in zijn testament in het bijzonder aanbeval om zijn vooruitgang te bevorderen op de beste manier die zijn beroep toeliet, en als hij orders aannam, wenste dat een waardevol gezin van hem zou zijn zodra het vacant werd. Er was ook een erfenis van duizend pond. Zijn eigen vader overleefde de mijne niet lang; en binnen een half jaar na deze gebeurtenissen schreef de heer Wickham mij dat hij, nadat hij uiteindelijk had besloten geen bevelen aan te nemen, hoopte dat ik het niet onredelijk zou vinden dat hij een directer geldelijk voordeel zou verwachten, in plaats van het voorbehoud, waardoor hij niet kon worden bevoordeeld. Hij was van plan, voegde hij eraan toe, om de wet te bestuderen, en ik moet me ervan bewust zijn dat de rente van duizend pond daarin een zeer ontoereikende ondersteuning zou zijn. Ik wenste liever dan dat ik geloofde dat hij oprecht was; maar was in ieder geval volkomen bereid om op zijn voorstel in te gaan. Ik wist dat meneer Wickham geen geestelijke behoorde te zijn. De zaak was dan ook snel geregeld. Hij deed afstand van alle aanspraak op hulp in de kerk, als het mogelijk was dat hij ooit in een situatie zou kunnen verkeren om die te ontvangen, en accepteerde in ruil daarvoor drieduizend pond. Alle verbinding tussen ons leek nu opgelost. Ik vond het te slecht van hem om hem uit te nodigen naar Pemberley, of om zijn gezelschap in de stad toe te laten. Ik geloof dat hij voornamelijk in de stad woonde, maar zijn studie van de rechten was slechts een schijn; En nu hij vrij was van alle beperkingen, was zijn leven een leven van ledigheid en losbandigheid. Ongeveer drie jaar lang hoorde ik weinig van hem; Maar bij het overlijden van de zittende van de levenden die voor hem waren ontworpen, wendde hij zich per brief opnieuw tot mij voor de presentatie. Zijn omstandigheden, zo verzekerde hij me, en ik had er geen moeite mee om het te geloven, waren buitengewoon slecht. Hij had de wet een zeer nutteloze studie gevonden, en was nu absoluut vastbesloten om gewijd te worden, als ik hem aan de levenden in kwestie zou voorstellen - waarover hij vertrouwde dat er weinig twijfel over kon bestaan, omdat hij er zeker van was dat ik geen ander persoon had om voor te zorgen, en ik kon de bedoelingen van mijn eerbiedwaardige vader niet hebben vergeten. U zult het mij nauwelijks kwalijk nemen dat ik weiger aan deze smeekbede te voldoen, of dat ik me verzet tegen elke herhaling ervan. Zijn wrok stond in verhouding tot de nood van zijn omstandigheden – en hij was ongetwijfeld net zo gewelddadig in zijn misbruik van mij tegenover anderen als in zijn verwijten aan mij. Na deze periode werd elke schijn van kennismaking laten vallen. Hoe hij leefde, weet ik niet. Maar afgelopen zomer werd hij weer op de meest pijnlijke wijze onder mijn aandacht opgedrongen. Ik moet nu een omstandigheid noemen die ik zelf zou willen vergeten, en die geen enkele verplichting minder dan de huidige mij ertoe zou moeten brengen aan een mens te onthullen. Dit gezegd hebbende, twijfel ik niet aan uw geheimhouding. Mijn zus, die meer dan tien jaar jonger is dan ik, werd overgelaten aan de voogdij van de neef van mijn moeder, kolonel Fitzwilliam, en mijzelf. Ongeveer een jaar geleden werd ze van school gehaald en werd er een instelling voor haar opgericht in Londen; en afgelopen zomer ging ze met de dame die het voorzat naar Ramsgate; en daarheen ging ook de heer Wickham, ongetwijfeld met opzet; want er bleek een voorafgaande kennismaking te zijn geweest tussen hem en mevrouw Younge, in wier hoedanigheid we zeer ongelukkig werden misleid; en door haar medeplichtigheid en hulp beval hij zich zo ver aan bij Georgiana, wier hartelijke hart een sterke indruk behield van zijn vriendelijkheid jegens haar als kind, dat ze werd overgehaald om in liefde te geloven en in te stemmen met een schaking. Ze was toen nog maar vijftien, wat haar excuus moet zijn; en na haar onvoorzichtigheid te hebben verklaard, ben ik blij eraan toe te voegen dat ik de kennis ervan aan haarzelf te danken had. Ik voegde me onverwachts een dag of twee voor de voorgenomen schaking bij hen; en toen erkende Georgiana, die het idee niet kon verdragen om te rouwen en een broer te beledigen naar wie ze bijna opkeek als een vader, het geheel aan mij. Je kunt je voorstellen wat ik voelde en hoe ik handelde. Respect voor de eer en gevoelens van mijn zus verhinderde elke publieke ontmaskering; maar ik schreef aan meneer Wickham, die de plaats onmiddellijk verliet, en mevrouw Younge werd natuurlijk van haar zorg ontheven. Het voornaamste doel van de heer Wickham was ongetwijfeld het fortuin van mijn zuster, dat dertigduizend pond bedraagt; maar ik kan niet anders dan veronderstellen dat de hoop om zich op mij te wreken een sterke aansporing was. Zijn wraak zou inderdaad compleet zijn geweest. Dit, mevrouw, is een getrouw verslag van elke gebeurtenis waarbij we samen betrokken zijn geweest; en als u het niet absoluut als onwaar verwerpt, zult u, hoop ik, mij voortaan vrijspreken van wreedheid jegens de heer Wickham. Ik weet niet op welke manier, onder welke vorm van leugen, hij u heeft opgedrongen; Maar zijn succes is misschien niet te verwonderen, onwetend als u eerder was van alles wat met een van beide te maken had. Ontdekking kan niet in uw macht liggen, en achterdocht zeker niet in uw neiging. Je vraagt je misschien af waarom dit alles je gisteravond niet is verteld. Maar ik was toen nog niet meester genoeg over mijzelf om te weten wat er geopenbaard kon of moest worden. Voor de waarheid van alles wat hier betrekking heeft, kan ik meer in het bijzonder een beroep doen op de getuigenis van kolonel Fitzwilliam, die door onze nauwe verwantschap en voortdurende intimiteit, en nog meer als een van de uitvoerders van het testament van mijn vader, onvermijdelijk op de hoogte was van elk van deze transacties. Indien uw afschuw van *mij* mijn beweringen waardeloos *zou maken* , kan u door dezelfde reden niet worden belet mijn neef in vertrouwen te nemen; en opdat er de mogelijkheid is om hem te raadplegen, zal ik proberen een gelegenheid te vinden om u deze brief in de loop van de ochtend in handen te geven. Ik zal er alleen aan toevoegen, God zegene u.

"Fitzwilliam Darcy."

Hoofdstuk XXXVI

Ik Elizabeth, toen Mr. Darcy haar de brief gaf, verwachtte niet dat deze een hernieuwing van zijn aanbiedingen zou bevatten, ze had helemaal geen verwachting gevormd van de inhoud ervan. Maar hoe ze ook waren, het is goed te veronderstellen hoe gretig ze er doorheen ging, en wat een tegenstrijdigheid van emoties ze opwekten. Haar gevoelens bij het lezen waren nauwelijks te omschrijven. Met verbazing begreep ze eerst dat hij geloofde dat elke verontschuldiging in zijn macht lag; En zij was er vast van overtuigd, dat hij geen verklaring kon geven, die een gerechtvaardigd gevoel van schaamte niet kon verbergen. Met een sterk vooroordeel tegen alles wat hij zou kunnen zeggen, begon ze zijn verslag van wat er in Netherfield was gebeurd. Ze las met een gretigheid die haar bevattingsvermogen nauwelijks verliet; en uit ongeduld om te weten wat de volgende zin zou kunnen brengen, was ze niet in staat om aandacht te schenken aan de zin van degene die voor haar ogen stond. Zijn overtuiging van de ongevoeligheid van haar zus besloot ze onmiddellijk vals te zijn; En zijn relaas van de echte, de ergste bezwaren tegen de wedstrijd, maakte haar te boos om hem ook maar enige wens te gunnen. Hij betuigde geen spijt van wat hij had gedaan wat haar tevreden stelde; Zijn stijl was niet berouwvol, maar hooghartig. Het was een en al trots en onbeschaamdheid.

Maar toen dit onderwerp werd opgevolgd door zijn verslag van Wickham - toen ze met iets duidelijkere aandacht een verslag van gebeurtenissen las dat, als het waar was, elke gekoesterde mening van zijn waarde omver moest werpen, en dat zo'n verontrustende verwantschap vertoonde met zijn eigen geschiedenis van hemzelf - waren haar gevoelens nog pijnlijker en moeilijker te definiëren. Verbazing, vrees en zelfs afschuw beklemden haar. Ze wilde het volledig in diskrediet brengen en riep herhaaldelijk uit: "Dit moet onwaar zijn! Dit kan niet! Dit moet de grofste leugen zijn!" En toen ze de hele brief had doorgenomen, hoewel ze nauwelijks iets wist van de laatste twee bladzijden, legde ze hem haastig weg, protesterend dat ze hem niet zou beschouwen, dat ze er nooit meer in zou kijken.

In deze verwarde gemoedstoestand, met gedachten die op niets konden rusten, liep ze verder; Maar het zou niet gaan: in een halve minuut was de brief weer opengevouwen; en zich zoo goed als zij kon, begon zij weder met het vernederend doorlezen van alles wat met Wickham te maken had, en beval zich zoo ver te gaan, dat zij de beteekenis van elke zin onderzocht. Het verslag van zijn band met de familie Pemberley was precies wat hij zelf had verteld; en de vriendelijkheid van wijlen Mr. Darcy, hoewel ze de omvang ervan niet eerder had gekend, kwam even goed overeen met zijn eigen woorden. Tot zover bevestigde de ene overweging de andere; Maar toen ze bij het testament kwam, was het verschil groot. Wat Wickham over de levenden had gezegd, lag nog vers in haar geheugen; En terwijl ze zich zijn woorden herinnerde, was het onmogelijk om niet te voelen dat er aan de ene of de andere kant grove dubbelhartigheid was, en een paar ogenblikken vleide ze zich dat haar wensen niet verkeerd waren. Maar toen ze met de grootste aandacht de bijzonderheden las en herlas die onmiddellijk volgden op het feit dat Wickham alle aanspraken op de levenden had opgegeven, dat hij in plaats daarvan zo'n aanzienlijke som als drieduizend pond ontving, moest ze opnieuw aarzelen. Ze legde de brief neer, woog elke omstandigheid af tegen wat ze bedoelde als onpartijdigheid – overwoog de waarschijnlijkheid van elke uitspraak – maar met weinig succes. Aan beide kanten was het slechts een bewering. Weer las ze verder. Maar elke regel bewees duidelijker dat de affaire, waarvan ze had geloofd dat het onmogelijk was dat een verzinsel het gedrag van Mr. Darcy daarin minder dan berucht zou maken, in staat was tot een wending die hem over het geheel geheel onschuldig moest maken.

De buitensporigheid en algemene losbandigheid, die hij scrupuleus niet aan Mr. Wickham ten laste te leggen, schokten haar zeer; Te meer daar zij geen bewijs van de onrechtvaardigheid ervan kon leveren. Ze had nog nooit van hem gehoord voordat hij lid werd van de militie van het graafschap, waarin hij zich had aangesloten op aandringen van de jongeman, die, toen hij hem toevallig in de stad ontmoette, daar een kleine kennismaking had hernieuwd. Van zijn vroegere levenswijze was in

Hertfordshire niets bekend dan wat hij zichzelf vertelde. Wat zijn ware aard was, als ze informatie in haar macht had gehad, had ze nooit de wens gevoeld om te informeren. Zijn gelaat, zijn stem en zijn manier van doen hadden hem onmiddellijk in het bezit van elke deugd gebracht. Ze probeerde zich een voorbeeld van goedheid te herinneren, een voorname eigenschap van integriteit of welwillendheid, die hem zou kunnen redden van de aanvallen van Mr. Darcy; of tenminste, door het overwicht van de deugd, boete te doen voor die toevallige fouten, waaronder ze zou proberen te classificeren wat Mr. Darcy had beschreven als de luiheid en ondeugd van vele jaren voortduren. Maar met die herinnering raakte ze niet bevriend. Ze kon hem onmiddellijk voor zich zien, in alle charmes van lucht en spraak, maar ze kon zich geen wezenlijker goed herinneren dan de algemene goedkeuring van de buurt en de achting die zijn sociale krachten hem in de puinhoop hadden opgeleverd. Na een hele tijd op dit punt te hebben gepauzeerd, ging ze weer verder met lezen. Maar helaas! het verhaal dat volgde, van zijn plannen met Miss Darcy, kreeg enige bevestiging door wat er de ochtend ervoor tussen kolonel Fitzwilliam en haarzelf was voorgevallen; en ten slotte werd zij voor de waarheid van alle bijzonderheden doorverwezen naar kolonel Fitzwilliam zelf, van wie zij tevoren de inlichtingen had ontvangen dat hij zich met alle zaken van zijn neef zou bemoeien, en aan wiens aard zij geen reden had te twijfelen. Op een gegeven moment had ze bijna besloten om bij hem te solliciteren, maar het idee werd tegengehouden door de onhandigheid van de aanvraag, en ten slotte volledig verbannen door de overtuiging dat Mr. Darcy nooit zo'n voorstel zou hebben gewaagd, als hij niet goed verzekerd was geweest van de bevestiging van zijn neef.

 Ze herinnerde zich perfect alles wat er in een gesprek tussen Wickham en haarzelf was gebeurd op hun eerste avond bij meneer Philips. Veel van zijn uitdrukkingen lagen nog vers in haar geheugen. Ze was *nu* getroffen door de ongepastheid van zulke mededelingen aan een vreemde, en vroeg zich af of het haar eerder was ontgaan. Ze zag de ongevoeligheid om zich naar voren te schuiven zoals hij had gedaan, en de inconsistentie van zijn beroepen met zijn gedrag. Ze herinnerde zich dat hij had opgeschept dat hij niet bang was om meneer Darcy te zien - dat meneer

Darcy het land zou kunnen verlaten, maar dat *hij* voet bij stuk zou houden; toch had hij de volgende week het Netherfield-bal vermeden. Ze herinnerde zich ook dat hij, totdat de familie Netherfield het land had verlaten, zijn verhaal aan niemand anders dan aan zichzelf had verteld; maar dat er na hun verwijdering overal over was gesproken; dat hij toen geen reserves, geen scrupules had om het karakter van Mr. Darcy te laten zinken, hoewel hij haar had verzekerd dat respect voor de vader altijd zou voorkomen dat hij de zoon zou ontmaskeren.

Hoe anders zag alles er nu uit wat hem betrof! Zijn attenties voor juffrouw King waren nu het gevolg van opvattingen die uitsluitend en hatelijk huurlingen waren; en de middelmatigheid van haar fortuin bewees niet langer de matiging van zijn wensen, maar zijn gretigheid om alles vast te grijpen. Zijn gedrag tegenover zich kon nu geen aanvaardbare beweegreden meer hebben: hij was óf misleid met betrekking tot haar fortuin, óf hij had zijn ijdelheid bevredigd door de voorkeur aan te moedigen, die zij meende zeer onvoorzichtig te hebben getoond. Elke slepende strijd ten gunste van hem werd zwakker en zwakker; en ter verdere rechtvaardiging van Mr. Darcy, kon ze niet anders dan toegeven dat Mr. Bingley, toen hij door Jane werd ondervraagd, lang geleden zijn onberispelijkheid in de affaire had beweerd; - dat, trots en weerzinwekkend als zijn manieren waren, ze nooit, in de hele loop van hun kennismaking - een kennis die hen de laatste tijd veel bij elkaar had gebracht en haar een soort intimiteit met zijn manieren had gegeven - iets had gezien dat hem verraadde als principieel of onrechtvaardig - alles wat hem van ongodsdienstige of immorele gewoonten sprak; — dat hij onder zijn eigen connecties werd gewaardeerd en gewaardeerd; — dat zelfs Wickham hem verdienste als broer had toegestaan, en dat zij hem dikwijls zo liefdevol over zijn zuster had horen spreken dat hij in staat was tot een beminnelijk gevoel; — dat als zijn daden waren geweest wat Wickham hen voorstelde, Zo'n grove schending van al het recht kon nauwelijks voor de wereld verborgen blijven; en die vriendschap tussen iemand die daartoe in staat was en zo'n beminnelijke man als de heer Bingley was onbegrijpelijk.

Ze schaamde zich helemaal voor zichzelf. Noch aan Darcy, noch aan Wickham kon ze denken, zonder het gevoel te hebben dat ze blind, partijdig, bevooroordeeld, absurd was geweest.

"Hoe verachtelijk heb ik gehandeld!" riep ze. "Ik, die trots ben op mijn onderscheidingsvermogen! Ik, die mezelf heb gewaardeerd op mijn capaciteiten! die vaak de edelmoedige openhartigheid van mijn zuster hebben geminacht, en mijn ijdelheid hebben bevredigd in nutteloos of onberispelijk wantrouwen. Hoe vernederend is deze ontdekking! Maar wat een vernedering! Als ik verliefd was geweest, had ik niet ellendiger blind kunnen zijn. Maar ijdelheid, niet liefde, is mijn dwaasheid geweest. Tevreden met de voorkeur van de een, en beledigd door de verwaarlozing van de ander, heb ik bij het allereerste begin van onze kennismaking vooringenomenheid en onwetendheid het hof gemaakt, en de rede verdreven waar het een van beide betrof. Tot op dit moment heb ik mezelf nooit gekend."

Van haarzelf tot Jane, van Jane tot Bingley, haar gedachten waren in een lijn die haar al snel herinnerde dat de uitleg van meneer Darcy *daar* zeer ontoereikend was gebleken; en ze las het opnieuw. Heel anders was het effect van een tweede lezing. Hoe kon zij ontkennen dat zij in het ene geval geloof hechtte aan zijn beweringen, die zij in het andere geval had moeten geven? Hij verklaarde dat hij totaal niet achterdochtig was over de gehechtheid van haar zus; en ze kon het niet helpen zich te herinneren wat Charlotte's mening altijd was geweest. Evenmin kon ze de rechtvaardigheid van zijn beschrijving van Jane ontkennen. Ze had het gevoel dat Jane's gevoelens, hoewel vurig, weinig werden getoond, en dat er een constante zelfgenoegzaamheid was in haar houding en manier van doen, niet vaak verenigd met grote gevoeligheid.

Toen ze bij dat deel van de brief kwam waarin haar familie werd genoemd, op een toon van zo'n vernederend, maar verdiend verwijt, was haar gevoel van schaamte ernstig. De rechtvaardigheid van de aanklacht trof haar te krachtig om te ontkennen; en de omstandigheden, waarop hij in het bijzonder zinspeelde, als zijnde gepasseerd op het Netherfield-bal en als bevestiging van al zijn eerste afkeuring, kunnen geen sterkere indruk op zijn gemoed hebben gemaakt dan op de hare.

Het compliment aan haarzelf en haar zus bleef niet ongevoeld. Het kalmeerde, maar het kon haar niet troosten voor de minachting die de rest van haar familie zo had aangetrokken; en toen ze overwoog dat Jane's teleurstelling in feite het werk was geweest van haar naaste verwanten, en weerspiegelde hoe materieel de eer van beiden moest worden geschaad door zo'n ongepast gedrag, voelde ze zich depressiever dan ze ooit eerder had gekend.

Na twee uur over de laan te hebben gezworven, ruimte te hebben gegeven aan allerlei soorten gedachten, gebeurtenissen te heroverwegen, waarschijnlijkheden vast te stellen en zich, zo goed als ze kon, te hebben verzoend met zo'n plotselinge en zo belangrijke verandering, deden vermoeidheid en een herinnering aan haar lange afwezigheid, haar eindelijk naar huis terugkeren; En ze kwam het huis binnen met de wens om zoals gewoonlijk opgewekt te lijken, en met het besluit om die overpeinzingen te onderdrukken die haar ongeschikt zouden maken voor een gesprek.

Onmiddellijk werd haar verteld, dat de twee heren van Rosings elk tijdens haar afwezigheid hadden gebeld; Mr. Darcy, slechts voor een paar minuten, om verlof te nemen, maar dat kolonel Fitzwilliam minstens een uur bij hen had gezeten, hopend op haar terugkeer, en bijna besloot achter haar aan te lopen tot ze gevonden kon worden. Elizabeth kon zich alleen maar *zorgen maken* over het feit dat ze hem miste; ze verheugde zich er werkelijk over. Kolonel Fitzwilliam was niet langer een object. Ze kon alleen maar aan haar brief denken.

Hoofdstuk XXXVII

De twee heren verlieten Rosings den volgenden morgen, en de heer Collins, die bij de loges had gewacht om hen zijn afscheidshulde te brengen, kon het verheugende bericht mededeelen, dat zij in zeer goede gezondheid en in een zo draaglijk humeur verschenen als men kon verwachten, na het droevige tafereel, dat zich zoo kort geleden in Rosings had voorgedaan. Naar Rosings haastte hij zich toen om Lady Catherine en haar dochter te troosten; en bij zijn terugkeer bracht hij met grote voldoening een boodschap van Hare Majesteit terug, waarin zij mededeelde dat zij zich zo saai voelde dat zij er zeer naar verlangde hen allen bij haar te laten dineren.

Elizabeth kon Lady Catherine niet zien zonder zich te herinneren dat, als ze die had gekozen, ze nu misschien aan haar zou zijn voorgesteld als haar toekomstige nicht; ook kon zij niet zonder glimlach denken aan wat de verontwaardiging van Hare Majesteit zou zijn geweest. "Wat zou ze hebben gezegd? Hoe zou ze zich hebben gedragen?" waren de vragen waarmee ze zich amuseerde.

Hun eerste onderwerp was de inkrimping van de partij van de Rosings. "Ik verzeker u, ik voel het buitengewoon," zei Lady Catherine; "Ik geloof dat niemand het verlies van vrienden zo voelt als ik. Maar ik ben vooral gehecht aan deze jonge mannen; en weet dat ze zo aan mij gehecht zijn! Ze vonden het buitengewoon jammer om te gaan! Maar zo zijn ze altijd. De lieve kolonel hield zijn moed redelijk bij elkaar, tot het eindelijk; maar Darcy leek het het meest acuut te voelen - meer, denk ik, dan vorig jaar. Zijn gehechtheid aan Rosings neemt zeker toe."

De heer Collins had hier een compliment en een toespeling op te werpen, die vriendelijk werden toegelachen door de moeder en dochter.

Lady Catherine merkte na het diner op dat juffrouw Bennet buiten zinnen scheen te zijn; En onmiddellijk rekende ze er zelf rekenschap van, door te veronderstellen dat ze niet graag zo snel weer naar huis ging, voegde ze eraan toe:

"Maar als dat het geval is, moet je je moeder schrijven om te smeken of je wat langer mag blijven. Mevrouw Collins zal erg blij zijn met uw gezelschap, daar ben ik zeker van."

"Ik ben Uwe Majesteit zeer erkentelijk voor uw vriendelijke uitnodiging," antwoordde Elizabeth; "Maar het ligt niet in mijn macht om het te accepteren. Ik moet volgende week zaterdag in de stad zijn."

"Wel, in dat tempo ben je hier maar zes weken. Ik verwachtte dat je twee maanden zou blijven. Dat heb ik mevrouw Collins gezegd voordat u kwam. Er kan geen reden zijn om zo snel te gaan. Mevrouw Bennet zou je zeker nog twee weken kunnen missen."

"Maar mijn vader kan dat niet. Hij schreef vorige week om mijn terugkeer te bespoedigen."

"O, je vader mag je natuurlijk sparen, als je moeder dat kan. Dochters zijn nooit van zo'n groot belang voor een vader. En als je nog een *maand* blijft, zal het in mijn macht liggen om een van jullie mee te nemen naar Londen, want ik ga daar vroeg in juni een week heen; en omdat Dawson geen bezwaar heeft tegen de barouche-box, zal er heel goede plaats zijn voor een van jullie - en inderdaad, als het weer koel zou zijn, Ik zou er geen bezwaar tegen hebben om jullie allebei mee te nemen, want jullie zijn geen van beiden groot."

"U bent een en al vriendelijkheid, mevrouw; maar ik geloof dat we ons aan ons oorspronkelijke plan moeten houden."

Lady Catherine leek berustend. 'Mevrouw Collins, u moet een bediende met hen meesturen. U weet dat ik altijd mijn mening uitspreek en ik kan het idee niet verdragen dat twee jonge vrouwen alleen op post reizen. Dat is hoogst ongepast. Je moet iemand verzinnen om te sturen. Ik heb de grootste afkeer van dat soort dingen ter wereld. Jonge vrouwen moeten altijd goed worden bewaakt en bijgestaan, afhankelijk van hun levenssituatie. Toen mijn nichtje Georgiana afgelopen zomer naar Ramsgate ging, maakte ik er een punt van dat ze twee knechten met haar mee zou laten gaan. Miss Darcy, de dochter van Mr. Darcy of Pemberley, en Lady Anne, hadden niet op een andere manier met goed fatsoen kunnen verschijnen. Ik ben buitensporig attent op al die dingen. U moet

John met de jonge dames meesturen, mevrouw Collins. Ik ben blij dat het bij me opkwam om het te vermelden; want het zou u werkelijk in diskrediet brengen hen alleen te laten gaan."

"Mijn oom moet een bediende voor ons sturen."

"Oh! Je oom! Hij houdt er een knecht op na, nietwaar? Ik ben erg blij dat je iemand hebt die aan die dingen denkt. Waar zul je van paard wisselen? Oh, Bromley, natuurlijk. Als je mijn naam bij de bel noemt, wordt er naar je geluisterd."

Lady Catherine had nog veel meer vragen te stellen over hun reis; en omdat ze ze niet allemaal zelf beantwoordde, was aandacht nodig - wat Elizabeth geloofde dat het een geluk voor haar was; Of, met een geest die zo in beslag werd genomen, was ze misschien vergeten waar ze was. Reflectie moet worden bewaard voor eenzame uren: wanneer ze alleen was, gaf ze toe als de grootste opluchting; En er ging geen dag voorbij zonder een eenzame wandeling, waarin ze zich kon overgeven aan al het genot van onaangename herinneringen.

De brief van meneer Darcy kende ze op een eerlijke manier al snel uit haar hoofd. Ze bestudeerde elke zin; En haar gevoelens ten opzichte van de schrijver waren soms heel verschillend. Toen ze zich de stijl van zijn toespraak herinnerde, was ze nog steeds vol verontwaardiging: maar toen ze bedacht hoe onrechtvaardig ze hem had veroordeeld en berispt, keerde haar woede zich tegen zichzelf; en zijn teleurgestelde gevoelens werden het voorwerp van mededogen. Zijn gehechtheid wekte dankbaarheid op, zijn algemeen karakter respect: maar ze kon hem niet goedkeuren; Ook kon ze geen ogenblik spijt hebben van haar weigering, of de minste neiging voelen om hem ooit weer te zien. In haar eigen gedrag uit het verleden was er een voortdurende bron van ergernis en spijt: en in de ongelukkige gebreken van haar familie een onderwerp van nog zwaarder verdriet. Ze waren hopeloos te genezen. Haar vader, tevreden met hen uit te lachen, zou zich nooit inspannen om de wilde duizeligheid van zijn jongste dochters te bedwingen; En haar moeder, met manieren die zelf zo ver van recht waren, was volkomen ongevoelig voor het kwaad. Elizabeth had zich vaak met Jane verenigd in een poging de onvoorzichtigheid van Catherine en Lydia te beteugelen; Maar zolang ze werden gesteund door de toegeeflijkheid van hun moeder, welke kans op verbetering zou er dan zijn? Catharina, zwak van geest, prikkelbaar en volledig onder leiding van Lydia, was altijd beledigd geweest door hun advies; en Lydia, eigenzinnig en onvoorzichtig, wilde nauwelijks naar hen luisteren. Ze waren onwetend, lui en ijdel. Als er een officier in Meryton was, flirtten ze met hem; en hoewel Meryton op loopafstand van Longbourn lag, zouden ze daar voor altijd heen gaan.

Angst namens Jane was een andere overheersende zorg; en de uitleg van Mr. Darcy, door Bingley terug te brengen naar al haar vroegere goede mening, verhoogde het gevoel van wat Jane had verloren. Zijn genegenheid bleek oprecht te zijn geweest, en zijn gedrag werd van alle blaam gezuiverd, tenzij iemand zich kon hechten aan de onvoorwaardelijkheid van zijn vertrouwen in zijn vriend. Hoe smartelijk was dan de gedachte dat Jane in een in elk opzicht zo wenselijke situatie, zo vol voordelen, zo veelbelovend voor geluk, was beroofd door de dwaasheid en onfatsoenlijkheid van haar eigen familie!

Toen aan deze herinneringen de ontwikkeling van Wickhams karakter werd toegevoegd, kan men gemakkelijk geloven dat de gelukkige geesten, die voorheen zelden depressief waren geweest, nu zo sterk waren aangetast dat het haar bijna onmogelijk werd om redelijk opgewekt te lijken.

Hun engagementen bij Rosings waren tijdens de laatste week van haar verblijf net zo frequent als in het begin. Daar werd de allerlaatste avond doorgebracht; en Hare Majesteit informeerde opnieuw nauwkeurig naar de bijzonderheden van hun reis, gaf hun aanwijzingen over de beste methode van inpakken, en was zo dringend over de noodzaak om de japonnen op de enige juiste manier te plaatsen, dat Maria zich verplicht achtte om bij haar terugkeer al het werk van de ochtend ongedaan te maken en haar koffer opnieuw in te pakken.

Toen ze afscheid namen, wenste Lady Catherine hen met grote neerbuigendheid een goede reis en nodigde hen uit om volgend jaar weer naar Hunsford te komen; en juffrouw de Bourgh spande zich zo ver in om beleefd te zijn en haar hand naar beiden uit te strekken.

Hoofdstuk XXXVIII

Op zaterdagmorgen ontmoetten Elizabeth en Mr. Collins elkaar voor het ontbijt, een paar minuten voordat de anderen verschenen; en hij maakte van de gelegenheid gebruik om de afscheidsbeleefdheden te betalen die hij absoluut noodzakelijk achtte.

"Ik weet niet, juffrouw Elizabeth," zeide hij, "of mevrouw Collins reeds haar gevoelens voor uw vriendelijkheid heeft geuit door naar ons toe te komen; maar ik ben er heel zeker van dat je het huis niet zult verlaten zonder haar dank ervoor te ontvangen. Ik verzeker u dat de gunst van uw bedrijf zeer goed is gevoeld. We weten hoe weinig er is om iemand te verleiden naar onze nederige woning. Onze eenvoudige manier van leven, onze kleine kamers en weinig huisknechten, en het weinige dat we van de wereld zien, moeten Hunsford buitengewoon saai maken voor een jonge dame als jij; maar ik hoop dat u zult geloven dat we dankbaar zijn voor de neerbuigendheid en dat we alles hebben gedaan wat in onze macht ligt om te voorkomen dat u uw tijd onaangenaam doorbrengt."

Elizabeth was gretig met haar dank en de verzekering van geluk. Ze had zes weken met veel plezier doorgebracht; en het genoegen om bij Charlotte te zijn, en de vriendelijke aandacht die ze had ontvangen, moesten *haar het gevoel geven dat ze* verplicht was. Meneer Collins was tevreden; en met een meer glimlachende plechtigheid antwoordde:

"Het doet mij het grootste genoegen te horen dat u uw tijd niet onaangenaam hebt doorgebracht. We hebben zeker ons best gedaan; en het is zeer gelukkig dat we het in onze macht hebben om u in te leiden in een zeer superieure samenleving, en uit onze verbinding met Rosings, het veelvuldige middel om het nederige huiselijke leven te variëren, denk ik dat we ons kunnen vleien dat uw bezoek aan Hunsford niet geheel vervelend kan zijn geweest. Onze situatie met betrekking tot de familie van Lady Catherine is inderdaad het soort buitengewone voordeel en zegen waarop weinigen kunnen bogen. Je ziet hoe ver we staan. Je ziet hoe we daar voortdurend mee bezig zijn. Eerlijk gezegd moet ik erkennen dat ik, met al de nadelen van deze nederige pastorie, niemand die erin verblijft als een voorwerp van mededogen zou beschouwen, terwijl ze deelgenoten zijn van onze intimiteit in Rosings.

Woorden waren ontoereikend om zijn gevoelens te verheffen; en hij was verplicht door de kamer te lopen, terwijl Elizabeth probeerde beleefdheid en waarheid in een paar korte zinnen te verenigen.

"U kunt in feite een zeer gunstig bericht over ons naar Hertfordshire brengen, mijn beste neef. Ik vlei mezelf in ieder geval dat je dat zult kunnen doen. Lady Catherine's grote attenties aan mevrouw Collins waarvan u dagelijks getuige bent geweest; en al met al vertrouw ik dat het niet lijkt alsof uw vriend een ongelukkige heeft getekend - maar op dit punt is het goed om te zwijgen. Laat mij u alleen verzekeren, mijn lieve juffrouw Elizabeth, dat ik u van harte evenveel geluk in het huwelijk kan toewensen. Mijn lieve Charlotte en ik hebben maar één geest en één manier van denken. Er is in alles een zeer opmerkelijke gelijkenis van karakter en ideeën tussen ons. We lijken voor elkaar gemaakt te zijn."

Elizabeth kon gerust zeggen dat het een groot geluk was waar dat het geval was, en met evenveel oprechtheid kon ze eraan toevoegen, dat ze vast geloofde en zich verheugde in zijn huiselijk comfort. Ze was er echter niet rouwig om dat het verhaal ervan werd onderbroken door de binnenkomst van de dame van wie ze waren voortgekomen. Arme Charlotte! Het was melancholisch om haar aan zo'n gezelschap over te laten! Maar ze had het met open ogen gekozen; En hoewel ze het blijkbaar betreurde dat haar bezoekers moesten gaan, scheen ze niet om medelijden te vragen. Haar huis en haar huishouding, haar parochie en haar pluimvee, en al hun afhankelijke zorgen, hadden hun charme nog niet verloren.

Eindelijk arriveerde de chaise aan, de koffers werden vastgemaakt, de pakjes erin gelegd, en het werd klaar verklaard. Na een liefdevol afscheid tussen de vrienden, werd Elizabeth door meneer Collins naar het rijtuig geleid; en terwijl ze door de tuin liepen, droeg hij haar met zijn beste respect op aan haar hele familie, en niet te vergeten zijn dank voor de vriendelijkheid die hij in de winter in Longbourn had ontvangen, en zijn complimenten aan de heer en mevrouw Gardiner, hoewel onbekend. Toen gaf hij haar binnen, Maria volgde, en de deur stond op het punt gesloten te worden, toen hij hen er plotseling met enige ontsteltenis aan herinnerde dat ze tot nu toe vergeten waren een boodschap voor de dames van Rosings achter te laten.

"Ze waren vergeten een bericht achter te laten"

"Maar," voegde hij eraan toe, "u zult natuurlijk wensen dat uw nederige respect aan hen wordt bewezen, met uw dankbare dank voor hun vriendelijkheid jegens u terwijl u hier bent."

Elizabeth maakte geen bezwaar: de deur mocht toen gesloten worden en het rijtuig reed weg.

"Goede genade!" riep Maria na een paar minuten stilte, "het lijkt nog maar een dag of twee geleden dat we voor het eerst kwamen! En toch, hoeveel dingen zijn er gebeurd!"

"Heel veel," zei haar metgezel met een zucht.

"We hebben negen keer bij Rosings gegeten, naast dat we er twee keer thee hebben gedronken! Hoeveel zal ik nog te vertellen hebben!"

Elizabeth voegde er privé aan toe: "En hoeveel zal ik moeten verbergen!"

Hun reis verliep zonder veel gesprek of enig alarm; en binnen vier uur na hun vertrek uit Hunsford bereikten ze het huis van de heer Gardiner, waar ze een paar dagen zouden blijven.

Jane zag er goed uit, en Elizabeth had weinig gelegenheid om haar geest te bestuderen, te midden van de verschillende verplichtingen die de vriendelijkheid van haar tante voor hen had gereserveerd. Maar Jane zou met haar mee naar huis gaan, en in Longbourn zou er tijd genoeg zijn om te observeren.

Het was niet zonder moeite dat ze zelfs op Longbourn kon wachten, voordat ze haar zus vertelde over de voorstellen van Mr. Darcy. Te weten dat ze de macht had om te onthullen wat Jane zo buitengewoon zou verbazen, en tegelijkertijd alles van haar eigen ijdelheid dat ze nog niet had kunnen wegredeneren, zo hoog moest bevredigen, was zo'n verzoeking tot openheid als niets had kunnen overwinnen, dan de staat van besluiteloosheid waarin ze bleef over de omvang van wat ze zou meedelen, en haar angst, als ze eenmaal ter sprake kwam, om gehaast iets van Bingley te herhalen, wat haar zus alleen maar meer zou kunnen verdrieten.

Hoofdstuk XXXIX

Het was de tweede week van mei, waarin de drie jonge dames samen vanuit Gracechurch Street naar de stad —, in Hertfordshire vertrokken; en toen zij de aangewezen herberg naderden, waar het rijtuig van den heer Bennet hen zou ontmoeten, bemerkten zij al snel, ten teeken van den stiptheid van den koetsier, dat Kitty en Lydia uit een eetzaal boven keken. Deze twee meisjes waren al meer dan een uur op de plaats, gelukkig bezig met het bezoeken van een hoedenmaker aan de overkant, het kijken naar de schildwacht die op wacht stond en het aankleden van een salade en komkommer.

Nadat ze hun zusters hadden verwelkomd, toonden ze triomfantelijk een tafel uit waarop het koude vlees stond dat een voorraadkast van een herberg gewoonlijk verschaft, en riepen uit: 'Is dit niet lekker? Is dit niet een aangename verrassing?"

"En we zijn van plan jullie allemaal te behandelen," voegde Lydia eraan toe; "Maar je moet ons het geld lenen, want we hebben net ons geld uitgegeven in de winkel daar." Dan laat ze haar aankopen zien: "Kijk hier, ik heb deze muts gekocht. Ik vind het niet erg mooi; maar ik dacht dat ik het net zo goed kon kopen als niet. Ik zal het aan stukken trekken zodra ik thuiskom, en kijken of ik het nog beter kan goedmaken."

En toen haar zusters het als lelijk uitscholden, voegde ze er volkomen onverschillig aan toe: 'O, maar er waren er twee of drie veel lelijker in de winkel; en als ik wat mooier gekleurd satijn heb gekocht om het met vers af te werken, denk ik dat het heel draaglijk zal zijn. Trouwens, het zal niet veel zeggen wat men deze zomer draagt, nadat de —shire Meryton heeft verlaten, en ze gaan over veertien dagen."

"Zijn zij dat wel?" riep Elisabeth met de grootste voldoening.

"Ze zullen worden gelegerd in de buurt van Brighton; en ik wil zo graag dat papa ons allemaal meeneemt voor de zomer! Het zou zo'n heerlijk plan zijn, en ik durf te zeggen dat het nauwelijks iets zou kosten. Mamma zou ook graag willen gaan, van alle dingen! Bedenk eens wat een ellendige zomer we anders zullen hebben!"

"Ja," dacht Elizabeth; "*Dat* zou inderdaad een heerlijk plan zijn, en het zou ons meteen volkomen bevallen. Goede hemel! Brighton en een heel kamp vol soldaten, voor ons, die al zijn overvallen door een arm regiment milities en de maandelijkse bals van Meryton!"

'Nu heb ik nieuws voor je,' zei Lydia, terwijl ze aan tafel gingen zitten. "Wat denk je? Het is uitstekend nieuws, kapitaal nieuws, en over een bepaalde persoon die we allemaal leuk vinden."

Jane en Elizabeth keken elkaar aan en de ober kreeg te horen dat hij niet hoefde te blijven. Lydia lachte en zei:

"Ja, dat is net als uw formaliteit en discretie. Je dacht dat de ober het niet mocht horen, alsof het hem iets kon schelen! Ik durf te zeggen dat hij vaak ergere dingen hoort zeggen dan ik ga zeggen. Maar hij is een lelijke kerel! Ik ben blij dat hij er niet meer is. Ik heb nog nooit in mijn leven zo'n lange kin gezien. Goed, maar nu mijn nieuws: het gaat over lieve Wickham; Te goed voor de ober, nietwaar? Er is geen gevaar dat Wickham met Mary King trouwt - er is voor jou! Ze is naar haar oom in Liverpool gegaan; Weg om te blijven. Wickham is veilig."

"En Mary King is veilig!" voegde Elizabeth eraan toe; "Veilig voor een verbinding die onvoorzichtig is met betrekking tot fortuin."

"Ze is een grote dwaas om weg te gaan, als ze hem leuk vond."

"Maar ik hoop dat er aan beide kanten geen sterke gehechtheid is", zei Jane.

"Ik weet zeker dat die er niet op *de zijne* is. Ik zal het beantwoorden, hij gaf nooit drie rietjes om haar. Wie *zou dat kunnen* over zo'n smerig klein sproetending?"

Elizabeth was geschokt toen ze bedacht dat, hoe onbekwaam ze zelf ook was tot zo'n grofheid van *uitdrukking*, de grofheid van het *sentiment* weinig anders was dan haar eigen borst vroeger had gekoesterd en zich liberaal had voorgesteld.

Zodra iedereen had gegeten en de oudsten hadden betaald, werd het rijtuig besteld; en na enig gekunsteld zat het hele gezelschap, met al hun dozen, werkzakken en pakjes, en de ongewenste toevoeging van Kitty's en Lydia's aankopen, erin.

"Wat zitten we er mooi in gepropt!" riep Lydia. "Ik ben blij dat ik mijn muts heb meegenomen, al is het maar voor de lol om nog een banddoos te hebben! Welnu, laten we ons nu heel comfortabel en knus voelen en de hele weg naar huis praten en lachen. En in de eerste plaats, laat ons horen wat er met jullie allemaal is gebeurd sinds jullie weg zijn. Heb je leuke mannen gezien? Heb je geflirt? Ik had goede hoop dat een van jullie een man zou hebben voordat je terugkwam. Jane zal binnenkort een behoorlijk oude meid zijn, verklaar ik. Ze is bijna drieëntwintig! Heer! wat zou ik me schamen dat ik niet voor mijn drieëntwintigste getrouwd ben! Mijn tante Philips wil dat je zo veel mannen krijgt, je kunt niet denken. Ze zegt dat Lizzy meneer Collins beter had kunnen nemen; maar *ik* denk niet dat er plezier in zou hebben gezeten. Heer! wat zou ik graag getrouwd willen zijn voor iemand van jullie! en dan zou ik *je chaperonneren* naar alle ballen. Lieve ik! we hadden zo'n goed stuk plezier de andere dag bij kolonel Forster's! Kitty en ik zouden daar de hele dag doorbrengen, en mevrouw Forster beloofde 's avonds een dansje te doen; (Trouwens, mevrouw Forster en ik zijn *zulke* vrienden!) en dus vroeg ze de twee Harringtons om te komen: maar Harriet was ziek, en dus was Pen gedwongen om alleen te komen; En dan, wat denk je dat we hebben gedaan? We kleedden Chamberlayne in vrouwenkleren, met opzet om voor een dame door te gaan, - bedenk eens wat leuk! Niemand wist ervan, behalve kolonel en mevrouw Forster, en Kitty en ik, behalve mijn tante, want we waren gedwongen een van haar jurken te lenen; En je kunt je niet voorstellen hoe goed hij eruit zag! Toen Denny, Wickham, Pratt en nog twee of drie mannen binnenkwamen, kenden ze hem in het geheel niet. Heer! wat heb ik gelachen! en dat deed mevrouw Forster ook. Ik dacht dat ik had moeten sterven. En *dat* deed de mannen iets vermoeden, en toen kwamen ze er al snel achter wat er aan de hand was."

Met zulke geschiedenissen van hun feestjes en goede grappen probeerde Lydia, geholpen door Kitty's hints en toevoegingen, haar metgezellen helemaal tot aan Longbourn te vermaken. Elizabeth luisterde zo min als ze kon, maar er was geen ontkomen aan het veelvuldig noemen van Wickhams naam.

Hun ontvangst thuis was zeer vriendelijk. Mevrouw Bennet verheugde zich om Jane in onverminderde schoonheid te zien; en meer dan eens zei meneer Bennet tijdens het diner vrijwillig tegen Elizabeth,—

"Ik ben blij dat je terug bent, Lizzy."

Hun gezelschap in de eetzaal was groot, want bijna alle Lucases kwamen om Maria te ontmoeten en het nieuws te horen; en er waren verschillende onderwerpen die hen bezighielden: vrouwe Lucas informeerde aan Maria aan de andere kant van de tafel naar het welzijn en het gevogelte van haar oudste dochter; Mevrouw Bennet was dubbel bezig, aan de ene kant verzamelde ze een verslag van de huidige mode van Jane, die een eind onder haar zat, en aan de andere kant verkocht ze ze allemaal aan de jongere juffrouw Lucases; en Lydia, met een stem die nogal luider was dan die van enig ander persoon, somde de verschillende genoegens van de ochtend op aan iedereen die haar wilde horen.

"O, Maria," zei ze, "ik wou dat je met ons meeging, want we hadden zo'n plezier! terwijl we verder gingen, trokken Kitty en ik alle jaloezieën omhoog en deden alsof er niemand in de koets zat; en ik zou de hele weg zijn gegaan, als Kitty niet ziek was geweest; en toen we bij de George aankwamen, denk ik dat we ons heel netjes hebben gedragen, want we hebben de andere drie behandeld met de lekkerste koude lunch ter wereld, en als je zou zijn gegaan, zouden we jou ook hebben behandeld. En toen we wegkwamen, was het zo leuk! Ik vond dat we nooit in de bus hadden moeten stappen. Ik was klaar om te sterven van het lachen. En toen waren we zo vrolijk de hele weg naar huis! We praatten en lachten zo hard, dat iedereen ons tien mijl verderop had kunnen horen!"

Hierop antwoordde Maria heel ernstig: "Het zij verre van mij, mijn lieve zuster, om zulke genoegens te kleineren. Ze zouden ongetwijfeld overeenkomen met de algemeenheid van vrouwelijke geesten. Maar ik moet bekennen dat ze geen charmes voor me zouden hebben. Ik zou oneindig veel liever een boek hebben."

Maar van dit antwoord hoorde Lydia geen woord. Ze luisterde zelden langer dan een halve minuut naar iemand en luisterde helemaal niet naar Maria.

's Middags drong Lydia er bij de overige meisjes op aan om naar Meryton te lopen en te zien hoe het met iedereen ging, maar Elizabeth verzette zich voortdurend tegen het plan. Het moet niet gezegd worden, dat de juffrouw Bennets niet een halve dag voordat ze de officieren achtervolgden, thuis konden zijn. Er was nog een andere reden voor haar verzet. Ze zag er tegenop om Wickham weer te zien en was vastbesloten om het zo lang mogelijk te vermijden. De troost voor *haar*, van de naderende verwijdering van het regiment, was inderdaad onuitsprekelijk. Over veertien dagen zouden ze gaan, en als ze eenmaal weg waren, hoopte ze dat er niets meer was om haar om hem heen te plagen.

Ze was nog niet veel uren thuis, of ze ontdekte dat het plan van Brighton, waarvan Lydia hen een hint had gegeven in de herberg, vaak werd besproken tussen haar ouders. Elizabeth zag direct dat haar vader niet het minste voornemen had om toe te geven; Maar zijn antwoorden waren tegelijkertijd zo vaag en dubbelzinnig, dat haar moeder, hoewel vaak ontmoedigd, nog nooit had gewanhoopt dat het eindelijk zou lukken.

Hoofdstuk XL

Elizabeths ongeduld om Jane op de hoogte te stellen van wat er gebeurd was, kon niet langer worden overwonnen; en ten slotte besloot ze elk detail waarin haar zuster zich bevond te onderdrukken en haar voor te bereiden op verrastheid, en vertelde haar de volgende ochtend het hoofd van de scène tussen Mr. Darcy en haarzelf.

De verbazing van juffrouw Bennet werd spoedig verminderd door de sterke zusterlijke partijdigheid, die elke bewondering voor Elizabeth volkomen natuurlijk deed lijken; En alle verbazing ging al snel verloren in andere gevoelens. Het speet haar dat Mr. Darcy zijn gevoelens had overgebracht op een manier die zo weinig geschikt was om ze aan te bevelen; Maar nog meer was ze bedroefd over het ongeluk dat de weigering van haar zuster hem moet hebben bezorgd.

"Dat hij zo zeker van succes was, was verkeerd," zei ze, "en het had zeker niet moeten verschijnen; maar bedenk hoezeer het zijn teleurstelling moet vergroten."

"Inderdaad," antwoordde Elizabeth, "het spijt me oprecht voor hem; Maar hij heeft andere gevoelens die waarschijnlijk spoedig zijn achting voor mij zullen verdrijven. Maar je neemt het me toch niet kwalijk dat ik hem weiger?"

"Geef je de schuld! Oh nee."

"Maar je neemt het me kwalijk dat ik zo warm over Wickham heb gesproken?"

"Nee, ik weet niet of je ongelijk had toen je zei wat je deed."

"Maar je *zult* het weten, als ik je de volgende dag heb verteld wat er is gebeurd."

Vervolgens sprak ze over de brief en herhaalde de hele inhoud ervan voor zover het George Wickham betrof. Wat een slag was dit voor de arme Jane, die gaarne door de wereld zou zijn gegaan zonder te geloven dat er in het hele mensenras zoveel slechtheid bestond als hier in één individu werd verzameld! Ook Darcy's rechtvaardiging, hoewel dankbaar voor haar gevoelens, was niet in staat om haar te troosten voor zo'n ontdekking. Uiterst ernstig spande zij zich in om de waarschijnlijkheid van dwaling aan te tonen, en trachtte de ene op te helderen, zonder de andere erbij te betrekken.

"Dat gaat niet," zei Elizabeth; "Je zult ze nooit allebei ergens goed voor kunnen maken. Maak uw keuze, maar u moet tevreden zijn met slechts één. Er is maar zo'n hoeveelheid verdienste tussen hen; net genoeg om een goed soort man te maken; En de laatste tijd is het behoorlijk aan het verschuiven. Wat mij betreft, ik ben geneigd om het allemaal van meneer Darcy te geloven, maar je zult doen wat je wilt."

Het duurde echter nog even voordat Jane een glimlach kon afpersen.

"Ik weet niet wanneer ik meer geschokt ben geweest," zei ze. "Wickham zo ontzettend slecht! Het is bijna niet te geloven. En arme meneer Darcy! lieve Lizzy, bedenk alleen wat hij moet hebben geleden. Wat een teleurstelling! En met de kennis van uw slechte mening ook! En zoiets van zijn zus te moeten vertellen! Het is echt te verontrustend, ik weet zeker dat je het zo moet voelen."

"Oh nee, mijn spijt en medeleven zijn allemaal verdwenen door je zo vol van beide te zien. Ik weet dat u hem zo'n ruimschoots recht zult doen, dat ik elk moment onbezorgd en onverschilliger word. Uw overvloed doet mij sparen; En als je nog veel langer over hem treurt, zal mijn hart zo licht zijn als een veertje."

"Arme Wickham! Er is zo'n uitdrukking van goedheid in zijn gelaat! zo'n openheid en zachtheid in zijn manier van doen."

"Er was zeker een groot wanbeheer in de opvoeding van die twee jonge mannen. De een heeft al het goede, de ander alle schijn ervan."

"Ik had nooit gedacht dat Mr. Darcy er zo slecht *uitzag* als vroeger."

"En toch was ik van plan buitengewoon slim te zijn door zo'n uitgesproken hekel aan hem te hebben, zonder enige reden. Het is zo'n aansporing voor iemands genialiteit, zo'n opening voor humor, om zo'n afkeer te hebben. Men kan voortdurend beledigend zijn zonder iets rechtvaardigs te zeggen; Maar je kunt niet altijd om een man lachen zonder af en toe op iets geestigs te stuiten."

"Lizzy, toen je die brief voor het eerst las, weet ik zeker dat je de zaak niet kon behandelen zoals je nu doet."

"Inderdaad, dat kon ik niet. Ik voelde me al ongemakkelijk genoeg, ik voelde me erg ongemakkelijk - ik mag wel zeggen ongelukkig. En met niemand om mee te praten over wat ik voelde, geen Jane om me te troosten en te zeggen dat ik niet zo zwak, ijdel en onzinnig was geweest als ik wist dat ik had gedaan! O, wat wilde ik je!"

"Wat jammer dat je zulke zeer sterke uitdrukkingen hebt gebruikt toen je over Wickham sprak tegen Mr. Darcy, want nu lijken ze volkomen onverdiend."

"Zeker. Maar het ongeluk om met bitterheid te spreken is een heel natuurlijk gevolg van de vooroordelen die ik had aangemoedigd. Er is één punt waarover ik uw advies zou willen hebben. Ik wil te horen krijgen of ik al dan niet onze kennis in het algemeen het karakter van Wickham moet laten begrijpen."

Juffrouw Bennet zweeg even en antwoordde toen: 'Er kan zeker geen reden zijn om hem zo vreselijk bloot te stellen. Wat is je eigen mening?"

"Dat het niet geprobeerd moet worden. Mr. Darcy heeft me geen toestemming gegeven om zijn communicatie openbaar te maken. Integendeel, het was de bedoeling dat elk afzonderlijk familielid van zijn zuster zoveel mogelijk voor mijzelf zou worden gehouden; en als ik probeer de mensen te misleiden over de rest van zijn gedrag, wie zal me dan geloven? Het algemene vooroordeel tegen Mr. Darcy is zo gewelddadig, dat het de dood zou zijn van de helft van de goede mensen in Meryton, om te proberen hem in een beminnelijk licht te plaatsen. Ik ben er niet tegen opgewassen. Wickham zal spoedig verdwenen zijn; En daarom zal het voor niemand hier betekenen wat hij werkelijk is. Enige tijd later zal het allemaal ontdekt worden, en dan kunnen we lachen om hun domheid om het niet eerder te weten. Op dit moment zal ik er niets over zeggen."

"Je hebt helemaal gelijk. Als zijn dwalingen openbaar zouden worden, zou hij voor altijd te gronde kunnen gaan. Hij heeft nu misschien spijt van wat hij heeft gedaan en wil graag een karakter herstellen. We moeten hem niet wanhopig maken."

Het tumult van Elizabeth's geest werd door dit gesprek gestild. Ze had zich ontdaan van twee van de geheimen die haar veertien dagen lang hadden gebezigd, en was er zeker van dat Jane bereid zou zijn om te luisteren, wanneer ze weer over een van beide wilde praten. Maar er schuilde nog steeds iets, waarvan de voorzichtigheid de onthulling verbood. Ze durfde de andere helft van de brief van meneer Darcy niet te vertellen, noch aan haar zus uit te leggen hoe oprecht ze door zijn vriend was gewaardeerd. Hier was kennis waaraan niemand deel kon hebben; en zij was zich ervan bewust dat niets minder dan een volmaakte verstandhouding tussen de partijen haar kon rechtvaardigen om deze laatste last van het mysterie van zich af te werpen. "En dan," zei ze, "als die zeer onwaarschijnlijke gebeurtenis ooit zou plaatsvinden, zal ik alleen maar kunnen vertellen wat Bingley zelf op een veel aangenamere manier zal vertellen. De vrijheid van communicatie kan niet de mijne zijn voordat ze al haar waarde heeft verloren!"

Nu ze thuis was neergestreken, had ze de tijd om de werkelijke toestand van haar zuster te observeren. Jane was niet blij. Ze koesterde nog steeds een zeer tedere genegenheid voor Bingley. Omdat ze zich nog nooit eerder verliefd had voorgesteld, had haar houding al de warmte van de eerste gehechtheid, en vanwege haar leeftijd en aanleg een grotere standvastigheid dan de eerste gehechtheden vaak beroemen; En zij waardeerde zijn herinnering zo vurig en gaf de voorkeur aan hem boven ieder ander man, dat al haar gezond verstand en al haar aandacht voor de gevoelens van haar vrienden nodig waren om de toegeeflijkheid van die spijt, die schadelijk moeten zijn geweest voor haar eigen gezondheid en hun rust, te beteugelen.

'Nou, Lizzy,' zei mevrouw Bennet op een dag, 'wat vind je *nu* van deze trieste zaak van Jane? Wat mij betreft, ik ben vastbesloten er nooit meer met iemand over te spreken. Dat vertelde ik laatst aan mijn zus Philips. Maar ik kan er niet achter komen dat Jane iets van hem heeft gezien in Londen. Nou, hij is een jongeman die het erg veronstelt – en ik denk niet dat er ook maar de geringste kans is dat ze hem ooit krijgt. Er is geen sprake van dat hij in de zomer weer naar Netherfield komt; en ik heb ook aan iedereen gevraagd die het waarschijnlijk zal weten."

"Ik geloof niet dat hij ooit nog in Netherfield zal wonen."

"Ach ja! het is precies zoals Hij verkiest. Niemand wil dat hij komt; hoewel ik altijd zal zeggen dat hij mijn dochter buitengewoon slecht heeft behandeld; en als ik haar was, zou ik het niet hebben gepikt. Nou, mijn troost is dat ik er zeker van ben dat Jane zal sterven aan een gebroken hart, en dan zal hij spijt hebben van wat hij heeft gedaan."

Maar omdat Elisabet geen troost kon vinden in zo'n verwachting, gaf ze geen antwoord.

"Nou, Lizzy," vervolgde haar moeder kort daarna, "en dus leven de Collinses heel comfortabel, nietwaar? Nou, nou, ik hoop alleen dat het zal duren. En wat voor soort tafel houden ze bij? Charlotte is een uitstekende manager, durf ik te zeggen. Als ze half zo scherp is als haar moeder, spaart ze genoeg. Er is niets extravagants in *hun* huishouding, durf ik te zeggen."

"Nee, helemaal niets."

"Een groot deel van goed management hangt ervan af. Ja, ja. *Ze* zullen ervoor zorgen dat ze hun inkomen niet overschrijden. *Ze* zullen nooit in nood komen te zitten voor geld. Welnu, moge het hun veel goeds doen! En dus, veronderstel ik, hebben ze het er vaak over om Longbourn te hebben als je vader dood is. Ze beschouwen het als hun eigendom, durf ik te zeggen, wanneer dat gebeurt."

"Het was een onderwerp dat ze niet voor mij konden noemen."

"Nee; Het zou vreemd zijn geweest als ze dat wel hadden gedaan. Maar ik twijfel er niet aan dat ze er vaak onder elkaar over praten. Nou, als ze gemakkelijk kunnen zijn met een landgoed dat niet wettelijk van hen is, des te beter. *Ik* zou me schamen dat ik er een heb die alleen op mij betrekking had.

Hoofdstuk XLI

De eerste week van hun terugkeer was snel voorbij. De tweede begon. Het was de laatste van het verblijf van het regiment in Meryton, en alle jonge dames in de buurt liepen in hoog tempo neer. De neerslachtigheid was bijna universeel. Alleen de oudere juffrouw Bennets waren nog in staat om te eten, te drinken en te slapen, en de gebruikelijke gang van zaken voort te zetten. Heel vaak werden ze deze ongevoeligheid verweten door Kitty en Lydia, wier eigen ellende buitengewoon was en die zo'n hardvochtigheid bij niemand van de familie konden begrijpen.

"Goede hemel! Wat moet er van ons worden? Wat moeten we doen?" zouden ze vaak uitroepen in de bitterheid van wee. "Hoe kun je zo glimlachen, Lizzy?"

Hun aanhankelijke moeder deelde al hun verdriet; Ze herinnerde zich wat ze zelf vijfentwintig jaar geleden bij een soortgelijke gelegenheid had doorstaan.

"Ik ben er zeker van," zei ze, "dat ik twee dagen samen heb gehuild toen het regiment van kolonel Miller wegging. Ik dacht dat ik mijn hart had moeten breken."

"Ik weet zeker dat ik *de mijne* zal breken," zei Lydia.

"Kon men maar naar Brighton gaan!" merkte mevrouw Bennet op.

"O ja, als men maar naar Brighton kon gaan! Maar papa is zo onaangenaam."

"Een beetje baden in de zee zou me voor altijd klaarmaken."

"En mijn tante Philips is er zeker van dat het *me* veel goed zou doen", voegde Kitty eraan toe.

Dat waren de klaagzangen die voortdurend door Longbourn House galmden. Elisabet probeerde zich door hen te laten afleiden; Maar elk gevoel van genot ging verloren in schaamte. Ze voelde opnieuw de rechtvaardigheid van de bezwaren van meneer Darcy; en nog nooit was zij zoo geneigd geweest zijn inmenging in de opvattingen van zijn vriend te vergeven.

Maar de somberheid van Lydia's vooruitzicht was spoedig opgeklaard, want zij ontving een uitnodiging van mevrouw Forster, de vrouw van de kolonel van het regiment, om haar naar Brighton te vergezellen. Deze vriendin van onschatbare waarde was een zeer jonge vrouw, en zeer recent getrouwd. Een gelijkenis in goedgehumeurdheid en opgewektheid had haar en Lydia bij elkaar aanbevolen, en van de *drie* maanden dat ze elkaar kenden, waren ze twee intiem geweest.

De verrukking van Lydia bij deze gelegenheid, haar aanbidding van mevrouw Forster, de vreugde van mevrouw Bennet en de vernedering van Kitty zijn nauwelijks te beschrijven. Geheel onoplettend voor de gevoelens van haar zus, vloog Lydia in rusteloze extase door het huis, riep om ieders felicitaties en lachte en praatte met meer geweld dan ooit; terwijl de ongelukkige Kitty in de salon bleef en haar lot beklaagde in termen die even onredelijk waren als haar accent chagrijnig was.

"Ik zie niet in waarom mevrouw Forster *mij niet* net zo goed zou vragen als Lydia," zei ze, "hoewel ik *niet* haar bijzondere vriendin ben. Ik heb net zoveel recht om gevraagd te worden als zij, en nog meer omdat ik twee jaar ouder ben."

Tevergeefs probeerde Elizabeth haar redelijk te maken, en Jane om haar te laten berusten. Wat Elisabeth zelf betreft, deze uitnodiging was in haar verre van dezelfde gevoelens op te wekken als bij haar moeder en Lydia, dat zij het beschouwde als het doodvonnis van alle mogelijkheid van gezond verstand voor de laatste; En hoe verfoeilijk zo'n stap haar ook zou maken, als het bekend werd, kon ze het niet laten haar vader heimelijk te adviseren haar niet te laten gaan. Zij belichtte hem alle ongepastheden van Lydia's gedrag in het algemeen, het geringe voordeel, dat zij kon halen uit de vriendschap van zulk een vrouw als mevrouw Forster, en de waarschijnlijkheid dat zij nog onvoorzichtiger zou zijn met zulk een metgezel in Brighton, waar de verzoekingen groter moesten zijn dan thuis. Hij hoorde haar aandachtig aan en zei toen:

"Lydia zal zich nooit gemakkelijk voelen voordat ze zich op een of andere openbare plaats heeft blootgesteld, en we kunnen nooit van haar verwachten dat ze het doet met zo weinig kosten of ongemak voor haar gezin als onder de huidige omstandigheden."

"Indien gij wist," zeide Elizabeth, "van het zeer groote nadeel voor ons allen, dat moet voortkomen uit de openlijke kennisgeving van Lydia's onbewaakte en onvoorzichtige wijze, ja, die er reeds uit voortgekomen is, dan ben ik er zeker van dat gij in deze zaak anders zoudt oordelen."

"Reeds opgestaan!" herhaalde meneer Bennet. "Wat! Heeft ze sommige van je minnaars weggejaagd? Arme kleine Lizzy! Maar wees niet terneergeslagen. Zulke preutse jongeren die het niet kunnen verdragen om met een beetje absurditeit in verband te worden gebracht, zijn het niet waard om spijt van te hebben. Kom, laat me de lijst zien van de zielige kerels die zich afzijdig hebben gehouden door Lydia's dwaasheid."

"Inderdaad, je vergist je. Ik heb zulke verwondingen niet om kwalijk te nemen. Het gaat niet om bijzondere, maar om algemene kwalen, waarover ik nu klaag. Ons belang, onze achtenswaardigheid in de wereld, moet worden beïnvloed door de wilde wispelturigheid, de zekerheid en de minachting van alle terughoudendheid die het karakter van Lydia kenmerken. Neem me niet kwalijk, want ik moet duidelijke taal spreken. Als u, mijn lieve vader, niet de moeite neemt om haar uitbundige geest te beteugelen en haar te leren dat haar huidige bezigheden niet de zaak van haar leven zullen zijn, zal ze spoedig buiten het bereik van verbetering zijn. Haar karakter zal worden gefixeerd; en ze zal, op haar zestiende, de meest vastberaden flirt zijn die zichzelf en haar familie ooit belachelijk heeft gemaakt; - een flirt ook, in de ergste en gemeenste graad van flirt; zonder enige aantrekkingskracht buiten de jeugd en een aanvaardbaar persoon; en, vanuit de onwetendheid en leegte van haar geest, totaal niet in staat om een deel van die universele minachting af te weren die haar woede om bewondering zal opwekken. In dit gevaar wordt ook Kitty begrepen. Ze zal volgen waar Lydia ook heen leidt. IJdel, onwetend, lui en absoluut ongecontroleerd! O, mijn lieve vader, kunt u zich voorstellen dat het mogelijk is dat zij niet gecensureerd en veracht zullen worden waar ze ook bekend zijn, en dat hun zusters niet vaak bij de schande betrokken zullen zijn?"

Meneer Bennet zag dat haar hele hart bij het onderwerp lag; en, liefdevol haar hand nemend, antwoordde:

"Maak jezelf niet ongemakkelijk, mijn liefste. Waar jij en Jane ook bekend zijn, je moet gerespecteerd en gewaardeerd worden; en je zult niet minder voordeel lijken te hebben als je een paar - of ik mag zeggen, drie - heel dwaze zussen hebt. We zullen geen vrede hebben in Longbourn als Lydia niet naar Brighton gaat. Laat haar dan gaan. Kolonel Forster is een verstandig man en zal haar uit elk echt onheil houden; En ze is gelukkig te arm om een prooi voor iemand te zijn. In Brighton zal ze zelfs als gewone flirt van minder belang zijn dan hier. De officieren zullen vrouwen vinden die hun aandacht meer waard zijn. Laten we daarom hopen dat haar aanwezigheid haar haar eigen onbeduidendheid zal leren. In ieder geval kan ze niet veel slechter worden, zonder ons toestemming te geven haar voor de rest van haar leven op te sluiten."

Met dit antwoord moest Elisabeth zich tevreden stellen; Maar haar eigen mening bleef hetzelfde, en ze liet hem teleurgesteld en bedroefd achter. Het lag echter niet in haar aard om haar ergernissen te vergroten door er bij stil te staan. Ze was ervan overtuigd dat ze haar plicht had gedaan; En zich zorgen maken over onvermijdelijke kwalen, of ze vergroten door angst, maakte geen deel uit van haar gezindheid.

Hadden Lydia en haar moeder de inhoud van haar gesprek met haar vader gekend, dan zou hun verontwaardiging nauwelijks tot uitdrukking zijn gekomen in hun eensgezinde welwillendheid. In Lydia's verbeelding omvatte een bezoek aan Brighton alle mogelijkheden tot aards geluk. Ze zag, met het creatieve oog van de fantasie, de straten van die homobadplaats bedekt met officieren. Ze zag zichzelf als het voorwerp van aandacht voor tientallen en tientallen van hen die momenteel onbekend zijn. Ze zag al de glorie van het kamp: de tenten strekten zich uit in prachtige eenvormigheid van rijen, vol met jongeren en homo's, en verblindend met scharlaken; En om het uitzicht compleet te maken, zag ze zichzelf zitten onder een tent, teder flirtend met minstens zes officieren tegelijk.

Als ze had geweten dat haar zuster haar probeerde weg te rukken van zulke vooruitzichten en realiteiten als deze, wat zouden dan haar gevoelens zijn geweest? Ze hadden alleen begrepen kunnen worden door haar moeder, die er misschien bijna hetzelfde over dacht. Dat Lydia naar Brighton ging, was het enige dat haar troostte voor de melancholieke overtuiging dat haar man nooit van plan was er zelf heen te gaan.

Maar ze waren volkomen onwetend van wat er was gebeurd; en hun verrukkingen duurden, met weinig onderbreking, voort tot op de dag dat Lydia het huis verliet.

Elizabeth zou meneer Wickham nu voor de laatste keer zien. Omdat ze sinds haar terugkeer vaak met hem in gezelschap was, was de opwinding zo goed als voorbij; de agitaties van vroegere partijdigheid geheel zo. Ze had zelfs geleerd om in de zachtheid die haar eerst had verrukt, een genegenheid te bespeuren en een gelijkheid van walging en vermoeidheid. In zijn tegenwoordige houding tegenover zich had zij bovendien een nieuwe bron van misnoegen; want de neiging die hij weldra betuigde om die attenties te hernieuwen, die het eerste deel van hun kennismaking hadden gekenmerkt, konden, na wat er sindsdien was gebeurd, alleen maar dienen om haar te provoceren. Ze verloor alle zorg voor hem, toen ze merkte dat ze zo was uitgekozen als het voorwerp van zo'n nutteloze en lichtzinnige dapperheid; En terwijl zij het gestadig onderdrukte, kon zij niet anders dan de bestraffing voelen die in zijn overtuiging besloten lag, dat, hoe lang en om welke reden zijn aandacht ook was ingetrokken, haar ijdelheid zou worden bevredigd en haar voorkeur te allen tijde door hun hernieuwing zou worden verzekerd.

Op de allerlaatste dag van het verblijf van het regiment in Meryton, dineerde hij, met andere officieren, in Longbourn; en Elizabeth was zo weinig geneigd om in een goed humeur van hem te scheiden, dat ze, toen hij een vraag deed naar de manier waarop haar tijd in Hunsford was doorgebracht, melding maakte van kolonel Fitzwilliam en Mr. Darcy die beiden drie weken in Rosings hadden doorgebracht, en hem vroeg of hij de eerste kende.

Hij keek verbaasd, ontstemd, gealarmeerd; maar met een oogenblik van herinnering en een wedergekeerde glimlach, antwoordde hij, dat hij hem vroeger dikwijls gezien had; En nadat hij had opgemerkt dat hij een zeer gentleman-achtige man was, vroeg hij haar hoe ze hem had gevonden. Haar antwoord was warm in zijn voordeel. Met een air van onverschilligheid voegde hij er kort daarna aan toe: "Hoe lang heb je gezegd dat hij bij Rosings was?"

"Bijna drie weken."

"En je zag hem vaak?"

"Ja, bijna elke dag."

"Zijn manieren zijn heel anders dan die van zijn neef."

"Ja, heel anders; maar ik denk dat Mr. Darcy de kennismaking verbetert."

"Inderdaad!" riep Wickham, met een blik die haar niet ontging. 'En mag ik u alstublieft vragen...' maar hij controleerde zichzelf, voegde hij er op een vrolijker toon aan toe: 'Is het in de aanpak dat hij verbetert? Heeft hij zich verwaardigd iets van beleefdheid aan zijn gewone stijl toe te voegen? want ik durf niet te hopen," vervolgde hij op een zachter en ernstiger toon, "dat hij in hoofdzaken verbeterd is."

"O nee!" zei Elizabeth. "In wezen geloof ik dat hij heel erg is wat hij ooit was."

Terwijl ze sprak, zag Wickham eruit alsof ze nauwelijks wist of ze zich over haar woorden moest verheugen of de betekenis ervan moest wantrouwen. Er was iets in haar gelaat dat hem met een angstige en angstige aandacht deed luisteren, terwijl zij eraan toevoegde:

'Toen ik zei dat hij beter werd in de kennismaking, bedoelde ik niet dat zijn geest of manieren in een staat van verbetering waren; maar dat, door hem beter te kennen, zijn gezindheid beter werd begrepen."

Wickhams schrik verscheen nu in een verhoogde teint en een opgewonden blik; Een paar minuten lang zweeg hij; totdat hij zijn verlegenheid van zich afschudde, zich weer tot haar wendde en met de zachtste toon zei:

"U, die mijn gevoelens voor Mr. Darcy zo goed kent, zult gemakkelijk begrijpen hoe oprecht ik me moet verheugen dat hij wijs genoeg is om zelfs de *schijn* van wat juist is aan te nemen. Zijn trots in die richting kan van dienst zijn, zo niet voor hemzelf, dan voor vele anderen, want het moet hem afschrikken van zulk een smerig wangedrag als ik heb geleden. Ik vrees alleen dat het soort voorzichtigheid waarop u, naar ik meen, hebt gezinspeeld, alleen maar wordt aangenomen bij zijn bezoeken aan zijn tante, voor wier goede mening en oordeel hij veel ontzag heeft. Zijn angst voor haar heeft altijd gewerkt, weet ik, toen ze samen waren; en veel is toe te schrijven aan zijn wens om de wedstrijd met juffrouw de Bourgh door te sturen, waarvan ik zeker weet dat hij die zeer ter harte gaat."

Elizabeth kon een glimlach niet onderdrukken, maar ze antwoordde alleen met een lichte buiging van het hoofd. Ze zag dat hij haar wilde aanspreken op het oude onderwerp van zijn grieven, en ze was niet in de stemming om hem te verwennen. De rest van de avond verliep met de *schijn* van gewone opgewektheid van zijn kant, maar zonder verdere poging om Elizabeth te onderscheiden; en ze gingen eindelijk uit elkaar met wederzijdse beleefdheid, en mogelijk met een wederzijds verlangen om elkaar nooit meer te ontmoeten.

Toen het gezelschap uiteenviel, keerde Lydia met mevrouw Forster terug naar Meryton, vanwaar ze de volgende ochtend vroeg zouden vertrekken. De scheiding tussen haar en haar familie was eerder luidruchtig dan zielig. Kitty was de enige die tranen vergoten; Maar ze huilde wel van ergernis en afgunst. Mevrouw Bennet was diffuus in haar goede wensen voor het geluk van haar dochter, en indrukwekkend in haar bevelen dat ze de gelegenheid niet zou missen om zich zoveel mogelijk te vermaken, - advies waarvan er alle reden was om aan te nemen dat het zou worden opgevolgd; en in het luidruchtige geluk van Lydia zelf bij het afscheid, werd het vriendelijker adieus van haar zusters geuit zonder gehoord te worden.

Hoofdstuk XLII

Als Elizabeths mening geheel uit haar eigen familie was voortgekomen, zou ze zich geen erg aangenaam beeld hebben kunnen vormen van echtelijk geluk of huiselijk comfort. Haar vader, gefascineerd door jeugd en schoonheid, en die schijn van goed humeur die jeugd en schoonheid over het algemeen geven, was getrouwd met een vrouw wier zwakke verstand en onliberale geest al heel vroeg in hun huwelijk een einde hadden gemaakt aan alle echte genegenheid voor haar. Respect, achting en vertrouwen waren voorgoed verdwenen; en al zijn opvattingen over huiselijk geluk werden omvergeworpen. Maar de heer Bennet was niet van plan om troost te zoeken voor de teleurstelling die zijn eigen onvoorzichtigheid had teweeggebracht in een van die genoegens die de ongelukkigen maar al te vaak troosten voor hun dwaasheid of hun ondeugd. Hij was dol op het land en op boeken; En uit deze smaken waren zijn voornaamste genoegens voortgekomen. Aan zijn vrouw was hij weinig anders verschuldigd dan dat haar onwetendheid en dwaasheid tot zijn vermaak hadden bijgedragen. Dit is niet het soort geluk dat een man in het algemeen aan zijn vrouw verschuldigd zou willen zijn; Maar waar andere krachten van vermaak ontbreken, zal de ware filosoof voordeel halen uit wat gegeven wordt.

Elizabeth was echter nooit blind geweest voor de ongepastheid van het gedrag van haar vader als echtgenoot. Ze had het altijd met pijn gezien; Maar met respect voor zijn bekwaamheden en dankbaar voor zijn liefdevolle behandeling van zichzelf, trachtte zij te vergeten wat zij niet over het hoofd kon zien, en die voortdurende schending van de echtelijke verplichting en het decorum uit haar gedachten te bannen, die, door zijn vrouw bloot te stellen aan de minachting van haar eigen kinderen, zo hoogst verwerpelijk was. Maar ze had nog nooit zo sterk als nu de nadelen gevoeld die de kinderen van zo'n ongeschikt huwelijk moeten ondergaan, en ze was zich nooit zo volledig bewust geweest van het kwaad dat voortkwam uit zo'n ondoordachte richting van talenten - talenten die, als ze op de juiste manier werden gebruikt, op zijn minst de respectabiliteit van zijn dochters hadden kunnen behouden, zelfs als ze niet in staat waren om de geest van zijn vrouw te verruimen.

Toen Elizabeth zich had verheugd over het vertrek van Wickham, vond ze weinig andere reden tot voldoening in het verlies van het regiment. Hun feesten in het buitenland waren minder gevarieerd dan voorheen; en thuis had ze een moeder en een zus, wier voortdurende ergernissen over de saaiheid van alles om hen heen een echte somberheid over hun huiselijke kring wierpen; en hoewel Kitty na verloop van tijd haar natuurlijke verstand zou kunnen herwinnen, omdat de verstoorders van haar hersenen waren verwijderd, zou haar andere zuster, uit wier gemoedstoestand groter kwaad zou kunnen worden gevreesd, waarschijnlijk in al haar dwaasheid en zekerheid worden verhard door een situatie van zulk een dubbel gevaar als een drinkplaats en een kamp. Over het geheel genomen vond ze dus, wat ze soms eerder had gevonden, dat een gebeurtenis waarnaar ze met ongeduldig verlangen had uitgekeken, niet al de voldoening bracht die ze zichzelf had beloofd. Het was daarom noodzakelijk een andere periode te noemen voor het begin van de werkelijke gelukzaligheid; om een ander punt te hebben waarop haar wensen en verwachtingen zouden kunnen worden gevestigd, en door opnieuw het genoegen van de verwachting te genieten, zich voor het ogenblik te troosten en zich voor te bereiden op een nieuwe teleurstelling. Haar reis naar de meren was nu het voorwerp van haar gelukkigste gedachten: het was haar beste troost voor alle ongemakkelijke uren die de ontevredenheid van haar moeder en Kitty onvermijdelijk maakte; en als ze Jane in het plan had opgenomen, zou elk onderdeel ervan perfect zijn geweest.

"Maar het is een geluk," dacht ze, "dat ik iets te wensen heb. Als het hele arrangement compleet was, zou mijn teleurstelling zeker zijn. Maar hier, door één onophoudelijke bron van spijt met me mee te dragen in de afwezigheid van mijn zus, kan ik redelijkerwijs hopen dat al mijn verwachtingen van genot worden gerealiseerd. Een plan waarvan elk deel vreugde belooft, kan nooit succesvol zijn; en algemene teleurstelling wordt alleen afgeweerd door de verdediging van een kleine eigenaardige ergernis."

Toen Lydia wegging, beloofde ze heel vaak en heel minutieus aan haar moeder en Kitty te schrijven; Maar haar brieven waren altijd langverwacht, en altijd heel kort. Die voor haar moeder bevatten weinig anders dan dat ze net terug waren van de bibliotheek, waar die en die officieren hen hadden bijgewoond, en waar ze zulke mooie sieraden had gezien die haar helemaal wild maakten; dat ze een nieuw gewaad had, of een nieuwe parasol, die ze uitvoeriger zou hebben beschreven, maar dat ze met grote spoed moest vertrekken, zoals mevrouw Forster haar noemde, en dat ze naar het kamp gingen; en uit haar correspondentie met haar zuster viel nog minder te leren, want haar brieven aan Kitty, hoewel wat langer, waren veel te vol met regels onder de woorden om openbaar te worden gemaakt.

Na de eerste twee weken of drie weken van haar afwezigheid begonnen gezondheid, goed humeur en opgewektheid weer te verschijnen in Longbourn. Alles had een vrolijker aspect. De families die in de stad waren geweest voor de winter kwamen weer terug, en er ontstonden zomerse opsmuk en zomerse afspraken. Mevrouw Bennet werd hersteld in haar gebruikelijke queruleuze sereniteit; en tegen het midden van juni was Kitty zo hersteld dat ze zonder tranen Meryton kon binnengaan, - een gebeurtenis van zo'n gelukkige belofte dat Elizabeth hoopte, dat ze tegen de volgende kerst zo redelijk zou zijn om niet eens per dag een officier te noemen, tenzij, door een wrede en boosaardige regeling op het Ministerie van Oorlog, een ander regiment zou in Meryton moeten worden ingekwartierd.

De tijd die voor het begin van hun noordelijke reis was vastgesteld, naderde nu snel; en er ontbraken slechts veertien dagen, toen er een brief kwam van mevrouw Gardiner, die het begin ervan onmiddellijk vertraagde en de omvang ervan beperkte. De heer Gardiner zou door zaken verhinderd zijn om te vertrekken tot veertien dagen later, in juli, en zou binnen een maand weer in Londen moeten zijn; en omdat dat voor hen een te korte tijd overliet om zo ver te gaan en zoveel te zien als ze hadden voorgesteld, of het tenminste te zien met de vrije tijd en het comfort waarop ze hadden gebouwd, waren ze verplicht de meren op te geven en te vervangen door een meer gecontracteerde reis; en, volgens het huidige plan, niet verder noordwaarts zouden gaan dan Derbyshire. In dat graafschap was er genoeg te zien om het hoofd van hun drie weken bezig te houden; en voor mevrouw Gardiner had het een bijzonder sterke aantrekkingskracht. De stad waar ze vroeger enkele jaren van haar leven had doorgebracht, en waar ze nu een paar dagen zou doorbrengen, was waarschijnlijk net zo'n groot voorwerp van haar nieuwsgierigheid als alle beroemde schoonheden van Matlock, Chatsworth, Divedale of de Peak.

Elizabeth was buitengewoon teleurgesteld: ze had haar zinnen gezet op het zien van de meren; en dacht toch dat er misschien tijd genoeg was geweest. Maar het was haar zaak om tevreden te zijn - en zeker haar humeur om gelukkig te zijn; En alles klopte al snel weer.

Met de vermelding van Derbyshire waren er veel ideeën verbonden. Het was onmogelijk voor haar om het woord te zien zonder aan Pemberley en zijn eigenaar te denken. "Maar zeker," zei ze, "ik kan ongestraft zijn graafschap binnengaan en het van een paar versteende rondhouten beroven, zonder dat hij mij merkt."

De periode van verwachting was nu verdubbeld. Het zou nog vier weken duren voordat haar oom en tante arriveerden. Maar ze stierven, en de heer en mevrouw Gardiner verschenen met hun vier kinderen eindelijk in Longbourn. De kinderen, twee meisjes van zes en acht jaar en twee jongere jongens, moesten worden achtergelaten onder de bijzondere zorg van hun nicht Jane, die de algemene favoriet was, en wier standvastige gevoel en zachtmoedigheid haar precies geschikt maakten om op alle mogelijke manieren voor hen te zorgen: hen te onderwijzen, met hen te spelen en van hen te houden.

De Gardiners verbleven slechts één nacht in Longbourn en vertrokken de volgende ochtend met Elizabeth op zoek naar nieuwigheid en amusement. Eén genot was zeker: dat van geschiktheid als metgezellen; een geschiktheid, die gezondheid en temperament omvatte om ongemakken te verdragen, opgewektheid om elk genot te vergroten, en genegenheid en intelligentie, die het onder elkaar zouden kunnen verschaffen als er teleurstellingen in het buitenland waren.

Het is niet het doel van dit werk om een beschrijving te geven van Derbyshire, noch van een van de opmerkelijke plaatsen waarlangs hun route daarheen liep - Oxford, Blenheim, Warwick, Kenilworth,

Birmingham, enz. zijn voldoende bekend. Een klein deel van Derbyshire is momenteel een en al zorg. Naar het stadje Lambton, waar vroeger mevrouw Gardiner woonde, en waar ze onlangs had vernomen dat er nog een kennis was, bogen ze hun schreden, nadat ze alle belangrijke wonderen van het land hadden gezien; en binnen vijf mijl van Lambton ontdekte Elizabeth, van haar tante, dat Pemberley was gelegen. Het lag niet op hun directe weg; niet meer dan een mijl of twee eruit. Toen mevrouw Gardiner de avond ervoor over hun route sprak, gaf ze te kennen dat ze de neiging had om de plek nog eens te zien. De heer Gardiner verklaarde zich bereid, en Elizabeth werd om haar goedkeuring gevraagd.

"Mijn liefste, zou je niet graag een plek willen zien waarover je zoveel hebt gehoord?" zei haar tante. "Een plek ook, waarmee zoveel van je kennissen verbonden zijn. Wickham heeft daar zijn hele jeugd doorgebracht, weet je."

Elizabeth was bedroefd. Ze voelde dat ze niets te zoeken had in Pemberley, en was verplicht om een afkeer aan te nemen om het te zien. Ze moet toegeven dat ze genoeg had van grote huizen: na zoveel te hebben doorgenomen, had ze echt geen plezier meer in mooie tapijten of satijnen gordijnen.

Mevrouw Gardiner maakte misbruik van haar domheid. "Als het maar een mooi huis was, rijkelijk ingericht," zei ze, "dan zou ik er zelf niet om geven; Maar het terrein is heerlijk. Ze hebben enkele van de beste houtsoorten van het land."

Elizabeth zei niets meer; Maar haar geest kon niet berusten. De mogelijkheid om Mr. Darcy te ontmoeten, terwijl hij de plaats bekeek, deed zich meteen voor. Het zou vreselijk zijn! Ze bloosde bij het idee alleen al; en dacht dat het beter zou zijn om openlijk met haar tante te praten, dan zo'n risico te lopen. Maar hiertegen waren bezwaren; en ten slotte besloot ze dat dit de laatste redmiddel zou kunnen zijn, als haar persoonlijke vragen over de afwezigheid van de familie ongunstig werden beantwoord.

Toen ze zich 's avonds terugtrok, vroeg ze dan ook aan het kamermeisje of Pemberley niet een heel mooie plek was, wat de naam van de eigenaar was, en, zonder weinig ongerustheid, of de familie voor de zomer beneden was. Een zeer welkome ontkenning volgde op de laatste vraag; en nu haar alarmen waren verdwenen, had ze de tijd om veel nieuwsgierigheid te voelen om het huis zelf te zien; En toen het onderwerp de volgende morgen weer ter sprake kwam, en er weer op haar werd gesolliciteerd, kon ze gemakkelijk antwoorden, en met een gepaste air van onverschilligheid, dat ze niet echt een hekel had aan het plan.

Ze moesten dus naar Pemberley gaan.

Hoofdstuk XLIII

Elizabeth, terwijl ze verder reden, keek met enige verontrusting uit naar de eerste verschijning van Pemberley Woods; En toen ze eindelijk bij de hut aankwamen, was haar humeur in een hoge stemming.

Het park was erg groot en bevatte een grote verscheidenheid aan grond. Ze kwamen er op een van de laagste punten binnen en reden een tijdje door een prachtig bos dat zich over een groot deel uitstrekte.

Elizabeths geest was te vol voor een gesprek, maar ze zag en bewonderde elke opmerkelijke plek en elk gezichtspunt. Ze klommen geleidelijk een halve mijl omhoog en bevonden zich toen op de top van een aanzienlijke verhevenheid, waar het bos ophield, en het oog onmiddellijk werd getrokken door Pemberley House, gelegen aan de andere kant van de vallei, waarin de weg met enige abruptheid kronkelde. Het was een groot, mooi stenen gebouw, dat goed op een verhoging stond, en werd ondersteund door een heuvelrug van hoge beboste heuvels; en aan de voorkant zwol een stroom van enig natuurlijk belang aan tot grotere, maar zonder enig kunstmatig uiterlijk. De oevers waren noch formeel, noch vals versierd. Elizabeth was opgetogen. Ze had nog nooit een plek gezien waar de natuur meer voor had gedaan, of waar de natuurlijke schoonheid zo weinig was tegengegaan door een ongemakkelijke smaak. Ze waren allemaal warm in hun bewondering; en op dat moment voelde ze dat het misschien wel iets zou kunnen zijn om meesteres van Pemberley te zijn!

Ze daalden de heuvel af, staken de brug over en reden naar de deur; En terwijl ze het dichterbij gelegen aspect van het huis onderzocht, keerde al haar vrees om de eigenaar te ontmoeten terug. Ze was bang dat het kamermeisje zich vergist zou hebben. Toen ze zich aanmeldden om de plaats te zien, werden ze in de zaal toegelaten; en Elizabeth, terwijl ze op de huishoudster wachtten, had tijd om zich erover te verbazen dat ze was waar ze was.

De huishoudster kwam; Een respectabel uitziende oudere vrouw, veel minder fijn en beschaafder dan ze zich kon voorstellen haar te vinden. Ze volgden haar naar de eetzaal. Het was een grote, goed geproportioneerde kamer, mooi ingericht. Elizabeth, na het enigszins te hebben onderzocht, ging naar een raam om van het vooruitzicht te genieten. De heuvel, bekroond met hout, waarvan ze waren afgedaald en die vanuit de verte een toenemende abruptheid kreeg, was een prachtig voorwerp. Elke inrichting van de grond was goed; En ze keek met verrukking naar het hele tafereel, de rivier, de bomen die langs de oevers lagen en de kronkeling van de vallei, voor zover ze die kon volgen. Toen ze andere kamers binnengingen, namen deze objecten verschillende posities in; Maar uit elk raam was er schoonheid te zien. De kamers waren verheven en mooi, en hun meubels pasten bij het fortuin van hun eigenaar; maar Elizabeth zag, met bewondering voor zijn smaak, dat het noch opzichtig noch nutteloos fijn was, - met minder pracht en meer echte elegantie dan de meubels van Rosings.

"En van deze plek," dacht ze, "had ik meesteres kunnen zijn! Met deze kamers had ik nu misschien wel een goede kennis kunnen maken! In plaats van hen als een vreemdeling te beschouwen, had ik mij in hen kunnen verheugen als de mijne, en mijn oom en tante als bezoekers bij hen kunnen verwelkomen. Maar nee," herinnerde zich dat, "dat zou nooit kunnen; mijn oom en tante zouden voor mij verloren zijn gegaan; Ik had ze niet mogen uitnodigen."

Dit was een gelukkige herinnering - het behoedde haar voor zoiets als spijt.

Ze verlangde ernaar om bij de huishoudster te vragen of haar meester werkelijk afwezig was, maar ze had er de moed niet voor. Eindelijk werd de vraag echter door haar oom gesteld; en zij wendde zich verschrikt af, terwijl mevrouw Reynolds antwoordde, dat hij het was; Hij voegde eraan toe: "Maar we verwachten hem morgen, met een groot gezelschap vrienden." Hoe verheugd was Elisabet dat hun eigen reis in geen geval een dag vertraging had opgelopen!

Haar tante riep haar nu om naar een foto te kijken. Ze kwam dichterbij en zag de beeltenis van meneer Wickham, die naast verschillende andere miniaturen boven de schoorsteenmantel hing. Haar tante vroeg haar glimlachend hoe ze het vond. De huishoudster kwam naar voren en vertelde dat het de foto was van een jonge heer, de zoon van de rentmeester van haar overleden meester, die door hem op eigen kosten was opgevoed. "Hij is nu in het leger gegaan," voegde ze eraan toe; "Maar ik ben bang dat hij heel wild is geworden."

Mevrouw Gardiner keek haar nichtje met een glimlach aan, maar Elizabeth kon het niet teruggeven.

'En dat,' zei mevrouw Reynolds, wijzend op een van de andere miniaturen, 'is mijn meester - en lijkt erg op hem. Het werd op hetzelfde moment getekend als de andere - ongeveer acht jaar geleden."

"Ik heb veel gehoord over de fijne persoon van uw meester," zei mevrouw Gardiner, terwijl ze naar het schilderij keek; "Het is een knap gezicht. Maar, Lizzy, je kunt ons vertellen of het zo is of niet."

Het respect van mevrouw Reynolds voor Elizabeth leek toe te nemen door deze aanwijzing dat ze haar meester kende.

"Kent die jongedame meneer Darcy?"

Elizabeth kleurde en zei: "Een beetje."

"En vindt u hem niet een heel knappe heer, mevrouw?"

"Ja, heel knap."

"Ik weet zeker dat *ik* er geen ken die zo knap is; Maar in de galerij boven zie je een fijnere, grotere foto van hem dan deze. Deze kamer was de favoriete kamer van mijn overleden meester, en deze miniaturen zijn nog net als toen. Hij was erg op ze gesteld."

Dit was voor Elizabeth de reden dat meneer Wickham zich onder hen bevond.

Mevrouw Reynolds richtte toen hun aandacht op een van Miss Darcy, getekend toen ze nog maar acht jaar oud was.

"En is juffrouw Darcy net zo knap als haar broer?" zei meneer Gardiner.

'O ja, de knapste jongedame die ooit is gezien; En zo volbracht! Ze speelt en zingt de hele dag door. In de kamer ernaast is net een nieuw instrument voor haar naar beneden gekomen, een cadeau van mijn meester: ze komt morgen met hem hierheen."

De heer Gardiner, wiens manieren gemakkelijk en aangenaam waren, moedigde haar mededeelzaamheid aan door zijn vragen en opmerkingen: mevrouw Reynolds, hetzij uit trots of gehechtheid, had er blijkbaar veel plezier in om over haar meester en zijn zuster te praten.

"Is je meester in de loop van het jaar veel op Pemberley?"

"Niet zoveel als ik zou willen, meneer: maar ik durf te zeggen dat hij hier de helft van zijn tijd zal doorbrengen; en Miss Darcy is altijd down voor de zomermaanden."

"Behalve," dacht Elizabeth, "als ze naar Ramsgate gaat."

"Als je meester zou trouwen, zou je misschien meer van hem zien."

"Ja, meneer; maar ik weet niet wanneer *dat* zal zijn. Ik weet niet wie goed genoeg voor hem is."

Meneer en mevrouw Gardiner glimlachten. Elisabet kon niet nalaten te zeggen: "Het strekt hem zeer tot eer, daar ben ik zeker van, dat u dat denkt."

"Ik zeg niet meer dan de waarheid, en wat iedereen zal zeggen die hem kent," antwoordde de ander. Elizabeth dacht dat dit behoorlijk ver ging; en ze luisterde met toenemende verbazing toen de huishoudster eraan toevoegde: "Ik heb nog nooit in mijn leven een kruiswoord van hem gehad, en ik ken hem al sinds hij vier jaar oud was."

Dit was de lof van alle anderen, het meest buitengewoon, het meest tegengesteld aan haar ideeën. Dat hij geen goedgehumeurd man was, was haar stelligste mening geweest. Haar scherpste aandacht was gewekt: ze verlangde ernaar meer te horen; en was haar oom dankbaar dat hij zei:

"Er zijn maar weinig mensen over wie zoveel gezegd kan worden. Je hebt geluk dat je zo'n meester hebt."

"Ja, meneer, ik weet dat ik het ben. Als ik door de wereld zou gaan, zou ik geen betere kunnen ontmoeten. Maar ik heb altijd opgemerkt dat zij die goedaardig zijn als ze kinderen zijn, goedaardig zijn als ze opgroeien; En hij was altijd de liefste, meest vrijgevige jongen ter wereld."

Elizabeth staarde haar bijna aan. "Kan dit Mr. Darcy zijn?" dacht ze.

"Zijn vader was een uitstekende man," zei mevrouw Gardiner.

"Ja, mevrouw, dat was hij inderdaad; en zijn zoon zal net zo zijn als hij, net zo minzaam voor de armen."

Elizabeth luisterde, vroeg zich af, twijfelde en was ongeduldig naar meer. Mevrouw Reynolds kon haar op geen enkel ander punt interesseren. Ze vertelde tevergeefs de onderwerpen van de foto's, de afmetingen van de kamers en de prijs van het meubilair. De heer Gardiner, zeer geamuseerd door het soort familievooroordelen, waaraan hij haar buitensporige lof voor haar meester toeschreef, kwam al snel weer op het onderwerp; En ze stond met energie stil bij zijn vele verdiensten, terwijl ze samen de grote trap opgingen.

"Hij is de beste huisbaas en de beste meester," zei ze, "die ooit geleefd heeft. Niet zoals de wilde jonge mannen van tegenwoordig, die aan niets anders denken dan aan zichzelf. Er is niet één van zijn pachters of knechten die hem niet een goede naam zal geven. Sommige mensen noemen hem trots; maar ik weet zeker dat ik er nooit iets van heb gezien. Naar mijn mening is het alleen omdat hij niet rammelt zoals andere jonge mannen."

"In welk een beminnelijk licht plaatst dit hem!" dacht Elizabeth.

'Dit mooie verhaal over hem,' fluisterde haar tante terwijl ze liepen, 'strookt niet helemaal met zijn gedrag tegenover onze arme vriend.'

"Misschien worden we misleid."

"Dat is niet erg waarschijnlijk; Ons gezag was te goed."

Toen ze de ruime hal boven bereikten, werden ze binnengeleid in een zeer mooie zitkamer, die onlangs met meer elegantie en lichtheid was ingericht dan de appartementen beneden; en kregen te horen dat het alleen maar was gedaan om Miss Darcy een plezier te doen, die de kamer leuk had gevonden, toen ze voor het laatst in Pemberley was.

'Hij is zeker een goede broer,' zei Elizabeth, terwijl ze naar een van de ramen liep.

Mevrouw Reynolds anticipeerde op de vreugde van juffrouw Darcy, toen ze de kamer zou binnenkomen. "En zo gaat het altijd met hem", voegde ze eraan toe. "Alles wat zijn zus enig plezier kan geven, is zeker in een oogwenk gedaan. Er is niets dat hij niet voor haar zou doen."

De schilderijengalerij en twee of drie van de voornaamste slaapkamers waren alles wat nog te zien was. In de eerste waren veel goede schilderijen: maar Elizabeth wist niets van de kunst; en van wat beneden al zichtbaar was geweest, had ze zich gewillig omgedraaid om naar enkele tekeningen van juffrouw Darcy te kijken, in kleurpotloden, waarvan de onderwerpen meestal interessanter en ook begrijpelijker waren.

In de galerij waren veel familieportretten, maar ze konden weinig hebben om de aandacht van een vreemde te trekken. Elizabeth liep verder op zoek naar het enige gezicht waarvan de gelaatstrekken haar bekend zouden zijn. Eindelijk arresteerde het haar - en ze zag een opvallende gelijkenis met Mr. Darcy, met zo'n glimlach op het gezicht, zoals ze zich herinnerde soms te hebben gezien, toen hij naar haar keek. Ze stond enkele minuten voor het schilderij, in ernstige overpeinzing, en keerde er weer naar terug voordat ze de galerij verlieten. Mevrouw Reynolds deelde hen mee, dat het tijdens het leven van zijn vader was genomen.

Er was zeker op dit moment, in Elizabeths geest, een zachter gevoel tegenover het origineel dan ze ooit had gevoeld op het hoogtepunt van hun kennismaking. De lof die mevrouw Reynolds hem schonk, was niet gering. Welke lof is waardevoller dan de lof van een intelligente dienaar? Als een broer, een landheer, een meester, overwoog ze hoeveel mensen gelukkig waren onder zijn voogdij! Hoeveel genot of pijn lag in zijn macht om te geven! Hoeveel goed of kwaad moet er door hem worden gedaan! Elk denkbeeld dat de huishoudster naar voren had gebracht, was gunstig voor zijn karakter; En terwijl zij voor het doek stond, waarop hij was afgebeeld, en zijn ogen op zich vestigde, dacht zij aan zijn blik met een dieper gevoel van dankbaarheid dan het ooit tevoren had opgeroepen: zij herinnerde zich de warmte ervan en verzachtte de ongepastheid van uitdrukking.

Toen het hele huis dat voor algemene inspectie toegankelijk was, was gezien, keerden ze terug naar beneden; en, afscheid nemend van de huishoudster, werden ze overgeleverd aan de tuinman, die hen bij de deur van de hal ontmoette.

Terwijl ze over het grasveld naar de rivier liepen, draaide Elizabeth zich om om nog eens te kijken; Haar oom en tante stopten ook; En terwijl de eerste aan het gissen was over de datum van het gebouw, kwam de eigenaar ervan plotseling naar voren van de weg die achter hem naar de stallen leidde.

Ze waren nog geen twintig meter van elkaar verwijderd; En zijn verschijning was zo abrupt, dat het onmogelijk was om zijn gezicht te vermijden. Hun ogen ontmoetten elkaar ogenblikkelijk en de wangen van elk van hen waren bedekt met de diepste blos. Hij schrok volkomen, en scheen een oogenblik onbeweeglijk van verbazing; maar spoedig hersteld zich, begaf zich naar het gezelschap en sprak tot Elizabeth, zoo niet in termen van volmaakte kalmte, dan toch van volmaakte beleefdheid.

Ze had zich instinctief afgewend; Maar hij stopte bij zijn nadering en ontving zijn complimenten met een verlegenheid die onmogelijk te overwinnen was. Was zijn eerste verschijning, of zijn gelijkenis met de foto die ze zojuist hadden onderzocht, onvoldoende geweest om de andere twee ervan te verzekeren dat ze nu Mr. Darcy zagen, dan zou de uitdrukking van verbazing van de tuinman, bij het zien van zijn meester, het onmiddellijk hebben verteld. Ze hielden zich een beetje afzijdig terwijl hij met hun nicht sprak, die, verbaasd en verward, nauwelijks haar ogen naar hem durfde op te heffen en niet wist welk antwoord ze antwoordde op zijn burgerlijke vragen naar haar familie. Verbaasd over de verandering van zijn manier van doen sinds ze voor het laatst uit elkaar waren gegaan, vergrootte elke zin die hij uitsprak haar verlegenheid; En elk idee van de ongepastheid van haar aanwezigheid kwam terug in haar gedachten, de paar minuten waarin ze samen doorgingen, behoorden tot de meest ongemakkelijke van haar leven. Hij leek ook niet veel meer op zijn gemak; als hij sprak, had zijn accent niets van zijn gebruikelijke bezadigdheid; en hij herhaalde zijn vragen over het tijdstip waarop zij Longbourn had verlaten en over haar verblijf in Derbyshire, zo vaak en op zo'n haastige manier, als duidelijk de afleiding van zijn gedachten uitdrukte.

Eindelijk scheen elk idee hem te ontgaan; En na een paar ogenblikken te hebben gestaan zonder een woord te zeggen, herpakte hij zich plotseling en nam afscheid.

De anderen voegden zich toen bij haar en spraken hun bewondering uit voor zijn gestalte; maar Elisabet hoorde geen woord, en geheel in beslag genomen door haar eigen gevoelens, volgde zij hen zwijgend. Ze werd overmand door schaamte en ergernis. Haar komst daar was het meest ongelukkige, het meest ondoordachte ter wereld! Hoe vreemd moet het hem toeschijnen! In welk een schandelijk licht zou het zo'n ijdel mens niet kunnen treffen! Het lijkt misschien alsof ze zich met opzet weer voor hem in de weg heeft geworpen! Oh! Waarom is ze gekomen? Of, waarom kwam hij zo een dag voordat hij werd verwacht? Als ze maar tien minuten eerder waren geweest, zouden ze buiten het bereik van zijn discriminatie zijn geweest; want het was duidelijk dat hij op dat moment was aangekomen, dat hij van zijn paard of zijn rijtuig was afgestapt. Ze bloosde keer op keer over de perversiteit van de bijeenkomst. En zijn gedrag, zo opvallend veranderd, wat zou het kunnen betekenen? Het was verbazingwekkend dat hij zelfs maar met haar sprak, maar om met zo'n beleefdheid te spreken, om naar haar familie te informeren! Nooit in haar leven had ze zijn manieren zo weinig waardig gezien, nooit had hij met zo'n zachtheid gesproken als bij deze onverwachte ontmoeting. Wat een contrast vormde het met zijn laatste adres in Rosings Park, toen hij zijn brief in haar hand legde! Ze wist niet wat ze moest denken, of hoe ze het moest verklaren.

Ze waren nu begonnen aan een prachtige wandeling aan de kant van het water, en elke stap bracht een edeler val van de grond naar voren, of een fijner bereik van het bos dat ze naderden: maar het duurde enige tijd voordat Elizabeth er iets van merkte; en, hoewel ze mechanisch antwoordde op de herhaalde smeekbeden van haar oom en tante, en scheen haar ogen te richten op zulke voorwerpen als ze aanwezen, ze onderscheidde geen deel van het tafereel. Haar gedachten waren allemaal gefixeerd op die ene plek van Pemberley House, wat het ook mocht zijn, waar meneer Darcy zich toen bevond. Ze verlangde ernaar te weten wat er op dat moment in zijn hoofd omging; op welke manier hij over haar dacht, en of ze, ondanks alles, hem nog steeds dierbaar was. Misschien was hij alleen maar beleefd geweest omdat hij zich op zijn gemak voelde; Toch was er *iets* in zijn stem geweest, dat niet als een gemak was. Of hij meer pijn of plezier had gevoeld bij het zien van haar, kon ze niet zeggen, maar hij had haar zeker niet met kalmte gezien.

Tenslotte echter werden ze wakker geschud door de opmerkingen van haar metgezellen over haar gebrek aan verstand, en ze voelde de noodzaak om meer op zichzelf te lijken.

Ze gingen het bos in, namen een poosje afscheid van de rivier en beklommen enkele van de hogere gronden; Waarvan, op plaatsen waar het openen van de bomen het oog de kracht gaf om te dwalen, vele bekoorlijke uitzichten waren op de vallei, de tegenoverliggende heuvels, met de lange reeks bossen die vele bedekten, en soms een deel van de stroom. De heer Gardiner sprak de wens uit om het hele park rond te gaan, maar vreesde dat het misschien meer dan een wandeling zou zijn. Met een triomfantelijke glimlach werd hun verteld, dat het tien mijl in het rond was. Daarmee was de zaak afgedaan; en zij volgden de gewone kringloop; die hen na enige tijd weer terugbracht in een afdaling tussen hangende bossen, naar de rand van het water, en een van de smalste delen ervan. Ze staken het over via een eenvoudige brug, die paste bij de algemene sfeer van het tafereel: het was een plek die minder versierd was dan alle andere die ze tot nu toe hadden bezocht; En het dal, hier samengetrokken tot een vallei, liet alleen ruimte voor de stroom, en een smal pad te midden van het ruwe hakhout, dat het begrensde. Elizabeth verlangde ernaar de kronkelingen ervan te verkennen; maar toen ze de brug waren overgestoken en zagen hoe ver ze van het huis verwijderd waren, kon mevrouw Gardiner, die niet zo goed kon wandelen, niet verder gaan en dacht er alleen maar aan om zo snel mogelijk naar het rijtuig terug te keren. Haar nicht moest zich dus onderwerpen, en ze gingen op weg naar het huis aan de overkant van de rivier, in de dichtstbijzijnde richting; maar hun vorderingen waren traag, want de heer Gardiner, hoewel hij zelden in staat was om aan de smaak toe te geven, was zeer dol op vissen, en was zo druk bezig met het kijken naar het af en toe verschijnen van een forel in het water, en er met de man over te praten, dat hij maar weinig vooruitgang boekte. Terwijl ze op deze langzame manier verder liepen, werden ze opnieuw verrast, en Elizabeth's verbazing was volkomen gelijk aan wat het eerst was geweest, door de aanblik van Mr. Darcy die hen naderde, en niet op grote afstand. Omdat de wandeling hier minder beschut was dan aan de andere kant, konden ze hem zien voordat ze elkaar ontmoetten. Elizabeth, hoe verbaasd ook, was in ieder geval beter voorbereid op een onderhoud dan vroeger, en besloot kalm te verschijnen en te spreken, als hij werkelijk van plan was hen te ontmoeten. Een paar ogenblikken lang had ze inderdaad het gevoel dat hij waarschijnlijk een andere weg zou inslaan. Het idee duurde zolang een bocht in de gang hem aan hun zicht onttrok; Voorbij de bocht was hij vlak voor hen. Met een blik zag ze dat hij niets van zijn recente beleefdheid had verloren; en, om zijn beleefdheid te imiteren, begon ze, toen ze elkaar ontmoetten, de schoonheid van de plek te bewonderen; maar ze was nog niet verder gekomen dan de woorden 'verrukkelijk' en 'bekoorlijk', toen er enkele ongelukkige herinneringen opdringen, en ze verbeeldde zich dat de lof van haar kant voor Pemberley ondeugend zou kunnen worden uitgelegd. Haar kleur veranderde en ze zei niets meer.

Mevrouw Gardiner stond een eindje achter; En toen ze even pauzeerde, vroeg hij haar of ze hem de eer wilde bewijzen hem aan haar vrienden voor te stellen. Dit was een beleefdheidsdaad waarop ze helemaal niet voorbereid was; en ze kon nauwelijks een glimlach onderdrukken omdat hij nu de kennis zocht van enkele van die zelfde mensen, tegen wie zijn trots in opstand was gekomen, in zijn aanbod aan zichzelf. "Wat zal zijn verbazing zijn," dacht ze, "als hij weet wie ze zijn! Hij neemt ze nu voor mensen van de mode."

De inleiding was echter onmiddellijk gemaakt, en terwijl ze hun relatie tot zichzelf noemde, wierp ze een sluwe blik op hem, om te zien hoe hij het verdroeg, en niet zonder de verwachting dat hij zo snel als hij kon van zulke schandelijke metgezellen zou vertrekken. Dat hij *verrast was* door het verband, was duidelijk: hij hield het echter met vastberadenheid vol, en verre van weg te gaan, keerde hij met hen terug en knoopte een gesprek aan met de heer Gardiner. Elizabeth kon niet anders dan tevreden zijn, kon niet anders dan triomferen. Het was een troost dat hij wist dat ze enkele relaties had voor wie geen reden was om te blozen. Ze luisterde aandachtig naar alles wat er tussen hen gebeurde en verheerlijkte elke uitdrukking, elke zin van haar oom, die zijn intelligentie, zijn smaak of zijn goede manieren kenmerkte.

Het gesprek ging al snel over vissen; en ze hoorde dat meneer Darcy hem met de grootste beleefdheid uitnodigde om daar zo vaak te vissen als hij wilde, terwijl hij in de buurt bleef en tegelijkertijd aanbood hem visgerei te leveren en die delen van de stroom aanwees waar gewoonlijk de meeste sport was. Mevrouw Gardiner, die arm in arm liep met Elizabeth, gaf haar een blik die haar verwondering uitdrukte. Elizabeth zei niets, maar het deed haar buitengewoon veel plezier; Het compliment moet helemaal voor haarzelf zijn. Haar verbazing was echter extreem; en voortdurend herhaalde ze: 'Waarom is hij zo veranderd? Waaruit kan het voortkomen? Het kan niet voor *mij* zijn, het kan niet voor *mij* zijn dat zijn manieren zo worden verzacht. Mijn terechtwijzingen in Hunsford zouden zo'n verandering als deze niet kunnen teweegbrengen. Het is onmogelijk dat hij nog van mij houdt."

Na een poosje op deze manier te hebben gelopen, de twee dames voorop, de twee heren achter, toen ze hun plaatsen weer innamen, nadat ze naar de rand van de rivier waren afgedaald om een merkwaardige waterplant beter te kunnen inspecteren, kwam er toevallig een kleine verandering. Het vond zijn oorsprong bij mevrouw Gardiner, die, vermoeid door de inspanning van de ochtend, Elizabeths arm ontoereikend vond om haar te ondersteunen, en daarom de voorkeur gaf aan die van haar man. Mr. Darcy nam haar plaats in bij haar nichtje en ze liepen samen verder. Na een korte stilte nam de dame als eerste het woord. Ze wilde hem laten weten dat ze van zijn afwezigheid verzekerd was voordat ze naar de plaats kwam, en begon daarom op te merken dat zijn komst zeer onverwacht was geweest, "want je huishoudster," voegde ze eraan toe, "heeft ons meegedeeld dat je hier zeker pas morgen zou zijn; en inderdaad, voordat we Bakewell verlieten, begrepen we dat je niet meteen in het land werd verwacht." Hij erkende de waarheid van dit alles; en zei dat zaken met zijn rentmeester hem ertoe hadden gebracht een paar uur eerder naar voren te komen dan de rest van het gezelschap met wie hij had gereisd. 'Ze zullen zich morgen vroeg bij mij voegen,' vervolgde hij, 'en onder hen zijn er die beweren u te kennen, meneer Bingley en zijn zusters.'

Elizabeth antwoordde alleen met een lichte buiging. Haar gedachten werden onmiddellijk teruggedreven naar de tijd dat de naam van meneer Bingley voor het laatst tussen hen was genoemd; En als ze naar zijn huidskleur mocht oordelen, *was zijn* geest niet heel anders bezig.

'Er is ook nog een andere persoon in de partij,' vervolgde hij na een pauze, 'die meer in het bijzonder bij u bekend wil worden. Staat u mij toe, of vraag ik te veel, om mijn zuster aan uw kennis voor te stellen tijdens uw verblijf in Lambton?"

De verrassing van zo'n aanvraag was inderdaad groot; Het was te groot voor haar om te weten op welke manier ze eraan toegaf. Ze voelde onmiddellijk dat welk verlangen Miss Darcy ook zou hebben om haar te leren kennen, het werk van haar broer moest zijn, en zonder verder te kijken, was het bevredigend; Het was verheugend te weten dat zijn wrok hem niet echt slecht over haar had doen denken.

Ze liepen nu zwijgend verder; elk van hen diep in gedachten verzonken. Elizabeth voelde zich niet op haar gemak; Dat was onmogelijk; Maar ze was gevleid en tevreden. Zijn wens om zijn zus aan haar voor te stellen was een compliment van de hoogste soort. Ze overtroffen al snel de anderen; en toen ze het rijtuig hadden bereikt, liepen de heer en mevrouw Gardiner een halve kwart mijl achter.

Hij vroeg haar toen om het huis binnen te lopen, maar ze verklaarde dat ze niet moe was en ze stonden samen op het grasveld. Op zo'n moment had er veel gezegd kunnen worden, en het zwijgen was erg ongemakkelijk. Ze wilde praten, maar er leek een embargo op elk onderwerp. Eindelijk herinnerde ze zich dat ze op reis was geweest, en ze spraken met veel volharding over Matlock en Dovedale. Maar de tijd en haar tante gingen langzaam - en haar geduld en haar ideeën waren bijna uitgeput voordat de *tête-à-tête* voorbij was.

Toen meneer en mevrouw Gardiner naar boven kwamen, werden ze allemaal gedwongen om naar het huis te gaan en wat verfrissing te nemen; Maar dit werd afgewezen, en ze gingen aan beide kanten met de grootste beleefdheid uit elkaar. Mr. Darcy overhandigde de dames in het rijtuig; en toen het wegreed, zag Elizabeth hem langzaam naar het huis lopen.

De observaties van haar oom en tante begonnen nu; En elk van hen verklaarde dat hij oneindig superieur was aan alles wat ze hadden verwacht.

"Hij is volkomen braaf, beleefd en bescheiden", zei haar oom.

"Er *is* zeker iets statigs in hem," antwoordde haar tante; "Maar het is beperkt tot zijn lucht, en is niet onbetamelijk. Ik kan nu tegen de huishoudster zeggen dat hoewel sommige mensen hem misschien trots noemen, *ik* er niets van heb gezien."

"Ik was nooit meer verrast dan door zijn gedrag tegenover ons. Het was meer dan burgerlijk; Het was echt attent; En er was geen noodzaak voor dergelijke aandacht. Zijn kennismaking met Elizabeth was erg onbeduidend."

"Zeker, Lizzy," zei haar tante, "hij is niet zo knap als Wickham; of beter gezegd, hij heeft niet het gelaat van Wickham, want zijn gelaatstrekken zijn volkomen goed. Maar hoe kwam je erbij om ons te vertellen dat hij zo onaangenaam was?"

Elizabeth verontschuldigde zich zo goed als ze kon: ze zei dat ze hem leuker had gevonden toen ze elkaar in Kent ontmoetten dan vroeger, en dat ze hem nog nooit zo aangenaam had gezien als vanmorgen.

"Maar misschien is hij een beetje grillig in zijn beleefdheden," antwoordde haar oom. "Uw grote mannen zijn dikwijls; en daarom zal ik hem niet op zijn woord geloven over vissen, omdat hij op een andere dag van gedachten zou kunnen veranderen en me van zijn terrein zou kunnen waarschuwen."

Elizabeth voelde dat ze zich volledig in zijn karakter hadden vergist, maar zei niets.

"Van wat we van hem hebben gezien," vervolgde mevrouw Gardiner, "zou ik echt niet hebben gedacht dat hij zich door iemand op zo'n wrede manier zou hebben kunnen gedragen als hij heeft gedaan door de arme Wickham. Hij heeft geen ondeugende blik. Integendeel, er is iets aangenaams in zijn mond als hij spreekt. En er is iets van waardigheid in zijn gelaat, dat iemand geen ongunstig idee van zijn hart zou geven. Maar de eerlijkheid gebiedt te zeggen dat de goede dame die ons het huis liet zien, hem een zeer vlammend karakter gaf. Ik kon het soms bijna niet laten om hardop te lachen. Maar hij is een vrijgevige meester, veronderstel ik, en *dat* omvat in de ogen van een dienaar elke deugd."

Elizabeth voelde zich hier geroepen om iets te zeggen ter rechtvaardiging van zijn gedrag tegenover Wickham; en gaf hen daarom op een zo behoedzaam mogelijke manier te verstaan dat door wat ze van zijn relaties in Kent had gehoord, zijn acties tot een heel andere constructie vatbaar waren; en dat zijn karakter geenszins zo gebrekkig was, noch dat van Wickham zo beminnelijk, als men in Hertfordshire had gedacht. Ter bevestiging hiervan vertelde zij de bijzonderheden van alle geldelijke transacties waarbij zij verband hadden gehouden, zonder haar autoriteit daadwerkelijk te noemen, maar te verklaren dat deze van dien aard was waarop kon worden vertrouwd.

Mevrouw Gardiner was verrast en bezorgd: maar toen ze nu het toneel van haar vroegere genoegens naderden, maakte elk idee plaats voor de bekoring van de herinnering; En ze was te veel bezig met het aanwijzen van alle interessante plekken in de omgeving aan haar man, om aan iets anders te denken. Vermoeid als ze was geweest door de ochtendwandeling, hadden ze nog maar net gedineerd of ze ging weer op weg om haar vroegere kennis te zoeken, en de avond werd doorgebracht met de voldoening van een geslachtsgemeenschap die na vele jaren van onderbreking werd hernieuwd.

De gebeurtenissen van die dag waren te interessant om Elizabeth veel aandacht te geven aan een van deze nieuwe vrienden; en ze kon niets anders doen dan denken, en met verwondering denken, aan de beleefdheid van Mr. Darcy, en vooral aan het feit dat hij wenste dat ze zijn zus zou leren kennen.

Hoofdstuk XLIV

Elizabeth had afgesproken dat Mr. Darcy zijn zuster zou meenemen om haar te bezoeken de dag nadat ze Pemberley had bereikt; en was daarom vastbesloten om de hele ochtend niet uit het zicht van de herberg te zijn. Maar haar conclusie was onjuist; want juist op de ochtend na hun eigen aankomst in Lambton kwamen deze bezoekers. Ze hadden met een paar van hun nieuwe vrienden rondgelopen en waren net teruggekeerd naar de herberg om zich aan te kleden voor een diner met dezelfde familie, toen het geluid van een koets hen naar een raam trok, en ze zagen een heer en dame in een stoet door de straat rijden. Elizabeth, die de livrei onmiddellijk herkende, raadde wat het betekende, en verraste haar verwanten niet in het minst, door hen op de hoogte te stellen van de eer, die zij verwachtte. Haar oom en tante waren een en al verbazing; En de verlegenheid van haar manier van spreken terwijl ze sprak, gevoegd bij de omstandigheid zelf, en veel van de omstandigheden van de vorige dag, opende voor hen een nieuw idee over de zaak. Niemand had het ooit eerder gesuggereerd, maar ze voelden nu dat er geen andere manier was om zulke attenties uit zo'n hoek te verklaren dan door een partijdigheid voor hun nichtje te veronderstellen. Terwijl deze pasgeboren denkbeelden zich in hun hoofd afspeelden, nam de verontrusting van Elizabeths gevoelens elk moment toe. Ze was nogal verbaasd over haar eigen onrust; Maar, naast andere oorzaken van ongerustheid, vreesde zij dat de partijdigheid van de broer te veel in haar voordeel zou hebben gezegd; En, meer dan gewoonlijk verlangend om te behagen, vermoedde ze natuurlijk dat elke kracht om te behagen haar zou ontgaan.

Ze trok zich terug uit het raam, bang om gezien te worden; En terwijl ze de kamer op en neer liep en zich probeerde te beheersen, zag ze bij haar oom en tante zulke blikken van onderzoekende verbazing, dat ze alles nog erger maakten.

Miss Darcy en haar broer verschenen en deze formidabele introductie vond plaats. Met verbazing zag Elizabeth dat haar nieuwe kennis minstens zo in verlegenheid was gebracht als zijzelf. Sinds ze in Lambton was, had ze gehoord dat juffrouw Darcy buitengewoon trots was; Maar de observatie van een paar minuten overtuigde haar ervan dat ze alleen maar buitengewoon verlegen was. Ze vond het moeilijk om zelfs maar een woord van haar te krijgen dat verder ging dan een eenlettergrepige lettergreep.

Miss Darcy was lang en op grotere schaal dan Elizabeth; En hoewel ze niet veel ouder was dan zestien, was haar figuur gevormd en haar uiterlijk vrouwelijk en gracieus. Ze was minder knap dan haar broer, maar er was verstand en goedgehumeurdheid in haar gezicht, en haar manieren waren volkomen bescheiden en zachtaardig. Elizabeth, die had verwacht in haar een even scherpzinnige en onbeschaamde waarnemer te vinden als Mr. Darcy ooit was geweest, was zeer opgelucht door zulke verschillende gevoelens te onderscheiden.

Ze waren nog niet lang samen toen Darcy haar vertelde dat Bingley ook op haar kwam wachten; en ze had nauwelijks tijd om haar tevredenheid te uiten en zich op zo'n bezoeker voor te bereiden, toen Bingley's snelle stap op de trap werd gehoord, en in een oogwenk kwam hij de kamer binnen. Alle boosheid van Elizabeth tegen hem was al lang weggenomen; Maar als ze er nog iets van voelde, zou het nauwelijks stand hebben kunnen houden tegen de ongekunstelde hartelijkheid waarmee hij zich uitte toen hij haar weer zag. Hij informeerde op een vriendelijke, hoewel algemene manier naar haar familie, en keek en sprak met hetzelfde goedgehumeurde gemak als hij ooit had gedaan.

Voor de heer en mevrouw Gardiner was hij nauwelijks een minder interessant persoon dan voor haarzelf. Ze hadden hem al lang willen zien. Het hele gezelschap dat voor hen stond, wekte inderdaad een levendige aandacht. De verdenkingen die zojuist waren gerezen tegen Mr. Darcy en hun nichtje, richtten hun observatie op elk met een ernstig, hoewel behoedzaam onderzoek; En uit die vragen putten ze al snel de volle overtuiging dat een van hen tenminste wist wat het was om lief te hebben. Over de gewaarwordingen van de dame bleven ze een beetje in twijfel; Maar dat de heer overliep van bewondering was duidelijk genoeg.

Elizabeth, van haar kant, had veel te doen. Ze wilde de gevoelens van elk van haar bezoekers vaststellen, ze wilde haar eigen gevoelens samenstellen en zich voor iedereen aangenaam maken; En in dit laatste geval, waar ze het meest vreesde te falen, was ze het meest zeker van succes, want degenen aan wie ze plezier probeerde te geven, waren vooringenomen in haar voordeel. Bingley was er klaar voor, Georgiana was gretig en Darcy besloot tevreden te zijn.

Bij het zien van Bingley vlogen haar gedachten vanzelf naar haar zus; En oh! Hoe vurig verlangde zij ernaar te weten of iemand van hem op dezelfde wijze werd geleid. Soms kon ze zich verbeelden dat hij minder praatte dan bij vorige gelegenheden, en een of twee keer vergenoegde ze zich met het idee dat hij, terwijl hij naar haar keek, probeerde een gelijkenis te ontdekken. Maar hoewel dit denkbeeldig zou kunnen zijn, kon ze niet worden misleid over zijn gedrag tegenover juffrouw Darcy, die was opgezet als een rivaal van Jane. Er verscheen aan geen van beide kanten een blik die bijzondere achting uitsprak. Er gebeurde niets tussen hen dat de hoop van zijn zus kon rechtvaardigen. Op dit punt was ze al snel tevreden; en er deden zich twee of drie kleine omstandigheden voor voordat ze uit elkaar gingen, die, in haar angstige interpretatie, duidden op een herinnering aan Jane, niet onaangetast door tederheid, en een verlangen om meer te zeggen dat zou kunnen leiden tot het noemen van haar, als hij het had gedurfd. Op een ogenblik, toen de anderen met elkaar aan het praten waren, merkte hij op een toon die iets van echte spijt had, op dat het 'heel lang geleden was dat hij het genoegen had gehad haar te zien', en voordat ze kon antwoorden, voegde hij eraan toe: 'Het is meer dan acht maanden. We hebben elkaar niet meer ontmoet sinds 26 november, toen we allemaal samen dansten in Netherfield."

Elizabeth was blij dat zijn herinnering zo precies was, en hij nam later de gelegenheid te baat om haar, als iemand van de anderen niet in de gaten werd gehouden, te vragen of *al* haar zusters in Longbourn waren. Er was niet veel in de vraag, noch in de voorgaande opmerking; Maar er was een blik en een manier die ze betekenis gaf.

Het gebeurde niet vaak dat ze haar ogen op Mr. Darcy zelf kon richten; maar telkens als ze een glimp opving, zag ze een uitdrukking van algemene inschikkelijkheid, en in alles wat hij zei, hoorde ze een accent dat zo ver verwijderd was van *hauteur* of minachting van zijn metgezellen, dat het haar ervan overtuigde dat de verbetering van de manieren die ze gisteren had gezien, Hoe tijdelijk het bestaan ervan ook mocht blijken, het had tenminste één dag overleefd. Toen ze hem zo zag kennisselen, en de goede mening zochten van mensen met wie elke omgang een paar maanden geleden een schande zou zijn geweest; toen zij hem zoo beleefd zag, niet alleen voor haarzelf, maar ook voor de verwanten zelf, die hij openlijk had geminacht, en zich hun laatste levendige tooneel in de pastorie van Hunsford herinnerde, was het verschil, de verandering zoo groot en trof haar gemoed zoo sterk, dat zij haar verbazing nauwelijks kon bedwingen niet zichtbaar te zijn. Nooit, zelfs niet in het gezelschap van zijn dierbare vrienden in Netherfield, of zijn waardige relaties in Rosings, had ze hem zo verlangend gezien om te behagen, zo vrij van zelfwillekeur of onbuigzame terughoudendheid, als nu, toen er geen belang kon voortvloeien uit het succes van zijn inspanningen, en zelfs toen de kennis van degenen tot wie zijn aandacht was gericht, zou de spot en afkeuring van de dames van zowel Netherfield als Rosings naar beneden halen.

 Hun bezoekers bleven meer dan een half uur bij hen; en toen ze opstonden om te vertrekken, riep Mr. Darcy zijn zuster bij zich te voegen en hun wens te uiten om Mr. en Mrs. Gardiner en Miss Bennet te zien voor een diner in Pemberley, voordat ze het land verlieten. Miss Darcy, hoewel met een schroom die haar weinig kenmerkte in de gewoonte om uitnodigingen te geven, gehoorzaamde gemakkelijk. Mevrouw Gardiner keek naar haar nichtje, verlangend te weten hoe *zij*, die het meest bezorgd was over de uitnodiging, geneigd was de uitnodiging aan te nemen, maar Elizabeth had haar hoofd afgewend. Maar in de veronderstelling dat deze bestudeerde vermijding eerder een kortstondige verlegenheid dan een afkeer van het voorstel uitdrukte, en toen ze bij haar man, die dol was op het gezelschap, een volmaakte bereidheid zag om het aan te nemen, waagde ze het om haar aanwezigheid te vragen, en de volgende dag werd de volgende vastgesteld.

 Bingley gaf uiting aan zijn grote vreugde in de zekerheid Elizabeth weer te zien, omdat hij haar nog veel te zeggen had en veel vragen moest stellen naar al hun vrienden uit Hertfordshire. Elizabeth, die dit alles opvatte als een wens om haar over haar zuster te horen spreken, was tevreden; En om deze reden, evenals enkele anderen, merkte ze dat ze, toen hun bezoekers hen verlieten, in staat waren om het laatste half uur met enige voldoening te beschouwen, hoewel het plezier ervan weinig was geweest zolang het voorbijging. Verlangend om alleen te zijn en bang voor vragen of hints van haar oom en tante, bleef ze net lang genoeg bij hen om hun gunstige mening over Bingley te horen, en haastte zich toen weg om zich aan te kleden.

Maar ze had geen reden om bang te zijn voor de nieuwsgierigheid van meneer en mevrouw Gardiner; Het was niet hun wens om haar communicatie te forceren. Het was duidelijk dat ze meneer Darcy veel beter kende dan ze eerder hadden gedacht; Het was duidelijk dat hij erg verliefd op haar was. Ze zagen veel om te interesseren, maar niets om onderzoek te rechtvaardigen.

Van Mr. Darcy was het nu een kwestie van angst om goed na te denken; En voor zover hun kennis reikte, was er geen fout te vinden. Ze konden niet onaangetast blijven door zijn beleefdheid; en als ze zijn karakter hadden ontleend aan hun eigen gevoelens en het rapport van zijn bediende, zonder enige verwijzing naar enig ander verslag, zou de kring in Hertfordshire waarin hij bekend was, het niet hebben herkend voor Mr. Darcy. Er was nu echter belang bij de huishoudster te geloven; En zij werden spoedig beseffend dat het gezag van een dienaar, die hem al sinds zijn vierde jaar kende, en wiens eigen manieren op aanzien duidden, niet overhaast verworpen moest worden. Ook was er in de intelligentie van hun Lambton-vrienden niets voorgekomen dat het gewicht ervan wezenlijk kon verminderen. Ze hadden niets anders om hem van te beschuldigen dan trots; Trots die hij waarschijnlijk had, en zo niet, dan zou die zeker worden toegeschreven door de inwoners van een klein marktstadje waar de familie niet kwam. Men erkende echter dat hij een vrijgevig man was en veel goeds deed onder de armen.

Wat Wickham betreft, merkten de reizigers al snel dat hij daar niet erg hoog werd aanzien; want hoewel de voornaamste van zijn zorgen met de zoon van zijn beschermheer onvolkomen werden begrepen, was het toch een bekend feit dat hij bij zijn vertrek uit Derbyshire veel schulden had achtergelaten, die de heer Darcy later kwijtschold.

Wat Elizabeth betreft, haar gedachten waren deze avond meer dan de vorige avond in Pemberley; en de avond, hoewel hij lang leek te duren, was niet lang genoeg om haar gevoelens voor *iemand* in dat huis te bepalen; en ze lag twee volle uren wakker en trachtte ze te begrijpen. Ze haatte hem zeker niet. Nee; De haat was al lang verdwenen en ze had zich bijna net zo lang geschaamd dat ze ooit een afkeer tegen hem had gevoeld, die zo genoemd kon worden. Het respect dat werd gewekt door de overtuiging van zijn waardevolle kwaliteiten, hoewel aanvankelijk onwillig toegegeven, was al enige tijd niet meer weerzinwekkend voor haar gevoelens; En het werd nu verhoogd tot een iets vriendelijker karakter door het getuigenis dat zo hoog in zijn voordeel was, en dat zijn gemoedstoestand in zo'n beminnelijk licht naar voren bracht, dat gisteren had voortgebracht. Maar bovenal, boven respect en achting, was er een motief van goede wil in haar dat niet over het hoofd kon worden gezien. Het was dankbaarheid, dankbaarheid, niet alleen omdat ik haar eens had liefgehad, maar omdat ik haar nog steeds goed genoeg had liefgehad om al de nukkigheid en bitterheid van haar manier van afwijzen te vergeven, en alle onrechtvaardige beschuldigingen die haar afwijzing vergezelden. Hij, die, naar zij overtuigd was, haar als zijn grootste vijand zou vermijden, scheen bij deze toevallige ontmoeting er het meest op uit te zijn de kennis te bewaren; en zonder eenige ongevoelige blijk van achting, of eenige eigenaardigheid van manieren, waar het alleen hun beiden betrof, vroeg zij de goede mening van haar vrienden, en was zij van plan haar aan zijn zuster bekend te maken. Zo'n verandering in een man van zoveel trots wekte niet alleen verbazing maar ook dankbaarheid op - want aan liefde, vurige liefde, moet het worden toegeschreven; En als zodanig was de indruk die het op haar maakte van een soort dat moest worden aangemoedigd, als geenszins onaangenaam, hoewel het niet precies kon worden gedefinieerd. Ze respecteerde, ze waardeerde hem, ze was hem dankbaar, ze voelde een echte interesse in zijn welzijn; En ze wilde alleen weten in hoeverre ze wilde dat die welvaart van haarzelf afhing, en in hoeverre het voor het geluk van beiden zou zijn als ze de macht zou aanwenden, die haar verbeelding haar vertelde dat ze nog bezat, om de vernieuwing van zijn toespraken te bewerkstelligen.

's Avonds was tussen de tante en de nicht besloten dat zo'n opvallende beleefdheid als die van juffrouw Darcy, toen ze op de dag van haar aankomst in Pemberley naar hen toe kwam - want ze had het alleen bereikt voor een laat ontbijt - moest worden nagevolgd, hoewel het niet kon worden geëvenaard, door enige inspanning van beleefdheid van hun kant; en dat het dus zeer raadzaam zou zijn om haar de volgende ochtend in Pemberley op te wachten. Ze moesten dus gaan. Elizabeth was tevreden; Maar toen ze zich afvroeg wat de reden was, had ze heel weinig te antwoorden.

Meneer Gardiner verliet hen kort na het ontbijt. De dag tevoren was het vistuig vernieuwd en er was een positieve verbintenis gesloten met zijn ontmoeting met enkele heren in Pemberley tegen het middaguur.

Hoofdstuk XLV

Overtuigd als Elizabeth nu was dat juffrouw Bingley's afkeer van haar uit jaloezie was voortgekomen, kon ze niet anders dan voelen hoe onwelkom haar verschijning in Pemberley voor haar moest zijn, en ze was nieuwsgierig om te weten met hoeveel beleefdheid van die dame's kant de kennismaking nu zou worden hernieuwd.

Toen ze het huis bereikten, werden ze door de hal naar de salon geleid, waarvan het noordelijke aspect het heerlijk maakte voor de zomer. De ramen, die tot op de grond openden, boden een zeer verfrissend uitzicht op de hoge beboste heuvels achter het huis, en op de prachtige eiken en Spaanse kastanjes die verspreid lagen over het tussenliggende grasveld.

In deze kamer werden ze ontvangen door Miss Darcy, die daar zat met Mrs. Hurst en Miss Bingley, en de dame met wie ze in Londen woonde. Georgiana's ontvangst van hen was zeer beschaafd, maar ging gepaard met al die verlegenheid die, hoewel voortkomend uit verlegenheid en de angst om kwaad te doen, aan degenen die zich minderwaardig voelden, gemakkelijk de overtuiging zou geven dat ze trots en gereserveerd was. Mevrouw Gardiner en haar nicht deden haar echter recht en hadden medelijden met haar.

Bij mevrouw Hurst en juffrouw Bingley werden ze alleen opgemerkt door een beleefdheid; En toen ze gingen zitten, volgde een pauze, hoe ongemakkelijk zulke pauzes altijd ook moeten zijn, voor enkele ogenblikken. Het werd voor het eerst doorbroken door mevrouw Annesley, een deftige, aangenaam uitziende vrouw, wier poging om een soort gesprek op gang te brengen bewees dat ze waarlijk welopgevoed was dan elk van de anderen; en tussen haar en mevrouw Gardiner, met af en toe hulp van Elizabeth, werd het gesprek voortgezet. Miss Darcy zag eruit alsof ze moed genoeg wenste om mee te doen; en waagde zich soms aan een korte zin, wanneer er het minste gevaar bestond dat hij zou worden gehoord.

Elizabeth zag al snel dat ze zelf nauwlettend in de gaten werd gehouden door juffrouw Bingley, en dat ze geen woord kon spreken, vooral niet tegen juffrouw Darcy, zonder haar aandacht te trekken. Deze opmerking zou haar er niet van hebben weerhouden om te proberen met de laatsten te praten, als ze niet op een ongemakkelijke afstand hadden gezeten; Maar ze had er geen spijt van dat ze niet veel hoefde te zeggen: haar eigen gedachten waren haar bezig. Ze verwachtte elk moment dat er een paar heren de kamer zouden binnenkomen: ze wenste, ze vreesde, dat de heer des huizes onder hen zou zijn; En of ze het het meest wenste of vreesde, kon ze nauwelijks bepalen. Na een kwartier op deze manier te hebben gezeten, zonder de stem van juffrouw Bingley te horen, werd Elizabeth gewekt door een koude vraag van haar te ontvangen over de gezondheid van haar familie. Ze antwoordde met dezelfde onverschilligheid en beknoptheid, en de ander zei niets meer.

De volgende variatie die hun bezoek bood, werd teweeggebracht door de binnenkomst van bedienden met koud vlees, koek en een verscheidenheid van al het fijnste fruit van het seizoen; maar dit gebeurde pas nadat mevrouw Annesley menig veelbetekenende blik en glimlach naar Miss Darcy had gegeven, om haar aan haar post te herinneren. Er was nu werk voor het hele gezelschap; want hoewel zij niet allen konden spreken, konden zij allen eten; En de prachtige piramides van druiven, nectarines en perziken verzamelden ze al snel rond de tafel.

Terwijl ze zo bezig was, had Elizabeth een eerlijke kans om te beslissen of ze het meest vreesde of wenste voor de verschijning van Mr. Darcy, door de gevoelens die heersten toen hij de kamer binnenkwam; En toen, hoewel ze nog maar een ogenblik eerder had geloofd dat haar wensen de overhand hadden, begon ze het te betreuren dat hij kwam.

Hij was enige tijd bij de heer Gardiner geweest, die met twee of drie andere heren van het huis bij de rivier verloofd was; en had hem pas verlaten toen hij hoorde dat de dames van de familie van plan waren die ochtend een bezoek aan Georgiana te brengen. Nauwelijks was hij verschenen, of Elizabeth besloot wijselijk volkomen kalm en onbeschaamd te zijn, een besluit dat des te noodzakelijker moest worden genomen, maar misschien niet des te gemakkelijker kon worden nagekomen, omdat zij zag dat de achterdocht van het hele gezelschap tegen hen was gewekt en dat er nauwelijks een oog was dat zijn gedrag niet opmerkte, toen hij voor het eerst de kamer binnenkwam. In geen enkel gelaat was de aandachtige nieuwsgierigheid zo sterk getekend als in die van juffrouw Bingley, ondanks de glimlach die haar gezicht bedekte wanneer ze tegen een van de voorwerpen sprak; want jaloezie had haar nog niet wanhopig gemaakt, en haar aandacht voor Mr. Darcy was nog lang niet voorbij. Miss Darcy, bij de binnenkomst van haar broer, spande zich veel meer in om te praten; en Elizabeth zag, dat hij er naar verlangde, dat zijn zuster en haarzelf elkaar zouden leren kennen, en stuurde zooveel mogelijk elke poging tot een gesprek aan beide zijden door. Juffrouw Bingley zag dit alles ook zo; en, in de onvoorzichtigheid van woede, nam hij de eerste gelegenheid te baat om met spottende beleefdheid te zeggen:

'Alstublieft, juffrouw Eliza, is de ——shire militie niet uit Meryton verwijderd? Ze moeten een groot verlies zijn voor *je* familie."

In Darcy's aanwezigheid durfde ze de naam van Wickham niet te noemen: maar Elizabeth begreep onmiddellijk dat hij het meest in haar gedachten was; en de verschillende herinneringen die met hem in verband stonden, bezorgden haar een ogenblik van verdriet; Maar terwijl ze zich krachtig inspande om de boosaardige aanval af te slaan, beantwoordde ze de vraag weldra op een redelijk afstandelijke toon. Terwijl ze sprak, toonde een onwillekeurige blik haar Darcy met een verhoogde huidskleur, die haar ernstig aankeek, en zijn zus overmand door verwarring en niet in staat om haar ogen op te heffen. Als juffrouw Bingley had geweten hoeveel pijn ze haar geliefde vriendin toen bezorgde, zou ze ongetwijfeld van de hint hebben afgezien; maar ze was alleen van plan geweest Elizabeth van streek te maken, door het idee naar voren te brengen van een man aan wie ze dacht dat ze haar partijdig vond, om haar een gevoeligheid te laten verraden die haar naar Darcy's mening zou kunnen kwetsen, en misschien om de laatste te herinneren aan alle dwaasheden en absurditeiten waardoor een deel van haar familie met dat korps verbonden was. Geen lettergreep had haar ooit bereikt van Miss Darcy's gemediteerde schaking. Aan geen enkel schepsel was het geopenbaard, waar geheimhouding mogelijk was, behalve aan Elizabeth; en voor al Bingley's connecties was haar broer er bijzonder op gebrand het te verbergen, juist voor die wens die Elizabeth hem lang geleden had toegeschreven, dat zij hierna de hare zouden worden. Hij had zeker zo'n plan gesmeed; en zonder dat het zijn poging zou beïnvloeden om hem van juffrouw Bennet te scheiden, is het waarschijnlijk dat het iets zou kunnen toevoegen aan zijn levendige zorg voor het welzijn van zijn vriend.

Elizabeths beheerste gedrag kalmeerde echter al snel zijn emotie; en omdat juffrouw Bingley, geërgerd en teleurgesteld, niet dichter bij Wickham durfde te komen, herstelde Georgiana zich ook op tijd, hoewel niet genoeg om nog te kunnen spreken. Haar broer, wiens oog ze niet durfde te ontmoeten, herinnerde zich nauwelijks haar belangstelling voor de zaak; en juist de omstandigheid, die bedoeld was om zijn gedachten van Elizabeth af te wenden, scheen ze steeds blijer op haar te hebben gericht.

Hun bezoek duurde niet lang na de hierboven genoemde vraag en antwoord; en terwijl meneer Darcy hen naar hun koets begeleidde, uitte juffrouw Bingley haar gevoelens in kritiek op Elizabeths persoon, gedrag en kleding. Maar Georgiana wilde niet met haar mee. De aanbeveling van haar broer was voldoende om haar gunst te verzekeren: zijn oordeel kon zich niet vergissen; en hij had in zulke bewoordingen over Elizabeth gesproken, dat Georgiana niet bij machte was haar anders dan lieflijk en beminnelijk te vinden. Toen Darcy terugkeerde naar de saloon, kon juffrouw Bingley het niet laten om een deel van wat ze tegen zijn zus had gezegd tegen hem te herhalen.

"Wat ziet Eliza Bennet er vanmorgen erg ziek uit, meneer Darcy," riep ze: "Ik heb nog nooit in mijn leven iemand zo veranderd gezien als zij sinds de winter. Ze is zo bruin en grof gegroeid! Louisa en ik waren het erover eens dat we haar niet meer hadden moeten kennen."

Hoe weinig Mr. Darcy zo'n toespraak ook leuk zou hebben gevonden, hij stelde zich tevreden met koeltjes te antwoorden, dat hij geen andere verandering zag dan dat ze nogal gebruind was, - geen wonderbaarlijk gevolg van reizen in de zomer.

"Wat mij betreft," hernam zij, "ik moet bekennen dat ik nooit enige schoonheid in haar heb kunnen zien. Haar gezicht is te dun; haar teint heeft geen schittering; En haar gelaatstrekken zijn helemaal niet knap. Haar neus wil karakter; Er is niets gemarkeerd in zijn lijnen. Haar tanden zijn draaglijk, maar niet ongebruikelijk; en wat haar ogen betreft, die soms zo mooi worden genoemd, ik heb er nooit iets buitengewoons in kunnen ontdekken. Ze hebben een scherpe, schrandere blik, die ik helemaal niet leuk vind; En in haar hele lucht is er een zelfvoorziening zonder mode, die ondraaglijk is."

Overtuigd als juffrouw Bingley was dat Darcy Elizabeth bewonderde, was dit niet de beste methode om zichzelf aan te bevelen; Maar boze mensen zijn niet altijd wijs; En toen ze zag dat hij er eindelijk een beetje verward uitzag, had ze al het succes dat ze verwachtte. Hij zweeg echter resoluut; En uit een besluit om hem te laten spreken, vervolgde ze:

"Ik herinner me, toen we haar voor het eerst kenden in Hertfordshire, hoe verbaasd we allemaal waren toen we ontdekten dat ze een befaamde schoonheid was; en ik herinner me vooral dat je op een avond, nadat ze in Netherfield hadden gedineerd, zei: 'Ze is een schoonheid! Ik zou haar moeder zo gauw een grappenmaker noemen.' Maar later scheen ze je beter te worden, en ik geloof dat je haar op een gegeven moment nogal knap vond."

"Ja," antwoordde Darcy, die zich niet langer kon inhouden, "maar *dat* was pas toen ik haar voor het eerst kende; want het is vele maanden geleden dat ik haar heb beschouwd als een van de knapste vrouwen die ik kende."

Toen ging hij weg, en juffrouw Bingley bleef aan alle voldoening over dat ze hem had gedwongen te zeggen wat niemand anders pijn deed dan zijzelf.

Mevrouw Gardiner en Elizabeth spraken over alles wat er tijdens hun bezoek was gebeurd, toen ze terugkwamen, behalve wat hen beiden bijzonder had geïnteresseerd. Het uiterlijk en het gedrag van iedereen die ze hadden gezien werd besproken, behalve de persoon die het meest hun aandacht had getrokken. Ze spraken over zijn zus, zijn vrienden, zijn huis, zijn fruit, over alles behalve over zichzelf; toch verlangde Elizabeth ernaar te weten wat mevrouw Gardiner van hem dacht, en mevrouw Gardiner zou zeer tevreden zijn geweest als haar nicht met het onderwerp was begonnen.

Hoofdstuk XLVI

Elizabeth was heel wat teleurgesteld geweest omdat ze bij hun eerste aankomst in Lambton geen brief van Jane had gevonden; en deze teleurstelling was op elk van de ochtenden die daar nu waren doorgebracht, hernieuwd; maar op de derde was haar retoure voorbij, en haar zuster gerechtvaardigd door de ontvangst van twee brieven van haar tegelijk. op een daarvan was aangegeven dat het elders verkeerd was verzonden. Elizabeth was er niet verbaasd over, want Jane had de regie opmerkelijk slecht geschreven.

Ze waren net bezig met het maken van voorbereidingen om te lopen toen de brieven binnenkwamen; En haar oom en tante, die haar in alle rust van hen lieten genieten, gingen alleen op pad. Degene die verkeerd is verzonden, moet het eerst worden aangepakt; Het was vijf dagen geleden geschreven. Het begin bevatte een verslag van al hun kleine feestjes en verlovingen, met het nieuws dat het land bood; Maar de tweede helft, die een dag later werd gedateerd en in duidelijke opwinding werd geschreven, gaf belangrijkere inlichtingen. Het was in de trant van:

"Sinds ik het bovenstaande heb geschreven, liefste Lizzy, is er iets gebeurd van zeer onverwachte en ernstige aard; maar ik ben bang om u te alarmeren - wees ervan verzekerd dat het goed met ons gaat. Wat ik te zeggen heb, heeft betrekking op de arme Lydia. Gisteravond om twaalf uur, net toen we allemaal naar bed waren gegaan, kwam er een expresbericht van kolonel Forster, om ons te vertellen dat ze met een van zijn officieren naar Schotland was vertrokken; om de waarheid te bezitten, met Wickham! Stel je onze verbazing voor. Voor Kitty lijkt het echter niet zo geheel onverwacht. Het spijt me zeer, zeer. Wat een onvoorzichtige wedstrijd aan beide kanten! Maar ik ben bereid er het beste van te hopen, en dat zijn karakter verkeerd is begrepen. Onnadenkend en indiscreet kan ik hem gemakkelijk geloven, maar deze stap (en laten we ons erover verheugen) markeert niets slechts voor het hart. Zijn keuze is op zijn minst belangeloos, want hij moet weten dat mijn vader haar niets kan geven. Onze arme moeder is verdrietig bedroefd. Mijn vader verdraagt het beter. Hoe dankbaar ben ik, dat we hun nooit laten weten wat er tegen hem is gezegd; We moeten het zelf vergeten. Ze waren zaterdagavond rond twaalf uur vrij, zoals wordt vermoed, maar werden pas gisterochtend om acht uur gemist. De express werd direct weggestuurd. Mijn lieve Lizzy, ze moeten binnen tien mijl van ons zijn gepasseerd. Kolonel Forster geeft ons reden om hem hier binnenkort te verwachten. Lydia liet een paar regels achter voor zijn vrouw en informeerde haar over hun voornemen. Ik moet afsluiten, want ik kan niet lang van mijn arme moeder verwijderd zijn. Ik ben bang dat je er niet uit zult komen, maar ik weet nauwelijks wat ik heb geschreven."

Zonder zich den tijd te gunnen om na te denken, en nauwelijks te wetende wat zij voelde, greep Elizabeth, toen zij dezen brief af had, dadelijk den andere, en opende hem met het grootste ongeduld, en las het volgende: hij was een dag later geschreven dan het slot van den eerste.

"Tegen die tijd, mijn liefste zus, heb je mijn haastige brief ontvangen; Ik zou willen dat dit begrijpelijker was, maar hoewel ik niet beperkt ben tot tijd, is mijn hoofd zo verbijsterd dat ik niet kan antwoorden dat ik coherent ben. Liefste Lizzy, ik weet bijna niet wat ik zou schrijven, maar ik heb slecht nieuws voor je, en het kan niet worden uitgesteld. Hoe onvoorzichtig een huwelijk tussen de heer Wickham en onze arme Lydia ook zou zijn, we willen er nu zeker van zijn dat het heeft plaatsgevonden, want er is maar al te veel reden om te vrezen dat ze niet naar Schotland zijn gegaan. Kolonel Forster kwam gisteren, nadat hij de dag ervoor uit Brighton was vertrokken, niet veel uren na de expres. Hoewel Lydia's korte brief aan mevrouw F. hen te verstaan gaf dat ze naar Gretna Green gingen, liet Denny iets vallen waarin hij zijn overtuiging uitte dat W. nooit van plan was daarheen te gaan, of überhaupt met Lydia te trouwen, wat werd herhaald aan kolonel F., die onmiddellijk alarm sloeg en vertrok van B., met de bedoeling hun route te volgen. Hij traceerde ze gemakkelijk naar Clapham, maar niet verder; want toen zij die plaats binnenkwamen, stapten zij in een koets en stuurden de koets weg die hen uit Epsom had gebracht. Het enige dat hierna bekend is, is dat ze de weg naar Londen voortzetten. Ik weet niet wat ik ervan moet denken. Nadat hij aan die kant van Londen al het mogelijke had nagevraagd, kwam kolonel F. naar Hertfordshire, waar hij ze angstvallig vernieuwde bij alle tolwegen en bij de herbergen in Barnet en Hatfield, maar zonder enig succes, - zulke mensen had men niet zien passeren. Met de vriendelijkste bezorgdheid kwam hij naar Longbourn en brak zijn zorgen tegenover ons op een manier die zijn hart zeer verdienstelijk was. Ik ben oprecht bedroefd om hem en mevrouw F.; Maar niemand kan hen de schuld geven. Onze nood, mijn lieve Lizzy, is heel groot. Mijn vader en moeder geloven het ergste, maar ik kan niet zo slecht over hem denken. Door veel omstandigheden zou het voor hen geschikter kunnen zijn om in de stad in een privé-huwelijk te gaan dan om hun eerste plan na te streven; en zelfs als *hij* zo'n plan kon smeden tegen een jonge vrouw van Lydia's connecties, wat niet waarschijnlijk is, kan ik dan veronderstellen dat ze zo verloren is voor alles? Onmogelijk! Het doet me echter verdriet te moeten constateren dat kolonel F. niet geneigd is om op hun huwelijk te vertrouwen: hij schudde zijn hoofd toen ik mijn hoop uitsprak en zei dat hij vreesde dat W. geen man was die te vertrouwen was. Mijn arme moeder is erg ziek en houdt haar kamer. Zou ze zich kunnen inspannen, het zou beter zijn, maar dit is niet te verwachten; en wat mijn vader betreft, ik heb hem nog nooit in mijn leven zo aangedaan gezien. Arme Kitty is boos omdat ze hun gehechtheid heeft verborgen; Maar omdat het een kwestie van vertrouwen was, kan men zich niet afvragen. Ik ben echt blij, liefste Lizzy, dat je iets van deze verontrustende scènes bespaard bent gebleven; maar nu, nu de eerste schok voorbij is, zal ik toegeven dat ik verlang naar je terugkeer? Ik ben echter niet zo egoïstisch om erop aan te dringen, als het me niet uitkomt. Adieu! Ik neem mijn pen weer op om te doen, wat ik je zojuist heb gezegd dat ik niet zou doen; maar de omstandigheden zijn van dien aard, dat ik niet kan nalaten u allen ernstig te smeken zo spoedig mogelijk hierheen te komen. Ik ken mijn lieve oom en tante zo goed dat ik niet bang ben om het te vragen, hoewel ik van de eerste nog iets te vragen heb. Mijn vader gaat meteen met kolonel Forster naar Londen om te proberen haar te ontdekken. Wat hij van plan is te doen, weet ik zeker niet; maar zijn buitensporige nood zal hem niet in staat stellen enige maatregel op de beste en veiligste manier uit te voeren, en kolonel Forster is verplicht om morgenavond weer in Brighton te zijn. In zo'n nood zou het advies en de hulp van mijn oom alles in de wereld zijn; hij zal onmiddellijk begrijpen wat ik moet voelen, en ik vertrouw op zijn goedheid."

"Oh! waar, waar is mijn oom?" riep Elizabeth, terwijl zij van haar stoel schoot toen zij de brief afmaakte, verlangend om hem te volgen, zonder een ogenblik van de zo kostbare tijd te verliezen; maar toen ze de deur bereikte, werd deze geopend door een bediende en verscheen meneer Darcy. Haar bleke gezicht en onstuimige manier van doen deden hem opschrikken, en voordat hij zich voldoende kon herstellen om te spreken, riep zij, in wier geest elk idee door Lydia's situatie werd overtroffen, haastig uit: 'Neem me niet kwalijk, maar ik moet je verlaten. Ik moet de heer Gardiner op dit moment vinden voor zaken die niet kunnen worden uitgesteld; Ik heb geen moment te verliezen."

"Goede God! wat is er aan de hand?" riep hij met meer gevoel dan beleefdheid; toen herinnerde hij zich: "Ik zal u geen ogenblik ophouden; maar laat mij, of laat de bediende, achter meneer en mevrouw Gardiner aan gaan. Je bent niet goed genoeg; je kunt niet zelf gaan."

Elizabeth aarzelde; Maar haar knieën trilden onder haar, en ze voelde hoe weinig er zou worden gewonnen als ze zou proberen ze na te jagen. Ze riep de bediende terug en beval hem, hoewel met zo'n ademloos accent dat het haar bijna onverstaanbaar maakte, om zijn meester en meesteres onmiddellijk naar huis te halen.

Toen hij de kamer verliet, ging ze zitten, niet in staat om zichzelf te onderhouden en er zo ellendig ziek uit te zien, dat het voor Darcy onmogelijk was om haar te verlaten, of om niet te zeggen, op een toon van zachtheid en medelijden: 'Laat me je meid bellen. Is er niets dat je zou kunnen nemen om je huidige verlichting te geven? Een glas wijn; zal ik er een voor je halen? Je bent erg ziek."

"Nee, ik dank u," antwoordde ze, terwijl ze probeerde zich te herstellen. "Er is niets aan de hand met mij. Het gaat goed met mij, ik ben alleen bedroefd door een vreselijk nieuws dat ik zojuist uit Longbourn heb ontvangen."

Ze barstte in tranen uit toen ze erop zinspeelde, en kon een paar minuten lang geen woord meer uitbrengen. Darcy, in ellendige spanning, kon alleen maar iets onduidelijks zeggen over zijn bezorgdheid en haar in medelevende stilte observeren. Eindelijk sprak ze weer. "Ik heb net een brief van Jane gehad, met zulk vreselijk nieuws. Het kan voor niemand verborgen blijven. Mijn jongste zus heeft al haar vrienden achtergelaten - is weggelopen; heeft zich in de macht geworpen van de heer Wickham. Ze zijn samen vertrokken uit Brighton. *Je* kent hem te goed om aan de rest te twijfelen. Ze heeft geen geld, geen connecties, niets dat hem kan verleiden - ze is voor altijd verloren."

Darcy was gefixeerd in verbazing.

"Als ik bedenk," voegde ze er met nog meer geagiteerde stem aan toe, "dat *ik* het had kunnen voorkomen! *Ik* die wist wie hij was. Had ik er maar een deel van uitgelegd, een deel van wat ik geleerd had, aan mijn eigen familie! Als zijn karakter bekend was geweest, had dit niet kunnen gebeuren. Maar het is nu allemaal te laat."

"Ik ben inderdaad bedroefd," riep Darcy: "bedroefd - geschokt. Maar is het zeker, absoluut zeker?"

"Jazeker! Ze verlieten Brighton zondagavond samen en werden bijna tot in Londen getraceerd, maar niet verder: ze zijn zeker niet naar Schotland gegaan."

"En wat is er gedaan, wat is er geprobeerd om haar terug te krijgen?"

"Mijn vader is naar Londen gegaan, en Jane heeft geschreven om de onmiddellijke hulp van mijn oom af te smeken, en we zullen, hoop ik, over een half uur weg zijn. Maar er is niets aan te doen; Ik weet heel goed dat er niets aan gedaan kan worden. Hoe moet er aan zo'n man gewerkt worden? Hoe kunnen ze überhaupt ontdekt worden? Ik heb niet de minste hoop. Het is in alle opzichten verschrikkelijk!"

Darcy schudde zijn hoofd in stille berusting.

"Toen *mijn* ogen werden geopend voor zijn ware karakter, oh! had ik geweten wat ik behoorde, wat ik durfde te doen! Maar ik wist het niet - ik was bang om te veel te doen. Ellendige, ellendige vergissing!"

Darcy gaf geen antwoord. Hij scheen haar nauwelijks te horen en liep in ernstige overpeinzing de kamer op en neer; Zijn voorhoofd trok samen, zijn lucht somber. Elizabeth merkte het al snel op en begreep het onmiddellijk. Haar kracht was aan het zinken; Alles *moet* zinken onder zo'n bewijs van zwakte in het gezin, zo'n verzekering van de diepste schande. Ze kon zich niet verwonderen of veroordelen; maar het geloof van zijn zelfoverwinning bracht niets troostends aan haar boezem, bood geen verzachting van haar verdriet. Het was integendeel precies berekend om haar haar eigen wensen te laten begrijpen; En nog nooit had ze zo oprecht gevoeld dat ze hem had kunnen liefhebben als nu, nu alle liefde tevergeefs moet zijn.

Maar het zelf, hoewel het zou binnendringen, kon haar niet in beslag nemen. Lydia - de vernedering, de ellende die ze over hen allen bracht - slokte al snel alle persoonlijke zorg op; en haar gezicht bedekkend met haar zakdoek, was Elizabeth al snel verloren voor al het andere; en, na een pauze van enkele minuten, werd ze pas weer tot een besef van haar situatie gebracht door de stem van haar metgezel, die, op een manier die, hoewel het medelijden uitdrukte, even terughoudendheid uitsprak, zei:

"Ik ben bang dat u al lang naar mijn afwezigheid verlangt, en ik heb ook niets om te pleiten als excuus voor mijn verblijf, maar echte, hoewel nutteloze bezorgdheid. Ik wou dat er van mijn kant iets gezegd of gedaan kon worden dat troost kon bieden aan zo'n nood! Maar ik zal je niet kwellen met ijdele wensen, die misschien met opzet om je dank lijken te vragen. Deze ongelukkige affaire zal, vrees ik, mijn zuster beletten u vandaag in Pemberley te zien."

"Jazeker! Wees zo vriendelijk om ons voor ons te verontschuldigen bij Miss Darcy. Stel dat dringende zaken ons onmiddellijk naar huis roepen. Verberg de ongelukkige waarheid zo lang als mogelijk is. Ik weet dat het niet lang kan duren."

Hij verzekerde haar gaarne van zijne geheimhouding, betuigde opnieuw zijn verdriet over haar verdriet, wenschte haar een gelukkiger einde dan men op dit oogenblik te hopen had, en ging, zijne complimenten voor hare verwanten achterlatende, met slechts één ernstigen afscheidsblik, heen.

Toen hij de kamer verliet, voelde Elizabeth hoe onwaarschijnlijk het was dat ze elkaar ooit weer zouden zien op zulke hartelijke voorwaarden als hun verschillende ontmoetingen in Derbyshire hadden gekenmerkt; En terwijl ze een terugblik wierp op hun hele kennis, die zo vol tegenstrijdigheden en afwisselingen was, zuchtte ze over de perversiteit van die gevoelens die nu het voortduren ervan zouden hebben bevorderd, en die zich vroeger zouden hebben verheugd over het einde ervan.

Als dankbaarheid en achting goede fundamenten van genegenheid zijn, zal Elizabeths verandering van gevoel noch onwaarschijnlijk noch gebrekkig zijn. Maar als het anders is, als de beschouwing die uit dergelijke bronnen voortkomt onredelijk of onnatuurlijk is, in vergelijking met wat zo vaak wordt beschreven als opkomend bij een eerste onderhoud met het onderwerp ervan, en zelfs voordat er twee woorden zijn gewisseld, kan er niets ter verdediging worden gezegd, behalve dat ze de laatste methode enigszins op de proef had gesteld. in haar voorliefde voor Wickham, en dat het slechte succes ervan haar misschien zou kunnen machtigen om de andere, minder interessante manier van gehechtheid te zoeken. Hoe het ook zij, ze zag hem met spijt gaan; en in dit vroege voorbeeld van wat Lydia's schande moest voortbrengen, vond ze nog meer angst toen ze nadacht over die ellendige zaak. Sinds ze Jane's tweede brief had gelezen, had ze nooit de hoop gekoesterd dat Wickham van plan was met haar te trouwen. Niemand anders dan Jane, dacht ze, kon zich vleien met zo'n verwachting. Verbazing was het minste van al haar gevoelens over deze ontwikkeling. Terwijl de inhoud van de eerste brief haar nog bezighield, was ze een en al verbazing, een en al verbazing, dat Wickham een meisje zou trouwen met wie het onmogelijk was dat hij voor geld kon trouwen; en hoe Lydia hem ooit had kunnen hechten, was onbegrijpelijk geweest. Maar nu was het allemaal te natuurlijk. Voor zo'n gehechtheid als deze zou ze voldoende charmes kunnen hebben; en hoewel ze niet veronderstelde dat Lydia opzettelijk een schaking zou verrichten, zonder de bedoeling om te trouwen, had ze er geen moeite mee te geloven dat noch haar deugd, noch haar verstand haar zouden behoeden voor een gemakkelijke prooi.

Ze had nooit gemerkt, toen het regiment in Hertfordshire was, dat Lydia enige voorliefde voor hem had; maar ze was ervan overtuigd dat Lydia alleen maar aanmoediging had gewild om zich aan iemand te hechten. Soms was de ene officier, soms de andere haar favoriet geweest, omdat hun aandacht die naar haar mening verhoogde. Haar genegenheden waren voortdurend fluctueerd, maar nooit zonder voorwerp. Het onheil van verwaarlozing en verkeerde toegeeflijkheid jegens zo'n meisje - o! Hoe acuut voelde ze het nu!

Ze was wild om thuis te zijn - om te horen, te zien, om ter plaatse te zijn om met Jane te delen in de zorgen die nu geheel op haar moesten rusten, in een gezin dat zo gestoord was; een vader die afwezig is, een moeder die niet in staat is zich in te spannen en die voortdurend aanwezig moet zijn; en hoewel ze er bijna van overtuigd was dat er niets voor Lydia gedaan kon worden, scheen de tussenkomst van haar oom van het grootste belang, en totdat hij de kamer binnenkwam, was de ellende van haar ongeduld hevig. De heer en mevrouw Gardiner waren verschrikt teruggekomen, in de veronderstelling, volgens het verhaal van de bediende, dat hun nichtje plotseling ziek was geworden; Maar ze bevredigde hen onmiddellijk op dat punt, en deelde gretig de reden van hun oproep mee, las de twee brieven hardop voor en stond met bevende energie stil bij het naschrift van de laatste. Hoewel Lydia nooit een favoriet bij hen was geweest, konden meneer en mevrouw Gardiner niet anders dan diep getroffen zijn. Niet alleen Lydia, maar allen waren erbij betrokken; en na de eerste uitroepen van verbazing en afschuw, beloofde de heer Gardiner bereidwillig alle hulp die in zijn vermogen lag. Elizabeth, hoewel ze niet minder verwachtte, bedankte hem met tranen van dankbaarheid; En omdat ze alle drie door één geest werden aangedreven, werd alles wat met hun reis te maken had, snel geregeld. Ze moesten zo snel mogelijk vertrekken. "Maar wat moet er met Pemberley gebeuren?" riep mevrouw Gardiner. "John vertelde ons dat meneer Darcy hier was toen je ons liet komen; was dat zo?"

"Jazeker; en ik vertelde hem dat we onze afspraak niet zouden kunnen nakomen. *Dat* is allemaal geregeld."

"Wat is er geregeld?" herhaalde de ander, terwijl ze naar haar kamer rende om zich klaar te maken. 'En zijn zij op zulke voorwaarden dat zij de ware waarheid onthult? O, dat ik wist hoe het was!"

Maar wensen waren tevergeefs; Of, in het beste geval, kon alleen dienen om haar te vermaken in de haast en verwarring van het volgende uur. Had Elizabeth de tijd gehad om niets te doen, dan zou zij er zeker van zijn geweest, dat alle werk onmogelijk was voor iemand, die zoo ellendig was als zijzelf; maar zij had haar deel van de zaken, evenals haar tante, en onder de overigen moesten briefjes worden geschreven aan al hun vrienden in Lambton, met valse verontschuldigingen voor hun plotselinge vertrek. Na een uur was het echter allemaal voltooid; en de heer Gardiner, intusschen zijne rekening in de herberg vereffend, bleef er niets anders over dan te gaan; en Elizabeth, na al de ellende van de ochtend, bevond zich, in een korter tijdsbestek dan ze had kunnen vermoeden, in het rijtuig en op de weg naar Longbourn.

Hoofdstuk XLVII

"Ik heb er nog eens over nagedacht, Elizabeth," zei haar oom, toen ze de stad uitreden; 'En werkelijk, bij ernstig nadenken ben ik veel meer geneigd dan ik was om te oordelen zoals uw oudste zuster over de zaak doet. Het lijkt me zo onwaarschijnlijk dat een jonge man zo'n plan zou smeden tegen een meisje dat geenszins onbeschermd of zonder vrienden is, en dat eigenlijk in het gezin van zijn kolonel verbleef, dat ik sterk geneigd ben er het beste van te hopen. Kon hij verwachten dat haar vrienden niet naar voren zouden stappen? Kon hij verwachten weer opgemerkt te worden door het regiment, na zo'n belediging van kolonel Forster? Zijn verleiding is niet toereikend voor het risico."

"Denk je dat echt?" riep Elizabeth, terwijl ze even opklaarde.

"Op mijn woord," zei mevrouw Gardiner, "begin ik de mening van uw oom te delen. Het is werkelijk een te grote schending van fatsoen, eer en belang om zich daaraan schuldig te maken. Ik kan niet zo slecht denken over Wickham. Kun jij hem, Lizzie, zo volledig opgeven, dat je gelooft dat hij daartoe in staat is?"

"Misschien niet om zijn eigen belang te verwaarlozen. Maar tot elke andere verwaarlozing kan ik geloven dat hij in staat is. Als het inderdaad zo zou moeten zijn! Maar ik durf het niet te hopen. Waarom zouden ze niet doorreizen naar Schotland, als dat het geval was geweest?"

"In de eerste plaats," antwoordde de heer Gardiner, "is er geen absoluut bewijs dat ze niet naar Schotland zijn gegaan."

"Oh, maar dat ze van de chaise in een hackney-koets stappen, is zo'n vermoeden! En bovendien waren er geen sporen van hen te vinden op de Barnet-weg."

'Welnu dan, aangenomen dat ze in Londen zijn, kunnen ze daar zijn, hoewel met het doel om zich te verbergen, met geen uitzonderlijker doel. Het is niet waarschijnlijk dat geld aan beide kanten erg overvloedig zal zijn;

en het zou hen kunnen opvallen dat ze zuiniger, hoewel minder snel, in Londen zouden kunnen trouwen dan in Schotland."

"Maar waarom al die geheimzinnigheid? Waarom enige angst om ontdekt te worden? Waarom moet hun huwelijk privé zijn? Oh, nee, nee, dit is niet waarschijnlijk. Zijn meest bijzondere vriend, zoals je ziet in Jane's verslag, was ervan overtuigd dat hij nooit van plan was met haar te trouwen. Wickham zal nooit met een vrouw trouwen zonder wat geld. Hij kan het zich niet veroorloven. En welke aanspraken heeft Lydia, welke aantrekkingskracht heeft zij behalve jeugd, gezondheid en een goed humeur, die hem ter wille van haar elke kans zouden kunnen doen opgeven om zichzelf te bevoordelen door goed te trouwen? Over welke beperking de vrees voor schande in het korps zou kunnen werpen op een oneervolle schaking met haar, kan ik niet beoordelen; want ik weet niets van de gevolgen die zo'n stap zou kunnen hebben. Maar wat uw andere bezwaar betreft, ik vrees dat het nauwelijks zal opgaan. Lydia heeft geen broers om naar voren te treden; En hij zou zich kunnen voorstellen, door het gedrag van mijn vader, door zijn traagheid en de weinige aandacht die hij ooit leek te geven aan wat er in zijn gezin gebeurde, dat *hij* er zo weinig zou doen en er zo weinig over zou nadenken, als elke vader zou kunnen doen, in zo'n zaak."

"Maar kun je je voorstellen dat Lydia zo verloren is voor alles behalve de liefde voor hem, dat ze erin toestemt om met hem te leven op andere voorwaarden dan het huwelijk?"

"Het lijkt erop, en het is inderdaad zeer schokkend," antwoordde Elizabeth met tranen in haar ogen, "dat het gevoel voor fatsoen en deugdzaamheid van een zuster op zo'n punt twijfel toelaat. Maar echt, ik weet niet wat ik moet zeggen. Misschien doe ik haar geen recht. Maar ze is erg jong: ze heeft nooit geleerd om over serieuze onderwerpen na te denken; En het laatste half jaar, ja, twaalf maanden lang, heeft ze zich aan niets anders overgegeven dan vermaak en ijdelheid. Het is haar toegestaan om haar tijd op de meest luie en lichtzinnige manier te besteden en alle meningen aan te nemen die op haar pad kwamen. Sinds de ——shire voor het eerst in Meryton werden ingekwartierd, heeft ze niets dan liefde, flirten en officieren in haar hoofd gehad. Ze heeft alles gedaan wat in haar vermogen lag, door over het onderwerp te denken en te praten, om een grotere - hoe zal ik het noemen? - vatbaarheid voor haar gevoelens te geven; die van nature levendig genoeg zijn. En we weten allemaal dat Wickham elke charme van persoon en adres heeft die een vrouw kan boeien."

"Maar je ziet dat Jane," zei haar tante, "niet zo slecht over Wickham denkt, dat ze gelooft dat hij in staat is om het te proberen."

"Over wie denkt Jane ooit slecht? En wie is er, wat hun vroegere gedrag ook moge zijn, die zij in staat zou achten tot zulk een poging, totdat het tegen hen bewezen was? Maar Jane weet, net zo goed als ik, wat Wickham werkelijk is. We weten allebei dat hij losbandig is geweest in elke zin van het woord; dat hij noch integriteit noch eer heeft; dat hij net zo vals en bedrieglijk is als hij insinueert."

"En weet u dit alles echt?" riep mevrouw Gardiner uit, wier nieuwsgierigheid naar de aard van haar intelligentie geheel en al leefde.

"Dat doe ik inderdaad," antwoordde Elizabeth, kleurend. 'Ik vertelde je onlangs over zijn beruchte gedrag tegen meneer Darcy; en u, toen u voor het laatst in Longbourn was, hoorde op welke manier hij sprak over de man die zich zo verdraagzaam en vrijgevig tegenover hem had gedragen. En er zijn andere omstandigheden die ik niet vrij heb - en het is niet de moeite waard om ze te vertellen; maar zijn leugens over de hele familie Pemberley zijn eindeloos. Van wat hij zei over Miss Darcy, was ik volledig voorbereid om een trots, gereserveerd, onaangenaam meisje te zien. Toch wist hij zelf het tegendeel. Hij moet weten dat ze net zo beminnelijk en pretentieloos was als wij haar hebben gevonden."

"Maar weet Lydia hier niets van? kan ze onwetend zijn van wat jij en Jane zo goed lijken te begrijpen?"

"O ja, dat, dat is het ergste van alles. Totdat ik in Kent was en zoveel zag van zowel Mr. Darcy als zijn verwant kolonel Fitzwilliam, was ik zelf onwetend van de waarheid. En toen ik naar huis terugkeerde, zou de gouw Meryton over een week of veertien dagen verlaten. Omdat dat het geval was, vonden noch Jane, aan wie ik het geheel vertelde, noch ik het nodig om onze kennis openbaar te maken; Want wat voor nut zou het blijkbaar voor iemand kunnen hebben, dat de goede mening die de hele omgeving over hem had, dan omvergeworpen zou worden? En zelfs toen het vaststond dat Lydia met mevrouw Forster mee zou gaan, kwam de noodzaak om haar ogen te openen voor zijn karakter nooit bij me op. Dat *ze* door het bedrog in gevaar kon zijn, is nooit in mijn hoofd opgekomen. Dat zo'n gevolg als *dit* zou volgen, zou je gemakkelijk kunnen geloven, was ver genoeg van mijn gedachten."

"Toen ze allemaal naar Brighton verhuisden, had je dus geen reden, neem ik aan, om te geloven dat ze van elkaar hielden?"

"Niet in het minst. Ik kan me geen symptoom van genegenheid aan beide kanten herinneren; En als iets dergelijks waarneembaar was, moet u zich ervan bewust zijn dat ons gezin geen gezin is waarop het zou kunnen worden weggegooid. Toen hij voor het eerst bij het korps kwam, was ze klaar genoeg om hem te bewonderen; Maar dat waren we allemaal. Elk meisje in of in de buurt van Meryton was de eerste twee maanden niet bij zinnen over hem: maar hij onderscheidde *haar nooit* door enige bijzondere aandacht; en dientengevolge, na een gematigde periode van extravagante en wilde bewondering, bezweek haar fantasie voor hem, en anderen van het regiment, die haar met meer aanzien behandelden, werden weer haar favorieten.

Het is gemakkelijk te geloven dat, hoe weinig nieuws er ook aan hun angsten, verwachtingen en gissingen kon worden toegevoegd, er over dit interessante onderwerp door de herhaalde bespreking ervan geen ander hen er lang van kon weerhouden, gedurende de hele reis. Uit Elizabeths gedachten was het nooit afwezig. Daar gefixeerd door de hevigste van alle angst, zelfverwijt, kon ze geen pauze van gemak of vergetelheid vinden.

Ze reisden zo snel mogelijk; en sliep een nacht op de weg, bereikte Longbourn tegen etenstijd de volgende dag. Het was een troost voor Elizabeth om te bedenken dat Jane niet moe kon zijn geweest van lange verwachtingen.

De kleine Gardiners, aangetrokken door de aanblik van een chaise, stonden op de trappen van het huis, toen ze de weide binnenkwamen; En toen het rijtuig tot aan de deur reed, was de vreugdevolle verrassing die hun gezichten verlichtte en zich over hun hele lichaam vertoonde, in een verscheidenheid van capriolen en frisk, de eerste aangename ernst van hun welkom.

Elizabeth sprong eruit; en nadat ze elk van hen een haastige kus hadden gegeven, haastten ze zich naar de vestibule, waar Jane, die vanuit het appartement van haar moeder naar beneden kwam rennen, haar onmiddellijk ontmoette.

Elizabeth, terwijl zij haar liefdevol omhelsde, terwijl de tranen de ogen van beiden vulden, verloor geen ogenblik om te vragen of er iets van de voortvluchtigen was vernomen.

"Nog niet," antwoordde Jane. "Maar nu mijn lieve oom gekomen is, hoop ik dat alles goed komt."

"Is mijn vader in de stad?"

"Ja, hij ging op dinsdag, zoals ik je schreef."

"En heb je vaak van hem gehoord?"

"We hebben het maar één keer gehoord. Hij schreef me woensdag een paar regels om te zeggen dat hij veilig was aangekomen en om me zijn aanwijzingen te geven, wat ik hem vooral smeekte te doen. Hij voegde er alleen aan toe dat hij niet meer moest schrijven, voordat hij iets belangrijks te vermelden had."

'En mijn moeder - hoe gaat het met haar? Hoe gaat het met jullie allemaal?"

"Het gaat redelijk goed met mijn moeder, vertrouw ik; hoewel haar geest zeer geschokt is. Ze is boven en zal veel voldoening hebben om jullie allemaal te zien. Ze verlaat haar kleedkamer nog niet. Mary en Kitty, godzijdank! zijn heel goed."

"Maar jij, hoe gaat het met je?" riep Elizabeth. "Je ziet er bleek uit. Wat moet je veel hebben meegemaakt!"

Haar zuster verzekerde haar echter dat ze volkomen gezond was; en hun gesprek, dat voorbijging terwijl de heer en mevrouw Gardiner met hun kinderen bezig waren, werd nu beëindigd door de nadering van het hele gezelschap. Jane rende naar haar oom en tante en verwelkomde en bedankte hen beiden, met afwisselend een glimlach en een traan.

Toen ze allemaal in de salon waren, werden de vragen die Elizabeth al had gesteld natuurlijk door de anderen herhaald, en ze ontdekten al snel dat Jane geen intelligentie te geven had. De optimistische hoop op het goede, die de welwillendheid van haar hart suggereerde, had haar echter nog niet verlaten; ze verwachtte nog steeds dat het allemaal goed zou aflopen, en dat ze elke ochtend een brief zou brengen, hetzij van Lydia, hetzij van haar vader, om hun handelingen uit te leggen en misschien het huwelijk aan te kondigen.

Mevrouw Bennet, naar wier appartement zij allen terugkeerden, ontving hen na een gesprek van een paar minuten precies zoals te verwachten was; met tranen en klaagzangen van spijt, scheldwoorden tegen het schurkachtige gedrag van Wickham, en klachten over haar eigen lijden en slecht gebruik; iedereen de schuld geven, behalve aan de persoon aan wiens slecht oordelende toegeeflijkheid de fouten van haar dochter voornamelijk te wijten moeten zijn.

"Als ik in staat was geweest," zei ze, "om mijn voornemen om met mijn hele familie naar Brighton te gaan, uit te dragen, *zou dit* niet zijn gebeurd: maar de arme lieve Lydia had niemand om voor haar te zorgen. Waarom hebben de Forsters haar ooit uit het oog verloren? Ik ben er zeker van dat er een of andere grote verwaarlozing aan hun kant was, want ze is niet het soort meisje dat zoiets doet, als er goed voor haar was gezorgd. Ik heb altijd gedacht dat ze erg ongeschikt waren om de zorg voor haar te hebben; maar ik werd overruled, zoals ik altijd ben. Arm, lief kind! En nu is meneer Bennet weggegaan, en ik weet dat hij tegen Wickham zal vechten, waar hij hem ook ontmoet, en dan zal hij worden gedood, en wat zal er van ons allemaal worden? De Collinses zullen ons wegsturen, voordat hij koud in zijn graf ligt; en als je niet vriendelijk voor ons bent, broeder, dan weet ik niet wat we zullen doen."

Ze riepen allemaal tegen zulke geweldige ideeën; en de heer Gardiner, na algemene verzekeringen van zijn genegenheid voor haar en haar hele familie, zei haar dat hij van plan was de volgende dag in Londen te zijn, en dat hij de heer Bennet zou helpen bij elke poging om Lydia terug te krijgen.

"Geef niet toe aan nutteloos alarm," voegde hij eraan toe: "hoewel het goed is om op het ergste voorbereid te zijn, is er geen reden om het als zeker te beschouwen. Het is nog geen week geleden dat ze Brighton verlieten. Over een paar dagen zullen we misschien wat nieuws over hen krijgen; En zolang we niet weten dat ze niet getrouwd zijn en niet van plan zijn te trouwen, laten we de zaak niet als verloren opgeven. Zodra ik in de stad ben, zal ik naar mijn broer gaan en hem met mij naar huis laten komen in Gracechurch Street, en dan kunnen we samen overleggen over wat er moet gebeuren."

"O, mijn beste broer," antwoordde mevrouw Bennet, "dat is precies wat ik het liefst zou kunnen wensen. En nu, als je in de stad komt, zoek ze op, waar ze ook mogen zijn; En als ze nog niet getrouwd zijn, *laat* ze dan trouwen. En wat de trouwkleren betreft, laat ze daar niet op wachten, maar zeg tegen Lydia dat ze na hun huwelijk zoveel geld zal hebben als ze wil kopen. En, vooral, zorg ervoor dat meneer Bennet niet gaat vechten. Zeg hem in wat voor vreselijke toestand ik verkeer, dat ik doodsbang ben; en heb zulke beven, zulke fladderingen over me heen, zulke spasmen in mijn zij, en pijnen in mijn hoofd, en zulke slagen in mijn hart, dat ik 's nachts noch overdag rust kan krijgen. En zeg tegen mijn lieve Lydia dat ze geen aanwijzingen over haar kleren moet geven voordat ze me heeft gezien, want ze weet niet wat de beste magazijnen zijn. O, broeder, wat ben je vriendelijk! Ik weet dat je het allemaal zult bedenken."

Maar de heer Gardiner, hoewel hij haar opnieuw verzekerde van zijn ernstige inspanningen voor de zaak, kon niet nalaten haar matiging aan te bevelen, zowel in haar hoop als in haar vrees; En nadat ze op deze manier met haar hadden gepraat tot het eten op tafel stond, lieten ze haar al haar gevoelens afreageren op de huishoudster, die aanwezig was in afwezigheid van haar dochters.

Hoewel haar broer en zuster ervan overtuigd waren dat er geen werkelijke reden was voor zo'n afzondering van het gezin, probeerden ze zich er niet tegen te verzetten, want ze wisten dat ze niet voorzichtig genoeg was om haar mond te houden voor de bedienden, terwijl ze aan tafel wachtten, en oordeelden dat het beter was dan *alleen iemand* van het huisgezin. En degene die ze het meest konden vertrouwen, moest al haar angsten en zorgen over het onderwerp begrijpen.

In de eetkamer kregen ze al snel gezelschap van Mary en Kitty, die het te druk hadden gehad met hun afzonderlijke vertrekken om eerder te verschijnen. De ene kwam uit haar boeken en de andere uit haar toilet. De gezichten van beiden waren echter tamelijk kalm; en in geen van beide was verandering te zien, behalve dat het verlies van haar lievelingszuster, of de woede die ze zelf in de zaak had opgewekt, iets meer van kwelling dan gewoonlijk aan de accenten van Kitty had gegeven. Wat Maria betreft, zij was meesteres genoeg van zichzelf om kort nadat zij aan tafel zaten, met een gelaat van ernstige overpeinzing, tegen Elizabeth te fluisteren:

"Dit is een zeer ongelukkige zaak en er zal waarschijnlijk veel over worden gesproken. Maar we moeten het tij van boosaardigheid keren en in de gewonde boezem van elkaar de balsem van zusterlijke troost gieten."

Toen bespeurde zij bij Elisabeth geen neiging om te antwoorden, en voegde eraan toe: "Hoe ongelukkig de gebeurtenis ook voor Lydia moet zijn, wij kunnen er deze nuttige les uit trekken: dat verlies van deugd in een vrouw onherstelbaar is, dat één misstap haar in eindeloze ondergang brengt, dat haar reputatie niet minder broos is dan mooi, en dat zij niet te voorzichtig kan zijn in haar gedrag tegenover het onverdiende van het andere geslacht."

Elizabeth sloeg haar ogen op van verbazing, maar was te zeer bedrukt om iets te antwoorden. Maria bleef zich echter troosten met dit soort morele extracties van het kwaad dat voor hen lag.

's Middags konden de twee oudere juffrouwen Bennets een half uur alleen zijn; en Elizabeth maakte onmiddellijk van de gelegenheid gebruik om alle vragen te stellen die Jane even graag wilde beantwoorden. Nadat ze zich had aangesloten bij de algemene klaagzangen over het vreselijke gevolg van deze gebeurtenis, die Elizabeth als zo goed als zeker beschouwde, en waarvan juffrouw Bennet niet kon beweren dat het volkomen onmogelijk was, vervolgde de eerste het onderwerp door te zeggen: 'Maar vertel me er alles over wat ik nog niet heb gehoord. Geeft u mij nadere bijzonderheden. Wat zei kolonel Forster? Hadden zij geen enkel vermoeden van iets voordat de schaking plaatsvond? Ze moeten ze voor altijd samen hebben gezien."

Kolonel Forster gaf wel toe dat hij vaak enige partijdigheid had vermoed, vooral aan Lydia's kant, maar niets dat hem enige verontrusting baarde. Ik ben zo bedroefd om hem. Zijn gedrag was attent en vriendelijk tot het uiterste. Hij *kwam* naar ons toe om ons van zijn bezorgdheid te verzekeren, voordat hij er enig idee van had dat ze niet naar Schotland waren gegaan: toen die vrees voor het eerst in het buitenland kwam, bespoedigde het zijn reis."

"En was Denny ervan overtuigd dat Wickham niet zou trouwen? Wist hij dat ze van plan waren weg te gaan? Had kolonel Forster Denny zelf gezien?"

"Jazeker; maar toen hij door hem werd ondervraagd, ontkende Denny iets van hun plan te weten en wilde hij er niet zijn echte mening over geven. Hij herhaalde zijn overtuiging niet dat ze niet zouden trouwen, en daarom ben ik geneigd te hopen dat hij misschien eerder verkeerd is begrepen."

"En totdat kolonel Forster zelf kwam, twijfelde niemand van u, veronderstel ik, eraan dat ze echt getrouwd waren?"

"Hoe was het mogelijk dat zo'n idee in ons brein terechtkwam? Ik voelde me een beetje ongemakkelijk - een beetje bang voor het geluk van mijn zus met hem in het huwelijk, omdat ik wist dat zijn gedrag niet altijd helemaal goed was geweest. Mijn vader en moeder wisten daar niets van; Ze voelden alleen hoe onvoorzichtig een wedstrijd het moest zijn. Kitty erkende toen, met een heel natuurlijke triomf dat ze meer wist dan de rest van ons, dat ze haar in Lydia's laatste brief op zo'n stap had voorbereid. Ze wist, naar het schijnt, al vele weken dat ze verliefd op elkaar waren."

"Maar niet voordat ze naar Brighton gingen?"

"Nee, dat geloof ik niet."

"En scheen kolonel Forster slecht te denken over Wickham zelf? Kent hij zijn ware karakter?"

"Ik moet bekennen dat hij niet meer zo goed over Wickham sprak als vroeger. Hij geloofde dat hij onvoorzichtig en extravagant was; en aangezien deze droevige affaire heeft plaatsgevonden, wordt er gezegd dat hij Meryton zwaar in de schulden heeft achtergelaten: maar ik hoop dat dit onjuist is."

"Oh, Jane, als we minder geheim waren geweest, als we hadden verteld wat we van hem wisten, had dit niet kunnen gebeuren!"

"Misschien was het beter geweest", antwoordde haar zus.

"Maar om de vroegere fouten van een persoon bloot te leggen, zonder te weten wat hun huidige gevoelens waren, leek niet te rechtvaardigen."

"We hebben met de beste bedoelingen gehandeld."

"Zou kolonel Forster de bijzonderheden van Lydia's briefje aan zijn vrouw kunnen herhalen?"

"Hij bracht het bij zich zodat we het konden zien."

Jane haalde het toen uit haar portemonnee en gaf het aan Elizabeth. Dit was de inhoud:

"Mijn lieve Harriet,

"Je zult lachen als je weet waar ik heen ben, en ik kan het niet helpen om mezelf te lachen om je verrassing morgenochtend, zodra ik gemist word. Ik ga naar Gretna Green, en als je niet kunt raden met wie, zal ik je een onnozele vinden, want er is maar één man in de wereld die ik liefheb, en dat is een engel. Ik zou nooit gelukkig zijn zonder hem, dus denk dat het geen kwaad kan om weg te zijn. Je hoeft hun niet in Longbourn te laten weten dat ik heenga, als het je niet bevalt, want het zal de verrassing des te groter maken als ik ze schrijf en mijn naam ondertéken met Lydia Wickham. Wat een goede grap zal het zijn! Ik kan nauwelijks schrijven van het lachen. Bid dat ik Pratt mijn excuses maak voor het niet nakomen van mijn verloving en vanavond met hem dans. Zeg hem dat ik hoop dat hij me zal verontschuldigen als hij alles weet, en zeg hem dat ik met hem zal dansen op het volgende bal dat we met veel plezier ontmoeten. Ik zal mijn kleren laten halen als ik in Longbourn aankom; maar ik wou dat je Sally zou vertellen dat ze een grote spleet in mijn bewerkte mousseline jurk moet repareren voordat ze zijn ingepakt. Good-bye. Geef mijn liefde aan kolonel Forster. Ik hoop dat je zult drinken op onze goede reis.

"Je aanhankelijke vriendin,"

LYDIA BENNET.

"O, gedachteloze, gedachteloze Lydia!" riep Elizabeth, toen ze het uit had. "Wat is dit voor een brief, om op zo'n moment geschreven te worden! Maar het laat in ieder geval zien dat *ze* serieus was in het doel van haar reis. Waartoe hij haar later ook mocht overhalen, het was niet van haar kant een *plan* van schande. Mijn arme vader! Wat moet hij het gevoeld hebben!"

"Ik heb nog nooit iemand zo geschokt gezien. Hij kon tien minuten lang geen woord spreken. Mijn moeder werd meteen ziek en het hele huis was in rep en roer!"

"O, Jane," riep Elizabeth, "was er een bediende bij die niet het hele verhaal kende voor het einde van de dag?"

"Ik weet het niet: ik hoop van wel. Maar om op zo'n moment bewaakt te worden, is erg moeilijk. Mijn moeder was hysterisch; en hoewel ik probeerde haar alle hulp te geven die in mijn vermogen lag, ben ik bang dat ik niet zoveel heb gedaan als ik had kunnen doen. Maar de afschuw van wat er mogelijk zou kunnen gebeuren, ontnam me bijna mijn vermogens."

"Uw aanwezigheid bij haar is te veel voor u geweest. Je ziet er niet goed uit. O, was ik maar bij je geweest! je hebt alle zorg en zorgen alleen op jezelf gehad."

"Mary en Kitty zijn erg aardig geweest en zouden in elke vermoeidheid hebben gedeeld, dat weet ik zeker, maar ik vond het voor geen van beiden goed. Kitty is tenger en teer, en Mary studeert zoveel dat haar uren van rust niet mogen worden onderbroken. Mijn tante Philips kwam dinsdag naar Longbourn, nadat mijn vader was weggegaan; en was zo goed om tot donderdag bij mij te blijven. Ze was van groot nut en troost voor ons allemaal, en Lady Lucas is erg aardig geweest: ze liep hier op woensdagochtend om ons te condoleren, en bood haar diensten aan, of een van haar dochters, als ze ons van dienst konden zijn."

"Ze had beter thuis kunnen blijven," riep Elizabeth, "misschien *bedoelde* ze het goed, maar bij zo'n ongeluk als dit kun je je buren niet te weinig zien. Hulp is onmogelijk; Condoleance, onuitstaanbaar. Laat hen op een afstand over ons triomferen en tevreden zijn."

Vervolgens ging zij informeren naar de maatregelen die haar vader van plan was te nemen, terwijl hij in de stad was, om zijn dochter terug te krijgen.

"Hij bedoelde, geloof ik," antwoordde Jane, "om naar Epsom te gaan, de plaats waar ze voor het laatst van paard hebben gewisseld, de postiljons te zien en te proberen of er iets uit te begrijpen viel. Zijn voornaamste doel moet zijn om het nummer te achterhalen van de hackney-koets die hen uit Clapham bracht. Het was gekomen met een tarief uit Londen; en omdat hij meende dat de omstandigheid van een heer en dame die van het ene rijtuig in het andere stapten, kon worden opgemerkt, was hij van plan om in Clapham navraag te doen. Als hij op de een of andere manier kon ontdekken in welk huis de koetsier eerder zijn tarief had neergezet, besloot hij daar navraag te doen, en hoopte dat het niet onmogelijk zou zijn om de standplaats en het nummer van de koets te achterhalen. Ik weet geen andere ontwerpen die hij had gemaakt; maar hij had zo'n haast om weg te gaan, en zijn geest was zo erg in ontsteltenis, dat ik moeite had om zelfs maar zoveel als dit te weten te komen."

Hoofdstuk XLVIII

Het hele gezelschap hoopte de volgende ochtend op een brief van meneer Bennet, maar de post kwam binnen zonder een enkele regel van hem mee te nemen. Zijn familie wist dat hij bij alle gewone gelegenheden een zeer nalatige en trage correspondent was; Maar op zo'n moment hadden ze gehoopt op inspanning. Zij waren genoodzaakt te concluderen, dat hij geen aangename inlichtingen te zenden had; Maar zelfs daarvan zouden ze blij zijn geweest om zeker te zijn. Meneer Gardiner had alleen op de brieven gewacht voordat hij vertrok.

Toen hij weg was, waren ze er in ieder geval zeker van dat ze voortdurend op de hoogte zouden zijn van wat er aan de hand was; en hun oom beloofde bij het afscheid de heer Bennet over te halen om zo snel mogelijk naar Longbourn terug te keren, tot grote troost van zijn zuster, die het als de enige zekerheid beschouwde om haar man niet in een duel te doden.

Mevrouw Gardiner en de kinderen zouden nog een paar dagen in Hertfordshire blijven, omdat de eerste dacht dat haar aanwezigheid nuttig zou kunnen zijn voor haar nichtjes. Ze had een aandeel in hun aanwezigheid bij mevrouw Bennet en was een grote troost voor hen in hun uren van vrijheid. Hun andere tante bezocht hen ook dikwijls, en altijd, zoals ze zei, met de bedoeling hen op te vrolijken en op te beuren - hoewel ze, omdat ze nooit kwam zonder een nieuw voorbeeld van Wickhams extravagantie of onregelmatigheid te melden, zelden wegging zonder hen nog meer ontmoedigd achter te laten dan ze hen aantrof.

Heel Meryton leek ernaar te streven de man zwart te maken die nog maar drie maanden geleden bijna een engel van het licht was geweest. Er werd verklaard dat hij schulden had bij elke handelaar in de plaats, en zijn intriges, allemaal geëerd met de titel van verleiding, waren uitgebreid tot de familie van elke koopman. Iedereen verklaarde dat hij de slechtste jongeman ter wereld was; En iedereen begon te ontdekken dat ze altijd de schijn van Zijn goedheid hadden gewantrouwd. Elizabeth, hoewel zij niet meer dan de helft van wat er gezegd werd, geloofde, geloofde genoeg om haar vroegere verzekering van de ondergang van haar zuster nog zekerder te maken; en zelfs Jane, die er nog minder van geloofde, werd bijna hopeloos, vooral omdat de tijd nu gekomen was, dat, als ze naar Schotland waren gegaan, waar ze nooit eerder helemaal aan had gewanhoopt, ze naar alle waarschijnlijkheid iets van hen zouden hebben vernomen.

De heer Gardiner verliet Longbourn op zondag; Dinsdag ontving zijn vrouw een brief van hem: daarin stond dat hij bij zijn aankomst onmiddellijk zijn broer had ontdekt en hem had overgehaald om naar Gracechurch Street te komen. Dat de heer Bennet vóór zijn aankomst in Epsom en Clapham was geweest, maar zonder enige bevredigende informatie te verkrijgen; en dat hij nu vastbesloten was om bij alle belangrijke hotels in de stad navraag te doen, omdat de heer Bennet het mogelijk achtte dat ze naar een van hen waren gegaan, toen ze voor het eerst in Londen kwamen, voordat ze onderdak zochten. De heer Gardiner zelf verwachtte geen succes van deze maatregel; Maar omdat zijn broer er gretig in was, was hij van plan hem te helpen het na te streven. Hij voegde er bij, dat de heer Bennet op het oogenblik geheel niet geneigd scheen Londen te verlaten, en beloofde spoedig weer te zullen schrijven. Er was ook een naschrift met deze strekking:

"Ik heb kolonel Forster geschreven met de vraag dat hij, indien mogelijk, van enkele vertrouwelingen van de jongeman in het regiment zou vernemen of Wickham relaties of connecties heeft die waarschijnlijk zouden weten in welk deel van de stad hij zich nu heeft verborgen. Als er iemand was tot wie men zich zou kunnen wenden, met een kans om zo'n aanwijzing te krijgen, zou dat van essentieel belang kunnen zijn. Op dit moment hebben we niets om ons te leiden. Kolonel Forster zal, durf ik te zeggen, alles doen wat in zijn vermogen ligt om ons op dit punt tevreden te stellen. Maar bij nader inzien zou Lizzy ons misschien kunnen vertellen welke relaties hij nu beter heeft dan wie dan ook."

Elizabeth begreep geenszins waar deze eerbied voor haar gezag vandaan kwam; Maar het lag niet in haar macht om enige informatie te geven die zo bevredigend was als het compliment verdiende.

Ze had nog nooit gehoord dat hij familie had gehad, behalve een vader en een moeder, die beiden al vele jaren dood waren. Het was echter mogelijk dat sommige van zijn metgezellen in de ——shire in staat zouden zijn om meer inlichtingen te geven; En hoewel ze het niet erg optimistisch verwachtte, was de aanvraag iets om naar uit te kijken.

Elke dag in Longbourn was nu een dag van angst; Maar het meest angstige deel van elk was wanneer de post werd verwacht. De komst van brieven was het eerste grote voorwerp van het ongeduld van elke ochtend. Door middel van brieven zou alles wat goed of slecht te vertellen was, worden meegedeeld; En elke volgende dag werd verwacht om belangrijk nieuws te brengen.

Maar voordat ze weer iets van meneer Gardiner hoorden, kwam er een brief voor hun vader, uit een andere hoek, van meneer Collins; die, aangezien Jane instructies had gekregen om alles te openen wat hem tijdens zijn afwezigheid te wachten stond; en Elizabeth, die wist wat voor curiositeiten zijn brieven altijd waren, keek naar haar en las het eveneens. Het was als volgt:

"Geachte heer,

"Ik voel me geroepen, door onze relatie en mijn situatie in het leven, om u te condoleren met de zware beproeving die u nu ondergaat, waarvan we gisteren op de hoogte werden gesteld door een brief uit Hertfordshire. Wees ervan verzekerd, mijn geachte heer, dat mevrouw Collins en ik oprecht met u en uw hele respectabele familie meeleven in uw huidige nood, die van de bitterste soort moet zijn, omdat ze voortkomt uit een oorzaak die geen tijd kan wegnemen. Van mijn kant zal het mij aan geen argumenten ontbreken, die zo'n ernstig ongeluk kunnen verlichten; of die u kan troosten, onder een omstandigheid die van alle andere het meest kwellend moet zijn voor het gemoed van een ouder. De dood van uw dochter zou in vergelijking hiermee een zegen zijn geweest. En het is des te meer te betreuren, omdat er reden is om te veronderstellen, zoals mijn lieve Charlotte mij meedeelt, dat deze losbandigheid van gedrag in uw dochter is voortgekomen uit een gebrekkige mate van toegeeflijkheid; maar tegelijkertijd, tot troost van u en mevrouw Bennet, ben ik geneigd te denken dat haar eigen gezindheid van nature slecht moet zijn, anders zou ze zich niet op zo'n jonge leeftijd schuldig kunnen maken aan zo'n enormiteit. Hoe dat ook zij, je moet vreselijk medelijden hebben; in welke mening ik niet alleen word vergezeld door mevrouw Collins, maar ook door Lady Catherine en haar dochter, aan wie ik de zaak heb verteld. Ze zijn het met mij eens dat deze misstap in één dochter schadelijk zal zijn voor het lot van alle anderen: want wie, zoals Lady Catherine zelf neerbuigend zegt, zal zich met zo'n familie verbinden? En deze beschouwing brengt mij er bovendien toe om met verhoogde voldoening na te denken over een bepaalde gebeurtenis van afgelopen november; want als het anders was geweest, zou ik betrokken zijn geweest bij al uw verdriet en schande. Laat mij u dan aanraden, mijn beste heer, om uzelf zoveel mogelijk te troosten, om uw onwaardige kind voor altijd van uw genegenheid af te werpen en haar de vruchten van haar eigen afschuwelijke overtreding te laten plukken.

"Dat ben ik, geachte heer", enz., enz.

De heer Gardiner schreef niet meer, voordat hij een antwoord had ontvangen van kolonel Forster; En dan had hij niets van aangename aard om te sturen. Het was niet bekend dat Wickham ook maar één relatie had met wie hij een band onderhield, en het was zeker dat hij er in de buurt geen levende had. Zijn vroegere kennissen waren talrijk geweest; Maar aangezien hij in de militie had gezeten, leek het er niet op dat hij met een van hen een bijzondere vriendschap onderhield. Er was dus niemand die kon worden aangewezen als iemand die waarschijnlijk iets over hem zou vertellen. En in de ellendige toestand van zijn eigen financiën was er een zeer krachtig motief voor geheimhouding, naast zijn angst om ontdekt te worden door Lydia's familieleden; Want het was net gebleken dat hij voor een zeer aanzienlijk bedrag gokschulden achter zich had gelaten. Kolonel Forster geloofde dat er meer dan duizend pond nodig zou zijn om zijn uitgaven in Brighton te dekken. Hij was veel verschuldigd in de stad, maar zijn ereschulden waren nog groter. De heer Gardiner heeft niet getracht deze bijzonderheden voor de familie Longbourn te verbergen; Jane hoorde ze met afschuw aan. "Een gamester!" riep ze. "Dit is totaal onverwacht; Ik had er geen idee van."

De heer Gardiner voegde er in zijn brief aan toe dat ze hun vader de volgende dag, en dat was zaterdag, thuis konden verwachten. Geesteloos geworden door het slechte succes van al hun pogingen, had hij toegegeven aan de smeekbede van zijn zwager om naar zijn familie terug te keren en het aan hem over te laten om elke gelegenheid te doen die raadzaam zou zijn om hun achtervolging voort te zetten. Toen mevrouw Bennet dit te horen kreeg, uitte ze niet zoveel tevredenheid als haar kinderen verwachtten, gezien wat haar bezorgdheid voor zijn leven eerder was geweest.

"Wat! komt hij naar huis, en zonder de arme Lydia?" riep ze. "Natuurlijk zal hij Londen niet verlaten voordat hij ze heeft gevonden. Wie zal Wickham bestrijden en hem met haar laten trouwen, als hij weggaat?"

Toen mevrouw Gardiner thuis begon te willen zijn, werd besloten dat zij en haar kinderen naar Londen zouden gaan op hetzelfde moment dat meneer Bennet daar vandaan kwam. De koets bracht hen daarom de eerste etappe van hun reis en bracht zijn meester terug naar Longbourn.

Mevrouw Gardiner ging weg in alle verbijstering over Elizabeth en haar vriendin uit Derbyshire, die haar uit dat deel van de wereld had vergezeld. Zijn naam was nooit vrijwillig door haar nicht genoemd; en het soort halve verwachting dat mevrouw Gardiner had gevormd, dat ze zouden worden gevolgd door een brief van hem, was op niets uitgelopen. Elizabeth had sinds haar terugkeer niets ontvangen dat uit Pemberley kon komen.

De tegenwoordige ongelukkige toestand van het gezin maakte elk ander excuus voor de neerslachtigheid van haar geest overbodig; daaruit kon dus niets worden afgeleid, hoewel Elizabeth, die tegen die tijd redelijk goed op de hoogte was van haar eigen gevoelens, zich er volkomen van bewust was dat, als ze niets van Darcy had geweten, ze de angst voor Lydia's schande iets beter had kunnen verdragen. Het zou haar, dacht ze, één van de twee slapeloze nachten hebben bespaard.

Toen meneer Bennet arriveerde, had hij alle schijn van zijn gebruikelijke filosofische kalmte. Hij zei zo weinig als hij ooit gewoon was geweest te zeggen; maakte geen melding van de zaak die hem had weggenomen; En het duurde enige tijd voordat zijn dochters de moed hadden om erover te spreken.

Pas in de namiddag, toen hij bij hen aan de thee zat, waagde Elizabeth het om het onderwerp ter sprake te brengen; en toen, toen zij kort haar verdriet uitte over wat hij moet hebben doorstaan, antwoordde hij: 'Zeg daar maar niets over. Wie anders dan ikzelf zou moeten lijden? Het is mijn eigen schuld geweest, en ik zou het moeten voelen."

"Je moet niet te streng voor jezelf zijn", antwoordde Elizabeth.

"Je mag me wel waarschuwen voor zo'n kwaad. De menselijke natuur is zo geneigd om erin te vallen! Nee, Lizzy, laat me één keer in mijn leven voelen hoeveel schuld ik heb gehad. Ik ben niet bang om overweldigd te worden door de indruk. Het zal snel genoeg voorbijgaan."

"Denk je dat ze in Londen zijn?"

"Jazeker; Waar anders kunnen ze zo goed verborgen zijn?"

"En Lydia wilde altijd naar Londen," voegde Kitty eraan toe.

"Dan is ze gelukkig," zei haar vader droogjes. "En haar verblijf daar zal waarschijnlijk van enige duur zijn."

Toen, na een korte stilte, vervolgde hij: "Lizzy, ik neem het je niet kwalijk dat je gerechtvaardigd bent in je advies aan mij van afgelopen mei, dat, gezien de gebeurtenis, blijk geeft van enige grootheid van geest."

Ze werden onderbroken door juffrouw Bennet, die de thee van haar moeder kwam halen.

"Dit is een parade," riep hij, "die goed doet; Het geeft zo'n elegantie aan ongeluk! Een andere dag zal ik hetzelfde doen; Ik zal in mijn bibliotheek zitten, in mijn slaapmuts en poederjurk, en zoveel mogelijk problemen bezorgen - of misschien stel ik het uit tot Kitty wegloopt."

"Ik ga niet weglopen, papa," zei Kitty kribbig. "Als *ik* ooit naar Brighton zou gaan, zou ik me beter gedragen dan Lydia."

"*Jij* gaat naar Brighton! Ik zou je niet zo dichtbij vertrouwen als Eastbourne, voor vijftig pond! Nee, Kitty, ik heb in ieder geval geleerd voorzichtig te zijn, en je zult de effecten ervan voelen. Geen enkele officier mag ooit nog mijn huis binnengaan, zelfs niet door het dorp. Bals zijn absoluut verboden, tenzij je opstaat met een van je zussen. En je mag nooit de deur uitgaan, voordat je kunt bewijzen dat je elke dag tien minuten op een rationele manier hebt doorgebracht."

Kitty, die al deze bedreigingen serieus nam, begon te huilen.

"Nou, nou," zei hij, "maak jezelf niet ongelukkig. Als je de komende tien jaar een braaf meisje bent, neem ik je mee naar een recensie aan het einde ervan."

Hoofdstuk XLIX

Twee dagen na de terugkeer van meneer Bennet, toen Jane en Elizabeth samen in het struikgewas achter het huis liepen, zagen ze de huishoudster naar hen toe komen, en concluderend dat ze hen bij hun moeder kwam roepen, gingen ze naar voren om haar te ontmoeten; maar in plaats van de verwachte dagvaarding, toen ze haar benaderden, zei ze tegen juffrouw Bennet: "Neemt u mij niet kwalijk, mevrouw, dat ik u onderbreek, maar ik hoopte dat u misschien goed nieuws uit de stad had gekregen, dus ben ik zo vrij geweest om het te komen vragen."

"Wat bedoel je, Hill? We hebben niets gehoord van de stad."

"Geachte mevrouw," riep mevrouw Hill in grote verbazing, "weet u niet dat er een expresbericht van meneer Gardiner voor meester komt? Hij is hier al een half uur en meester heeft een brief gehad."

De meisjes renden weg, te gretig om binnen te komen om tijd te hebben voor een toespraak. Ze renden door de vestibule naar de ontbijtzaal; vandaar naar de bibliotheek; — hun vader was in geen van beide; En ze stonden op het punt hem boven te zoeken met hun moeder, toen ze werden opgewacht door de butler, die zei:

"Als u op zoek bent naar mijn meester, mevrouw, hij loopt naar het bosje."

Toen ze dit hoorden, liepen ze meteen weer door de hal en renden over het grasveld achter hun vader aan, die opzettelijk zijn weg vervolgde naar een klein bos aan de ene kant van de weide.

Jane, die niet zo licht was, en ook niet zo gewoon was om te rennen als Elizabeth, bleef al snel achter, terwijl haar zus, naar adem snakkend, met hem naar hem toe kwam en vurig riep:

"Oh, papa, wat voor nieuws? Welk nieuws? Heb je iets van mijn oom gehoord?"

"Ja, ik heb een brief van hem gehad per expresse."

"Nou, en welk nieuws brengt het - goed of slecht?"

"Wat is er aan goeds te verwachten?" zei hij, terwijl hij de brief uit zijn zak haalde; "Maar misschien wilt u het wel lezen."

Elizabeth pakte het ongeduldig uit zijn hand. Jane kwam nu naar boven.

"Lees het maar voor," zei hun vader, "want ik weet zelf nauwelijks waar het over gaat."

"Gracechurch Street, *maandag 2 augustus.*

"Mijn beste broer,

"Eindelijk kan ik je enige tijdingen van mijn nichtje sturen, en die hoop ik over het algemeen dat ze je voldoening zullen geven. Kort nadat je me op zaterdag had verlaten, had ik het geluk erachter te komen in welk deel van Londen ze waren. De bijzonderheden bewaar ik tot we elkaar ontmoeten. Het is genoeg om te weten dat ze ontdekt zijn: ik heb ze allebei gezien...'

"Dan is het zoals ik altijd hoopte," riep Jane: "ze zijn getrouwd!"

Elizabeth las verder: "Ik heb ze allebei gezien. Ze zijn niet getrouwd, en ik kan ook niet vinden dat het de bedoeling was om dat te zijn; maar als u bereid bent de verplichtingen na te komen die ik van uw kant heb durven aangaan, hoop ik dat het niet lang zal duren voordat ze dat zijn. Alles wat van u wordt verlangd, is, om uw dochter door middel van een schikking haar gelijke deel van de vijfduizend pond te verzekeren, verzekerd onder uw kinderen na het overlijden van uzelf en mijn zuster; en bovendien een verbintenis aan te gaan om haar, tijdens uw leven, honderd pond per jaar toe te staan. Dit zijn voorwaarden die ik, alles in overweging nemend, niet aarzelde om aan te voldoen, voor zover ik mezelf bevoorrecht achtte, voor u. Ik zal dit uitdrukkelijk toezenden, opdat er geen tijd verloren gaat om mij uw antwoord te geven. Uit deze bijzonderheden zult u gemakkelijk begrijpen dat de omstandigheden van de heer Wickham niet zo hopeloos zijn als algemeen wordt aangenomen. De wereld is in dat opzicht misleid; en ik ben blij te kunnen zeggen dat er wat geld zal zijn, zelfs als al zijn schulden zijn kwijtgescholden, om op mijn nichtje te vereffenen, naast haar eigen fortuin. Indien, zoals ik concludeer, u mij volledige volmachten stuurt om in uw naam te handelen gedurende de gehele zaak van deze zaak, zal ik onmiddellijk instructies geven aan Haggerston om een passende regeling voor te bereiden. Er zal niet de minste gelegenheid zijn om weer naar de stad te komen; Blijf daarom rustig in Longbourn en vertrouw op mijn ijver en zorg. Stuur je antwoord zo snel mogelijk terug en zorg ervoor dat je het expliciet schrijft. Wij hebben geoordeeld dat het het beste is dat mijn nicht uit dit huis trouwt, en ik hoop dat u het zult goedkeuren. Ze komt vandaag naar ons toe. Ik zal weer schrijven zodra er meer besloten is. De jouwe, enz.

"EDW. GARDINER."

"Is het mogelijk?" riep Elizabeth, toen ze klaar was. "Is het mogelijk dat hij met haar trouwt?"

"Wickham is dus niet zo onwaardig als we dachten," zei haar zus. "Mijn lieve vader, ik feliciteer je."

"En heb je de brief beantwoord?" zei Elizabeth.

"Nee; Maar het moet snel gebeuren."

Met klem smeekte zij hem toen geen tijd meer te verliezen voordat hij schreef.

"Oh! "Mijn lieve vader," riep ze, "kom terug en schrijf meteen. Bedenk hoe belangrijk elk moment is in zo'n geval."

"Laat me voor je schrijven," zei Jane, "als je zelf een hekel hebt aan de problemen."

"Ik heb er een hekel aan," antwoordde hij; "Maar het moet gebeuren."

En dit zeggende, keerde hij met hen terug en liep naar het huis.

"En, mag ik vragen?" zeide Elizabeth; "Maar de voorwaarden, veronderstel ik, moeten worden nageleefd."

"Nageleefd! Ik schaam me alleen dat hij zo weinig vraagt."

"En ze *moeten* trouwen! Toch is hij *zo'n* man."

"Ja, ja, ze moeten trouwen. Er is niets anders aan te doen. Maar er zijn twee dingen die ik heel graag wil weten: - het ene is, hoeveel geld je oom heeft neergelegd om het te laten gebeuren; en de andere, hoe ik hem ooit zal betalen."

"Geld! mijn oom!" riep Jane, "wat bedoelt u, meneer?"

"Ik bedoel dat geen man bij zijn volle verstand met Lydia zou trouwen bij zo'n geringe verzoeking als honderd per jaar tijdens mijn leven, en vijftig nadat ik er niet meer ben."

"Dat is helemaal waar," zei Elizabeth; "Al was het nog niet eerder bij me opgekomen. Zijn schulden moeten worden kwijtgescholden, en er moet nog iets overblijven! O, het moet het werk van mijn oom zijn! Edelmoedige, goede man, ik ben bang dat hij zichzelf van streek heeft gemaakt. Met een klein bedrag zou dit alles niet kunnen."

"Nee", zei haar vader. "Wickham is een dwaas als hij haar meeneemt met een stuiver van minder dan tienduizend pond: het zou me spijten als ik zo slecht over hem dacht, in het allereerste begin van onze relatie."

"Tienduizend pond! De hemel verhoede! Hoe kan de helft van zo'n bedrag worden terugbetaald?"

De heer Bennet gaf geen antwoord; En elk van hen, diep in gedachten verzonken, zweeg tot ze het huis bereikten. Hun vader ging toen naar de bibliotheek om te schrijven en de meisjes liepen de ontbijtzaal in.

"En ze gaan echt trouwen!" riep Elizabeth, zodra ze alleen waren. "Wat is dit vreemd! En daar moeten we dankbaar voor zijn. Dat ze zouden trouwen, hoe klein hun kans op geluk ook is, en ellendig als zijn karakter is, moeten we ons verheugen. O, Lydia!"

"Ik troost me met de gedachte," antwoordde Jane, "dat hij zeker niet met Lydia zou trouwen, als hij geen echte achting voor haar had. Hoewel onze vriendelijke oom iets heeft gedaan om hem vrij te pleiten, kan ik niet geloven dat er tienduizend pond, of iets dergelijks, is voorgeschoten. Hij heeft zelf kinderen, en misschien nog wel meer. Hoe kon hij een half tienduizend pond missen?"

"Als we ooit te weten kunnen komen wat de schulden van Wickham zijn geweest," zei Elizabeth, "en hoeveel er van zijn kant op onze zuster is vereffend, zullen we precies weten wat meneer Gardiner voor hen heeft gedaan, want Wickham heeft zelf geen sixpence. De vriendelijkheid van mijn oom en tante kan nooit beantwoord worden. Dat ze haar mee naar huis nemen en haar hun persoonlijke bescherming en gelaat bieden, is zo'n offer in haar voordeel, dat jaren van dankbaarheid niet genoeg kunnen erkennen. Tegen die tijd is ze daadwerkelijk bij hen! Als zo'n goedheid haar nu niet ellendig maakt, zal ze het nooit verdienen om gelukkig te zijn! Wat een ontmoeting voor haar, als ze mijn tante voor het eerst ziet!"

"We moeten proberen alles te vergeten wat er aan beide kanten is gebeurd," zei Jane: "ik hoop en vertrouw erop dat ze nog gelukkig zullen zijn. Dat hij erin toestemde met haar te trouwen is, geloof ik, een bewijs dat hij tot een juiste denkwijze is gekomen. Hun wederzijdse genegenheid zal hen tot rust brengen; en ik vlei me dat ze zich zo rustig zullen vestigen en op zo'n rationele manier zullen leven, dat ze na verloop van tijd hun vroegere onvoorzichtigheid kunnen vergeten."

"Hun gedrag is van dien aard geweest," antwoordde Elizabeth, "dat noch jij, noch ik, noch wie dan ook, ooit kan vergeten. Het heeft geen zin om erover te praten."

Het drong nu tot de meisjes door dat hun moeder naar alle waarschijnlijkheid volkomen onwetend was van wat er was gebeurd. Ze gingen daarom naar de bibliotheek en vroegen hun vader of hij niet wilde dat ze het haar vertelden. Hij was aan het schrijven en antwoordde, zonder zijn hoofd op te heffen, koeltjes:

"Precies zoals je wilt."

"Mogen we de brief van mijn oom meenemen om haar voor te lezen?"

"Neem wat je wilt en ga weg."

Elisabeth nam de brief van zijn schrijftafel en ze gingen samen naar boven. Mary en Kitty waren beiden bij mevrouw Bennet: één communicatie zou dus voor iedereen voldoende zijn. Na een korte voorbereiding op goed nieuws werd de brief voorgelezen. Mevrouw Bennet kon zich nauwelijks inhouden. Zodra Jane de hoop van meneer Gardiner had gelezen dat Lydia spoedig zou trouwen, barstte haar vreugde los, en elke volgende zin droeg bij aan de uitbundigheid ervan. Ze was nu in een irritatie die even hevig was van genot als ze ooit zenuwachtig was geweest van schrik en ergernis. Te weten dat haar dochter zou trouwen was genoeg. Ze werd niet verontrust door angst voor haar geluk, noch vernederd door enige herinnering aan haar wangedrag.

"Mijn lieve, lieve Lydia!" riep ze, "dat is werkelijk heerlijk! Ze zal trouwen! Ik zal haar weer zien! Op haar zestiende trouwt ze! Mijn goede, vriendelijke broer! Ik wist hoe het zou zijn - ik wist dat hij alles zou regelen. Wat verlang ik ernaar haar te zien! en om ook de lieve Wickham te zien! Maar de kleren, de trouwkleren! Ik zal mijn zus Gardiner er rechtstreeks over schrijven. Lizzy, mijn liefste, ren naar je vader en vraag hem hoeveel hij haar zal geven. Blijf, blijf, ik ga zelf wel. Bel aan, Kitty, voor Hill. Ik zal zo mijn spullen aantrekken. Mijn lieve, lieve Lydia! Hoe vrolijk zullen we samen zijn als we elkaar ontmoeten!"

Haar oudste dochter trachtte het geweld van deze transporten enigszins te verlichten door haar gedachten te leiden naar de verplichtingen die het gedrag van de heer Gardiner hen allen oplegde.

"Want we moeten deze gelukkige conclusie voor een groot deel toeschrijven," voegde ze eraan toe, "aan zijn vriendelijkheid. We zijn ervan overtuigd dat hij heeft toegezegd de heer Wickham met geld te helpen."

"Nou," riep haar moeder, "het is allemaal in orde; Wie zou het anders moeten doen dan haar eigen oom? Als hij geen eigen gezin had gehad, hadden ik en mijn kinderen al zijn geld moeten hebben, weet je; En het is de eerste keer dat we ooit iets van hem hebben gehad, behalve een paar cadeautjes. Goed! Ik ben zo gelukkig. Over korte tijd zal ik een dochter hebben die trouwt. Mevrouw Wickham! Wat klinkt het goed! En ze was afgelopen juni pas zestien. Mijn lieve Jane, ik ben zo in de war, dat ik zeker weet dat ik niet kan schrijven; dus ik zal dicteren, en jij schrijft voor mij. We zullen daarna met je vader afspreken over het geld; Maar de dingen moeten meteen besteld worden."

Ze ging toen verder met alle bijzonderheden van calico, mousseline en cambric, en zou binnenkort een aantal zeer overvloedige orders hebben gedicteerd, als Jane, hoewel met enige moeite, haar niet had overgehaald te wachten tot haar vader vrij was om te worden geraadpleegd. Een dag vertraging, merkte ze op, zou van weinig belang zijn; En haar moeder was te blij om zo koppig te zijn als gewoonlijk. Er kwamen ook andere plannen in haar op.

"Ik zal naar Meryton gaan," zei ze, "zodra ik aangekleed ben, en het goede, goede nieuws aan mijn zuster Philips vertellen. En als ik terugkom, kan ik een beroep doen op Lady Lucas en Mrs. Long. Kitty, ren naar beneden en bestel de koets. Een uitzending zou me veel goed doen, daar ben ik zeker van. Meisjes, kan ik iets voor jullie doen in Meryton? Oh! hier komt Hill. Mijn beste Hill, heb je het goede nieuws gehoord? Juffrouw Lydia gaat trouwen; En jullie zullen allemaal een kom punch hebben om vrolijk te zijn op haar bruiloft."

Mevrouw Hill begon onmiddellijk haar vreugde te uiten. Elisabeth ontving haar felicitaties onder de anderen, en toen, ziek van deze dwaasheid, zocht ze haar toevlucht in haar eigen kamer, om in vrijheid te denken. De situatie van de arme Lydia moet in het beste geval al erg genoeg zijn; Maar dat het niet erger was, ze moest dankbaar zijn. Ze voelde het zo; En hoewel er bij het vooruitkijken geen redelijk geluk of wereldse voorspoed voor haar zus kon worden verwacht, voelde ze, toen ze terugkeek op wat ze nog maar twee uur geleden hadden gevreesd, alle voordelen van wat ze hadden gewonnen.

Hoofdstuk L

Dhr. Bennet had vóór deze periode van zijn leven heel vaak gewenst dat hij, in plaats van zijn hele inkomen uit te geven, een jaarlijks bedrag had bijeengebracht voor een betere voorziening van zijn kinderen en van zijn vrouw, als ze hem overleefde. Hij wenste het nu meer dan ooit. Had hij in dat opzicht zijn plicht gedaan, dan behoefde Lydia niet bij haar oom in het krijt te staan voor wat voor eer of krediet er nu ook maar voor haar te koop was. De voldoening om een van de meest waardeloze jonge mannen in Groot-Brittannië over te halen haar echtgenoot te worden, zou dan op haar juiste plaats hebben kunnen rusten.

Hij was ernstig bezorgd dat een zaak die voor niemand zo weinig voordeel had, alleen op kosten van zijn zwager zou worden doorgestuurd; en hij was vastbesloten om, indien mogelijk, de omvang van zijn hulp te weten te komen en zich zo snel mogelijk van de verplichting te kwijten.

Toen meneer Bennet voor het eerst was getrouwd, werd economie als volkomen nutteloos beschouwd; want ze zouden natuurlijk een zoon krijgen. Deze zoon zou meewerken aan het afsnijden van de bezittingen, zodra hij meerderjarig zou zijn, en op die manier zou voor de weduwe en de jongere kinderen worden gezorgd. Vijf dochters kwamen achtereenvolgens ter wereld, maar toch zou de zoon komen; en mevrouw Bennet was er vele jaren na Lydia's geboorte zeker van geweest dat hij dat zou doen. Aan deze gebeurtenis was men eindelijk gewanhoopt, maar het was toen te laat om nog te redden. Mevrouw Bennet had geen zin in zuinigheid; en alleen de liefde van haar man voor onafhankelijkheid had voorkomen dat ze hun inkomen overschreden.

Vijfduizend pond werd door huwelijksartikelen geregeld op mevrouw Bennet en de kinderen. Maar in welke verhouding het onder de laatstgenoemden moest worden verdeeld, hing af van de wil van de ouders. Dit was één punt, althans met betrekking tot Lydia, dat nu moest worden opgelost, en de heer Bennet kon niet aarzelen om in te stemmen met het voorstel dat voor hem lag. In termen van dankbare erkenning voor de vriendelijkheid van zijn broer, hoewel zeer beknopt uitgedrukt, gaf hij vervolgens op papier zijn volmaakte goedkeuring van alles wat gedaan was, en zijn bereidheid om de verplichtingen na te komen die voor hem waren aangegaan. Hij had nooit tevoren gedacht dat, als Wickham overgehaald kon worden om met zijn dochter te trouwen, dit met zo weinig ongemak voor hemzelf zou gebeuren als door de huidige regeling. Hij zou nauwelijks tien pond per jaar de verliezer zijn, tegen de honderd die hun betaald moesten worden; want met haar kost- en inwoning, en de voortdurende geschenken in geld die haar door de handen van haar moeder overgingen, waren Lydia's uitgaven binnen dat bedrag heel weinig geweest.

Dat het ook van zijn kant met zo'n geringe inspanning zou worden gedaan, was een andere zeer welkome verrassing; want zijn voornaamste wens was op dit moment om zo min mogelijk moeilijkheden in de zaak te hebben. Toen de eerste woede-uitbarstingen die zijn activiteit om haar te zoeken hadden veroorzaakt, voorbij waren, keerde hij natuurlijk terug naar al zijn vroegere traagheid. Zijn brief werd spoedig verzonden; want hoewel hij traag was in het ondernemen van zaken, was hij snel in de uitvoering ervan. Hij smeekte om meer bijzonderheden te weten over wat hij aan zijn broer verschuldigd was; maar was te boos op Lydia om haar een bericht te sturen.

Het goede nieuws verspreidde zich snel door het huis; En met evenredige snelheid door de wijk. Het werd in het laatste met een fatsoenlijke filosofie gedragen. Zeker, het zou meer voor het voordeel van het gesprek zijn geweest, als juffrouw Lydia Bennet op de stad was gekomen; of, als het gelukkigste alternatief, afgezonderd van de wereld in een afgelegen boerderij. Maar er was veel om over te praten, om met haar te trouwen; en de goedmoedige wensen voor haar welzijn, die eerder waren uitgegaan van alle hatelijke oude dames in Meryton, verloren maar weinig van hun geest in deze verandering van omstandigheden, omdat met zo'n echtgenoot haar ellende als zeker werd beschouwd.

Het was veertien dagen geleden dat mevrouw Bennet de trap af was geweest, maar op deze gelukkige dag nam ze weer plaats aan het hoofd van haar tafel, en in een beklemmend humeur opgewekt. Geen enkel gevoel van schaamte gaf een domper aan haar triomf. Het huwelijk van een dochter, dat sinds Jane zestien jaar het eerste voorwerp van haar wensen was geweest, stond nu op het punt te worden verwezenlijkt, en haar gedachten en haar woorden gingen geheel en al uit van die bedienden van elegante huwelijken, fijne mousseline, nieuwe rijtuigen en bedienden. Ze was druk op zoek in de buurt naar een goede situatie voor haar dochter; en, zonder te weten of te overwegen wat hun inkomen zou kunnen zijn, verwierp velen als gebrekkig in omvang en belang.

"Haye Park zou het misschien wel doen," zei ze, "als de Gouldings het wilden opgeven, of het grote huis in Stoke, als de salon groter was; maar Ashworth is te ver weg. Ik kon het niet verdragen om haar tien mijl van mij te hebben; en wat Purvis Lodge betreft, de zolders zijn verschrikkelijk."

Haar man liet haar zonder onderbreking verder praten terwijl de bedienden bleven. Maar toen ze zich hadden teruggetrokken, zei hij tegen haar: "Mevrouw Bennet, voordat u een of al deze huizen voor uw zoon en dochter inneemt, laten we tot een juiste verstandhouding komen. In *één* huis in deze buurt zullen ze nooit worden toegelaten. Ik zal de onvoorzichtigheid van geen van beiden aanmoedigen door ze in Longbourn te ontvangen."

Op deze verklaring volgde een lang geschil; maar meneer Bennet was standvastig: het leidde al snel tot een ander; en mevrouw Bennet ontdekte met verbazing en afschuw dat haar man geen guinea zou voorschieten om kleren voor zijn dochter te kopen. Hij protesteerde dat ze bij die gelegenheid geen enkel teken van genegenheid van hem zou ontvangen. Mevrouw Bennet kon het nauwelijks bevatten. Dat zijn woede zo ver van onvoorstelbare wrok kon worden gevoerd dat hij zijn dochter een voorrecht ontzegde, zonder hetwelk haar huwelijk nauwelijks geldig zou lijken, overtrof alles wat zij voor mogelijk had gehouden. Ze was zich meer bewust van de schande, die haar gebrek aan nieuwe kleren moest weerspiegelen in het huwelijk van haar dochter, dan van enig gevoel van schaamte over het feit dat ze twee weken voordat ze plaatsvonden wegliep en bij Wickham woonde.

Elizabeth had nu oprecht spijt dat ze, uit de nood van het moment, ertoe was gebracht Mr. Darcy op de hoogte te stellen van hun angsten voor haar zus; Want omdat haar huwelijk zo kort de juiste beëindiging van de schaking zou geven, mochten ze hopen het ongunstige begin ervan te verbergen voor al diegenen die niet onmiddellijk ter plaatse waren.

Ze hoefde niet bang te zijn dat het zich verder zou verspreiden, door zijn middelen. Er waren maar weinig mensen op wier geheimhouding ze meer vertrouwen zou hebben gehad; Maar tegelijkertijd was er niemand wiens kennis van de zwakheid van een zuster haar zo zou hebben gekrenkt. Echter niet uit vrees dat zij er persoonlijk nadeel van zal ondervinden; want in ieder geval scheen er een onoverbrugbare kloof tussen hen. Als Lydia's huwelijk op de meest eervolle voorwaarden was gesloten, was het niet te veronderstellen dat Mr. Darcy zich zou verbinden met een familie, waar nu aan elk ander bezwaar een bondgenootschap en relatie van de naaste soort zou worden toegevoegd met de man die hij zo terecht minachtte.

Het kon haar niet verbazen dat hij voor zo'n verbinding terugdeinsde. De wens om haar achting te verwerven, waarvan zij zich in Derbyshire van zijn gevoelens had verzekerd, kon in redelijke verwachting zulk een klap als deze niet overleven. Ze was vernederd, ze was bedroefd; Ze had berouw, hoewel ze nauwelijks wist waarvan. Ze werd jaloers op zijn achting, toen ze niet langer kon hopen er baat bij te hebben. Ze wilde van hem horen, wanneer er de minste kans leek om inlichtingen te krijgen. Ze was ervan overtuigd dat ze gelukkig met hem had kunnen zijn, toen het niet langer waarschijnlijk was dat ze elkaar zouden ontmoeten.

Wat een triomf voor hem, zoals ze vaak dacht, als hij kon weten dat de voorstellen die ze nog maar vier maanden geleden trots had afgewezen, nu graag en dankbaar zouden zijn ontvangen! Ze twijfelde er niet aan dat hij even vrijgevig was als de edelmoedigste van zijn geslacht. Maar zolang hij sterfelijk was, moest er een triomf zijn.

Ze begon nu te begrijpen dat hij precies de man was die qua aanleg en talenten het beste bij haar zou passen. Zijn verstand en temperament, hoewel anders dan de hare, zouden aan al haar wensen hebben voldaan. Het was een verbintenis die in het voordeel van beiden moet zijn geweest: door haar gemak en levendigheid zou zijn geest zijn verzacht, zijn manieren zijn verbeterd; En uit zijn oordeel, inlichtingen en kennis van de wereld moet zij een voordeel van groter belang hebben ontvangen.

Maar zo'n gelukkig huwelijk kon de bewonderende menigte nu niet meer leren wat huwelijksgeluk werkelijk was. Een verbintenis van een andere strekking, en het uitsluiten van de mogelijkheid van de ander, zou spoedig in hun gezin worden gevormd.

Hoe Wickham en Lydia in aanvaardbare onafhankelijkheid zouden worden ondersteund, kon ze zich niet voorstellen. Maar hoe weinig van blijvend geluk kon toebehoren aan een paar dat alleen maar bij elkaar werd gebracht omdat hun hartstochten sterker waren dan hun deugd, kon ze gemakkelijk vermoeden.

De heer Gardiner schreef al snel weer aan zijn broer. Op de dankbetuigingen van de heer Bennet antwoordde hij kort, met de verzekering dat hij graag het welzijn van iemand van zijn gezin zou bevorderen; en eindigde met smeekbeden dat het onderwerp nooit meer aan hem zou worden genoemd. De voornaamste strekking van zijn brief was om hen mee te delen dat de heer Wickham had besloten de militie te verlaten.

"Het was zeer mijn wens dat hij dat zou doen," voegde hij eraan toe, "zodra zijn huwelijk was vastgelegd. En ik denk dat u het met mij eens zult zijn dat ik een verwijdering uit dat korps als zeer raadzaam acht, zowel voor hem als voor die van mijn nicht. Het is de bedoeling van de heer Wickham om naar de Regulars te gaan; En onder zijn vroegere vrienden zijn er nog steeds enkelen die hem in staat en bereid zijn om hem in het leger te helpen. Hij heeft de belofte van een vaandrig in het regiment van generaal, dat nu in het noorden is ingekwartierd. Het is een voordeel om het zo ver van dit deel van het koninkrijk te hebben. Hij belooft eerlijk; en ik hoop dat onder verschillende mensen, waar ze elk een karakter te behouden hebben, ze allebei voorzichtiger zullen zijn. Ik heb kolonel Forster geschreven om hem op de hoogte te stellen van onze huidige regelingen en om hem te verzoeken de verschillende schuldeisers van de heer Wickham in en bij Brighton te voldoen met de verzekering van een spoedige betaling, waarvoor ik mezelf heb toegezegd. En zult u zich de moeite getroosten om soortgelijke verzekeringen te geven aan zijn schuldeisers in Meryton, van wie ik een lijst zal bijvoegen, volgens zijn informatie? Hij heeft al zijn schulden ingeleverd; Ik hoop dat hij ons in ieder geval niet heeft bedrogen.

Haggerston heeft onze aanwijzingen en alles zal binnen een week klaar zijn. Ze zullen zich dan bij zijn regiment voegen, tenzij ze eerst worden uitgenodigd om naar Longbourn te komen; en ik begrijp van mevrouw Gardiner dat mijn nicht er erg naar verlangt u allen te zien voordat ze het zuiden verlaat. Het gaat goed met haar en ze smeekt om plichtsgetrouw aan jou en haar moeder te worden herinnerd.

"E. GARDINER."

Meneer Bennet en zijn dochters zagen alle voordelen van de verwijdering van Wickham uit het graafschap, net zo duidelijk als meneer Gardiner dat kon doen. Maar mevrouw Bennet was er niet zo blij mee. Dat Lydia zich in het noorden vestigde, juist op het moment dat zij het meeste genoegen en trots in haar gezelschap had verwacht, want zij had haar plan om in Hertfordshire te gaan wonen geenszins opgegeven, was een ernstige teleurstelling; en bovendien was het zo jammer dat Lydia uit een regiment werd gehaald waar ze iedereen kende en zoveel favorieten had.

"Ze is zo dol op mevrouw Forster," zei ze, "dat het heel schokkend zal zijn om haar weg te sturen! En er zijn ook verschillende jonge mannen die ze erg leuk vindt. De officieren zijn misschien niet zo aardig in het regiment van generaal."

Het verzoek van zijn dochter, want dat zou men kunnen overwegen, om weer in haar gezin te worden opgenomen, voordat ze naar het noorden vertrok, werd in eerste instantie absoluut ontkennend. Maar Jane en Elizabeth, die het erover eens waren dat zij, ter wille van de gevoelens en de gevolgen van hun zuster, wensten dat zij bij haar huwelijk door haar ouders zou worden opgemerkt, drongen er bij hem zo ernstig, maar toch zo verstandig en zo mild op aan om haar en haar man in Longbourn te ontvangen, zodra ze getrouwd waren, dat hij werd overgehaald om te denken zoals zij dachten: en handelen zoals ze wilden. En hun moeder had de voldoening te weten, dat zij haar getrouwde dochter in de buurt zou kunnen zien, voordat zij naar het noorden werd verbannen. Toen de heer Bennet daarom weer aan zijn broer schreef, stuurde hij zijn toestemming om hen te laten komen; en er werd besloten, dat zij, zoodra de plechtigheid voorbij was, zich naar Longbourn zouden begeven. Elizabeth was echter verrast dat Wickham met een dergelijk plan instemde; En als ze alleen haar eigen neiging had geraadpleegd, zou elke ontmoeting met hem het laatste object van haar wensen zijn geweest.

Hoofdstuk LI

De trouwdag van hun zus brak aan, en Jane en Elizabeth voelden waarschijnlijk meer voor haar dan zij voor zichzelf. Het rijtuig werd gezonden om hen op te halen——, en ze moesten er tegen etenstijd in terugkeren. Hun komst werd gevreesd door de oudere juffrouw Bennets - en Jane in het bijzonder, die Lydia de gevoelens gaf die haarzelf zouden hebben overkomen, als *zij* de boosdoener was geweest, en ellendig was bij de gedachte aan wat haar zus zou moeten doorstaan.

Ze kwamen. De familie verzamelde zich in de ontbijtzaal om hen te ontvangen. Een glimlach bedekte het gezicht van mevrouw Bennet, toen het rijtuig naar de deur reed; haar man keek ondoordringbaar ernstig; haar dochters, gealarmeerd, angstig, ongemakkelijk.

Lydia's stem was te horen in de vestibule; De deur werd opengegooid en ze rende de kamer in. Haar moeder stapte naar voren, omhelsde haar en verwelkomde haar met verrukking; gaf haar hand met een liefdevolle glimlach aan Wickham, die zijn dame volgde; en wenste hen beiden vreugde toe, met een geestdrift die geen twijfel aan hun geluk toonde.

Hun ontvangst door de heer Bennet, tot wie ze zich vervolgens wendden, was niet zo hartelijk. Zijn gelaat won eerder aan soberheid; en hij opende nauwelijks zijn lippen. De gemakkelijke zekerheid van het jonge paar was inderdaad genoeg om hem te provoceren.

Elizabeth walgde en zelfs juffrouw Bennet was geschokt. Lydia was nog steeds Lydia; ongetemd, ongegeneerd, wild, luidruchtig en onverschrokken. Ze veranderde van zus in zus en eiste hun felicitaties; En toen ze eindelijk allemaal gingen zitten, keken ze gretig de kamer rond, merkten een kleine verandering op en merkten lachend op dat het een hele tijd geleden was dat ze daar was geweest.

Wickham was in het geheel niet meer bedroefd dan zijzelf, maar zijn manieren waren altijd zo aangenaam, dat, als zijn karakter en zijn huwelijk precies waren geweest wat ze behoorden, zijn glimlach en zijn gemakkelijke manier van aanspreken, terwijl hij beweerde dat ze verwantschap hadden, hen allemaal zouden hebben verrukt. Elizabeth had nog niet geloofd dat hij helemaal opgewassen was tegen zo'n verzekering; Maar ze ging zitten en besloot in zichzelf om in de toekomst geen grenzen meer te stellen aan de onbeschaamdheid van een onbeschaamd man. Ze bloosde en Jane bloosde, maar de wangen van de twee die hun verwarring veroorzaakten, vertoonden geen verandering van kleur.

Er was geen gebrek aan discours. De bruid en haar moeder konden geen van beiden snel genoeg praten; en Wickham, die toevallig in de buurt van Elizabeth zat, begon te informeren naar zijn kennis in die buurt, met een goedgehumeurd gemak, dat ze in haar antwoorden niet kon evenaren. Ze leken elk van hen de gelukkigste herinneringen ter wereld te hebben. Niets van het verleden werd met pijn herinnerd; en Lydia leidde vrijwillig naar onderwerpen waarop haar zusters voor geen goud zouden hebben gezinspeeld.

"Denk er eens aan dat het drie maanden geleden is," riep ze, "dat ik wegging: het lijkt maar veertien dagen, verklaar ik; En toch zijn er genoeg dingen gebeurd in die tijd. Goede genade! toen ik wegging, weet ik zeker dat ik geen idee meer had om te trouwen totdat ik weer terugkwam! hoewel ik dacht dat het heel leuk zou zijn als ik dat was."

Haar vader sloeg zijn ogen op, Jane was bedroefd, Elizabeth keek expressief naar Lydia; Maar zij, die nooit iets hoorde of zag waarvoor ze ongevoelig wilde zijn, ging vrolijk verder:

"O, mama, weten de mensen hier in de buurt dat ik vandaag getrouwd ben? Ik was bang dat ze dat niet zouden doen; en we haalden William Goulding in zijn curricula in, dus ik was vastbesloten dat hij het zou weten, en dus liet ik het zijglas naast hem naar beneden, trok mijn handschoen uit en liet mijn hand gewoon op het raamkozijn rusten, zodat hij de ring kon zien, en toen boog ik en glimlachte als iets."

Elizabeth kon het niet langer verdragen. Ze stond op en rende de kamer uit; En ze keerde niet meer terug, totdat ze hen door de gang naar de eetzaal hoorde gaan. Toen voegde zij zich spoedig genoeg bij hen om Lydia met angstige parade naar de rechterhand van haar moeder te zien lopen en haar tegen haar oudste zuster te horen zeggen:

"Ach, Jane, ik neem nu je plaats in, en jij moet lager gaan, want ik ben een getrouwde vrouw."

Het was niet te veronderstellen, dat de tijd Lydia de verlegenheid zou bezorgen, waarvan zij in het begin zoo volkomen vrij was geweest. Haar gemak en goede humeur namen toe. Ze verlangde ernaar mevrouw Philips, de Lucases en al hun andere buren te zien, en zich door elk van hen 'mevrouw Wickham' te horen noemen; en intussen ging ze na het eten haar ring laten zien en opscheppen dat ze getrouwd was met mevrouw Hill en de twee dienstmeisjes.

"Nou, mama," zei ze, toen ze allemaal weer in de ontbijtzaal waren, "en wat vind je van mijn man? Is hij geen charmante man? Ik weet zeker dat mijn zussen allemaal jaloers op me moeten zijn. Ik hoop alleen dat ze de helft van mijn geluk hebben. Ze moeten allemaal naar Brighton. Dat is de plek om echtgenoten te krijgen. Wat is het jammer, mama, we zijn niet allemaal gegaan!"

"Helemaal waar; en als ik mijn wil had, zouden we dat doen. Maar, mijn lieve Lydia, ik vind het helemaal niet leuk dat je zo ver weggaat. Moet het zo zijn?"

"O, Heer! ja; Daar zit niets in. Ik zal het van alle dingen leuk vinden. Jij en papa, en mijn zussen, moeten naar beneden komen om ons te zien. We zullen de hele winter in Newcastle zijn, en ik durf te zeggen dat er wat ballen zullen zijn, en ik zal ervoor zorgen dat ik goede partners voor ze allemaal krijg."

"Ik zou het boven alles leuk vinden!" zei haar moeder.

"En als je dan weggaat, laat je misschien een of twee van mijn zussen achter; en ik durf te zeggen dat ik mannen voor hen zal krijgen voordat de winter voorbij is."

"Ik dank u voor mijn deel van de gunst," zei Elizabeth; "Maar ik hou niet bijzonder van uw manier om echtgenoten te krijgen."

Hun bezoekers mochten niet langer dan tien dagen bij hen blijven. De heer Wickham had zijn opdracht ontvangen voordat hij Londen verliet, en hij zou zich na twee weken bij zijn regiment voegen.

Niemand behalve mevrouw Bennet betreurde het dat hun verblijf zo kort zou zijn; En ze maakte het meeste van haar tijd door met haar dochter op bezoek te gaan en heel vaak feestjes thuis te houden. Deze partijen waren voor iedereen acceptabel; Het vermijden van een familiekring was zelfs nog wenselijker voor hen die wel dachten dan voor hen die niet dachten.

Wickhams genegenheid voor Lydia was precies wat Elizabeth had verwacht te vinden; niet gelijk aan die van Lydia voor hem. Zij had nauwelijks haar tegenwoordige waarneming noodig gehad, om de reden der dingen, er zeker van te zijn, dat hun schaking meer door de kracht van haar liefde dan door de zijne was veroorzaakt; en ze zou zich hebben afgevraagd waarom hij, zonder zich hevig om haar te bekommeren, er überhaupt voor koos om met haar weg te lopen, als ze er niet zeker van was dat zijn vlucht noodzakelijk was door de nood van de omstandigheden; En als dat het geval was, was hij er de jongeman niet naar om een gelegenheid om een metgezel te hebben te weerstaan.

Lydia was buitengewoon dol op hem. Hij was bij elke gelegenheid haar lieve Wickham; Niemand mocht met hem concurreren. Hij deed alles het beste van de wereld; en ze was er zeker van dat hij op 1 september meer vogels zou doden dan wie dan ook in het land.

Op een morgen, kort na hun aankomst, toen ze met haar twee oudere zussen zat, zei ze tegen Elizabeth:

"Lizzy, ik heb *je nooit* een verslag van mijn bruiloft gegeven, geloof ik. Je was er nog niet bij, toen ik mama en de anderen er alles over vertelde. Ben je niet nieuwsgierig om te horen hoe het in zijn werk is gegaan?"

"Nee, echt waar," antwoordde Elizabeth; "Ik denk dat er niet te weinig over het onderwerp kan worden gezegd."

"La! Je bent zo vreemd! Maar ik moet je vertellen hoe het is gegaan. We trouwden, weet je, in St. Clement's, omdat Wickham in die parochie logeerde. En er werd afgesproken dat we er allemaal om elf uur zouden zijn. Mijn oom en tante en ik zouden samen gaan; en de anderen zouden ons in de kerk ontmoeten.

"Nou, maandagochtend kwam, en ik was zo in ophef! Ik was zo bang, weet je, dat er iets zou gebeuren om het uit te stellen, en dan zou ik behoorlijk afgeleid zijn geweest. En daar was mijn tante, die me de hele tijd aankleedde, preekte en praatte, net alsof ze een preek las. Ik hoorde echter niet meer dan één op de tien woorden, want ik dacht, mag je veronderstellen, aan mijn lieve Wickham. Ik verlangde ernaar te weten of hij in zijn blauwe jas zou trouwen.

"Nou, en dus ontbeten we zoals gewoonlijk om tien uur: ik dacht dat het nooit voorbij zou zijn; want trouwens, je moet begrijpen dat mijn oom en tante de hele tijd dat ik bij hen was afschuwelijk onaangenaam waren. Als u mij wilt geloven, heb ik niet één keer mijn voet buiten de deur gezet, hoewel ik er veertien dagen was. Niet één partij, of plan, of wat dan ook! Zeker, Londen was nogal dun, maar het Little Theatre was open.

"Nou, en zo, net toen de koets voor de deur kwam, werd mijn oom voor zaken weggeroepen naar die afschuwelijke man, meneer Stone. En dan, weet je, als ze eenmaal bij elkaar zijn, komt er geen einde aan. Nou, ik was zo bang dat ik niet wist wat ik moest doen, want mijn oom zou me weggeven; En als we voorbij het uur waren, konden we niet de hele dag getrouwd zijn. Maar gelukkig kwam hij over tien minuten weer terug, en toen gingen we allemaal op pad. Ik herinnerde me echter achteraf dat als hij *was* verhinderd om te gaan, de bruiloft niet hoefde te worden uitgesteld, want meneer Darcy had dat misschien ook gedaan.

"Mr. Darcy!" herhaalde Elizabeth in opperste verbazing.

"Jazeker! hij zou daar komen met Wickham, weet u. Maar, genadig mij! Ik was het helemaal vergeten! Ik had er geen woord over moeten zeggen. Ik heb het ze zo trouw beloofd! Wat zal Wickham zeggen? Het zou zo'n geheim zijn!"

'Als het een geheim zou zijn,' zei Jane, 'zeg dan geen woord meer over het onderwerp. Gij moogt er zeker van zijn dat ik niet verder zoek."

"O, zeker," zei Elizabeth, hoewel brandend van nieuwsgierigheid; "We zullen je geen vragen stellen."

"Dank je," zei Lydia; "want als je dat deed, zou ik je zeker alles vertellen, en dan zou Wickham zo boos zijn."

Op zo'n aanmoediging om te vragen, werd Elizabeth gedwongen het uit haar macht te stellen, door weg te lopen.

Maar om op zo'n punt in onwetendheid te leven, was onmogelijk; Of het was in ieder geval onmogelijk om niet naar informatie te zoeken. Mr. Darcy was op de bruiloft van haar zus geweest. Het was precies een scène, en precies onder de mensen, waar hij blijkbaar het minst te doen had, en de minste verleiding om te gaan. Gissingen over de betekenis ervan, snel en wild, haastten zich in haar brein; Maar ze was met niets tevreden. Degenen die haar het best bevielen, omdat ze zijn gedrag in het edelste licht plaatsten, leken hoogst onwaarschijnlijk. Ze kon zo'n spanning niet verdragen; en haastig een vel papier grijpend, schreef ze een korte brief aan haar tante, om uitleg te vragen over wat Lydia had laten vallen, als het verenigbaar was met de geheimhouding die men had bedoeld.

"Je kunt gemakkelijk begrijpen," voegde ze eraan toe, "wat mijn nieuwsgierigheid moet zijn om te weten hoe iemand die geen verbinding heeft met een van ons, en, betrekkelijk gesproken, een vreemde in onze familie, op zo'n moment onder jullie heeft kunnen zijn. Bid schrijf meteen, en laat me het begrijpen - tenzij het, om zeer overtuigende redenen, is om in de geheimhouding te blijven die Lydia nodig schijnt te vinden; en dan moet ik proberen tevreden te zijn met onwetendheid."

"Maar niet dat ik *dat zal doen*," voegde ze er bij zichzelf aan toe, en ze maakte de brief af; "En, mijn lieve tante, als je het me niet op een eerbare manier vertelt, zal ik zeker terugvallen in listen en listen om het te weten te komen."

Jane's delicate eergevoel stond haar niet toe om onder vier ogen met Elizabeth te spreken over wat Lydia had laten vallen; Elisabet was er blij om: totdat het leek of haar vragen enige voldoening zouden vinden, was ze liever zonder een vertrouwelinge.

Hoofdstuk LII

Elizabeth had de voldoening zo snel mogelijk een antwoord op haar brief te krijgen. Nauwelijks had ze het in haar bezit, of ze haastte zich naar het bosje, waar ze het minst gestoord zou worden, ging op een van de banken zitten en maakte zich klaar om gelukkig te zijn; Want de lengte van de brief overtuigde haar ervan dat er geen ontkenning in zat.

"Gracechurch Street, *6 sept.*
"Mijn lieve nichtje,

"Ik heb zojuist uw brief ontvangen en zal deze hele ochtend wijden aan het beantwoorden ervan, omdat ik voorzie dat een *beetje* schrijven niet zal omvatten wat ik u te vertellen heb. Ik moet bekennen dat ik verrast ben door uw aanvraag; Ik had het niet van *je verwacht.* Denk echter niet dat ik boos ben, want ik wil je alleen maar laten weten dat ik me niet had voorgesteld dat zulke vragen van jouw kant nodig zouden zijn . Als je er niet voor kiest om me te begrijpen, vergeef me dan mijn onbeschaamdheid. Je oom is net zo verrast als ik; en niets anders dan de overtuiging dat u een betrokken partij was, zou hem in staat hebben gesteld te handelen zoals hij heeft gedaan. Maar als je echt onschuldig en onwetend bent, moet ik expliciteer zijn. Op de dag dat ik uit Longbourn thuiskwam, kreeg je oom onverwacht bezoek. Mr. Darcy belde en werd enkele uren met hem opgesloten. Het was allemaal voorbij voordat ik aankwam; Mijn nieuwsgierigheid was dus niet zo vreselijk gekweld als de *uwe* schijnt te zijn geweest. Hij kwam meneer Gardiner vertellen dat hij erachter was gekomen waar uw zus en meneer Wickham waren, en dat hij hen beiden had gezien en gesproken - Wickham herhaaldelijk, Lydia een keer. Voor zover ik kan nagaan, verliet hij Derbyshire slechts één dag na ons en kwam naar de stad met het besluit om op hen te jagen. Het motief dat werd beleden, was zijn overtuiging dat het aan hemzelf te danken was dat de waardeloosheid van Wickham niet zo bekend was dat het voor een jonge vrouw van karakter onmogelijk was om hem lief te hebben of in vertrouwen te nemen. Hij schreef het geheel edelmoedig toe aan zijn misplaatste trots en bekende dat hij het eerder beneden zijn waardigheid had geacht om zijn privé-daden aan de wereld bloot te stellen. Zijn karakter zou voor zichzelf spreken. Hij noemde het daarom zijn plicht om naar voren te treden en te proberen een kwaad te verhelpen dat hij zelf had veroorzaakt. Als hij *een ander* motief had, ben ik er zeker van dat het hem nooit te schande zou maken. Hij was al een paar dagen in de stad voordat hij ze kon ontdekken; Maar hij had iets om zijn zoektocht te leiden, en dat was meer dan *wij*, en het besef hiervan was nog een reden voor zijn besluit om ons te volgen. Er is een dame, naar het schijnt, een mevrouw Younge, die enige tijd geleden gouvernante was van Miss Darcy, en van haar taak werd ontslagen om een of andere reden van afkeuring, hoewel hij niet zei wat. Ze nam toen een groot huis in Edward Street en onderhoudt zichzelf sindsdien door onderdak te verhuren. Deze mevrouw Younge was, zoals hij wist, goed bekend met Wickham; En hij ging naar haar toe om inlichtingen over hem te krijgen, zodra hij in de stad aankwam. Maar het duurde twee of drie dagen voordat hij van haar kon krijgen wat hij wilde. Ze zou haar vertrouwen niet beschamen, veronderstel ik, zonder omkoping en corruptie, want ze wist echt waar haar vriend te vinden was. Wickham was inderdaad naar haar toe gegaan toen ze voor het eerst in Londen aankwamen; En als ze hen in haar huis had kunnen ontvangen, zouden ze bij haar hebben gewoond. Eindelijk echter verkreeg onze vriendelijke vriend de gewenste richting. Ze waren in — Straat. Hij zag Wickham en stond er daarna op om Lydia te zien. Zijn eerste doel met haar, erkende hij, was geweest haar over te halen haar huidige schandelijke situatie op te geven en naar haar vrienden terug te keren zodra ze konden worden overgehaald om haar te ontvangen, en zijn hulp aan te bieden voor zover dat mogelijk was. Maar hij vond Lydia vastbesloten om te blijven waar ze was. Ze gaf om geen van haar vrienden; ze wilde geen hulp van hem; ze wilde er niet van horen om Wickham te verlaten. Ze was er zeker van dat ze op een of andere tijd zouden trouwen, en het betekende niet veel wanneer. Aangezien zij zich zo voelde, bleef het slechts over, dacht hij, een huwelijk veilig te stellen en te bespoedigen, waarvan hij in zijn allereerste gesprek met Wickham gemakkelijk vernam dat het nooit *zijn bedoeling was geweest* . Hij bekende dat hij het regiment moest verlaten wegens enkele ereschulden die zeer dringend waren; en scrupuleus om niet alle nadelige gevolgen van Lydia's vlucht alleen aan haar eigen dwaasheid toe te schrijven. Hij was van plan zijn commissie onmiddellijk neer te leggen; En wat zijn toekomstige situatie betreft, daar kon hij heel weinig over vermoeden. Hij moest ergens heen, maar hij wist niet waarheen, en hij wist dat hij niets zou hebben om van te leven. Mr. Darcy vroeg waarom hij niet meteen met je zus trouwde. Hoewel meneer Bennet niet werd verondersteld erg rijk te zijn, zou hij iets voor hem hebben kunnen doen, en zijn situatie moet zijn geprofiteerd door het huwelijk. Maar in antwoord op deze vraag merkte hij dat Wickham nog steeds de hoop koesterde om zijn fortuin effectiever te maken door te trouwen, in een ander land. Onder dergelijke omstandigheden was het echter niet waarschijnlijk dat hij bestand zou zijn tegen de verleiding van onmiddellijke verlichting. Ze ontmoetten elkaar verschillende keren, want er was veel te bespreken. Wickham wilde natuurlijk meer dan hij kon krijgen; maar werd ten slotte teruggebracht tot redelijk. Toen alles tussen *hen geregeld* was, was de volgende stap van meneer Darcy om je oom ermee bekend te maken, en hij belde voor het eerst in Gracechurch Street de avond voordat ik thuiskwam. Maar meneer Gardiner was niet te zien; en meneer Darcy ontdekte bij nader onderzoek dat je vader nog steeds bij hem was, maar de volgende ochtend de stad zou verlaten. Hij oordeelde niet dat uw vader iemand was die hij zo goed kon raadplegen als uw oom, en daarom stelde hij de ontmoeting met hem gemakkelijk uit tot na het vertrek van de eerste. Hij liet zijn naam niet achter en tot de volgende dag was alleen bekend dat een heer voor zaken had aangebeld. Zaterdag kwam hij weer. Je vader was weg, je oom thuis, en, zoals ik al zei, ze hadden veel gesprekken met elkaar. Zondag ontmoetten ze elkaar weer, en toen *zag ik* hem ook. Het was niet allemaal geregeld voor maandag: zodra het zover was, werd de express naar Longbourn gestuurd. Maar onze bezoeker was erg eigenwijs. Ik verbeeld, Lizzy, dat koppigheid tenslotte het echte gebrek van zijn karakter is. Hij is op verschillende momenten van veel fouten beschuldigd; Maar *dit* is de ware. Er was niets te doen dat hij niet zelf deed; hoewel ik er zeker van ben (en ik spreek het niet om bedankt te worden, zeg er dus niets over) zou uw oom het geheel het liefst hebben geregeld. Ze hebben er lange tijd samen tegen gevochten, wat meer was dan de heer of dame die erbij betrokken was verdiende. Maar ten slotte werd uw oom gedwongen toe te geven, en in plaats van zijn nichtje van nut te mogen zijn, moest hij het er maar mee nemen dat hij er waarschijnlijk de eer van had, wat zeer tegen de stroom inging; en ik geloof echt dat uw brief van vanmorgen hem veel plezier deed, omdat er een verklaring voor nodig was die hem van zijn geleende veren zou beroven en de lof zou geven waar het toekwam. Maar, Lizzy, dit mag niet verder gaan dan jezelf, of Jane hooguit. Ik veronderstel dat u vrij goed weet wat er voor de jongeren is gedaan. Zijn schulden moeten worden betaald, die, geloof ik, aanzienlijk meer dan duizend pond bedragen, nog eens duizend bovenop de hare, die *op haar wordt vereffend*, en zijn commissie moet worden gekocht. De reden waarom dit alles alleen door hem gedaan moest worden, was zoals ik hierboven heb gegeven. Het was aan hem te danken, aan zijn terughoudendheid en gebrek aan gepaste consideratie, dat Wickhams karakter zo verkeerd was begrepen, en dat hij bijgevolg was ontvangen en opgemerkt zoals hij was. Misschien zat hier een kern van waarheid in, hoewel ik betwijfel of *zijn* terughoudendheid, of *die van wie dan ook*, verantwoordelijk kan zijn voor de gebeurtenis. Maar ondanks al deze mooie praatjes, mijn lieve Lizzy, kun je er volkomen zeker van zijn dat je oom nooit zou hebben toegegeven, als we hem niet de eer hadden gegeven dat hij *nog een belang* in de zaak had. Toen dit alles besloten was, keerde hij weer terug naar zijn vrienden, die nog steeds in Pemberley verbleven; maar er werd afgesproken dat hij weer in Londen zou zijn als de bruiloft plaatsvond, en dat alle geldzaken dan de laatste afwerking zouden krijgen. Ik geloof dat ik je nu alles heb verteld. Het is een relatie waarvan u mij vertelt dat het u zeer zal verbazen; Ik hoop dat het u in ieder geval geen ongenoegen zal bezorgen. Lydia kwam naar ons toe en Wickham had voortdurend toegang tot het huis. *Hij* was precies wat hij was geweest toen ik hem in Hertfordshire leerde kennen; maar ik zou je niet zeggen hoe weinig ik tevreden was over *haar* gedrag terwijl ze bij ons logeerde, als ik niet had gemerkt, door Jane's brief van afgelopen woensdag, dat haar gedrag bij thuiskomst er precies mee overeenkwam, en daarom kan wat ik je nu vertel je geen nieuwe pijn bezorgen. Ik sprak herhaaldelijk met haar op de meest ernstige manier, en vertelde haar de slechtheid van wat ze had gedaan, en al het ongeluk dat ze over haar familie had gebracht. Als ze me hoorde, was het een geluksvogel, want ik weet zeker dat ze niet heeft geluisterd. Ik werd soms behoorlijk geprovoceerd; maar toen herinnerde ik me mijn lieve Elizabeth en Jane, en had ter wille van hen geduld met haar. Mr. Darcy was punctueel bij zijn terugkeer en, zoals Lydia je vertelde, woonde hij de bruiloft bij. Hij dineerde de volgende dag bij ons en zou woensdag of donderdag de stad weer verlaten. Zul je heel boos op me zijn, mijn lieve Lizzy, als ik van deze gelegenheid gebruik maak om te zeggen (wat ik nooit eerder durfde te zeggen) hoeveel ik van hem hou? Zijn gedrag tegenover ons is in alle opzichten net zo aangenaam geweest als toen we in Derbyshire waren. Zijn begrip en meningen bevallen me allemaal; Hij wil niets anders dan een beetje meer levendigheid, en *dat*, als hij verstandig trouwt, zijn vrouw hem mag leren. Ik vond hem heel sluw; Hij noemde je naam bijna nooit. Maar sluwheid lijkt de mode. Bid dat ik me vergeef als ik erg aanmatigend ben geweest, of straf me tenminste niet zo ver dat je me uitsluit van P. Ik zal nooit helemaal gelukkig zijn voordat ik het hele park heb doorkruist. Een lage phaeton met een mooi paar pony's zou precies iets zijn. Maar ik moet niet meer schrijven. De kinderen hebben me dit half uur gewild.

"Met vriendelijke groet," MENEER GARDINER.

De inhoud van deze brief bracht Elizabeth in rep en roer, waarbij het moeilijk was om te bepalen of genot of verdriet het grootste aandeel had. De vage en onzekere vermoedens die onzekerheid had veroorzaakt, over wat Mr. Darcy zou hebben gedaan om de wedstrijd van haar zus door te sturen - die ze had gevreesd aan te moedigen, als een inspanning van goedheid die te groot was om waarschijnlijk te zijn, en tegelijkertijd gevreesd om rechtvaardig te zijn, van de pijn van verplichting - werden in hun grootste mate bewezen waar te zijn! Hij was hen met opzet naar de stad gevolgd, hij had alle moeite en verstering op zich genomen die met zulk een onderzoek gepaard gingen; waarin smeekbeden nodig waren geweest tot een vrouw die hij moest verafschuwen en verachten, en waar hij gedwongen was de man te ontmoeten, vaak te ontmoeten, te redeneren, over te halen en uiteindelijk om te kopen, die hij altijd het liefst wilde vermijden, en wiens naam het voor hem alleen al een straf was om uit te spreken. Hij had dit alles gedaan voor een meisje dat hij niet kon achten of waarderen. Haar hart fluisterde dat hij het voor haar had gedaan. Maar het was een hoop die kort door andere overwegingen werd onderdrukt; en zij voelde weldra dat zelfs haar ijdelheid onvoldoende was, wanneer zij afhankelijk moest zijn van zijn genegenheid voor haar, voor een vrouw die hem reeds had afgewezen, die in staat was een zo natuurlijk gevoel te overwinnen als afschuw tegen de relatie met Wickham. Zwager van Wickham! Elke vorm van trots moet in opstand komen tegen de verbinding. Hij had, om zeker te zijn, veel gedaan. Ze schaamde zich om te bedenken hoeveel. Maar hij had een reden gegeven voor zijn bemoeienis, die geen buitengewone geloofsovertuiging vereiste. Het was redelijk dat hij het gevoel had dat hij ongelijk had gehad; hij bezat vrijgevigheid, en hij had de middelen om die uit te oefenen; En hoewel zij zich niet als zijn voornaamste aansporing zou stellen, zou zij misschien kunnen geloven dat partijdigheid voor haar zijn inspanningen zou kunnen helpen in een zaak waarvoor haar gemoedsrust materieel in het geding moet zijn. Het was pijnlijk, buitengewoon pijnlijk, om te weten dat ze verplichtingen hadden tegenover een persoon die nooit iets terug kon krijgen. Ze hadden het herstel van Lydia, haar karakter, alles aan hem te danken. O, hoe diep treurde ze over elke onbarmhartige gewaarwording die ze ooit had aangemoedigd, elke brutale toespraak die ze ooit tegen hem had gericht! Voor zichzelf werd ze vernederd; Maar ze was trots op hem, trots dat hij in een zaak van medelijden en eer in staat was geweest zichzelf te overwinnen. Ze las de lof die haar tante voor hem had keer op keer. Het was nauwelijks genoeg; Maar het beviel haar. Ze was zelfs een gevoel van genoegen, hoewel vermengd met spijt, toen ze ontdekte hoe standvastig zowel zij als haar oom ervan overtuigd waren dat er genegenheid en vertrouwen bestonden tussen meneer Darcy en haarzelf.

Ze werd uit haar stoel en haar overpeinzingen gewekt door iemands nadering; en voordat ze een ander pad kon inslaan, werd ze ingehaald door Wickham.

"Ik ben bang dat ik je eenzame zwerftocht onderbreek, mijn lieve zus?" zei hij, terwijl hij zich bij haar voegde.

"Dat doe je zeker," antwoordde ze met een glimlach; "Maar daaruit volgt niet dat de onderbreking ongewenst moet zijn."

"Het zou me inderdaad spijten als dat zo was. *We* waren altijd goede vrienden, en nu zijn we beter."

"Klopt. Komen de anderen naar buiten?"

"Ik weet het niet. Mrs. Bennet en Lydia gaan in de koets naar Meryton. En dus, mijn lieve zus, verneem ik van onze oom en tante dat je Pemberley echt hebt gezien."

Zij antwoordde bevestigend.

"Ik benijd je bijna het plezier, en toch geloof ik dat het te veel voor me zou zijn, anders zou ik het op mijn weg naar Newcastle kunnen nemen. En je hebt de oude huishoudster gezien, neem ik aan? Arme Reynolds, ze was altijd erg dol op mij. Maar ze heeft mijn naam natuurlijk niet genoemd."

"Ja, dat deed ze."

"En wat zei ze?"

"Dat je in het leger was gegaan, en ze was bang dat het niet goed was afgelopen. Op zo'n afstand, weet je, worden de dingen vreemd genoeg verkeerd voorgesteld."

"Zeker," antwoordde hij, op zijn lippen bijtend. Elizabeth hoopte dat ze hem het zwijgen had opgelegd; Maar kort daarna zei hij:

"Ik was verrast om Darcy vorige maand in de stad te zien. We passeerden elkaar meerdere keren. Ik vraag me af wat hij daar kan doen."

'Misschien ter voorbereiding op zijn huwelijk met juffrouw de Bourgh,' zei Elizabeth. "Het moet iets bijzonders zijn om hem daar in deze tijd van het jaar mee naartoe te nemen."

"Ongetwijfeld. Heb je hem gezien toen je in Lambton was? Ik dacht dat ik van de Gardiners begreep dat je dat had."

"Jazeker; Hij stelde ons voor aan zijn zus."

"En vind je haar leuk?"

"Heel veel."

"Ik heb inderdaad gehoord dat ze in de afgelopen twee jaar ongewoon is verbeterd. Toen ik haar voor het laatst zag, was ze niet erg veelbelovend. Ik ben erg blij dat je haar leuk vond. Ik hoop dat het goed met haar gaat."

"Ik durf te zeggen dat ze dat zal doen; Ze is over de moeilijkste leeftijd heen."

"Ben je langs het dorp Kympton gegaan?"

"Ik kan me niet herinneren dat we dat hebben gedaan."

"Ik noem het omdat het het leven is dat ik had moeten hebben. Een zeer verrukkelijke plek! Uitstekende pastorie-woning! Het zou in alle opzichten bij me hebben gepast."

"Hoe zou je het hebben gevonden om te preken?"

"Buitengewoon goed. Ik zou het als een deel van mijn plicht hebben beschouwd, en de inspanning zou spoedig niets zijn geweest. Men moet niet terugdeinzen; Maar om zeker te zijn, het zou zoiets voor mij zijn geweest! De rust, de pensionering van zo'n leven, zou aan al mijn ideeën over geluk hebben beantwoord! Maar het mocht niet zo zijn. Heb je Darcy ooit over de omstandigheid horen praten toen je in Kent was?"

"Ik *heb* van het gezag gehoord, dat ik het goed vond, dat het u slechts voorwaardelijk en naar de wil van de huidige beschermheer is nagelaten."

"Dat heb je! Ja, daar zat iets in; Dat heb ik je vanaf het begin gezegd, je herinnert je misschien wel."

'Ik *heb* ook gehoord dat er een tijd is geweest dat het houden van preken niet zo smakelijk voor je was als het nu lijkt te zijn; dat u eigenlijk uw besluit hebt uitgesproken om nooit bestellingen aan te nemen, en dat het bedrijf dienovereenkomstig in gevaar was gebracht."

"Dat heb je gedaan! En het was niet geheel ongegrond. Je herinnert je misschien wat ik je op dat punt heb verteld, toen we er voor het eerst over spraken."

Ze waren nu bijna bij de deur van het huis, want ze was snel gelopen om van hem af te komen; En omdat ze hem ter wille van haar zuster niet wilde provoceren, antwoordde ze alleen met een goedgehumeurde glimlach:

'Kom, meneer Wickham, we zijn broer en zus, weet u. Laten we geen ruzie maken over het verleden. Ik hoop dat we in de toekomst altijd eensgezind zullen zijn."

Ze stak haar hand uit: hij kuste die met liefdevolle galanterie, hoewel hij nauwelijks wist hoe hij moest kijken, en ze gingen het huis binnen.

Hoofdstuk LIII

Dhr. Wickham was zoo volkomen tevreden met dit gesprek, dat hij zich nooit meer van streek maakte, of zijn lieve zuster Elizabeth provoceerde, door het onderwerp ervan ter sprake te brengen; En ze was blij te ontdekken dat ze genoeg had gezegd om hem stil te houden.

De dag van zijn en Lydia's vertrek brak spoedig aan; en mevrouw Bennet werd gedwongen zich te onderwerpen aan een scheiding, die, aangezien haar man geenszins deelnam aan haar plan om allemaal naar Newcastle te gaan, waarschijnlijk minstens twaalf maanden zou duren.

"O, mijn lieve Lydia," riep ze, "wanneer zullen we elkaar weer zien?"

"O, Heer! Ik weet het niet. Niet deze twee of drie jaar, misschien."

"Schrijf me heel vaak, mijn liefste."

"Zo vaak als ik kan. Maar weet je, getrouwde vrouwen hebben nooit veel tijd om te schrijven. Mijn zussen mogen *me schrijven*. Ze zullen niets anders te doen hebben."

De adieus van meneer Wickham waren veel aanhankelijker dan die van zijn vrouw. Hij glimlachte, zag er knap uit en zei veel mooie dingen.

"Hij is net zo'n fijne kerel," zei meneer Bennet, zodra ze het huis uit waren, "als ik ooit heb gezien. Hij suddert en grijnst en bedrijft de liefde met ons allemaal. Ik ben wonderbaarlijk trots op hem. Ik daag zelfs Sir William Lucas zelf uit om een waardevollere schoonzoon voort te brengen."

Het verlies van haar dochter maakte mevrouw Bennet enkele dagen erg saai.

"Ik denk vaak," zei ze, "dat er niets zo erg is als afscheid nemen van je vrienden. Je lijkt zo verlaten zonder hen."

"Dit is het gevolg, ziet u, mevrouw, van het trouwen met een dochter," zei Elizabeth. "Het moet je meer tevreden stellen dat je andere vier vrijgezel zijn."

"Dat is het niet. Lydia verlaat me niet omdat ze getrouwd is; Maar alleen omdat het regiment van haar man zo ver weg is. Als dat dichterbij was geweest, zou ze niet zo snel zijn gegaan."

Maar de geesteloze toestand waarin deze gebeurtenis haar bracht, werd spoedig verlicht, en haar geest opende zich weer voor de beroering van de hoop, door een nieuwsartikel dat toen in omloop begon te komen. De huishoudster in Netherfield had opdracht gekregen zich voor te bereiden op de komst van haar meester, die over een dag of twee naar beneden zou komen om daar enkele weken te schieten. Mevrouw Bennet was nogal in de war. Ze keek naar Jane, glimlachte en schudde afwisselend haar hoofd.

'Nou, nou, en dus komt meneer Bingley naar beneden, zuster,' (want mevrouw Philips bracht haar eerst het nieuws). "Nou, des te beter. Maar niet dat het me iets kan schelen. Hij is niets voor ons, weet je, en ik weet zeker dat ik hem nooit meer wil zien. Maar hij is van harte welkom om naar Netherfield te komen, als het hem bevalt. En wie weet wat *er kan* gebeuren? Maar dat is niets voor ons. Weet je, zuster, we hebben lang geleden afgesproken om er nooit een woord over te zeggen. En dus is het vrij zeker dat hij komt?"

"Daar kun je op rekenen," antwoordde de ander, "want mevrouw Nichols was gisteravond in Meryton: ik zag haar voorbijgaan en ben er zelf op uit gegaan om de waarheid ervan te weten; En ze vertelde me dat het zeker waar was. Hij komt ten laatste op donderdag naar beneden, zeer waarschijnlijk op woensdag. Ze ging naar de slager, vertelde ze me, met opzet om woensdag wat vlees te bestellen, en ze heeft drie paar eenden die net klaar zijn om gedood te worden."

Juffrouw Bennet had niet van zijn komst kunnen horen zonder van kleur te veranderen. Het was vele maanden geleden dat ze zijn naam aan Elizabeth had genoemd; Maar nu, zodra ze samen alleen waren, zei ze:

"Ik zag je vandaag naar me kijken, Lizzy, toen mijn tante ons vertelde over het huidige bericht; en ik weet dat ik bedroefd leek; Maar stel je niet voor dat het om een of andere domme reden was. Ik was alleen even in de war, omdat ik vond dat er naar me *gekeken moest* worden. Ik verzeker u dat het nieuws mij noch met plezier noch met pijn beïnvloedt. Ik ben blij om één ding, dat hij alleen komt; omdat we minder van hem zullen zien. Niet dat ik bang ben voor *mezelf*, maar ik zie op tegen de opmerkingen van anderen."

Elizabeth wist niet wat ze ervan moest denken. Had ze hem niet in Derbyshire gezien, dan zou ze hebben kunnen denken dat hij daar kon komen met geen ander uitzicht dan wat werd erkend; maar ze dacht nog steeds dat hij een voorliefde had voor Jane, en ze aarzelde over de grotere kans dat hij daar *met* toestemming van zijn vriend zou komen, of dat hij stoutmoedig genoeg zou zijn om zonder toestemming te komen.

"Toch is het moeilijk," dacht ze soms, "dat deze arme man niet naar een huis kan komen, dat hij legaal heeft gehuurd, zonder al deze speculaties op te wekken! Ik *laat* hem aan zijn lot over."

Ondanks wat haar zuster verklaarde, en werkelijk geloofde dat haar gevoelens waren, kon Elizabeth in afwachting van zijn komst gemakkelijk waarnemen dat haar geest erdoor werd beïnvloed. Ze waren meer verontrust, ongelijker dan ze hen vaak had gezien.

Het onderwerp dat ongeveer twaalf maanden geleden tussen hun ouders zo warm was besproken, werd nu weer ter sprake gebracht.

"Zodra meneer Bingley komt, mijn liefste," zei mevrouw Bennet, "zul je natuurlijk op hem wachten."

"Nee, nee. Je dwong me vorig jaar om hem te bezoeken en beloofde dat als ik hem zou bezoeken, hij met een van mijn dochters zou trouwen. Maar het eindigde op niets uit, en ik zal niet meer met een dwaze boodschap worden gestuurd."

Zijn vrouw maakte hem duidelijk hoe absoluut noodzakelijk zo'n aandacht van alle naburige heren zou zijn bij zijn terugkeer naar Netherfield.

"Dat is een *etiquette* die ik veracht," zei hij. "Als hij onze samenleving wil, laat hem die dan zoeken. Hij weet waar we wonen. Ik zal mijn uren niet besteden aan het achtervolgen van mijn buren, elke keer als ze weggaan en weer terugkomen."

"Nou, het enige wat ik weet is dat het afschuwelijk onbeleefd zal zijn als je niet op hem wacht. Maar dat zal me er niet van weerhouden hem te vragen hier te dineren, ik ben vastbesloten. We moeten binnenkort mevrouw Long en de Gouldings hebben. Dat zijn er dertien bij ons, dus er zal nog net plaats voor hem aan tafel zijn."

Getroost door dit besluit, was zij des te beter in staat de onbeleefdheid van haar man te verdragen; hoewel het zeer vernederend was te weten dat haar buren als gevolg daarvan allemaal meneer Bingley zouden kunnen zien voordat *zij* dat deden. Toen de dag van zijn aankomst naderde,

"Ik begin er spijt van te krijgen dat hij überhaupt komt", zei Jane tegen haar zus. "Het zou niets zijn; Ik kon hem met volmaakte onverschilligheid aanzien; maar ik kan het nauwelijks verdragen om er zo voortdurend over te horen praten. Mijn moeder bedoelt het goed; maar ze weet niet, niemand kan het weten, hoeveel ik lijd onder wat ze zegt. Gelukkig zal ik zijn als zijn verblijf in Netherfield voorbij is!"

"Ik wou dat ik iets kon zeggen om je te troosten," antwoordde Elizabeth; "Maar het ligt geheel buiten mijn macht. Je moet het voelen; en de gebruikelijke voldoening van het prediken van geduld aan een lijdende wordt mij ontzegd, omdat u altijd zoveel hebt."

Meneer Bingley arriveerde. Mevrouw Bennet slaagde er met de hulp van bedienden in om de eerste tijding ervan te krijgen, dat de periode van angst en bezorgdheid aan haar kant zo lang mogelijk zou zijn. Ze telde de dagen die moesten verstrijken voordat hun uitnodiging kon worden verzonden - hopeloos om hem eerder te zien. Maar op de derde ochtend na zijn aankomst in Hertfordshire zag ze hem vanuit het raam van haar kleedkamer de paddock binnengaan en naar het huis rijden.

Haar dochters werden gretig geroepen om deel te hebben aan haar vreugde. Jane behield resoluut haar plaats aan tafel; maar Elizabeth, om haar moeder tevreden te stellen, ging naar het raam - ze keek - ze zag meneer Darcy met hem en ging weer naast haar zus zitten.

"Er is een meneer bij hem, mama," zei Kitty; "Wie kan het zijn?"

"Een of andere kennis, mijn liefste, veronderstel ik; Ik weet zeker dat ik het niet weet."

"La!" antwoordde Kitty, "het lijkt precies op die man die vroeger bij hem was. Meneer hoe heet hij, die lange, trotse man."

"Goede genade! Mr. Darcy! - en zo doet het, ik beloof het. Nou, elke vriend van meneer Bingley zal hier altijd welkom zijn, om zeker te zijn; maar anders moet ik zeggen dat ik alleen al de aanblik van hem haat."

Jane keek Elizabeth met verbazing en bezorgdheid aan. Ze wist maar weinig van hun ontmoeting in Derbyshire, en voelde daarom mee met de ongemakkelijkheid die haar zuster moest ondergaan, toen ze hem bijna voor het eerst zag nadat ze zijn verklarende brief had ontvangen. Beide zussen voelden zich al ongemakkelijk genoeg. Ieder voelde mee met de ander, en natuurlijk met zichzelf; en hun moeder sprak verder over haar afkeer van meneer Darcy, en haar besluit om alleen beleefd tegen hem te zijn als de vriend van meneer Bingley, zonder door een van hen te worden gehoord. Maar Elizabeth had bronnen van onbehagen die nog niet konden worden vermoed door Jane, aan wie ze nog nooit de moed had gehad om de brief van mevrouw Gardiner te laten zien, of om haar eigen verandering van gevoelens jegens hem te vertellen. Voor Jane kon hij slechts een man zijn wiens voorstellen ze had afgewezen en wiens verdiensten ze had onderschat; maar volgens haar eigen uitgebreidere informatie was hij de persoon aan wie de hele familie de eerste van de voordelen verschuldigd was, en die ze zichzelf beschouwde met een belang, zo niet zo teder, dan toch even redelijk en rechtvaardig als wat Jane voor Bingley voelde. Haar verbazing over zijn komst, over zijn komst naar Netherfield, naar Longbourn, en het vrijwillig opnieuw opzoeken van haar, was bijna gelijk aan wat ze had geweten toen ze voor het eerst getuige was van zijn veranderde gedrag in Derbyshire.

De kleur die van haar gezicht was verdreven, keerde voor een halve minuut terug met een extra gloed, en een glimlach van verrukking voegde glans toe aan haar ogen, terwijl ze dacht dat zijn genegenheid en wensen nog steeds onwankelbaar moesten zijn; Maar ze zou niet veilig zijn.

"Laat me eerst eens zien hoe hij zich gedraagt," zei ze. "Het zal dan vroeg genoeg zijn voor de verwachting."

Ze zat aandachtig aan het werk, trachtte kalm te zijn en durfde haar ogen op te slaan, totdat angstige nieuwsgierigheid ze naar het gezicht van haar zuster voerde, toen de bediende de deur naderde. Jane zag er een beetje bleker uit dan normaal, maar bezadigder dan Elizabeth had verwacht. Bij het verschijnen van de heren nam haar kleur toe; Toch ontving ze ze met een redelijk gemak, en met een fatsoenlijk gedrag dat even vrij was van elk symptoom van wrok of elke onnodige inschikkelijkheid.

Elizabeth zei tegen beiden zo weinig als de beleefdheid toeliet, en ging weer aan het werk zitten, met een gretigheid die het niet vaak afdwong. Ze had maar één blik op Darcy durven werpen. Hij zag er zoals gewoonlijk ernstig uit; en, dacht ze, meer zoals hij er in Hertfordshire uit had gezien, dan zoals ze hem in Pemberley had gezien. Maar misschien kon hij in het bijzijn van haar moeder niet zijn wat hij was voor haar oom en tante. Het was een pijnlijk, maar niet onwaarschijnlijk vermoeden.

Bingley had ze ook een ogenblik gezien, en in die korte tijd zag ze hem er zowel tevreden als beschaamd uitzien. Hij werd door mevrouw Bennet ontvangen met een mate van beleefdheid die haar twee dochters beschaamd maakte, vooral in contrast met de koude en ceremoniële beleefdheid van haar hoffelijkheid en het adres van zijn vriend.

Vooral Elizabeth, die wist dat haar moeder aan haar de bewaring van haar lievelingsdochter voor onherstelbare schande verschuldigd was, was in de meest pijnlijke mate gekwetst en bedroefd door een zo slecht toegepaste onderscheiding.

Nadat Darcy haar had gevraagd hoe het met meneer en mevrouw Gardiner ging - een vraag die ze niet zonder verwarring kon beantwoorden - zei ze bijna niets. Hij zat niet bij haar: misschien was dat de reden van zijn zwijgen; maar dat was in Derbyshire niet het geval geweest. Daar had hij met haar vrienden gepraat toen hij zichzelf niet kon toespreken. Maar nu verliepen er enkele minuten, zonder dat hij zijn stem kon laten klinken; en als ze af en toe, niet in staat om de impuls van nieuwsgierigheid te weerstaan, haar ogen naar zijn gezicht opsloeg, merkte ze dat hij even vaak naar Jane keek als naar zichzelf, en vaak naar geen ander voorwerp dan de grond. Meer bedachtzaamheid en minder angst om te behagen, dan toen ze elkaar voor het laatst ontmoetten, werden duidelijk uitgedrukt. Ze was teleurgesteld en boos op zichzelf omdat ze zo was.

"Zou ik het anders kunnen verwachten?" zei ze. "Maar waarom is hij gekomen?"

Ze was niet in de stemming om met iemand anders te praten dan met zichzelf; En tegen hem had ze nauwelijks de moed om te spreken.

Ze informeerde naar zijn zus, maar kon niet meer doen.

'Het is lang geleden, meneer Bingley, dat u bent weggegaan,' zei mevrouw Bennet.

Hij stemde er meteen mee in.

"Ik begon bang te worden dat je nooit meer terug zou komen. Men zei wel dat u van plan was de plaats met Michaël geheel te verlaten, maar ik hoop echter dat het niet waar is. Er is veel veranderd in de buurt sinds je weg bent. Juffrouw Lucas is getrouwd en gesetteld: en een van mijn eigen dochters. Ik neem aan dat je er wel eens van gehoord hebt; Inderdaad, je moet het in de kranten hebben gezien. Het was in de 'Times' en de 'Courier', ik weet het; hoewel het niet werd ingebracht zoals het zou moeten zijn. Er werd alleen gezegd: 'Onlangs, George Wickham, Esq., aan juffrouw Lydia Bennet', zonder dat er een lettergreep werd gezegd over haar vader, of de plaats waar ze woonde, of wat dan ook. Het was ook de tekening van mijn broer Gardiner en ik vraag me af hoe hij er zo'n lastige zaak van heeft kunnen maken. Heb je het gezien?"

Bingley antwoordde dat hij dat deed en feliciteerde hem. Elizabeth durfde haar ogen niet op te slaan. Hoe Mr. Darcy eruit zag, kon ze daarom niet zeggen.

"Het is zeker iets verrukkelijks om een dochter te hebben die goed getrouwd is," vervolgde haar moeder; 'Maar tegelijkertijd, meneer Bingley, is het heel moeilijk om haar van me weg te laten nemen. Ze zijn naar Newcastle gegaan, een plaats die nogal noordelijk lijkt te zijn, en daar zullen ze blijven, ik weet niet hoe lang. Zijn regiment is daar; want ik veronderstel dat u hebt gehoord dat hij de ——graafschap heeft verlaten, en dat hij naar de Regulars is gegaan. Godzijdank! Hij heeft *een paar* vrienden, maar misschien niet zoveel als hij verdient."

Elizabeth, die wist dat dit tegen Mr. Darcy werd geuit, was in zo'n ellende van schaamte dat ze nauwelijks haar stoel kon behouden. Het ontlokte haar echter de inspanning van het spreken, die niets anders eerder zo doeltreffend had gedaan; en ze vroeg Bingley of hij van plan was om op dit moment in het land te blijven. Een paar weken, dacht hij.

"Als u al uw eigen vogels hebt gedood, meneer Bingley," zei haar moeder, "smeek ik u hier te komen en er zoveel te schieten als u wilt op het landhuis van meneer Bennet. Ik ben er zeker van dat hij je heel graag van dienst zal zijn en al het beste van de coveys voor je zal bewaren."

Elizabeths ellende nam toe door zo'n onnodige, zo'n officieuze aandacht! Zou zich nu hetzelfde mooie vooruitzicht voordoen als hen een jaar geleden had gevleid, dan zou alles, zo was ze overtuigd, zich naar dezelfde ergerlijke conclusie haasten. Op dat moment voelde ze dat jaren van geluk Jane of haarzelf niet konden goedmaken voor momenten van zo'n pijnlijke verwarring.

"De eerste wens van mijn hart," zei ze bij zichzelf, "is nooit meer om met een van hen in contact te zijn. Hun samenleving kan zich geen genot veroorloven dat zo'n ellende als deze zal goedmaken. Laat me nooit meer het een of het ander zien!"

Maar de ellende, waarvoor jaren van geluk geen compensatie zouden bieden, kreeg spoedig daarna materiële verlichting, toen men zag hoezeer de schoonheid van haar zuster de bewondering van haar vroegere minnaar opnieuw aanwakkerde. Toen hij voor het eerst binnenkwam, had hij maar weinig met haar gesproken, maar elke vijf minuten leek het alsof hij haar meer van zijn aandacht gaf. Hij vond haar net zo knap als ze vorig jaar was geweest; even goedmoedig en even ongekunsteld, hoewel niet zo spraakzaam. Jane was bezorgd dat er helemaal geen verschil in haar zou worden waargenomen, en was er echt van overtuigd dat ze net zoveel praatte als altijd; Maar haar geest was zo druk bezig, dat ze niet altijd wist wanneer ze stil was.

Toen de heren opstonden om weg te gaan, was mevrouw Bennet zich bewust van haar voorgenomen beleefdheid, en ze werden uitgenodigd en verloofd om over een paar dagen in Longbourn te dineren.

"U bent nogal een bezoek aan mij in het krijt, meneer Bingley," voegde ze eraan toe; "Want toen je afgelopen winter naar de stad ging, heb je beloofd dat je bij terugkomst met het gezin zou eten. Ik ben het niet vergeten, zie je; en ik verzeker je dat ik erg teleurgesteld was dat je niet terugkwam en je belofte nakwam."

Bingley keek een beetje dwaas naar deze overpeinzing en zei iets over zijn bezorgdheid dat hij door het bedrijfsleven was verhinderd. Daarna gingen ze weg.

Mevrouw Bennet was sterk geneigd geweest hen te vragen daar die dag te blijven en te dineren; Maar hoewel ze altijd een zeer goede tafel had, dacht ze niet dat iets minder dan twee gangen goed genoeg konden zijn voor een man op wie ze zulke angstige plannen had, of de eetlust en trots kon bevredigen van iemand die er tienduizend per jaar had.

Hoofdstuk LIV

Zodra ze weg waren, liep Elizabeth naar buiten om haar geest te herstellen; of, met andere woorden, om zonder onderbreking stil te staan bij die onderwerpen die hen nog meer moesten doden. Het gedrag van meneer Darcy verbaasde en ergerde haar.

"Waarom, als hij alleen maar kwam om te zwijgen, ernstig en onverschillig te zijn," zei ze, "is hij dan wel gekomen?"

Ze kon het op geen enkele manier regelen die haar plezier gaf.

"Hij kon nog steeds beminnelijk zijn, nog steeds aangenaam voor mijn oom en tante, als hij in de stad was; En waarom niet voor mij? Als hij mij vreest, waarom komt hij dan hierheen? Als hij niet meer om me geeft, waarom dan zwijgen? Plagen, plagen man! Ik zal niet meer aan hem denken."

Haar voornemen werd voor een korte tijd onwillekeurig gehouden door de nadering van haar zuster, die zich bij haar voegde met een opgewekte blik, waaruit bleek dat zij meer tevreden was met hun bezoekers dan Elizabeth.

"Nu," zei ze, "nu deze eerste ontmoeting voorbij is, voel ik me volkomen op mijn gemak. Ik ken mijn eigen kracht en ik zal nooit meer in verlegenheid worden gebracht door zijn komst. Ik ben blij dat hij hier dinsdag dineert. Het zal dan in het openbaar worden gezien, dat we aan beide kanten alleen elkaar ontmoeten als gewone en onverschillige kennissen."

"Ja, heel onverschillig," zei Elizabeth lachend. "Oh, Jane! Wees voorzichtig."

"Mijn lieve Lizzy, je kunt niet denken dat ik nu zo zwak ben dat ik in gevaar ben."

"Ik denk dat je heel groot gevaar loopt dat hij net zo verliefd op je wordt als altijd."

Ze zagen de heren pas dinsdag terug; en mevrouw Bennet gaf intussen toe aan alle gelukkige plannen, die de goedgehumeurdheid en de gewone beleefdheid van Bingley, in een half uur bezoek, weer tot leven hadden gewekt.

Dinsdag was er een groot feest bijeen in Longbourn; En de twee die het meest angstig werden verwacht, tot eer van hun stiptheid als sportlieden, waren op zeer goede tijd. Toen zij in de eetkamer waren teruggekeerd, keek Elizabeth verlangend uit of Bingley de plaats zou innemen die hem in al hun vroegere feesten bij haar zuster had toebehoord. Haar verstandige moeder, die door dezelfde ideeën in beslag werd genomen, verdroeg hem uit te nodigen om alleen te komen zitten. Toen hij de kamer binnenkwam, leek hij te aarzelen; maar Jane keek toevallig om zich heen en glimlachte toevallig: het was besloten. Hij ging naast haar staan.

Elizabeth keek met een triomfantelijke gewaarwording naar zijn vriend. Hij verdroeg het met nobele onverschilligheid; en ze zou zich hebben voorgesteld dat Bingley zijn goedkeuring had gekregen om gelukkig te zijn, als ze niet had gezien dat zijn ogen ook op Mr. Darcy waren gericht, met een uitdrukking van half lachende alarm.

Zijn gedrag tegenover haar zuster was van dien aard tijdens het eten, dat hij bewondering voor haar toonde, die, hoewel meer behoedzaam dan vroeger, Elizabeth ervan overtuigde dat, als hij het geheel aan zichzelf overlaat, Jane's geluk en dat van hemzelf snel verzekerd zou zijn. Hoewel ze niet durfde af te rekenen op de gevolgen, schepte ze toch genoegen in het observeren van zijn gedrag. Het gaf haar alle bezieling waarop haar geesten konden bogen; want ze was niet in een vrolijk humeur. Mr. Darcy was bijna zo ver van haar verwijderd als de tafel hen kon verdelen. Hij stond aan de ene kant van haar moeder. Ze wist hoe weinig zo'n situatie een van beiden plezier zou geven, of een van beide in het voordeel zou doen lijken. Ze was niet dichtbij genoeg om iets van hun gesprekken te horen; Maar ze kon zien hoe zelden ze met elkaar spraken, en hoe formeel en koud hun manier van doen was als ze dat deden. De onhoffelijkheid van haar moeder maakte het besef van wat ze hem verschuldigd waren pijnlijker voor Elizabeths geest; En zij zou er soms alles voor over hebben gehad om hem te mogen vertellen dat zijn vriendelijkheid niet onbekend of ongevoeld was door de hele familie.

Ze hoopte dat de avond een gelegenheid zou bieden om hen samen te brengen; dat het gehele bezoek niet voorbij zou gaan zonder hen in staat te stellen iets aan te gaan dat meer weg te denken had dan de loutere ceremoniële begroeting die zijn intrede vergezelde. Angstig en ongemakkelijk was de tijd die in de salon voorbijging voordat de heren kwamen, vermoeiend en saai in een mate die haar bijna onbeleefd maakte. Ze zag uit naar hun komst als het punt waarop al haar kans op plezier voor de avond moest afhangen.

"Als hij niet bij mij komt," zei ze, "dan zal ik hem voor altijd opgeven."

De heren kwamen; en ze dacht dat hij eruit zag alsof hij haar hoop zou hebben beantwoord; Maar helaas! de dames hadden zich verdrongen rond de tafel, waar juffrouw Bennet thee aan het zetten was, en Elizabeth de koffie inschonk, in zo'n nauwe confederatie, dat er geen enkele vacature in haar buurt was die een stoel zou toelaten. En toen de heren dichterbij kwamen, kwam een van de meisjes dichter bij haar dan ooit en zei fluisterend:

"De mannen zullen ons niet komen scheiden, ik ben vastbesloten. We willen geen van hen; Doen we dat ook?"

Darcy was weggelopen naar een ander deel van de kamer. Ze volgde hem met haar ogen, benijdde iedereen tot wie hij sprak, had nauwelijks geduld genoeg om iemand aan koffie te helpen, en werd toen woedend op zichzelf omdat ze zo dom was!

"Een man die ooit geweigerd is! Hoe zou ik ooit zo dwaas kunnen zijn om een hernieuwing van zijn liefde te verwachten? Is er iemand onder het geslacht die niet zou protesteren tegen zo'n zwakte als een tweede aanzoek aan dezelfde vrouw? Er is geen vernedering die zo weerzinwekkend is voor hun gevoelens."

Ze werd echter een beetje opgeknapt doordat hij zelf zijn koffiekopje terugbracht; En ze greep de gelegenheid aan om te zeggen:

"Is je zus nog steeds in Pemberley?"

"Jazeker; ze zal daar blijven tot Kerstmis."

"En helemaal alleen? Hebben al haar vrienden haar verlaten?"

"Mevrouw Annesley is bij haar. De anderen zijn deze drie weken naar Scarborough gegaan."

Ze kon niets meer bedenken om te zeggen; Maar als hij met haar wilde praten, zou hij misschien meer succes hebben. Hij bleef echter enige minuten zwijgend bij haar; en eindelijk, toen de jongedame weer tegen Elizabeth fluisterde, liep hij weg.

Toen de theespullen waren weggehaald en de kaarttafels waren neergezet, stonden de dames allemaal op; en Elizabeth hoopte toen spoedig door hem te worden vergezeld, wanneer al haar opvattingen omvergeworpen waren, door hem ten prooi te zien vallen aan de roofzucht van haar moeder voor whistspelers, en enkele ogenblikken daarna bij de rest van het gezelschap te gaan zitten. Ze verloor nu elke verwachting van genot. Ze zaten 's avonds opgesloten aan verschillende tafels; En ze had niets anders te hopen dan dat zijn ogen zo vaak naar haar kant van de kamer waren gericht, dat hij net zo onsuccesvol speelde als zijzelf.

Mevrouw Bennet had het plan opgevat om de twee heren uit Netherfield aan het avondeten te houden; Maar hun rijtuig was, ongelukkigerwijs, eerder besteld dan een van de anderen, en ze had geen gelegenheid om hen tegen te houden.

"Nou, meisjes," zei ze, zodra ze aan zichzelf waren overgelaten, "wat zeggen jullie vandaag? Ik denk dat alles ongewoon goed is verlopen, dat verzeker ik je. Het diner was zo goed gekleed als alle andere die ik ooit heb gezien. Het hert werd tot een draai geroosterd - en iedereen zei: ze hadden nog nooit zo'n dikke achterst gezien. De soep was vijftig keer beter dan wat we vorige week bij de Lucases hadden; en zelfs Mr. Darcy erkende dat de patrijzen opmerkelijk goed gedaan waren; en ik veronderstel dat hij minstens twee of drie Franse koks heeft. En, mijn lieve Jane, ik heb je er nog nooit zo mooi uit zien zien. Dat zei mevrouw Long ook, want ik vroeg haar of u dat niet deed. En wat denk je dat ze nog meer zei? 'Ah! Mevrouw Bennet, we zullen haar eindelijk in Netherfield hebben!' Dat deed ze inderdaad. Ik denk echt dat mevrouw Long het beste schepsel is dat ooit heeft geleefd - en haar nichtjes zijn erg knappe meisjes, en helemaal niet knap: ik vind ze wonderbaarlijk leuk."

Mrs. Bennet, kortom, was in een zeer goed humeur: ze had genoeg gezien van Bingley's gedrag tegenover Jane om ervan overtuigd te zijn dat ze hem eindelijk zou krijgen; en haar verwachtingen van voordeel voor haar familie, wanneer ze in een vrolijke bui was, waren zo ver boven de rede, dat ze erg teleurgesteld was dat ze hem daar de volgende dag niet meer zag om zijn voorstellen te doen.

"Het is een zeer aangename dag geweest", zei juffrouw Bennet tegen Elizabeth. "De partij leek zo goed geselecteerd, zo geschikt voor elkaar. Ik hoop dat we elkaar nog vaak mogen ontmoeten."

Elizabeth glimlachte.

"Lizzy, dat moet je niet doen. Je moet me niet verdenken. Het kwetst me. Ik verzeker u dat ik nu geleerd heb om van zijn gesprek te genieten als een aangename en verstandige jongeman, zonder dat ik een andere wens heb. Ik ben volkomen tevreden, op basis van wat zijn manieren nu zijn, dat hij nooit de bedoeling had om mijn genegenheid te wekken. Het is alleen dat hij gezegend is met een grotere zoetheid van aansprakelijkheid, en een sterker verlangen om in het algemeen te behagen, dan enig ander mens."

"Je bent erg wreed," zei haar zus, "je laat me niet glimlachen en daagt me er elk moment toe uit."

"Hoe moeilijk is het in sommige gevallen om geloofd te worden! En hoe onmogelijk bij anderen! Maar waarom zou je me ervan willen overtuigen dat ik meer voel dan ik erken?"

"Dat is een vraag die ik nauwelijks weet te beantwoorden. We houden er allemaal van om les te geven, hoewel we alleen kunnen onderwijzen wat niet de moeite waard is om te weten. Vergeef me; En als je volhardt in onverschilligheid, maak mij dan niet tot je vertrouweling."

Hoofdstuk LV

Een paar dagen na dit bezoek belde meneer Bingley opnieuw, en alleen. Zijn vriend was die ochtend met hem naar Londen vertrokken, maar zou over tien dagen naar huis terugkeren. Hij zat meer dan een uur bij hen en was opmerkelijk goed gehumeurd. Mevrouw Bennet nodigde hem uit om met hen te dineren; Maar, met veel uitingen van bezorgdheid, bekende hij dat hij ergens anders mee bezig was.

"De volgende keer dat je belt," zei ze, "hoop ik dat we meer geluk zullen hebben."

Hij moet op elk moment bijzonder gelukkig zijn, enz., enz.; En als ze hem verlof zou geven, zou ze een vroege gelegenheid aangrijpen om op hen te wachten.

"Kun je morgen komen?"

Ja, hij had helemaal geen verloving voor morgen; En haar uitnodiging werd met enthousiasme aangenomen.

Hij kwam, en wel op zo'n goede tijd, dat de dames geen van allen gekleed waren. Mevrouw Bennet rende naar de kamer van haar dochters, in haar kamerjas en met haar haar half af, terwijl ze uitriep:

"Mijn lieve Jane, haast je en haast je naar beneden. Hij is gekomen, meneer Bingley is gekomen. Dat is hij inderdaad. Haast je, haast je. Hier, Sara, kom op dit moment naar juffrouw Bennet en help haar verder met haar jurk. Let niet op het haar van juffrouw Lizzy."

"We zullen zo snel mogelijk naar beneden gaan," zei Jane; "maar ik durf te zeggen dat Kitty meer vooruit is dan wij beiden, want ze is een half uur geleden naar boven gegaan."

"Oh! hang Kitty op! Wat heeft ze ermee te maken? Kom, wees snel, wees snel! Waar is je sjerp, mijn liefste?"

Maar toen haar moeder er niet meer was, liet Jane zich niet overhalen om zonder een van haar zussen naar beneden te gaan.

Dezelfde angst om ze zelf te krijgen was 's avonds weer zichtbaar. Na de thee trok meneer Bennet zich terug in de bibliotheek, zoals zijn gewoonte was, en Mary ging naar boven naar haar instrument. Twee hindernissen van de vijf waren zo uit de weg geruimd, mevrouw Bennet zat geruime tijd naar Elizabeth en Catherine te kijken en te knipogen, zonder enige indruk op hen te maken. Elisabet wilde haar niet gadeslaan; en toen Kitty dat eindelijk deed, zei ze heel onschuldig: "Wat is er aan de hand, mama? Waarom blijf je naar me knipogen? Wat moet ik doen?"

"Niets, kind, niets. Ik heb niet naar je geknipoogd." Daarna bleef ze vijf minuten langer zitten; maar omdat ze zo'n kostbare gelegenheid niet kon verspillen, stond ze plotseling op en zei tegen Kitty:

"Kom hier, mijn liefste, ik wil je spreken," zei ze de kamer uit. Jane wierp onmiddellijk een blik op Elizabeth, die haar verdriet uitte over zo'n voorbedachte rade, en haar smeekbede dat *ze* er niet aan zou toegeven. Na een paar minuten opende mevrouw Bennet de deur half en riep:

"Lizzy, mijn liefste, ik wil met je praten."

Elizabeth werd gedwongen te gaan.

'We kunnen ze net zo goed met rust laten, hoor,' zei haar moeder zodra ze in de hal was. "Kitty en ik gaan naar boven om in mijn kleedkamer te zitten."

Elizabeth deed geen poging om met haar moeder te redeneren, maar bleef rustig in de hal tot zij en Kitty uit het zicht verdwenen waren, en keerde toen terug naar de salon.

De plannen van mevrouw Bennet voor deze dag waren vruchteloos. Bingley was alles wat charmant was, behalve de beweerde minnaar van haar dochter. Zijn gemak en opgewektheid maakten hem tot een zeer aangename aanvulling op hun avondfeest; En hij verdroeg de onoordeelkundige officieusheid van de moeder, en hoorde al haar dwaze opmerkingen aan met een verdraagzaamheid en beheersing van het gelaat, bijzonder dankbaar voor de dochter.

Hij had nauwelijks een uitnodiging nodig om te blijven eten; en voordat hij wegging, werd er een afspraak gemaakt, voornamelijk door zijn eigen middelen en die van mevrouw Bennet, dat hij de volgende ochtend zou komen om met haar man te schieten.

Na deze dag zei Jane niets meer over haar onverschilligheid. Er werd geen woord gerept tussen de zusters over Bingley; maar Elizabeth ging naar bed in de gelukkige overtuiging dat alles snel moest worden afgerond, tenzij meneer Darcy binnen de gestelde tijd terugkeerde. Maar serieus, ze was er redelijk van overtuigd dat dit alles met instemming van die heer moest hebben plaatsgevonden.

Bingley was stipt op zijn afspraak; en hij en meneer Bennet brachten de ochtend samen door, zoals was afgesproken. Dat laatste was veel aangenamer dan zijn metgezel had verwacht. Er was niets van aanmatiging of dwaasheid in Bingley dat zijn spot kon uitlokken, of hem tot zwijgen kon brengen; En hij was communicatiever en minder excentriek dan de ander hem ooit had gezien. Bingley ging natuurlijk met hem mee uit eten; en 's avonds was de uitvinding van mevrouw Bennet weer aan het werk om iedereen bij hem en haar dochter weg te krijgen. Elizabeth, die een brief te schrijven had, ging kort na de thee naar de ontbijtzaal; Want omdat de anderen allemaal gingen zitten kaarten, kon men niet van haar verlangen verlangen dat ze de plannen van haar moeder tegenwerkte.

Maar toen ze in de salon terugkeerde, toen haar brief klaar was, zag ze tot haar oneindige verbazing dat er reden was om te vrezen dat haar moeder te ingenieus voor haar was geweest. Toen ze de deur opendeed, zag ze haar zus en Bingley samen bij de haard staan, alsof ze een ernstig gesprek voerden; En als dit niet tot verdenking had geleid, zouden de gezichten van beiden, toen ze zich haastig omdraaiden en van elkaar wegliepen, alles hebben verteld. *Hun* situatie was al lastig genoeg, maar *de hare* vond ze nog erger. Geen van beiden werd een lettergreep uitgesproken; en Elizabeth stond op het punt om weer weg te gaan, toen Bingley, die evenals de anderen waren gaan zitten, plotseling opstond, een paar woorden tegen haar zus fluisterend de kamer uitrende.

Jane kon geen reserves hebben van Elizabeth, waar vertrouwen plezier zou geven; en omhelsde haar ogenblikkelijk en erkende met de levendigste emotie dat zij het gelukkigste schepsel ter wereld was.

"Dat is te veel!" voegde ze eraan toe, "veel te veel. Ik verdien het niet. Ach, waarom is niet iedereen zo gelukkig?"

Elizabeths felicitaties werden gegeven met een oprechtheid, een warmte, een verrukking, die woorden maar slecht konden uitdrukken. Elke zin van vriendelijkheid was een nieuwe bron van geluk voor Jane. Maar ze wilde zich voorlopig niet bij haar zus laten blijven, of zeggen dat de helft nog te zeggen viel.

"Ik moet meteen naar mijn moeder", huilde ze. "Ik zou in geen geval spotten met haar liefdevolle zorg, of haar toestaan het van iemand anders dan van mezelf te horen. Hij is al weg naar mijn vader. O, Lizzy, te weten dat wat ik te vertellen heb, zo'n plezier zal geven aan heel mijn lieve familie! hoe zal ik zoveel geluk verdragen?"

Ze haastte zich toen naar haar moeder, die het kaartfeestje met opzet had afgebroken, en zat boven met Kitty.

Elizabeth, die alleen achterbleef, glimlachte nu om de snelheid en het gemak waarmee een zaak uiteindelijk werd geregeld, die hen zoveel voorgaande maanden van spanning en ergernis had bezorgd.

"En dit," zei ze, "is het einde van alle angstige omzichtigheid van zijn vriend! van alle leugens en vernuftigheden van zijn zuster! het gelukkigste, wijste en redelijkste einde!"

Binnen een paar minuten werd ze vergezeld door Bingley, wiens gesprek met haar vader kort en doelgericht was geweest.

"Waar is je zus?" vroeg hij haastig, terwijl hij de deur opende.

"Met mijn moeder boven. Ze zal zo beneden zijn, durf ik te zeggen."

Toen sloot hij de deur en ging naar haar toe en eiste de goede wensen en genegenheid van een zuster op. Elizabeth uitte eerlijk en hartelijk haar vreugde over het vooruitzicht van hun relatie. Ze schudden elkaar met grote hartelijkheid de hand; en toen, totdat haar zus naar beneden kwam, moest ze luisteren naar alles wat hij te zeggen had over zijn eigen geluk en over Jane's volmaaktheden; en ondanks het feit dat hij een minnaar was, geloofde Elizabeth echt dat al zijn verwachtingen van geluk rationeel gegrond waren, omdat ze gebaseerd waren op het uitstekende begrip en de superuitstekende instelling van Jane, en een algemene overeenkomst in gevoel en smaak tussen haar en hemzelf.

Het was een avond van geen gewone vreugde voor hen allen; de voldoening van juffrouw Bennet's geest gaf zo'n gloed van zoete levendigheid op haar gezicht, dat ze er knapper uitzag dan ooit. Kitty sudderde en glimlachte en hoopte dat het snel haar beurt zou worden. Mevrouw Bennet kon haar toestemming niet geven, of haar goedkeuring uitspreken in bewoordingen die warm genoeg waren om haar gevoelens te bevredigen, hoewel ze een half uur lang met Bingley over niets anders sprak; en toen meneer Bennet zich bij hen voegde aan het avondeten, toonden zijn stem en manier van doen duidelijk aan hoe echt gelukkig hij was.

Er kwam echter geen woord over zijn lippen om erop te zinspelen, totdat hun bezoeker afscheid nam voor de nacht; Maar zodra hij weg was, wendde hij zich tot zijn dochter en zei:

"Jane, ik feliciteer je. Je zult een heel gelukkige vrouw zijn."

Jane ging meteen naar hem toe, kuste hem en bedankte hem voor zijn goedheid.

"Je bent een braaf meisje," antwoordde hij, "en ik heb veel plezier te denken dat je zo gelukkig gesetteld zult zijn. Ik twijfel er niet aan dat jullie het heel goed doen samen. Je humeur is geenszins ongelijk. Jullie zijn allemaal zo meegaand, dat er nooit iets zal worden opgelost; zo gemakkelijk, dat elke dienaar je zal bedriegen; En zo vrijgevig, dat je altijd je inkomen zult overtreffen."

"Ik hoop het niet. Onvoorzichtigheid of onnadenkendheid in geldzaken zou in mij onvergeeflijk zijn."

"Overtref hun inkomen! "Lieve meneer Bennet," riep zijn vrouw, "waar heb je het over? Wel, hij heeft er vier- of vijfduizend per jaar, en zeer waarschijnlijk meer." Toen richtte ze zich tot haar dochter: "Oh, mijn lieve, lieve Jane, ik ben zo blij! Ik weet zeker dat ik de hele nacht geen oog dicht zal doen. Ik wist hoe het zou zijn. Ik heb altijd gezegd dat het eindelijk zo moest zijn. Ik was er zeker van dat je niet voor niets zo mooi kon zijn! Ik herinner me dat zodra ik hem zag, toen hij vorig jaar voor het eerst in

Hertfordshire kwam, ik dacht hoe waarschijnlijk het was dat jullie samen zouden komen. O, hij is de knapste jongeman die ooit gezien is!"

Wickham, Lydia, ze waren allemaal vergeten. Jane was boven de concurrentie verheven, haar favoriete kind. Op dat moment bekommerde ze zich om niemand anders. Haar jongere zusters begonnen al snel belangstelling voor haar te wekken voor voorwerpen van geluk, die zij in de toekomst misschien zou kunnen uitdelen.

Mary diende een verzoekschrift in voor het gebruik van de bibliotheek in Netherfield; en Kitty smeekte daar elke winter heel hard om een paar ballen.

Bingley was uit deze tijd natuurlijk een dagelijkse bezoeker van Longbourn; komt vaak voor het ontbijt en blijft altijd tot na het avondeten; Tenzij wanneer een barbaarse buurman, die niet genoeg verafschuwd kon worden, hem een uitnodiging voor een etentje had gegeven, die hij meende te moeten aanvaarden.

Elizabeth had nu maar weinig tijd om met haar zuster te praten; want zolang hij aanwezig was, had Jane geen aandacht om aan iemand anders te schenken, maar ze merkte dat ze voor hen beiden heel nuttig was, in die uren van scheiding die soms moesten plaatsvinden. Bij afwezigheid van Jane hechtte hij zich altijd aan Elizabeth voor het plezier om over haar te praten; en toen Bingley weg was, zocht Jane voortdurend naar dezelfde middelen om verlichting te bieden.

"Hij heeft me zo gelukkig gemaakt," zei ze op een avond, "door me te vertellen dat hij helemaal niet wist dat ik afgelopen voorjaar in de stad was! Ik had het niet voor mogelijk gehouden."

"Dat vermoedde ik al," antwoordde Elizabeth. "Maar hoe heeft hij dat verklaard?"

"Het moet het werk van zijn zussen zijn geweest. Ze waren zeker geen vrienden die hij met mij kende, wat ik niet kan verwonderen, omdat hij in veel opzichten zoveel voordeliger had kunnen kiezen. Maar als ze zien, en ik vertrouw dat ze dat zullen doen, dat hun broer gelukkig met me is, zullen ze leren tevreden te zijn, en we zullen weer op goede voet staan: hoewel we nooit meer kunnen zijn wat we ooit voor elkaar waren."

"Dat is de meest meedogenloze toespraak," zei Elizabeth, "die ik je ooit heb horen uitspreken. Brave meid! Het zou me inderdaad irriteren om u weer de dupe te zien van de voorgewende achting van juffrouw Bingley."

"Zou je het geloven, Lizzy, dat toen hij in november vorig jaar naar de stad ging, hij echt van me hield, en niets anders dan een overreding van *mijn* onverschilligheid zou hebben voorkomen dat hij weer naar beneden kwam?"

"Hij heeft zeker een klein foutje gemaakt; maar het is de verdienste van zijn bescheidenheid."

Dit leidde natuurlijk tot een lofrede van Jane op zijn schroom en de weinige waarde die hij hechtte aan zijn eigen goede eigenschappen.

Elizabeth was blij te ontdekken dat hij de inmenging van zijn vriend niet had verraden; want hoewel Jane het meest edelmoedige en vergevingsgezinde hart ter wereld had, wist ze dat het een omstandigheid was die haar tegen hem moest bevooroordeeld maken.

"Ik ben zeker het gelukkigste wezen dat ooit heeft bestaan!" riep Jane. "O, Lizzy, waarom ben ik zo afgezonderd van mijn familie, en gezegend boven hen allen? Kon ik je maar als gelukkig zien! Was er maar zo'n andere man voor jou!"

"Als je me veertig van zulke mannen zou geven, zou ik nooit zo gelukkig kunnen zijn als jij. Totdat ik uw gezindheid heb, uw goedheid, kan ik nooit uw geluk hebben. Nee, nee, laat me voor mezelf verschuiven; en misschien, als ik veel geluk heb, kan ik op tijd een andere meneer Collins ontmoeten."

De stand van zaken in de familie Longbourn kon niet lang geheim blijven. Mevrouw Bennet had het voorrecht om het mevrouw Philips in te fluisteren, en ze waagde het, zonder enige toestemming, hetzelfde te doen door al haar buren in Meryton.

De Bennets werden al snel uitgeroepen tot de gelukkigste familie ter wereld; hoewel slechts een paar weken tevoren, toen Lydia voor het eerst was weggelopen, algemeen was bewezen dat ze op ongeluk waren afgestemd.

Hoofdstuk LVI

Op een morgen, ongeveer een week nadat Bingley's verloving met Jane was begonnen, toen hij en de vrouwen van de familie samen in de eetkamer zaten, werd hun aandacht plotseling naar het raam getrokken door het geluid van een rijtuig; en ze zagen een chaise en vier het gazon oprijden. Het was te vroeg in de ochtend voor bezoekers; En bovendien beantwoordde de equipage niet aan die van een van hun buren. De paarden waren op de post; en noch het rijtuig, noch de livrei van de knecht die eraan voorafging, waren hun bekend. Omdat het echter zeker was dat er iemand op komst was, haalde Bingley juffrouw Bennet onmiddellijk over om de opsluiting van zo'n indringer te vermijden en met hem weg te lopen het struikgewas in. Ze gingen allebei op pad; En de gissingen van de overige drie gingen door, hoewel met weinig voldoening, totdat de deur werd opengegooid en hun bezoeker binnenkwam. Het was Lady Catherine de Bourgh.

Ze waren natuurlijk allemaal van plan om verrast te worden: maar hun verbazing was boven verwachting; en van de kant van mevrouw Bennet en Kitty, hoewel ze volkomen onbekend voor hen was, zelfs inferieur aan wat Elizabeth voelde.

Ze kwam de kamer binnen met een meer dan gewoonlijk onvriendelijke blik, gaf geen ander antwoord op Elizabeths begroeting dan een lichte buiging van het hoofd, en ging zitten zonder een woord te zeggen. Elizabeth had haar naam aan haar moeder genoemd bij de ingang van haar Ladyship, hoewel er geen verzoek om introductie was gedaan.

Mevrouw Bennet ontving haar met de grootste beleefdheid, hoewel gevleid door het feit dat ze een gast van zo'n groot belang had. Na een ogenblik in stilte te hebben gezeten, zei ze heel stijf tegen Elizabeth:

'Ik hoop dat het goed met u gaat, juffrouw Bennet. Die dame, neem ik aan, is je moeder?"

Elizabeth antwoordde heel bondig dat ze dat was.

"En *dat* is, neem ik aan, een van je zussen?"

"Ja, mevrouw," zei mevrouw Bennet, verheugd om met een Lady Catherine te spreken. "Ze is mijn jongste meisje, op één na. Mijn jongste is onlangs getrouwd, en mijn oudste is ergens op de grond, wandelend met een jonge man, die, geloof ik, binnenkort een deel van de familie zal worden."

"Je hebt hier een heel klein park," antwoordde Lady Catherine na een korte stilte.

"Het is niets in vergelijking met Rosings, mijn Vrouwe, durf ik te zeggen; maar ik verzeker u, het is veel groter dan dat van Sir William Lucas."

"Dit moet een zeer onhandige zitkamer zijn voor de avond in de zomer: de ramen zijn vol op het westen."

Mevrouw Bennet verzekerde haar dat ze daar nooit na het eten zaten; en voegde er toen aan toe:

"Mag ik zo vrij zijn Uwe Majesteit te vragen of u meneer en mevrouw Collins goed hebt achtergelaten?"

"Ja, heel goed. Ik heb ze eergisteravond gezien."

Elizabeth verwachtte nu dat ze een brief van Charlotte voor haar zou laten komen, omdat dit het enige waarschijnlijke motief voor haar roeping leek. Maar er kwam geen brief en ze was helemaal in de war.

Mevrouw Bennet smeekte haar Ladyship met grote beleefdheid om wat verfrissing te nemen: maar Lady Catherine weigerde heel resoluut, en niet erg beleefd, iets te eten; en toen stond hij op en zei tegen Elizabeth:

'Juffrouw Bennet, er leek een mooi soort kleine wildernis te zijn aan de ene kant van uw gazon. Ik zou er graag een wending in nemen, als u mij met uw gezelschap wilt begunstigen."

"Ga, mijn liefste," riep haar moeder, "en laat haar jonkvrouw de verschillende wandelingen zien. Ik denk dat ze blij zal zijn met de hermitage."

Elizabeth gehoorzaamde; En ze rende naar haar eigen kamer om haar parasol te halen en ging naar haar nobele gast beneden. Terwijl ze door de hal liepen, opende Lady Catherine de deuren van de eetkamer en de salon, en na een korte blik verklaarde ze dat het fatsoenlijk mooie kamers waren, en liep ze verder.

Haar rijtuig bleef voor de deur staan en Elisabet zag dat haar kamenares erin zat. Ze gingen zwijgend verder over het grindpad dat naar het struikgewas leidde; Elizabeth was vastbesloten geen moeite te doen om een gesprek te voeren met een vrouw die nu meer dan gewoonlijk onbeschaamd en onaangenaam was.

"Hoe zou ik ooit kunnen denken dat ze op haar neefje lijkt?" zei ze, terwijl ze haar recht in de ogen keek.

Zodra ze het bosje binnengingen, begon Lady Catherine op de volgende manier:

'U kunt geen verlies hebben, juffrouw Bennet, om de reden van mijn reis hierheen te begrijpen. Je eigen hart, je eigen geweten, moet je vertellen waarom ik kom."

Elizabeth keek met ongekunstelde verbazing.

"Inderdaad, u vergist zich, mevrouw; Ik heb de eer om je hier te zien helemaal niet kunnen verklaren."

"Mejuffrouw Bennet," antwoordde Hare Majesteit op een boze toon, "u moet weten dat er niet met mij te spotten valt. Maar hoe onoprecht *je* ook wilt zijn, je zult me niet zo vinden . Mijn karakter is altijd geroemd om zijn oprechtheid en openhartigheid; en in een zaak van zo'n moment als deze, zal ik er zeker niet van afwijken. Een bericht van zeer alarmerende aard bereikte mij twee dagen geleden. Mij werd verteld dat niet alleen uw zuster op het punt stond zeer voordelig te trouwen, maar dat *u* - dat juffrouw Elizabeth Bennet naar alle waarschijnlijkheid spoedig daarna met mijn neef zou worden verenigd - mijn eigen neef, meneer Darcy. Hoewel ik *weet dat* het een schandalige leugen moet zijn, hoewel ik hem niet zozeer zou willen kwetsen als ik de waarheid ervan voor mogelijk zou houden, besloot ik onmiddellijk naar deze plaats te gaan, om u mijn gevoelens bekend te maken."

"Als je dacht dat het onmogelijk was om waar te zijn," zei Elizabeth, kleurend van verbazing en minachting, "dan vraag ik me af of je de moeite hebt genomen om zo ver te komen. Wat zou Uwe Majesteit daarmee kunnen voorstellen?"

"Onmiddellijk aandringen op een algemeen tegengesproken rapport van zo'n rapport."

"Uw komst naar Longbourn om mij en mijn familie te zien," zei Elizabeth koeltjes, "zal er nogal een bevestiging van zijn - als zo'n bericht inderdaad bestaat."

"Als! Doe je dan alsof je er niets van weet? Is het niet ijverig door u verspreid? Weet je niet dat zo'n bericht in het buitenland wordt verspreid?"

"Ik heb nooit gehoord dat het zo was."

"En kunt u ook verklaren dat er geen *grond* voor is?"

"Ik beweer niet dezelfde openhartigheid te bezitten als uwe Vrouwe. *U* kunt vragen stellen die *ik* niet zal willen beantwoorden."

"Dit is niet te verdragen. Mejuffrouw Bennet, ik sta erop tevreden te zijn. Heeft hij, heeft mijn neef, u een huwelijksaanzoek gedaan?"

"Uwe Majesteit heeft verklaard dat het onmogelijk is."

"Het zou zo moeten zijn; Het moet zo zijn, zolang hij het gebruik van zijn verstand behoudt. Maar *uw* kunsten en verlokkingen kunnen hem, in een moment van verliefdheid, hebben doen vergeten wat hij zichzelf en zijn hele familie verschuldigd is. Misschien heb je hem naar binnen getrokken."

"Als ik dat heb, zal ik de laatste zijn om het te bekennen."

"Juffrouw Bennet, weet u wie ik ben? Ik ben niet gewend aan dergelijke taal. Ik ben bijna de naaste verwant die hij in de wereld heeft, en ik heb het recht om al zijn dierbaarste zorgen te kennen."

"Maar je hebt niet het recht om *het mijne te kennen*, En zulk gedrag zal me er ook nooit toe aanzetten om expliciet te zijn."

"Laat me goed begrepen worden. Deze match, waar je het vermoeden van hebt te ambiëren, kan nooit doorgaan. Nee, nooit. Mr. Darcy is verloofd met *mijn dochter*. Nu, wat heb je te zeggen?"

"Alleen dit, dat als hij zo is, je geen reden hebt om te veronderstellen dat hij me een aanbod zal doen."

Lady Catherine aarzelde een ogenblik en antwoordde toen:

"De betrokkenheid tussen hen is van een eigenaardige soort. Van jongs af aan zijn ze voor elkaar bestemd. Het was de lievelingswens van *zijn* moeder, maar ook van haar. Terwijl we in hun wieg lagen, planden we de unie; En nu, op het moment dat de wensen van beide zusters vervuld zouden worden, moet hun huwelijk worden verhinderd door een jonge vrouw van mindere afkomst, van geen belang in de wereld, en geheel los van de familie? Slaat u geen acht op de wensen van zijn vrienden, op zijn stilzwijgende verloving met juffrouw de Bourgh? Ben je verloren aan elk gevoel van fatsoen en delicatesse? Heb je me niet horen zeggen dat hij vanaf zijn vroegste uren voor zijn neef bestemd was?"

"Jazeker; en ik had het eerder gehoord. Maar wat betekent dat voor mij? Als er geen ander bezwaar tegen is dat ik met uw neef trouw, zal ik er zeker niet van weerhouden worden door te weten dat zijn moeder en tante wilden dat hij met juffrouw de Bourgh zou trouwen. Jullie hebben allebei zoveel mogelijk gedaan om het huwelijk te plannen. De voltooiing ervan hing af van anderen. Als Mr. Darcy noch door eer noch neiging beperkt is tot zijn neef, waarom moet hij dan geen andere keuze maken? En als ik die keuze ben, waarom zou ik hem dan niet accepteren?"

"Omdat eer, decorum, voorzichtigheid - nee, rente - het verbieden. Ja, juffrouw Bennet, rente; Want verwacht niet opgemerkt te worden door zijn familie of vrienden, als je moedwillig handelt tegen de neigingen van allen. Je zult worden gecensureerd, gekleineerd en veracht door iedereen die met hem verbonden is. Uw bondgenootschap zal een schande zijn; Je naam zal zelfs nooit door iemand van ons worden genoemd."

"Dit zijn zware tegenslagen," antwoordde Elizabeth. "Maar de vrouw van Mr. Darcy moet zulke buitengewone bronnen van geluk hebben die noodzakelijkerwijs aan haar situatie zijn verbonden, dat ze over het algemeen geen reden zou kunnen hebben om te klagen."

"Eigenzinnige, eigenwijze meid! Ik schaam me voor je! Is dit uw dankbaarheid voor mijn aandacht aan u afgelopen voorjaar? Is mij op dat punt niets verschuldigd? Laten we gaan zitten. U moet begrijpen, juffrouw Bennet, dat ik hier kwam met het vastberaden besluit om mijn doel te bereiken; en ik zal mij er niet van laten afbrengen. Ik ben niet gewend om me te onderwerpen aan de grillen van wie dan ook. Ik heb niet de gewoonte gehad om teleurstelling te dulden."

"*Dat* zal de toestand van Uwe Vrouwe op dit moment nog beklagenswaardiger maken; maar het zal geen effect op *mij* hebben."

"Ik laat me niet gestoord worden! Hoor me in stilte. Mijn dochter en mijn neefje zijn voor elkaar gevormd. Ze stammen van moederskant af van dezelfde adellijke lijn; en, op de vaders, uit respectabele, eerbare en oude, hoewel zonder titel, families. Hun fortuin aan beide zijden is schitterend. Ze zijn voor elkaar bestemd door de stem van elk lid van hun respectievelijke huizen; En wat zal hen verdelen? — de parvenu's van een jonge vrouw zonder familie, connecties of fortuin! Is dit vol te houden? Maar het mag niet, het zal niet zo zijn! Als je je bewust was van je eigen bestwil, zou je de sfeer waarin je bent opgevoed niet willen verlaten."

"Als ik met je neef trouw, moet ik mezelf niet beschouwen als iemand die die sfeer verlaat. Hij is een heer; Ik ben de dochter van een heer; Tot nu toe zijn we gelijk."

"Klopt. Je *bent* de dochter van een heer. Maar wat was je moeder? Wie zijn je ooms en tantes? Denk niet dat ik onwetend ben van hun toestand."

"Wat mijn connecties ook mogen zijn," zei Elizabeth, "als je neef er geen bezwaar tegen heeft, kunnen ze niets voor *jou zijn*."

"Zeg me, voor eens en voor altijd, ben je met hem verloofd?"

Hoewel Elizabeth deze vraag niet zou hebben beantwoord om Lady Catherine tevreden te stellen, kon ze na een ogenblik van beraadslaging niet anders dan zeggen:

"Dat ben ik niet."

Lady Catherine leek tevreden.

"En wil je me beloven dat ik nooit zo'n verloving zal aangaan?"

"Ik zal geen dergelijke belofte doen."

"Juffrouw Bennet, ik ben geschokt en verbaasd. Ik verwachtte een redelijker jonge vrouw te vinden. Maar bedrieg jezelf niet door te geloven dat ik ooit zal verdwijnen. Ik zal niet weggaan voordat u mij de verzekering hebt gegeven die ik nodig heb."

"En ik zal het *zeker nooit* geven. Ik moet me niet laten intimideren tot iets dat zo volkomen onredelijk is. Uwe Ladyship wil dat Mr. Darcy met uw dochter trouwt; Maar zou het feit dat ik u de gewenste belofte geef, *hun* huwelijk ook maar enigszins waarschijnlijker maken? Veronderstel dat hij aan mij gehecht zou zijn, zou *mijn* weigering om zijn hand aan te nemen hem dan doen verlangen die aan zijn neef te geven? Staat u mij toe te zeggen, Lady Catherine, dat de argumenten waarmee u deze buitengewone aanvraag hebt gesteund, even lichtzinnig waren als de aanvraag ondoordacht was. Je hebt me wijd en zijd vergist in mijn karakter, als je denkt dat ik door zulke overredingskracht kan worden bewerkt. In hoeverre uw neef uw inmenging in *zijn zaken zou goedkeuren* , kan ik niet zeggen, maar u hebt zeker niet het recht om u met de mijne te bemoeien. Ik moet daarom smeken om niet verder op dit onderwerp aan te dringen."

"Niet zo overhaast, als u wilt. Ik heb nog lang niet gedaan. Aan alle bezwaren die ik al heb aangevoerd, heb ik er nog een toe te voegen. Ik ben geen onbekende in de details van de beruchte schaking van je jongste zus. Ik weet het allemaal; dat het trouwen van de jongeman een opgelapte zaak was, ten koste van je vader en oom. En moet *zo'n* meisje de zus van mijn neefje zijn? Moet *haar* man, die de zoon is van de rentmeester van zijn overleden vader, zijn broer zijn? Hemel en aarde! — waar denkt u aan? Moeten de schaduwen van Pemberley zo vervuild worden?"

"Je kunt *nu* niets meer te zeggen hebben," antwoordde ze verontwaardigd. "Je hebt me beledigd, op alle mogelijke manieren. Ik moet smeken om terug te keren naar het huis."

En ze stond op terwijl ze sprak. Vrouwe Catharina stond ook op, en zij keerden terug. Hare Majesteit was zeer verbolgen.

"Je hebt dus geen achting voor de eer en de eer van mijn neef! Gevoelloos, egoïstisch meisje! Denkt u niet dat een verbinding met u hem in de ogen van iedereen te schande moet maken?"

"Lady Catherine, ik heb verder niets te zeggen. Je kent mijn gevoelens."

"Je bent dan vastbesloten om hem te hebben?"

"Ik heb zoiets niet gezegd. Ik ben alleen vastbesloten om te handelen op die manier die, naar mijn eigen mening, mijn geluk zal vormen, zonder verwijzing naar *jou*, of naar iemand die zo totaal niet met mij verbonden is."

"Het is goed. U weigert mij dus te verplichten. Je weigert te gehoorzamen aan de eisen van plicht, eer en dankbaarheid. Je bent vastbesloten om hem te ruïneren naar de mening van al zijn vrienden, en hem tot de minachting van de wereld te maken."

"Noch plicht, noch eer, noch dankbaarheid," antwoordde Elizabeth, "heeft in dit geval enige aanspraak op mij. Geen enkel principe van een van beide zou worden geschonden door mijn huwelijk met Mr. Darcy. En wat de wrok van zijn familie betreft, of de verontwaardiging van de wereld, als de eerste *opgewonden zou zijn* door zijn huwelijk met mij, zou het me geen moment zorgen baren - en de wereld in het algemeen zou te veel verstand hebben om mee te doen aan de minachting.

"En dit is jouw echte mening! Dit is je definitieve voornemen! Heel goed. Ik zal nu weten wat ik moet doen. Denk niet, juffrouw Bennet, dat uw ambitie ooit bevredigd zal worden. Ik kwam om je te proberen. Ik hoopte je redelijk te vinden; maar reken er maar op, ik zal mijn punt maken."

Zo praatte vrouwe Catharina door tot ze bij de deur van het rijtuig waren, toen ze zich haastig omdraaide en eraan toevoegde:

'Ik neem geen afscheid van u, juffrouw Bennet. Ik stuur geen complimenten naar je moeder. Die aandacht verdien je niet. Ik ben zeer ontstemd."

Elisabet gaf geen antwoord; en zonder te proberen Hare Majesteit over te halen naar het huis terug te keren, liep ze er zelf stilletjes in. Ze hoorde de koets wegrijden terwijl ze naar boven ging. Haar moeder ontmoette haar ongeduldig bij de deur van haar kleedkamer, om te vragen waarom Lady Catherine niet weer binnenkwam om uit te rusten.

"Ze heeft er niet voor gekozen," zei haar dochter; "Ze zou gaan."

"Ze is een heel mooi uitziende vrouw! En haar roeping hier was wonderbaarlijk beschaafd! want zij kwam, veronderstel ik, alleen om ons te zeggen dat het goed ging met de Collinses. Ze is ergens onderweg, durf ik te zeggen; en dus, terwijl ze door Meryton liep, dacht ze dat ze net zo goed een beroep op je kon doen. Ik veronderstel dat ze je niets bijzonders te zeggen had, Lizzy?"

Elizabeth werd hier gedwongen toe te geven aan een kleine leugen; want het was onmogelijk om de inhoud van hun gesprek te erkennen.

Hoofdstuk LVII

De ontsteltenis van geesten, waarin dit buitengewone bezoek Elizabeth bracht, kon niet gemakkelijk worden overwonnen; en ook kon zij er vele uren lang minder dan onophoudelijk aan leren denken. Lady Catherine, zo leek het, had eigenlijk de moeite van deze reis van Rosings genomen met als enig doel haar vermeende verloving met Mr. Darcy te verbreken. Het was een rationeel plan, om zeker te zijn! maar uit wat het bericht van hun verloving zou kunnen komen, kon Elizabeth zich niet voorstellen; totdat ze zich herinnerde dat *het feit dat hij* de intieme vriend van Bingley was, en *zij* de zus van Jane, genoeg was, in een tijd waarin de verwachting van de ene bruiloft iedereen deed verlangen naar een andere, om op het idee te komen. Ze was zelf niet vergeten te voelen dat het huwelijk van haar zus hen vaker bij elkaar moest brengen. En haar buren in Lucas Lodge hadden daarom (want door hun communicatie met de Collinses, zo concludeerde ze, had het rapport Lady Catherine bereikt) alleen dat zo goed als zeker en onmiddellijk opgeschreven, waarnaar *ze* had uitgezien als mogelijk op een toekomstig tijdstip.

Bij het ronddraaien van Lady Catherine's uitdrukkingen kon ze echter niet anders dan enig onbehagen voelen over de mogelijke gevolgen van haar volharding in deze inmenging. Uit wat zij had gezegd over haar besluit om het huwelijk te voorkomen, kwam het bij Elizabeth op dat zij moest nadenken over een verzoek aan haar neef; En hoe hij een soortgelijke voorstelling zou kunnen geven van het kwaad dat aan een verbinding met haar verbonden was, durfde ze niet uit te spreken. Zij wist niet precies hoe groot zijn genegenheid voor zijn tante was, of hoe afhankelijk hij was van haar oordeel, maar het lag voor de hand om te veronderstellen dat hij veel meer van haar jonkvrouw dacht dan *zij* kon doen; en het was zeker dat bij het opsommen van de ellende van een huwelijk met *iemand* wiens directe relaties zo ongelijk waren aan de zijne, Zijn tante zou hem aanspreken op zijn zwakste kant. Met zijn opvattingen over waardigheid zou hij waarschijnlijk het gevoel hebben dat de argumenten, die in de ogen van

Elizabeth zwak en belachelijk hadden geleken, veel gezond verstand en solide redeneringen bevatten.

Als hij al eerder had getwijfeld over wat hij zou doen, wat vaak waarschijnlijk had geleken, dan zou het advies en de smeekbede van zo'n naaste bloedverwant elke twijfel kunnen wegnemen, en hem onmiddellijk kunnen doen besluiten zo gelukkig te zijn als een onberispelijke waardigheid hem kon maken. In dat geval zou hij niet meer terugkeren. Lady Catherine zou hem kunnen zien op haar weg door de stad; en zijn verloving met Bingley om terug te keren naar Netherfield moet wijken.

"Als zijn vriend dus binnen een paar dagen een excuus krijgt om zijn belofte niet na te komen," voegde ze eraan toe, "dan zal ik weten hoe ik het moet begrijpen. Ik zal dan elke verwachting, elke wens van zijn standvastigheid overgeven. Als hij er genoegen mee neemt mij alleen maar te betreuren, terwijl hij mijn genegenheid en hand had kunnen verkrijgen, zal ik spoedig ophouden hem helemaal te betreuren."

De verbazing van de rest van de familie, toen ze hoorden wie hun bezoeker was geweest, was zeer groot: maar ze stelden het gedienstig tevreden met dezelfde soort veronderstelling die de nieuwsgierigheid van mevrouw Bennet had gestild; en Elizabeth werd gespaard van veel plagerijen over het onderwerp.

De volgende ochtend, toen ze de trap afliep, werd ze opgewacht door haar vader, die uit zijn bibliotheek kwam met een brief in zijn hand.

"Lizzy," zei hij, "ik wilde je zoeken, kom in mijn kamer."

Zij volgde hem daarheen; en haar nieuwsgierigheid om te weten wat hij haar te vertellen had, werd versterkt door de veronderstelling dat het op de een of andere manier verband hield met de brief die hij vasthield. Plotseling schoot het haar te binnen dat het van Lady Catherine zou kunnen zijn, en ze keek met ontzetting uit naar alle daaruit voortvloeiende verklaringen.

Ze volgde haar vader naar de open haard en ze gingen allebei zitten. Hij zei toen:

"Ik heb vanmorgen een brief ontvangen die mij buitengewoon heeft verbaasd. Aangezien het in de eerste plaats uzelf aangaat, moet u de inhoud ervan kennen. Ik wist niet eerder dat ik *twee* dochters had die op het punt stonden te trouwen. Laat me je feliciteren met een zeer belangrijke verovering."

De kleur stroomde nu naar Elizabeths wangen in de onmiddellijke overtuiging dat het een brief van de neef was, in plaats van van de tante; En zij wist niet of zij het meest verheugd zou zijn dat hij zich uitlegde, of zich beledigd zou voelen dat zijn brief niet eerder aan haar was gericht, toen haar vader vervolgde:

"Je ziet er bewust uit. Jonge dames hebben een groot doorzettingsvermogen in zaken als deze; maar ik denk dat ik zelfs *uw* scherpzinnigheid kan trotseren om de naam van uw bewonderaar te ontdekken. Deze brief is van meneer Collins."

"Van meneer Collins! En wat heeft *hij* te zeggen?"

"Iets heel erg aan het doel, natuurlijk. Hij begint met felicitaties met het naderende huwelijk van mijn oudste dochter, waarover hij, naar het schijnt, is verteld door enkele van de goedmoedige, roddelende Lucases. Ik zal uw ongeduld niet op de proef stellen door te lezen wat hij op dat punt zegt. Wat op u betrekking heeft, is het volgende: 'Nu ik u aldus de oprechte felicitaties van mevrouw Collins en mijzelf heb aangeboden met deze gelukkige gebeurtenis, wil ik nu een korte hint toevoegen over het onderwerp van een andere, waarover we door dezelfde autoriteit zijn aangekondigd. Uw dochter Elizabeth, naar men verondersteld, zal niet lang meer de naam Bennet dragen, nadat haar oudste zuster die naam heeft neergelegd; en de uitverkoren partner van haar lot kan redelijkerwijs worden beschouwd als een van de meest illustere personen in dit land.' Kun je raden, Lizzy, wie hiermee bedoeld wordt? 'Deze jonge heer is op een bijzondere manier gezegend met alles wat het hart van een stervelig het meest begeert: prachtig bezit, nobele verwantschap en uitgebreide bescherming. Maar ondanks al deze verleidingen, wil ik mijn nicht Elizabeth, en uzelf, waarschuwen voor het kwaad dat u zich kunt veroorloven door een overhaaste afsluiting met de voorstellen van deze heer, waarvan u natuurlijk geneigd zult zijn onmiddellijk gebruik te maken. Heb je enig idee, Lizzy, wie deze meneer is? Maar nu komt het eruit. "Mijn motief om u te waarschuwen is het volgende: - We hebben reden om aan te nemen dat zijn tante, Lady Catherine de Bourgh, de lucifer niet met een vriendelijk oog bekijkt." *Mr. Darcy*, zie je, is de man! Nu, Lizzy, ik denk dat ik je *verrast heb*. Zou hij, of de Lucases, een man in onze kennissenkring hebben kunnen aanvallen, wiens naam een effectievere leugen zou hebben gegeven aan wat zij vertelden? Mr. Darcy, die nooit naar een vrouw kijkt, maar om een vlek te zien, en die waarschijnlijk nog nooit in zijn leven naar je heeft gekeken ! Het is bewonderenswaardig!"

Elizabeth probeerde zich aan te sluiten bij de beleefdheden van haar vader, maar kon slechts één zeer aarzelende glimlach forceren. Nooit was zijn verstand gericht op een manier die haar zo weinig aangenaam was.

"Word je niet omgeleid?"

"O ja. Bid, lees verder."

"Nadat ze gisteravond de waarschijnlijkheid van dit huwelijk met Hare Majesteit had genoemd, uitte ze onmiddellijk, met haar gebruikelijke neerbuigendheid, wat ze bij die gelegenheid voelde; toen het duidelijk werd dat zij, op grond van enkele bezwaren van de familie van de kant van mijn nicht, nooit zou instemmen met wat zij zo'n schandelijke wedstrijd noemde. Ik achtte het mijn plicht om mijn nicht hiervan zo spoedig mogelijk op de hoogte te stellen, opdat zij en haar nobele bewonderaar zouden weten waar ze mee bezig waren, en niet overhaast een huwelijk zouden aangaan dat niet naar behoren is goedgekeurd." De heer Collins voegt er bovendien aan toe: "Ik ben echt verheugd dat de droevige zaak van mijn nicht Lydia zo goed is verzwegen, En het gaat mij er alleen om dat hun samenwonen voordat het huwelijk plaatsvond, zo algemeen bekend zou zijn. Ik mag echter de plichten van mijn positie niet verwaarlozen, of nalaten mijn verbazing te uiten, wanneer ik hoor dat u het jonge paar in uw huis hebt ontvangen zodra ze getrouwd waren. Het was een aanmoediging van ondeugd; en als ik de rector van Longbourn was geweest, zou ik er zeer krachtig tegen hebben gevochten. Gij behoort hen als christen zeker te vergeven, maar nooit hen in uw ogen toe te laten, of toe te laten dat hun namen in uw gehoor worden genoemd.' *Dat* is zijn opvatting van christelijke vergeving! De rest van zijn brief gaat alleen over de situatie van zijn lieve Charlotte, en zijn verwachting van een jonge olijftak. Maar, Lizzy, je ziet eruit alsof je er niet van genoten hebt. Ik hoop dat u niet *zult mislukken* en zult doen alsof u beledigd bent door een nutteloos verslag. Want wat doen we anders dan ons vermaken voor onze buren en hen op onze beurt uitlachen?"

"O," riep Elizabeth, "ik ben buitengewoon afgeleid. Maar het is zo vreemd!"

"Ja, *dat* maakt het amusant. Als ze zich op een ander mens hadden gericht, zou het niets zijn geweest; Maar *zijn* volmaakte onverschilligheid en *jouw* uitgesproken afkeer maken het zo heerlijk absurd! Hoezeer ik het schrijven ook verafschuw, ik zou de correspondentie van de heer Collins voor geen enkele vergoeding opgeven. Ja, als ik een brief van hem lees, kan ik niet anders dan hem zelfs de voorkeur geven boven Wickham, hoezeer ik ook de onbeschaamdheid en hypocrisie van mijn schoonzoon waardeer. En zeg eens, Lizzy, wat zei Lady Catherine over dit bericht? Heeft ze gebeld om haar toestemming te weigeren?"

Op deze vraag antwoordde zijn dochter slechts lachend, en daar de vraag zonder de minste argwaan gesteld was, was zij niet bedroefd door zijn herhaling. Elizabeth was nog nooit zo in staat geweest om haar gevoelens te laten lijken wat ze niet waren. Het was nodig om te lachen terwijl ze liever had gehuild. Haar vader had haar op de meest wrede wijze gekrenkt door wat hij zei over de onverschilligheid van meneer Darcy; en ze kon niets anders doen dan zich verbazen over zo'n gebrek aan penetratie, of vrezen dat ze misschien, in plaats van te weinig te *zien*, te veel had gefantaseerd.

Hoofdstuk LVIII

In plaats van zo'n excuusbrief van zijn vriend te ontvangen, zoals Elizabeth half verwachtte dat meneer Bingley zou doen, kon hij Darcy meenemen naar Longbourn voordat er vele dagen waren verstreken na het bezoek van Lady Catherine. De heren waren al vroeg aangekomen; en voordat mevrouw Bennet de tijd had om hem te vertellen dat ze zijn tante hadden gezien, waar haar dochter even bang voor was, stelde Bingley, die alleen wilde zijn met Jane, voor dat ze allemaal wegliepen. Daar werd mee ingestemd. Mevrouw Bennet had niet de gewoonte om te lopen, Mary kon nooit tijd vrijmaken, maar de overige vijf gingen samen op pad. Bingley en Jane lieten echter al snel toe dat de anderen hen overtroffen. Ze bleven achter, terwijl Elizabeth, Kitty en Darcy elkaar zouden vermaken. Er werd door geen van beiden heel weinig gezegd; Kitty was te bang voor hem om te praten; Elizabeth vormde in het geheim een wanhopig besluit; En misschien doet hij hetzelfde.

Ze liepen naar de Lucases', omdat Kitty Maria wilde roepen; en omdat Elizabeth geen reden zag om er een algemene zorg van te maken, ging Kitty, toen ze hen verliet, moedig alleen met hem verder. Nu was het moment aangebroken om haar voornemen uit te voeren; En terwijl ze de moed in de schoenen zakte, zei ze meteen:

"Mr. Darcy, ik ben een zeer egoïstisch wezen, en om mijn eigen gevoelens te verlichten, kan het me niet schelen hoeveel ik de jouwe kwets. Ik kan het niet langer laten om je te bedanken voor je ongeëvenaarde vriendelijkheid voor mijn arme zus. Vanaf het moment dat ik het weet, ben ik er zeer op gebrand u te erkennen hoe dankbaar ik het voel. Als het bekend was bij de rest van mijn familie, zou ik niet alleen mijn eigen dankbaarheid kunnen uiten."

"Het spijt me, het spijt me zeer," antwoordde Darcy, op een toon van verbazing en emotie, "dat je ooit op de hoogte bent gebracht van wat je, in een verkeerd licht, onbehagen zou hebben bezorgd. Ik dacht niet dat mevrouw Gardiner zo weinig te vertrouwen was."

"Je moet mijn tante niet de schuld geven. Lydia's onnadenkendheid verried mij eerst dat u zich met de zaak had beziggehouden; en natuurlijk kon ik niet rusten voordat ik de bijzonderheden kende. Laat me je keer op keer bedanken, in naam van mijn hele familie, voor dat edelmoedige mededogen dat je ertoe bracht zoveel moeite te doen en zoveel verstervingen te ondergaan om ze te ontdekken."

"Als je me wilt bedanken," antwoordde hij, "laat het dan voor jezelf met rust. Dat de wens om u geluk te schenken kracht zou kunnen toevoegen aan de andere aansporingen die mij verder hebben geleid, zal ik niet proberen te ontkennen. Maar je *familie* is me niets verschuldigd. Hoezeer ik ze ook respecteer, ik geloof dat ik alleen aan jou heb gedacht."

Elizabeth was te zeer in verlegenheid gebracht om een woord te zeggen. Na een korte pauze voegde haar metgezel eraan toe: 'Je bent te genereus om met me te spotten. Als je gevoelens nog steeds zijn wat ze afgelopen april waren, vertel het me dan meteen. *Mijn* genegenheid en wensen zijn onveranderd, maar één woord van u zal mij over dit onderwerp voor altijd het zwijgen opleggen."

Elizabeth, die des te meer dan gewone onhandigheid en angst van zijn situatie voelde, dwong zichzelf nu om te spreken; en gaf hem onmiddellijk, hoewel niet erg vloeiend, te verstaan dat haar gevoelens zo'n wezenlijke verandering hadden ondergaan sinds de periode waarop hij zinspeelde, dat ze zijn huidige verzekeringen met dankbaarheid en genoegen deed aanvaarden. Het geluk dat dit antwoord teweegbracht, was zoals hij waarschijnlijk nog nooit eerder had gevoeld; En hij drukte zich bij die gelegenheid zo verstandig en zo warm uit als een gewelddadig verliefde man kan worden verondersteld te doen. Als Elizabeth zijn ogen had kunnen zien, had ze kunnen zien hoe goed de uitdrukking van oprechte verrukking die over zijn gezicht verspreidde, hem stond: maar hoewel ze niet kon kijken, kon ze luisteren; En hij vertelde haar over gevoelens die, door te bewijzen hoe belangrijk zij voor hem was, zijn genegenheid elk moment waardevoller maakten.

Ze liepen verder zonder te weten in welke richting. Er was te veel om te denken, te voelen en te zeggen om aandacht te schenken aan andere objecten. Zij kwam er weldra achter dat zij voor hun tegenwoordige goede verstandhouding te danken waren aan de inspanningen van zijn tante, die *hem bij* haar terugreis door Londen opzocht, en daar haar reis naar Longbourn, het motief daarvan en de inhoud van haar gesprek met Elizabeth vertelde; nadrukkelijk stilstaand bij elke uitdrukking van laatstgenoemde, die, naar het oordeel van Hare Majesteit, duidde in het bijzonder op haar verdorvenheid en zelfverzekerdheid, in de overtuiging dat zo'n relatie haar moest helpen bij haar pogingen om die belofte van haar neef te krijgen, die *ze* geweigerd had te geven. Maar, ongelukkig voor Hare Majesteit, het effect ervan was precies omgekeerd geweest.

"Het heeft me geleerd te hopen," zei hij, "zoals ik mezelf bijna nooit eerder had toegestaan te hopen. Ik wist genoeg van uw gezindheid om er zeker van te zijn dat als u absoluut, onherroepelijk tegen mij was besloten, u dit openlijk en openlijk aan Lady Catherine zou hebben erkend."

Elizabeth kleurde en lachte toen ze antwoordde: 'Ja, je weet genoeg van mijn *openhartigheid* om te geloven dat ik daartoe in staat ben. Nadat ik je zo afschuwelijk in je gezicht had mishandeld, kon ik geen scrupules hebben om je te beschimpen tegenover al je relaties."

"Wat zei je over mij dat ik niet verdiende? Want hoewel uw beschuldigingen ongegrond waren, gebaseerd op verkeerde veronderstellingen, had mijn gedrag tegenover u destijds de strengste terechtwijzing verdiend. Het was onvergeeflijk. Ik kan er niet zonder afschuw aan denken."

"We zullen geen ruzie maken over het grootste deel van de schuld die aan die avond is verbonden", zei Elizabeth. "Het gedrag van geen van beide, als het strikt wordt onderzocht, zal onberispelijk zijn; maar sindsdien zijn we allebei, hoop ik, beter geworden in beleefdheid."

"Ik kan me niet zo gemakkelijk met mezelf verzoenen. De herinnering aan wat ik toen zei, aan mijn gedrag, mijn manieren, mijn uitdrukkingen gedurende het hele proces, is nu, en is vele maanden geweest, onuitsprekelijk pijnlijk voor mij. Uw terechtwijzing, zo goed toegepast, zal ik nooit vergeten: 'Had u zich op een meer beschaafde manier gedragen?'

Dat waren uw woorden. Je weet niet, je kunt je nauwelijks voorstellen hoe ze me hebben gemarteld; hoewel het enige tijd duurde, moet ik bekennen, voordat ik redelijk genoeg was om hun gerechtigheid toe te staan."

"Ik had zeker niet verwacht dat ze zo'n sterke indruk zouden maken. Ik had er geen flauw idee van dat ze ooit op zo'n manier gevoeld zouden worden."

"Ik kan het gemakkelijk geloven. Je dacht toen dat ik verstoken was van elk gepast gevoel, ik ben er zeker van dat je dat deed. De wending van uw gelaat zal ik nooit vergeten, want u zei dat ik u op geen enkele manier had kunnen aanspreken die u ertoe zou kunnen brengen mij te aanvaarden."

"O, herhaal niet wat ik toen zei. Deze herinneringen zijn helemaal niet voldoende. Ik verzeker u dat ik mij er al lang diep voor schaam."

Darcy noemde zijn brief. "Is dat zo," zei hij, "heb je *daardoor snel* beter over me gedacht? Hebt u, toen u het las, enige erkenning gehecht aan de inhoud ervan?"

Ze legde uit wat de effecten ervan op haar waren geweest en hoe geleidelijk aan al haar vroegere vooroordelen waren weggenomen.

"Ik wist," zei hij, "dat wat ik schreef je pijn moest doen, maar het was nodig. Ik hoop dat je de brief hebt vernietigd. Er was een deel, vooral de opening ervan, waarvan ik bang zou zijn dat je weer de kracht zou hebben om te lezen. Ik kan me enkele uitdrukkingen herinneren die je terecht zouden kunnen doen haten."

"De brief zal zeker worden verbrand, als u gelooft dat het essentieel is voor het behoud van mijn achting; maar hoewel we beiden reden hebben om te denken dat mijn meningen niet geheel onveranderlijk zijn, zijn ze, hoop ik, niet zo gemakkelijk te veranderen als dat impliceert."

"Toen ik die brief schreef," antwoordde Darcy, "geloofde ik dat ik volkomen kalm en koel was; maar ik ben er sindsdien van overtuigd dat het in een vreselijke bitterheid van de geest is geschreven."

"De brief begon misschien in bitterheid, maar het eindigde niet zo. Het adieu is de naastenliefde zelf. Maar denk niet meer aan de brief. De gevoelens van de persoon die schreef en de persoon die het ontving, zijn nu zo verschillend van wat ze toen waren, dat elke onaangename omstandigheid die ermee gepaard ging, zou moeten worden vergeten. Je moet iets van mijn filosofie leren. Denk alleen aan het verleden, want de herinnering eraan geeft je plezier."

"Ik kan je geen krediet geven voor een dergelijke filosofie. *Uw* terugblikken moeten zo volkomen vrij van verwijt zijn, dat de tevredenheid die eruit voortkomt niet van filosofie is, maar, wat veel beter is, van onwetendheid. Maar bij *mij* is het niet zo. Pijnlijke herinneringen zullen binnendringen, die niet kunnen, die niet mogen worden afgestoten. Ik ben mijn hele leven een egoïstisch wezen geweest, in de praktijk, maar niet in principe. Als kind werd mij geleerd wat *juist was*, maar mij werd niet geleerd mijn humeur te corrigeren. Ik kreeg goede principes, maar moest ze met trots en verwaandheid volgen. Helaas was ik een enige zoon (vele jaren enig *kind*), maar ik werd verwend door mijn ouders, die, hoewel ze zelf goed waren (mijn vader in het bijzonder, alles wat welwillend en beminnelijk was), me toestonden, aanmoedigden, bijna leerden om egoïstisch en aanmatigend te zijn, om voor niemand buiten mijn eigen familiekring te zorgen, om gemeen te denken over de rest van de wereld, om op zijn minst gemeen te willen denken over hun zin en waarde in vergelijking met de mijne. Zo was ik, van mijn achtste tot mijn achtstetwintigste; en zo zou ik nog steeds geweest kunnen zijn, ware het niet voor jou, liefste Elizabeth! Wat ben ik je niet verschuldigd! Je hebt me een lesje geleerd, in het begin inderdaad moeilijk, maar zeer voordelig. Door jou werd ik op de juiste manier vernederd. Ik kwam naar u toe zonder enige twijfel van mijn ontvangst. Je hebt me laten zien hoe ontoereikend al mijn pretenties waren om een vrouw te behagen die het waard was om behaagd te worden."

"Had je jezelf er dan van overtuigd dat ik dat zou doen?"

"Inderdaad. Wat zul je van mijn ijdelheid vinden? Ik geloofde dat je wenste, in afwachting van mijn toespraken."

"Mijn manieren moeten in gebreke zijn gebleven, maar niet opzettelijk, dat verzeker ik je. Het was nooit mijn bedoeling om je te bedriegen, maar mijn geest kon me vaak op het verkeerde been zetten. Wat moet je me gehaat hebben na *die* avond!"

"Haat je! In het begin was ik misschien boos, maar mijn woede begon al snel de juiste richting aan te nemen."

"Ik ben bijna bang om te vragen wat je van me dacht toen we elkaar ontmoetten in Pemberley. Je nam het me kwalijk dat ik kwam?"

"Nee, inderdaad, ik voelde niets dan verbazing."

"Uw verbazing kon niet groter zijn dan *de mijne* toen u werd opgemerkt. Mijn geweten zei me dat ik geen buitengewone beleefdheid verdiende, en ik moet bekennen dat ik niet verwachtte meer te ontvangen dan wat me toekwam."

"Mijn doel *dan*," antwoordde Darcy, "was om je te laten zien, door elke beleefdheid die in mijn macht lag, dat ik niet zo gemeen was om het verleden kwalijk te nemen; en ik hoopte uw vergeving te verkrijgen, uw slechte mening te verminderen, door u te laten zien dat er naar uw terechtwijzingen was geluisterd. Hoe snel andere wensen zich aandienden, kan ik nauwelijks zeggen, maar ik geloof ongeveer een half uur nadat ik je had gezien."

Hij vertelde haar toen van Georgiana's vreugde over haar kennismaking, en van haar teleurstelling over de plotselinge onderbreking ervan; wat natuurlijk de oorzaak van die onderbreking was, ze vernam al snel dat zijn besluit om haar uit Derbyshire te volgen om haar zuster te zoeken, was gevormd voordat hij de herberg verliet, en dat zijn ernst en bedachtzaamheid daar uit geen andere strijd waren voortgekomen dan wat zo'n doel moet omvatten.

Ze uitte opnieuw haar dankbaarheid, maar het was voor elk van hen een te pijnlijk onderwerp om er verder bij stil te staan.

Na op een ontspannen manier enkele kilometers te hebben gelopen en te druk om er iets van te weten, ontdekten ze eindelijk, toen ze hun horloges bekeken, dat het tijd was om thuis te zijn.

"Wat zou er van meneer Bingley en Jane geworden kunnen zijn?" was een wonder dat de discussie over *hun* zaken inleidde. Darcy was opgetogen over hun verloving; Zijn vriend had hem er het vroegste van op de hoogte gebracht.

"Ik moet vragen of je verrast was?" zei Elizabeth.

"Helemaal niet. Toen ik wegging, voelde ik dat het snel zou gebeuren."

"Dat wil zeggen, je had je toestemming gegeven. Dat vermoedde ik al." En hoewel hij bij de term uitriep, ontdekte ze dat het vrijwel het geval was geweest.

"Op de avond voordat ik naar Londen ging," zei hij, "heb ik hem een bekentenis gedaan, die ik geloof ik al lang geleden had moeten doen. Ik vertelde hem alles wat er was gebeurd om mijn vroegere inmenging in zijn zaken absurd en onbeschaamd te maken. Zijn verbazing was groot. Hij had nooit het minste vermoeden gehad. Ik zei hem bovendien dat ik meende me te vergissen door te veronderstellen, zoals ik had gedaan, dat uw zuster onverschillig tegenover hem stond; en omdat ik gemakkelijk kon zien dat zijn gehechtheid aan haar onverminderd was, twijfelde ik er niet aan dat ze samen gelukkig waren."

Elizabeth kon niet nalaten te glimlachen om de gemakkelijke manier waarop hij zijn vriend de weg gewijs maakte.

"Sprak je uit eigen waarneming," zei ze, "toen je hem vertelde dat mijn zus van hem hield, of alleen maar uit mijn informatie van afgelopen voorjaar?"

"Van de eerste. Ik had haar nauwlettend gadegeslagen tijdens de twee bezoeken die ik haar onlangs hier had gebracht; en ik was overtuigd van haar genegenheid."

"En uw verzekering daarvan, veronderstel ik, bracht hem onmiddellijk overtuigd."

"Dat deed het. Bingley is zeer onaangetast bescheiden. Zijn schroom had hem verhinderd om in zo'n angstige zaak op zijn eigen oordeel te vertrouwen, maar zijn vertrouwen op het mijne maakte alles gemakkelijk. Ik was verplicht één ding te bekennen, wat hem een tijdlang, en niet ten onrechte, beledigde. Ik kon het me niet veroorloven te verbergen dat je zus de afgelopen winter drie maanden in de stad was geweest, dat ik het had geweten en het met opzet voor hem verborgen had gehouden. Hij was boos. Maar ik ben ervan overtuigd dat zijn woede niet langer duurde dan dat hij bleef twijfelen aan de gevoelens van uw zus. Hij heeft me nu van harte vergeven."

Elizabeth verlangde ernaar te zien dat meneer Bingley een zeer verrukkelijke vriend was geweest; zo gemakkelijk te leiden dat zijn waarde van onschatbare waarde was; Maar ze controleerde zichzelf. Ze herinnerde zich dat hij nog moest leren om uitgelachen te worden, en het was nog te vroeg om te beginnen. In afwachting van het geluk van Bingley, dat natuurlijk alleen inferieur zou zijn aan het zijne, zette hij het gesprek voort totdat ze het huis bereikten. In de hal gingen ze uit elkaar.

Hoofdstuk LIX

"Mijn lieve Lizzy, waar kun je naartoe zijn gelopen?" was een vraag die Elizabeth van Jane kreeg zodra ze de kamer binnenkwam, en van alle anderen toen ze aan tafel gingen zitten. Ze hoefde alleen maar te antwoorden, dat ze hadden rondgezworven tot ze niet meer kon. Ze kleurde terwijl ze sprak; Maar noch dat, noch iets anders, wekte een vermoeden van de waarheid.

De avond verliep rustig, niet getekend door iets buitengewoons. De erkende geliefden praatten en lachten; De niet-erkenden zwegen. Darcy was niet van een instelling waarin geluk overloopt in vrolijkheid; en Elizabeth, opgewonden en verward, *wist liever* dat ze gelukkig was dan dat ze *zich zo voelde*; want behalve de onmiddellijke verlegenheid waren er nog andere kwaden voor haar. Ze anticipeerde op wat er in het gezin zou worden gevoeld als haar situatie bekend zou worden: ze was zich ervan bewust dat niemand hem leuk vond behalve Jane; en vreesde zelfs dat het bij de anderen een *afkeer was* , die niet al zijn fortuin en gevolgen zouden kunnen wegnemen.

's Nachts opende ze haar hart voor Jane. Hoewel de verdenking ver afstond van de algemene gewoonten van juffrouw Bennet, was ze hier absoluut ongelovig.

'Je maakt een grapje, Lizzy. Dit kan niet! Verloofd met Mr. Darcy! Neen, neen, gij zult mij niet bedriegen: ik weet dat het onmogelijk is."

"Dit is inderdaad een ellendig begin! Mijn enige afhankelijkheid was van jou; en ik weet zeker dat niemand anders me zal geloven, als je dat niet doet. Toch ben ik inderdaad serieus. Ik spreek niets dan de waarheid. Hij houdt nog steeds van me en we zijn verloofd."

Jane keek haar twijfelend aan. "Oh, Lizzy! Dat kan niet. Ik weet hoezeer je een hekel aan hem hebt."

"Je weet niets van de zaak. *Dat* is allemaal om te vergeten. Misschien hield ik niet altijd zo veel van hem als nu; Maar in gevallen als deze is een goed geheugen onvergeeflijk. Dit is de laatste keer dat ik het me ooit zal herinneren."

Juffrouw Bennet keek nog steeds vol verbazing. Elizabeth verzekerde haar opnieuw, en ernstiger, van de waarheid ervan.

"Goede hemel! Kan het echt zo zijn? Maar nu moet ik je geloven," riep Jane. "Mijn lieve, lieve Lizzy, ik zou, ik feliciteer je; Maar weet je het zeker – vergeef me de vraag – ben je er helemaal zeker van dat je gelukkig met hem kunt zijn?"

"Daar kan geen twijfel over bestaan. Het staat al tussen ons vast dat we het gelukkigste paar ter wereld zullen zijn. Maar ben je tevreden, Jane? Zou je het leuk vinden om zo'n broer te hebben?"

"Heel, heel veel. Niets kon Bingley of mijzelf meer vreugde geven. Maar we overwogen het, we spraken erover als onmogelijk. En hou je echt genoeg van hem? Oh, Lizzy! Doe alles in plaats van te trouwen zonder genegenheid. Ben je er zeker van dat je voelt wat je moet doen?"

"Jazeker! Je zult alleen maar denken dat ik *meer voel* dan ik zou moeten voelen als ik je alles vertel."

"Wat bedoel je?"

"Wel, ik moet bekennen dat ik meer van hem houd dan van Bingley. Ik ben bang dat je boos zult zijn."

"Mijn liefste zus, wees nu, *wees* serieus. Ik wil heel serieus praten. Laat me zo snel mogelijk alles weten wat ik moet weten. Wil je me vertellen hoe lang je al van hem houdt?"

"Het is zo geleidelijk gegaan, dat ik nauwelijks weet wanneer het begon; maar ik geloof dat ik het moet dateren vanaf het moment dat ik zijn prachtige terrein in Pemberley voor het eerst zag."

Een andere smeekbede dat ze serieus zou zijn, had echter het gewenste effect; en ze bevredigde Jane al snel met haar plechtige verzekeringen van gehechtheid. Toen ze overtuigd was van dat artikel, had juffrouw Bennet niets meer te wensen.

"Nu ben ik heel gelukkig," zei ze, "want jij zult net zo gelukkig zijn als ik. Ik heb altijd een waarde voor hem gehad. Was het alleen maar om zijn liefde voor jou, ik zou hem altijd hebben gewaardeerd; maar nu, als

Bingley's vriend en je man, kunnen alleen Bingley en jezelf me dierbaarder zijn. Maar, Lizzy, je bent heel sluw, heel gereserveerd tegen me geweest. Hoe weinig heb je me verteld over wat er in Pemberley en Lambton is gebeurd! Ik heb alles wat ik ervan weet te danken aan een ander, niet aan jou."

Elizabeth vertelde haar de motieven van haar geheimhouding. Ze was niet bereid geweest om Bingley te noemen; en de onzekere toestand van haar eigen gevoelens had haar evenzeer de naam van zijn vriend doen vermijden: maar nu wilde zij zijn aandeel in Lydia's huwelijk niet langer voor haar verbergen. Alles werd erkend en de helft van de nacht werd in gesprek doorgebracht.

"Goede genade!" riep mevrouw Bennet, toen ze de volgende ochtend voor een raam stond, "als die onaangename meneer Darcy hier niet weer komt met onze lieve Bingley! Wat kan hij bedoelen met zo vermoeiend te zijn dat hij hier altijd komt? Ik had er geen idee van dat hij zou gaan schieten of iets dergelijks en ons niet zou storen met zijn gezelschap. Wat zullen we met hem doen? Lizzy, je moet weer met hem naar buiten lopen, zodat hij Bingley niet in de weg staat."

Elizabeth kon het niet laten om te lachen om zo'n handig voorstel; Toch was ze echt geïrriteerd dat haar moeder hem altijd zo'n scheldwoord gaf.

Zoodra zij binnenkwamen, keek Bingley haar zoo expressief aan, en schudde haar de hand met zulk een warmte, dat er geen twijfel bestond over zijn goede inlichtingen; en kort daarna zei hij hardop: "Mevrouw Bennet, hebt u hier in de buurt geen lanen meer waarin Lizzy vandaag weer de weg kwijt kan raken?"

"Ik raad meneer Darcy, Lizzy en Kitty aan," zei mevrouw Bennet, "om vanmorgen naar Oakham Mount te lopen. Het is een mooie lange wandeling en meneer Darcy heeft het uitzicht nog nooit gezien."

"Het kan heel goed zijn voor de anderen," antwoordde meneer Bingley; "Maar ik weet zeker dat het te veel zal zijn voor Kitty. Zal het niet, Kitty?"

Kitty gaf toe dat ze liever thuis bleef. Darcy beweerde dat hij erg nieuwsgierig was om het uitzicht vanaf de berg te zien, en Elizabeth stemde stilletjes toe. Toen ze naar boven ging om zich klaar te maken, volgde mevrouw Bennet haar en zei:

"Het spijt me zeer, Lizzy, dat je gedwongen bent die onaangename man helemaal voor jezelf te hebben; maar ik hoop dat je het niet erg zult vinden. Het is allemaal in het belang van Jane, weet je; en er is geen gelegenheid om met hem te praten, behalve zo nu en dan; Maak jezelf dus geen ongemakken."

Tijdens hun wandeling werd besloten dat in de loop van de avond de toestemming van meneer Bennet zou worden gevraagd: Elizabeth behield zich de aanvraag voor die van haar moeder voor. Ze kon niet bepalen hoe haar moeder het zou innemen; soms twijfelend of al zijn rijkdom en grootsheid genoeg zouden zijn om haar afschuw van de man te overwinnen; maar of zij nu hevig tegen den lucifer werd opgeworpen, of er hevig over verrukt was, het was zeker, dat haar manier van doen even slecht geschikt zou zijn om haar verstand tot eer te strekken; en ze kon het niet meer verdragen dat Mr. Darcy de eerste verrukkingen van haar vreugde zou horen, dan de eerste heftigheid van haar afkeuring.

's Avonds, kort nadat meneer Bennet zich in de bibliotheek had teruggetrokken, zag ze meneer Darcy ook opstaan en hem volgen, en haar opwinding bij het zien ervan was extreem. Ze was niet bang voor de tegenstand van haar vader, maar hij zou ongelukkig worden, en dat zou door haar toedoen gebeuren; dat *zij*, zijn lievelingskind, hem zou verdrietig maken door haar keuze, hem met angsten en spijt zou vervullen door zich van haar te ontdoen, was een ellendige overweging, en ze zat in ellende totdat meneer Darcy weer verscheen, toen ze, naar hem kijkend, een beetje opgelucht was door zijn glimlach. Na een paar minuten liep hij naar de tafel waar ze met Kitty zat; en, terwijl hij deed alsof hij haar werk bewonderde, zei hij fluisterend: 'Ga naar je vader; Hij wil je in de bibliotheek." Ze was direct weg.

Haar vader liep door de kamer en keek ernstig en angstig. "Lizzy," zei hij, "wat ben je aan het doen? Ben je buiten zinnen om deze man te accepteren? Heb je hem niet altijd gehaat?"

Hoe vurig wenste zij toen dat haar vroegere meningen redelijker waren geweest, haar uitdrukkingen gematigder! Het zou haar hebben gespaard van verklaringen en belijdenissen die het buitengewoon ongemakkelijk was om te geven; maar ze waren nu nodig, en ze verzekerde hem, met enige verwarring, van haar gehechtheid aan Mr. Darcy.

"Of, met andere woorden, je bent vastbesloten om hem te hebben. Hij is rijk, dat is zeker, en je hebt misschien meer mooie kleren en mooie rijtuigen dan Jane. Maar zullen ze je gelukkig maken?"

"Hebt u enig ander bezwaar," zeide Elizabeth, "dan dat gij mij gelooft in mijn onverschilligheid?"

"Helemaal geen. We kennen hem allemaal als een trotse, onaangename man; Maar dit zou niets zijn als je hem echt leuk vond."

"Ja, ik vind hem leuk," antwoordde ze met tranen in haar ogen; "Ik hou van hem. Waarlijk, hij heeft geen ongepaste trots. Hij is volkomen beminnelijk. Je weet niet wat hij werkelijk is; Bid dan dat u mij niet kwetst door in zulke termen over Hem te spreken."

"Lizzy," zei haar vader, "ik heb hem mijn toestemming gegeven. Hij is inderdaad het soort man aan wie ik nooit iets zou durven weigeren, wat hij zich verwaardigde te vragen. Ik geef het *je nu*, als je vastbesloten bent hem te hebben. Maar laat me je adviseren om er beter over na te denken. Ik ken je gezindheid, Lizzy. Ik weet dat je noch gelukkig noch respectabel zou kunnen zijn, tenzij je je man echt waardeert, tenzij je naar hem opkijkt als een meerdere. Je levendige talenten zouden je in het grootste gevaar brengen in een ongelijk huwelijk. Je kon ternauwernood ontsnappen aan schande en ellende. Mijn kind, laat me niet het verdriet hebben om te zien dat *je* niet in staat bent om je partner in het leven te respecteren. Je weet niet waar je mee bezig bent."

Elizabeth, nog meer aangedaan, was ernstig en plechtig in haar antwoord; en, ten slotte, door herhaalde verzekeringen dat Mr. Darcy werkelijk het voorwerp van haar keuze was, door de geleidelijke verandering te verklaren die haar beoordeling van hem had ondergaan, door haar absolute zekerheid te vertellen dat zijn genegenheid niet het werk van een dag was, maar de test van vele maanden van spanning had doorstaan, en met energie al zijn goede eigenschappen op te sommen, Ze overwon het ongeloof van haar vader en verzoende hem met de wedstrijd.

"Nou, mijn liefste," zei hij, toen ze ophield met spreken, "ik heb niets meer te zeggen. Als dit het geval is, verdient hij jou. Ik had geen afscheid van je kunnen nemen, mijn Lizzy, aan iemand die minder waardig was."

Om de gunstige indruk compleet te maken, vertelde ze hem wat meneer Darcy vrijwillig voor Lydia had gedaan. Hij hoorde haar met verbazing aan.

"Dit is inderdaad een avond vol wonderen! En dus deed Darcy alles; Verzon de lucifer, gaf het geld, betaalde de schulden van de kerel en gaf hem zijn commissie! Des te beter. Het zal me een wereld van problemen en economie besparen. Als het je oom was geweest, had ik hem moeten en *willen* betalen, maar deze gewelddadige jonge geliefden doen alles op hun eigen manier. Ik zal aanbieden hem morgen te betalen, hij zal tekeer gaan en stormen over zijn liefde voor jou, en er zal een einde aan de zaak komen."

Hij herinnerde zich toen dat ze een paar dagen eerder in verlegenheid was gebracht toen hij de brief van meneer Collins las; en na haar een poosje uitgelachen te hebben, liet hij haar eindelijk gaan en zei, terwijl ze de kamer verliet: "Als er jonge mannen komen om Mary of Kitty te halen, stuur ze dan naar binnen, want ik ben helemaal op mijn gemak."

Elizabeths geest was nu bevrijd van een zeer zware last; En na een half uur rustig nadenken in haar eigen kamer, kon ze zich met aanvaardbare kalmte bij de anderen voegen. Alles was te recent voor vrolijkheid, maar de avond ging rustig voorbij; Er was niets materieels meer om bang voor te zijn, en het comfort van gemak en vertrouwdheid zou na verloop van tijd komen.

Toen haar moeder 's avonds naar haar kleedkamer ging, volgde ze haar en deed de belangrijke mededeling. Het effect was zeer buitengewoon; want toen mevrouw Bennet het voor het eerst hoorde, zat ze heel stil en kon ze geen lettergreep uitspreken. Het was ook niet gedurende vele, vele minuten dat ze kon begrijpen wat ze hoorde, hoewel ze in het algemeen niet terughoudend was om te geloven wat in het voordeel van haar familie was, of dat in de vorm van een minnaar voor een van hen kwam. Eindelijk begon ze zich te herstellen, in haar stoel te friemelen, op te staan, weer te gaan zitten, zich af te vragen en zichzelf te zegenen.

"Goede genade! Heer, zegene mij! Denk alleen maar na! Lieve ik! Meneer Darcy! Wie had dat gedacht? En is het echt waar? Oh, mijn liefste Lizzy! Hoe rijk en hoe groot zul je zijn! Wat een pingeld, wat een juwelen, wat een rijtuigen zul je hebben! Jane's is er niets mee bezig - helemaal niets. Ik ben zo blij, zo blij. Zo'n charmante man! Zo knap! zo groot! Oh, mijn lieve Lizzy! Bid dat ik me verontschuldig voor het feit dat ik hem eerder zo haatte. Ik hoop dat hij het over het hoofd zal zien. Lieve, lieve Lizzy. Een huis in de stad! Alles wat charmant is! Drie dochters getrouwd! Tienduizend per jaar! O, Heer! Wat zal er van mij worden? Ik zal afgeleid gaan."

Dit was voldoende om te bewijzen dat aan haar goedkeuring niet behoefd te worden getwijfeld; en Elizabeth, die zich verheugde dat zo'n uitstorting alleen door haarzelf werd gehoord, ging spoedig weg. Maar voordat ze drie minuten in haar eigen kamer was geweest, volgde haar moeder haar.

"Mijn liefste kind," riep ze, "ik kan aan niets anders denken. Tienduizend per jaar, en zeer waarschijnlijk meer! 't Is zo goed als een heer! En een speciale vergunning - u moet en zult trouwen met een speciale vergunning. Maar, mijn liefste liefde, vertel me van welk gerecht meneer Darcy bijzonder dol is, zodat ik het morgen kan hebben."

Dit was een droevig voorteken van wat het gedrag van haar moeder tegenover de heer zelf zou kunnen zijn; en Elizabeth bemerkte dat, hoewel in het zekere bezit van zijn warmste genegenheid en verzekerd van de instemming van haar bloedverwanten, er nog steeds iets te wensen was. Maar de dag van morgen verliep veel beter dan ze had verwacht; want mevrouw Bennet had gelukkig zo'n ontzag voor haar aanstaande schoonzoon, dat ze het waagde niet met hem te praten, tenzij het in haar macht lag om hem enige aandacht te schenken, of haar eerbied voor zijn mening te tonen.

Elizabeth had de voldoening te zien dat haar vader moeite deed om hem te leren kennen; en meneer Bennet verzekerde haar al snel dat hij elk uur in zijn achting steeg.

"Ik heb grote bewondering voor al mijn drie schoonzonen," zei hij. "Wickham is misschien wel mijn favoriet; maar ik denk dat ik *je* man net zo leuk zal vinden als die van Jane."

Hoofdstuk LX

Elizabeth's geest steeg al snel weer naar speelsheid, ze wilde dat Mr. Darcy verantwoording aflegde voor het feit dat hij ooit verliefd op haar was geworden. "Hoe kon je beginnen?" zei ze. "Ik kan begrijpen dat je charmant te werk gaat, terwijl je eenmaal een begin had gemaakt; Maar wat zou je in de eerste plaats kunnen afschrikken?"

"Ik kan het uur, of de plek, of de blik, of de woorden niet vaststellen, die het fundament hebben gelegd. Het is te lang geleden. Ik zat er middenin voordat ik wist dat ik *begonnen was*."

'Mijn schoonheid had je al vroeg begrepen, en wat mijn manieren betreft - mijn gedrag tegenover *jou* grensde tenminste altijd aan het onbeleefde, en ik sprak nooit met je zonder je liever pijn te willen doen dan niet. Nu, wees oprecht; Heb je me bewonderd om mijn onbeschaamdheid?"

"Voor de levendigheid van je geest deed ik dat."

"Je kunt het net zo goed meteen onbeschaamdheid noemen. Het was heel weinig minder. Het is een feit dat je ziek was van beleefdheid, van eerbied, van officieuze aandacht. Je walgde van de vrouwen die altijd spraken, keken en dachten voor *alleen jouw* goedkeuring. Ik wekte je op en interesseerde je, omdat ik zo anders was dan *zij*. Als je niet echt beminnelijk was geweest, zou je me erom hebben gehaat: maar ondanks de moeite die je deed om je te vermommen, waren je gevoelens altijd nobel en rechtvaardig; En in uw hart verachtte u de personen die u zo ijverig het hof maakten. Daar - ik heb je de moeite bespaard om er rekenschap van af te leggen; en echt, alles bij elkaar genomen, begin ik het volkomen redelijk te vinden. Zeker, je weet eigenlijk niets goeds van me, maar daar denkt niemand aan als ze verliefd worden."

"Was er niets goeds in je aanhankelijke gedrag tegenover Jane, terwijl ze ziek was in Netherfield?"

"Liefste Jane! Wie had minder voor haar kunnen doen? Maar maak er in ieder geval een deugd van. Mijn goede eigenschappen staan onder uw bescherming, en u moet ze zoveel mogelijk overdrijven; en in ruil daarvoor is het aan mij om gelegenheden te vinden om je zo vaak mogelijk te plagen en ruzie te maken; en ik zal direct beginnen met u te vragen waarom u zo onwillig was om uiteindelijk ter zake te komen? Wat maakte je zo verlegen voor mij, toen je hier voor het eerst belde en daarna dineerde? Waarom zag je er vooral uit toen je belde, alsof je niet om me gaf?"

"Omdat je ernstig en stil was en me niet aanmoedigde."

"Maar ik schaamde me."

"En ik ook."

"Je had misschien meer met me kunnen praten toen je kwam eten."

"Een man die minder macht had gevoeld."

"Wat een ongeluk dat je een redelijk antwoord te geven hebt, en dat ik zo redelijk ben om het toe te geven! Maar ik vraag me af hoe lang je *nog zou* zijn doorgegaan, als je aan jezelf was overgelaten. Ik vraag me af wanneer je *zou* hebben gesproken als ik het je niet had gevraagd! Mijn voornemen om u te bedanken voor uw vriendelijkheid jegens Lydia had zeker een groot effect. *Te veel*, vrees ik, want wat gebeurt er met de moraal, als onze troost voortkomt uit een breuk van een belofte, want ik had het onderwerp niet moeten noemen? Dit zal nooit lukken."

"Je hoeft jezelf niet te verdrietig te maken. De moraal zal volkomen eerlijk zijn. De ongerechtvaardigde pogingen van Lady Catherine om ons te scheiden waren het middel om al mijn twijfels weg te nemen. Ik heb mijn huidige geluk niet te danken aan uw vurige verlangen om uw dankbaarheid te uiten. Ik was niet in de stemming om te wachten op een opening van jou. De intelligentie van mijn tante had me hoop gegeven en ik was meteen vastbesloten om alles te weten."

"Lady Catherine is van oneindig nut geweest, wat haar gelukkig zou moeten maken, want ze houdt ervan om van nut te zijn. Maar vertel eens, waarvoor ben je naar Netherfield gekomen? Was het alleen maar om naar Longbourn te rijden en in verlegenheid te worden gebracht? Of was je van plan om nog ernstiger gevolgen te hebben?"

'Mijn werkelijke doel was om je te zien en te beoordelen, als ik kon, of ik ooit zou hopen dat je van me zou houden. Mijn belofte, of wat ik mezelf beloofde, was om te zien of je zus nog steeds een voorliefde had voor Bingley, en als dat zo was, om de bekentenis aan hem af te leggen die ik sindsdien heb gedaan."

"Zult u ooit de moed hebben om aan vrouwe Catharina bekend te maken wat haar zal overkomen?"

'Ik heb eerder tijd nodig dan moed, Elizabeth. Maar het moet worden gedaan; en als u mij een vel papier geeft, zal het direct gebeuren."

"En als ik zelf geen brief te schrijven had, zou ik naast je kunnen zitten en de gelijkmatigheid van je schrijven bewonderen, zoals een andere jongedame ooit deed. Maar ik heb ook een tante, die niet langer verwaarloosd mag worden."

Uit een onwil om te bekennen hoezeer haar intimiteit met Mr. Darcy was overschat, had Elizabeth de lange brief van Mrs. Gardiner nog nooit beantwoord; maar nu, terwijl *ze dat* te zeggen had waarvan ze wist dat het zeer welkom zou zijn, schaamde ze zich bijna toen ze ontdekte dat haar oom en tante al drie dagen geluk hadden verloren, en schreef onmiddellijk het volgende:

"Ik zou u al eerder hebben bedankt, mijn lieve tante, zoals ik had moeten doen, voor uw lange, vriendelijke, bevredigende bijzonderheden van bijzonderheden; maar om de waarheid te zeggen, ik was te boos om te schrijven. Je veronderstelde meer dan in werkelijkheid bestond. Maar veronderstel nu zoveel als je wilt; laat je fantasie de vrije loop, geef je fantasie de vrije loop in elke mogelijke vlucht die het onderwerp biedt, en tenzij je gelooft dat ik echt getrouwd ben, kun je je niet erg vergissen. Je moet heel snel weer schrijven en hem veel meer prijzen dan je in je laatste hebt gedaan. Ik dank u keer op keer dat u niet naar de meren bent gegaan. Hoe kon ik zo dom zijn om het te wensen! Je idee van de pony's is verrukkelijk. We zullen elke dag een rondje door het park maken. Ik ben het gelukkigste wezen ter wereld. Misschien hebben andere mensen het al eerder gezegd, maar niemand met zo'n rechtvaardigheid. Ik ben zelfs gelukkiger dan Jane; zij lacht alleen maar, ik lach. Mr. Darcy stuurt je alle liefde van de wereld die van mij gespaard kan worden. Jullie moeten allemaal met Kerstmis naar Pemberley komen. De jouwe", enz.

De brief van Mr. Darcy aan Lady Catherine was in een andere stijl, en nog steeds anders dan wat Mr. Bennet naar Mr. Collins stuurde, in ruil voor zijn laatste.

"Geachte heer,

"Ik moet je nog een keer lastig vallen voor felicitaties. Elizabeth zal binnenkort de vrouw zijn van Mr. Darcy. Troost Lady Catherine zo goed als je kunt. Maar als ik jou was, zou ik de neef bijstaan. Hij heeft meer te geven.

"Hoogachtend", enz.

De felicitaties van juffrouw Bingley aan haar broer met zijn naderende huwelijk waren alles wat aanhankelijk en onoprecht was. Ze schreef bij die gelegenheid zelfs aan Jane om haar vreugde te uiten en al haar vroegere betuigingen van respect te herhalen. Jane werd niet misleid, maar ze was er wel door getroffen; En hoewel ze niet op haar vertrouwde, kon ze het niet laten haar een veel vriendelijker antwoord te schrijven dan ze wist dat het verdiend was.

De vreugde die juffrouw Darcy uitte bij het ontvangen van soortgelijke informatie was net zo oprecht als die van haar broer bij het verzenden ervan. Vier bladzijden papier waren onvoldoende om al haar vreugde en al haar vurige verlangens om door haar zuster bemind te worden, te bevatten.

Voordat er een antwoord kon komen van meneer Collins, of enige felicitaties aan Elizabeth van zijn vrouw, hoorde de familie Longbourn dat de Collinses zelf naar Lucas Lodge waren gekomen. De reden van deze plotselinge verwijdering was al snel duidelijk. Lady Catherine was zo buitengewoon boos geworden door de inhoud van de brief van haar neef, dat Charlotte, die zich werkelijk verheugde in de wedstrijd, erop gebrand was weg te komen voordat de storm was overgewaaid. Op zo'n moment was de komst van haar vriend een oprecht genoegen voor Elizabeth, hoewel ze in de loop van hun ontmoetingen soms moest denken dat het plezier duur was gekocht, toen ze zag dat Mr. Darcy werd blootgesteld aan alle paraderende en onderdanige beleefdheid van haar man. Hij droeg het echter met bewonderenswaardige kalmte. Hij kon zelfs luisteren naar Sir William Lucas, toen hij hem complimenteerde met het wegdragen van het helderste juweel van het land, en zijn hoop uitsprak dat ze elkaar allemaal vaak zouden ontmoeten in St. James's, met een zeer behoorlijke kalmte. Als hij zijn schouders ophaalde, was het pas toen Sir William uit het zicht was.

De vulgariteit van mevrouw Philips was een andere, en misschien een grotere belasting voor zijn verdraagzaamheid; en hoewel mevrouw Philips, evenals haar zuster, te veel ontzag voor hem hadden om met de vertrouwdheid te spreken die Bingley's goede humeur aanmoedigde, moest ze toch vulgair zijn als ze sprak. Ook haar respect voor hem was er niet, hoewel het haar stiller maakte, en het was in ieder geval niet waarschijnlijk dat het haar eleganter zou maken. Elizabeth deed alles wat ze kon om hem te beschermen tegen de veelvuldige aandacht van beiden, en was er altijd op gebrand hem voor zichzelf te houden, en voor degenen van haar familie met wie hij zonder vernedering kon praten; en hoewel de ongemakkelijke gevoelens die uit dit alles voortkwamen, de tijd van verkering veel van haar plezier ontnamen, droeg het bij aan de hoop voor de toekomst; en ze zag met verrukking uit naar de tijd dat ze uit de samenleving zouden worden verwijderd, die voor beiden zo weinig aangenaam was, naar al het comfort en de elegantie van hun familiefeest in Pemberley.

Hoofdstuk LXI

Gelukkig voor al haar moederlijke gevoelens was de dag waarop mevrouw Bennet zich ontdeed van haar twee meest verdienstelijke dochters. Met welke verrukte trots ze daarna mevrouw Bingley bezocht en over mevrouw Darcy sprak, laat zich raden. Ik wou dat ik kon zeggen, ter wille van haar gezin, dat de vervulling van haar vurige wens in het stichten van zoveel van haar kinderen zo'n gelukkig effect had dat ze een verstandige, beminnelijke, goed geïnformeerde vrouw was voor de rest van haar leven; Maar misschien was het een geluk voor haar man, die misschien niet in zo'n ongewone vorm van huiselijk geluk had genoten, dat ze nog steeds af en toe nerveus en steevast dwaas was.

Meneer Bennet miste zijn tweede dochter buitengewoon; Zijn genegenheid voor haar trok hem vaker van huis weg dan iets anders kon doen. Hij vond het heerlijk om naar Pemberley te gaan, vooral wanneer hij het minst werd verwacht.

De heer Bingley en Jane bleven slechts twaalf maanden in Netherfield. Zo dicht bij haar moeder en Meryton-relaties was zelfs voor *zijn* opvliegendheid of *haar* aanhankelijke hart niet wenselijk. De hartstochtelijke wens van zijn zussen werd toen vervuld: hij kocht een landgoed in een naburig graafschap aan Derbyshire; en Jane en Elizabeth, naast elke andere bron van geluk, bevonden zich binnen dertig mijl van elkaar.

Kitty bracht, tot haar zeer materiële voordeel, het grootste deel van haar tijd door met haar twee oudere zussen. In een samenleving die zo superieur was aan wat ze in het algemeen had gekend, was haar vooruitgang groot. Ze was niet zo onbeheersbaar als Lydia; en, verwijderd van de invloed van Lydia's voorbeeld, werd ze, door de juiste aandacht en beheer, minder prikkelbaar, minder onwetend en minder smakeloos. Tegen het verdere nadeel van Lydia's gezelschap werd zij natuurlijk zorgvuldig bewaard; en hoewel mevrouw Wickham haar vaak uitnodigde om bij haar te komen logeren, met de belofte van bals en jonge mannen, zou haar vader er nooit in toestemmen dat ze ging.

Maria was de enige dochter die thuis bleef; en ze werd noodzakelijkerwijs aangetrokken uit het najagen van prestaties door het feit dat mevrouw Bennet helemaal niet in staat was om alleen te zitten. Maria was verplicht zich meer met de wereld te mengen, maar ze kon nog steeds moraliseren over elk ochtendbezoek; En omdat ze niet langer gekrenkt was door vergelijkingen tussen de schoonheid van haar zussen en die van haarzelf, vermoedde haar vader dat ze zich zonder veel tegenzin aan de verandering onderwierp.

Wat Wickham en Lydia betreft, hun personages ondergingen geen revolutie door het huwelijk van haar zussen. Hij droeg met de filosofie de overtuiging dat Elizabeth nu kennis moest nemen van alles wat haar tevoren onbekend was geweest van zijn ondankbaarheid en valsheid; en, ondanks alles, was niet geheel zonder hoop dat Darcy nog zou kunnen worden overgehaald om zijn fortuin te maken. De felicitatiebrief die Elisabeth van Lydia ontving met haar huwelijk, legde haar uit dat zo'n hoop in ieder geval door zijn vrouw, zo niet door hemzelf, werd gekoesterd. De brief luidde als volgt:

"Mijn lieve Lizzy,

"Ik wens je veel plezier. Als je half zo veel van Mr. Darcy houdt als ik van mijn lieve Wickham, moet je heel gelukkig zijn. Het is een grote troost om je zo rijk te hebben; en als je niets anders te doen hebt, hoop ik dat je aan ons zult denken. Ik ben er zeker van dat Wickham heel graag een plaats aan het hof zou willen; en ik denk niet dat we genoeg geld zullen hebben om van te leven zonder enige hulp. Elke plaats zou ongeveer drie- of vierhonderd per jaar doen; maar praat er echter niet over met Mr. Darcy, als je dat liever niet had.

"De jouwe", enz.

Omdat het gebeurde, dat Elizabeth veel liever niet had gedaan, trachtte zij in haar antwoord een einde te maken aan alle smeekbeden en verwachtingen van dien aard. Maar de verlichting die zij kon bieden door de praktijk van wat men zuinigheid in haar eigen privé-uitgaven zou kunnen noemen, zond zij hen dikwijls. Het was haar altijd duidelijk geweest dat zo'n inkomen als het hunne, onder leiding van twee personen die zo buitensporig waren in hun behoeften en geen acht sloegen op de toekomst, zeer ontoereikend moest zijn om in hun levensonderhoud te voorzien; en telkens als ze van verblijfplaats veranderden, waren Jane of zijzelf er zeker van dat er een beroep werd gedaan op een beetje hulp bij het betalen van hun rekeningen. Hun manier van leven, zelfs toen het herstel van de vrede hen naar een huis stuurde, was uiterst onzeker. Ze verhuisden altijd van plaats naar plaats op zoek naar een goedkope situatie en gaven altijd meer uit dan zou moeten. Zijn genegenheid voor haar verzonk al snel in onverschilligheid: de hare duurde wat langer; en ondanks haar jeugd en haar manieren behield ze alle aanspraken op reputatie die haar huwelijk haar had gegeven. Hoewel Darcy *hem* nooit in Pemberley kon ontvangen, hielp hij hem toch, ter wille van Elizabeth, verder in zijn beroep. Lydia was daar af en toe op bezoek, als haar man weg was om zich te vermaken in Londen of Bath; en bij de Bingleys bleven ze beiden vaak zo lang, dat zelfs Bingley's goede humeur werd overwonnen, en hij ging zelfs zo ver dat hij *erover sprak* hen een hint te geven om weg te gaan.

Miss Bingley was zeer diep gekrenkt door Darcy's huwelijk; maar omdat ze het raadzaam vond om het recht te behouden om Pemberley te bezoeken, liet ze al haar wrok vallen; was meer dan ooit dol op Georgiana, bijna net zo attent op Darcy als voorheen, en betaalde elke achterstand van beleefdheid aan Elizabeth.

Pemberley was nu Georgiana's thuis; en de gehechtheid van de zussen was precies wat Darcy had gehoopt te zien. Ze waren in staat om van elkaar te houden, zelfs zo goed als ze van plan waren. Georgiana had de hoogste dunk in de wereld van Elizabeth; Al luisterde ze in het begin vaak met een verbazing die grensde aan ontsteltenis over haar levendige, sportieve manier van praten met haar broer. Hij, die altijd een respect in zichzelf had gewekt dat haar genegenheid bijna overwon, zag nu het voorwerp van openlijke beleefdheden. Haar geest ontving kennis die haar nog nooit eerder in de weg was gevallen. Op Elizabeths instructies begon ze te begrijpen dat een vrouw vrijheden kan nemen met haar man, wat een broer niet altijd zal toestaan aan een zus die meer dan tien jaar jonger is dan hijzelf.

Lady Catherine was zeer verontwaardigd over het huwelijk van haar neef; en terwijl zij toegaf aan al de oprechte openhartigheid van haar karakter, zond zij hem in haar antwoord op de brief die de regeling aankondigde, hem taal die zo zeer beledigend was, vooral van Elizabeth, dat voor enige tijd alle gemeenschap ten einde was. Maar eindelijk, door Elizabeth's overreding, werd hij overgehaald om de overtreding door de vingers te zien en een verzoening te zoeken; en, na nog wat meer tegenstand van de kant van zijn tante, maakte haar wrok plaats, hetzij voor haar genegenheid voor hem, hetzij voor haar nieuwsgierigheid om te zien hoe zijn vrouw zich gedroeg; en zij verwaardigde zich hen in Pemberley op te wachten, ondanks de bezoedeling die de bossen hadden ondergaan, niet alleen door de aanwezigheid van zo'n minnares, maar ook door de bezoeken van haar oom en tante uit de stad.

Met de Gardiners stonden ze altijd op de meest intieme voet. Darcy, evenals Elizabeth, hielden echt van ze; en zij waren beiden altijd de warmste dankbaarheid jegens de personen die, door haar naar Derbyshire te brengen, het middel waren geweest om hen te verenigen.

Het Einde.

Milton Keynes UK
Ingram Content Group UK Ltd.
UKHW040936081224
452111UK00005B/31